Die KELTISCHE SCHWESTER

Andrea Schacht

Die KELTISCHE SCHWESTER

Weltbild

Besuchen Sie uns im Internet:
www.weltbild.de

Genehmigte Lizenzausgabe für Verlagsgruppe Weltbild GmbH,
Steinerne Furt, 86167 Augsburg

© 2011 by Aufbau Verlag GmbH & Co. KG, Berlin
Für die 2011 bei Rütten & Loening erschienene Neubearbeitung
eines gleichnamigen Romans, der erstmals
im Jahr 2001 als Ullstein Taschenbuch erschienen ist.
Rütten & Loening ist eine Marke der Aufbau Verlag GmbH & Co. KG
Umschlaggestaltung: bürosüd°, München
Umschlagmotiv: Trevillion Images, Brighton, © Paul Knight
Gesamtherstellung: CPI – Clausen & Bosse, Leck
Printed in the EU
ISBN 978-3-86800-964-4

2015 2014 2013 2012
Die letzte Jahreszahl gibt die aktuelle Lizenzausgabe an.

Ich bin ein Schwert in der Hand des Kämpfers,
Ich bin ein Schild in der Schlacht gewesen.
Ich bin die Saite einer Harfe gewesen
und das neun Jahre lang.
Ich bin das Wasser, der Schaum,
Ich bin ein Schwamm im Feuer gewesen,
Ich bin in der Tat ein geheimnisvolles Holz.

Taliesin

Anfangsknoten

Lange Zeit dachte ich, alles, was mir widerfahren ist, sei von
Bedeutung.

Ich dachte auch, es habe erst nach meiner Begegnung mit
dem Stein begonnen. Doch heute weiß ich es besser.

Allerdings habe ich eine ganze Weile gebraucht, um überhaupt dahinterzukommen, was es mit dem Stein auf sich hatte.
Wie blind irrte ich durch diese Welt, schwer trug ich an meiner Last. Nebel und Dunkelheit umgaben mich, mein Weg war
rau und steinig. Er führte mich durch Schlamm und Moore,
über schwankende Brücken, unter denen namenlose Abgründe
drohten, durch reißende Furten und trügerische Strudel. Ich
musste mich gegen eisige Winde stemmen und meinen Weg
durch die dürren Wüsten eines verdorrten Landes suchen.

Wie ein jeder, der sich auf die Suche macht.

Und doch war der Weg nicht völlig trostlos. Tröstung fand
ich und kurze Ruhepausen, Quellen taten sich auf an Stellen,
wo sie nie zu erwarten waren, Sonne wärmte mich, wenn ich
durchnässt und zitternd meine Last aufnahm, und der Anblick
seltener Schönheit erquickte meine müden Augen, wenn der
Weg zu steil schien und die Berge unüberwindlich. Ein Zweig-
lein voller Schneekristalle, ein beschneites Feld in blasser Win-
tersonne, eine stille Quelle im tiefen Dunkel des Waldes, die
flammenden Wolken über dem Meer, die dunkle Höhle unter
den Bergen und schließlich der junge Mond über dem Haupt
meines Geliebten.

Ich fand Hoffnung – wie alle.

Ich fand auch mein Ziel. Denn – und auch das lernte ich viel, viel später – ich hatte einen Führer. Ich hatte jemanden, der diesen Weg bereits gegangen war und dem daran lag, dass auch ich ihn ging. Auch wenn ich mich anfangs wehrte und weigerte.

Vielleicht kommt nicht jeder an das Ziel, doch in jedem von uns steckt die Sehnsucht. Die Sehnsucht nach dieser einen Anderen Welt, der *Autre Monde*, in der immerwährender Friede und Schönheit herrschen, wo Speise und Trank nie versiegen, wo man frei von Trauer und Gram, Kummer und Leid, Krankheit und Schmerzen lebt und teilhat an den tiefsten Weisheiten.

Ich zitiere hier sinngemäß einen alten Barden. Er hatte recht – in gewisser Weise.

Denn es gibt auch andere Welten, die weniger freundlich sind.

Vor langen Zeiten, in älteren Kulturen, gab es Frauen und Männer, deren Aufgabe es war, den Weg in jenes Land zu beschreiten, aus dem die Dichter ihre Inspiration, die Sänger ihre Lieder, die Künstler ihre Visionen holten. Menschen, die das Wissen um die Gefahren und Hindernisse auf dem Weg dorthin hatten und die Macht, sie zu bewältigen.

Heute sind wir alleine gelassen, und wer sich auf die Reise macht, wird oft von den Schrecknissen überwältigt.

Aber die Sehnsucht bleibt.

Doch geht man den beschwerlichen Weg, ist der Gewinn umso größer. Denn niemand wandert in der *Autre Monde* und kommt unverändert zurück. So warnte mich einer, der es wissen musste.

Kurz, ich wurde auf den Weg dorthin gebracht. Dorthin gezerrt, wie Teresa es ausdrückte.

Und das, was ich fand, zeigte mir nur, dass meine Geschichte älter ist, viel älter ist, als ich glaubte. Älter als Danu, meine hilfreiche ältere Schwester, die mich lehrte, was es bedeutet, ein

Opfer zu bringen. Älter als die Menschen, die den Stein so mühevoll errichteten. Älter als die Gattung der Säugetiere, deren erste Vertreter die Mäuse waren.

Sie ist so alt wie die Erde.

So alltäglich wie sie – natürlich.

Und so albern – manchmal.

Wie alles – natürlich.

Dem Stein übrigens, dem Menhir dort an der lieblich-rauen Küste am Ende der Welt, dem war das alles ziemlich gleichgültig.

1. Faden, 1. Knoten

»Meine Herren, ich freue mich, Sie heute zu diesem Seminar begrüßen zu können, und hoffe ...«

Welch ein Aufstieg in die Herrenrasse! Es mochte vielleicht dem Seminarleiter, der sich als ein Herr Müller vorgestellt hatte, auf den ersten Blick entgangen sein, dass in der Runde der knapp zwanzig Herren auch eine Dame saß. Aber, na ja, wir waren ja gerade erst bei den einleitenden Worten dieser Unterweisung.

»... werden wir nach dem theoretischen Teil natürlich sofort in die praktische Anwendung einsteigen. Dazu haben wir im Nebenraum Bildschirme aufgestellt, an denen Sie, meine Herren, dann in kleinen Gruppen ...«

Schön, auch aus der Teilnehmerliste war vermutlich nicht zu erkennen, dass sich auch eine Frau zu dem Seminar über Netzplan-Technik angemeldet hatte. Ich unterschreibe nun mal mit A. Farmunt, denn Amalindis ist ein Name, der mir, milde gesagt, Übelkeit verursacht. Meiner Mutter hingegen gefällt er noch immer so gut, dass sie es sich bis heute nicht nehmen lässt, mich immer in voller Länge damit anzusprechen. Was mein Verhältnis zu meiner Mutter ausreichend beschreibt.

»Wie Sie wissen, meine Herren, entstand die Netzplan-Technik 1957 als Methode zur Planung von Projekten. Die ersten Einsatzgebiete waren die Entwicklung des Waffensystems POLARIS, der Bau von Kernkraftwerken und ...«

Das Blabla war mir nichts Neues. Mich interessierte die Umsetzung mit dem DV-Programm, das bei KoenigConsult eingesetzt werden sollte. Doch so bedeutungsvoll, wie der Herr Seminarleiter jetzt mit den Folien seines Vortrags raschelte, konnte ich getrost für die nächste Stunde in einen gepflegten Halbschlaf versinken.

Tat ich natürlich nicht, aber ich widmete meine Aufmerksamkeit anderen Dingen. Zum Beispiel dem Nachbarn zu meiner Linken. Er war mir vor ein paar Tagen als der verantwortliche Projektleiter für das Vorhaben vorgestellt worden, in dem auch ich eine entscheidende Rolle spielen durfte. Sein Name war Wulf Daniels. Er mochte so Anfang, Mitte dreißig sein, überragte mich locker um Haupteslänge, trotz meiner hochhackigen Schuhe. Und ich bin nicht gerade klein zu nennen. Das Haupt, um das er mich überragte, war blondgelockt und gepflegt vollbärtig. Ich suchte in den diversen Schubladen, in die ich Männer bequemerweise einzusortieren pflegte, nach der mit einer passenden Aufschrift, fand aber im ersten Moment nur die Klassifizierung »interessant«.

Um spezieller in der Beurteilung zu werden, beobachtete ich ihn unauffällig weiter. Mein Nachbar trug Hemd und einen weichen Pullover, der nach anschmiegsamem Kaschmir aussah. Für die Jahreszeit war er zu braun, die Härchen auf seinen Handgelenken schimmerten golden, die Hände waren sehnig und ließen den geübten Tennisspieler vermuten. Die Farbe stammte entweder von der Sonnenbank oder einem langen Winterurlaub. Er hatte sich auf seinem Stuhl lässig zurückgelehnt und schien ähnlich gelangweilt wie ich. Dennoch, es blieb bei »interessant«, allerdings mit einem kleinen Plus dahinter.

»Und, meine Herren, wir werden uns daher mit der Methode der Vorgangs-Knoten-Technik auseinandersetzen. Gegeben sei ein beliebiges Projekt mit einer definierten Anzahl von Ereignissen …«

Jetzt wurde der Seminarleiter auch noch schulmeisterlich!

Ich schloss die Betrachtung zu meiner Linken ab und widmete mich dem Herrn zu meiner Rechten. Auch er war mir bereits bekannt, denn er sollte als mein Mitarbeiter zukünftig die Planung mit betreuen? Im Gegensatz zu dem interessanten Wulf saß er aufmerksam und aufrecht in seinem graubraunen Tweedanzug neben mir. Auf seiner Strickkrawatte bemerkte ich einen Eigelb-Flecken. Die Schublade, in die Herbert Schweitzer passte, war leicht zu finden, sie war ebenso graubraun wie langweilig. Als Mann sozusagen uninteressant, als Mitarbeiter – nun, man würde sehen. Wahrscheinlich würden wir gewisse Anfangsschwierigkeiten überwinden müssen, denn Männer über fünfzig haben manchmal Probleme mit vorgesetzten Frauen unter dreißig. Gut, ganz, ganz knapp unter dreißig.

»Jedem Vorgang, jeder Tätigkeit oder jedem festen Termin, wir nennen diese Meilensteine, ist in dieser Form der Planung ein sogenannter Knoten zugeordnet. Dieser Knoten hat …«

Herbert Schweitzer schrieb eifrig mit, Wulf rutschte noch ein Stück tiefer in seinem Stuhl zusammen und sah unter halbgeschlossenen Augen zu mir hin. Ich musste ein Gähnen unterdrücken, und er zwinkerte mir zu, wobei sich kleine Lachfältchen um seine Augen bildeten. »Sehr interessant«, korrigierte ich und versuchte, das unwillkürliche Lächeln aus meinem Mundwinkel zu wischen.

»Ich hoffe, wir kommen langsam mal zum praktischen Teil, der Typ ödet einen ja entsetzlich an«, flüsterte mein Nachbar mir zu.

»Hoffentlich. Ich bin kurz davor, in einen komatösen Zustand zu versinken«, wisperte ich zurück.

»Meine Herren, ich darf doch um Ihre ungeteilte Aufmerksamkeit bitten.«

»Mich kann der nicht gemeint haben«, rutschte mir heraus, und Wulf grinste.

Ich fügte dem »sehr interessant« ein »weiter beachten« hinzu.

»Um es Ihnen anschaulich zu machen, werde ich die Methode an einem simplen – äh – hausfraulichen Beispiel verdeutlichen, das auch Ihnen, meine Herren, nicht fremd sein dürfte. Wir stellen uns vor, eine solch hochkomplexe Tätigkeit wie das Abwaschen schmutzigen Geschirrs in seine schlichten Vorgänge zu zerlegen …«

Ich erkannte in Wulfs Augen die Frage: »Na, wie lange noch?«

Nicht mehr lange, beschloss ich. Herr Müller erläuterte soeben, wie die Tätigkeiten Wassererwärmen, Töpfesortieren und -abspülen miteinander verknüpft waren, zumal, wenn um – kicher, kicher – viertel nach eins ein wichtiger Friseurtermin anstand.

Ich liebe Männer, die auf Kosten dummer Frauchen kleine Witze reißen!

Meine anfängliche Belustigung ging in ein erstes, verhaltenes Knurren über, als er das nächste Mal wieder ausschließlich die Herren anredete. Ich malte den simplen Plan auf, dann verzierte ich das Diagramm auf meinem Block mit einem verschnörkelten Rankenmuster. Eine dumme, aber harmlose Angewohnheit von mir. Meine Schulbücher, meine Notizblöcke, mein Telefonbuch, Servietten und Zeitungen sollte man für die Nachwelt erhalten, es sind Meisterwerke ornamentaler Kleinkunst.

Inzwischen hatte auch der Seminarleiter das Bild des Netzplans am Board vielfarbig und künstlerisch ausgestaltet.

Ich sah auf die Uhr. Wir hatten inzwischen zwei Stunden mit derartigen Nichtigkeiten verplempert, die von der eigentlichen praktischen Arbeit abgingen. Ich erlaubte mir, mich zu Wort zu melden, als der Seminarleiter in seinen Unterlagen nach weiteren Folien kramte.

»Herr Müller, vielleicht haben Sie bemerkt, dass wir uns, was den Unterrichtsablauf anbelangt, deutlich auf dem kritischen Pfad befinden. Es wäre vielleicht ganz angeraten, die Intelligenz Ihrer Zuhörer nicht weiter zu unterschätzen und mit derartigen Beispielen aufzuhören. Wir sind hier, um uns mit dem DV-Programm vertraut zu machen. Ich denke, Sie dürfen beruhigt voraussetzen, dass die anwesenden *Damen* und Herren mit der Materie der Planung vertraut sind.«

Eine durch den Raum fliegende Kuh hätte ihn nicht mehr erschüttern können. Ein leises Raunen ging durch die Gesellschaft, das nicht fern von Belustigung war.

Immerhin nahm er mich jetzt wahr.

»Frau – äh – äh …«

Ich half ihm nicht.

»Also, Frau – äh –, wir müssen selbstverständlich zuerst die theoretischen Grundlagen erarbeiten. Ich muss Sie doch bitten, Ihren Übereifer noch ein wenig zu bremsen, wir haben noch einige wesentliche Themen abzuhandeln. Meine Herren …«

»Im Übrigen möchte ich Sie darauf aufmerksam machen, dass ich Wert auf eine höfliche Anredeform lege. Ich heiße weder Frau Äh noch ›meine Herren‹.«

Oh, ich war sauer!

Und Herr Müller für einen Augenblick mundtot.

Diese Schweigeminute nutzte einer der Teilnehmer, um vorzuschlagen, doch eine kleine Pause einzulegen. Wortlos nickte Herr Müller, und wir standen auf, um uns auf dem Gang die Füße zu vertreten.

»Sie haben dem armen Mann aber sehr deutlich gemacht, was Sie von ihm halten, Frau Farmunt«, sagte mein interessanter Kollege neben mir.

»Er hat doch auch sehr deutlich gemacht, was er von dummen Frauchen hält, Herr Daniels, oder?«

»Oh, nicht dass ich Mitleid mit ihm habe. Er benimmt sich stoffelig. Sie sind wahrscheinlich schon häufiger derart selbstgefälligen Typen begegnet. Frauen sind eben noch immer selten in solchen Positionen. Keiner bedauert das mehr als ich.«

Sein Lächeln hatte was. Doch. Darum überhörte ich für diesmal die kleine, unpassende Bemerkung am Ende.

»Wo ist denn unser Herr Schweitzer geblieben?«, fragte ich und sah mich um. Durch die offene Tür zum Seminarraum sah ich ihn am Tisch von Herrn Müller stehen und aufmerksam dessen Worten lauschen.

»Er hat es nicht so leicht wie Sie, Frau Farmunt. Schweitzer ist erst vor kurzem in Ihre Abteilung gekommen. Er hat – nun ja – weniger theoretische Vorkenntnisse.«

»Wollen Sie mir damit andeuten, dass mein Mitarbeiter von der Thematik, in der er mich unterstützen soll, keine Ahnung hat? Das hat mir Dr. Koenig bei dem Einstellungsgespräch allerdings dann vorenthalten.«

»Sagen wir, er hat quasi praktische Erfahrungen, Schweitzer hat lange auf Baustellen vor Ort gearbeitet. Ich selbst habe aber mit ihm auch noch nicht zu tun gehabt.«

»Na prima!«

»Ehrgeizig, was?«

Ich zuckte mit den Schultern. Klar war ich ehrgeizig. Sonst wäre ich nicht hier auf dieser Stelle gelandet.

Die Seminarteilnehmer versammelten sich inzwischen wieder in dem Raum und nahmen ihre Plätze ein. Meine Stimmung war eine Mischung von Ungeduld und schlechter Laune, was sich nicht dadurch besserte, dass Herr Müller jetzt überaus betont die Anrede »Frau Farmunt, meine Herren« pflegte.

»Frau Farmunt, meine Herren, es hat sich in der kurzen Pause gezeigt, dass durchaus noch Verständnisfragen zu dem theoretischen Teil bestehen, so dass ich jetzt gerne noch einmal für alle rekapitulieren möchte.«

Ich sah zu Herbert Schweitzer hin, der wieder gespannte Aufmerksamkeit demonstrierte.

Aha, große Schwierigkeiten!

2. Faden, 1. Knoten

Auf der glutflüssigen Lava bildete sich eine dünne Hülle aus krustigen, erstarrten Steinmassen, als der unablässig kreisende Erdball allmählich abkühlte. Wie Schollen schwammen sie auf dem glühenden Meer, stießen aneinander, schoben sich übereinander, türmten sich hier zu Gebirgen auf, brachen dort zu tiefen Schluchten auseinander.

Aus den jungen Bergen quoll wie Blut aus frischen Wunden flüssiges Gestein, wirbelten Wolken aus Asche empor, Gase und Staub. Die Urkontinente, noch bloß und karg, ohne Leben, bewegten sich unendlich langsam gegeneinander, und an den Kanten, da, wo sie aneinanderrieben, bauten sich an den Bruch- und Verwerfungsstellen ungeheure Spannungen auf. Manchmal wurde die Spannung zu hoch, und unter mächtigem Beben rissen sie sich voneinander los, brach hartes Gestein auf, falteten sich Gebirge zu himmelhohen Klippen.

Später bildete sich aus den Gasen Wasser, es regnete. Meere und Ströme entstanden, ihre Wasser überfluteten das Land, spülten Gräben und Höhlen aus und sammelten sich in tiefen Gesteinsschichten. Die rauen Konturen wurden glattgeschliffen, Staub rieb im Wind an dem harten Fels, lagerte sich ab, verdichtete sich und wurde später zu fruchtbarem Boden.

Die Erde wurde älter, und ihre dünne Haut wurde durchzogen von einem Flechtwerk aus über- und unterirdischen Wasserläufen, sie bekam alte Narben von Rissen und Brüchen, sie war durchwachsen von Adern aus metallhaltigem Erz und von kristallisierten Mineralien. Manches Gestein enthielt strahlende Elemente, manches magnetische Kräfte. Manches auch solche Kräfte, die der Mensch noch nicht entdeckt hat, noch nicht mit seinen Erkenntnissen erklären kann.

Trotzdem sind sie da, diese Kräfte, wenn auch nicht alle sichtbar, nicht messbar, aber doch spürbar für die, die Sinne haben, sie zu fühlen. Sie ziehen sich durch Täler und Berge, durch glühende Geröllwüsten, durch eisige Tundren, durch düstere Wälder, goldene Steppen, entlang der schroffen Küsten und durch liebliche Auen. Und dort, wo sich diese Ströme, die Pfade der Kraft, in der Erde kreuzen, gab es schon immer auffällige Phänomene.

Es wachsen dort vielleicht seltsam geformte Pflanzen, oder es bleiben Stellen unerwartet kahl. Manche dieser Plätze werden auch von den Lebewesen gemieden, doch an vielen treffen sich dort Jahr ein, Jahr aus Scharen von Vögeln, dorthin ziehen sich die Tiere zurück, um ihren Nachwuchs zu gebären oder um den Tod zu erwarten.

An den Knotenpunkten der Kraftlinien geschahen schon immer sonderbare Dinge.

Menschen, die fühlen können, finden dort die Tore zur *Autre Monde*. Wenn sie es wagen, die Brücke zu überschreiten, kommen sie immer verändert zurück.

Sie wurden als Weise geachtet, als Wissende und Führer, als Hexen verbrannt und als Wahnsinnige eingesperrt.

1. Faden, 2. Knoten

Die nächste Stunde war von so entsetzlicher Langeweile, dass ich meine Gedanken einfach wandern ließ.

Es war vor etwa einem halben Jahr gewesen, wenn ich so zurückdachte. Ja, vor einem halben Jahr, genau nach diesem katastrophalen Urlaub in Kenia. Die Gruppe von Freunden und Bekannten, der ich mich angeschlossen hatte, entpuppte sich als schlichtes Chaos-Team. Ein Pärchen lag sich ständig in den Haaren, zwei weitere versanken in namenloser Leidenschaft, jedoch nicht zu den eigenen Partnern, eine der Frauen rang mit Scheidungsgedanken und einem erhöhten Tablettenkonsum und ich mit einer Virusinfektion.

Als ich nach Hause zurückkam, war ich fertig mit den Nerven und eigentlich urlaubsreif. Wahrscheinlich war das der Grund, dass ich eines Morgens in den Spiegel sah und darin das eigenartige Bild erblickte, wie ich leicht verschoben neben mir stand. Es war nicht etwa eine optische Täuschung oder gar irgendwelche Sehstörungen, es war eher der Eindruck dessen, was ich fühlte.

Es war sehr unangenehm, und ich versuchte, der Sache nachzugehen. Rein vom Verstand her betrachtet fand ich aber nichts, womit ich mir dieses seltsame Gefühl der Entfremdung erklären konnte. Ich hatte seit sechs Jahren einen guten Job in einem renommierten Unternehmen, man kümmerte sich um mein berufliches Fortkommen mit einem Förderprogramm, meine Wohnung lag in einer günstigen Innenstadtlage, wenngleich sie ein Vermögen kostete, meine Beziehungen zu Männern gestaltete ich ohne große Gefühlsverwicklungen.

Und dennoch, irgendetwas, das ich nicht benennen konnte, hatte angefangen, mich unruhig zu machen. Es war eine gewisse Eintönigkeit, beinahe so, als ob mein Leben nur noch in Grautönen ablief, die Farben wollten nicht so recht leuchten, über allem lag ein trüber Schleier. So war es vermutlich nicht nur dem reinen Zufall zu verdanken, dass ich eines Samstags die Stellenangebote durchblätterte und auf die Anzeige der KoenigConsult stieß. Ich handelte vielleicht etwas überstürzt mit meiner Bewerbung – ich hatte noch nicht einmal alle Papiere zusammen. Trotzdem erhielt ich schon nach zwei Wochen die Einladung zu einem Vorstellungsgespräch.

»Frau Farmunt, meine Herren …«

Ich zuckte zusammen. Es ist lästig, ständig mit dem eigenen Namen angesprochen zu werden. Aber es war korrekt so, und ich konnte mich dagegen jetzt nicht mehr wehren. Zumindest hatte der Seminarleiter seinen Teil endlich beendet, und wir durften in Gruppen an die Terminals im Nebenraum.

»Ich denke, wir drei Koenige bleiben zusammen«, schlug mein Nachbar vor. Ich nickte, und auch Schweitzer stand auf, um gemeinsam mit uns zu einem Tisch am Fenster zu gehen.

Da ich in der Mitte saß, lag die Tastatur einladend vor mir. Ich schaltete das Gerät ein und hatte kurz darauf das Eingangsbild des Programms auf dem Schirm.

Ich merkte sofort, dass Daniels keine Probleme mit dem Programm hatte, Schweitzer jedoch die Computerarbeit völlig fremd war. Aus Übungszwecken überließ ich ihm daher die Eingaben, aber er stellte sich so schwerfällig an, dass ich bald wieder in die jüngere Vergangenheit versank.

Das Vorstellungsgespräch fand an einem Freitagnachmittag im Spätsommer statt. Ich war erstaunt, dass der Inhaber der Firma es höchstpersönlich führte. Aber dann sagte ich mir, dass bei einem kleineren Unternehmen so etwas durchaus noch üblich war. Ich war jedenfalls angenehm überrascht von Dr. Koenig. Er mochte an die sechzig sein, wirkte aber energisch und sehr gradlinig. Vielleicht ein wenig kurz angebunden.

»Ich möchte Ihnen zunächst einmal die Ausgangssituation schildern, Frau Farmunt. Dann werden Sie mir sagen, wie weit Sie sich einer solchen Aufgabe gewachsen fühlen, und ich werde mir anschließend ein Bild von Ihren Fähigkeiten machen.«

Ich nickte. Es hatte etwas von Prüfungsatmosphäre, dieses Gespräch, aber ich bin ziemlich stressbelastbar.

»Es gibt ein von der französischen Regierung unterstütztes Programm, den Fremdenverkehr in der Nord-Bretagne zu fördern. Sie haben ja unserer Firmeninformation entnehmen können, welche Form der Leistung wir anbieten.«

Ich nickte erneut. Natürlich hatte ich mir das Info-Material sorgfältig durchgelesen. KoenigConsult hatte sich einen durchaus beachtlichen Namen gemacht bei der Planung und Abwicklung im Bau von Freizeitanlagen. Von Schwimmbädern angefangen bis hin zu ganzen Hotelkomplexen. Aber auch Randgebiete dazu hatten sie bearbeitet, die Renovierung eines Schlosses aus dem vierzehnten Jahrhundert, Kirchensanierungen, Museen …

»Es gibt für die Bretagne die Vorstellung, dort einen Freizeitpark zu bauen, Sie kennen das vermutlich, die OceanParks gehören dazu.«

Ich nickte abermals, und Koenig fuhr fort: »Auftraggeber ist ein Ihnen nicht unbekannter mediterraner Ferienclub-Betreiber. Ein internationales Konsortium wird die Abwicklung übernehmen. Allerdings existiert noch ein konkurrierendes Projekt, das von einer europäischen Kommission vorangetrieben wird. Es soll ein Freilichtmuseum für Keltische Geschichte entstehen. Sie wissen, die Bretonen legen großen Wert auf ihre kulturellen Wurzeln aus dieser Zeit.«

Wusste ich zwar nicht, aber eine eingehende Kenntnis bretonischer Kulturgeschichte war vermutlich nicht Voraussetzung für die Position.

19

Jedenfalls war das Vorstellungsgespräch gut gelaufen, offensichtlich hatten meine Qualifikationen und meine vielleicht nicht ganz unintelligenten Fragen Dr. Koenig überzeugt, dass ich der Aufgabe gewachsen sein könnte.

»Zuletzt noch eine mehr persönliche Frage, Frau Farmunt. Das Projekt verlangt, dass ein Teil der Planungsarbeiten auch vor Ort durchgeführt wird. Wir werden ein Baustellenbüro in Frankreich einrichten. Sind Sie bereit, auch mehrwöchige Auslandsaufenthalte in Kauf zu nehmen?«

Flüchtig tauchte vor meinen Augen eine einsame, windumtoste Küstenlandschaft auf, die nur von wenigen altertümlichen Steinhäusern besiedelt war. Mich schauderte. Ich bin keine Naturliebhaberin. Aber dann sagte ich mir, dass Frankreich schließlich zu den zivilisierten Gegenden Europas gehörte, und ich sagte: »Natürlich, Herr Dr. Koenig. Solange die Firma ein Rückflugticket bereitstellt …«

Dr. Koenig lächelte zum ersten Mal in diesem Gespräch.

»Oh, andere Menschen bezahlen beträchtliche Summen, um dort Urlaub zu machen. Es ist wirklich eine reizvolle Gegend, habe ich mir sagen lassen. Aber das ist vermutlich Geschmackssache.«

Wir verabschiedeten uns, und als ich ein paar Tage später den Bescheid bekam, dass der Vertrag auf dem Weg zu mir war, hatte ich das erste Mal wieder das Gefühl, nicht mehr so weit neben mir zu stehen.

Ohne große Schmerzen löste ich mein bestehendes Arbeitsverhältnis auf, verabschiedete mich von Kollegen und Bekannten und machte mich auf die Suche nach einer Unterkunft für die ersten Monate, bis sich herausstellen würde, ob ich die Probezeit überstehen würde.

Endlich durften wir wieder eine Pause machen und den Seminarraum verlassen.

»Im Prinzip finde ich diese Planungstechnik faszinierend. Im Studium mussten wir die Dinger noch ohne Computer berechnen.«

Ich ging wieder neben dem interessanten Kollegen her, der mich zielgerichtet in die Cafeteria lotste.

»Ja, vor allem zwingt es die Beteiligten, gemeinsam das Vorgehen zu durchdenken.«

»In der Tat, sauber durchdacht und methodisch aufbereitet, bietet die Planungstechnik doch eine hervorragende Vorschau auf kommende Ereignisse.«

»Das ist mir für mein Projekt auch lieber so, Frau Farmunt. Ehrlich gesagt, Ihr Vorgänger war manchmal etwas sprunghaft in seinen Aussagen, was Termine anbelangte. Übrigens, geht es Ihnen nicht ein bisschen auf die Nerven, ständig Frau Farmunt genannt zu werden?«

Oha!

»Mein Vorname ist auch nicht das Gelbe vom Ei!«

»Amalindis, nicht wahr?«

»Menschen, die Wert auf mein Wohlwollen legen, nennen mich Lindis.«

»Ich lege Wert darauf. Lindis? Ich bin Wulf, und wer es sich definitiv mit mir verscherzen will, nennt mich Wulfi.«

»Das glaube ich gerne«, sagte ich und musste kichern, denn Wulf war alles andere als der Wulfi-Typ.

2. Faden, 2. Knoten

Die Sonne schien warm vom Blau des Himmels, auf dem weiße Wolken im Wind dahinjagten. Der kleine Junge hatte wie so oft seine Gruppe verlassen und wanderte auf der Suche nach den süßen roten Früchten gedankenverloren auf den ausgetretenen

Pfaden, die bis zum Strand führten. Seine Hände und sein bloßer Oberkörper waren von Beerensaft verschmiert, der kurze Lederschurz um seine Hüften starrte vor Staub und lehmiger Erde, aber er war glücklich. Er hörte die Brandung an die felsige Küste schlagen, und das Lachen und Kreischen der weißen Möwen brachten ihn auf die Idee, nach ihren Nestern zu suchen, um die Eier herauszusammeln.

Aber dann ließ er diese Idee fallen und beschloss, eine Weile an seinem Lieblingsplatz zu dösen. Er war nicht hungrig. Er und seine Leute waren überhaupt sehr selten hungrig, seit sie das Ende ihrer Wanderung erreicht hatten. Die Alte hatte sie auf Wegen, die nur ihr bekannt waren, hier an diese Küste geführt. Lange waren sie durch die Wildnis gezogen, und seine Mutter berichtete im Kreis um das Feuer oft darüber, wie sie ihn, ihren jüngsten Sohn, auf dieser Wanderung geboren hatte. Sie pries dann immer wieder die glückliche Lage der neuen Heimstatt. Es gab so viel Nahrung, dass keiner darben musste. Jeden Tag zweimal gab das Meer seine Schätze frei. Es zog sich weit bis zum Horizont zurück, und an den freigelegten Felsen konnte man zum Beispiel köstliche Muscheln sammeln. Es gab die weiße, herzförmige oder lange schwarze und natürlich die bizarren Austern. In den Wasserläufen, die den sandigen Boden durchzogen, wimmelte es von Krebsen und Krabben, Langusten und Hummern. Bei Flut schenkte ihnen das Meer Fische, und am Strand fand man die Eier der Seevögel und sogar essbare Algen. Wenn einem nicht nach den Früchten des Meeres war, dann konnte man die Früchte des Waldes sammeln, der sich weit in das Hinterland erstreckte. Erdbeeren und Wildkirschen, später Brombeeren, kleine Äpfel, Pilze und Eicheln. Manchmal brachten auch die Jäger ein Wildschwein oder eine Hirschkuh mit.

Der Junge lag bäuchlings im kurzen, weichen Gras und lauschte dem Rauschen des Meeres. Im Augenblick war es wieder ganz nahe, und die Felsen draußen, an denen die schwarzen Muscheln wuchsen, waren mit Wasser bedeckt. Er empfand es als ein immer wiederkehrendes Wunder, dieses Kommen und Gehen des großen Wassers.

Und als er so mit geschlossenen Augen döste und lauschte, da schien es ihm plötzlich, als betrete er eine andere Welt. Nein, nicht eigentlich anders, das Gras war da, die Möwen und der Himmel. Aber dennoch, Licht und Dunkelheit wechselten plötzlich in schneller Folge, und statt der Wolken zog der Mond über ihm geschwind dahin. Schmal und dünn, bald halb, bald dicker werdend, dann voll und rund, wieder magerer, ausgehöhlt, eine silberne Schale, schließlich dunkel. Seltsam war es schon, dachte der Junge, als er zum Himmel aufsah. Noch einmal wiederholte sich der Tanz des Mondes, doch diesmal tanzte das Meer mit ihm. Es kam und ging, wie der Mond es ihm befahl. Rauschte heran und küsste die Felsen, zog sich zurück in glitzernden Bändern, es kam zurück und schwand. Hin und her, auf und ab, Flut folgte auf Ebbe, Ebbe auf Flut. Die Gezeiten kamen und gingen unter dem sich wandelnden Mond. Und noch ein drittes Mal beobachtete der kleine Junge, wie das Meer und der Mond sich im gleichen Rhythmus bewegten. Doch diesmal lag eine Drohung darin, denn als der Mond dunkel wurde, erhob sich das Meer zu einer gewaltigen Wasserwand. Tosend und stürmend donnerte sie heran und wollte ihn verschlingen.

»Nein!«, schrie der Junge auf und öffnete die Augen.

Das glitzernde Wasser rollte in kleinen, schaumigen Wellen an den sandigen, sonnenwarmen Strand unterhalb der Felsen. Keine Wasserwand, kein Mond, nur ein paar Wölkchen bauschten sich am Himmel. Aber der Junge hatte noch immer Angst. Er lief so schnell er konnte den schmalen Weg zurück, der ihn zu den Hütten führte. Hier war er sicher vor der großen Welle. Oder?

Er sah zurück. Nein, hier war er nicht sicher.

Er war ein kluger kleiner Junge, der seine Umgebung neugierig wahrnahm. Zu seiner Wahrnehmung gehörte auch das, was er unten am Meer gesehen hatte. Es verwunderte ihn nicht, aber er konnte es sich auch nicht erklären. Er wusste jedoch, dass die Alte diejenige war, die ihm sicher sagen konnte, was der Tanz von Mond und Meer bedeutete.

Die Mutter des Stammes war uralt geworden. Ihr weißes Haar hing in langen Flechten über das dicke Fell, das sie jetzt auch im warmen Sonnenschein trug. Sie hatte nicht mehr viel eigene Wärme übrig. Aber ihre Augen waren wach, und ihr Wissen war ungeheuer. Sie hörte dem kleinen Jungen nachdenklich zu.

»Wasser und Mond gehören zusammen«, murmelte sie schließlich. »Ich werde das bedenken. Wie oft kehrte der schwarze Mond wieder, Junge?«

Er hob Daumen, Zeige – und Mittelfinger. »So viel!«

Ihm war es zu verdanken, dass bei der großen Herbst-Springflut drei Monate später keiner der neu zugewanderten Menschen ertrank. Sie hatten sich weit in das Innere des Landes zurückgezogen. Und anschließend beobachteten sie immer sehr gut den Mond und den Stand der Gezeiten.

Der Junge wuchs zum Mann heran, und als die Uralte starb, hatte er sich viel von ihrem Wissen angeeignet. Oft allerdings saß er an dieser Stelle im Gras, dort, wo das Meer an den Felsen brandete. Dort hatte er einen Zugang zu tiefem Wissen gefunden, dort fühlte er den Rhythmus der Natur und wurde eins mit ihm.

3. Faden, 1. Knoten

Neben dem bemerkenswerten Wulf und dem grauen Schweitzer war Dr. Koenigs Sekretärin diejenige, mit der ich gleich in den ersten Tagen bei KoenigConsult Kontakt hatte. Ich fand Karola Böhmer einerseits nett, andererseits tat sie mir immer ein bisschen leid. Sie war nicht eben das, was man robust nennt. Aber sie war bisher sehr freundlich zu mir gewesen. Doch sie hing wie ein Hungerhaken an ihrem Schreibtisch und hämmerte einen Text in den PC. Mein erster Eindruck war der einer fanatischen Anhängerin naturbelassener Rohkostdiäten, doch zeigte sich später in der Kantine, dass sie auch einer Portion Spaghetti mit Hackfleischsauce gegenüber aufgeschlossen war, was mir mal wieder zeigte, dass ich nicht vorschnell urteilen sollte.

Jedenfalls war sie damals sofort aufgesprungen, als ich ein wenig unsicher in der Tür stand und nach Dr. Koenig fragte.

»Sie müssen Frau Farmunt sein, herzlich willkommen bei uns!« Sie streckte mir beide Hände entgegen und strahlte mich an. »Es ist ja ganz schrecklich, aber Dr. Koenig musste heute Morgen völlig unerwartet verreisen, sonst hätte er Sie bestimmt selbst begrüßt. Kommen Sie, ich zeige Ihnen erst einmal Ihr Zimmer. Gleich hier nebenan. Und, ach ja, ich bin Karola Böhmer. Ich werde auch für Sie zuständig sein. Na, kommen Sie. Hier entlang!«

Mit diesem Begrüßungsschwall wurde ich in einen kleinen, aber erfreulich geschmackvoll möblierten Büroraum geführt. Helles Grau herrschte vor, auf dem Schreibtisch ein PC und eine der neuesten Telefonanlagen, die ich je gesehen hatte. KoenigConsult schien es beruhigend gut zu gehen.

»Ich habe Ihnen hier schon einmal die wesentlichen Unterlagen hingelegt, Angebote, Kopien des wichtigsten Schriftverkehrs und so weiter. Und, na ja, ein Buch habe ich für Sie aus der Bücherei mitgebracht, damit Sie schon mal sehen, wohin Sie Ihre Aufgabe führt.«

Das war nun richtig lieb von ihr, ein dicker Bildband über die Bretagne lag für mich bereit. Ich bedankte mich herzlich und ließ mich in meinem neuen Sessel nieder. Nebenan flötete melodisch das Telefon, und Frau Böhmer huschte mit einem entschuldigenden Lächeln zurück an ihren Platz.

Neugierig blätterte ich also die Unterlagen durch, die sie mir so aufmerksam zusammengestellt hatte, und fand darunter auch einen Fragebogen der Personalabteilung. Das erinnerte mich daran, dass ich mich dort wohl auch besser mal melden sollte. Ich nahm den Hörer des Telefons ab und wählte die angegebene Nummer.

Nichts.

Ah, diese Hightech-Kommunikationsanlage konnte wohl nicht so einfach bedient werden wie mein bisheriges Telefon. Ich sah mir das blinkende Display und die Vielzahl der Tasten an und entschied mich gegen das Verfahren von Versuch und Irrtum. Wozu hatte ich Frau Böhmer?

»Entschuldigen Sie, Frau Böhmer, da steht ein Gerät auf meinem Tisch, von dem ich vermute, dass es dem Informationsaustausch dient. Aber wenn ich eine Nummer wähle, schweigt es mich erschreckend an. Könnten Sie mir verraten, welche geheimen Handlungen man vornehmen muss, um es zum Leben zu erwecken?«

Sie sah mich einen Augenblick verwirrt an, dann nickte sie: »Oh, Sie meinen das Telefon. Ja, das ist etwas kompliziert. Schauen Sie, ich zeige Ihnen, was Sie tun müssen.«

Wir beugten uns eine Weile über ihr Gerät, und sie wies mich in dessen Handhabung ein. Dabei konnte ich das großformatige Bild eines kleinen, ernsthaft dreinblickenden Mädchens betrachten, das ein Bilderbuch in seiner Hand hielt.

»Ihre Tochter?«, fragte ich höflich, nachdem wir fertig waren.

»Ja, das ist Jessika-Milena. Sie ist jetzt vier Jahre alt.«

Verstohlen musterte ich meine Gesprächspartnerin. Das Gesicht unter der dunklen Fransenfrisur wirkte etwas abgehärmt, jedenfalls nicht mehr wie das einer Endzwanzigerin. Kein Ring an den Händen, wenn auch das nichts zu sagen hatte. Aber trotzdem schloss ich auf alleinerziehende Mutter.

»Ein niedliches Mädchen«, kommentierte ich also.

Mit einem liebevollen Lächeln fuhr Karola Böhmer zärtlich mit den Fingerspitzen über das Bild und sagte leise: »Ja, sie ist mein ganz großer Schatz. Haben Sie auch Kinder?«

»Nein. Dazu war bislang noch keine Zeit.«

»Na, das kommt vielleicht noch. Sie sind ja noch so jung. Ich habe auch gewartet, bis ich zweiunddreißig war. Aber jetzt … Also, ein Kind ist doch wirklich der Sinn des Lebens. Sie werden sehen, irgendwann merken Sie es auch.«

Sie sah mit leicht nach oben gerichteten Augen auf eine große lichte Wolke oder so.

»Mag sein. Im Moment fehlt mir noch der geeignete Vater dafür«, versuchte ich scherzhaft der Unterhaltung das Pathos zu nehmen.

Zum Glück war in dieser Minute jemand ins Büro gekommen und hatte eine Mappe auf den Tisch gelegt. Karola Böhmer warf einen Blick darauf und sah zu dem Mann auf. Das Leuchten, das dabei über ihre Züge ging, weckte in mir die Vermutung, dass es sich um den Vater von Jessika-Milena handeln müsste, doch das Kind auf dem Foto hatte weder blonde Locken noch einen Vollbart. Der Mann verschwand, und Frau Böhmer erklärte mir: »Das war Wulf Daniels, der Projektleiter. Ihr zukünftiger Chef, Frau Farmunt.«

Na ja, Chef? So hatten wir das zumindest in der Stellenbeschreibung nicht vereinbart. Aber warum die Sekretärin berichtigen?

»Da haben Sie wirklich Glück. Herr Daniels ist ein wunderbarer Mann. Er ist hochbegabt, wissen Sie. In seinem Alter schon eine solche Position. Ich habe seine Zeugnisse gesehen, als er eingestellt wurde. Stellen Sie sich vor, er hat sein Studium in vier Jahren geschafft.«

»Was hat er denn studiert?«

»Oh, irgendwas mit Ingenieurwesen.«

So unüblich sind da vier Jahre nun auch wieder nicht, wenn man nicht bummelt. Aber darüber habe ich auch lieber den Mund gehalten. Ein bisschen Heldenverehrung brachte sicher Farbe in Karolas Leben.

2. Faden, 3. Knoten

Der Weise war alt geworden, und solange er lebte, hatte das Glück die Menschen seines Stammes nicht verlassen. Sie hörten auf seinen Rat und hatten ausreichend Nahrung, auch in schlechten Zeiten. Sie wussten bald Vorräte anzulegen und kannten die Tage, an denen sie das Meer meiden mussten. Als der Weise erkannte, dass seine Zeit bald abgelaufen sein würde, gab er Anweisung, einen Stab an die Stelle zu stecken und Muscheln nach seinen Anweisungen in die Erde zu drücken.

»Warum machst du das da?«, wollte die Tochter der Tochter seiner Tochter von ihm wissen. Er sah das kleine Mädchen lange an und las in ihrer Seele.

»Weil ihr an dem Schatten auf den Muscheln erkennen könnt, wann die Zeit zum Sammeln der Vorräte kommt, wann die Tage beginnen, wieder länger zu werden, wann die großen Stürme zu erwarten sind.«

Und er zeigte ihr die rosa Muschel, die der Schatten traf, wenn der längste Tag des Jahres gekommen war. Er zeigte ihr auch die Bedeutung der anderen Muscheln und ließ sie immer und immer wiederholen, welche Bedeutung die einzelnen Zeichen hatten. Das Mädchen war gelehrig und hatte ein gutes Gedächtnis. Bald konnte sie den monotonen Singsang des Jahreskreises jederzeit wiederholen.

Der Weise wurde schwächer und schwächer, als die Tage sich der dunklen Sonnenwende näherten. Noch einmal bat er, an die Stelle gebracht zu werden, wo er so viele Stunden in stiller Versenkung verbracht hatte. Das Mädchen begleitete ihn und setzte sich neben ihn. Die anderen schickte er fort. Lange blieben der alte Mann und das Kind schweigend beieinander sitzen. Schließlich wurde die Kleine ungeduldig.

»Warum sind wir hier, alter Vater?«, wollte sie wissen.

»Weil ich bald in eine andere Welt gehe und dieses hier die rechte Stelle dafür ist.«

Die Kleine bekam große Augen und flüsterte angstvoll: »Muss ich mitgehen?«

»Nein, natürlich nicht. Doch ich möchte, dass du die Bedeutung dieses Platzes kennst.«

»Och, nur das? Das weiß doch jeder inzwischen.«

Er lächelte, zog die Kleine näher an sich heran und legte ihr seine Hand auf den Kopf.

»Wenn du an dieser Stelle sitzt und ruhig wartest, dann wirst du vieles sehen, was andere nicht erkennen können. Dies ist ein Ort, an dem wunderbare Dinge geschehen, wenn man bereit ist, über die Schwelle zu gehen.«

Die Kleine schüttelte den Kopf und sah den alten, verwitterten Mann an.

»Ich weiß nicht, was du meinst, ehrwürdiger Alter.«

»Doch, kleine Tochter. Du wirst es bestimmt erkennen. Deine Augen sagen es mir.«

Er machte eine lange Pause, und das Mädchen begann, unruhig hin und her zu rutschen. Aber sie traute sich nicht, einfach fortzugehen. Schließlich sprach der Weise noch einmal.

»Hier ist die Wand dünn und durchlässig, die uns von dem Wissen der Erde trennt. Horche gut auf ihren Rat, meine Tochter. Höre, was sie dir sagt, die weise Mutter. Lerne von ihr und gib ihr Wissen weiter.«

Mit einer kraftlosen Geste ergriff er die weiche, kleine Hand seiner Urenkelin und legte sie auf den Boden.

»Höre.«

Das Mädchen schloss die Augen und lauschte. Als ein großes Staunen über ihr Gesicht huschte, lächelte er.

»Hat sie gesprochen?«

»Ja, alter Vater. Ja.«

»Was hat sie gesagt?«

»Ich weiß es nicht in Worten. Aber ich glaube, es bedeutete ›Ich bin‹. Kann das denn sein?«

»Ja. Das ist der Beginn. Nun wirst du sie immer hören.« Mühsam sog der alte Weise noch einmal die salzige Luft ein, die vom Meer her wehte. »Nun geh, Tochter. Ich bin müde geworden.«

Das Mädchen beugte sich zu ihm und küsste seine Wange, dann ging sie gehorsam fort. Der Alte aber legte die Hände flach auf den warmen Boden und lauschte dem Gesang, den nur er hören konnte.

»Ich bin.
Ich bin der Schoß, der Tod, das Leben.
Ich bin das Netz, an dem wir weben.
Ich bin Grund, dass alles werde.
Ich bin die Erde.
Ich bin.«

4. Faden, 1. Knoten

Da war er wieder, das zweite Mal schon an diesem Abend. Ein langer Blick aus hellen, blauen Augen. Ich war nicht unangenehm berührt, ja, es begann sogar ein bisschen zu kribbeln. Aber ich begegnete dem Blick nicht. Noch nicht. Ich trank einen Schluck Wein und setzte das Gespräch fort.

»Und Dr. Koenig, was für einen Eindruck hast du von ihm?«

Wulf ließ den Kellner den Teller wegnehmen und meinte dann: »Ich bewundere ihn gewissermaßen. Er hat in fünfundzwanzig Jahren alleine ein beachtliches Unternehmen aufgebaut. Das kann man nur, wenn man ein starker Mann ist.«

»Skrupellos?«

»Nicht unbedingt, aber er setzt sich durch. Ich habe ihn bei Verhandlungen erlebt, die für seine Gegenüber kein Zuckerschlecken waren. Er ist auch immer verdammt gut informiert und hat ein unwahrscheinliches Detailgedächtnis.«

»Ein Dessert, die Herrschaften?«

Der Kellner war endlich mit dem Abräumen fertig.

»Lindis, magst du noch etwas?«

»Nein, danke, die Vorspeise war schon zu viel. Erzähl mir mehr von Dr. Koenig. Ich weiß ganz gerne, worauf ich mich einzustellen habe.«

»Man hat schon harte Männer bleich und zitternd das Büro verlassen sehen!«

»Du willst mir Angst machen.«

»Harte Frauen auch!«

»So, so.«

»Spaß beiseite, er ist hart, aber ich denke, gerecht. Allerdings lässt er Fehler, die sich wiederholen, nicht durchgehen. Das hat dein Vorgänger deutlich zu spüren bekommen.«

»Der inspirierte Planer mit dem profunden Erfahrungsschatz? Ich denke, der ist von der Konkurrenz abgeworben worden.«

»Outplacing nennt man das vornehm.«

»Was hat er gemacht?«

»Er ist etwas großzügig mit einer wichtigen Terminangabe umgegangen, die dazu geführt hat, dass Koenig sich bei einem Auftraggeber blamiert hat. Da hat es dann endgültig geknallt.«

»Na, weißt du, wenn ich mich mit einer Aussage aus dem Fenster lehne und mir mein Mitarbeiter dann ätsch sagt, wäre ich auch ganz schön stinkig.«

»Wollen wir hoffen, dass dir das nicht passiert.«

»Ja, wollen wir hoffen. Denn mit meinem Mitarbeiter Schweitzer bin ich mir noch nicht so sicher, wie die Unterstützung funktionieren soll. Wieso hat Koenig den eigentlich nicht outgeplaced?«

»Da solltest du vorsichtig sein. Man sagt, Schweitzer genießt aus irgendeinem Grund Dr. Koenigs Wohlwollen.«

»Na, dann sollte sich Schweitzer auch mal um mein Wohlwollen bemühen, denn sonst sehe ich mich gezwungen, Dr. Koenig eine ziemlich eindeutige Alternative zu präsentieren. Dann sehen wir ja, wie weit das Wohlwollen geht.«

»Eine kleine Kämpferin, was?«

Ich zuckte mit den Schultern.

Und dann war er ein drittes Mal da, dieser Blick. Diesmal hielt ich ihm stand. Wulf ist in der Tat nicht der Typ, den man unbedingt von der Bettkante schubsen muss. Er sah sogar unverschämt gut aus, und das Kribbeln machte sich mit einer kleinen Gänsehaut auf meinen Armen bemerkbar.

»Hast du Lust, noch auf einen Schluck mit zu mir zu kommen, Kämpferin?«

Alles besser als in diese kleine möblierte Schlafschachtel zurückzukehren, die mir als Übergangswohnung diente. Und, wie gesagt …

»Einen Schluck!«

Er winkte dem Kellner, um zu zahlen, ich nutzte die Gelegenheit, um die Toilette aufzusuchen. Ein Blick in den Spiegel zeigte mir, dass an meinem Aussehen nichts zu reparieren war. Ich benutzte wenig Make-up, meine Haut war rein und zum Glück noch faltenlos, aber leider viel zu blass. Meine Augen sahen mir bei der unzureichenden Beleuchtung dunkel entgegen, obwohl sie eigentlich von einem hellen Braun waren. Honigaugen hatte sie vor langer Zeit einmal jemand genannt. Darüber hatte ich mich damals gefreut. Heute – nun ja, die Freude war verflogen. Etwas Lippenglanz tupfte ich noch auf, dann war ich bereit für das Abenteuer des Abends.

Ich fuhr hinter Wulf her, und während der fünf Minuten alleine im Auto zog ich realistisch Bilanz. Zwei Monate war ich jetzt in der Firma, zwei Monate in einer fremden Stadt, ohne Freunde und Bekannte, denn mein Arbeitstag ließ dafür keine Zeit übrig. Wenn ich nicht abends noch in der Firma an stundenlangen Besprechungen teilnahm, dann besuchte ich einen Französischkurs oder las mich in die verschiedenen Themen ein. Etwas Ablenkung war also durchaus erlaubt. Andererseits – ein Geplänkel mit einem Kollegen, mit dem man so eng zusammenarbeiten musste, war auch durchaus delikat.

Ich kam zu keiner eindeutigen Entscheidung, und als ich ausstieg, beschloss ich, es von der Situation abhängig zu machen.

Wulf hatte eine große, weitläufige Wohnung mit einer Galerie. Unten befand sich ein sehr sparsam eingerichtetes Wohnzimmer in japanischem Stil. In der Ecke, von Strahlern dezent beleuchtet, stand eine vollständige Kendo-Rüstung.

»Ah, daher die Bemerkung zur Kämpferin. Selber einer, was?«

»Ja, ich betreibe es seit einiger Zeit. Es ist sehr lehrreich, vor allem für Manager.«

»Was ist sinnvoll daran für den Manager, mit einem Schwert umgehen zu können?«

Wulf sah über mich hinweg auf die beiden Schwerter, die auf ihrem Halter lagen.

»Das ist ganz einfach, Lindis. Der Weg des Kriegers fordert den höchsten Einsatz. Den des Lebens. Das, was man da lernt, lässt sich auf alles andere übertragen.«

»Wulf, du kannst mir doch nicht erzählen, dass du mit dem Schwert in der Hand und dem Tod vor Augen, wenn auch nur symbolisch, deinen Job machst.«

»Lach nicht, Lindis. Es steckt mehr dahinter. Man lernt, wenn man sich den Tod als Konsequenz des Kampfes vor Augen hält, mit der Angst vor dem Verlust umzugehen. Nur wer den Tod akzeptiert, kann leben.«

Ich stand vor der Rüstung, eiskalte Schauer rieselten mir den Rücken hinunter. Solche Gedanken waren mir unangenehm. Abrupt drehte ich mich um und sah den Mann vor mir an. Das Licht fiel von hinten auf ihn und warf lange Schatten. Er wirkte bedrohlich und fremd. Um dieses Gefühl abzuschütteln, sammelte ich meine Stimme und sagte: »Du hattest mich, glaube ich, zu einem Schluck irgendwas eingeladen und nicht zu einem philosophischen Disput über Kampfkünste.«

»Stimmt. Entschuldige, ich wollte dir keine Vorträge halten. Weiter Rotwein?«

»Gerne.«

Wir setzten uns auf ein trotz seiner Designer-Kargheit gemütliches Sofa und plauderten Belangloses.

»Unheimlich schöne Wohnung ist das hier. Hoffentlich finde ich auch bald eine etwas bessere Unterkunft.«

»Du bist noch nicht umgezogen?«

»Nein, ich wollte erst einmal sehen, ob es sich überhaupt lohnt. Hätte ja sein können, dass ich nach zwei Tagen abgewinkt hätte. Aber jetzt suche ich ernsthaft.«

»Und was?«

»Drei, vier Zimmer, möglichst zentral.«

»Für dich alleine?«

Aha! Dahin ging die Unterhaltung!

»Ich wollte nicht mit Mann und vier Kindern einziehen. Du hast doch auch gut hundertzwanzig Quadratmeter für dich alleine, oder?«

»Notgedrungen, Lindis, notgedrungen.«

»Ach, armer Wulf.«

»Ja, ganz arm. Ich habe einfach kein Glück bei den Frauen.«

»Verständlich, Quasimodo. Wer so aussieht wie du, krumm, buckelig, hinkend und schielend …«

»Wenn's nur ums Aussehen geht … Ein Mädel aufreißen kann ich immer. Aber mal etwas Ernsthaftes, das klappt irgendwie nicht.«

»Woran liegt es? An den Frauen?«

»Vielleicht. Ich weiß nicht. Ich habe bis jetzt nur zwei Sorten kennengelernt. Die einen, die sich fest an einen klammern, dass man keine Luft mehr bekommt, und die anderen, die genauso cool ins Bett hüpfen, wie sie wieder hinausschlüpfen.«

»Ich merke schon, Wulf auf der Suche nach der Märchenprinzessin.«

»Es muss nicht unbedingt eine Prinzessin sein. Aber ich liebe natürlich auch meinen Beruf und kann mich nicht immer und ausschließlich um eine Frau kümmern.«

»Ah, ich weiß! Du suchst eine Frau, die dich versteht!«

»Du sagst es, Lindis.« Und sein Arm legte sich um meine Schultern. »Und wie steht es mit dem Märchenprinzen? Gibt es einen?«

»Ich glaube nicht an Märchenprinzen«, sagte ich. »Ich habe die Suche aufgegeben.«

Ich war nicht ganz ehrlich an dieser Stelle, aber das brauchte ihn nichts anzugehen.

»So jung, so schön und so resigniert? Lindis, eine herbe Enttäuschung?«

»Nein, nur ein gewisser Selbsterhaltungstrieb.«

»Recht hast du.«

Somit hatten wir die Fronten abgeklärt und konnten zum geselligen Teil übergehen, dachte ich und sah aus dem Fenster. In der Doppelverglasung spiegelte sich mein Gesicht – zweimal, leicht versetzt nebeneinander. Ich zwinkerte, dann ging draußen irgendwo ein Licht an, und das verzerrte Spiegelbild verschwand.

»Lindis«, flüsterte Wulf in mein Ohr. »Lindis!«

Er küsste sacht mein Ohrläppchen, und meine Wirbelsäule hinab schoss ein Feuerstoß.

»Kommst du mit nach oben?«

Eine Treppe führte auf eine Galerie mit dem Schlafbereich. Das ging mir denn allerdings doch etwas zu zügig.

Ich löste mich vorsichtig aus seiner Umarmung.

»Sagtest du nicht, du suchst das Besondere?«

»Was soll das heißen?«

»Na, die Mädels für eine Nacht findest du doch immer.«

Er sah mich empört an, dann dämmerte ihm wohl doch etwas.

»Du meinst, du möchtest erobert werden, was? Das alte Spielchen möchtest du spielen?«

»Nun, ich finde es erhöht die Spannung, nicht?«

Ich stand auf und suchte meine Handtasche.

»Und wenn ich das Spiel nicht mitspiele?«

»Dann lässt du es bleiben.«

»Du bist vielleicht kaltschnäuzig«, entfuhr es ihm, aber dann musste er doch lachen. »In der Tat, ich habe es wohl herausgefordert. Gehst du wirklich schon, Lindis?«

»Ja, Wulf. Ich gehe jetzt. Ich habe morgen zu arbeiten, und es ist schon halb eins. Wenn ich meinen Schönheitsschlaf nicht bekomme, kann ich morgen in Koenigs Schloss nicht das Prinzesschen geben.«

Er trug es mit Anstand und geleitete mich noch hinaus bis zu meinem Wagen. Ein zarter Gute-Nacht-Kuss war natürlich doch noch drin. Vielleicht auch zwei.

2. Faden, 4. Knoten

Die Urenkelin des Weisen wuchs zu einer schönen, kräftigen jungen Frau heran. Sie saß, wie der Alte, oft mit versonnenem Blick an seinem Lieblingsplatz, und immer kam sie von dort zurück und hatte neue Lieder. Sie sang von der Erde und den Gezeiten, vom Wachsen und Blühen, von Gedeihen und Reifen der Pflanzen. Sie sang von der Saat und dem Keimen, von Tod und Verwesung.

Sie sang von dem göttlichen Kind, das in der kalten Winternacht geboren wurde, wenn der Boden frosthart und alles Leben zum Stillstand gekommen waren.

Sie sang von dem Jüngling, der heranwuchs wie die hellgrünen Triebe, wenn die Frühlingssonne den Boden wärmte.

Sie sang von dem starken Gott, dem kraftvollen Helden und Krieger, der auszieht, seine Bestimmung zu suchen.

Sie sang von dem liebenden Gott, der seine Göttin findet und bei ihr liegt, inmitten der blühenden Wälder, wenn der junge Mond über seinem Haupt stand.

Sie sang vor der Fruchtbarkeit der Erde, den reifenden Früchten, dem goldenen Korn und der neuen Saat.

Sie sang von dem sterbenden Gott, der nach der Ernte sein Blut für die Erde gab, um mit seinem Opfer den Samen in den Boden zu legen, der in der dunkelsten Nacht aufbrechen würde, um den Kreis des Lebens neu zu beginnen.

Sie sang, bis die Ersten ihrem Rat folgten und die mühsam gesammelten Körner des wilden Emmer in den Boden versenkten.

Und als die Frauen, die gesät hatten, dann entdeckten, dass sie im folgenden Jahr eine reiche Ernte hatten, genau vor ihren Hütten, wo sie die Samen ausgestreut hatten, war die Freude unermesslich.

Mit dem Wissen um die Jahreszeiten, dem Wunder des Wachstums, wurde die Gemeinschaft reich. Doch sie vergaßen nie, wem sie den Reichtum zu verdanken hatten. Sie verehrten die Göttin Erde, aus deren Schoß die Pflanzen wuchsen, sie verehrten den Gott, der den Samen dazu legte.

Sie verehrten auch die Frau als ihre Priesterin, die ihnen den Rat der Erde überbracht hatte.

Die Priesterin gab das Wissen ihren Töchtern weiter und sie den ihren. Und diese Frauen zogen später mit den Gruppen ihrer Männer weiter in das Innere des Landes.

Der Stab und die Muscheln jedoch, die der Weise an dem seltsamen Ort angeordnet hatte, waren allmählich verschwunden. Wind hatte sie verweht, Regen weggewaschen. An anderen Stellen hatte man Male angebracht, nach denen man sich richten konnte, wann die Sonne sich wendete und die Zeit zum Säen, zum Sammeln und Ernten kam.

Doch weil die Weisen und die Priesterinnen sich oft an diesen Platz zurückzogen, wurde es ein heiliger Platz für das Volk. Dort verehrten sie die Geister der Ahnen, die Göttin und den Gott, brachten ihnen bunte Blumen und glänzende Muscheln, zarte Flaumfederchen und glatte Kiesel. Dort sangen und tanzten sie und baten die Alten um Hilfe oder Rat.

5. Faden, 1. Knoten

Ich schloss die Tür zu meinem Mini-Apartment auf und schleuderte die Schuhe zur Seite. Warum war ich nur so unzufrieden mit mir? Hätte ich doch die Nacht bei Wulf bleiben sollen? War es das? War es die Einsamkeit in meinem kalten Zimmerchen, die mich so mieslaunig machte. Oder war es die Enge und die hässlichen Möbel? Oder etwas ganz anderes?

Müde war ich jetzt überhaupt nicht mehr, auch wenn es schon langsam auf halb zwei zuging. Ich nahm mir noch ein Glas Saft aus dem Kühlschrank, machte das Licht aus und setzte mich auf den Bettrand. Von hier konnte ich aus dem Fenster auf die dunkle Straße sehen.

Es war noch winterlich, die kahlen Bäume malten ihr schwarzes Filigranmuster in den Himmel, der von einem schmalen Mond beleuchtet war. Die Straßenlaternen waren weit voneinander entfernt und bildeten gelbliche Lichtflecke auf dem Bürgersteig. Mülltonnen standen Spalier, und zwischen ihnen nahm ich einen huschenden Schatten wahr. Vielleicht eine hungrige Katze auf der Suche nach ein paar genießbaren Überresten. Mäuse gab es wahrscheinlich nicht in dieser Gegend.

Was war nur los mit mir? Eigentlich hätte ich zufrieden sein müssen. Ich hatte einen interessanten neuen Job, der mich ausfüllte, aber nicht überforderte, das Geld stimmte, mein Konto hatte ein beträchtliches Polster, ein gutaussehender, intelligenter, lediger Mann war sozusagen griffbereit, ich war gesund, frei und ungebunden, niemand mäkelte an mir herum, niemand machte mir Vorschriften. Das mit dem Zimmerchen war ein endliches Übel, das mit einem Überfliegen der Wohnungsanzeigen behoben werden konnte. Was also war los mit mir? Ich überdachte es eine Weile und kam zu der Feststellung, die mich schon seit meiner Kindheit verfolgte: Nie passiert was in meinem Leben!

39

Nicht, dass ich mir wünschte, irgendetwas sollte mich aus der Bahn werfen. Nein, mir ging dieses alberne Chanson im Kopf herum: »Für mich soll's rote Rosen regnen, mir sollten sämtliche Wunder begegnen ...« Es mussten auch nicht rote Rosen sein, aber ich fühlte mich – ja, ich fühlte mich so wenig lebendig. So als Zuschauer eines langweiligen Theaterstücks, in dem keine Handlung stattfand. Genau so war mein Leben geregelt, schön langweilig und überschaubar.

Ich legte meine Stirn an die kalte Scheibe und dachte darüber nach. Über das Lebendigfühlen. Doch, einmal hatte ich mich richtig lebendig gefühlt. Wenn man heftige Schmerzen zum Lebendigfühlen braucht. Na gut, vor den Schmerzen war auch noch etwas anderes gewesen. Es war schon fast zehn Jahre her, aber mir noch in jeder Einzelheit so gegenwärtig, als wäre es erst eben passiert. Komisch, dass ich jetzt wieder daran dachte. Lange genug hatte ich es verdrängt. Wahrscheinlich war die dumme Bemerkung über den Märchenprinzen schuld daran. Es hatte nämlich jemanden gegeben, der meinen Vorstellungen dazu ziemlich nahegekommen war. Aber nur ziemlich, denn letztendlich hatte sich gezeigt, dass zwischen uns eine absolut unüberwindbare Kluft bestand.

Robert hieß er, Robert Caspary. Er war Dozent an der Uni, als ich im vierten Semester studierte. Er war weder ein verstaubter Gelehrter wie viele der Dozenten und Professoren, denen man anmerkte, dass das Lästigste an ihrem Beruf das Weitervermitteln von Wissen war, noch einer der ewig Jungen, die von den Studenten nur zu unterscheiden waren, weil sie bei den Vorlesungen manchmal vorne standen. Er las zwar nicht in meinem Fachbereich, denn ich schlug mich mit Betriebswirtschaft herum. Er war Historiker, aber er war auch bei uns bekannt wie ein bunter Hund. Vor allem bei den weiblichen Hörern. Idiotisch, aber wahr. Da bemühte sich eine Gruppe intelligenter Frauen eine Grundlage für ein erfolgreiches Berufsleben zu legen, und gleichzeitig wurde ein Idol angehimmelt. Keine von uns wusste so recht zu deuten, warum. Die schlichteste und vielleicht treffendste Aussage kam von Birgit, meiner Freundin, die einmal sagte: »Was wollt ihr, er ist ein Mann!«

Ich hatte allerdings hinterher ein paar andere Ausdrücke für ihn übrig, von denen arroganter Macho noch der schmeichelhafteste war.

Ich hatte nämlich das Pech, nicht nur seine Aufmerksamkeit zu erregen, sondern sogar eine kurze, überaus heftige, mich bis in die Grundfesten aller Gefühle erschütternde Liebesaffäre mit ihm zu durchleiden.

Sie endete so heftig, wie sie gewesen war. Birgit wurde meine Nachfolgerin.

Danach wechselte ich die Universität. Und hörte auf, lebendig zu sein.

Es tat nicht mehr weh, nein, nein. Dafür war die Schale zu dick geworden, die ich um den bitteren Kern hatte wachsen lassen. Aber manchmal, so schien es, drückte dieser Klumpen mir noch auf das Gemüt. Da gab es nur eins – sich wieder den Problemen der Gegenwart stellen! Pläne machen, organisieren, arbeiten.

Zwei Tage später hatte ich eine schöne Dreizimmerwohnung gefunden. Sie lag zwar ein wenig abseits, eine zentralere Lage in der Stadt hätte mir besser gefallen als der Vorort, aber Preis und Qualität waren einfach überzeugend. An das Vogelgezwitscher vom nahen Waldrand würde ich mich schließlich auch noch gewöhnen. Ausschlaggebend war außerdem, dass die Wohnung sofort bezugsfertig war und ich auch keinen weiteren Renovierungsaufwand betreiben musste. Ich stürzte mich in die Umzugsvorbereitung, um endlich aus dem Provisorium entfliehen zu können. Meine schlechte Laune war dadurch einer gleichbleibenden leichten Anspannung gewichen, die mich die Vergangenheit endgültig vergessen ließ.

Nur einmal zuckte ich zusammen, nämlich als mir einfiel, dass Robert keine zwanzig Kilometer von hier wohnte. Zumindest war das sein letzter mir bekannter Aufenthaltsort gewesen.

2. Faden, 5. Knoten

Die Siedlung gedieh, der Wald wich den ersten Feldern. Wanderer aus anderen Teilen des Landes kamen vorbei und berichteten von dem, was sie gesehen und gehört hatten. Sie waren gerngesehene Gäste, denn Nachrichten waren selten in dem dünnbesiedelten Gebiet. Natürlich gingen auch sie nie fort, ohne Neuigkeiten mitzunehmen. Wer gestorben war, wie viel Kinder geboren wurden, wie die Ernte, die Jagd, der Fischfang in diesem Jahr waren, welches Mädchen, welche Frau bereit war, sich einen Gefährten zu suchen. So kam auch die Meldung von der gewaltigen Tat in das Dorf.

An einem heiligen Platz jenseits des Waldes an dem kleinen Meer hatten Hunderte von Männern und Frauen einen mächtigen Stein aufgerichtet. So, berichteten die Wanderer ehrfürchtig, war ihr heiliger Ort schon von weitem sichtbar.

Wie das so ist, wie es schon immer war und immer sein wird, hatten die Menschen in dem Dorf an der wilden Küste plötzlich das Bedürfnis, auch eine solch hervorragende Stätte vorweisen zu können. Darum taten sie sich zusammen, und mit Ausdauer, harter Arbeit, unter ungeheuren Anstrengungen und atemlosem Gesang errichteten sie den Stein, einen grauen, grob behauenen Granitblock, der weithin sichtbar an der Landzunge stand, die in das Meer hineinragte. Er stand genau an der Stelle, wo die Ströme der Kraft es möglich machten, durch den Schleier in die Andere Welt zu dringen.

An diesem Stein trafen sie sich, wenn Tag und Nacht gleich lang waren, in der kürzesten Nacht und der längsten des Jahres, wenn ein Kind geboren wurde, ein Mensch starb, wenn die Ernte gut oder der Fischfang reich war. Sie schmückten den Platz mit Blumen und Muscheln, mit glatten Kieselsteinen und bunten Federchen. Und sie dankten der Erde für ihre Gaben.

6. Faden, 1. Knoten

Wulf begegnete mir in der Firma kühl und geschäftsmäßig. Meistens trug er seine Projektleiter-Maske, einen Gesichtsausdruck von konzentrierter Aufmerksamkeit, der den Eindruck hinterließ, dass er nur darauf wartete, wann ein anderer sich eine Blöße gab. Verstohlene Blicke gab es nicht, was mir ganz recht war. Bloß keine Verwicklungen am Arbeitsplatz! Allerdings fragte er einmal an, ob ich Lust habe, am Wochenende mit ihm wegzufahren, aber da ich gerade in den Umzugswirren steckte, musste ich ablehnen.

Dann, zwei Monate später, Ende Mai, war es schließlich so weit, dass das Bretagne-Projekt ins Laufen kommen sollte. Alle Verträge waren unterzeichnet, die Voraussetzungen, wenn nicht geschaffen, so doch definiert. Ich nahm zusammen mit dem Projektteam an einer Sitzung teil, bei der Umfang und Vorgehensweise mit den Auftraggebern diskutiert werden sollten.

Anfang des letzten Jahres hatte der Präfekt des Finistère beschlossen, einen Ort namens Plouescat mit seinem Umland für den Tourismus attraktiver zu gestalten. Es waren dafür im

Herbst vom Staat Mittel bewilligt worden, und die Gemeinde hatte dann mit großer Mehrheit entschieden, dass nicht das Museumsprojekt, sondern der Freizeitpark den Zuschlag erhalten sollte. Der Betreiber, ein Unternehmen, das bereits auf eine ganze Reihe ähnlicher Anlagen verweisen konnte, hatte wie erwartet ein Konsortium mit Planung, Abwicklung und Bau beauftragt, bei dem KoenigConsult die Federführung übernehmen sollte. Finanziert werden sollte die Anlage zum Teil aus den staatlichen Mitteln, aber es hatten sich auch private Finanziers eingefunden, die wichtigsten waren eine bretonische Bank, ein Fährunternehmen, Gaz de France und einige örtliche Firmen, die sich von dem Bau einen wirtschaftlichen Vorteil erhofften. Sie alle waren in einem Lenkungsgremium vertreten, dem insbesondere wir später monatlich zu berichten hatten.

Die französischen Herren gaben sich sehr nüchtern, die Stimmung war konzentriert und erwartungsvoll, als Dr. Koenig den Plan aufrollte.

»Vorgesehen ist als Kernstück der Anlage an dieser Stelle die überdachte Badelandschaft mit einem Außenbereich in Richtung Strand. Die gesamte Front wird verglast, um den Blick auf das Meer zu gewährleisten. Wir werden einen Bereich mit vier Pools innen und zwei weiteren außen haben, dazu hier, hier und hier Sauna, Whirlpool und Dampfbäder. Angeschlossen ist eine tropische Parklandschaft, die Galerie, die sich an der Fensterfront entlangzieht, ist für die Gastronomie vorgesehen ...«

Ich hatte die Pläne bereits gesehen, und als die technischen Angaben, die mein Französisch sowieso überforderten, folgten, merkte ich, dass ich schon wieder angefangen hatte, Schnörkel auf meine Kopie der Unterlagen zu malen. Ich legte den Stift zur Seite und sah mir die Anwesenden an. Auf den Gesichtern keine Reaktion. Gut, warum auch? Die Planung entsprach den Vorgaben. Erst als Dr. Koenig auf die Unterbringung der Gäste zu sprechen kam, zeigte der Vertreter der Gemeinde ein gespanntes Interesse.

»Wir haben zwei Möglichkeiten«, erläuterte Dr. Koenig. »Einmal eine Ferienhaussiedlung, die aus kleinen, freistehenden Häusern im Stil der Region bestehen wird. Jedes Haus kann bis zu acht Personen beherbergen und hat einen kleinen Gartenanteil. Diese Häuser werden von der Gemeinde erbaut. Dafür notwendig ist dieses Areal, das sich südwestlich an den Hauptbau anschließt. Dafür muss sichergestellt sein, dass das Grundstück zur Verfügung steht. Wenn ich Sie richtig verstanden habe, ist dort jedoch ein Naturschutzgebiet, das in diese Fläche hineingreift. Wir werden dazu später noch ein paar Angaben benötigen.«

War es ein Hauch von Unbehagen, der da auf dem Gesicht des grauhaarigen Gemeindevertreters auftauchte? Ich sah auf den Stapel Visitenkarten vor mir, die in der Begrüßungsaktion ausgetauscht worden waren. Monsieur Léon Callot. Nun, da mochte er ein Problem haben, die französischen Umweltschützer waren genauso unbarmherzig wie die deutschen. Aber wir hatten ja noch eine andere Möglichkeit.

»Raumsparender ist die Lösung, einen sechsstöckigen Hotelkomplex auf einem Grundstück der Gemeinde direkt neben dem Hauptbau zu erstellen, terrassenförmige Bauweise würde auch hier den Blick aufs Meer gewährleisten. Dieses Gebäude müsste dann aber im Rahmen der Abwicklung an eine Baufirma vergeben werden, der sich auf derartige Bauwerke spezialisiert hat.«

Das Unbehagen vertiefte sich bei Monsieur Callot. Vermutlich hatte er in seiner Gemeinde mit Bauaufträgen geködert. Sein Problem. Ich persönlich fand Ferienhäuser in dieser Form albern. Viel zu arbeitsintensiv, viel zu personalaufwendig. Aber wahrscheinlich sollten sich örtliche Arbeitskräfte daran eine goldene Nase verdienen.

»Wie ich Ihren Vorstellungen entnehme, meine Herren, soll das Objekt Ende nächsten Jahres betriebsbereit sein. Wir werden unsere Terminplanung darauf abstellen. Ich muss Sie jedoch darauf hinweisen, dass die Entscheidung, ob ein Hotel oder Ferienhäuser gebaut werden sollen, so schnell wie möglich fallen muss.«

Monsieur Callot fragte nach dem Termin, Dr. Koenig wies auf mich.

»Unsere Planerin, Frau Farmunt, wird im Laufe des nächsten Monats einen groben Terminplan vorlegen, aus dem der spätestmögliche Termin hervorgehen wird. Aber ich glaube nicht, dass wir uns bis weit über die Mitte des Jahres Zeit lassen können, denn allein die Bauzeit wird mit gut zwölf Monaten angesetzt.«

Der Franzose nickte. Ihm war vermutlich schon klar, dass er den Engpass bildete. Der Bankdirektor neben ihm, ein Monsieur Muller, flüsterte ihm etwas zu, und auch der Manager der Betreibergesellschaft machte eine Bemerkung zu ihm hin. Ein Nadelöhr, aber zum Glück eines, das außerhalb unserer Verantwortung lag. Andere Meilensteine konnten für uns kritischer werden.

»Hast du die Gegend schon mal gesehen, wo der Park errichtete werden soll?«, fragte ich Wulf, als wir endlich das Sitzungszimmer verlassen konnten.

»Ja, ich war Ende letzten Jahres für drei Tage dort. Warum?«

»Der Gemeindevertreter – was ist der eigentlich, Bürgermeister? – scheint da ein paar Probleme zu sehen.«

»Verständlich. Er hat eine starke Interessenvertretung von – ich glaube Vogelschützern. Die machen ihm die Hölle heiß wegen des Naturschutzgebietes. Außerdem gibt es noch diese Museumskommission, die irgendwelche archäologischen Kostbarkeiten dort vermutet und das Projekt am liebsten torpedieren würde. Da hat sich so ein verrückter Professor eingenistet und schreibt angeblich eine wissenschaftliche Arbeit über die lokale Geschichte.«

»Du liebe Zeit! Da sollte man doch meinen, die Leute freuen sich, dass sie demnächst nicht nur im Juli und August Gäste haben, die sie ausnehmen können. Mit dem Geld, was sie damit verdienen, können sie sicher irgendwo anders ein prima Heimatmuseum bauen. Na gut, solange das uns nicht betrifft.«

»Richtig. Mir liegt auch etwas daran, dass das Projekt zügig in die Reihe kommt. Es ist das erste in der Größenordnung, auch für mich. Du weißt schon, ein Sprungbrett kann man immer brauchen.«

Es sah keiner hin, und er strich mir mit dem Zeigefinger über die Nase. Zur Strafe schielte ich ihn herzzerreißend an.

»Wir müssen ein gutes Team bilden, Lindis. Du und ich! Dann schaffen wir es beide.«

Der Gedanke war nicht schlecht. Abgesehen davon war da dieser kleine Funke wieder, der mir so erfreulich den Bauch wärmte.

2. Faden, 6. Knoten

Der Stein war aufgerichtet worden, um den Platz zu bezeichnen, wo die Wissenden und Weisen den Eingang zu einer anderen Welt gefunden hatten. Eine Welt, in der die Zeit eine andere Dimension hatte und nicht nach Stunden, Jahren oder Tagen gerechnet werden konnte. Eine Welt, in der der Raum eine andere Ausdehnung hatte, wo Meilen nicht Meilen und Lichtjahre nicht Lichtjahre waren. Eine Welt, in der Erkenntnisse nicht begründet werden mussten und aufeinanderfolgende Ereignisse parallel verliefen. Eine Welt, in der man die Ähnlichkeit und Verwandtschaft von Dingen und Abläufen sah, weil sie übereinanderlagen, gleich wann und wo sie sich manifestierten.

Die Gemeinschaft, die in dem Dorf lebte, zog irgendwann weiter, suchte neuen, fruchtbareren Boden, eine zugänglichere Küste. Andere wanderten vorüber, machten Halt am Rande des Waldes oder an den schroffen Felsen der Küste. Ihnen diente der aufrechte Stein als Wegweiser, als Landmarke auf ihren Wegen durch spärlich besiedeltes Gebiet.

Doch nicht nur das, auch sie verehrten diesen Ort und näherten sich ihm mit Achtung. Denn dem einen oder anderen öffnete sich dort zufällig das Tor zur *Autre Monde*, und er erhielt einen Einblick in das Wesen der Dinge. Die Weisen, die dann versuchten, ihre Träume zu deuten, schrieben sie dem stehenden Stein zu.

Dem Stein aber war das gleichgültig.

Es kamen andere Menschengruppen in das Land. Mit anderer Sprache und anderen Sitten. Sie kamen nicht mit Zerstörung und Krieg, sondern sie lebten in Nachbarschaft mit den ursprünglichen Einwohnern. Sie lernten voneinander, und ihre Familien und Bräuche mischten sich.

Der aufrechte Stein wurde auch für die Neuen eine Kultstätte, wo sie eine dreigestaltige Göttin verehrten. Eine Göttin, die die Kraft der Weissagung verlieh. Sie brachten darum an den Menhir bunte Blumen und perlmuttern schimmernde Muscheln, Federchen und glatte Kiesel. Sie sangen und tanzten um ihn herum. Und manchmal öffnete sich für die Priesterin das Tor zur *Autre Monde*, und sie erhielt einen Einblick in die Abläufe der Welt. Sie deutete die Träume und schrieb es der Göttin zu.

Dem Stein aber war das gleichgültig.

Es kamen Eroberer, die das Land mit Krieg überzogen. Sie

kamen aus Rom und besetzten Gallien. Doch der kleine Landzipfel im Norden blieb von ihnen unberührt. Dennoch, in ihrem Gefolge kam die Vernichtung des alten Volkes, und die machte auch vor dem letzten kleinen Dorf nicht Halt, denn es zogen Männer aus, um eine neue Religion zu verkünden. Sie verbreiteten ihren Glauben mit flammenden Bildern von Hölle und Verdammnis, mit Drohungen, die Angst und Schrecken verbreiteten, mit Missachtung und Beleidigungen der alten Bräuche und Werte, mit der Vernichtung der heiligen Quellen und mit dem Bild eines blutenden Mannes am Kreuz. Nötigenfalls lehrten sie die Menschen auch mit Schwert und Feuer die Grundsätze der christlichen Liebe.

Niemand sang mehr und tanzte um den Stein. Doch dann und wann passierte es trotzdem. Wenn nämlich einer der neuen Priester bei ihm stehen blieb, öffnete sich für einen kurzen Moment das Tor zur *Autre Monde* und gab ihm einen Einblick in eine andere Wirklichkeit.

Die Träume erschreckten die Priester, denn sie konnten sie nicht deuten. Es waren Erkenntnisse, die im Glauben der Männer nicht vorgesehen waren, und das machte ihnen Angst. Darum erklärten sie den Stein für gefährlich, für den Sitz teuflischer Kräfte und besprengten ihn mit Weihwasser.

Dem Stein aber war das gleichgültig.

7. Faden, 1. Knoten

»Haben Sie die ersten Daten schon eingegeben, Herr Schweitzer?«

»Natürlich.«

Ich war gerade dabei, mir meinen täglichen Frust abzuholen. Bislang hatte ich es vermieden, mit irgendjemandem über meine Schwierigkeiten mit Schweitzer zu sprechen. Nachdem mir Wulf angedeutet hatte, dass es persönliche Verbindungen zu Dr. Koenig gab, wollte ich lieber erst einmal sehen, ob ich nicht doch auf meine Weise eine fruchtbare Zusammenarbeit mit dem Mann herstellen konnte. Aber so sehr ich mich auch bemühte, Herbert Schweitzer kam mir keinen Schritt entgegen. Er machte, was ich ihm vorgab, aber kein bisschen mehr. Und wenn ich mich bei einer Sache geirrt hatte, erfüllte er buchstabengetreu auch meine Fehler. Wie auch dieses Mal wieder. Ich sah mir Liste an, die eben aus dem Drucker kam.

»Herr Schweitzer, haben Sie sich das Ergebnis am Bildschirm schon einmal angesehen?«

»Natürlich.«

»Ist Ihnen nicht aufgefallen, dass wir unmöglich mit dem Aushub für den Bau beginnen können, ehe wir nicht die Firma beauftragt haben, die das machen soll?«

»Doch, natürlich.«

Ich zählte langsam bis drei.

»Da das unmöglich ist, hätten Sie es nicht korrigieren können, als Sie es erkannt haben?«

»Ich habe nur Ihre Angaben übernommen, Frau Farmunt.«

Ich zählte bis fünf, bevor ich antwortete.

»Ich glaube nicht, dass ich die Angabe in der Form gemacht habe.«

»Wollen Sie mir unterstellen, dass ich einen Fehler gemacht habe?«

»Könnte doch beim Eingeben passieren, nicht?«

»Hier sind Ihre Vorgaben, Frau Farmunt!«

Er reichte mir den handschriftlichen Zettel, auf dem ich die Vorgänge aufgelistet hatte. Ich prüfte meine Aufzeichnungen. Wie peinlich, er hatte recht. Ich hatte einen Schreibfehler gemacht. Allerdings war der so offensichtlich, dass er ihm sofort hätte auffallen müssen.

»Gut, Herr Schweitzer, Sie hatten recht. Aber trotzdem hätten Sie mich ansprechen können, als Sie den Buchstabendreher bemerkt haben. Dann hätte ich es gleich korrigieren können. Es ist ja ziemlich offensichtlich.«

»Sie waren nicht erreichbar, Frau Farmunt.«

Gute Güte! Noch einmal zählte ich ganz langsam bis fünf.

»Ich habe ein Telefon. Wenn ich nicht da bin, kann Ihnen auch Herr Daniels weiterhelfen. Abgesehen davon kennen Sie die Voraussetzungen für die Planung genauso gut wie ich, denn Sie waren bei allen Besprechungen dabei.«

»Frau Farmunt, Sie haben mir mehrfach bei eben diesen Besprechungen zu verstehen gegeben, dass meine Vorschläge nicht Ihre Billigung finden. Überrascht es Sie, dass ich dann auch nur das nachvollziehe, was Sie mir vorgeben?«

Das war also die Ursache. Na herrlich! Bei den Planungsgesprächen hatte Schweitzer ein paar Mal Ideen entwickelt, die deutlich gezeigt hatten, dass er die gesamte Methodik nicht verstanden hatte. Das war uns inzwischen allen klar geworden, nur ihm leider nicht. Was tun, um nicht aus der Haut zu fahren?

»Sie werden bemerkt haben, dass auch meine oder die Ideen der Techniker nicht immer berücksichtigt werden. Wir können in dem Team nicht sinnvoll zusammenarbeiten, wenn wir solche Fälle immer persönlich nehmen. Wir haben ein komplexes und umfangreiches Projekt abzuwickeln, da ist jeder aufgefordert, mitzudenken und selbständig zu handeln. Herr Schweitzer, ich möchte Sie wirklich bitten, mich in einem solchen Fall direkt zu informieren oder auch die notwendigen Korrekturen vorzunehmen. Jeder von uns kann mal Fehler machen. Der Vorteil der Zusammenarbeit besteht doch darin, sich gegenseitig zu unterstützen, damit die ganze Sache so reibungslos wie möglich abläuft.«

»Wollen Sie mir jetzt unterstellen, dass ich nicht mitdenke?«

Das wurde ja immer ungemütlicher. Natürlich hatte Schweitzer mitgedacht. Sogar so weit, dass er mich mit dem Resultat kräftig gegen die Wand hatte laufen lassen.

»Mitdenken und mithandeln. Aber Schwamm drüber, Herr Schweitzer. Ich denke, wir haben jetzt die Fronten geklärt. Ich habe einen Fehler in den Vorgaben gemacht, wir korrigieren das jetzt, und das nächste Mal werde ich mich bemühen, Ihnen sorgfältiger aufbereitete Unterlagen zu übergeben. Kommen Sie, wir bereinigen die Eingaben gemeinsam.«

Eigentlich war das ein Schlag ins Gesicht für ihn, aber er lächelte nur säuerlich und schien sich in dem Gefühl zu sonnen, dass er mir endlich gezeigt hatte, wie unfähig ich war. Na gut, für dieses Mal sollte das durchgehen.

Er räumte umständlich die Papiere zusammen und rief das Programm auf. Er hangelte sich Bild für Bild durch die Menüs, bis er endlich den gesuchten Vorgang gefunden hatte.

Ich verließ den Raum, um nicht einen Schreikrampf zu bekommen.

Eine halbe Stunde später rief mich Dr. Koenig an und fragte, ob es schon Ergebnisse zur Grobplanung der Termine gebe. Ich versprach ihm, so schnell wie möglich mit den Auswertungen vorbeizukommen, und rief das Programm auf. Inzwischen sollte Freund Schweitzer ja die drei Eingaben gemacht haben.

Nichts hatte er gemacht. Die Vorgänge waren gelöscht, und einige andere kamen mir irgendwie kraus und komisch vor. Ungehalten stand ich auf und klopfte an seine Zimmertür. Keine Antwort. Ich öffnete. Das Büro war leer, der Bildschirmschoner flimmerte. Das hatte mir gerade noch gefehlt. Also, alles selbst machen! Ich suchte auf dem Schreibtisch meine Vorgaben, um die Daten noch einmal zu überprüfen.

»Machen Sie jetzt eine Zimmerkontrolle bei mir, Frau Farmunt? Dagegen muss ich mich aber deutlich verwehren!«

52

»Ich habe einen Termin bei Dr. Koenig und brauche den Terminplan. Und zwar schnell. Also werde ich die Daten jetzt selbst korrigieren. Ich übernehme die Eingaben.«

»Das sind ja Wildwest-Methoden, die Sie hier anwenden. Das muss ich mir nicht bieten lassen!«

Schweitzer stürmte auf den Gang hinaus, vermutlich in Richtung Chefbüro. Na, sollte er. Dann konnte ich das im gleichen Aufwasch mit erledigen.

Ich brauchte allerdings noch eine gute Stunde, um den Datenwust zu entwirren, den er in der Kürze der Zeit angerichtet hatte. Aber schließlich hatte ich den Plan so weit, dass er einigermaßen aussagefähig war. Ich packte die Papiere und machte mich auf den Weg in Dr. Koenigs Sekretariat.

Karola Böhmer, versponnen in einen Berg Papier für die Ablage, sah mir mitleidig entgegen.

»Haben Sie sich mit Herrn Schweitzer gezankt?«

»War er schon hier?«

»Mh.«

»Na gut. Kann ich jetzt auch nicht mehr ändern.«

»Er ist ein bisschen schwierig. Seit seiner Scheidung ist er Frauen gegenüber fürchterlich misstrauisch. Ich komme auch nicht gut mit ihm aus. Aber jetzt rein mit Ihnen, Dr. Koenig wartet schon.«

Das Thema Schweitzer kam nicht zur Sprache. Ich war mir nicht sicher, ob ich mich darüber ärgern oder froh sein sollte, dass ich keinen Anpfiff bekommen hatte. Wir sprachen die Termine und ihre Konsequenzen sachlich durch, diskutierten einige Änderungen und vereinbarten, in der nächsten Woche den Auftraggebern ein vorläufiges Ergebnis mit einer Liste von notwendigen Entscheidungen zu schicken.

Ich ging mit zwei vollgeschriebenen Seiten zurück in mein Zimmer, und Frau Böhmer trat kurz nach mir mit einer Tasse

Kaffee und einem Teller Schokoladenkekse ein. Ich habe eine Schwäche für Schokoladenkekse, leider.

»Wird für Sie vermutlich länger heute Abend, was?«

»Woher wissen Sie?«

»Ist immer so, wenn jemand bei Dr. Koenig drin war.«

»Das ist lieb von Ihnen, dass Sie für mich sorgen. Das macht sonst keiner.«

»Sie Arme. Sie wohnen auch ganz alleine, nicht?«

»Ja, aber das ist nicht so schlimm. Manchmal denke ich, ich wohne eher hier als in meiner neuen Wohnung.«

»Vielleicht … ich meine, wenn Sie mal Lust auf einen Schwatz haben … Nicht über Firmendinge, sondern einfach so, dann würde ich mich freuen, wenn Sie abends mal zu uns zum Essen kommen. Jessika-Milena würde sich auch freuen.«

Ich sah Karola Böhmer an. Wirklich eine Ausnahme unter den Sekretärinnen. Und vielleicht hatte sie sogar recht. Es würde mir mal gut tun, mich im Zweifelsfall über das Waschen von Windeln und Strampelhöschen zu unterhalten. Oder war das Kind aus dem Alter schon heraus? Egal.

»Das ist eine sehr nette Einladung, Frau Böhmer. Ich denke, das können wir in den nächsten Tagen machen.«

»Sagen Sie mir einfach, wann es Ihnen passt. Ich bin abends ja immer zu Hause.«

Wir verabredeten uns also für die folgende Woche, und ich, gestärkt von einer Menge Plätzchen, machte mich an die Überarbeitung der Planung.

8. Faden, 1. Knoten

Der alte Stein zeigte Spuren von Verwitterung, graugrüne Flechten überzogen seine narbige Oberfläche. Er war mit den Jahren ein wenig tiefer in den Boden gesunken, doch er ragte noch immer weithin sichtbar auf und trotzte Stürmen, Regen, heißer Sonne. Zu seinen Füßen wuchs noch das gleiche niedrige Gras, das schon vor vielen Tausend Jahren dort gewachsen war, als die ersten Siedler ihn an dieser Stelle und keiner anderen hatten errichten lassen.

Es war Frühling, und in einem kurzen unterirdischen Gang in der Nähe des Menhirs hatte sich eine hübsche braune Maus mit weißem Bauchfell eingenistet. Sie gehörte der Gattung der Feldwaldmäuse an und liebte Körner und Samen, kleine Insekten und Schnecken. Ihr Nest hatte sie mit einer besonders schönen Unterlage kuschelig gestaltet. Eine alte Zeitung hatte sie zernagt und zu kleinen Schnipseln verarbeitet. Jetzt lag sie auf dieser gemütlichen Unterlage und brachte sechs glitschige, winzige, blinde Mäusekinder zur Welt. Noch war die kleine Familie sicher hier in dieser dunklen, warmen Höhle. Noch gab es Milch und Vorräte, so dass die Kleinen wachsen konnten.

Über ihrem Heim jedoch existierte die böse, raue Wirklichkeit. Schwarze Krähen kreisten über dem Feld und hielten nach Nahrung Ausschau, giftiger Dünger wurde verteilt, Mausefallen warteten heimtückisch mit Leckerbissen lockend auf ihr Opfer, Traktoren und Autos rollten erbarmungslos über die Wege, und ein roter Kater, der hin und wieder auf den passenden Namen Dämon hörte, schlich allzu oft bedrohlich nahe an dem Menhir vorbei.

Ihm fielen fünf der Mäusekinder und später auch die Mutter zum Opfer.

Eine Maus überlebte.

9. Faden, 1. Knoten

Es wurde schon dämmerig, als ich an diesem wolkenverhangenen Abend nach Hause kam. Meine Schultern waren verspannt, ich war hungrig und fühlte mich ausgelaugt. Gesundheitsfanatiker hätten mir vermutlich jetzt eine Runde Waldlauf verschrieben und anschließend eine große Portion von irgendetwas ungeheuer Vitaminreichem.

Hektische Bewegung liegt mir nicht, und zum Essen hatte ich, soweit ich mich erinnern konnte, nur ein paar trockene Brötchen von gestern im Haus. Das mit dem Einkaufen klappte noch nicht so, aber das Essen in der Kantine war nicht schlecht und half mir meist, den Tag zu überstehen.

Das Vierparteienhaus, in dem ich im ersten Stock jetzt meine Wohnung hatte, lag im Dunkeln. Die Mitbewohner waren entweder auch noch nicht zu Hause oder hatten bereits die Rollläden hinuntergelassen. Ich schloss die Haustür auf, sah in den Briefkasten und schleppte mich müde die Treppen hoch. Mag sein, dass es die Müdigkeit war, die mich so unaufmerksam gemacht hatte, jedenfalls erschreckte ich mich halb zu Tode, als mich eine Stimme mit einem leicht gereizten »Na endlich!« begrüßte.

Die Stimme kam nicht aus dem Jenseits, doch zumindest aus einer anderen Welt. Einer Welt, in der ausgewaschene Jeans, schlabberige Sweatshirts, schmutzige Turnschuhe und ein voluminöser Rucksack zum ganz normalen Zubehör eines jungen Mädchens gehörten.

»Beni, was machst du denn hier?«

»Ich warte seit Stunden auf dich.«

Ich war wohl etwas langsam, ich verstand nicht so recht, wieso meine fünfzehnjährige Schwester, die sich eigentlich in der Obhut unserer Eltern gut vierhundert Kilometer entfernt befinden sollte, hier auf den Treppenstufen vor meiner Wohnungstür saß. Mitsamt einem prall gefüllten Rucksack und zwei ebenso prallen Plastiktüten. Sie gab das entzückende Bild einer jugendlichen Verwahrlosten ab.

»Und warum wartest du auf mich?«

»Weil ich dachte, dass du, wenn du endlich die Tür aufmachst, uns dann eine Pizza bestellen könntest. Ich hab nämlich seit Stunden nichts mehr gegessen.«

Ich seufzte. Die Erklärung war zu einfach. Aber was blieb mir anderes übrig, wir konnten ja nicht im Treppenhaus bleiben. Ich machte auf, und Beni schleppte sich und ihre Habseligkeiten in den Flur.

»Ein bis zwei erhellende Erklärungen wären nicht schlecht, Beni.«

»Ja, ältere Schwester. Aber erst, wenn ich was zu essen bekommen habe. Hier ist der Zettel vom Pizza-Service. Ich hab ihn aus deinem Briefkasten gezogen. Die mit Peperoni. Wo ist das Klo?«

Windstärke zwölf war nichts gegen das, was mir hier ins Haus gefegt kam. Ich wehrte mich nicht, zeigte ihr das Bad, rief den Pizza-Lieferanten an und bestellte auch gleich zwei Salate und Nudeln für mich mit. Was soll's, das würde eine lange Nacht geben.

Ich kenne Beni nicht gut. Sie ist ein verspäteter Ausrutscher meiner Eltern. Vierzehn Jahre Altersunterschied sind nicht förderlich für ein enges Verhältnis unter Schwestern. Ich hatte das traute Heim verlassen, als Beni in den ersten Schuljahren war und sie zwischendurch nur bei meinen seltenen Besuchen zu Hause gesehen, immer wieder verwundert, dass ein einziger Mensch derart schnell wachsen kann.

Ich legte mein Kostüm ab und zog bequeme Hosen und einen Pullover an. Kühl war es jetzt Ende Mai noch immer, und tagsüber machte ich die Heizung nicht an. Ich war ja sowieso nicht in der Wohnung.

»Schick hast du's hier, ältere Schwester. Hast du zufällig auch so was wie ein Gästebett? Oder wenigstens ein Eckchen, wo ich meinen Schlafsack hinlegen kann?«

»Gästebett, dort, in dem Zimmer.«

Ich konnte sie ja schlecht über Nacht auf die Straße setzen. Aber spätestens morgen früh saß wie wieder im Zug nach Hause, das war mal ganz sicher.

»Hast du die Pizza bestellt?«

»Ja, und auch Salat.«

»Oh, klasse. Hast du was zu trinken für mich. Milch oder so was?«

»Milch?«

»Schon gut, Wasser, Tee, Saft, egal.«

Ich goss uns beiden Orangensaft ein und holte Besteck und Teller aus dem Schrank. Draußen hielt ein Auto. Der Pizza-Service war schnell. Dann beobachtete ich, wie meine kleine Schwester mit dem Appetit einer ausgewachsenen Riesenschlange ihren Anteil und den größeren Anteil meiner Portion vertilgte. War ich vor vierzehn Jahren auch so unersättlich gewesen?

»So, jetzt solltest du so weit abgefüttert sein, dass du mir den Grund deines Besuches erklären kannst.«

»Kleines Zerwürfnis mit Mutter. Wir brauchen ein wenig Abstand voneinander, habe ich festgestellt.«

Das war ein Grund, der mir nicht ganz unbekannt war. Ich hatte es nur knapp vier Jahre länger ausgehalten. Unsere Mutter hatte sehr bestimmte Vorstellungen davon, was Lebensweise und Umgang ihrer Familie bedeuten. Mein Vater war leider ein Flop für sie. Zwar hatte er die ausreichenden akademischen Grade erworben, doch statt mit diesem Kapital eine gesellschaftliche Karriere anzustreben, bei der seine Frau die erforderlichen repräsentativen Pflichten wahrnehmen konnte, hatte er sich in ein Gelehrtenstübchen zurückgezogen und widmete sich ganz der Erforschung alter indoeuropäischer Sprachen. Er war eine bekannte Größe auf dem Gebiet geworden, und für das tägliche Brot mit guter Butter reichte es. Aber kein Glanz und keine gesellschaftlichen Höhenflüge.

Die sollten dann die Töchter erbringen. Beileibe aber nicht durch eigene Arbeit, sondern durch eine glanzvolle Heirat. Was hatte ich für Kämpfe mit Mutter auszufechten gehabt, damit ich Betriebswirtschaft studieren durfte. Gut, vergessen wir das.

»Worum ging es, Beni?«

»Um ein Nobelinternat.«

»Schon verstanden. Die guten Beziehungen.«

»Die, und natürlich der Low-level-Bildungsanspruch, damit meine schulischen Leistungen wieder vorzeigbar werden!«

»Wie bitte?« Ich hatte doch noch sehr lebhaft in Erinnerung, dass meine kleine Schwester Wissen wie ein trockener Schwamm aufzusaugen pflegte. Sie hatte mich schon als kleines Mädchen mit ihrer neugierigen Intelligenz erstaunt.

»Na ja, ich hab mich wirklich bemüht, wenigstens in den meisten Fächern eine vier zu kriegen. Ich bin aber versetzt!«

»Du hast dich wirklich bemüht …« Ich sah, wie sie versuchte, ein Grinsen zu verstecken. »Ich verstehe, du hast dich ernsthaft bemüht, keine besseren Noten zu bekommen. Was soll das, Beni?«

»Na, du weißt doch, wie Mutter ist. ›Unsere Bernadine bringt ja immer sooo gute Leistungen mit nach Hause. Sie ist ja ein sooo fleißiges und hochbegabtes Kind. Das hat sie bestimmt von ihrem Vater, der ist ja auch von sooo überragender Intelligenz!‹ Hat sie doch bei dir auch gemacht!«

Ich fürchte, ich zog eine zustimmende Grimasse. Natürlich konnte ich mitfühlen.

»Ja, okay, Beni, die Erklärung lasse ich gelten. Aber was versprichst du dir davon, bei mir aufzutauchen?«

»Oh, die Stimme des Blutes rief mich.«

»Bernadine!«

Ich tue es nicht gerne, Beni mit ihrem vollen Namen anzusprechen. Ich ahne, sie leidet darunter genauso wie ich. Es wirkte jedenfalls sofort.

»Ich … ich wusste einfach nicht mehr weiter, Lindis. Sie hat gelitten und geschmollt, du kennst sie ja. Und Papa hat sie auch völlig plattgemacht mit ihrem Getue. Ich hab gedacht, du hast hier eine große Wohnung und bist eh nicht viel da, vielleicht könnte ich bei dir wohnen und hier zur Schule gehen, wenn ich schon wechseln soll. Abi würd' ich schon gerne machen. Und dann studieren.«

»Dass mir das vielleicht nicht passen könnte, ist dir noch nicht in den Sinn gekommen?«

»Hast du einen Freund, der den Platz braucht?«

»Nein«, rutschte mir spontan heraus, und ich hatte eine Chance vergeben.

»Hab ich mir gedacht.«

Um Himmels willen, das Gör musste sofort wieder nach Hause zurück, Verständnis hin, Mitleid her.

»Nicht böse sein, ältere Schwester, bitte. Lass mich bei dir bleiben. Wenigstens die Ferien über.«

»Sind Ferien?«

»So gut wie.«

»Beni!«

»Na, noch zwei Wochen. Aber die Arbeiten sind alle geschrieben. Und wenn ich die Schule wechseln will, kommt es darauf doch sowieso nicht mehr an.«

»Meine Einwilligung hast du nicht. Ich habe keine Zeit, mich um dich zu kümmern.«

»Das genau ist doch die ideale Voraussetzung, verstehst du das nicht? Ich kann mich um mich selbst kümmern. Du brauchst weder mein Zimmer sauberzumachen noch meine

Wäsche zu waschen. Und kochen brauchst du auch nicht für mich. Meine Schulaufgaben kann ich sowieso selbst erledigen, damit hast du auch nix am Hut. Aber für dich könnte ich was machen. Mh? Staubsaugen, Blusen bügeln, einkaufen gehen.«

»Ich bin müde, Beni. Ich hatte einen tierisch anstrengenden Tag. Meinetwegen kannst du ein paar Tage hierbleiben. Wissen die Eltern, wo du bist?«

»Wenn sie den Brief finden.«

»Uhhh. Beni!«

»Willst du sie anrufen?«

Das war das Allerletzte, was ich an diesem Abend noch wollte.

Ich erledigte es am nächsten Abend, und es war ein langes, unerquickliches Gespräch, das damit endete, dass ich mich heftig mit meiner Mutter stritt und schon deswegen Beni bei mir aufzunehmen drohte. Dummerweise nahm sie das Angebot schließlich an und drückte es mit den schönen Worten aus: »Dann übernimm du doch die Verantwortung für das Kind!«

»Schick mir alle Unterlagen, die ich für die Ummeldung brauche, und eine Vollmacht. Ich bin es leid, mit dir darüber zu diskutieren, wie meine oder Benis Zukunft gestaltet werden soll. Ich habe es nach meinen Wünschen geschafft, und Beni hat auch das Zeug dazu.«

Beni war bei dem Gespräch nicht dabei. Sie hatte sich in einem Anfall von Taktgefühl in das Gästezimmer zurückgezogen und ihren MP3-Player in die Ohren gestöpselt. Ich ging zu ihr hinein, als ich das Gespräch beendet hatte.

Beni ist ein hübsches Mädchen. Sie hat lange, goldblonde Haare, die sich ein bisschen ringeln. Aber sie zieht sich fürchterlich an. Jetzt sah sie mit großen, wahrhaft angsterfüllten Augen zu mir auf und wartete auf die Urteilsverkündung.

»Meinst du, du könntest dich an saubere Jeans und gebügelte Blusen gewöhnen?«

»Grundsätzlich?«

»Ja, ich fände den Anblick auf Dauer angenehmer.«

»Du meinst …? Ehrlich? Du meinst, ich kann wirklich …? Oh, ältere Schwester!«

Es rollten doch tatsächlich zwei Kullertränen die Wangen hinunter, und sie umarmte mich vorsichtig.

»Warum sagst du eigentlich immer ›ältere Schwester‹ zu mir, Beni?«

»Aus Achtung, alte chinesische Höflichkeitsform.«

»Oh, na dann. Herzlich willkommen zu Hause, jüngere Schwester.«

6. Faden, 2. Knoten

Es zeigte sich, dass durch Benis Einzug meine Verpflichtungen zwar größer geworden waren, aber mein Leben auch eine gewisse Bereicherung erhielt. Wenn auch nur dadurch, dass ich mich mit völlig neuen Themenkreisen zu beschäftigen hatte. Etwa dem Aussuchen eines geeigneten Gymnasiums, der Bevorratung von Lebensmitteln für eine permanent hungrige Halbwüchsige, dem abendlichen Unterhaltungsprogramm und dem ständigen Kampf um meine Kleidungsstücke, die sich Beni mit wachsender Begeisterung auslieh.

Daneben wurde es in der Firma langsam brenzlig, denn der erste Plan musste fertiggestellt werden. Ich hatte deshalb noch zwei weitere Zusammenstöße mit Schweitzer, bei denen ich meinen Ärger gewaltig herunterschlucken musste, um nicht sehr direkt zu werden. Darum blieb aber die meiste Arbeit an mir hängen. Mit Wulf war ich noch ein paar Mal essen gegangen, hatte aber weitgehend Distanz gewahrt. Im Augenblick war mir das zu riskant, vor allem, weil Karola Böhmers Huldigungen an ihn deutlich machten, dass sie ein Auge auf ihn geworfen hatte. Nicht, dass mich das in irgendeiner Weise an irgendetwas gehindert hätte. Karola war eine liebe Frau, aber in Sachen Männer muss jede sich selbst die Nächste sein. Allerdings hatte sie durch ihr Interesse einen guten Blick für zarte Schwingungen, und an der Stelle wollte ich keine Verwicklung.

Ich stürzte mich wieder in die Arbeit und unterdrückte auch gelegentlich aufkeimende zarte Gefühle.

Wulf und ich hatten den ersten einigermaßen belastbaren Plan entwickelt und stellten ihn Dr. Koenig vor.

»Wir haben für die gesamte Abwicklung – Planung und Bauzeit – insgesamt vierzehn Monate ermittelt, das aber unter Berücksichtigung größtmöglicher Puffer. Damit würden wir, wenn der Baubeginn wirklich noch dieses Jahr im Dezember erfolgt, im Oktober nächsten Jahres in Betrieb gehen. Wichtig ist allerdings, dass alle Grundstückskäufe noch im August abgewickelt werden.«

»Im August? Das können wir getrost vergessen. Im August macht Frankreich Urlaub. Welches ist die kürzest mögliche Dauer?«

»Zwölfeinhalb Monate.«

»Gut, dann haben wir eine Reserve von sechs Wochen. Viel ist das nicht!«

»Nein, aber wir können mit dem engen Zeitplan unsere Auftraggeber etwas unter Druck setzen«, schlug ich vor.

»Natürlich. Wo gibt es Engpässe in dem geplanten Ablauf?«

»Die geringste zeitliche Reserve haben die Arbeiten an den Ferienhäusern. Und die Ausführung dessen liegt bei der Gemeinde. Einfacher würde es, wenn die Entscheidung zu Gunsten des Hotelkomplexes fällt, da haben wir die Angelegenheit weitaus besser in der Hand, da die Vergaben über unsere Firma laufen.«

»Wann muss spätestens darüber entschieden werden?«, wollte Dr. Koenig wissen und sah von den Notizen auf, die er sich gemacht hatte.

Ich zuckte mit den Schultern und meinte: »Möglichst vor dem Baubeginn. Es hängt etwas davon ab, ob alle benötigten Grundstücke zur Verfügung stehen. Sie wissen, das Hotel hat einen geringeren Platzbedarf.«

»Na gut, das ist also nicht kritisch. Haben Sie schon Informationen, wie weit die Frage der Grundstücke geklärt ist, Herr Daniels?«

»Ich sprach gestern mit Léon Callot, er ist optimistisch, dass die Umweltschützer einlenken und das Gebiet freigeben. Aber konkret wurde er nicht.«

»Dann wäre es vielleicht ganz opportun, noch einmal dort die Lage zu prüfen, Herr Daniels.« Dr. Koenig schwieg einen Moment und sah dann auch mich an. »Ja, wahrscheinlich gar keine so schlechte Idee. Fahren Sie für drei, vier Tage noch einmal dorthin und sondieren Sie. Und Sie, Frau Farmunt, können sich auch gleich ein Bild über die Lage verschaffen.«

Ich nickte. Das Vorhaben würde für mich auch greifbarer werden, wenn ich den Ort selbst einmal gesehen hatte. Bisher war alles sehr graue Theorie gewesen. Außerdem sah ich noch einen weiteren Vorteil darin.

»Ganz geschickt wäre es, wenn ich bei der Gelegenheit dem Präfekten und dem Bürgermeister den Plan gleich übergebe und auf die Dringlichkeit der Entscheidung hinweise. Im persönlichen Gespräch wird das den Herren vielleicht noch deutlicher.«

»Sehr gut. Machen Sie die Unterlagen fertig, und fahren Sie nächste Woche nach Plouescat. Ich bereite den Kontakt für Sie vor. Gibt es sonst noch irgendwelche Themen, die wir diskutieren müssten?«

Ich hatte bei den engen Terminen irgendwie ein ungutes Gefühl, und ohne groß nachzudenken, sagte ich: »Wenn es urlaubsbedingt oder aufgrund von Interessenskonflikten nicht zu einer Entscheidung im Juli oder August kommt, haben wir das Problem, eine Bauzeit von zehn Monaten vorausgesetzt, dass die Ferienanlage mitten im Winter fertig wird. Das scheint mir aber ein äußerst unglücklicher Zeitpunkt zu sein.«

»So könnte man sagen. Welchen Vorschlag haben Sie?«

»Nun, wir könnten uns einen größeren Puffer verschaffen, wenn dann die Fertigstellung erst, sagen wir, für den März des darauffolgenden Jahres geplant wird. Das wäre eine Verschiebung um ein gutes Vierteljahr. Man sollte das als Lösung in der Hinterhand haben, damit nicht wir hinterher unter Druck gesetzt werden mit einer kürzeren Bauzeit.«

»Keine schlechte Idee. Machen Sie einen Alternativ-Plan und geben Sie ihn mir schon einmal vorweg.«

»Ich bin nicht der Meinung, dass wir diese Alternative überhaupt diskutieren sollten, Lindis«, warf Wulf ein. »Damit öffnen wir nur das Tor zu weiteren Verzögerungen. Ich möchte das Projekt zügig abwickeln, Herr Dr. Koenig. Im Zweifelsfall muss etwas Druck auf die Gemeinde ausgeübt werden.«

»Herr Daniels, auch mir liegt an einer schnellen und reibungslosen Abwicklung, aber Frau Farmunt hat schon recht, wir brauchen Alternativen, die nicht uns belasten. Gibt es sonst noch etwas?«

»Nein, Dr. Koenig. Von meiner Seite aus nicht.«

»Gut, dann bereiten Sie Ihren kleinen Ausflug vor.«

Wir waren entlassen.

Wulf begleitete mich zu meinem Büro.

»Ganz fair war das nicht, mich mit dieser Verzögerung zu

überrumpeln, Lindis! Das hättest du vorher mit mir abspre-
chen sollen.«

»Warum? Das war doch wirklich nur unter uns gesprochen.
Ich bin auch erst darauf gekommen, als du von deinen Zweifeln
gesprochen hast, die du wegen der Grundstücke hattest.«

»Ich mag da meine Zweifel haben, aber das bedeutet nur,
dass wir anders, radikaler vorgehen müssen, nicht mit dem Termin nachgeben. Ich will ein Vorzeigeprojekt, nicht eine sich
endlos dahinschleppende Abwicklung im Halbschlaf.«

»Hast du einen wichtigen persönlichen Termin nächstes Jahr
im Herbst, dass du so auf die Tube drückst?«, spöttelte ich,
denn mir schien sein Ehrgeiz etwas überzogen.

»Ich … Ach, ist ja auch egal. Wann wollen wir nach Plouescat fliegen? Schon am Wochenende, Lindis?«

Er sah mich aus funkelnden Augen an, und ich war in der
Versuchung, spontan einzuwilligen. Aber dann fiel mir wieder
ein, dass ich ja am Wochenende mit Beni zu unseren Eltern fahren wollte, um ihre restlichen Habseligkeiten dort abzuholen.

»Wulf, ich habe leider einen Familientermin. Glaub nicht,
dass mir das ungeheure Freude macht, aber meine kleine
Schwester hat sich doch bei mir eingenistet. Ich kann frühes-
tens am Montag fort.«

»Du bist doch sonst so groß im Termineverschieben. Geht
das an der Stelle nicht auch?«

»Spotte du nur, Wulf.«

»Okay, dann Montag bis Donnerstag. Kannst du das Kind so
lange alleine lassen?«

»Ich hoffe es.«

9. Faden, 2. Knoten

Beni bekam einen neugierigen Blick, als ich ihr von meiner Reise berichtete.

»So, so, mit deinem Projektleiter fliegst du nach Frankreich. Ist er hübsch?«

»Er ist ein Kollege, Beni!«

Es war ein Versuch, sie von weiteren Fragen abzubringen, aber ein gescheiterter Versuch.

»Das schließt Attraktivität nicht aus. Ist er verheiratet?«

»Warum interessiert dich das?«

»Weil du dieses hübsche schwarze Nachthemdchen gebügelt haben willst.«

»Beni!!«

»Ich darf doch meine Schlüsse ziehen, oder? Wie heißt er denn? Nur falls ich mal ans Telefon gehen muss und seine Frau beruhigen: ›Nein, nein, Ihr Gatte ist nur auf einer kleinen Dienstreise mit meiner jungen, schönen und verführerischen Schwester. Sie brauchen sich nichts dabei zu denken, es ist nur, weil die Firma sparen muss, darum haben die beiden ein gemeinsames Zimmer genommen, in dem nur ein weiches, großes, breites Bett steht …‹ Aua, aua, AUUUU! Nicht schlagen, sonst gehe ich zurück zu meiner Mutter!«

Was sollte ich nur machen? Dieses Mädchen war unmöglich.

»Er heißt Wulf Daniels und ist mir sympathisch. Langt das?«

»Wie sympathisch? Ein Schwager in spe?«

»Mitnichten.«

»Auch noch Nichten, du liebe Zeit. Ging's nicht ohne Familie?«

»Beni, ich verspreche dir, ich lasse dich am Sonntag bei den Eltern zurück.«

»Oh, bitte, bitte nein, schöne, verführerische ältere Schwester, tu das nicht. Ich bin auch ganz brav und verrate deine Adresse seinen abgelegten Freundinnen nicht.«

Jetzt hatte sie mich angesteckt.

»Bin ich verführerisch?«, fragte ich und schickte ihr einen schmachtenden Blick unter halb gesenkten Lidern.

»Wie ein Pfannkuchen.«

»Was?«

»Ich liebe Pfannkuchen.«

»Du bist ja auch verfressen. Aber unter Pfannkuchen stelle ich mir immer etwas Weiches, Wabbeliges vor. Nicht gerade der Höhepunkt des Verführerischen.«

»Na, ein bisschen weich und wabbelig um die Taille bist du doch«, bemerkte Beni, bevor sie leise die Tür hinter sich schloss. Au weh, das war hart.

Aber gerecht, wenn ich ganz ehrlich sein wollte. Ich nahm diese Bemerkung zum Anlass, einmal kurz und gründlich Inventur zu machen. Zwar besaß ich die Größe und Langbeinigkeit einer Mannequin-Figur, wenn sie etwas straffer gewesen wäre. Weich und wabbelig da und dort eben. Vor einem Jahr, als ich mich wenigstens hin und wieder noch mit Freunden zum Squash-Spielen verabredet hatte, war das noch nicht so gewesen. Damals gab es auch häufiger Salat auf meinem Speisezettel und weniger Schokoladenkekse. Aber, so fragte ich mich, wie sollte ich das bei dem jetzigen Arbeitsaufwand geregelt bekommen. Zehn, zwölf Stunden am Tag war ich in der Firma, abends gab es Französischkurs, und dann musste auch noch der Haushalt und jetzt obendrein Beni versorgt werden.

Außerdem, Wulf schien ich auch so zu gefallen. Also, warum mir noch mehr Stress machen, als sowieso schon da war.

Wir trafen am Samstag bei unseren Eltern ein, und meine Mutter betrachtete mich mit gedämpftem Wohlwollen, denn ich entsprach von Kleidung und Auftreten der erfolgreichen Managerin. Beni hingegen hatte ein mütterliches Donnerwetter zu erwarten.

»Dein Zeugnis ist hier, Bernadine. Vater ist extra zur Schulleitung gegangen, um diesen schändlichen Beweis deiner Faulheit und Unfähigkeit abzuholen. Was hast du dir da nur wieder geleistet?«

Beni nahm mit einem Achselzucken den besagten Beweis entgegen und meinte: »Mehr geht eben nicht. Vielleicht wird's auf einer anderen Schule besser.«

»Du bist entsetzlich sorglos, Bernadine. Das sind Dokumente für das Leben.«

»Hör auf, Mutter! Und nenn mich nicht ständig Bernadine, das ätzt mich an!«

»Wie drückst du dich nur aus, Kind! Ich möchte, dass in diesem Haus ein gesitteter Ton herrscht.«

»Mutter, lass sie in Ruhe. Ich werde eine gute Schule für sie finden, und wenn nötig, jede zusätzliche Unterstützung in die Wege leiten«, fiel ich meiner Mutter ins Wort, denn Beni zeigte alle Anzeichen, kurz vor einem Ausbruch höchster Muffigkeit zu stehen.

Seltsamerweise fand ich bei meinem Vater eine andere Einstellung vor. Er hatte sich zur Feier unseres Besuches von seinem Schreibtisch getrennt, auch wenn das fast einer Amputation gleichkam. Als meine Mutter in der Küche verschwunden war, um das Abendessen zu richten, setzte er sich zu mir und fragte: »Na, Lindis, jetzt willst du dein Glück bei Beni versuchen? Glaubst du denn, dass du etwas bei ihr erreichst?«

»Ich denke schon. Vater, Beni ist trotzig, nicht blöd. Verstehst du das nicht? Mutter geht ihr auf den Geist, wenn sie ständig mit ihren Leistungen hausieren geht.«

»Sie meint es doch gut. Ihr beide seid sehr begabte Menschen, Lindis. Warum soll sie das nicht anderen gegenüber sagen?«

»Weil es erstens nicht ihre Leistung ist, und weil zweitens sowohl Beni als auch ich nicht besonders stolz darauf sind, dass uns manche Sachen eben leichtfallen. Vater, man freut sich doch viel mehr über die Anerkennung für etwas, das man aus eigener Kraft erreicht hat. Oder?«

»Wie wahr, Lindis.«

»Und genau die verweigert sie uns«, fügte ich bitter hinzu.

Er nickte. »Es ist traurig, Lindis. Aber deine Welt und ihre Welt haben unterschiedliche Werte. Schade, dass ihr nicht zusammenfinden könnt.«

»Lassen wir es einfach dabei, Vater. Beni wird es jedenfalls bei mir besser haben als hier. Gut, und nun wollen wir wieder höflich Konversation machen.«

So hielten wir es dann auch für den Rest des Aufenthaltes.

10. Faden, 1. Knoten

Der Dämon hatte ein gutes Leben. Zumindest seit der Mann in das Haus gezogen war. Vorher hatte der Rote auf einem Bauernhof sein Revier mit drei weiteren Katzen teilen müssen. Das war auch nicht schlecht, denn es gab genug Nahrung und manchmal auch ein paar Streichler, wenn im Sommer Gäste kamen. Aber dort hatte der Kater keinen Namen, er war einfach *»le chat rouge«*.

Der Mann aber, der das alte Feldsteinhaus bezogen hatte, war persönlicher geworden. Er hatte zwar *le chat rouge* von seinem Revier fortgebracht und ein paar Tage auch nicht aus dem Haus gelassen, aber es stand immer ein wohlgefüllter Napf mit Futter bereit. Auch eine weiche Decke in der Nähe des Kamins war da. Aber das Wichtigste war der Name. Er wurde dem Kater wieder und wieder ins Ohr geflüstert, wurde gerufen, wenn in der Küche Brettchen und Messer klapperten,

und genannt, wenn das Schüsselchen Sahne auf dem Steinfußboden leise klirrte.

»Dämon« wurde der Name des roten Katers. Manchmal
auch, beim Kraulen vor allem: »Dämönchen!« Wenn Besucher
kamen, aber mit fremder Aussprache: »Démon«.

Auf Dämon aber hörte der Kater am liebsten, wenn er bereit
war, überhaupt zu hören.

Er hörte indes auf gar keinen Namen, wenn er auf der Jagd
war. Dann waren seine Sinne auf andere Dinge gerichtet. Auf
das fast unmerkliche Zittern eines Hälmchens, die feine Witte-
rung auf dem steinigen Boden, das beinahe unsichtbare Blin-
ken im Auge einer hungrigen Maus, die am Ausgang ihrer
Höhle darauf wartete, dass die Gefahr vorüberzog.

Der Kater saß wie eine rote Kugel zusammengekauert in
der grünen Wiese unterhalb des hohen, grauen Steines. Sein
Schwanz fegte hin und wieder durch das Gras, ansonsten verhielt er sich völlig unbeweglich. Er hatte Geduld, viel Geduld.
Irgendwann würde die Maus schon hinauskommen, sie waren
bislang immer alle aus ihren Löchern gekommen, wenn er ganz
ruhig wartete.

Nebenbei registrierte der Dämon mit seinen feinen Sinnen,
dass sich ein anderes Lebewesen näherte. Mit den empfindlichen
Sensoren in seinen Pfoten fühlte er die Erschütterungen, die die
Schritte verursachten. Mensch, stellte er fest. Uninteressant.

Die Maus hatte ihre Nase weiter vorgewagt und schnupperte. Gleich, gleich würde er sich auf sie stürzen. Der Kater
spannte die Muskeln, die Maus setzte eine Pfote aus der Höhle,
der unbekannte Mensch sagte: »Mist!«

Wie ein roter Blitz schoss der Dämon in Richtung Haus davon, verärgert, dass er so plötzlich aufgeschreckt worden war.

Die Frau stützte sich mit einer Hand an dem grauen Stein ab,
schüttelte einen spitzen Stein aus ihrem Schuh und sah dem
fliehenden Kater verblüfft nach. Die Maus bemerkte sie nicht.

Diese hatte ebenfalls von der Gefahr und ihrer Rettung in letzter Sekunde nichts mitbekommen. Sie knabberte an einem Körnchen, das sie zierlich in den Vorderpfoten hielt.

Dem Stein war das alles gleichgültig.

1. Faden, 3. Knoten

Ich hatte nicht viel zu tun in Plouescat. Wir waren Montagnachmittag in Brest gelandet und hatten uns ein Auto gemietet, um die knapp hundert Kilometer zu dem Ort zu fahren. Es war schon Ferienzeit, man erkannte es deutlich an den vielen Fahrzeugen mit ausländischen Kennzeichen. Wulf und ich verstanden uns gut, er war gesprächig und lästerte mit beißendem Spott über die Ausflügler, die am Straßenrand die Aussicht genossen. Gut, die Landschaft hatte etwas Urwüchsiges, die Dörfer waren pittoresk, aber weder sein noch mein Geschmack lag in der Richtung unzivilisierter Felsküsten. In Plouescat bezogen wir ein Hotel, das als das beste im Ort bekannt war, teuer und daher nicht von Touristen überlaufen.

Das Gespräch mit Léon Callot bei einem hervorragenden Essen verlief entspannt, wenn es auch für mich ein wenig anstrengend war, die ganze Zeit meinen unzureichenden Wortschatz zu bemühen. Callot gab sich zwar Mühe, seine Deutsch- und Englischkenntnisse anzubringen, aber sie waren etwa auf meinem Französischniveau. Für gesellschaftliche Zwecke reichte das alles ja, aber die geschäftlichen Verhandlungen, die am nächsten Tag anstanden, musste Wulf wohl führen, der beinahe fließend die Sprache beherrschte.

Das sagte ich ihm, als wir bei einem letzten Glas Rotwein spät in der Nacht beisammen saßen.

»Gut, das ist mir recht. Dann werde ich die bekannten Problempunkte darstellen, und wenn es kritisch wird, kann ich mich mit dir immer mal wieder in Deutsch beraten. Das gibt uns gute Möglichkeiten, die Sache zu steuern.«

»Fein. So, dann werde ich mal zu Bett gehen, es war ein langer Tag.«

Wulf stand mit mir auf und ging schweigend neben mir die Treppe zu den Zimmern hoch. Seine Hand lag wie zufällig auf meiner Schulter, als ich den Schlüssel in das Schloss steckte.

»Ganz alleine, Lindis?«

»Was?«

»Zu Bett?«

Es war der Wein, es war die Müdigkeit, es war die späte Stunde, es war die weiche Luft, irgendetwas war es. Ich ließ ihn mit eintreten, ich ließ mir auch gefallen, dass er mich an sich zog und leidenschaftlich küsste.

Es musste wohl so kommen, dachte ich später, als er neben mir schlief, den größten Teil der Decke um sich geschlungen, den meisten Raum im Bett einnehmend. Ich hingegen konnte nicht schlafen. Ich stand auf, zog meinen Morgenmantel fest um mich und sah aus der Balkontür. Der Blick ging nach hinten hinaus über das Land. Keine Straßenbeleuchtung, keine erleuchteten Fenster, keine bunt flimmernden Reklamen, nur Dunkelheit und Sterne waren zu sehen. Ich öffnete leise die Tür und trat auf den schmalen Vorbau, den eine schmiedeeiserne Brüstung begrenzte. Still war die Nacht in der Bretagne, nur das leise, ferne Rauschen des Meeres war zu hören und das Zirpen irgendwelcher Insekten auf Partnersuche. Ich atmete tief ein. Verflogen war die Wirkung des Weines, verflogen auch der kurze Rausch der Leidenschaft. Ich fühlte mich leer, ernüchtert, mir selbst fremd. Was tat ich eigentlich hier? Wieder überwältigte mich dieses unwirkliche Gefühl, ein Stückchen neben mir zu stehen, nicht weit genug, um mich selbst von außen zu betrachten. Nicht unbeteiligt und mit fremden Augen.

Das hätte mir vielleicht geholfen. Nein, ich war nur ein kleines bisschen ver-rückt. Als passe ein Teil von mir nicht mehr zum anderen.

Ich schüttelte mich, um wieder klar denken zu können. Verdammt, was war nur los mit mir? Lag es an Wulf? Gut, er war ein geübter Liebhaber, nicht schlecht für eine kurze Begegnung in der Nacht. Wir wussten beide, dass da nicht mehr war. Oder? Wollte ich mehr von ihm? Wir verstanden uns grundsätzlich gut genug, um auch eine längere Beziehung ohne Langeweile aufrechtzuerhalten, das war sicher nicht das Problem. Wahrscheinlich wurde ich allmählich schrullig und konnte mir ein Zusammenleben mit einem Mann nicht mehr vorstellen. Vor allem war ich inzwischen so sehr daran gewöhnt, meinen Alltag nach meinen Vorstellungen zu gestalten, dass da ein Mann keinen Platz drin fand. Mein Leben war geordnet, säuberlich in Vorgängen, Abhängigkeiten und Meilensteinen verplant wie ein ordentlicher Netzplan. Überschaubar und berechenbar, so wie es sein sollte. Zusätzliche Knoten, offene Enden, komplizierte Verknüpfungen wollte ich nicht darin haben. Also würde Wulf ein abgeschlossener Vorgang mit bekanntem Anfang und definiertem Ende sein. Wenn auch, ich musste leise für mich lächeln, mit ein wenig Zeitreserve.

»Willst du aus dem Fenster springen? So furchtbar war es doch nicht?«

Vor Schreck wäre ich allerdings fast gesprungen.

»Ich habe dich nicht gehört. Habe ich dich geweckt?«

»Nein. Warum bist du aufgestanden?«

»Weil du das ganze Bett für dich beansprucht hast, Wulf. Sag mal, würde es dir sehr viel ausmachen, die letzten Stunden der Nacht mir mein Bett zu überlassen?«

»Schönheitsschlaf, was? Schon gut, ein Mann weiß, wann er gehen muss!«

5. Faden, 2. Knoten

Die Besprechung am nächsten Tag war eine Quälerei für mich. Ich war unausgeschlafen, hatte Kopfschmerzen, und meine spärlichen Sprachkenntnisse schienen mich vollends verlassen zu haben. Wulf hingegen schien geradezu aufgeblüht zu sein.

Nach dem ausgiebigen und bis in die Nachmittagsstunden hineingehenden Mittagessen nahm er mich beiseite.

»Ist etwas mit dir?«

»Mir fehlt Schlaf, das ist alles. Ich bekomme leider auch nur die Hälfte, ach, was sage ich, allenfalls zehn Prozent von dem mit, was ihr besprecht. Ich komm mir vor wie ein kleines Doofchen.«

»Dann mach Pause. Heute Nachmittag will ich sowieso mit dem Menschen von Gaz de France sprechen. Und für morgen werde ich meine Fühler ein bisschen ausstrecken, was die Stimmung so anbelangt. Du sollst ja sowieso nur einen Eindruck von den Örtlichkeiten gewinnen.«

»Ich bin doch nicht zum Urlaub hier«, protestierte ich.

»Mach keine Wellen, Lindis. Hier, nimm dir die Straßenkarte und schau dir die zukünftige Baustelle an. Ich habe die Grenzen rot eingetragen.«

»Wie komme ich da hin?« Halb war ich schon überredet, ein Spaziergang würde mir vielleicht die graue Watte aus dem Kopf pusten.

»Nimm den Wagen.« Er drückte mir die Schlüssel in die Hand. »Und zieh dir flache Schuhe an, das Gelände ist ziemlich naturbelassen.«

»Witzbold. Flache Schuhe. Mit wie viel Koffern bin ich wohl angereist.«

»Gott, bist du muffig! Mach dich ab. Ich erzähle dir heute Abend, was sich so entwickelt hat.«

Ich nahm die Straße, die zur Küste führte, und stellte das Auto auf einem sandigen Parkplatz ab, den auch andere Strandbesucher gewählt hatten. Es war warm und sonnig, ein leichter, nach Salz schmeckender Wind strich über meine Haare. Ich zog die Jacke aus und war froh, dass ich eine luftige, kurzärmelige Bluse darunter trug. Meine Schuhe, halboffene braune Slipper, waren vermutlich wirklich nicht die richtige Fußbekleidung, denn ein ausgetretener, sandiger Pfad führte durch Felder, auf denen überdimensionale Disteln wuchsen. Ich wunderte mich etwas über diese Art von Pflanzung, aber wenn das regionale Sitte war, warum nicht? Dann ging das Gelände in flachen Wellen in eine niedrige Wiese über, und ich konnte in der Ferne das Wasser glitzern sehen.

Für die geplante Ferienanlage sicher eine ideale Ecke. Ich nahm mir den Plan noch einmal vor und versuchte mich zu orientieren. Weiter vorne ging rechts eine felsige Landzunge bis weit in das Meer hinein. Auf ihr stand eine kleine Hütte oder ein Häuschen. Das gehörte nicht mehr zu dem eingezeichneten Gebiet. Auch das einsame Feldsteinhaus etwas weiter in den Feldern nicht. Dahinter fing das Naturschutzgebiet an.

Links von mir erstreckte sich weit und eben das Gelände, das demnächst bebaut werden sollte. Mitten darin ragte ein einsamer Felsblock auf, genau an der Stelle, wo später die Cafeteria sein würde.

Mich zog dieser komische Fels irgendwie an, und ich verließ den Pfad, um über die Wiese zu ihm zu gelangen. Ein scharfer Schmerz in meinem Fuß ließ mich ein hässliches Wort fluchen. Als ich mich an dem sonnenwarmen Fels abstützte, um den spitzen Stein aus meinem Schuh zu schütteln, erschreckte mich eine rote Katze, die aus dem Erdboden entsprungen sein musste. Sie schoss wie ein orangefarbener Blitz durch das Grün, gerade auf das graue Feldsteinhaus zu. Trotz des Schmerzes in meinem Fuß musste ich lächeln. Das wäre ein hübsches Foto geworden: »Rote Katze im grünen Klee« oder so.

Dann ging ich weiter zum Ufer, setzte mich auf einen flachen Stein und sah zum Sandstrand hinunter. Die Schuhe streifte ich ab und bedauerte, dass ich nicht auch die lästigen Strumpfhosen ausziehen konnte. Ein Streifen hellgelber Sand lag da vor mir, an den mit trägen Zungen die Wellen leckten. Ein paar Kinder spielten dort, gruben tiefe Löcher, in die das Wasser fließen konnte, malten mit Stöcken Bilder in den feuchten Untergrund und sahen zu, wie das Meer sie wieder wegspülte.

Mein Kopf fühlte sich ganz leicht an, die dumpfen Schmerzen waren verflogen. Auch die lähmende Müdigkeit war einer ganz normalen Trägheit gewichen, wie sie Sonne und Wärme verursachen. Ich wackelte mit den Zehen und streckte meinen Rücken. Vielleicht sollte ich mal wieder eine Woche Urlaub machen, die letzten vier, fünf Monate waren recht turbulent gewesen. Aber leider war im Augenblick nicht daran zu denken. Ich blieb noch eine Weile sitzen, bis ich merkte, dass die Kinder allmählich verschwanden und die Schatten länger und länger wurden.

Als ich auf die Uhr sah, war ich erstaunt, dass es schon fast sieben Uhr geworden war. Mühsam zwängte ich meine Füße wieder in die Schuhe und machte mich auf den Rückweg. Dabei war mir der aufrechte Stein eine gute Orientierung.

Dann allerdings hatte ich eine derart unerwartete Begegnung, die mich im ersten Moment völlig durcheinander brachte. Als ich auf dem Pfad vor dem Feldsteinhaus entlangging, öffnete sich die Tür, und ein Mann kam auf mich zu. Groß, breitschultrig und geschmeidig wie eine große Katze, genau wie das rote Tier, das ihn begleitete. Dunkle, lockige Haare, die an den Schläfen schon etwas zurückwichen, ein schmaler Bart um Oberlippe und Kinn. Ausgeblichene Jeans und ein T-Shirt, die kurzen Ärmel aufgerollt, so dass der mächtige Bizeps deutlich zu sehen war. Ich wusste es. Ich wusste es, ohne es zu sehen, dass sich um den linken Oberarm eine tätowierte Schlange wand.

Das durfte doch nicht wahr sein!

Eine törichte Hoffnung, dass er mich nicht erkennen würde, machte sein zielstrebiges Näherkommen zunichte. Ich sann auf Flucht, aber meine schmerzenden Füße und die unwürdige Figur, die ich bei einem Galopp über die unebene Wiese machen würde, hielten mich davon ab. Also musste ich mich wohl dem Schicksal stellen.

»Hallo, Lindis!«

Diese verdammte Samtstimme.

»Hallo, Robert. Ich frage dich nicht, was du hier machst.«

»Ich dich auch nicht. Aber ich freue mich, dich zu sehen. Möchtest du auf ein Glas kühlen Cidre hineinkommen?«

Acht Jahre, und unsere letzten Worte, die wir gewechselt hatten, waren schartige, rostige Waffen gewesen, die zackige, schmutzige Wunden hinterließen. Die Samtstimme konnte mühelos Fleisch in Fetzen von den Knochen reißen und einem lebendig die Haut abziehen. Und hier lud er mich mit einem freundlichen Lächeln zu einem Glas Cidre ein. Nein, so durstig ich auch war, so trocken meine Kehle von Sonne und Salzluft, das konnte ich nicht über mich bringen.

»Tut mir leid, ich habe keine Zeit, ich bin geschäftlich hier.«

»Sieht man! Du hast dann ja wirklich die Karriere gemacht, wie du es wolltest. Ich verstehe, da gehört ein Sonnenbrand auf der Nase nur zu den kleinen Opfern.«

»Verspotte mich nur. Ich habe Karriere gemacht und werde noch weitermachen!«

»Wie du gewünscht hast, Lindis. Bleibst du länger hier?«

»Nein.«

»Schade. Ich hatte gehofft, du würdest vielleicht doch noch Zeit finden vorbeizuschauen.«

»Nein. Und jetzt muss ich gehen.«

Aber meine Beine verweigerten den Dienst. Ich blieb stehen und sah Robert an. Er hatte sich nicht viel geändert, sein Gesicht war sonnengebräunt; mag sein, dass die beiden Falten zwischen seinen Augen tiefer geworden waren, die Züge etwas markanter. Er sah so verdammt gut aus wie damals. Und er hatte noch immer diese verdammte Ausstrahlung. Wie hatte Birgit gesagt: Ein Mann eben.

»Du hast dich verändert, Lindis.«

»Acht Jahre halt. Und in weiteren acht Jahren werde ich mich noch mehr verändert haben. Dann kannst du Vergleiche anstellen. Mach's gut bis dahin!«

Jetzt gehorchten mir meine Beine wieder. Robert sagte, als ich ihm den Rücken zudrehte: »Du weißt, wo du mich findest. Komm vorbei, wenn du Zeit hast.«

Ich stolperte beinahe über diese blöde Katze, und Robert rief: »Dämon, komm.«

»Dämon, was sonst noch?«, knurrte ich vor mich hin und setzte, ohne zurückzublicken, meinen Weg fort.

5. Faden, 3. Knoten

Ich war heilfroh, als ich in meinem Zimmer war. Von Wulf lag eine Mitteilung vor, dass er den Abend mit zwei Bekannten verbringen werde, er hoffe aber, mich später noch zu sehen.

»Das kannst du pfeifen, Wulfi!«, schnaubte ich und sprang unter eine kalte Dusche. Männer im Allgemeinen wie im Besonderen waren mir im Augenblick vollständig zuwider.

Ich besah mich im Spiegel und nahm ein Stückchen Bauch zwischen Daumen und Zeigefinger. Wabbelig! Kein Wunder bei diesen Fressorgien. Schatten hatte ich auch unter den Augen und eine knallrote Nase.

Zum Abendessen tat es eine Crêpe mit Pilzen, die so ungemein köstlich war, dass meine Laune sprunghaft anstieg. Dann telefonierte ich mit Beni und versicherte mich, dass keine Überraschungspartys meine Wohnung verwüsteten. Anschließend ging ich einfach zu Bett. Alleine. Und das Klopfen um kurz nach elf überhörte ich.

Den ganzen nächsten Tag ging mir die Begegnung mit Robert nicht aus dem Kopf. Was machte er hier, an diesem entlegenen Fleckchen Erde? Im Finistère, am Ende der Welt?

Wie dramatisch sich das anhörte, dachte ich. Hier traf ich ihn wieder, am Ende der Welt.

Wenn ich irgendeine Form von Glauben oder Aberglauben gehabt hätte, würden mir vermutlich Schauder über die Arme laufen. Mich schauderte es aber nicht. Eigentlich waren wir ja beide erwachsene, vernünftige Menschen. Man muss sich eine gescheiterte Beziehung nicht jahrzehntelang nachtragen. Was vorbei ist, ist vorbei. Nach so langer Zeit sollte man über den Dingen stehen und eine normale Höflichkeit im Umgang pflegen. So wie er es getan hatte. Ich war diejenige, die so verkrampft reagiert hatte, sagte ich mir. Warum nur? Meine Gefühle für ihn waren schon lange gestorben. Keinen schönen Tod. Aber endgültig, wie der Tod eben ist.

Lindis, du versuchst nur eine Ausrede für deine Neugier zu finden, warf ich mir dann vor.

Lindis, da hast du recht, antwortete ich mir.

Ich zog mir ein paar Leinenhosen an und verzichtete auf Strümpfe. Zum Glück hatte ich die Autoschlüssel noch, Wulf führte seine Gespräche im Ort. Ich hinterließ ihm einen Zettel, dass ich zufällig alte Bekannte getroffen hatte, mit denen ich mich für den Abend verabredet hatte. Dann machte ich mich auf den Weg.

Es war schon später Nachmittag. Von weitem sah ich den

aufrechten Stein, der mir die Richtung durch die Felder angab. Irgendwo in meinem Gedächtnis meldete sich eine vergessene Erinnerung. Diese Steine standen nicht zufällig da herum. Ach ja, das Buch über die Bretagne, das Karola mir damals auf den Schreibtisch gelegt hatte. Ich hatte es nur flüchtig durchgeblättert, aber jetzt fiel mir wieder ein, dass von diesen Steinen – wie hießen sie doch noch gleich – ah ja, Menhire, also, von denen war die Rede. Irgendwelche alten Völker hatten sie als Heiligtümer oder Opfersteine oder sonst etwas Grausiges errichtet.

Eine Krähe landete krächzend und flügelschlagend auf seiner Spitze. Sehr dekorativ und ein bisschen beklemmend.

Vielleicht sollte man den Stein später sogar stehen lassen und als Kuriosum in die Badelandschaft einbauen. Ein bisschen schaurige Legende darum könnte publikumswirksam sein. Ich stellte mir schon lebhaft vor, wie bei Dunkelheit nur ein einzelner Spot den Menhir bestrahlt, Nebel aus den Becken aufwallt und geheimnisvolle Musik aus den Lautsprechern ertönt.

Jetzt war von Nebel keine Spur, und die Sonne war zwar der einzige, aber taghelle Spot, der am Himmel stand. Robert saß auf der Steinbank vor seinem Haus und spielte mit der Katze. Dass er tierlieb war, war mir neu.

»Dämon, wir bekommen Besuch! Hallo, Lindis.«

»Grüß dich, Robert. Ich war gestern etwas kurz angebunden. Gilt das Angebot für ein Glas Cidre noch?«

»Natürlich. Setz dich hier in den Schatten, ich bringe uns welchen.«

Ich setzte mich auf einen Gartenstuhl in gebührendem Abstand zu dem roten Dämonen, der sich beinahe in voller Länge auf der Bank ausgestreckt hatte. Ich bin Katzen sehr misstrauisch gegenüber. Sie kratzen und haaren. Man bekommt Allergien von ihnen.

Der Apfelwein in den beschlagenen Gläsern war herb und prickelte leicht. Genau das Richtige an einem so warmen Tag.

81

Der rote Kater hatte sich zum Glück verzogen, und wir saßen uns schweigend gegenüber. Schweigen war auch so eine entnervende Angewohnheit von Robert. Das heißt, damals hatte sie mich genervt, heute weiß ich diese Taktik ebenso wirkungsvoll einzusetzen. Wenn man von jemandem etwas wissen will, gibt es kein besseres Mittel als Schweigen. Es ist reine Nervensache, bis der andere anfängt, irgendetwas zu erzählen.

Robert hat Nerven wie Drahtseile.

Robert war auch höflich, ebenfalls ein neuer Zug an ihm.

»Ich wohne schon seit zwei Monaten hier. Es ist fantastisch, findest du nicht auch? Diese Landschaft, die Stille, die Luft.«

»Wem das gefällt. Ich brauche, ehrlich gesagt, ein bisschen mehr Kultur.«

»Oh, Kultur gibt es zu Hauf hier. Aber vermutlich nicht die, die du suchst.«

Richtig, Robert war ja Historiker, vermutlich jagte er alten Kulturen nach.

»Dann nennen wir es Zivilisation. Einfach so Dinge wie ordentliche Wege, einen vernünftigen Supermarkt, ein paar Geschäfte …«

»Haben wir alles.«

»Muss man aber suchen.«

»Das ist nun mal das Leben. Suchen wir nicht immer irgendwas?«

Die hellen Fältchen um seine Augenwinkel vertieften sich, und ich wurde den Eindruck nicht los, dass er mich auf den Arm nahm. Das führt häufig bei mir zu kurz angebundenen Reaktionen.

»Ich suche gleich das Weite.«

»Nein, Lindis, bleib noch eine Weile. Jetzt hat dich ein zufälliger Wind hierhergeweht, da sollten wir uns noch ein bisschen unterhalten. Ich nehme an, lange ist dein Aufenthalt nicht hier?«

»Nein, morgen Vormittag fliegen wir zurück.«

»Du solltest hier mal zwei, drei Wochen Urlaub machen, es lohnt sich wirklich.«

»Du musst es ja wissen, wenn du schon zwei Monate hier herumlungerst.«

»Ich werde sogar noch weitere zwölf Monate hier herumlungern. Ich habe mir zwei Semester freigenommen, um hier eine Arbeit zu schreiben.«

Mir dämmerte plötzlich etwas. Der verrückte Professor, der für das Museum arbeitete. Sollte das Robert sein?

»Worüber schreibst du?«

»Ich möchte gerne herausfinden, ob meine Theorie stimmt, dass diese Monolithe, die hier überall herumstehen, einen Einfluss auf die gallisch-keltische Kultur hatten.«

»Du könntest auch von chinesischen Wurzelhühnern sprechen. Was sind Monolithe?«

»Der da hinten, mein Haus-Menhir. Oder wenn du es einfacher haben willst, ein Hinkelstein.«

»Oh, faszinierend. Ich muss Asterix noch einmal lesen.«

»Keine schlechte Idee. Das bringt dir zumindest die hiesige Kulturgeschichte etwas näher. Hast du Lust, mein karges Abendessen mit mir zu teilen, oder hast du noch Verabredungen?«

»Nein. Und mir langen diese gigantischen fünfgängigen Menüs. Meine Schwester hat mir letzthin sehr deutlich zu verstehen gegeben, dass sie mich für einen Pfannkuchen hält. Ein karges Abendessen mag also genau das Richtige sein.«

»Mh, ja. Du bist etwas dicker geworden. Aber nicht unbedingt weicher!«

Schon wieder fühlte ich mich auf den Arm genommen. Bevor ich etwas erwidern konnte, verschwand Robert im Haus, und von der Wiese her kam der rote Blitz angesprintet.

Ich folgte den beiden in das Haus und fand mich in einem unerwartet gemütlichen Inneren wieder. Ein langgestreckter Raum, die Wände unverputzter Feldstein und dunkle Holzbalken. Ein gemauerter Kamin, groß und vom Gebrauch geschwärzt, ein paar bequeme Ledersessel davor. Über fast die ganze Länge des Zimmers steckte sich ein alter, schwerer Holztisch, an dessen Längsseiten zwei Bänke standen. Der Tisch war beinahe vollständig mit Papieren und Büchern, Nachschlagewerken und Zeitschriften bedeckt. Ein Laptop stand dazwischen. Hier arbeitete der Wissenschaftler, leicht chaotisch und doch organisiert.

»Schieb das Zeug ein Stück zusammen, damit wir die Teller hinstellen können.«

Robert kam mit einem Korb voller knusprigem Weißbrot und einer Platte mit Käse und Tomaten aus der Küche.

»Gläser findest du da in dem Schrank.«

Aus der altmodischen Anrichte nahm ich zwei Weingläser und fand auch Bestecke. Wie selbstverständlich ich diese Handreichungen machte. Wie damals. Käse, Brot und Wein, Roberts Hauptnahrungsmittel.

Ich schob die Schublade zu – sowohl die mit dem Besteck als auch die mit den Erinnerungen.

Wider Erwarten verlief das Essen in harmonischer Stimmung. Das lag aber wohl zum großen Teil daran, dass ich Robert erzählen ließ und wenig von mir selbst beitrug. Es brauchte ihn nicht zu interessieren, dass ich zu den Vertretern des geplanten Ferienparks gehörte, für den er offensichtlich nichts übrighatte, auch wenn er das nicht offen sagte. Meine Vermutung stimmte im Übrigen, er gehörte der Kommission an, die das Freilichtmuseum errichten wollte. Man suchte derzeit nach einem anderen Standort.

Er erzählte mir auch einige Dinge über seine Arbeit, die ihn weit in die Vergangenheit führten, sechs- oder siebentausend Jahre zurück.

Die jüngere Vergangenheit erwähnten wir beide allerdings mit keinem Wort.

Es war bereits dunkel geworden, als ich schließlich an die Rückkehr dachte.

»Soll ich dich zum Parkplatz bringen?«

»Nein, Robert, danke. Mir scheint, für Beleuchtung ist gesorgt.« Ich wies auf den vollen Mond hin. »Der Weg ist nicht weit. Und vor den Geistern aus grauer Vorzeit habe ich keine Angst.«

»Nein? Dann ist ja gut. Pass nur auf, dass du nicht über den Dämon stolperst, der ist jetzt auf Jagd.«

»Das hört sich irgendwie mystisch an. Was jagt dein Dämon? Verlorene Seelen?«

»Mäuse. Vielleicht auch verlorene Seelen. Halte deine fest, wenn du ihm begegnest.«

»Habe ich eine Seele? Ich dachte, Frauen haben keine.«

»Wie kommst du darauf?«

»Nun, ist doch gängige Meinung der Männerwelt. Und was die sagen, stimmt doch.«

»Darum vermutest du, meine Meinung sei das auch.«

Ich konnte es nicht für mich behalten, und es kam sehr zornig aus mir heraus. Dabei wollte ich gar nicht auf diese Sache anspielen.

»Wie mal jemand so richtig sagte – Robert ist ein Mann!«

»Wie bitter, Lindis. Und ich hoffte schon, wir hätten das hinter uns.«

Das Mondlicht umgab uns mit seinem kalten Glanz. Nahe standen wir uns, so nahe, dass ich die Wärme fühlte, die von Roberts bloßen Armen ausstrahlte. Er sah über mich hinweg, sein Gesicht unbewegt, nichts war darin zu lesen.

Die Stimmung war umgeschlagen, die höfliche Schale abgefallen. Nichts war vergessen, nichts verheilt. Ich wartete auf ein weiteres Wort von ihm, aber er sagte nichts mehr.

Ich drehte mich um und ging.

Knoten 1. und 2. Faden

Der Pfad leuchtete hell im Schein des Mondes vor mir. Behutsam setzte ich Schritt vor Schritt. Doch meine Gedanken waren woanders, waren in einer Zeit, in der ich einst in Roberts Armen gelegen hatte, vertrauensvoll, erwartungsvoll, gefangen von seiner Kraft, bis ich dagegen aufbegehrte, mich wehrte gegen die Einflussnahme auf mein Leben und meine Ziele. Für Robert mussten Frauen Frauen sein, nicht, wie er sagte, nachgemachte Männer. Was immer ich anstrebte, bespöttelte er. Jeden Kampf, den ich ausfocht, um mein Recht auf Gleichstellung zu erhalten, zog er ins Lächerliche. Frauen sind anders, behauptete er, sie müssen nicht beweisen, dass sie alles genauso gut können wie Männer.

Ich hatte allerdings andere Vorstellungen. Und jetzt, da ich bewiesen hatte, dass ich mich in einer Männerwelt behaupten konnte, war er noch immer blind gegen diese Fähigkeit.

Es lag an meiner Unaufmerksamkeit, dass ich den falschen Pfad genommen hatte. Ich stand plötzlich an dem Menhir, der sich silbriggrau gegen den blauen Nachthimmel abhob.

Niemand wartete auf mich, keiner würde fragen, wo ich so lange blieb. Darin lag meine Freiheit. Ich setzte mich also an den Fuß des Steines und lehnte meinen Rücken, meinen Kopf an ihn. Er hatte noch immer die Wärme eines langen Sommertages gespeichert. Lange blieb ich dort, ließ meine Gedanken versickern wie Wasser in einen trockenen, sandigen Boden.

Die Umgebung wirkte seltsam zeitlos auf mich. Das Meer rauschte, wie es schon vor Tausenden von Jahren gerauscht hatte, die Sterne über mir zogen ihre Bahn wie seit dem Anbeginn der Zeit, die beiden Häuser lagen im Dunkel, so altertümlich in ihrer Bauweise, dass sie auch schon vor Jahrhunderten hier hätten stehen können. Ich fühlte mich orientierungslos in dieser Welt, fremd und hilflos. Ich war allein, ohne festen Halt, ohne Ziel. Von unerklärlicher Sehnsucht getrieben legte ich meine Hände flach auf den Boden, um wenigstens diesen Halt, die feste, harte Erde unter mir zu fühlen.

Es war wie ein Zittern, das durch mich hindurch ging, eine unerklärliche Energie. Ein Gedanke, fast eine Stimme, schien zu wispern. Ich lauschte, lauschte so angestrengt, dass es schwarz vor meinen Augen wurde. Doch ich hörte nur zwei Worte, die wie ein leiser Gongschlag in mir widerhallten: »Ich bin.«

Ein weiches, seidiges Fell berührte meine Arme. Ich fuhr zusammen. Dann erkannte ich, dass mich nur ein roter Dämon gestreift hatte.

Es war Zeit zu gehen.

11. Faden, 1. Knoten

Es war in der Samstagnacht, eine Woche nach meiner Rückkehr aus der Bretagne, dass ich diesen ungemein beklemmenden Traum hatte.

Beklemmend war er allerdings erst kurz vor dem Erwachen, zuvor war er eigentlich schön. Mir war bewusst, dass ich träumte, schwebte irgendwo im Zwielicht, im leuchtenden Nebel, zwischen den tanzenden Spiralen der Galaxien. Dann aber wurde die Sicht klar, und ich befand mich wieder auf der Wiese am Meer. Beinahe farblos wirkte die Landschaft. Grau, Schwarz und kaltes Blau waren die Farben, die sich mir einprägten. Silbrig schimmerte der Menhir im Mondlicht und warf einen langen, dunklen Schatten. Auch die Häuser lagen im weißen Licht, gedrungen, wie aus der Erde gewachsen. Vertraut, bekannt war mir der Anblick, und doch war etwas anders als vorher. Ich ließ meinen Blick schweifen und schwebte körperlos über das Feld. Anders war es, wenn auch ähnlich. Wo die Straße hätte sein sollen, war nur ein Weg, ungepflastert, mit ausgewaschenen Karrenspuren. Er führte zu einem Wald, der vorher auch nicht dort gewesen war. Am Waldrand zwischen den Feldern schmiegte sich ein kleines Dorf, eigentlich nicht mehr als ein paar strohgedeckte Häuser. Ihre Fensterhöhlen waren dunkel, es war still, alles schlief in dieser mondhellen Nacht. Doch dann sah ich, dass in dem letzten Haus ein Fenster golden leuchtete. Ich näherte mich.

Hier herrschte mitten in der Nacht Betriebsamkeit. Schatten bewegten sich vor dem Licht, ein Stöhnen erklang, dann ein Schrei. Als ich nahe bei dem Haus war, hörte ich das protestierende Gewimmer eines Kindes. Eine grauhaarige Frau in einem langen, braunen Gewand hielt ein Neugeborenes in den Armen. Schrumpelig und rot noch, mit klebrigem Flaum auf dem Köpfchen. Ein kleines Mädchen hatte eben das Licht der Welt erblickt und wehrte sich ungnädig gegen die Trennung von seiner Mutter. Wehrte sich gegen die kühle Nachtluft und die Helligkeit des Feuers.

Das Feuer wurde hell und heller, dass auch ich geblendet die Augen schloss.

Als ich sie wieder öffnete, war es mitten am Tag. Ich war noch immer im selben Raum. Sonnenlicht fiel auf das Bettchen, eine hölzerne Wiege, in der in weichen Decken das Kind schlief. Das Mädchen schien bereits einige Wochen alt zu sein, das Gesichtchen war glatt und rosig, blonde Härchen bedeckten seinen Kopf. Es schlief ruhig, ohne sich zu bewegen, ein wenig zur Seite geneigt, ein Händchen unter der Wange. Durch das Fenster über ihm wehte ein sanfter Wind, der das Zimmer mit dem harzigsüßen Duft der Pinien füllte. Das Rauschen in den Bäumen, das Zwitschern der Vögel in den Ästen, das raue Schnarren einer Krähe waren die einzigen Laute, die zu hören waren. Sie störten den ruhevollen Schlaf des Kindes nicht. Zwei blaue Schmetterlinge tanzten in der Fensteröffnung, umflatterten einander mit schillernden Flügeln.

Doch das lichte Viereck wurde plötzlich von einem schwarzen Schatten verdunkelt, ein hässliches Krächzen ertönte, und mit gespreiztem Gefieder ließ sich die Krähe darin nieder. Schwarz waren ihre Federn, schwarz die kleinen, glänzenden Augen, schwarz auch der scharfe Schnabel. Sie sah sich neugierig im Zimmer um und hüpfte dann auf den Rand der Wiege. Ich bekam Angst um das Kind und wollte den Vogel fortscheuchen, aber er nahm mich nicht wahr. Ich war nicht sichtbar für ihn. Und so musste ich hilflos mit ansehen, was dann geschah.

Die Krähe hüpfte näher an das Kopfende der Wiege. Das kleine Mädchen bemerkte nichts, schlief ruhig seinen Kinderschlaf. Unerwartet und schnell machte die Krähe eine rasche, hackende Bewegung zu dem Gesichtchen, flatterte dann auf und kreischte triumphierend, als sie im Blau des Himmels verschwand. Dem Kind aber lief Blut aus dem linken Auge über die Wange, und schreiend legte es sein Händchen darauf.

Ich wachte auf und hatte einen Moment Schwierigkeiten, mich zurechtzufinden. Ich war zu Hause, in meinem Bett, musste ich mir zweimal sagen. Mein Wecker zeigte drei Uhr morgens, es war dunkel, das Fenster zugezogen. Kein verletztes Kind schrie, kein Vogel krächzte. Ich war zu Hause!

Dennoch hielt mich das Entsetzen gepackt. Es war so er-

89

schreckend realistisch gewesen. Farben, Laute, Gerüche, alles konnte ich jetzt noch fast wahrnehmen.

Ich machte das Licht an und setzte mich auf. In Träumen verarbeitet man, was man tagsüber erlebt hat, sagte ich mir. Um mich zu beruhigen, stellte ich ein paar Überlegungen an, woher die Zutaten zu dem grausigen Film denn stammten.

Die Kulisse war eindeutig, den Menhir hatte ich noch vor wenigen Tagen selbst berührt. Die altertümlichen Steinhäuser, auch sie waren dort gewesen, wenn auch der Traum ein paar Strohdächer hinzugefügt hatte, aber das war nichts, was ich nicht schon auf Bildern gesehen hatte. Das kleine Kind? Das war mit Sicherheit ausgelöst durch meinen Besuch bei Karola. Sie hatte mir ein Fotoalbum mit Bildern ihrer Tochter in jeder Stufe der Entwicklung gezeigt.

Aber die Krähe? Hitchcocks »Vögel« hatte ich vor Jahren gesehen – das hatte doch wohl nicht heute noch Nachwirkungen? Da verbarg sich bestimmt etwas Tieferes hinter.

Hatte ich mich wirklich so sehr über Jessika-Milena aufgeregt, dass ich ihr ein derartiges Schicksal wünschte?

3. Faden, 2. Knoten

Es war am Freitag gewesen, als Beni die krakelige Zeichnung in meinem Aktenkoffer sah.

»Oh, solche komplizierten Dinge macht ihr in der Firma? Das hat ja echtes Vorschulniveau. Oder verheimlichst du mir, dass ich bereits Tante bin?«

»Mit Nichten.«

»Eben.«

Mit Beni wurde ich manchmal zu einer albernen Giggelmaus.

»Das ist das Werk von Jessika-Milena, der musisch begabten Tochter von Karola. Sie hat es für mich eigens mit Buntstift und, ich vermute, Spucke zusammengebastelt. Karola hat es mir heute mitgebracht.«

»Nett von Karola.«

»Das hört sich komisch an. Magst du sie nicht?«

»Ich kenne sie nicht. Aber ich würde nicht unbedingt so einen Krakelkram meines Kindes weiterreichen.«

»Ich auch nicht, aber wenn's nicht schlimmer kommt. Karola ist nämlich wirklich nett.«

War sie auch, während ich bei ihrer Tochter nicht ganz sicher war, ob ich die Begeisterung der Mutter rückhaltlos teilen konnte. Ich hatte Karola am Mittwochabend besucht. Als mir das Kind vorgestellt wurde, musste ich eine gewisse Abneigung unterdrücken. Die Kleine konnte ja nichts dafür, dass sie so wenig einnehmend aussah. Lange, strähnige Haare in einer Farbe zwischen Braun und Mausblond fielen ihr ins Gesicht, die Augen waren hell und standen eng beieinander, die Unterlippe hatte sie vorgeschoben und musterte mich wortlos. Ich hatte lange überlegt, was ich einer Fünfjährigen mitbringen sollte, und mich schließlich für ein Malbuch mit Tieren entschieden. Sie fetzte sofort die Verpackung auf und sagte dann nur: »Öh, son blödes Buch!«

»Jessika-Milena, du musst dich aber bedanken. Es ist ein Geschenk von Frau Farmunt.«

»Ich hab aber schon Bücher!«

»Jessika-Milena, man bedankt sich aber für ein Geschenk! Entschuldigen Sie, Frau Farmunt, Jessika-Milena ist manchmal ein bisschen eigen.«

»Schon gut. Das macht nichts.«

»Kommen Sie ins Wohnzimmer, ich habe einen kleinen Imbiss vorbereitet.«

Ich stolperte über ein paar Plüschtiere und Puppen in den verschiedenen Stadien der Auflösung und setzte mich auf den mir angewiesenen Platz. Das Kind verschwand für eine Weile in seinem Zimmer. Karola machte sich in der Küche zu schaffen, und ich sah mich belanglos um. Die Einrichtung war das, was man wohl als kindgerecht bezeichnete. Einfache weiße Resopal-Möbel, leicht abwaschbar, schlicht bis zur klinischen Nüchternheit. Aber ansonsten überall knalligbunte Dinge. Keine Fläche, auf der nicht ein rotmundiger Clown grinste, eine gestreifte Biene Maja flatterte, pinkfarbene Blumen blühten, knallgelbe Sterne zackig funkelten, ein Mond mit einer Säufernase glupschäugte, lila und grüne Luftballons aufstiegen und mir unbekannte Comicfiguren spielten. Na schön, wahrscheinlich mochten Kinder das heutzutage.

Karola trat mit einem beladenen Tablett ein, und wir kamen bei den Käsehäppchen bald darauf zu dem Schluss, dass wir uns bequemerweise duzen sollten. Unser Gespräch rankte sich, wie nicht anders zu erwarten, um die Menschen im Büro. Karola war schon seit acht Jahren bei Dr. Koenig und konnte mir eine Menge Hintergrundinformationen zu den Kollegen geben. Mir tat es richtig gut, mit ihr auch über meine Schwierigkeiten mit Schweitzer zu sprechen, der sich offensichtlich als echter Stinkstiefel in der Firma einen Namen gemacht hatte.

Dann kam aber Jessika-Milena zurück und verkündete ihrer Mutter: »Ich geh jetzt kochen!«

»Aber Jessika-Milena, wir haben doch schon zu Abend gegessen.«

»Ich will aber kochen.«

»Bitte, Jessika-Milena, jetzt nicht.«

»Ich will aber.«

»Jessy, wir sind aber satt geworden. Du hast uns doch schon so ein schönes Essen gemacht«, versuchte ich einzulenken.

»Die soll mich nicht Jessy nennen«, quakte das Mädchen.

»Lindis, Jessika-Milena hat recht, bitte nenn sie nicht Jessy. Wir mögen diese Abkürzungen nicht.«

»Ich geh in die Küche!«

Karola ließ sie gehen, und ich fragte: »Sollte deine Tochter nicht langsam zu Bett, es ist doch schon halb neun.«

»Ach, nein. Sie soll sich nicht ausgegrenzt fühlen. Wir haben so selten Besuch, da soll sie wissen, dass sie dazugehört.«

»Und was richtet sie jetzt in der Küche an?«, fragte ich mit einem gezwungenen Lächeln, denn ich hatte eine schaurige Vision, was eine Fünfjährige mit dem Inhalt eines Kühlschranks anstellen konnte. »Ist das nicht gefährlich für sie?«

»O nein, Jessika-Milena ist sehr verständig, weit über ihr Alter hinaus. Und die giftigen Sachen habe ich in den oberen Schränken untergebracht, da kommt sie nicht dran.«

Es herrschte einigermaßen Ruhe in der Küche, also glaubte ich Karola, und die stolze Mutter packte die Fotoalben aus.

»Wo ist sie denn tagsüber? Hast du einen Kindergartenplatz für sie?«

»Um Himmels willen, nein. Hier in der Gegend gibt es keine guten Möglichkeiten. Man hört die schlimmsten Dinge. Ich habe eine Tagesmutter, die sich um sie kümmert. Aber das ist auch nicht ideal. Ich musste schon mehrmals wechseln. Die Frauen haben oft nicht die gleichen Vorstellungen zu Jessika-Milenas Erziehung wie ich.«

»Warum bist du dann nicht zu Hause geblieben? Ich meine, wenigstens bis sie zur Schule geht? Kann ihr Vater nicht zu einer gewissen Unterhaltpflicht herangezogen werden?«

»Aber, Lindis, eine Frau muss doch unabhängig sein! Das wäre das Letzte, was ich in Anspruch nehmen würde.«

Karola hatte rote Flecken im Gesicht bekommen, und ich dachte mir, dass zwischen ihr und dem Erzeuger des Kindes vermutlich nicht alles zum Besten stand.

Ich überging daher das Thema, und wir unterhielten uns stattdessen über die Probleme von Frauen in einem fast rein männlichen Umfeld, aber weit kamen wir nicht, denn Jessika-Milena kam mit einem kindgerechten Musikinstrument zurück, dessen bunten Tasten sie bunte Melodien entlocken wollte.

»Ich mach euch jetzt Musik.«

»Ach, Jessika-Milena, ich wollte mich eigentlich noch etwas mit deiner Mama unterhalten. Könntest du damit wohl noch etwas warten?«, fragte ich höflich.

»Nein, ich mache jetzt Musik.«

»Lass sie nur, Lindis, sie ist ja so musisch begabt. Das muss man fördern, wo man kann.«

»Na gut, Karola. Es ist sowieso schon recht spät. Ich werde mich dann langsam auf den Weg machen.«

»Willst du wirklich schon gehen?«

Mein Entschluss stand felsenfest, denn das Kind entlockte dem Gerät erstaunlich schräge und erstaunlich laute Töne. Aber ganz so schnell ging das nicht. Karola hatte noch ein paar pikante Details aus der Firma zu bieten, und nur Schritt für Schritt konnte ich mich zum Ausgang vorkämpfen. Schließlich hatte ich meine Jacke übergezogen und wollte gehen, da kam Jessika-Milena hinter mir her und klatschte mir das Malbuch vor die Füße.

»Das olle Buch kannst du wieder mitnehmen!«

Ich bat Karola, die ihre Tochter milde tadelte, es mir einzupacken und in den nächsten Tagen auf den Schreibtisch zu legen.

Dort lag dann aber das besagte Kunstwerk, das Beni gefunden hatte. Angeblich mit einer Entschuldigung von Jessika-Milena.

6. Faden, 3. Knoten

Nach dem Besuch in der Bretagne hatte ich eine verfeinerte Projektplanung erarbeitet, aber diesmal machte nicht nur mein Mitarbeiter, sondern auch das Programm Mucken. Es war schrecklich! Tagelang lungerten ein Informatiker und ein Techniker des Software-Hauses bei mir im Büro herum und versuchten, den Fehler zu finden.

In der Zwischenzeit war das Antwortschreiben der Franzosen gekommen, die von in Kürze anstehenden Entscheidungen sprachen. Der Zeitpunkt, an dem die Grundstücksfrage geklärt sein sollte, rückte unaufhaltsam näher. Wulf hing permanent am Telefon und versuchte, Schwung in die Aktivitäten zu bekommen, doch die zuständigen Leute waren zwar freundlich, aber unverbindlich.

»Ich werde noch wahnsinnig. Jetzt hat der Vogelschützer eine Anfrage gestellt, wo, denn die Abwässer aus der Anlage hinlaufen sollen.«

»Na und, das ist doch wohl klar, oder?«

»Nichts ist klar. Die Kapazität der örtlichen Kläranlage reicht nämlich nicht aus, wie er herausgefunden hat.«

»Na toll, und jetzt?«

»Baut entweder der Ferienpark seine eigene Kläranlage, oder das andere Ding muss vergrößert werden.«

»Wie wird entschieden?«

»Frag lieber, wann entschieden wird. Callot versucht natürlich, uns die Anlage aufzudrücken, damit es die Gemeinde nichts kostet. Der Betreiber besteht aber darauf, dass im Vertrag von einer ausreichenden Infrastruktur ausgegangen wurde. Und die Umweltschützer verbreiten die Panik, wir würden die Abwässer ins Meer laufen lassen.«

»Das ist nicht möglich?«

»Nein. Völlig ausgeschlossen. Komm, wir gehen mal die

Möglichkeit durch, was passiert, wenn noch eine zusätzliche technische Planung für eine Kläranlage gemacht werden muss.«

»Nicht nur die Planung, Wulf, auch der Bau. Dafür brauchen wir auch Termine.«

So saßen wir dann mit den Technikern und Ingenieuren stundenlang zusammen, um diesen neuen Schnörkel in das Netz einzubinden, während die Programmierer versuchten, den Fehler in der Software zu beseitigen.

Es war ein Bilderbuchsommer, und Beni war braungebrannt von ihren Aufenthalten am Baggersee. Ich hingegen hatte die vornehme Blässe einer viktorianischen Jungfrau. Auch der kleine Sonnenbrand, der meine Nase gerötet hatte, war wieder verschwunden. Was Wunder, denn die Firma verließ ich meist erst, wenn die Sonne jede Kraft verloren hatte.

Schließlich hatte ich aber meinen Netzplan ausgedruckt und als Grafik vor mir liegen. Ich konnte endlich meine Analyse beginnen.

Es sah nicht gut aus. Selbst wenn noch ein Wunder geschehen würde. Wir waren schon auf dem kritischen Pfad, wenn wir termingerecht im nächsten September fertig sein wollten. Wulf war nicht begeistert. Er knurrte herum und schimpfte auf alles und jeden.

»Ausgerechnet jetzt muss Dr. Koenig in Urlaub sein.«

»Ja, das ist auch noch so ein Ding. Aber er ist ja übernächste Woche zurück. So lange bleibt uns nichts anderes zu tun, als abzuwarten.«

»Das hasse ich!«

»Ich weiß.«

Ich wusste wirklich. Inzwischen hatte ich nämlich Wulf noch etwas näher kennengelernt, und man konnte schon fast sagen, dass sich eine lose Beziehung zwischen uns entwickelt hatte.

Nach meinem Wiedersehen mit Robert hatte ich ein paar Tage übelste Laune und war für niemanden so recht genießbar gewesen. Aber dann hatte ich mich wieder so weit im Griff, dass ich emotionslos über meine Situation nachdenken konnte. Dabei kam heraus, dass, realistisch betrachtet, Wulf schon die richtige Lösung für mich war. Wir hatten beide gemeinsame Interessen, fanden uns gegenseitig anziehend und wollten uns nicht in zu enge Abhängigkeiten begeben. Gut, die große Liebe meines Lebens war er nicht. Aber davon träumen sowieso nur pubertierende Teenies.

Robert wurde wieder in die Kiste verlorener Hoffnungen gepackt, Mottenkugeln draufgeschüttet und so für Zeiten aufbewahrt, in denen ich mich vielleicht mal ganz abgeklärt und mit leiser Belustigung über vergangene Torheiten an lustvollen Erinnerungen wärmen wollte.

Wulf und ich trafen uns hin und wieder am Wochenende, meist bei ihm, und verbrachten die Zeit oft in den Federn. Beni gegenüber konnte ich das zwar nicht verheimlichen, aber schließlich war sie alt genug, um zu wissen, was Männlein und Weiblein so anzieht. Was mich allerdings wunderte, war ihr Verhalten gegenüber Wulf.

9. Faden, 3. Knoten

»Was findest du nur an dem, ältere Schwester?«, fragte Beni, als Wulf gegangen war. Er hatte mir am Samstagnachmittag einige Unterlagen vorbeigebracht und war auf eine Tasse Kaffee geblieben. Beni, die zufällig auch zu Hause war, hatte sich zu uns auf den Balkon gesetzt, war aber ungewöhnlich schweigsam geblieben. Ich bemerkte jedoch, dass sie ihn unauffällig beobachtete.

»Was ich an ihm finde? Das ist doch wohl meine Sache.«

»Ich bin ja nur neugierig. Gehört mit zu meinen Studien.«

»Studien?«

»Die Psychologie der menschlichen Anziehungskräfte. Was treibt Frauen dazu, sich in solche Männer zu verlieben?«

»Kauf dir ein Buch darüber.«

»Zu teuer. Vor allem, wenn ich ein lebendes Forschungsobjekt direkt vor mir sitzen habe. Nun sag schon, was isses?«

Beni ist schrecklich. Schrecklich direkt, schrecklich zäh, schrecklich scharfäugig und schrecklich scharfzüngig, wenn es sein muss. Aber es ist nichts Falsches an ihr, sie ist kein bisschen bösartig. Sie ist, das hatte ich inzwischen sehr an ihr zu schätzen gelernt, erfrischend aufrichtig. Vielleicht ließ ich mich deshalb in eine Diskussion über meine Privatangelegenheiten ein.

»Er und ich haben die gleichen Interessen.«

»Ah, genau das habe ich mir gedacht. Ihr sitzt nebeneinander auf der Bettkante und diskutiert über die Bodenbeschaffenheit auf der Baustelle.«

»Siehst du, warum fragst du also noch?«

»Weil der Mann so ausgesucht schön ist.«

»Möchtest du jetzt hören, was wir machen, wenn wir nicht auf der Bettkante sitzen?«

»Na, das könnte ich mir schon vorstellen. Darüber gibt es Bücher! Und ganz prima Filme.«

»Beni??«

»Nein, schon gut. Ich will wirklich wissen, was du an ihm findest. Ich persönlich mag nämlich diese Typen nicht, die sich für das Geschenk Gottes an die Frauen halten.«

»Hält er sich dafür? Das ist mir noch nicht aufgefallen.«

»Nein, du bist ja auch hormonell befangen. Aber ich sehe das sozusagen als Außenstehende. Und da komme ich zu diesem ernüchternden Schluss.«

»Hormonell befangen. Also wirklich.«

»Ja, so ist das doch, wenn man verliebt ist, oder?«

Warum ihr widersprechen? Ich sah das im Prinzip auch so. Nur – konnte ich mir oder gar ihr gegenüber zugeben, dass ich in diesem Fall noch nicht einmal hormonell befangen war? Auf diese Weise betrachtet kam ich mir direkt irgendwie unmoralisch vor.

»Du bist nicht in ihn verliebt?«

Schrecklich scharfsichtig.

»Nicht bis zur Bewusstlosigkeit, nein.«

»Dann ist gut. Dann kann er dir auch nicht wehtun.«

»Das will ich doch auch nicht hoffen. Wir kommt es, dass du über solche Gefühle übrigens so gut Bescheid weißt? Warst du schon mal verliebt?«

»Oh, aber heftigst!«

Ich kenne meine kleine Schwester wirklich sehr wenig und hatte bisher auch nur selten Gelegenheit, länger über solche intimen Dinge mit ihr zu plaudern. Darum lehnte ich mich jetzt endlich mal zurück, schob den Ordner zur Seite und öffnete mein Ohr den Angelegenheiten jugendlicher Herz- und Liebesleiden.

Beni hatte einen massiven Anfall von Verehrung einer Boygroup aus der Musikszene überwunden, ein herzzerreißendes Liebes- und Eifersuchtsdrama mit dem Bruder der besten Freundin durchlitten, schlaflose Nächte über einen angeschwärmten Lehrer verweint, sich den energischen Aufmerksamkeiten eines pickeligen Nachbarsjünglings entziehen müssen und hatte das alles ohne bleibenden Schaden überstanden.

»Und jetzt?«

»Jetzt warte ich auf den Richtigen!«

»Glaubst du, dass der sich findet?«

»Wenn er mich nicht findet, muss ich ihn eben suchen, nicht? Warum machst du das eigentlich nicht auch? Diese Tröte von Wulfi ist es doch wirklich nicht. Das hast du selbst zugegeben.«

»Vielleicht habe ich feststellen müssen, dass es so was wie den ›Richtigen‹ nicht gibt.«

»Vielleicht setzt du deine Ansprüche zu hoch an. Weiß du, ich hab nichts dagegen, wenn der, den ich brauche, zum Beispiel kleiner ist als ich. Oder älter oder so.«

Ich musste bei der Bemerkung lachen und meinte: »O Beni, ich wünsche dir, dass du deinen Richtigen findest und dass er dir dann nicht wehtut.«

»Woraus ich messerscharf schließe, dass dir genau das passiert ist. Arme ältere Schwester.«

»Beni, du bist mir zu schlau. Lass uns das Thema wechseln. In vier Wochen fängt das Schuljahr an, und du musst dich endlich entscheiden, wo du hinwillst. Ich habe an drei Schulen Anmeldungen abgegeben, was vermutlich sowieso schon eine Schweinerei ist. Aber ich kenne mich da ja nicht so aus. Hast du dich inzwischen mal umgehört?«

»’türlich! Weißt du, ich bin ja so musisch begabt …«

»Autsch!«

»Ja, doch. Zwar nicht so wie du …«

»Ich? Wie kommst du denn darauf?«

»Na sieh dir das doch mal wieder an.«

Beni wies auf den Zettel, der vor mir lag. Selbstverständlich zog sich am Rand eine schnörkelige Ranke entlang.

»Du kannst wahnsinnig toll zeichnen, weißt du das? Ich habe das schon immer bewundert.«

»Du kennst doch überhaupt nichts von mir.«

»Doch, Lindis. Ich habe nämlich zum Beispiel zu Hause deine alten Schulhefte gefunden und durchgeblättert. Und dann gibt es auch hier im Haus viele Zeugnisse deines künstlerischen Wirkens. Der Notizblock am Telefon hat schon Sammlerwert. Ich finde das irre, wie du das hinkriegst, diese Blätterranken, mit Schattierung und alles. Richtig plastisch. Und guck dir das hier an, was du eben gezeichnet hast.

Diese Linie, die sich knotet. In was für komplizierten Windungen.«

Ich sah etwas verblüfft auf das, was ich gekritzelt hatte. Das passiert bei mir ja immer unbewusst. Früher waren es gerade, geometrische Muster, dann, als ich in Benis Alter war, gab es mehr das herzförmige Ornament, später überwog Florales. Das, was da jetzt vor mir lag, war wahrhaftig neu. Es war ein Band, das sich wieder und wieder mit sich selbst verknotete und schließlich in einer Spirale endete. So etwas hatte ich meines Wissens noch nie gesehen.

»Sieht aus wie zu lange gekochte Spaghetti, wenn du mich fragst. Oder wie ein halb aufgeribbeltes Gehirn, was meiner geistigen Verfassung am nächsten kommt.«

»Hast du vielleicht auch Verdauungsbeschwerden? Es könnte ein Bandwurm sein. Oder krankhafte Darmverschlingungen.«

»Du bist degoutant, Beni.«

»Nein, du hast mit Gehirn angefangen. Aber trotz dieser wunderlichen Deutungen, ich finde deine Zeichnungen genial. Das kann ich nicht.«

»Nein? Hast du es schon mal probiert?«

»Klar. Ich hab aus deinen Heften früher immer abgemalt. Nein, meine musische Begabung liegt woanders. Ich kann nämlich singen!«

»Singen? Die Geräusche, die ich neulich aus dem Badezimmer hörte, haben die Angst in mir geweckt, dass irgendetwas Grauenvolles aus dem Siphon gekommen sei, um dich zu würgen.«

»Du bist fies. Hör zu!«

Beni setzte sich in Pose und schmetterte: »*Non! Rien de rien! Non, je ne regrette rien!*«

Die Vögel flogen aus den Büschen auf, und nebenan klirrte eine Tasse auf den Balkonboden.

»Pssst! Ich glaub es dir ja. Ist zwar nicht gerade wie der Spatz von Paris, sondern eher wie die Krähe von Notre Dame, aber Volumen hat deine Stimme.«

»Ja, nicht? Die hat was.«

»Und deine angestrebte Karriere? Girlgroup oder Barsängerin?«

»Eher klassisch.«

»Entschuldigung.«

»*De rien.*«

»Nicht schon wieder!«

»Nein, nein. Aber ich wollte dir im Prinzip damit nur andeuten, dass ich gerne eine Schule besuchen möchte, bei der eine vernünftige Musikausbildung angeboten wird.«

»Und du hast da was im Auge.«

»Ja, Sarah von nebenan und Piers, die sind am Schumann-Gymnasium. Das tät's dann.«

»Das kenne ich nicht.«

»Man sagt auch, die hätten ein ziemlich hohes Niveau. Wär mal eine Herausforderung, meinst du nicht?«

»Du musst dich dem stellen, was du richtig findest, Beni. Ich habe keine Einwände. Wo soll ich die Unterlagen hinschicken?«

Beni verschwand für einen Augenblick in der Wohnung, dann kam sie mit einem Hefter zurück.

»Kein Akt, Schwesterherz. Ist schon alles vorbreitet, nur noch deine Unterschrift. Hier sind sie.«

6. Faden, 4. Knoten

Dr. Koenig sah gut erholt und braungebrannt aus. Das tat aber seiner kurz angebundenen Art keinen Abbruch. Die schien mit ihm verwachsen zu sein und konnte auch durch einen erholsamen Urlaub nicht gemildert werden. Er kam sofort zur Sache.

»Wo stehen wir, Herr Daniels, Frau Farmunt?«

»Wir haben Anlaufschwierigkeiten, Herr Dr. Koenig.«

Wulf berichtete über die aufgetretenen Probleme durch Kläranlage und Grundstückskäufe. Dr. Koenig hörte schweigend zu und sagte schließlich lediglich: »Mh.«

Es entstand eine Pause, und ich fühlte mich nicht besonders wohl in meiner Haut. Einem Mann wie Dr. Koenig schlechte Nachrichten zu überbringen hinterließ immer das unangenehme Gefühl, dass einem eine scharfe, kalte Klinge im Nacken kitzelte.

»Haben Sie beide irgendwelche Vorschläge zu machen?«

Wulf sah mich mit einem schiefen Lächeln an, und ich nickte ihm aufmunternd zu.

»Wir haben darüber gesprochen. Ich bin zwar noch immer nicht glücklich, aber ich fürchte, wir werden den Betreibern jetzt schon die Verschiebung des Endtermins mitteilen müssen.«

»Sie meinen, ich werde das machen müssen. Die Franzosen werden nicht eben glücklich darüber sein, Herr Daniels.«

Wulf zuckte zusammen, als hätte er einen Tritt ans Schienbein bekommen. Dr. Koenig machte es uns aber auch nicht besonders leicht.

»Es ist deren eigenes Verschulden, Dr. Koenig. Herr Daniels hat versucht, was nur eben möglich war, um die Entscheidungen zu beschleunigen.«

»Und Sie haben alle Möglichkeiten geprüft, die Bauzeit zu verringern.«

»Alle vertretbaren.«

»Gut, machen Sie ein Schreiben fertig, aus dem die Begründung hervorgeht. Und jetzt berichten Sie mal von der allgemeinen Lage dort.«

Ich verkniff mir ein erleichtertes Aufatmen, und auch Wulf lehnte sich etwas entspannter zurück.

»Es gibt eine starke Gruppe von einflussreichen Leuten, die weiterhin an dem Ferienpark interessiert sind. Dazu gehören die Gastronomen, die ansässigen Handwerker, die sich ein reiches Auftragspolster versprechen. Ein Bauunternehmer ruft beinahe jede Woche hier an und fragt nach Plänen und Ausschreibungen. Der Herr Pfarrer begrüßt das Projekt ebenfalls«, fügte Wulf mit einem Schmunzeln hinzu.

»Verspricht er sich höhere Kollekten?«, fragte ich dazwischen.

»Na, ob die von den Besuchern entrichtet werden?«

Auch Dr. Koenig konnte sich ein Grinsen nicht verkneifen.

»Nein, er hat einen ganz anderen Grund. Dieser alte heidnische Stein, der auf dem Baugrund steht, verschwindet damit endlich. Der ist ihm schon lange ein Dorn im Auge.«

»Was steht dort?«

»Ein Menhir. Mitten in der Cafeteria«, antwortete ich.

»So, so. Mh, könnte das eventuell Schwierigkeiten mit der Kulturbehörde geben? Nicht, dass der unter Denkmalschutz steht.«

»Bislang hat sich noch niemand daran gestoßen.«

»Und sollte es Probleme geben, dann lassen wir den Hinkelstein eben einfach als besondere Attraktion in der Badelandschaft stehen.«

»Gut, warum nicht? Man hat auch schon um Bäume herum Häuser gebaut. Also, die Kirche und die Gewerbetreibenden sind positiv gestimmt. Gibt es negative Stimmen?«

»Die Vogelschützer haben uns die Kläranlage eingebrockt, eine kleine Gruppe von Ferienhausbesitzern hat Angst um ihr geruhsames Wochenenddasein. Aber ich glaube nicht, dass die großen Einfluss haben. Ja, und dann gibt es noch eine leicht fanatische Truppe, die sich der Erhaltung des Keltentums verschrieben hat. Die sind auch politisch recht aktiv, weil sie so eine Art Separatistenbewegung sind. ›Bretagne den Kelten‹ oder so ähnlich ist ihr Slogan. Die sind natürlich gegen jeglichen Fortschritt und haben besonders etwas gegen Maßnahmen, die von Paris gefördert werden.«

»Davon hast du bislang ja noch gar nichts erzählt.«

»Ich habe das auch erst gestern rein zufällig gehört. Callot spricht offensichtlich nicht gerne darüber.«

»Sind diese Leute schuld an den schleppenden Entscheidungen?«, wollte Dr. Koenig wissen.

»Meines Wissens nicht. Ich habe Callot darauf angesprochen, und er versicherte allzu nachdrücklich, dass von der Seite keine Schwierigkeiten mehr zu erwarten seien, nachdem die Entscheidung für die Ferienanlage gefallen sei. Aber ich bin nicht bei den Gemeinde- oder Präfektursitzungen dabei. Solche Sektenanhänger sind nicht zu unterschätzen.«

»Ist das eine Sekte?«

»Was weiß ich? Vielleicht auch nur ein gemeinnütziger Verein, der sich der Folklore und dem traditionellen Brauchtum verschrieben hat. Der Herr Pfarrer spricht nicht sehr freundlich über sie. Aber das hat nichts zu sagen.«

Während Wulf weiter über die verschiedenen Interessenlagen sprach, tauchte vor meinen Augen wieder eine Szene aus dem seltsamen Traum auf. Ich sah den Menhir einsam im Mondlicht stehen. Ein roher, unbearbeiteter Fels, planlos auf eine Wiese gestellt. Und doch von einer eigenartigen Anziehungskraft. Was mochte er den Menschen dort bedeuten? Robert hätte mir bestimmt eine ganze Menge dazu erzählen können.

Robert war gestrichen!

Zurück zur Tagesarbeit.

Vier Tage später rief Dr. Koenig uns wieder zu sich ins Büro.

»Es war keine besonders angenehme Unterhaltung, die ich mit d'Arbois und Lejeune hatte. Immerhin haben Sie mir die Argumente gut zusammengestellt, Frau Farmunt.«

»Danke.«

Das ging runter wie Öl. Es war das erste Lob in dem halben Jahr, das ich jetzt in der Firma war.

»Sie können Ihren Plan aktualisieren. Die Entscheidung über die Grundstücke ist gefallen. Wir bekommen in den nächsten Tagen die aktuellen Lagepläne zugeschickt. Die Bauabteilung soll sie sofort prüfen und mit den Arbeiten beginnen, Herr Daniels.«

»Sehr gut!«

»Man ist auch mit dem Fertigstellungstermin Februar, März einverstanden, er wird im Vertrag festgeschrieben. Ich musste leider eine hohe Vertragsstrafe akzeptieren, für den Fall, dass der Endtermin nicht gehalten werden kann.«

»Gibt es eine Ausstiegsklausel, Herr Dr. Koenig?«

»Ja. Ich gebe Ihnen den neuen Vertragsentwurf, Frau Farmunt. Denn Sie sind diejenige, in deren Händen die Entscheidung liegt. Sie wissen, wie sich die Terminsituation entwickelt. Ich muss mich da ganz auf Sie verlassen können. Sollte etwas schiefgehen, haben wir nur einmal die Chance, einigermaßen verlustfrei auszusteigen.«

»Wann?«, fragte ich.

»Vor Beginn der Bauarbeiten! Ansonsten haben wir einen Rattenschwanz von Folgeleistungen zu unseren Lasten zu erbringen. Aber das wollen wir ja doch nicht hoffen.«

»Ich würde am liebsten diesen Computer gegen eine Glaskugel tauschen«, murrte ich, als wir entlassen waren. »Vielleicht könnte ich darin die Zukunft besser lesen.«

»Nanu, was ist denn mit dir auf einmal los? Du bist doch bisher so begeistert von der Netzplan-Technik gewesen?«

»Bin ich auch noch, aber …«

»Jetzt hast du den Schwarzen Peter am Hals, klar doch. Bedrückt dich die Verantwortung?«

»Nein. Natürlich nicht. Nur flog mich gerade die entsetzliche Vorstellung an, was alles noch passieren kann, das ich bisher nicht berücksichtigt habe.«

Karola stand in der Tür und hielt Kopien für mich in der Hand, Wulf nickte mir zu und ging.

»Na, du siehst aber gar nicht glücklich aus, Lindis.«

»Bin ich auch nicht, Karola.«

»War Dr. Koenig unzufrieden mit irgendwas?«

»Nein. Aber er hat mir ziemlich klargemacht, welche Verantwortung ich habe. Na ja, das wollte ich auch so.«

»Ja, er kann sehr direkt sein. Aber tröste dich, du bekommst weitere Unterstützung.«

»O Gott, nicht noch einen Herbert Schweitzer«, stöhnte ich.

»Nein, schlimmer. Mich!«

»Dich?«

»Ja, Dr. Koenig meint, jetzt wo die heiße Phase beginnt, solle ich mich auch in das Programm einarbeiten. Nicht in die Planung«, beruhigte sie mich, als ich verdutzt aufsah. »Nur in die Bedienung des Programms. Damit er selbst schneller zu den Daten Zugriff hat, falls du mal nicht da bist.«

»Na gut. Ich soll dich anlernen, richtig?«

»Ja, nach Feierabend.«

Karola verzog das Gesicht. Natürlich, darunter würde Jessika-Milena zu leiden haben.

»Wir können sehen, ob das nicht zwischendurch auch immer mal wieder geht, Karola. Er braucht dich ja nicht ständig. Manchmal ist ja auch Leerlauf bei dir.«

»Das würdest du machen? Und deine eigene Arbeit?«

»Nach Feierabend, das bin ich ja schon gewöhnt.«

Ich erhielt einen Blick tiefster Dankbarkeit, und weil Dr. Koenig bereits aus dem Haus war, um sich mit einem anderen Geschäftspartner zu treffen, begannen wir gleich mit einer groben Übersicht über die Planung. Zum Glück stellte sie sich gelehriger an als Schweitzer.

»Du brauchst dich nicht um die inhaltlichen Einzelheiten zu kümmern, Karola«, beruhigte ich sie, als ich ihr ein einfaches Netz gezeigt hatte. »Es ist nur so, dass es mit der Planung selbst nicht getan ist. Das Netz lebt sozusagen erst, wenn die einzelnen Tätigkeiten ins Laufen kommen.«

Ich erklärte ihr, wie den geplanten Terminen jeweils die echten Termine gegenübergestellt wurden und wie das Programm dann die Auswirkungen daraus berechnete.

»Verstanden. Und jetzt?«

»Jetzt sehen wir uns die Auswirkungen an.«

Ich zeigte ihr, wie man das Programm anstieß, und nach wenigen Minuten hatten wir den aktuellen Plan vorliegen. Ich ließ mir die Grafik anzeigen.

»Siehst du diese rote Linie? Das ist der sogenannte kritische Pfad. Durch die elf Tage Verzögerung haben wir jetzt Auswirkungen auf den Beginn der Bauplanung, denn die Leute in der Abteilung können erst morgen, wenn sie hoffentlich die aktuellen Informationen über die Grundstücksgrenzen haben, mit dem Erarbeiten der detaillierten Unterlagen beginnen.«

»Ja, sie werden zwar erst zwei Wochen später damit fertig, aber die Vergabe der Bauarbeiten ist auf dem gleichen Termin stehen geblieben wie vorher.«

»Richtig, dazwischen hatten wir einen Puffer, also eine Reserve von zwei Wochen eingeplant. Der Termin wird zwar gehalten, aber die Reserve ist weg. Jetzt können wir also nur hoffen, dass die Jungs von der Bauabteilung so schnell wie möglich zu Potte kommen. Hoffentlich sind die nicht alle in Urlaub.«

»Meine Güte, ist das kompliziert.«

»Nicht komplizierter als das Leben selbst.«

Wir unterhielten uns noch eine Weile über die Tätigkeiten, bei denen sie mir helfen konnte, dann merkte ich, dass mehr sie nur noch verwirren würde.

»Machen wir morgen oder übermorgen weiter, Karola. Wie geht es deiner Tochter? Macht ihr gar keinen Urlaub dieses Jahr?«

Karola strahlte mich an. Das Thema lag ihr natürlich viel mehr am Herzen.

»Doch, doch, im Oktober. Sie geht ja noch nicht zur Schule. Wir wollen an die Ostsee fahren. Du weißt ja, die Luft ist da so gesund für sie. Ich habe doch ständig Angst, dass sie auch mit einer dieser furchtbaren Allergien anfängt. Reizklima ist da die beste Vorbeugung, hat unser Kinderarzt gesagt.«

»Na, hoffentlich habt ihr schönes Wetter.«

»Ach, das ist nicht ganz so wichtig. Du wirst es nicht glauben, wir fahren in genau so einen Ferienpark wie der, für den du hier die Planung machst. Na, vielleicht ein bisschen kleiner. Aber da ist man doch vom Wetter unabhängig, und für die Kinder gibt es so viele Beschäftigungsmöglichkeiten. Wir haben das im vergangenen Jahr auch schon einmal gemacht.«

»Du wirst lachen, ich plane zwar so ein Ding, aber ich habe noch nie eins von außen, geschweige denn von innen gesehen. Da fehlt mir vermutlich noch etwas.«

»Ehrlich nicht? Das musst du unbedingt mal machen, das wird dir gefallen. Vielleicht kannst du mal mit deiner Schwester ein Wochenende buchen. Das geht auch von Freitag bis Montag.«

»Ja, aber bis zur Ostsee ist es ein ganzes Stück zu fahren.«

»Du brauchst doch nicht bis zur Ostsee. Es gibt sogar hier in der Nähe so ein Erlebnisbad. Wenn du willst, bringe ich dir morgen die Unterlagen mit. Wir waren zu Jessika-Milenas Geburtstag dort.«

Knoten 1. und 3. Faden

»Was hast du denn da mitgebracht? Ich dachte, ihr habt noch gar nicht angefangen zu bauen?«

Beni lag auf dem Sofa und ließ die Beine über die Lehne baumeln. Zu meinem Verdruss erkannte ich, dass sie mal wieder eine meiner Blusen, eine beigefarbene mit Taschen und Schulterlaschen, die ich besonders mochte, ausgeliehen hatte.

»Sag mal, hast du keine eigenen Klamotten mehr?«

»Hey, Laus auf der Leber? Ich wasche sie dir auch wieder.«

»Das hat doch damit nichts zu tun. Du kriegst genug Taschengeld, um dir deine eigenen Sachen zu kaufen.«

»Laus mit Schuhgröße achtundvierzig! Hat dich dein Wulfi geärgert, oder warum bist du so stinkig?«

Beni rutschte in eine aufrechtere Stellung und sah mich an. Sie hatte nicht ganz unrecht, es war ein nervender Tag gewesen. Deshalb war ich ziemlich kurz angebunden. Und das mit den Kleidungsstücken ging mir zusätzlich auf den Geist. Allerdings musste ich zugeben, seit sie bei mir wohnte, hatte ich nie wieder das Bügeleisen bewegt, Beni hatte geradezu einen Wäschetick.

»Was du da siehst, ist ein Ferienpark, der bereits existiert. Karola war dort und meinte, ich solle ihn mir mal ansehen.«

»Ah, Lokaltermin also.«

»Ja. Und sie hat auch eine nette Idee gehabt. Sie meinte nämlich, dass wir beide da mal ein Wochenende verbringen könnten.«

»Das ist eine nette Idee?« Beni sah die Hochglanzbroschüre zweifelnd an.

»Ich dachte, du gehst gerne schwimmen. Du bist doch den ganzen Sommer über kaum vom See weggekommen.«

»See, ja. Das ist der Punkt. Ich mag diese Hallenschwimmbäder nicht.«

»Das ist doch kein Hallenschwimmbad. Das ist eine Badelandschaft. Mit …«

»Ein aufgemotztes Hallenschwimmbad. Trotz Wirbelstrahl und Wellenrauschen. Kannst du für mich vergessen. Ich war vor zwei Jahren mal in einem, hat mich nicht angemacht. Brauch ich nicht noch mal.«

»Huch, was ist denn da vorgefallen?«

»Nix, außer dass es mich angeödet hat, mich mit lauter glücklichen Familien in tropischer, stinkender Treibhausluft herumzudrücken.«

»Meine jüngere Schwester ist ein rechter Naturbursche, was?«

»Fahr doch mit deiner Karola und ihrem Jessy-Schätzchen da hin.«

»Na, wem ist denn jetzt die Laus über die Leber getrampelt?«

»Nur mir. Mach dir nichts draus.«

»Probleme in der Schule?«

Seit zwei Wochen war Beni wieder ins Schülerdasein zurückgekehrt. Aber die Leichtigkeit, mit der sie in den vergangenen Schuljahren den Stoff gemeistert hatte, wollte sich noch nicht so recht einstellen. Das Niveau war augenscheinlich wirklich hoch und ihre Mitschüler ihr ein ganzes Stück voraus.

»Nö. Aber ein Haufen Arbeit. Französisch ist eine Katastrophe, Mathe ein Desaster, die mittelhochdeutschen Dichterlinge ein Gräuel, und menschlich hab ich auch ein Trauerspiel am Hals!«

»Streit mit deiner Freundin Sarah?«

»Nööö.«

»Piers?«

»Schon eher. Aber, na ja, das geht vorbei. Wenn du nicht alleine oder mit Karola ins Ferienparadies fahren willst, begleitet dich ja vielleicht auch dein hübscher Freund?«

Sauber abgelenkt. Aber wenn sie nicht über ihre Differenzen mit Jung-Piers reden wollte, dann eben nicht. Ich erwog ihre Vorschläge. Irgendwie hatte ich das Gefühl, dass Wulf nicht so ganz der richtige Begleiter wäre. Das Familiengerechte der Anlage mochte ihn auf falsche Gedanken bringen. Aber Karola hatte bereits ganz zart angedeutet, dass sie nichts dagegen hätte, noch einmal ihrer Tochter die Freude eines verlängerten Wochenendes zu machen. Ich nickte für mich. Besser als alleine, und wie sie sagte, gab es für Jessika-Milena genügend Beschäftigung in den Kindergruppen.

»Du bist zu einem Entschluss gekommen, ältere Schwester?«

»Ja. Ich werde mit Karola fahren.«

»VV.«

»Was?«

»Viel Vergnügen!«

Vergnügen hatten wir dann auch. In den unterschiedlichsten Sparten.

Paradiso-Park war eine professionell geführte Anlage. Wir hatten ein Apartment in dem zugehörigen Hotelkomplex, ein Zimmer für mich, eines für Karola und ihre Tochter, eine winzige Kochnische, kleines Bad. So weit, so gut. Das Angebot war auch sehr vielfältig. Das Erste, was ich zu nutzen gedachte, war die Sonnenbank, denn als ich mich im Bikini im Spiegel betrachtete, hatte ich den Eindruck, zur Gattung der Höhlenmolche zu gehören.

Aber in der Hinsicht standen mir meine beiden Begleiterinnen in nichts nach. Karola hatte die fünf Kilo, die ich zu viel um die Taille hatte, deutlich zu wenig und sah leider aus wie ein magersüchtiges Gipsmodell aus der Werkstatt von Barlach. Jessika-Milena unterschied sich von ihr nur durch die pinkfarbenen Schwimmflügel. Und dadurch, dass sie lästig war. Wie konnte ein einzelnes Kind nur eine so durchdringende Stimme haben!

Aber ich musste mich zu Ruhe zwingen. Das Schlimme war, dass sich meine miese Laune, statt sich zu bessern, in den letzten zwei Wochen nur noch verschlechtert hatte.

»Du siehst überarbeitet aus, Lindis.«

Auch Karola hatte das bemerkt.

»Sieht man mir schon an, nicht wahr? Mist, und ich wollte die Schönste im Land sein«, versuchte ich zu spotten.

»Kann man nicht immer. Vielleicht solltest du diesen Entspannungskurs besuchen, der hier angeboten wird. Mir hat das immer geholfen. Man gleitet so richtig tief weg.«

»Werde ich mal versuchen.«

Wir saßen unter Palmen am Pool, und ich sehnte mich in der Tat nach Ruhe und Weggleiten, aber die allgemeine Geräuschkulisse ließ das nicht zu. Geschlafen hatte ich auch schlecht, denn Jessika-Milena war eine Frühaufsteherin. Manchmal fragte ich mich, ob dieses hyperaktive Kind überhaupt je Schlaf brauchte. Sie war auch nicht ins Bett zu kriegen gewesen.

Ich sah müßig einer Gruppe von vier, fünf Kindern zu, die friedlich miteinander an dem flachen Pool spielten. Es ging also auch so.

»Mama, wann fängt der Kinder-Schminkkurs an?«, fragte Jessika-Milena schon zum fünften Mal in einer Viertelstunde.

»In einer halben Stunde, Jessika-Milena. Geh noch mal auf die Rutsche. Das hat dir doch Spaß gemacht.«

»Die is doof. Kann ich ein Eis haben?«

113

»Nein, Jessika-Milena. Du sollst nicht so viele Süßigkeiten naschen.«

»Ich will aber ein Eis. Alle dürfen Eis.«

Natürlich gab Karola nach. Sie gab immer nach. Und Jessika-Milena versenkte anschließend vor unseren Augen das Vanilleeis im Pool, was das Aufsichtspersonal nicht besonders freute.

Ich brauchte auch dringend Abstand zu meinen Begleiterinnen. Karola gab sich zwar alle Mühe, nett zu mir zu sein, aber das Kind stand sozusagen zwischen uns. Ich mochte mich überhaupt nicht an die Szenen am Frühstücksbüfett erinnern …

Ich stand auf und fragte: »Ich hole mir etwas zu trinken, Karola. Soll ich dir etwas mitbringen?«

»Nein, geh alleine. Ich weiß schon, wir stören dich nur.«

Sah man mir das so deutlich an? Musste wohl so sein. Ich schlüpfte in meine feuchten Badeschlappen und suchte mir zwischen den Liegen einen Weg zur Cafeteria. Man hatte einen Irrgarten aus der Anlage gemacht, eine Hängebrücke führte über einen künstlichen Wasserfall, künstlich beleuchtet schäumte das Wasser in ein türkisfarbenes Becken. Die Gischt roch auch nicht gerade natürlich. Pinkfarbene Bougainvillea, rote Anthurien und Bromelien, Farne und Rankgewächse überwucherten die Ränder, aber als ich ein Blatt streifte, erkannte ich, dass es gut gemachte Plastikpflanzen waren.

Die Cafeteria, ganz in Bambus, hatte eine Auswahl extremfarbiger Getränke. Das entsprach wohl der gängigen Vorstellung von Exotik. Ich bestellte mir ein einfaches Wasser. Es war mit einem giftgrünen Rührstab und einem Zitronenschnitz verziert. Überhaupt, die Verpflegung mochte ja familien- beziehungsweise kindgerecht sein, aber weder die gebotenen Snacks noch die Büfetts hatten mich bisher überzeugt. Wenn ich schon richtiges Geld für das Essen ausgeben musste, dann sollte we-

nigstens die Qualität stimmen. Eine Tiefkühlpizza konnte ich
mir billiger selbst machen.

Ein weichbäuchiger Mann schubste mich halb von meinem
Sitz.

»Oh, verzeihen Sie, schöne Frau. Ich wollte Sie nicht vertrei-
ben.«

Er sah mich an, als ob er abschätzte, wie gut seine Chancen
waren. Ich zeigte ihm, dass sie noch unter Null lagen, und
stand auf. Mich nervten die Menschenmassen langsam, und ich
sah auf die Uhr. Erleichtert registrierte ich, dass der besagte
Entspannungskurs bald anfing.

11. Faden, 2. Knoten

Wir lagen auf bunten Matten am Boden, und die Dame, die uns
durch die Meditation führen sollte, ließ sanft säuselnde Klänge
aus den Lautsprechern aufsteigen. Normalerweise habe ich für
solche Übungen wenig übrig. Ich fühlte mich ziemlich albern
und fehl am Platz. Karola hatte so etwas allerdings schon öfter
mitgemacht, hatte bereits eine professionell entspannte Liege-
haltung eingenommen und atmete mit geschlossenen Augen
tief in den Bauch ein und aus. Wenigstens war der Geräusch-
pegel in diesem Raum sehr gedämpft, und meine Müdigkeit
machte sich wieder bemerkbar. Als die Meditationsleiterin
dann mit angenehmer, einlullender Stimme zu sprechen anfing,
ließ ich mich einigermaßen willig führen. Meine Arme wurden
schwer, meine Beine wurden schwer, alles war angenehm
warm, ich sank ganz tief in die Unterlage und fühlte meinen
Atem weit, weit in meinen Bauch fließen.

»Wir befinden uns auf einer weiten, grünen Wiese.«

Ich war im Grünen.

»Über uns wölbt sich ein blauer, klarer Himmel.«

Wölbte sich.

»Kleine Federwölkchen wehen sacht dahin.«

Wehten.

»In der Ferne rauscht das Meer.«

Rauschte wie verrückt.

Rauschte und brandete mit kleinen schaumigen Wellen auf dem warmen, goldgelben Sand. Möwen glitten kreischend von den Felsen, die die kleine Bucht umgaben. Braungebrannte Kinder spielten im Sand. Ein kleines, blondes Mädchen in einem kurzen, hellbraunen Kittel kam aus dem Wasser und brachte eine Handvoll Muscheln herbei. Sie legten gemeinsam irgendeine Figur in den nassen Sand, ein vergängliches Kinderkunstwerk an einem Sommertag. Ich hörte sie lachen und miteinander reden. Bald schienen sie genug zu haben von ihrem Spiel und warfen Steine nach einem Treibholzstück, das sie in den Sand gesteckt hatten. Sie waren sehr geschickt darin, nur das blonde Mädchen traf selten das Ziel. Aber die anderen lachten nicht darüber, sondern gaben ihr neue Steine.

Plötzlich hörte das Spiel auf. Einer der Jungen zeigte in die Ferne. Die Kinder sahen, wohin er deutete. Ja. Da kam ein Mann den Strand entlang. Er wirkte abgerissen und müde. Seine Hosenbeine waren salzverkrustet, seine Tunika geflickt und an den Armen zerrissen. Er hatte einen Bart und wirre helle Haare.

»Brieg kehrt zurück.«

»Was? Was sagst du da, Danu?«

»Brieg kommt wieder.«

Die Kinder hatten sich dem kleinen Mädchen zugewandt.

»Er ist doch ertrunken? Letztes Jahr in den Herbststürmen.«

Danu hielt sich eine Hand über das rechte Auge und sah dem Mann entgegen.

»Brieg kommt wieder. Mona, sag deiner Mutter, sie soll

ihn wegschicken. Er bringt großes Unheil mit. Lauf schnell, Mona!«

Das Mädchen Mona starrte die Sprecherin an, sie wollte noch etwas sagen, aber Danu, noch immer eine Hand vor dem Auge, forderte noch einmal: »Schnell.«

Mona nahm die Beine in die Hand und lief mit wehendem Hemd die Böschung empor.

»Was sagst du da, Kleine?«

Erschrocken wichen die übrigen Kinder vor dem graubärtigen Mann zurück, der hinter ihnen aufgetaucht war. Er trug eine helle Tunika mit breiter blauer Borte, blau-braun karierte Hosen und hochgeschnürte Sandalen an den Füßen. Um seinen Hals schmiegte sich ein goldener Reif, an dessen offenen Enden sich zwei Vogelköpfe gegenüber sahen. Auch er schaute zu der näher kommenden Gestalt hin.

»Willst du mir nicht antworten?«

Danu, die nicht älter als sechs, sieben Jahre sein mochte, steckte die halbe Faust vor Verlegenheit in den Mund. Aber sie sagte nichts. Einer ihrer Gefährten, der nicht ganz so von der Furcht befangen war, stammelte: »Sie sagte, Brieg kommt zurück, Herr.«

»So, Brieg. Ein scharfsichtiges Mädchen. Wie heißt du Kleine?«

»D ... Danu, Herr. Tochter der Meb, Herr.«

»Ich habe dich schon oft im Dorf gesehen, Danu. Du weißt, dass Monas Vater Brieg ertrunken ist.«

»Ja, Herr.«

»Und doch sagst du, er kommt zurück. Woher weißt du das?«

Danu kratzte sich im Stehen mit der großen Zehe den Sand von der Wade, aber sie antwortete nicht.

»Danu kann manchmal mit ihrem schlechten Auge sehen«, flüsterte der größere Junge.

»Mit dem schlechten Auge?«

»Ja, Danu ist auf dem linken Auge blind. Meine Mutter hat gesagt, das war eine Krähe, als sie noch ein Baby war. Es ist nicht ihre Schuld, Herr.«

»Nein, es ist nicht ihre Schuld, weder dass sie einäugig ist, noch dass sie mit dem blinden Auge sehen kann.« Der Mann ließ sich auf ein Knie nieder, um etwa auf gleicher Höhe mit dem Mädchen zu sein. Eindringlich sah er sie an und fragte: »Danu, was hast du über Brieg noch gesehen? Komm, du musst keine Angst haben.«

»Ich habe Angst, Herr.«

Danu sah den Grauhaarigen an. Sie zitterte leicht.

»Was siehst du, Danu?«

»Ein Schwert. Rotes Blut auf einem weißen Gewand und einen schwarzen Vogel. Und Euch, Herr.«

Danu rannte los, in panischer Flucht wie ein wildes Tier.

Der Mann stand auf, blickte ihr nach und nickte. Dann beschattete er seine Augen mit der Hand und sah dem Fremden entgegen, der jetzt an der Wasserlinie entlangtorkelte.

»Holt eure Heilerin, sie soll Brieg in den Hain bringen!«, befahl er den Kindern. Einen Jungen hielt er jedoch fest und beauftragte ihn: »Folge du der kleinen Mona und sag ihrer Mutter, sie soll die Warnung beachten.«

Danach machte er sich auf, die Böschung hinaufzusteigen, und sein graues, von noch immer blonden Strähnen durchzogenes Haar wehte im Wind.

Er eilte über die niedrig gewachsene Wiese auf das Dorf zu, den hohen, grauen Stein ließ er dabei unbeachtet. Einen Mann, der ihm entgegenkam und der ihm einen höflichen Gruß entbot, fragte er: »Welches ist das Heim, in dem das halbblinde Mädchen Danu wohnt?«

»Das Haus der Töpferin Meb. Gleich dort am Waldrand findet Ihr sie.«

Der Graue nickte dem Mann zu und eilte in die Richtung, die ihm gewiesen wurde. Hier, vor dem strohgedeckten Haus aus Feldsteinen, saß eine dunkelhaarige junge Frau vor der Tür. Neben ihr standen auf einem rohen Holzgestell einige Tontöpfe, die noch nicht ganz getrocknet waren. Sie hielt auf dem Schoß eine der lederharten Schüsseln und ritzte mit einem angespitzten Holz ein kompliziertes Muster hinein. So versunken war sie in ihre Arbeit, dass sie das Nahen des Mannes nicht bemerkte und erst ein wenig überrascht aufsah, als ein Schatten über ihre Arbeit fiel.

»Ich grüße dich, Töpferin Meb. Eine schöne Arbeit wird das, wenn ich es richtig erkennen kann.«

»Conall!«, Meb lachte, und ihre blauen Augen blitzten den Sprecher an. »Braucht Ihr einen neuen Kessel? Ich habe heuer ein paar schöne große Töpfe geformt.«

»Vielleicht. Deine Verzierungen werden allseits bewundert.«

Er betrachtete eingehend die verschlungenen Linien, die sich spiralförmig um den Rand wanden.

»Ich kann mir eigentlich nicht vorstellen, dass Ihr wegen meiner Tonwaren im Dorf seid.«

»Nein, leider nicht. Es gibt ein paar Rechtsfälle, die ich heute Abend besprechen möchte. Aber zu dir hat mich ein anderes Anliegen geführt, Meb.«

»Ja? Nun …«

Conall lachte erneut, als sie ihm augenzwinkernd ansah. Es hatte da mal eine Zeit gegeben, da war dieses Angebot nicht abgelehnt worden.

»Nein, nein, Meb. Es ist etwas ganz anderes.« Seine Miene wurde ernst, und er sah zur Haustür hinein. »Ich habe deine Tochter Danu am Strand getroffen.«

Auch Mebs Lächeln verschwand, und sie legte die halbfertige Schale beiseite.

»Ja, Conall?«

»Sie hat eine seltsame Äußerung gemacht.«

Stumm sah Meb zu ihm auf, und ihre Finger zerrten an dem Zopf, der ihr über die Schulter gefallen war.

»Nicht jetzt schon, Conall. Sie ist noch so klein. Und sie hat doch nur ein gutes Auge.«

»Du weißt also um ihre Gabe?«

»Ja, sicher. Aber glaubt Ihr, dass sie überhaupt von Bedeutung ist? Es sind solche Kleinigkeiten, die sie sieht. Ein Besucher vielleicht, ein seltener Fang im Netz, solche Sachen eben …«

»Sie ist ein Kind, ja. Aber sie hat mir heute eine sehr unkindliche Auskunft gegeben. Lass sie mich mitnehmen und bei uns ausbilden, Meb.«

Meb sah zu Boden, und ganz plötzlich stand auch Danu an ihrer Seite. Sacht legte die Mutter den Arm um das Mädchen und zog die Kleine zu sich heran.

»Es ist nur eine Tagesreise entfernt, ihr werdet euch sehen können.«

Danu klammerte sich mit angstvollem Blick an ihre Mutter.

»Sie wird die alten Lieder lernen, die Geschichte, die ihr alle so liebt. Sie wird die heilenden Pflanzen kennenlernen, die Pflege der Kranken und Verwundeten.«

»Sie wird aus dem Vogelflug lesen lernen und aus den Zeichen des Himmels, Conall.«

»Mag sein.«

»Sie wird die giftigen Pflanzen kennen und den heiligen Rauch.«

»Wenn sie will.«

»Ich möchte aber Kämpfen lernen, Herr, nicht die langen Lieder.«

Das war das Erste, was Danu sagte, und sie löste sich von ihrer Mutter.

»Auch das kannst du lernen, Danu.«

»Das habe ich befürchtet.«

»Wir wissen noch nicht, wo ihre Begabung liegt, außer dass sie manchmal sehen kann, was verborgen ist. Es ist besser für sie, es zu beherrschen, als davon überrascht zu werden, Meb.«

»Du hast ja recht, aber ich möchte erst noch mit ihrem Vater sprechen. Komm morgen wieder vorbei, Conall.«

Der Mann legte der Töpferin die Hand auf die Schulter und …

»Wachen Sie auf! Bitte! Wachen Sie doch auf!«

»Was?«

»Wachen Sie auf, Sie können hier nicht liegen bleiben, der Kurs ist längst vorbei. Wir brauchen den Raum für die Gymnastikgruppe!«

»Gymnastik?«

»Hören Sie, wenn Sie müde sind, legen Sie sich in Ihrem Zimmer ins Bett.«

Ich hatte entsetzliche Schwierigkeiten, mich wieder zurechtzufinden. Der Raum mit der künstlichen Beleuchtung war mir fremd, das Licht blendete mich.

Knoten 1. und 3. Faden

Noch immer wie im Halbschlaf suchte ich mir den Weg in das Hotel. Ich musste wirklich vollkommen übermüdet gewesen sein, so tief hatte ich schon lange nicht mehr geschlafen. Und dann dieser Traum! Der war so wirklich gewesen, so lebendig. Und es war so eigenartig, dass dieses Kind wieder darin auftauchte, von dem ich schon einmal geträumt hatte. Aber ich war viel zu erschöpft, um mir darüber Gedanken zu machen. Ich wollte nur weiterschlafen, vielleicht sogar weiterträumen.

Vor allem weg aus dieser Welt der künstlichen Palmen und Plastikfarnwedel.

Aber das war mir leider nicht vergönnt. In unserem Apartment traf ich Karola und Jessika-Milena. Karola hatte rotgeweinte Augen und packte wahllos trockene und feuchte Kleidungsstücke in ihren Koffer. Ihre Tochter saß in der Ecke und matschte in einem Schokoladenpudding.

»Was ist denn hier los?«

»Sie haben Jessika-Milena ...« Karola schnupfte heftig auf. »Sie haben mich ... Oh, Lindis, diese Weiber sind so bescheuert. Sie haben mich mitten aus der Entspannung gezerrt ...«

Karola brach wieder in haltloses Weinen aus, und ich befürchtete das Schlimmste.

»Ist Jessika etwas passiert? Sie sieht doch ganz friedlich aus.«

»Sie haben sie aus der Gruppe ausgeschlossen. Sie haben gesagt, sie sei ...« Der Rest ging in Schluchzen unter.

»Du liebe Zeit, was denn? Hat sie sich gezankt, oder was?«

»Pädagoginnen wollen das sein! Nur weil mein Schatz so willensstark ist. Sie darf nicht mehr mit den anderen Kindern spielen. Und ich hätte völlig versagt mit meiner Erziehung. Ich reise auf der Stelle ab.«

Mehr war aus ihr nicht herauszubekommen, und da ich sowieso viel zu müde war, riss mir der Geduldsfaden und ich fuhr die heulende Karola an: »Ach hör doch mit dem Gejammer auf, Karola. Wahrscheinlich ist Jessika einfach total überdreht. Sie ist ja sonst viel alleine, nicht? Aber möglicherweise solltest du dir überlegen, ob du dem Kind nicht mal seine Grenzen zeigen solltest. Sonst wird sie sich nie in einer Gemeinschaft zurechtfinden.«

»Jetzt fängst du auch noch damit an. Jessika-Milena soll keine dressierte Puppe werden, die zu allem ja sagt. Wie das ist, habe ich als Kind schlimm genug erfahren.«

»Na ja, zwischen Dressur und Erziehung zu sozialem Verhalten sind aber noch ein paar kleine Unterschiede. Du lässt dem Mädchen doch wirklich alles durchgehen und wunderst dich dann, wenn sie von anderer Seite mal was auf die Mütze bekommt. Ich sage dir, spätestens wenn sie in die Schule kommt, erlebt sie ein böses Erwachen.«

»Was maßt du dir eigentlich an! Du hast doch überhaupt keine Ahnung. Gerade solche wie du, die keine Kinder haben wollen! Gerade du musst dich in die Beziehung zwischen Mutter und Tochter einmischen. Ich bin's leid, leid, leid! Ich muss schließlich das Kind alleine aufziehen. Mir hilft ja keiner. Alle wissen es nur immer besser. Was habe ich nicht schon alles für Jessika-Milena aufgegeben! Aufgeopfert habe ich mich! Meine Freunde, meine Familie, alles habe ich geopfert. Keiner versteht das!«

Ich warf die Tür hinter mir zu. Das Letzte, was ich jetzt gebrauchen konnte, war ein hysterischer Ausbruch. Wir waren zwar mit Karolas Wagen hergekommen, aber vermutlich konnte ich auch mit der Bahn zurückfahren. Ich hoffte nur, dass sie so schnell wie möglich ihre Siebensachen gepackt hatte und verschwand.

Verdammt, als hätte ich nicht schon genug Stress am Hals!

Ich warf mich auf das Bett und versuchte, die Ruhe wiederherzustellen, die mich nach dem Aufwachen aus dem Traum umfangen hatte. Aber das Geschluchze und Gerumpele im Nebenraum machten das unmöglich. Was für ein mistiges Wochenende! Entschlossen zog ich mich um, packte auch meine Sachen, und als ich durch das andere Zimmer ging, war ich erleichtert, dass Karola nebst Tochter das Apartment geräumt hatten.

An der Rezeption erhielt ich einen Fahrplan, bestellte mir ein Taxi und war am späten Samstagnachmittag wieder in meiner Wohnung.

»Nanu, ich dachte, du ruhst unter Palmen, einen exotischen Drink an den Lippen und einen gottvollen Männerkörper zu deinen Füßen?«

»Pfeif es!«

»Hussa.« Beni sah mich kritisch an. »Ich frage lieber nicht, ob es was mit der Mutter und ihrem süßen Kind zu tun hatte.«

»Dann tu es auch nicht.«

»Es hatte also. Na, vielleicht heitert es dich auf, wenn ich dir erzähle, dass ein Mann mit einer äußerst sexy Stimme angerufen und nach dir gefragt hat.«

»Wulf?«

»Dessen Stimme ist so sexy wie 'ne ausgelutschte Eistüte. Nein, ein Robert Caspary oder so. Ahhh, Blues in der Stimme. *Den* würd' ich gerne mal kennenlernen!«

»Vergiss es, du wärst enttäuscht vom Rest. So, und ich packe jetzt meine Tasche aus und hau mich vor die Glotze. Ich will von dieser Welt jetzt nichts mehr wissen.«

»Schade. Hier ist die Telefonnummer von Robert dem Samtigen. Sollst ihn anrufen.«

»Kann warten.«

Bis die Berge zu Sand wurden und die Meere zu Tafelsalz vertrocknet waren, wenn es nach mir ging. Zum Glück gab es einen alten Schmachtfetzen im Abendprogramm, und anschließend schlief ich traumlos bis spät in den Sonntag hinein.

Die Vorstellung, am Montag Karola wieder im Büro gegenüberzustehen, war mir allerdings noch immer extrem unbehaglich.

11. Faden, 3. Knoten

Eine Woche später stand Beni mit herausforderndem Blick vor mir und sagte: »Ist dir eigentlich aufgefallen, dass ich meine eigene Bluse trage?«

»Das ist kaum zu übersehen, Beni. Ein derart schrilles Orange findet sich nicht in meinem Schrank. Es kann einem die Tränen in die Augen treiben. Wo hast du das nur her?«

»Oh, es gibt eine superstarke Boutique, die mir Sarah gezeigt hat. Da solltest du auch mal reinschauen.«

»Na, ich weiß nicht.«

»Du meinst, das ist nicht dein Stil, was? Ist dir eigentlich schon mal aufgefallen, wie trist es in deiner Klamottenwelt aussieht? Graue Jacken, beigefarbene Blusen, braune Hosen, schwarze Pullis, sandfarbene Röcke, schlammfarbene Kostüme. Total öde Teile. Da werden ja sogar die Motten depressiv.«

»Du musst es ja nicht tragen.«

»Nein, aber ich muss dich ansehen. Und du siehst trist aus. Ehrlich. Früher, wenn du uns besucht hast, hast du doch andere Sachen getragen. Zumindest soweit ich mich erinnern kann.«

»Das kann während meines Studiums gewesen sein, Beni. Aber im Büro fallen leider Quietschgrün und Knallorange ein bisschen auf.«

»Muss ja nicht ganz so heftig sein, wenigstens mal ein bisschen Rot oder Blau. Du wirkst so farblos.«

»Wahrscheinlich bin ich farblos.«

Wir saßen bei einem von Beni gestalteten Essen zusammen. Sie hatte einen Salat gemacht, und im Backofen hüllte sich eine Gemüsetorte soeben in eine goldbraune Kruste. Beni, eine unersättliche und begeisterte Esserin, hatte ein bislang verborgenes Talent für die Küchenarbeit entwickelt. Die ersten Versuche waren nicht ganz geglückt, und der Pizza-Bringdienst hatte ein paar Mal aushelfen müssen, aber im Großen und Ganzen waren die Resultate durchaus genießbar.

»Ja, du bist farblos, wenn ich das so recht betrachte. Und das liegt nicht nur an den faden Sachen. Du guckst auch farblos. Ist was, ältere Schwester?«

Wenn Beni wüsste! Zu Beginn des Jahres, als ich bei KoenigConsult anfing, hatte ich noch geglaubt, wieder ein bisschen Schwung zu bekommen. Aber das war schnell verflogen. Die Routine hatte mich eingeholt, das Leben ging wieder so erschreckend eintönig an mir vorbei. Was war nur mit mir los? Warum war mir alles so gleichgültig? Ich konnte mir selbst keine Antwort darauf geben und schon erst recht nicht meiner Schwester, die viel zu jung für solche Probleme war.

»Nein, Beni, nichts ist.«

»Gut, wenn du es sagst. Aber wenn was ist, kannst du ruhig mit mir darüber reden.«

Ich lächelte sie an. »Danke für das Angebot.«

Als sie am Nachmittag zu einem Treffen ihrer Clique verschwunden war, setzte ich mich mit der Wochenendzeitung auf das Sofa und legte die Beine hoch. Aber ich konnte mich nicht so recht konzentrieren. Am liebsten hätte ich irgendetwas unternommen, aber mir fiel nichts Rechtes ein. Wulf war in Paris, meine anderen Bekannten wohnten zu weit weg. Blieb noch Karola. Sie hatte sich am Montag nach dem missglückten Ferienparkbesuch bei mir mit einem Alpenveilchen in der Hand entschuldigt.

»Du bist doch meine einzige Freundin«, hatte sie mit roter Nase geschnüffelt und mir wieder leidgetan. Ich entschuldigte mich also ebenfalls mit Übermüdung und üblen Magenschmerzen, was noch gar nicht so weit hergeholt war. Wir betrachteten die Sache als ungeschehen.

In meinem Telefonverzeichnis stand Karolas Nummer, ich wählte also.

»Hier ist die Jessika-Milena«, quäkte mir der Anrufbeantworter entgegen. »Meine Mutti und ich sin nich da. Wenn du was willst, musst du deinen Namen sagen.«

Ich legte den Hörer auf. Missmutig schlenderte ich durch die Wohnung, kehrte noch einmal zum Telefon zurück. Da lag natürlich auch noch der Zettel mit Roberts Nummer.

Nein, entschied ich, auch das nicht. Außerdem hatte sie eine französische Vorwahl.

Ich könnte natürlich ein bisschen aufräumen, überlegte ich, aber mit nicht allzu großer Begeisterung, und setzte mich wieder auf das Sofa.

Machte ich denn wirklich etwas falsch? War ich deswegen so unzufrieden mit mir und der Welt? Mit einem herumliegenden Stift begann ich die leeren Flächen der Zeitung auszumalen. Wäre ich glücklicher, wenn ich ein Kind hätte, wie Karola mir immer einreden wollte? Beni und ich kamen eigentlich gut aus, auch wenn der Altersunterschied beträchtlich war. Eine Tochter wie sie wäre nicht gänzlich unerträglich. Aber da saß man ja nicht drin.

Um den Artikel mit dem geklonten Schaf rankte sich jetzt eine wundervoll verschlungene Linie. Grimmig dachte ich mir, ich könnte Beni ja auch klonen lassen. Da weiß man wenigstens, was man hat. Andererseits war ich mir nicht ganz sicher, ob die Mutterrolle mir wirklich lag. Und ein Vater war in der Tat nicht verfügbar. Wulf würde sich nämlich bedanken.

Die Linien auf dem Zeitungsrand verwoben sich immer dichter. Eigentlich interessant, was ich da so kritzelte. Drei, nein, vier Fäden wanden sich umeinander, bildeten Knoten, zum Teil mit sich selbst, zum Teil mit den anderen Linien. Sah hübsch aus. Ob ich das mal auf einem leeren Blatt versuchen sollte? Mit verschiedenen Farben?

Ich war plötzlich wie getrieben. In Benis Zimmer fand ich eine Mappe mit Filzstiften aller Farben und einen leeren Block. Ich setzte mich an meinen Schreibtisch und begann mit Rot eine Kurve zu zeichnen. Und dann Grün dazu. Es wurde ein wildes, unstrukturiertes Gekritzel. Wie blöd, die ganze Zeit schon malten meine Finger die kompliziertesten Gebilde, aber sowie ich mich darauf konzentrierte, klappte es nicht mehr. Ich begann auf einem neuen Blatt. Ein einzelner, krakeliger Knoten gelang mir, aber erst nach mehreren Anläufen und langem Nachdenken. Aber jetzt war mein Ehrgeiz geweckt. Ich holte mir die Zeitung und versuchte das eigenartige Gewebe zu rekonstruieren. Es bereitete mir größte Mühe, und dem Ergebnis merkte man deutlich die Anstrengung an. Aber ich hatte wenigstens einen Teil hinbekommen. Mit verkrampften Schultern lehnte ich mich zurück und schloss die Augen.

Beinahe schlagartig sah ich das kleine einäugige Mädchen vor mir.

Danu stand am Rand einer Grube. Ihr Haar war gelöst und feucht von Regen. Andere Menschen standen bei ihr, sahen ebenfalls hinab in die Erde. Dort lagen fünf Gestalten nebeneinander ausgestreckt. Bewegungslos, stumm, tot. Zwei Frauen, zwei Männer, ein Junge. Eine der Frauen hatte lange, dunkle Zöpfe, die bis zur Taille über ihr blaues Kleid fielen. Bei ihr stand eine irdene Schale mit einem aufwendigen Muster aus Spiralen und geschwungenen Linien. Meb, die Töpferin.

Neben Danu tauchte der Grauhaarige auf. Conall, in einem langen, weißen Gewand. Er legte dem Mädchen die Hand auf die Schulter und führte sie von dem Grab fort. Sie wanderten ein Stück schweigend durch den grauen Nieselregen. Dann hielt Danu plötzlich an und sah zu ihrem Begleiter hoch, das Gesicht nass von Regen und Tränen.

»Warum, Herr?«

»Sie waren krank. Eine schreckliche Krankheit, die Brieg mitgebracht hat. Wir konnten sie nicht heilen.«

»Aber ich habe Mona doch gewarnt. Ich habe doch gesehen, dass er Unglück bringt. Warum haben sie nicht auf mich gehört?«

»Weil du ein Kind bist, Danu.«

»Aber ich habe gesehen! Sie haben mir nicht geglaubt.«

»Die Menschen hören selten auf einen Rat, den sie nicht erbeten haben, Danu. Auch wenn du mehr siehst als andere, bist du doch für sie nur ein Kind.«

»Aber zu Euch kommen sie doch auch, wenn sie wissen wollen, was die Zukunft bringt.«

»Uns bitten sie um Antworten, wir raten nicht ungefragt. Du hast die Gabe, nicht das Wissen. Darum möchte ich ja, dass du bei uns bleibst und lernst. Es ist schlimm, dass du deine Eltern verloren hast. Weine, Danu! Trauere um deinen Verlust! Aber denke immer daran, dass deine Mutter und dein Vater nur in die Andere Welt hinübergegangen sind. Dort sind sie glücklich, glaub es mir. Dort gibt es weder Kummer noch Tränen, keine Krankheit, keine Schmerzen.«

Sie standen beide an dem alten, grauen Stein. Danu hatte die Hand des Mannes von ihrer Schulter geschüttelt und lehnte den Kopf an den Menhir. Leise bat sie: »Dann will ich auch zu ihnen gehen, Herr. Bitte! Ich mag hier nicht ohne sie sein.«

»Deine Zeit ist dafür noch nicht gekommen, Kind. Aber irgendwann wirst auch du über diese Schwelle gehen.«

Nebel umgab die beiden, die Stimmen wurden leiser, die Konturen verwischten.

Ich machte die Augen auf und fand mich noch immer an meinem Schreibtisch sitzen. Du liebe Zeit, wurde ich langsam schizophren? Das war jetzt schon das dritte Mal, dass ich einen Traum dieser Art hatte. Traum, oder war es eine Art Vision? Und immer spielte das Mädchen eine Rolle darin!

Hatte ich vielleicht doch einen verkappten Kinderwunsch? Nachdenklich versuchte ich die einzelnen Erinnerungsstückchen zusammenzubringen. Angefangen hatte es vor zwei Monaten. Es schien eine gewisse zeitliche Abfolge zu haben, erst die Geburt, dann das Geschehen am Strand, jetzt die Beerdigung der Eltern. Was sollte das? Was ging da in meinem Gehirn vor?

Doch keine vernünftige Erklärung fiel mir ein. In keinem Buch, in keinem Film, in keiner Zeitschrift, in keiner Erzählung hatte ich je von solchen Szenen gehört oder gesehen.

Ich grübelte, und während ich nachdachte, malten meine Finger mit den bunten Stiften.

Das Ergebnis war – traumhaft. Ein ganzes Blatt war mit einem zarten Flechtmuster versehen.

Der Ausfluss meines Wahnsinns war wenigstens ästhetisch!

6. Faden, 5. Knoten

Inzwischen war es Herbst geworden. Die Arbeiten in der Firma gingen zügig voran. Ich hatte alle Hände voll zu tun, immer auf dem neuesten Stand zu bleiben. Daneben hatte mir Dr. Koenig noch zwei weitere kleine Vorhaben aufs Auge gedrückt. Über Langeweile konnte ich wirklich nicht klagen. Nur über immer häufiger auftretende Magenschmerzen. Ich überlegte schon, ob ich zum Arzt gehen sollte, aber dann fand ich doch wieder keine Zeit dazu.

Vor allem, als ich den Fehler entdeckte. Es war ein blödsinniger Zufall, der dazu führte. Die Bauabteilung hatte mir die Entwürfe der Bauplanung zugeschickt, und ich sah mir flüchtig die Unterlagen durch. Der Lageplan zeigte das zeltförmige Hauptgebäude und die Ferienhaussiedlung, die sich daneben anschloss. Vor meinen Augen entstand das Bild der Felder an der Küste, wie ich sie vor drei Monaten gesehen hatte. Ich versuchte mir das Gebäude aus Glas und Stahlträgern vorzustellen, wie es sich auf dem Gelände erhob. Wenn die Sonne schien, musste das ein ungeheurer Anblick sein, schimmernd im Licht wie ein Palast aus Kristall. Oder bei Nacht – phantastisch! Von innen beleuchtet, ein Zelt aus Wärme und Gold.

Ich sah mir noch einmal das Papier an. Was wurde eigentlich aus den beiden alten Häusern, die dort standen? Das eine, das Robert bewohnt hatte, das andere, in dem irgendwer einsam auf dem Felsen lebte, der in das Meer hineinragte?

Im Plan waren sie nicht eingezeichnet. Vermutlich hatte man sie bereits aufgekauft und würde sie abreißen. Na ja, das waren eben die Opfer des Fortschritts.

Wieso war die Landzunge eigentlich so weit rechts von dem Gebäude? In meiner Erinnerung hätte sie viel näher dabei liegen müssen.

Ich holte die Landkarte und verglich die beiden Pläne.

Da stimmte doch irgendetwas nicht!

Ich nahm ein Lineal und maß nach. Unmöglich konnte das Gebäude auf dem vorgesehenen Gelände Platz finden. Hatte der Architekt hier einen Fehler gemacht?

Ich wählte die Nummer des Projektleiterbüros.

»Wulf, hast du dir die neuen Pläne mal angesehen?«

»Ja, sieht doch gut aus, warum? Wir sind drei Tage vor dem Termin fertig geworden damit, Bauer vom Einkauf hat bereits die Vertragsverhandlungen für nächste Woche angesetzt.«

»Hör mal, ich hab so ein Gefühl, dass damit etwas nicht stimmt. Ich bin zwar kein Fachmann auf dem Gebiet, aber so, wie die Gebäudeabmessungen angegeben sind, kann das unmöglich auf das Grundstück passen.«

»Lindis, du spinnst. Das ist alles vermessen und sauber durchgerechnet.«

»Und wenn nicht? Kann es sein, dass der Plan des Guide Michelin verkehrt ist?«

»Hör mal, kannst du mich nicht mit solchen Albernheiten verschonen? Die Fachleute wissen schon, was sie tun. Genau wie du mit deinem Terminplan. Du kannst übrigens festhalten, dass die Medienplanung auch angefangen hat. Und der Termin für die nächste Lenkungskreissitzung verschiebt sich auf den 30. Oktober. Kannst du mir dann heute Abend den aktuellen Stand vorlegen?«

»Kann ich, selbstverständlich.«

Ich schob die Pläne beiseite und machte mich an die Aktualisierung. Vermutlich hatte ich wirklich gesponnen, was die räumliche Lage anbelangte.

Dr. Koenig war abends bei Wulf, als ich die neuesten Prognosen vorbeibrachte.

»Sieht gut aus, Dr. Koenig. Wir haben sogar einen Teil des Verzugs aus der Anfangsphase wieder aufgeholt. Unser kritischer Pfad hat jetzt wieder einen kleinen Puffer von drei Wochen.«

»Gut, dann kann ich ja beruhigende Informationen mitnehmen, wenn ich übermorgen nach Frankreich fahre.«

»Ich denke schon, aber vielleicht sollten Sie wegen der Lage …«

»Lindis!« Wulfs Stimme schlug zu wie eine Peitsche. »Wir haben uns verständigt, dass hier kein Problem vorliegt!«

»Gibt es Schwierigkeiten, Frau Farmunt?«

Ich erhielt einen warnenden Blick, der mir förmlich die Haarspitzen versengte. Ich zuckte also mit den Schultern und verneinte. »Nichts, was Bedeutung hätte.«

»Gut. Einen schönen Abend dann.«

Dr. Koenig verließ den Raum, und ich sah mich dem Unwillen des Projektleiters ausgeliefert.

»Was soll das? Du versuchst immer wieder, Panikmeldungen

auszustreuen! Lass das bleiben. Du machst nur die Termine, ich bin für das Projekt verantwortlich.«

»Jawohl!«

Ich war wütend, derart angeschnauzt zu werden, und wollte grußlos aus dem Büro rauschen.

»Hey, Lindis.«

»Vergiss es, Wulf.«

Aber dann schluckte ich meinen Zorn doch wieder runter und ließ mich zu einem Cocktail in einer neuen In-Bar einladen. Wir sprachen über alles andere, nur nicht über diese kleine Meinungsverschiedenheit.

»Vorgestern habe ich übrigens die Nachricht bekommen, dass mein neues Auto am Wochenende geliefert wird.«

»Schön für dich. Die alte Kiste fiel ja auch schon fast auseinander. Kriegst du da überhaupt noch etwas für?«

Der Wagen war zwar so gut wie neu, aber ich wusste, dass Wulf jedes Fahrzeug über zwei Jahre und mit mehr als fünfzigtausend Kilometern Fahrleistung als alte Schüssel betrachtete. Na, jedem sein Hobby.

»Ich habe nicht nur einen guten Preis für den Wagen bekommen, sondern sogar noch eine Draufgabe, Lindis.«

»Oh, kleine Geschenke erhalten die Freundschaft. Was ist es denn?«

»Wenn ich dir das sage, brichst du in schallendes Gelächter aus. Ich meine, wenn ich so eine Familienkutsche bestellt hätte mit Babysitz und Kindersicherung, dann würde ich das ja noch verstehen. Aber so? Seit gestern sitzt ein gigantischer Plüschteddy mit einem herzergreifend dämlichen Gesichtsausdruck auf meinem Bett.«

»Nein!«

»Doch. Entsetzlich, nicht? Du musst mir unbedingt helfen, das Ding wieder loszuwerden. Du hast doch eine kleine Schwester. Kann die ihn nicht gebrauchen?«

»Beni ist über die Phase der Plüschteddys ein bisschen hinaus. Ich fürchte, sie zieht da inzwischen sogar eine gänzlich andere Gattung Kuscheltiere vor.«

»Du vermutlich auch, nicht wahr?«

»Ja, auch mir kannst du keinen Bären aufbinden. Aber ich habe eine Idee. Du solltest Karola Böhmer den Teddy schenken. Sie hat doch eine kleine fünfjährige Tochter.«

Wulf grinste erleichtert.

»Ich wusste, dass ich mich auf dich verlassen kann, Lindis. Genau das werde ich tun. Karola kümmert sich sowieso immer ausgesprochen hingebungsvoll um mich.«

»Hingebungsvoll, so, so.«

»Eifersüchtig?«

»Ich?«

Natürlich war ich nicht auf Karola eifersüchtig, es war mehr als augenscheinlich, dass sie nicht Wulfs Typ war. Allerdings gab es umgekehrt immer deutlichere Anzeichen dafür, dass Karolas Heldenverehrung allmählich in Vergötterung überging. Ich war nicht ganz unschuldig daran, denn der Teddy war ein echter Schlager.

Ich hatte mich nach dem Besuch im Ferienpark etwas zurückgehalten mit meinem Kontakt zu Karola, denn irgendwie hatte ich noch immer ein schlechtes Gewissen. In der Firma jedoch kamen wir gut miteinander aus, sie war mir eine echte Hilfe, wenn es darum ging, den Leuten Daten aus der Nase zu ziehen. Außerdem dachte sie auch mit, wenn ihr etwas komisch vorkam, was weit mehr war, als man von Schweitzer behaupten konnte.

Knoten 1. und 7. Faden

Der Knaller kam am Mittwoch. Der Knaller trug die Aufschrift: »Vermessungsfehler!«

Wulf tobte. Dummerweise hatte ein Anbieter für die Bauarbeiten den Fehler bemerkt, weil er eine ähnliche Betrachtung angestellt hatte wie ich.

»Warum hast du mir das nicht gezeigt, Lindis? Du hast das doch gewusst.«

»Du hast mir doch den Mund verboten, Wulf!«

»Quatsch. Du hättest mir das ja vernünftig erklären können, statt rumzulamentieren, du hättest da so ein Gefühl, dass was nicht stimmt!«

Die Fetzen flogen. Ich bewies, dass ich richtig gut konfliktfähig war. Leider war Wulf der Lautere, und der siegt in einem solchen Fall.

»Beruhige dich. Okay, ich habe dich nicht nachdrücklich genug darauf aufmerksam gemacht, alles meine Schuld. Aber jetzt sollten wir sehen, dass wir so schnell wie möglich herausfinden, welche Auswirkungen das auf den Termin hat.«

Endlich wurde er etwas sachlicher. Wir setzten uns mit den Bauingenieuren und dem Architekten zusammen und versuchten, die Situation zu retten.

Aber als ich am Ende der Woche die Auswirkungen auf den Termin sah, wurde mir mulmig. Netterweise war Wulf zu Verhandlungen außer Haus, und ich durfte alleine zu Dr. Koenig mit der Hiobsbotschaft. Es war keine angenehme halbe Stunde.

»Arme Lindis. Ich weiß, er kann furchtbar sein, wenn jemand einen Fehler gemacht hat.«

Kaffee und Schokoladenkekse standen auf meinem Schreibtisch. Karola sah mich voller Mitgefühl an. Es war ein kleiner Trost, und ich war ihr dankbar dafür.

11. Faden, 4. Knoten

»Sag mal, brauchst du die Squash-Schläger noch, die ich im Schrank gefunden habe?«

Beni wedelte mir mit den eingepackten Rackets vor der Nase herum. Ich hatte die Dinger schon völlig vergessen.

»Nein, im Moment nicht.«

»Darf ich die dann haben? Sarah hat mich nämlich gefragt, ob ich mal mitgehe. Sie hat einen ganz tollen Court gefunden. Mit Sauna und allem.«

»Nur zu, tob dich aus.«

»Du willst nicht zufällig mitkommen?«

»Zufällig nein.«

»Schade, ich hab gedacht, du könntest mir das beibringen. Ich steh sonst ziemlich blöd da.«

»Stört dich das?«

»Ja. Und außerdem könntest du dich auch mal wieder ein bisschen bewegen, ältere Schwester. Deine Kondition ist nämlich wirklich für die Füße.«

»Möchtest du mich bitte in Ruhe lassen, Beni, ich bin müde und geschafft.«

»Lindis, du bist nur müde und geschafft, weil du keinen Ausgleich hast.«

»Hör auf mich zu bemuttern, Kleine.«

»Nenn mich nicht Kleine, und wenn ich dich nicht bemuttere, wer denn sonst? Dein Wulfi-Schnösel kümmert sich ja nicht mehr um dich. Aber vielleicht sollte ich Karola mal anrufen und ihr einen Tipp geben.«

»Du nervst – merkst du das nicht?«

Sie hatte mit kühlem Blick meine wunden Stellen getroffen. Seit der letzten Auseinandersetzung hatte Wulf sich merklich zurückgezogen. Allerdings musste ich zu seiner Rechtfertigung sagen, dass er auch ein dickes Problem am Bein hatte, und ich nicht die Einzige war, die den Segen abbekam. Derzeit verbreitete er in der Firma so reichlich Druck und dicke Luft, dass sogar Karola neulich kurz aus ihrer Bewunderung aufgeschreckt war, als zwei Kollegen im Sekretariat standen und sich über den Herrn Projektleiter aufregten.

»… hat der mich angeblafft, dass ich mit meiner Arbeit voranmachen sollte. In einem Tonfall!«

»Ja, ich weiß, Hans. Mir hat er vorhin gesagt, mein Gleitzeitkonto könne ich ein andermal ausgleichen. Jetzt hätte ich tunlichst zehn Stunden am Tag zu schaffen. So ganz richtig tickt der auch nicht mehr.«

»Wenn du mich fragst, das ist krankhafter Ehrgeiz. Versaubeutelt hat er doch die Kiste. Wenn der mir noch mal so dumm kommt, mache ich nur noch Dienst nach Vorschrift …«

Karola hatte mit immer röter werdenden Ohren verbissen einen Text eingetippt, und als die beiden Ingenieure endlich aus dem Zimmer waren, hatte sie sich zornig zu mir umgedreht.

»Warum hast du denen nicht die Meinung gesagt, Lindis? Du weißt doch, dass Herr Daniels nicht daran schuld ist, dass der Termin nicht gehalten werden kann.«

»Warum soll ich mich einmischen, Karola? Lass die doch schimpfen! Klappern gehört zum Handwerk. Und außerdem rumpelt Wulf sowieso jeden im Moment an. Ich hab meinen Anteil auch schon abbekommen.«

»Na, du hast ihn ja auch ziemlich reingeritten, nicht wahr? Ich meine, ich wollte ja nichts sagen, aber das ist ja inzwischen allen bekannt, dass du einen Fehler gemacht hast.«

»Bitte?«

»Nicht böse sein, Lindis, passiert doch jedem mal.«

»Ich habe keinen Fehler gemacht, Karola. Wulf hat auf meine Warnung nicht gehört und ist voll hineingetappt.«

»Lindis, komm, mir gegenüber brauchst du dich doch nicht zu rechtfertigen. Herr Daniels weiß schon, was er tut.«

»Na, ich weiß nicht. In dem Fall hat er mir allerdings den Mund verboten, als ich ihn auf die Schwierigkeiten hingewiesen habe.«

»Bist du sicher? Ich kann das nicht glauben. Er ist doch ein so versierter Mann. Du hast das bestimmt falsch verstanden.«

»Wenn du meinst!«

Ich hatte mir die Weiterführung der Diskussion verkniffen und weiter bis spät am Abend gearbeitet. Darum war ich eben müde und geschafft. Jetzt noch Squash spielen, nein, das war wirklich nicht mehr drin.

Aber Beni entwickelte Penetranz.

»Was hältst du denn von Sonntagvormittag, Lindis? Wir könnten ein, zwei Sunden spielen und anschließend in die Sauna gehen. Und Sonnenbänke haben die auch da. Komm, sei kein Frosch!«

»Quak!«

»Ooooch!«

Himmel, dieses Mädchen konnte einen weichkneten. Ich erklärte mich also halbherzig bereit mitzugehen und wurde demzufolge am Sonntag erbarmungslos aus den Federn getrieben.

Gut, ich gebe zu, die erste halbe Stunde hatte mir das Spiel richtig Spaß gemacht. Beni ist motorisch sehr begabt und hatte allzu bald drauf, wie sie den kleinen schnellen Ball einzuschätzen und zu schlagen hatte. Die folgende halbe Stunde war dann kein reines Vergnügen mehr, denn ich stellte mit Entsetzen fest, dass sie mich trotz meiner besseren Technik derart an die Grenzen der Belastbarkeit brachte, dass ich schweißüberströmt und mit pochendem Kopf kurz aufhören musste.

»Du bist rot wie eine Freilandtomate!«

Ich keuchte.

»Hey, nichts mehr drauf, die jungen Managerinnen, was? Komm, eine halbe Stunde haben wir noch. Nun lass mich doch nicht hängen!«

Sie kannte keine Gnade und hetzte mich, selbst kühl wie ein Herbststurm, durch den Court. Es war sehr ernüchternd für mich, vor allem, wenn ich bedachte, dass ich vor einem Jahr noch andere gescheucht hatte. Vielleicht sollte ich doch wieder häufiger trainieren?

»So, jetzt hast du dir eine Dusche und eine ruhige Runde Schwitzen verdient!«

»Du hast es mir jetzt bewiesen, Beni«, schnaufte ich. »Jedes Wochenende ab jetzt.«

»Das ist fein. Hast du zufällig ein Handtuch für mich mit eingesteckt?«

»Natürlich. Dass du so vergesslich bist, habe ich irgendwie geahnt.«

Bald darauf saßen wir auf heißen Holzplanken und köchelten bei knapp neunzig Grad auf kleiner Flamme vor uns hin.

»Hast du abgenommen, Lindis?«

»Etwas, glaube ich. Ich war schon lange nicht mehr auf der Waage.«

Sie hatte recht, meine Taille war schmaler geworden, aber leider immer noch ein bisschen wabbelig. Vermutlich waren an dem Gewichtsverlust meine inzwischen ständig wieder aufwallenden Magenschmerzen schuld. Nicht die angenehmste Art von Diät, aber wirksam.

Nach einem kalten Guss glühte meine Haut rosig, und ich hüllte mich in meinen dicken Frotteemantel.

»Ich geh noch schwimmen, Lindis. Bleibst du hier auf der Liege?«

»Auf jeden Fall. Ich werde heute keine weitere unnötige Bewegung machen.«

Sie schwirrte ab, und ich rutschte in eine bequeme Haltung.

Es war warm und roch nach Kiefern und Kräutern aus dem letzten Aufguss. Ruhig war es auch, und ich sah mich wohlig entspannt um. Neben mir lagen drei weitere Frotteebündel dösend oder im Halbschlaf, eine Dusche plätscherte leise. Der Raum war hell gefliest, und eine blauweiße Bordüre bildete den Abschluss gegen die goldgelbe Holztäfelung der Wand.

Die Bordüre zog meinen Blick an. Ein einfaches, ansprechendes Muster. Zwei Linien wogten auf und ab, knoteten sich, wieder und wieder, in einer endlosen Schleife auf. Auf, ab, Knoten, auf, ab, Knoten …

Zwei Mädchen bewegten sich umeinander, ihre Zöpfe flogen auf und ab. Ein seltsamer Tanz, ein eigenartiger Rhythmus. Nein, kein Tanz, ein Kampf.

»Bei den schwarzen Flügeln der Morrigu!«

Die eine junge Frau ließ ihr Holzschwert sinken und schnaubte zornig.

»Was ist, Danu? Das war doch gut!«

»Rigan, wenn du von links kommst, kannst du mich regelmäßig aufschlitzen.«

»Du machst dir viel zu viel daraus. Dafür, dass du nur mit einem Auge siehst, bist du ganz schön gefährlich.«

»Nur halb so gefährlich, wie ich sein könnte. Was ist, wenn ich in einer Schlacht stehe und nicht sehe, was von der Seite kommt?«

»Niemand verlangt von dir, dass du mitkämpfst. Du weißt, dass wir die Wahl haben.«

»Ich will aber!«

»Dann mach weiter und jammer nicht!«

Die beiden Mädchen in den kurzen Tuniken und langen Hosen nahmen ihre Übungswaffen wieder auf. Ein paar Minuten währte der stumme Kampf, dann wischte Danu sich wieder die Augen.

»Weiter!«

»Ich hab eine Fliege im Auge!«

»Weiter!«

Danu sah wütend aus, doch sofort kam ein Angriff ihrer

140

Partnerin. Behände wich sie aus und erwiderte den Schlag. Dabei hielt sie das rechte Auge halbgeschlossen, Tränen rannen über ihre Wange. Und dennoch, sicherer und schneller parierte sie Schlag auf Schlag, bis Rigan zurückgetrieben an einen Baum lehnte.

»Danu, aufhören! Danu, ich bin es, Rigan!«

»Oh. Entschuldige. Ich …«

Danu wischte sich die feuchte Wange ab und fuhr mit dem Zeigefinger den Lidrand entlang.

»Da hab ich sie. Die hat mich beinahe verrückt gemacht, diese kleine Fliege. Ein Wunder, dass ich nicht einen Baumstamm zerhackt habe.«

»Du bist lustig, Danu. Ist dir eigentlich aufgefallen, dass du die ganze Zeit dein gutes Auge geschlossen hattest? Und meine Angriffe auf deine linke Seite haben dir auch keine Probleme gemacht. Scheint, dass dein blindes Auge dir gute Dienste leistet.«

Verblüffung lag auf Danus Gesicht.

»Es ist schrecklich. Ich kann es noch immer nicht beherrschen. Es kommt und geht, wie es will.«

»Solange die Sicht im Kampf kommt, ist es doch gut. Mir war, als ob du jede meiner Bewegungen schon vorher wusstest. Das ist erschreckend. Aber komm, für heute haben wir genug gemacht. Gehen wir zum Hafen hinunter.«

Rigan und Danu legten ihre Holzschwerter unter die Kiefer und wanderten zu der kleinen sandigen Bucht, in der die Boote der Fischer lagen. Es war Ebbe, und nur wenige Menschen waren zu sehen. Ein paar Frauen sammelten draußen auf dem Watt Muscheln, Kinder spielten in den warmen Tümpeln, die die Flut hinterlassen hatte. Aufgespannte Netze wehten leicht im Wind, und Algen trockneten auf den Felsen.

»Es ist gut, mal nicht immer nur diese elenden Verse lernen zu müssen. Ich bin froh, dass Conall uns erlaubt hat, mit den Schwertern zu üben. Ich hasse das Auswendiglernen.«

»Ach, so schlimm ist das doch nicht.«

»Du hast gut reden, Rigan. Du behältst doch alles. Ich bringe die Reihenfolge ständig durcheinander, ich kriege keinen Sinn in die Erzählungen hinein. Seit sieben Jahren quäle ich mich damit jetzt schon herum, und selten kann ich mal einen der Gesänge fehlerfrei aufsagen.«

»Anfangs fand ich das auch schwer. Aber jetzt habe ich einen Trick gefunden, Danu.«

»Einen Trick? Verrätst du ihn mir?«

»Wenn du es für dich behältst.«

»Natürlich. Wie machst du es?«

»Siehst du diese Kette hier?« Rigan zog einen Strang kleiner Muscheln aus ihrer Tunika. »Mein Bruder hat sie mir gemacht. Jede ist anders. Und ich merke mir an der Reihenfolge der Perlen die Reihenfolge der Verse.«

»Darum hast du sie immer in der Hand versteckt, wenn du rezitierst!«

»Mh.«

»Aber ich weiß nicht, ob mir das auch gelingt. Eine solche Kette müsste mir ja auch erst einmal jemand machen. Und dann muss ich auch noch die Reihenfolge der Perlen lernen. Ach, warum gibt es keine einfachere Möglichkeit, sich die Geschichten zu merken? Oder ist nur mein Kopf so dumm?«

Rigan lachte. »Dein Kopf ist nicht dumm. Du kannst dir die vielen Heilpflanzen und ihre Wirkungen viel besser merken als ich. Aber weißt du, was ich neulich gehört habe?«

»Nein, was?«

»Es gibt Leute, die haben Zeichen für die Worte. Sie können die Verse in Zeichen auf Pergament malen oder in Ton ritzen und dann immer wiederholen, ohne sie auswendig zu lernen. Sie lernen nur einmal die Zeichen.«

Danu schlug die Hand vor den Mund. »Aber, Rigan, das darf man doch nicht!«

»Das hat Conall uns gesagt, aber andere dürfen das.«

»Aber Worte, die dann jeder kennt. Ich glaube das nicht.«

»Du kannst es Rigan glauben, Danu.«

Erschrocken sahen sich die beiden Mädchen um und blickten zu dem Mann auf, der hinter sie getreten war. Es war Conall, bärtig und mit vollem Haar. Nur war es inzwischen weiß geworden. Er nickte den beiden zu und sagte: »Rigan, lass mich mit Danu alleine.«

»Ja, Herr.«

Danu hatte eine beklommene Miene, als sie sich ebenfalls erhob.

»Wir wollen zu den Booten hinuntergehen, Danu. Keine Angst, ich will dir nur etwas erklären.« Schweigend gingen sie miteinander über die grasbewachsene Düne, die hinunter zu der kleinen Bucht führte, die dem Dorf als Hafen diente. »Ich habe eure Unterhaltung gehört. Und ich weiß auch, dass du nicht gerne die langen Lieder lernst, Danu. Darum denke ich, ist es an der Zeit, dass wir darüber sprechen.«

»Ja, Herr.« Glücklich hörte Danu sich nicht an.

Sie näherten sich den Fischernetzen, die in der Sonne trockneten. Es roch nach Meer, nach Algen und Fisch, salzig und herb, doch nicht unangenehm.

»Danu, ist dir schon einmal aufgefallen, dass alle unsere Lieder gewebt sind wie diese Netze?«

»Nein, Herr. Das wusste ich nicht.«

»Sieh hier. Erinnerst du dich an die erste Geschichte, die ich euch als Kinder gelehrt habe? Die Geschichte der Groac'h von der Insel Lok?«

»Ja, Herr. Aber aufsagen kann ich sie jetzt bestimmt nicht.«

»Das brauchst du auch nicht, Danu. Aber pass auf. An diesem Faden …« Conall wies auf ein loses Ende des Netzes. »… beginnt die Geschichte. Dies ist die erste Person, die auftritt, der junge Mann Houarn. Dieser Knoten ist das erste Er-

143

eignis, das sich mit ihm verbindet – er will ausziehen, um so viel Silber zu erwerben, dass er sich eine Frau nehmen kann.«

Danu folgte seinem Finger und nickte.

»Hier nun folgt die zweite Person, der zweite Faden. Das ist Bellah.«

»Ja, Herr, ich sehe es. Der Knoten ist das, was ihr passiert. Und … o ja, hier kommen die beiden zusammen, und sie gibt ihm das Zauberglöckchen.«

»Richtig, und hier, der dritte Faden.«

»Ist die Groac'h, die Houarn einfängt.«

Glücklich rezitierte Danu die ganze Geschichte und verfolgte mit den Fingern die Fäden und Knoten des Netzes.

»Es ist nicht ganz so schwer, Danu, nicht wahr?«

»Nein, wenn man es sich so merken kann. Ich will es bei den anderen Versen auch versuchen. Aber …« Das Mädchen druckste einen Moment herum.

»Was willst du noch wissen?«

»Herr, das mit den Zeichen, das, was Rigan gesagt hat. Gibt es das wirklich?«

»Natürlich. Die Römer und die Griechen benutzen sie. Sie schreiben für jeden Laut ein Zeichen, aus diesen Zeichen setzen sie Wörter und ganze Sätze zusammen. Wenn ein anderer diese Schrift sieht, kann er von dem Pergament oder dem Papyrus daraus ablesen, was ihm der andere mitteilen wollte.«

Danu überlegte angestrengt.

»Aber es ist doch gefährlich, die Worte so festzulegen, dass ein anderer sie einfach ablesen kann. Herr, Ihr habt uns gelehrt, dass Worte Macht sind. Dass man mit Worten ächten und verfluchen kann.«

»Darum werden unsere Gesänge und Sprüche, unsere Gesetze und die Worte der Macht auch nicht geschrieben, sondern müssen von Mund zu Mund weitergegeben werden. So, wie du es jetzt lernst, so wie du es einst weitergeben wirst. Und so, wie du später deine eigenen Worte dazugeben wirst, denn unsere Geschichten sind lebendig. Was hingegen festgeschrieben ist, ist tot und kann sich nicht mehr wandeln.«

»Ja, das verstehe ich. Ja, jetzt sehe ich ein, warum wir die vielen Verse lernen. Aber, bitte, noch eine Frage.«

»Ja, Danu?«

»Kennt Ihr die Zeichen auch?«

»Diese und viele andere. Du wirst sie auch lernen, wenn du willst. Denn es ist nützlich, die Worte der anderen lesen zu können. Ihre Verträge und Gesetze, ihre Gebete und Gedichte.«

Conall lächelte Danu zu und wandte sich zum Gehen. Das Mädchen aber blieb am Strand stehen und sah zum Meer hinaus.

Ich fühlte den warmen Sand unter meinen Sandalen, den Wind, der eine Strähne aus meinen geflochtenen Haaren gelöst hatte. Meine Fingerspitzen fuhren über die salzverkrusteten Fäden des Netzes vor mir, und die alten Gesänge woben ihr verschlungenes Muster in seinem Geflecht.

»Lindis, wach doch auf! Mein Gott, Lindis!«

Lindis? Wer war Lindis?

Eine Hand rüttelte an meiner Schulter.

»Muss ich schon gehen?«, murrte ich. Es war so schön am Strand.

»Lindis, was ist los? Komm, mach die Augen auf!«

Sehr mühsam öffnete ich die Augen. Wo war ich denn hier, wer war das Mädchen neben mir?

»Lindis, werd doch endlich wach!«

Oh, Beni, meine Schwester, richtig. Ich zwinkerte, um meinen Blick etwas zu zentrieren, aber es wollte nicht ganz gelingen. Alles war irgendwie verschwommen und nebelig.

»Sag mal, was hast du getrunken?«

»Getrunken? Warum?«

»Oder hast du irgendwas genommen? Tabletten oder so?«

»Warum?«

»Deine Pupillen sind riesengroß. Und du bist total abgedreht. Lindis, es ist schon sechs Uhr, hier wird geschlossen. Wir müssen nach Hause.«

»Nach Hause, ja.«

Ich versuchte in eine aufrechte Haltung zu kommen, aber ich war völlig verkrampft. Beni stand neben mir und half mir langsam auf.

»Es geht schon, Beni.«

Die Beine knickten unter mir weg.

»Nichts geht. Ich lasse uns ein Taxi rufen und helfe dir beim Anziehen. Du bist krank, Lindis.«

»Ich bin nicht krank. Ich bin nur müde, das ist alles.«

»Ja, ist gut. Nun komm!«

Wahrscheinlich hatte Beni sehr viel Mühe mit mir, aber ich war heilfroh, dass sie bei mir war. Zu Hause schickte sie mich sofort ins Bett und deckte mich zu, wie eine Mutter ihr krankes Kind. Ich wehrte mich nicht. Ich war so erschöpft, dass ich kaum noch einen Gedanken fassen konnte. Eigentlich wunderte ich mich noch nicht einmal, dass ich wieder von dem Mädchen Danu geträumt hatte. Nur war diesmal eine Kleinigkeit anders gewesen. Ganz zum Schluss, kurz bevor Beni mich geweckt hatte, vermeinte ich mich zu erinnern, dass ich selbst Danu gewesen war.

Der Wahnsinn verstärkte sich. Aber daran konnte ich im Augenblick auch nichts ändern. Ich zog die Decke über mich und versank ins Dunkel. Und aus der Dunkelheit kamen die Farben in einem Strudel von Kreisen, Linien und Spiralen.

8. Faden, 2. Knoten

Die ersten kalten Winde wehten über die Küstenwiese, das Gras hatte seine Samen ausgestreut und war verdorrt. Dunkel hingen die Wolken über dem Meer, und klamme Feuchtigkeit überzog das Land. Dämönchen beschränkte daher seine Aktivitäten auf das Innere des Hauses und lag oft langgestreckt vor dem glosenden Kamin.

Die Maus wusste das zu schätzen, denn so konnte sie sich freier bewegen, um ihren Wintervorrat anzusammeln. Sie hatte einen guten Sommer gehabt, die Maus. Ihr rotbraunes Fell war dicht und glänzte, eine kleine Fettschicht umgab sie bereits und spendete ihr Wärme. Sie fand eine Menge Körner, aber besonders nahrhaftes Futter hatte sie in der Nähe des Menhirs entdeckt, dort, wo diese riesenhaften Geschöpfe sich häufig zu Picknicks niedergelassen hatten. Es war nicht ganz ungefährlich, aber es lohnte sich immer wieder. Da gab es oft Krumen von weißem Brot und süßen Brötchen, mal ein paar Erdnüsse, die aus einer Decke geschüttelt wurden. Einmal hatte sie sogar ein schönes Stück fetten Käse gefunden.

Die Höhle an dem alten Stein war sicher, warm und gut ausgepolstert mit trockenen Halmen, Papierschnipseln und Wurzeln. Der Vorrat für den Winter war bald angelegt, und als der erste Frost die Wiese überhauchte, überkam eine große Müdigkeit die kleine Maus.

Knoten 1. und 9. Faden

Ich wachte auf, wunderte mich, dass es so hell in meinem Schlafzimmer war, und sah mit Schrecken auf die Uhr. Es war halb elf! Ich kämpfte mich aus der Bettdecke und wollte aufstehen, als mir ein Schmerzensschrei entfuhr. Ich hatte einen höllischen Muskelkater!

Mein Schrei hatte Beni alarmiert, sie kam zur Tür hinein.

»Na, wach geworden, ältere Schwester? Wie geht es dir heute?«

»Jeder einzelne Muskel tut mir weh, aber das ist nicht so dramatisch. Sag mal, warum hast du mich nicht geweckt? Verdammt, ich hab verschlafen, ich hätte seit Stunden in der Firma sein sollen.«

»Reg dich ab. Ich hab angerufen und gesagt, dass du krank bist. Karola war tief besorgt, und ich soll dir alles Liebe und gute Besserung ausrichten.«

»Hör mal, du kannst doch nicht einfach …«

»Doch ich kann, Lindis. Du bist gestern ziemlich zusammengeklappt.«

»Ich habe wichtige Termine, Beni. Ich muss mich jetzt beeilen.«

»Du bleibst im Bett. Deine Termine sind verschoben worden. Man hat festgestellt, dass du ersetzbar bist.«

»Genau das befürchte ich.«

»Man wird dir schon nicht kündigen, wenn du mal einen Tag etwas für deine Gesundheit tust. Geh meinetwegen jetzt duschen, ganz heiß, das hilft gegen Muskelkater. Ich mache inzwischen dein Bett und bringe dir dann etwas zu essen.«

»Ich bin nicht krank!«

»Wetten?«

»Und wieso bist du nicht in der Schule?«

»Weil ich ganz furchtbare Migräne habe und du nachher meine Entschuldigung unterschreibst. Keine Widerrede, du bleibst heute im Bett und schläfst noch eine Runde, und ich bleibe im Haus und wimmele deine Besucher ab.«

Es war viel zu anstrengend, sich gegen sie zu wehren, ich tat, wie sie mir befohlen hatte, und sank seltsamerweise nach einem leichten Mittagessen wieder in einen tiefen Schlaf zurück. Ich träumte auch nicht oder zumindest nichts Außergewöhnliches. Nur einmal hatte ich den Eindruck, dass sich eine rote Katze an meine Schulter kuschelte und leise schnurrte. Das war verwunderlich, denn ich habe etwas gegen Tiere im Bett.

Am späteren Nachmittag war ich dann wieder etwas munterer und unterhielt mich mit Beni. Sie wollte immer noch wissen, was in der Sauna mit mir los gewesen war, aber ich mochte ihr von diesem eigenartig realistischen Traum nichts erzählen. Mit meinen geistigen Verwirrungen musste ich erst einmal selbst klarkommen. Darum beschränkten wir uns auf die Formulierung, dass ich urlaubsreif sei.

»Wann war dein letzter Urlaub?«

»Oh, so vor knapp zwei Jahren, denke ich mal.«

»Wo?«

»In Kenia. Mit Freunden.«

»Kannst du mit denen nicht noch mal etwas unternehmen. Ich meine, solange ich keine Ferien habe und dich begleiten kann.«

Der Gedanke an eine Wiederholung des damaligen Desasters entlockte mir nur ein schiefes Lächeln.

»Es war eine ziemliche Pleite. Eine Wiederholung möchte ich lieber nicht erleben.«

»So, aha. Und warum machst du dann nicht ein paar Tage Single-Urlaub, Lindis?«

»Das ist eine Überlegung wert. Aber es geht im Augenblick nicht. Immerhin, über Weihnachten bis Neujahr hat Koenig-Consult zu, das sind in diesem Jahr fast zwei Wochen. Dann fahre ich irgendwohin zum Skifahren. Bis dahin halte ich schon noch durch. Es sind ja noch nicht einmal zwei Monate.«

»Na gut, du musst es wissen, ältere Schwester. Übrigens, noch eine ganz andere Sache.«

»Ja?« Wenn Beni so fragte, lag immer etwas in der Luft.

»Vanessa hat mich gefragt ...«

»Vanessa? Kenne ich die?«

»Ich hab' dir doch schon ein paar Mal erzählt, dass Vanessa Sarahs Kusine ist.«

»Oh, na ja, gut. Also, was ist mit Vanessa?«

»Vanessas Tante hat eine Galerie. Und sie hat Vanessa gefragt, ob sie ihr im Weihnachtsgeschäft helfen kann. So Geschenke einpacken, Bilder sortieren, abstauben und solche Sachen. Sie bezahlt zwölf Euro die Stunde«

»Schön für Vanessa.«

»Ja, nicht? Vanessa hat nämlich mich gefragt, ob ich das nicht machen will, weil sie hat doch dreimal in der Woche nachmittags Training, weil sie bei den Aufführungen an den Adventssonntagen tanzen muss, da haben sie nämlich ihre Auftritte im Altersheim und bei einer Wohltätigkeitsveranstaltung und in der Stadthalle mit ganz normalem Publikum, was unheimlich wichtig für sie ist, denn sie hat dieses Jahr eine ganz besondere Rolle, weil sie doch jetzt auch auf Spitzen tanzt. Vanessa macht nämlich Ballett!«

Ratatatata – Puff! Derartiger Überschwang ließ mich grinsen. Ich versuchte das Wesentliche zu abstrahieren und fasste zusammen: »Bekomme ich das richtig mit? Weil Vanessa tanzt, sollst du in der Galerie ihrer Tante arbeiten.«

»Mhmh.«

»Und richtig Geld verdienen?«

»Mhmh.«

»Und wann machst du deine Hausaufgaben?«

»Abends.«

Beni schien die Anfangsschwierigkeiten in der Schule überwunden zu haben und stieg beharrlich an die Spitze aller Kurse. Sie ist eine hervorragende Schülerin und hatte zum Glück am Schumann-Gymnasium Lehrer gefunden, die sie zu erstaunlichen Leistungen motivieren konnten. Ich machte mir eigentlich überhaupt keine Sorgen, dass ihr Lerneifer oder ihre Noten unter einer solchen Beschäftigung leiden würden. Und wenn sie mal eine Arbeit versiebte, würde sie es schon selbst schnell genug merken. Dagegen war die Erfahrung, mit eigener Hände Arbeit Geld zu verdienen, es durchaus wert, so früh wie möglich gemacht zu werden. Wenn mir auch klar war, dass unsere Mutter eine solche Einstellung strikt ablehnte, ich fand es gut, dass Beni diesen Job annehmen wollte.

»Na dann steig mal in das Berufsleben ein. Wie kommst du zu dieser Galerie, wie heißt sie, und wer ist die Tante?«

»Ich kann mit dem Bus nach der Schule da hin, der Laden heißt ›Schöne Sachen‹, die Tante Teresa de la Fuente. Ich kann bei ihr zu Mittag essen.«

»Was, nicht nur Geld, auch Verpflegung? Weiß diese Señora de la Fuente eigentlich, was sie sich damit antut?«

»Ich kann mich auch bezähmen!« Beni sah mich vorwurfsvoll an. »Außerdem kriege ich ja hier abends noch was. Also ich darf, ja?«

»Natürlich. Wir müssen Mutter ja nicht gleich davon in Kenntnis setzen, sonst zieht sie mir die Ohren lang.«

»Ich hatte nicht vor, davon mit irgendwem außer dir zu reden.«

Es klingelte an der Tür, und Beni sprang auf, um zu öffnen.

4. Faden, 2. Knoten

Am nächsten Morgen fühlte ich mich so fit wie schon lange nicht mehr. Ich hatte gute Laune, als ich in mein Büro ging und schwungvoll meinen Aktenkoffer in die Ecke stellte. Als ich meine Post aus dem Sekretariat holte, empfing mich Karola mit einer herzlichen Begrüßung.

»Ah, Lindis, geht es dir wieder besser? Ich hatte mir ja schon solche Sorgen gemacht. Eigentlich wollte ich gestern, nachdem ich Jessika-Milena abgeholt hatte, noch mit ihr bei dir vorbeischauen, aber deine Schwester hat mir gesagt, dass du endlich eingeschlafen seist. Da wollte ich natürlich nicht stören.«

Das war also die Besucherin, die Beni als »Kinder, die Klingelputzer gespielt haben« bezeichnet hatte. Nun ja.

»Danke, Karola. Aber ich brauchte einfach mal einen Tag im Bett, ich bin am Sonntag ein bisschen zusammengeklappt.«

»Kreislauf, nicht? Das geht mir auch oft so. Weißt du, da gibt es ein ganz tolles Mittel, das hat mir unser Dr. Neumann verschrieben, zu dem ich auch immer mit Jessika-Milena gehe. Das ist wirklich ein Engel von Arzt. Du musst unbedingt mal zu ihm gehen und dich gründlich durchchecken lassen. Hier, ich gebe dir die Telefonnummer.«

Ich nahm den Zettel an, kam aber nicht dazu, mich zu bedanken, denn die Rufanlage erwachte zum Leben.

Die Idee, einmal mit all meinen Wehwehchen zum Arzt zu gehen, war nicht ganz abwegig, dachte ich noch auf dem Weg in mein Zimmer. Aber schon als ich die erste Mail durchgelesen hatte, war diese Vorstellung vergessen.

Die Arbeit hatte mich wieder.

Sie ging mir auch gut von der Hand an diesem Dienstag. Die anstehenden Probleme ließen sich verhältnismäßig einfach lösen. Die Mitarbeiter, von denen ich Informationen haben wollte, waren auskunftsbereit, sogar Schweitzer arbeitete, ohne zu murren, am Computer.

Und als ich gegen sechs Uhr abends meinen letzten Brief geschrieben hatte, legte sich mir plötzlich eine Hand auf die Schulter, und eine Zellophanverpackung glitzerte auf meinem Schreibtisch.

»Medizin, ganz frisch aus der Bretagne.«

»Oh, hallo, Wulf! Was ist das?«

»Calvados, viele, viele Jahre gereift und gealtert! Hilft garantiert gegen alle Beschwerden, die ein langer Arbeitstag verursacht.«

»Was verschafft mir die Gunst eines solchen Geschenkes?« Ich war noch etwas misstrauisch wegen der Auseinandersetzungen der letzten Tage.

»Man hat mir die Leviten gelesen!«

»Warum denn das?«

»Oh, Frau Böhmer hat mir gestern mitgeteilt, dass du krank bist und ich wahrscheinlich der Grund dafür bin. Ich habe dich zu schroff behandelt.«

»Na ja, ein Ausbund von Höflichkeit bist du wirklich nicht gewesen.«

Wulf setzte einen zerknirschten Gesichtsausdruck auf und wirkte wie ein kleiner Junge, der eine Missetat eingestand. Ich musste lächeln.

»Wieder gut, Lindis?«

»Ja, in Ordnung.«

»Hast du Lust, heute Abend mit mir essen zu gehen?«

»Tut mir leid, heute nicht. Ich habe Beni versprochen, um sieben zu Hause zu sein. Sie ist eine sehr strenge Schwester, weißt du.«

»Sieht so aus. Na gut, aber so viel Zeit, dass ich dir noch eine witzige Sache erzählen kann, hast du doch noch?«

»Klar, bring mich zum Lachen!«

»Stell dir mal vor, diese Sache mit dem Vermessungsfehler, die hat eine überaus mysteriöse Seite. Ich habe das letzte Woche in Plouescat erfahren. Die Ursache, das haben wir inzwischen herausgefunden, liegt bei dem Landvermesser, den wir eingeschaltet haben. Angeblich haben die Einwohner den Ingenieur gewarnt, dass sich die Geräte da, wo der Menhir steht, seltsam verhalten. Er hat aber zuerst nichts darauf gegeben. Jetzt allerdings zieht er sich darauf zurück und sagt, sein Fehler sei es nicht, dass die Messungen falsch waren, es lege an dem gefährlichen Stein. Wie du siehst, alles Zauberei. Wenn das nicht so ernst wäre, müsste man wirklich schallend über diesen Aberglauben lachen. Als ob der Stein da den Mess-Strahl verbogen hat.«

»Ist doch seltsam, dass die Leute immer bereit sind, eher einem solchen Humbug zu glauben, als einen Fehler zuzugeben. Da hast du schon recht. Und wie kommt ihr jetzt an die korrekten Werte? Geht der Herr Pfarrer mit dem Weihwasserkessel vor der nächsten Messung an dem Menhir vorbei, um die bösen Strahlungen zu neutralisieren?«

»Wir haben in der Tat himmlische Unterstützung angerufen. Nur etwas einfacher. Wir haben Satellitenaufnahmen angefordert. Da kann kein alter Menhir die geraden Linien krümmen.«

»Und jetzt geht es hoffentlich zügig voran?«

»Na ja. Es wird eng, verdammt eng, und darum habe ich gestern ein paar Dinge in die Wege geleitet, die vielleicht dazu führen, dass wir aus dem Schneider sind. Ich habe Schweitzer beauftragt, die Alternative Hotel statt Feriendorf mal durchzuspielen. Kann sein, dass wir damit einen Monat oder sogar sechs Wochen gewinnen. Auf jeden Fall solltest du dir bis Freitag die Planung mal durchsehen, nachmittags sind wir wieder bei Dr. Koenig zum Rapport befohlen.«

»Das Szenario habe ich doch schon aufgestellt. Was soll Schweitzer denn daran jetzt noch machen?«

»Auf den aktuellen Stand bringen.«

»Mir ist das nicht sehr recht, wenn du Schweitzer mit so etwas beauftragst. Er ist noch immer ziemlich unsicher in dem System.«

»Du musst ihm eine Chance geben, Lindis. Bislang lässt du ihn doch wirklich nur Handlangerarbeiten machen.«

»Aus guten Grund.«

»Na, komm. Er ist ein alter Stiesel, aber wenn man ihn richtig anfasst, hat er auch seine Qualitäten. Übrigens habe ich auch schon mal veranlasst, dass die Ausschreibungen für die Hotelanlage an Bauunternehmen rausgehen.«

»Na, da wirst du dir bei den Franzosen aber keine Freunde machen. Die hatten sich doch darauf kapriziert, die Arbeiten mit ihren eigenen Leuten zu machen.«

»Kann ich das ändern? Wir sind unter Druck, wir haben die Koordination, uns zieht man an den Hammelbeinen, wenn wir in Verzug kommen. Außerdem ist es noch nicht entschieden, dass wir es so machen. Ich will es nur schon in der Hinterhand haben, falls ganz plötzlich die Sache doch noch eng wird. Wir werden ja Freitag sehen, wo der kritische Pfad liegt.«

Knoten 1. und 7. Faden

Am Mittwochmorgen ging es mir noch immer prächtig. Wulf hatte sich, wenn auch nicht mit Worten, so doch mit seinem Benehmen entschuldigt, Karola hatte allen Groll vergessen und war aufmerksam besorgt um mich, Beni hatte sich gut gelaunt zu ihrem ersten Job aufgemacht, und ich hatte auch keine beängstigenden Träume mehr gehabt. Doch in dem Augenblick, in dem ich den Computer einschaltete, um mir den Netzplan anzusehen, verfluchte ich den Tag, der mir dieses Geschick gesandt hatte.

Ich fand den Plan im angegebenen Verzeichnis, das war aber auch der einzige Erfolg, den ich hatte. Die Daten selbst befanden sich in einem Zustand höchster Konfusion. Ich versuchte erst einmal, überhaupt herauszufinden, was damit passiert war, und hatte schon die üble Befürchtung, dass irgendein mistiger neuer Virus die Programme befallen hätte, bis ich dahinter kam, was wirklich geschehen war. Schweizer hatte die Alternativ-Planung eingearbeitet! Ich kochte vor Wut. Nicht nur, dass die bestehenden Daten rigoros überschrieben worden waren, auch die neuen Daten waren ohne sinnvollen Zusammenhang eingefügt worden. Das wäre noch nicht weiter schlimm gewesen, aber ich suchte verzweifelt die alte Fassung des Plans und konnte sie in keinem mir bekannten Verzeichnis wiederfinden. Ich ahnte Entsetzliches.

Bevor ich mich zu meinem Mitarbeiter aufmachte, atmete ich allerdings einige Male tief durch, um mich in die Gewalt zu bekommen. Dann klopfte ich rücksichtsvoll an seine Zimmertür und wartete auf sein mürrisches »Herein!«

Schweitzer saß bei seinem Frühstücksbrot und blätterte in einem Ferienkatalog. Schön, wenn man für so etwas Zeit hatte.

»Guten Morgen, Herr Schweitzer!«

»Morgen.«

»Herr Daniels sagte mir, dass er Sie gebeten hat, die Version Hotelkomplex in unseren Plan einzufügen, nicht wahr?«

Er kaute langsam und sorgfältig, schluckte dann und spülte mit einem Schluck Kaffee nach. Es war sehr deutlich, dass ich ihn bei einem heiligen Ritual gestört hatte.

»Ja, Frau Farmunt«, bequemte er sich dann endlich zu antworten. An seiner Unterlippe hing ein fettig glänzender Brotkrümel.

»Verraten Sie mir, wie Sie den alten Plan umbenannt haben? Ich muss noch ein paar Aktualisierungen einfügen.«

Er packte säuberlich sein angebissenes Brot in eine Papiertüte.

»Welchen alten Plan?«

»Nun, Sie haben doch sicher eine Kopie angefertigt, bevor Sie die Daten verändert haben, nicht wahr?«

»Warum? Ich denke, der alte Plan ist überholt.«

Der Brotkrümel wanderte in seinen Mundwinkel.

Ich schluckte. War der Mann so naiv, oder wollte er mich sabotieren?

»Es handelte sich um eine andere Version der Vorgehensweise, Herr Schweitzer, nicht um eine neue Grundlage. Die Entscheidung ist noch lange nicht gefallen.«

»Da hat mir aber Herr Daniels etwas anderes gesagt. Wollen Sie seine Vorgaben anzweifeln?«

»So weit mein Informationsstand ist, gibt es bislang keinerlei Veranlassung, davon auszugehen, dass die Ferienhäuser, wie vertraglich vereinbart, nicht gebaut werden.«

»Dann ist Ihr Informationsstand wahrscheinlich nicht aktuell. Sie waren ja mal wieder nicht da, als Herr Daniels verzweifelt um Hilfe gebeten hat.«

Warum mit dem Idioten diskutieren?

»Machen wir es uns einfach. Wo und unter welchem Namen haben Sie die alte Datei abgespeichert?«

»Ich habe selbstverständlich die alte Planung überschrieben, Frau Farmunt. Unser Speicherplatz ist schließlich nicht unbegrenzt.«

KoenigConsult hatte eine der modernsten und schnellsten Computeranlagen, die weit über die Bedürfnisse ausgelegt war. Ich knurrte innerlich.

»Herr Schweitzer, die Hardware verkraftet durchaus noch ein paar Millionen Bit mehr. Es gehört zu den ganz normalen Vorgehensweisen, dass man eine Kopie anfertigt, bevor man Änderungen vornimmt.«

»Belehren Sie mich nicht, mit welchem System wir hier arbeiten!«

Mir platzte einmal kurz der Kragen.

»Sie haben einen absoluten Datensalat verursacht, Herr Schweitzer. Ich verlange, dass Sie mir bis Mittag den alten Zustand wiederherstellen. Gehen Sie in die DV-Abteilung und sehen Sie zu, dass die Sicherungskopie neu eingespielt wird!«

»Hören Sie auf, mich hier so …«

»Sie machen augenblicklich, was ich Ihnen aufgetragen habe!«

Ich stürmte aus dem Büro und blieb in meinem Zimmer beinahe zehn Minuten am Fenster stehen. Dann erst setzte ich mich wieder an meinen Schreibtisch. Ein fettiger Brotkrümel hatte auf dem Ärmel meiner Seidenbluse einen Fleck hinterlassen.

Natürlich hatte ich mittags die alte Version noch nicht im System. Ich telefonierte mit dem Leiter der Datenverarbeitung. Herr Palizzi war ein Lichtblick, wenn auch hilflos.

»Ihr Mitarbeiter war hier, aber wir haben nicht so recht herausbekommen, was er eigentlich wollte. Er fragte nach irgendwelchen Sicherheitskopien des Netzplanprogrammes. Wir haben nachgesehen, aber das Programm läuft seit Monaten stabil.«

»Es geht um eine Version einer aktuellen Datei, die er vernichtet hat.«

»Nicht schon wieder! Kommt denn in diesem Laden nie jemand zur Besinnung. Der Mann ist das Todesurteil jeder Anwendung!«

»Wem sagen Sie das? Na gut, versuch ich es mal. Haben Sie noch die Sicherung von Freitag letzter Woche?«

»Natürlich.«

»Können Sie zurücksetzen?«

»Im Prinzip ja, Frau Farmunt, aber wir haben natürlich nur die kompletten Daten der ganzen Firma. Ich kann nicht auf die Schnelle nur eine Datei herausfischen. Mein Operator ist krank, und zwei weitere sind auf Schulung. Können Sie sich nicht eventuell anders behelfen? Ich schicke Ihnen auch unseren Azubi, der die Daten erfassen kann.«

»Lieb von Ihnen, aber es geht eben nicht nur um stupides Erfassen. Es geht um Planung. Na gut, kann man nicht ändern, muss ich wieder mal eine Nachtschicht einlegen.«

So kam es, dass ich um acht noch vor dem Bildschirm saß, als Beni anrief.

»Hey, bist du in dem tollen Hightech-Gebäude eingesperrt worden? Soll ich den Sicherheitsdienst alarmieren?«

»Tut mir leid, ich habe noch zu tun.«

»Mensch, Lindis, das kann doch bald nicht mehr wahr sein. Denk an Sonntag!«

»Ich komme nicht zum Denken. Und je länger du mich mit deinem Geschwätz aufhältst, desto länger brauche ich hier noch.«

»Oh, entschuldige.«

Es war natürlich nicht nett von mir, sie so anzublaffen, aber ich hatte erst die Hälfte der Daten in Ordnung gebracht. Das Netz war inzwischen auf beinahe tausend Vorgänge angewachsen und so komplex, dass ich immer wieder die Berechnung laufen lassen musste, um sicherzugehen, dass ich keinen Fehler gemacht hatte.

Schließlich war ich um kurz nach zehn dermaßen fix und fertig, dass ich mich beständig vertippte. Es hatte absolut keinen Sinn mehr weiterzumachen, so unkonzentriert wie ich war. Mit schmerzenden Schultern schlich ich durch die dunklen Gänge des Gebäudes, stolperte und fiel beinahe die Treppe hinunter. Das fehlte noch, in dem menschenleeren Treppenhaus mit angeschlagenen Knochen liegen zu bleiben.

Beni war noch auf und musterte mich prüfend. Sie sagte aber nichts, als ich wortlos in mein Zimmer ging und mich in einen alten Trainingsanzug warf. Sie sagte auch noch nichts, als ich mich in den Sessel lümmelte und den Fernseher anmachte. Sie stellte einen Teller mit Nudelsalat neben mich und goss mir ein Glas Saft ein. Dann verzog sie sich leise.

Salat mit Mayonnaise! Mein Magen zuckte schmerzlich zusammen, und ich ging zum Schrank. Dort hatte ich Wulfs Calvados deponiert. Normalerweise habe ich solche Getränke nicht im Haus, aber an diesem Abend war ich froh, dass das

Zeug griffbereit war. Ich füllte mir einen guten Fingerbreit in ein Whisky-Glas und trank es auf einen Schluck aus.

Der erste Eindruck war ein Schaudern, der zweite Eindruck, dass das ein verteufelt guter Calvados sein musste, den man besser mit Genuss trank. Und er wärmte meine schmerzenden Innereien. Ich nahm mir noch einen nicht allzu knappen, setzte mich wieder vor den Bildschirm und schlürfte langsamer das Glas aus. Irgendein wüstes Spektakel lief dort ab. Schwarzvermummte böse Ninja kämpften in den unmöglichsten Verrenkungen gegen weiße, gute Streiter auf einer Waldlichtung. Schwerter klirrten, Messer blitzten, der Held sprang über verstümmelte Leichen, nahm es mit dreien gleichzeitig auf.

Das ganze Geschehen war mit wilder Musik untermalt, aber das wütende Schreien überwog. Das Geschrei wurde lauter und warnend.

11. Faden, 5. Knoten

Da erkannte ich plötzlich Danu, die an einem Baum lehnte. Sie lauschte ebenfalls den Rufen, und ein Ausdruck höchster Alarmierung trat in ihr Gesicht.

Danu war eine Frau geworden, eine große, kräftige Frau mit breiten Schultern, über die zwei dicke goldblonde Zöpfe fielen. Sie hatte eine knielange hellbraune Tunika mit einer breiten Borte an und einen karierten Kapuzenumhang um die Schultern. Um ihren Hals wand sich ein schmaler Bronzetorques mit abgerundeten Enden. Sie hatte offensichtlich etwas gesammelt, denn sie nahm jetzt einen Korb mit Blättern und Pflanzen auf und rannte zu den Palisaden, die das Dorf umgaben.

»Was ist los? Was ist passiert?«, fragte sie einen kleinen Jungen, der an ihr vorbeilaufen wollte.

»Angreifer! Vom Meer!«

Danu wandte sich zu ihrem Haus und stürzte durch die Tür.

»Rigan! Rigan!«

Der Korb flog in die Ecke. Danu riss eine Truhe auf und holte ihr Schwert hervor.

»Danu! Komm, wir brauchen jeden Kämpfer!«, rief ein junger Mann von draußen.

»Ich komme!«

Danu warf den Umhang ab, nahm das kurze, blanke Schwert in die Hand und stürzte hinter dem Mann her. Nebel wallte vom Meer heran, mit ihm waren die Feinde gekommen. Schon sah sie die Kämpfenden am Rand des Dorfes, dort, wo das Meer, nicht die Palisaden die Siedlung begrenzten. Die Angreifer hatten Boote benutzt, es waren große Männer, blond und bärtig. Mit nacktem Oberkörper schlugen sie sich mit den Einwohnern. Es herrschte ein gewaltiges Klirren, Lärmen und Brüllen. Danu sprang über einen leblosen Körper und stieß ebenfalls einen lauten Schrei aus. Sie hieb auf einen der Männer ein, der mit einem alten Mann kämpfte, verletzte seinen Oberschenkel und befand sich in engem Zweikampf mit ihm. Sie war geschickt und schnell, der andere schon durch eine schmerzende Beinwunde geschwächt, er brach zusammen. Kühl blickte sich Danu nach weiteren Freunden um, denen sie zur Hilfe eilen konnte.

Da sah sie Rigan.

»Rigan!« Entsetzen würgte mich. »Rigan!«, rief ich noch einmal, aber es war zu spät. Sie war zu Füßen des alten Steines zusammengebrochen und bewegte sich nicht mehr. Rigan, meine Freundin und Begleiterin in langen Jahren, lag dort, ihr Kind noch an der Brust, das Schwert war ihr aus der Hand gefallen. Die Kleidung zerrissen und getränkt mit ihrem Blut. Aus einer klaffenden Wunde an der Kehle schoss es hell und rot.

Krächzend erhob sich die schwarze Krähe von ihrer Seite!

161

Ich sah rot. Rote Wut. Glühende, rote Wut überkam mich. Ich schloss die Augen. Noch immer rote, kochende, heiße, überquellende Wut erfüllte mich, und durch den roten Nebel erkannte ich die Feinde. Ohne zu denken, ohne zu fühlen, handelte ich. Ich schlug mich wie im Wahnsinn durch die Reihen der Angreifer, sprang über die gefällten Kämpfer, schrie nach Rache und Blut. Schneller war ich, schneller als jeder Angriff, wehrte jeden Schlag, jeden Hieb und jeden Stich ab, denn hinter meinen geschlossenen Lidern waren alle Bewegungen der anderen eins mit meinem Handeln.

Bis ich plötzlich wider Willen die Augen öffnete. Ich stand vor einem Mann, einem Hünen mit wehendem blondem Haar. Ein goldener Torques lag um seinen Hals, sein bloßer Oberkörper war blutverschmiert, in seiner Hand glänzte das lange Schwert. Und statt zum Schlag auszuholen, sahen mich seine grauen Augen an. Ich sah ein Lachen in ihnen aufblitzen. Ich holte zum tödlichen Streich aus, doch alle und jede Wut fiel plötzlich von mir ab wie ein nasses Tuch.

Mein Schwert traf ihn an der Schulter, aber ritzte ihn noch nicht einmal ernsthaft. Ich wartete, dass er mir den Todesstoß versetzte, war unfähig, auch nur meine Hand zur Abwehr zu heben.

Ein harter Stoß traf mich, ich wurde zur Seite geschleudert und landete in einem Busch. Kurze Zeit war mir schwarz vor Augen, dann sah ich, dass Conall auf dem Schlachtfeld stand, und der Kampf vorüber war. Conall, im weißen Gewand, die weißen Haare und der lange Bart schimmernd im Licht einer wässerigen, trüben Sonne, die den Nebel durchdrungen hatte. Er gebot mit lauten Worten Einhalt, und siehe, auch die wilden Männer ließen die Waffen sinken.

Ich fühlte mich zu schwach, um mich darüber zu wundern. Er würde es mir vielleicht später erklären, jetzt stand ich müde auf, fand mein Schwert und stellte mich zu den Unseren.

Viele der Fremden lagen verletzt oder tot auf der Wiese, auch unter unseren Leuten gab es einige Verluste. Was Conall sagte, verstand ich nicht, mein Kopf schmerzte, das Licht flirrte vor meinen Augen, und ich fühlte mich wie erstarrt. Ich sah aber, dass ein paar Frauen herbeieilten und die Verwundeten aufhoben. Zwei von ihnen trugen den blonden Hünen an mir vorbei. Ich erwachte aus meiner Starre und sah dem Geschehen zu. Allmählich gewann ich Abstand zu der Szene.

»Bringt die Verletzten zu mir! Alle!«, gebot Danu und wandte sich von dem Feld ab, um in das Dorf zurückzukehren. Ihre Tunika hing zerfetzt von den Schultern, Streifen von Blut und Erde verschmierten ihre Arme und Beine. Doch sie hielt sich aufrecht, königlich fast. Conall nickte und wies die Frauen an, ihr zu folgen.

Die Krähe zog mit schwerem Flügelschlag ihre Kreise. Sie kreiste enger und enger und verhüllte die Sicht mit ihrem schwarzen Gefieder.

Es war dämmerig in dem Raum, als ich die Augen aufschlug, bleigrau schlich sich das Licht durch die Gardinen. Kalt war es auch, und als ich mich bewegte, schmerzte mein Nacken, als hätte jemand versucht, mir mit einem stumpfen Beil den Kopf abzuhacken. Ich lag verkrümmt im Sessel, das leere Glas in der Hand, und versuchte mich zu erinnern, was passiert war.

Das Fernsehgerät war noch angeschaltet, ich tastete nach der Fernbedienung und machte dem Geflimmere ein Ende. Der Geruch der Mayonnaise stieg mir in die Nase und verursachte mir Übelkeit. Den Orangensaft hingegen stürzte ich hinunter, um den mörderischen Geschmack in meinem Mund wegzuspülen.

Zwei große Gläser Calvados auf nüchternen Magen, das war es gewesen. War ich denn vollkommen bescheuert? Kein Wunder, dass sich mein Kopf anfühlte, als gehöre er zu einem Riesen aus der anderen Welt. Und der ernüchternde Blick zur Uhr sagte mir, dass es halb sechs war, gerade noch eine Stunde, bevor mein Wecker klingelte.

Ich tappte durch den Flur. In Benis Zimmer war Schlafesstille. Hoffentlich war sie geräuschunempfindlich, denn das, was ich als einzige lebensrettende Maßnahme sah, war ein brühend heißes Bad.

6. Faden, 6. Knoten

Am Freitagnachmittag, als wir das Gespräch bei Dr. Koenig hatten, waren meine Daten wieder so weit in Ordnung, dass sich zumindest der bisherige Plan auf dem aktuellen Stand befand. Die Alternativplanung hatte ich zwar soweit grob rekonstruiert, war aber nicht davon überzeugt, dass sie belastbar war. Kurzum, ich war mit meiner Arbeit nicht zufrieden.

Als Wulf und ich uns in Dr. Koenigs Büro trafen, drückte er mir zwei Zeichnungen in die Hand.

»Der neue Lageplan auf Basis der genauen Vermessung. Kannst du dir nachher mal ansehen, ob du noch so einen Knaller entdeckst wie neulich.«

»Und du mir dann wieder nicht glaubst?«

»Mann, bist du mies gelaunt, Lindis. Reiß dich mal ein bisschen zusammen.«

»Du kannst dir gar nicht vorstellen, wie sehr ich mich schon zusammenreiße!«

Ich war noch immer rasend, weil Wulf den dämlichen Schweitzer mit der Überarbeitung beauftragt hatte. Aber jetzt war nicht der richtige Zeitpunkt, um daraus ein Thema zu machen. Dr. Koenig bat uns zur Audienz.

Wulf berichtete über das technische Vorgehen. Es gab einige neue Verfahren in der Wasser- und Stromversorgung, die er mit einbringen wollte. Ich hörte nur mit einem Ohr zu und sah mir stattdessen die beiden Zeichnungen an, die er mir in die Hand gedrückt hatte. Aha, diesmal war die kleine Landzunge mit eingetragen, deren Fehlen mich das letzte Mal hatte stutzig werden lassen. Dort würde später also eine Liegewiese eingerichtet werden. Hübsch mit Blick auf das Meer.

»Und nun zu Ihnen, Frau Farmunt. Wie steht es mit den Terminen?«

»Ein wenig eng, Herr Dr. Koenig. Die Ferienhäuser sind derzeit der kritischste Punkt. Die Arbeiten dafür sollten tunlichst Anfang des nächsten Jahres, jedoch nicht später als Februar beginnen. Bislang habe ich noch keine Rückmeldung aus Frankreich, ob dort die Vergaben an die örtlichen Bauunternehmer in Angriff genommen wurden.«

»Herr Daniels?«

»Ich habe mit Callot telefoniert. Sie sind am Ball. Drei Bauunternehmer sollen sich das Gewerk teilen.«

»Das reicht nicht! Sehen Sie zu, dass Sie belastbare Termine bekommen, Herr Daniels!«

»Natürlich, Herr Dr. Koenig. Andererseits …« Er zögerte etwas, und ich bewunderte seine Schauspielkunst.

»Was ist andererseits?«

»Wir würden deutlich an Luft gewinnen, wenn wir uns entschließen könnten, diese Hotel-Lösung zu forcieren. Nicht wahr, Lindis?«

»Vielleicht. Ich habe allerdings keine belastbaren Argumente im Augenblick vorliegen.«

»Was?«, fuhr Wulf mich scharf an.

»Tut mir leid, ich kann mich nicht überschlagen. Bis Mitte nächster Woche liegt dir etwas vor, das ist alles, was ich versprechen kann.«

»Was soll das heißen? Ich habe doch Montag schon den Auftrag gegeben, die Version durchzuspielen.«

»Dummerweise hast du diesen Auftrag meinem Mitarbeiter gegeben.«

»Hast du mal wieder alles und jedes angezweifelt, was Herr Schweitzer gemacht hat? Auf die Art und Weise kommen wir nie voran!«

»Herr Daniels, Frau Farmunt, könnten Sie diese Auseinandersetzung bitte an anderer Stelle führen. Mich interessiert nur, wann und mit welcher Vorgehensweise wir nun endlich mit den Arbeiten beginnen. Mittwoch haben Sie einen Vorschlag zu machen, Frau Farmunt?«

»Ja, bis Mittwoch.«

»Gut. Gibt es weitere Probleme? Der Fall mit dem Vermessungsfehler ist ausgeräumt?«

Wulf hatte seinen Zorn wieder im Griff und antwortete ausführlich.

Ich sah noch mal auf die Pläne, und spontan fiel mir eine Frage ein. Ohne daran zu denken, dass ich mir damit wieder den Zorn des Herrn Projektleiters zuzog, rutschte sie mir heraus: »Ist eigentlich diese Parzelle auf der Landzunge da vorne auch aufgekauft worden? Das hatte doch in dem vorherigen Plan gefehlt?«

»Eine berechtigte Frage, Frau Farmunt. Herr Daniels, wie ist der Stand der Grundstückskäufe? Ist alles abgewickelt? Nicht, dass wir anfangen auszuschachten und dann plötzlich eine einstweilige Verfügung am Hals haben, weil der Besitzer auf einem Zipfel Land sitzt, das er nicht hergeben will.«

»Selbstverständlich ist alles das geregelt.«

Ich ahnte, dass Wulf kurz vor dem Explodieren stand. O je.

»Gut, dann sehen wir uns am Mittwoch wieder.«

Dr. Koenig war aufgestanden, und wir strebten zur Tür, ich in Erwartung eines herzhaften Donnerwetters.

»Frau Farmunt, einen Augenblick noch«, bat mich Dr. Koenig.

»Ja, bitte?«

»Ich höre, Sie haben ein paar Probleme mit Herrn Schweitzer.«

»In der Tat, die habe ich.«

»Sie sollten sich bemühen, die auszuräumen. Nicht nur Sachverstand ist für Ihre Position wichtig, sondern auch, dass Sie mit den Menschen zurechtkommen.«

»Es ist, nun, wie soll ich sagen, ein wenig delikat, mit Herrn Schweitzer auszukommen.«

»Aus welchem Grund?«

Ich überlegte. Wenn es wirklich, wie von Wulf einmal angedeutet, irgendeine Verbindung zwischen Koenig und Schweitzer gab, dann würde ich mich gänzlich unbeliebt machen, wenn ich meine ehrliche Meinung äußerte. Andererseits fand ich auch keine Formulierung, die ein Mäntelchen der Barmherzigkeit über Schweitzers Unfähigkeit hängen konnte.

»Nun, Frau Farmunt?«

»Herr Dr. Koenig, es ist so, dass Herr Schweitzer trotz Schulung und laufender Beschäftigung mit dem Auftrag bislang eher geringe Sachkenntnis zeigt. Das bedingt, dass ich viele Arbeiten selbst erledigen muss.«

»Das ist bedauerlich und sollte nicht so sein. Sorgen Sie dafür, dass Herr Schweitzer besser qualifiziert wird. Wenn Sie noch eine weitere Schulung vorschlagen, unterschreibe ich die gerne.«

»Ich werde mit ihm darüber sprechen.«

»Tun Sie das. Ein schönes Wochenende, Frau Farmunt.«

»Das war jetzt das dritte Mal, dass du mich mit deinen dusseligen Bemerkungen hast auflaufen lassen. Lindis, das muss ich mir ein für alle Mal verbitten! Kannst du nicht vorher mit solchen schwachsinnigen Fragen kommen?«

»Hör auf mich anzubrüllen, Wulf. Mir langt's allmählich,

mich beständig von dir bevormunden zu lassen. Und jetzt verlass mein Büro, ich will nach Hause gehen!«

Erstaunlicherweise zog Wulf ab. Grußlos. Nun ja, einfach war unsere Beziehung sicher nicht zu nennen.

Knoten 1. und 3. Faden

Ich hatte offensichtlich wirklich kein Händchen für zwischenmenschliche Beziehungen, denn in der Woche vor Weihnachten verursachte ich den nächsten Bruch. Diesmal war es Karola, mit der es zum Streit kam.

Vorher hatte ich zwar mit Wulf eine Art Waffenstillstand erreicht, so dass wir uns wenigstens im Büro einigermaßen sachlich begegnen konnten, aber privat lief derzeit nichts mehr. Ich war mir nicht ganz sicher, wie meine Gefühle dazu waren. Einerseits hatten wir uns in vielen Dingen gut verstanden, und ich brauchte einfach hin und wieder einen intelligenten Ansprechpartner. Und auch die Streicheleinheiten natürlich. Andererseits wurde es immer problematisch, wenn sich Wulf beruflich durch mich bedroht fühlte. Wahrscheinlich würden wir blendend miteinander auskommen, wenn wir in unterschiedlichen Unternehmen beschäftigt wären.

Angenehm überraschte mich allerdings, dass ich wenigstens mit meiner Schwester weiterhin gut auskam. Ich war ehrlich genug zu mir selbst, dass ich ihren Anteil daran zugab. Sie ließ mich meine schlechte Laune unkommentiert ausleben und ging mir aus dem Weg, wenn ich kurz angebunden war. Ich machte mir in schlaflosen Nachtstunden oft genug den Vorwurf, dass ich mich nicht genug um sie kümmerte.

In besagten Nachtstunden grübelte ich auch manchmal über die Träume nach, die mich in der letzten Zeit heimgesucht hatten. Ich hatte mir inzwischen eine Erklärung zurechtgelegt, die mir ganz plausibel erschien. Zumindest bei dem letzten Traum, diesem blutrünstigen Gemetzel, war es ganz offensichtlich, dass meine aufgestaute Wut sich darin entladen hatte. Und zuvor, nun, da mochte vieles mit meiner Abneigung gegen Karolas Tochter zusammenhängen und auch mit der beständigen Beschäftigung mit dieser vernetzten Planung. Warum ich jedoch diese seltsame Hauptfigur Danu geschaffen hatte, musste den Eigenarten meiner überspannten Neuronen und Synapsen in Rechnung gestellt werden.

Nachdem ich mich auf diese Weise beruhigt hatte und die Angst vor dem schleichenden Irresein verschwunden war, wurde ich ein bisschen ruhiger. Vielleicht half mir auch, dass ich mich wirklich aufraffte, jeden Sonntag mit Beni eine Stunde Squash zu spielen. Das lockerte nicht nur die Muskulatur, sondern auch meinen Geist.

Jedenfalls war vor Weihnachten eine gewisse Beruhigung in mein Leben eingetreten, und ich sah sogar den freien Tagen mit einer gewissen Vorfreude entgegen. Wegfahren war zwar nicht drin, denn ich war für alle Buchungen zu spät dran. Aber ein Besuch bei unseren Eltern war sowieso nötig, darum hatten Beni und ich beschlossen, die Feiertage bei ihnen zu verbringen.

Es war an dem Freitag, an dem die Weihnachtsfeier der Firma stattfinden sollte. Dr. Koenig zeigte sich mehr als großzügig. Eines der besseren Restaurants der Stadt war zu diesem Zweck angemietet worden, ein mehrgängiges Essen und anschließend ein kleines Unterhaltungsprogramm mit Live-Musik sollte es geben.

Als ich morgens in die Teeküche kam, um meinen Joghurt in den Kühlschrank zu stellen, fand ich Karola vor den Trümmern einer Glaskanne. Sie hatte hektische Flecken im Gesicht, eine rote Nase und geschwollene Augen.

»Nanu, Karola, bist du erkältet?«

Sie schniefte in ein Küchentuch und versuchte mit zittrigen Händen, den Kaffee wegzuwischen.

»Nein, nein.«

»Komm, lass es mich machen. Was ist denn los?«

»Ach, Lindis, ich hab solche Probleme.«

Sie lehnte gegen den Schrank, und ich wischte die braune Brühe auf.

»Na, was denn? Komm mit in mein Büro, dann kannst du es mir erzählen. Die Jungs werden schon nicht verdursten, wenn sie nicht pünktlich ihren Kaffee kriegen.«

Mit sanfter Gewalt lotste ich sie in mein Zimmer, und sie sank in den Besucherstuhl. Ich schloss die Tür hinter uns.

»Es ist diese entsetzliche Frau!« Schniefen.

»Welche? Eine der Sekretärinnen?«

»Nein, nein, die Tagesmutter. Es ist so grässlich. Ich muss Jessika-Milena wegbringen von ihr. Es ist so fürchterlich! Und dann noch das mit meiner Mutter. Ich kann nicht mehr!«

»Was ist mit deiner Mutter?« Es war schwierig, aus ihr eine klare Auskunft herauszubekommen.

»Mama ist gestürzt, gestern Abend. Ich muss zu ihr. Sie hat mich angerufen. Und ich kann doch Jessika-Milena nicht mitnehmen. Sie … sie mag meine Tochter nicht. Sie hat mir das Haus verboten, wenn ich mit dem Kind komme. Aber jetzt braucht sie doch meine Hilfe!«

Irgendwie klangen ihre letzten Worte gehässig.

»Ja, und warum lässt du dann Jessika-Milena nicht bei der Tagesmutter? Ich denke, das hast du schon öfter mal gemacht?«

»Die Frau ist eine asoziale Schlampe!«, kreischte Karola auf, und ich zuckte zusammen.

»Warum denn das? Ich dachte, du wärst mit ihr zufrieden?«

Allerdings wusste ich, dass Karola schon mehrere Tagesmütter verschlissen hatte.

»Sie ist unmöglich. Stell dir vor, sie hat die ganze Zeit nichts anderes gemacht, als Jessika-Milena ständig vor den Fernseher zu setzen. Obwohl ich ihr ausdrücklich verboten habe, das Kind diese schrecklichen Sendungen sehen zu lassen. Sie sollte sich sinnvoll mit ihr beschäftigen! Sie hat alle meine Versuche zunichtegemacht, Jessika-Milena zu einem kreativen Kind zu erziehen! Aber was noch viel schlimmer ist, Lindis, sie hat … oh, wenn ich das gewusst hätte!«

Karola schniefte und schluchzte wieder herzzerreißend, bis sie weitersprechen konnte.

»Sie hat meinem Lämmchen mittags nach dem Essen Bier gegeben! Angeblich, damit sie besser schläft.«

»Du liebe Zeit. Die tickt ja wirklich nicht ganz richtig.«

»Da kann ich doch mein Kind nicht mehr hinbringen. Ich habe sie gestern zur Rede gestellt. Und weißt du, was sie gesagt hat?«

»Nein, was denn?«

»Sie hat behauptet, Jessika-Milena wäre ein völlig unerzogenes Balg. Sie sei nicht zu bändigen, und sie habe keine andere Hilfe mehr gewusst, als sie ruhigzustellen. Kannst du dir das vorstellen?«

Ich konnte es mir vorstellen. Obwohl ich das Dopen mit Alkohol bei einer Fünfjährigen auch nicht gutheißen konnte. Aber das Kind war, wie Beni schon bemerkt hatte, durchaus verhaltensauffällig.

»Du solltest vielleicht doch mal einen Kindergartenplatz für sie suchen. Da sind professionelle Erzieherinnen, die kommen bestimmt mit Jessika zurecht.«

Der Verweis auf professionelle Erzieherinnen war das falsche Wort zur falschen Zeit, und der nächste Ausbruch hysterischer Anschuldigungen brach über mich herein. Etwas später wurde mir klar, dass meine Antwort darauf womöglich doch nicht ganz so hilfreich war, wie sie mir in diesem Augenblick vorkam. Denn Karola vorzuschlagen, sie solle nicht wieder den mütterlichen Dunst aufwallen lassen, sondern sich lieber Gedanken darüber machen, wie sie ihrer ungeratenen Rabatzmarke bessere Manieren beibiegen könne, war wirklich beleidigend. Und auch der Vorschlag, sie möchte, falls sie sich mit der Doppelbenamten überfordert fühle, die kleine Terroreinheit unfrankiert an den Erzeuger zurückschicken, war kein Beitrag, der dazu dienen konnte, eine dauerhafte, freundschaftliche Beziehung zu festigen. Und dennoch fühlte ich mich nach Karolas türknallendem Abgang unerwartet erleichtert.

8. Faden, 3. Knoten

Es war kalt geworden, eisige Winde wühlten die graue See auf. Gischt türmte sich an den Felsen, donnernd brachen sich die Wellen an dem Leuchtturm vor der Küste. Manche so hoch, dass sie den rot-weißen Turm bis zur Spitze einhüllten. Die Hochwasserlinie aus Tang und Algen rutschte höher und höher den Strand hinauf, die Möwen taumelten in den heftigen Luftwirbeln, und ihre Schreie klagten über die einsamen Dünen.

Der aufrechte Stein trotzte dem Sturm und der Kälte, kleine Eiskristalle hingen in den Mooshärchen, die sich an seine Oberfläche klammerten, und wenn ein kurzer Sonnenstrahl durch die Wolken brach, glitzerte er geheimnisvoll in vielen Farben.

An seinem Fuß, einige Handbreit unter dem Boden, schlief in ihrem trockenen, geschützten Lager die Maus. Zusammengerollt lag sie da wie eine kleine Pelzkugel, den Schwanz und die Pfötchen hatte sie über die Augen gedeckt. Nur ganz langsam schlug ihr Herz, bedachtsam, um ja keine überflüssige Energie zu verschwenden. Ihre Körpertemperatur war beinahe auf ein Grad abgesunken, ihr Atem ging flach und kaum mehr spürbar.

In diesem tiefen, langen Winterschlaf träumte die Maus ihre mäusischen Träume. Von goldenen Feldern voller knuspriger Körner, von dämmerigen Speichern voller Getreide, von warmen Ecken in duftenden Küchen, von Krümeln und Krusten, fettigen Speckstückchen und Käsebröckchen. Sie träumte von einer Welt, in der es keine Mausefallen gab, in der keine rote Katze hinterhältig lauerte, wo keine Eule mit scharfen Augen nächtens raubgierig und lautlos über sie strich und keine krächzende Krähe nach ihr hackte. Die Maus befand sich in der *Autre Monde*, wo ewig Frieden herrschte, wo Speise und Trank nie versiegten, wo weder Krankheit noch Tod sie bedrohten.

1. Faden, 4. Knoten

»Auf den morgigen Tag freue ich mich nicht besonders«, gestand ich Beni am Sonntagabend.

»Wegen Karola? Ich glaube nicht, dass du die in den nächsten Tagen siehst. Die feiert doch bestimmt krank, bis sie wieder eine Dumme gefunden hat, die sich als Tagesmutter verschleißen lässt.«

»Damit könntest du natürlich recht haben.«

Zu meiner Erleichterung war genau das eingetreten, und die drei letzten Tage bis Weihnachten blieb mir eine neuerliche Begegnung mit Kavola erspart.

Dann begannen endlich die Feiertage, und wir packten unsere Sachen, um den Elternbesuch zu absolvieren. Es ging überraschenderweise verhältnismäßig gut, Mutter hatte sich – vermutlich sogar ein wenig erleichtert – damit abgefunden, dass Beni bei mir lebte und sie sich ganz ihren diversen karitativen Aufgaben verschreiben konnte. Eigentlich bewunderte ich sie sogar ein bisschen dafür. Sie machte im Krankenhaus freiwillig Dienst bei den Schwerkranken, betreute einen alten Herren im Rollstuhl, organisierte alle naselang irgendwelche Flohmärkte für krebskranke Kinder und schaffte es dabei auch noch, unseren Vater hin und wieder aus seiner verträumten Welt zu locken, damit er mit ihr ins Theater oder zu Ausstellungen ging. Wahrscheinlich war ein organisatorisches Talent an ihr verlorengegangen. Jedenfalls hatten wir eine Menge unverfänglicher Themen, über die wir reden konnten.

Außerdem besuchte ich ein paar Schulfreundinnen, die noch immer am selben Ort wohnten. Alle waren sie verheiratet und Mütter aufstrebender Kinder. Komischerweise hatte ich mit deren Sprösslingen nicht so viele Probleme wie mit Jessika-Milena. Ja, Bettinas dreijährigen Sohn fand ich richtig putzig, Margits Töchter, eine sechs, die andere vier, waren ruhige, intelligente Mädchen, und Marias Zwillinge strotzten vor lausbübischer Durchtriebenheit, aber keines von diesen Kindern konnte mit einem derart destruktiven Energiepotential aufwarten wie Jessika-Milena. Ich war beruhigt, gewissermaßen. Dann hatte ich also doch keine einseitige Kinderallergie.

Vater nahm mich einmal zur Seite und erkundigte sich nach Beni.

»Sie kommt wunderbar zurecht, Vater. Auch wenn sie euch glauben machen will, dass sie immer nahe an den Fünfen und Sechsen langschrammt.«

Ich hatte zwei-, dreimal Telefonate belauscht, bei denen meine Schwester von fürchterlich schlechten Noten berichtet hatte, obwohl ich ganz genau wusste, dass die fraglichen Arbeiten zu der Spitzengruppe gehörten.

»Dann lassen wir sie einfach mal. Ich werde eurer Mutter nur einen Wink geben, damit sie sich nicht ganz so viele Sorgen macht.«

»Wenn du es für richtig hältst. Sie soll nur Beni nicht schon wieder Vorwürfe machen. Sonst kriegst du von mir auch keine Auskünfte mehr.«

»Lindis, Lindis, sei doch nicht so hart.«

»Den Spruch kenne und liebe ich, Vater!«

Ich war ganz froh, als Beni mich am zweiten Tag nach den Feiertagen zur Seite nahm und bat: »Lindis, können wir morgen zurückfahren?«

»Die Eltern hätten uns vermutlich gerne noch bis Neujahr hier.«

Mein Einwand erzeugte ein dramatisches Augenrollen.

»Ich wollte aber zu Sarahs Party. Und ich wollte doch noch mein Geschenk kaufen! So was kriegt man in diesem Nest doch nicht!«

Das konnte ich verstehen. Ich hatte nämlich herausgefunden, auf was Beni ihre mühsam verdienten Kröten sparte. Weder Mofa noch Stereoanlage waren es, meine musikalische Schwester wünschte sich ein Keyboard. Sie hatte trotz exzessiver Ausgaben für Weihnachtsgeschenke einen hübschen, wenn auch nicht ausreichenden Betrag zusammenbekommen. Damit das Gerät aber keine Quäke wurde, hatte ich ihr den Differenzbetrag zu einem vernünftigen Keyboard dazugegeben.

»Gut, fahren wir morgen!«

»Prima!«

Es war keine bequeme Heimfahrt, denn ein Tiefdruckgebiet entlud seine ergiebigen Schneemassen auf uns. Wir brauchten fast den ganzen Tag, um nach Hause zu kommen.

Auch die nächsten Tage hielt der Schneefall an, dazu pfiff ein kräftiges Windchen und türmte weiße Gebirge um die Fahrzeuge. Irgendwie schaffte es Beni dennoch, ständig unterwegs zu sein, und ich hatte seit langem mal wieder verhältnismäßig viel Zeit für mich alleine. Das war so ungewöhnlich, dass ich so recht nichts mit mir anzufangen wusste. Ich las, sah fern, hörte mir ein paar CDs an und gammelte herum. An Silvester schließlich setzte ich mich an meinen Schreibtisch, mit der guten Absicht, das Jahr einmal kritisch zu analysieren und mir die Dinge zu überlegen, die ich im neuen Jahr besser machen konnte.

Noch immer lagen Benis Filzstifte auf dem Tisch herum, und auch den Zeichenblock hatte ich nicht weggeräumt.

Ich nahm beiläufig einen blauen Stift und dachte nach. Seit Februar war ich bei KoenigConsult. Es war im Großen und Ganzen keine schlechte Entscheidung gewesen. Am vorletzten Arbeitstag hatte Dr. Koenig mich zu sich gebeten und hatte mir eine Beurteilung vorgelegt. Ich war erstaunt, trotz der Fehler, die ich gemacht hatte, war sie gut ausgefallen. Darauf basierte auch eine Gehaltserhöhung, die ich als zufriedenstellend empfand. Seine Kritikpunkte, gut, die musste ich mir noch einmal durch den Kopf gehen lassen. Ich würde auf manche Situationen zu emotional reagieren, hatte er gemeint. Ich wusste, das zielte auf Schweitzer, vielleicht auch auf meine Auseinandersetzung mit Wulf. Da hatte er natürlich recht. Ich musste noch mehr an mir arbeiten. Auch wenn das manchmal Magendrücken verursachte.

Überhaupt, die zwischenmenschlichen Beziehungen. Das war nicht gut gelaufen in diesem Jahr. Es hatte Chancen gegeben, und ich hatte sie verspielt. Bei Wulf war zwar wieder eine hauchdünne Haut über den Riss gewachsen, aber ich war mir sicher, wir beide wussten, dass sie nicht besonders belastbar war. Karola hatte meine Freundin sein wollen, und ich hatte sie weggestoßen, weil ich ihre Tochter nicht mochte. Mehr freundschaftliche Beziehungen hatte es in den letzten zwölf Monaten aus Zeitgründen nicht gegeben, stellte ich traurig fest. Aber dann fiel mir noch eine Begegnung ein, die ich auch verdorben hatte. Robert, der mir in der Bretagne zufällig über den Weg gelaufen war – ihn hatte ich zum Schluss auch einfach stehengelassen. Und seinen Anruf hatte ich nie beantwortet.

Ich war deprimiert und unzufrieden mit mir selbst. Warum kam ich nur mit anderen Menschen nicht klar?

Als ich aus meinen trüben Gedanken wieder auftauchte, hatte ich drei Blätter mit den nun schon bekannten verschlungenen Mustern verziert.

Vielleicht sollte ich eine neue Karriere als Künstlerin beginnen, schloss ich verbittert und legte die Blätter beiseite.

11. Faden, 6. Knoten

In Benis umfangreichem Freundeskreis war eine Megaparty organisiert worden, um das neue Jahr zu begrüßen. Meine Schwester hatte mich gefragt, ob ich mitkommen wolle. Es war ganz aufrichtig gemeint und sehr lieb von ihr, aber zwischen den sechzehn- bis achtzehnjährigen Hühnchen und Hähnchen wäre ich mir doch etwas deplatziert vorgekommen. So ließ ich sie mit einer riesigen Salatschüssel unter dem Arm alleine ziehen und begab mich früh zu Bett, um Mitternacht einfach zu überschlafen.

So ganz, ganz heimlich hatte ich gehofft, wieder einen dieser seltsamen Träume zu erleben, hatte ich nicht den ganzen Nachmittag Muster gezeichnet?

Es waren dann auch diese seltsamen verknoteten Muster, die als Erstes erschienen, als ich die Augen geschlossen hatte. Ich konnte mich kaum gegen sie wehren, sie umspannten mich, woben mich ein und zogen mich wie ein Netz tiefer und tiefer in eine strudelnde Dunkelheit. Doch plötzlich riss die Schwärze auf, und ich sah wie durch ein Fernrohr erst das alte Dorf, dann Danus Hütte, und mit einem Mal war ich mittendrin. Er lag da, der blonde Hüne. Seine Wunden heilten bereits, die Kratzer waren verschorft und bildeten an manchen Stellen schon helles Narbengewebe. Nur sein rechter Arm war noch verbunden. Er war sauber gewaschen, sein blondes Haar ringelte sich auf dem dunklen Polster. Auch glattrasiert war er, bis auf einen prächtigen Oberlippenbart. Ein goldener Torques, wie aus Schnüren gedreht, lag um seinen Hals. Dort, wo die Enden zusammentrafen, starrten sich zwei Stierköpfe an.

Er schlief; ruhig und gleichmäßig ging sein Atem. Danu zog die dünne Wolldecke ein Stück höher über seine nackte Brust. Eine liebevolle, sanfte Geste.

Dann aber wandte sie sich ab und verließ das Haus. Strahlender Sonnenschein blendete sie, und trockener Staub wirbelte zu ihren Füßen auf. Sie trug eine leichte, helle Leinentunika mit einem gestickten blauen Muster. In der Taille gegürtet mit einem Ledergürtel, dessen Schließe ein kompliziertes Emaille-Muster in leuchtenden Farben zierte. Sie nahm den Korb auf, der an der Hauswand lehnte, und verließ das Dorf. Hinter dem hohen Holzzaun führte der Weg durch die Felder in den Wald. Die Halme des Getreides waren gelb und raschelten, als sie sie streifte. Der Wind war nur mehr ein Gluthauch, er bot keine Abkühlung.

Unter den Bäumen wurde es etwas besser. Das Laubdach schützte vor den Strahlen der unbarmherzigen Sommersonne, doch auch hier war der Boden trocken, und die Luft wirkte stickig. Danu folgte einem schmalen Pfad tiefer und tiefer in das Dunkel des Waldes. Dann und wann bückte sie sich, um eine Pflanze zu pflücken und sie in den Korb zu legen. Aber auch die Kräuter, die sie sammelte, waren welk und kümmerlich. Nur am Rande eines beinahe versiegten Rinnsals stand noch kräftiges Grün.

Danu folgte dem Wasserlauf. In der dämmerigen Stille des alten Waldes war von irgendwoher ein leises Plätschern zu hören. Es ging ein paar Felsstufen hinan, dann stand die junge Frau an einem natürlichen Becken, in das das klare, kühle Wasser einer Quelle rann. Sie stellte ihren Korb sorgfältig ab, ergriff den schlichten Tonbecher, der dort stand, und tauchte ihn in das Becken. Bevor sie trank, verschüttete sie ein paar Tropfen auf den Boden.

Dann setzte sie sich an den Rand des Felsens. Ihr Gesicht wurde ruhig, ihre Augen hielt sie geschlossen bei ihrer stillen Zwiesprache mit der Herrin der Quelle.

Sie saß lange dort, ungestört und versunken in sich selbst.

Laub raschelte, ein Steinchen knirschte unter einem vorsichtigen Schritt. Danu öffnete die Augen und neigte grüßend den Kopf.

Conall, ebenfalls in einem schlichten, leichten Gewand, lächelte sie an.

»Ich dachte mir, dass ich dich hier finden würde, Danu.«

»Ich wollte um Antwort bitten, aber es liegt Dunkelheit vor meinem Auge. Ich wünschte, ich könnte euch Hoffnung geben, wann diese endlose Trockenheit vorübergeht.«

Conall setzte sich neben sie und nickte.

»Du hast in den fünfzehn Jahren viel gelernt, Danu. Du hast gerade jetzt bewiesen, dass du eine gute Heilerin bist. Alle unsere Verletzten sind auf dem Weg der Genesung. Du kannst die langen Lieder fehlerfrei rezitieren und kennst beinahe alle Geschichten. Du hast gelernt, den Flug der Vögel zu deuten, und kennst den Lauf der Gestirne. Ja, du hast sogar bewiesen, dass du eine furchtlose Kämpferin bist.«

»Mag alles sein, Conall. Und doch beherrsche ich die eine Fähigkeit nicht – genau die, derentwegen du mich damals aufgenommen hast. Noch immer kommt und geht die Sicht, wie sie will.«

»Nichts ist ohne Grund, Danu. Vielleicht ist es ein Schutz, dass du jetzt nichts sehen kannst. Denn wer weiß, wie er sich dem Schicksal stellt, wenn Angst und Widerstand sein Handeln lähmen.«

»Erwartest du Gefahren für uns? Neue Angriffe?«

»Nein, die nicht, Danu. Auch ich kann nicht viel weiter sehen. Doch unsere Gäste«, Conalls Gesicht zuckte amüsiert, »werden uns keine Schwierigkeiten mehr bereiten.«

Danu sah ihn verwundert an.

»Ich habe mich in den letzten Tagen und Nächten beinahe ausschließlich um die Kranken gekümmert. Berichte mir, Conall. Was sind das für Männer? Ich verstehe ihre Sprache nicht, obwohl ich glaube, dass sie mit der unseren Ähnlichkeit hat. Wo kommen sie her?«

»Sie kommen von Britannien, Danu. Und sie sind ein Stamm, der mit dem unseren in der Tat verwandt ist.«

»Du kannst ihre Sprache, du hast zu ihnen geredet, als wir kämpften.«

»Ich habe lange Jahre auf den Inseln verbracht. In meiner Jugend. Dort gibt es große Lehrer, noch immer. Auch wenn die Römer und in ihrem Gefolge vor allem die Christen versucht haben, unsere Schulen zu verbieten und unsere Lehren schlechtzumachen.«

»Aber wenn sie doch ein Volk gleich unserem sind, warum sind sie dann nicht in Frieden gekommen?«

»Sie haben seit Jahren unter den Angriffen der Sachsen zu leiden. Es sieht fast aus, als würden sie mit dem Schwert in der Hand geboren. Ihr Leben ist Kampf und Eroberung. Und jetzt Flucht. Sie kamen einst von hier, nun wollen sie wieder zurück. Sie konnten nicht erwarten, dass wir sie friedlich aufnehmen würden. Aber ich habe lange mit ihnen geredet, und sie wissen nun, dass sie kommen können. Unser Land ist groß und leer genug. Aber ich habe sie gebeten zu warten, bis diese schreckliche Dürre vorüber ist. Der Winter wird hart für uns, wenn nicht bald Regen fällt. Das Korn verdorrt auf den Feldern, das Gras ist trocken und gelb, die Tiere schreien vor Durst und Hunger.«

»Wir haben das Meer.«

»Ja, den Göttern sei Dank, wir haben das Meer.«

Beide schwiegen. Sie wussten, dass die Nahrung aus dem Meer im Winter schwer zu beschaffen war, wenn die Stürme tobten und die kalten Fluten die Fischer bedrohten.

Dann erhob sich Danu und schüttelte ihr Kleid aus.

»Werden sie auf unsere Bitte hören, die Fremden?«

»Ich glaube schon. Ich möchte noch mit ihrem Anführer sprechen, wenn du es gestattest.«

»Ich?«

»Nun, du hast ihn mit in dein Haus genommen und pflegst ihn. Elcmar ist sein Name, und er wird verehrt und geliebt von seinen Mannen.«

Danu senkte den Kopf und errötete. »Oh«, war alles was sie darauf erwiderte.

»Nicht nur von seinen Mannen, so scheint es.«

Eigentlich hätte bei dieser Bemerkung ein Lächeln um Conalls Lippen spielen müssen, denn er hatte bisher schon oft Verständnis für die kleinen und großen Herzensangelegenheiten seiner Schützlinge gezeigt. Aber diesmal lag ein Hauch von Trauer und Besorgnis auf seinen Zügen. Danu aber bemerkte es nicht.

»Er ist ein Edler, fast möchte ich sagen, ein Fürst. Dort in Britannien werden die Stämme von ihnen geführt. Nicht wie bei uns mit gewählten Vorstehern. Dafür ist seine persönliche Verantwortung für sein Land und seine Leute auch erheblich größer. Er haftet mit seinem Leben für ihr Wohlergehen.«

Sie wanderten langsam nebeneinander her. Danus Gesicht zeigte die widersprüchlichen Gefühle, die sie bewegten. Conall beobachtete sie, sagte aber nichts.

»Ich werde dich rufen, wenn Elcmar wach geworden ist. Dann kannst du mit ihm reden. Seine Wunden heilen gut, und das Fieber ist beinahe abgeklungen.«

Kurze Zeit später trat sie wieder in den Raum, in dem Elcmar lag. Die dicken Steinmauern bewirkten, dass es hier kühler war als draußen. Erleichtert stellte Danu ihren Korb ab.

Sie fühlte den Blick, bevor sie sich umsah. Elcmar war wach geworden und versuchte sich auf der Liegestatt aufzurichten. Er sagte etwas zu ihr, doch sie schüttelte nur den Kopf. Aber sie half ihm aufzusitzen und reichte ihm einen Becher mit kaltem Kräuteraufguss. Als sie weggehen wollte, griff er nach ihrer Hand. Sie blieb stehen und sah ihn an.

Er hatte graue Augen, grau wie das Meer an einem stürmischen Tag, aber klar und von eindringlicher Tiefe. Ich konnte mich ihnen nicht entziehen. Fünf Tage pflegte ich ihn nun schon, und mein anfängliches, unpersönliches Mitleid mit dem Verletzten, der Schmerzen und Fieber litt, war einem seltsamen Gefühl der Zuneigung gewichen. Bewunderung, wie klaglos er meine oft peinvolle Behandlung hatte über sich ergehen lassen, wenn ich seine Verbände wechselte und die Wunden auswusch. Achtung dafür, dass er sogar die Demütigungen, verursacht durch seine Schwäche, mit einem Anflug von Humor ertragen hatte. Und natürlich war ich auch nicht unempfindlich gegenüber der kraftvollen Schönheit seines Körpers.

»Elcmar!«, sagte er und deutete auf sich.

»Ja, ich weiß. Ich heiße Danu. Danu.«

»Danu.« Und dann sagte er ein Wort, das so ähnlich wie »Heilerin« klang. Ich nickte.

»Heilerin!«

Er deutete auf das lange Schwert, seines, das ich ihm fortgenommen und in die Ecke gelehnt hatte. Dabei lächelte er und wies auf seine Wunden.

Dieses Lächeln traf mich, und tief in mir erkannte ich, dass unsere Leben auf ganz eigene Art miteinander verknüpft sein würden.

Ein Schatten fiel durch die Eingangstür. Conall war gekommen und trat ein. Die Hand löste sich, der Kontakt brach ab.

Ich wachte auf und fühlte ein seltsames Flattern in meinem Bauch. Ein Gefühl von Sehnsucht, Befangenheit und freudiger Erwartung, fast so, als ob ich verliebt wäre. Wie Danu. Aber konnte man in einen geträumten Mann verliebt sein? Ich lächelte, drehte mich auf die andere Seite und schlief anschließend tief, traumlos und erholsam bis spät in den Vormittag hinein.

Knoten 1, 5. und 9. Faden

Der nächste Tag brachte eine Überraschung, die ich ganz gewiss nicht mit meinem Traum oder irgendwelchen Vorahnungen in Verbindung bringen wollte.

»Lindis, der Mann mit der seelenvollen Stimme hat wieder angerufen.«

Ich rief durch die Badezimmertür: »Was wollte er?« Ich brauchte nicht zu fragen, wen Beni meinte.

»Er kommt heute Nachmittag vorbei und hat gefragt, ob du mit ihm spazieren gehen magst. Ich hab ihm gesagt, dass dir Bewegung gut täte, weil du wieder schwabbelig um die Taille wirst.«

»Beni!«

Ich musterte mich im Spiegel. Kein bisschen schwabbelig. Sechs Kilo hatte ich abgenommen. Und viel Squash gespielt. Außerdem ging das Robert überhaupt nichts an.

»Soll ich demnächst wildfremden Leuten deine körperlichen Mängel auch am Telefon beschreiben, Beni?«

»Ich habe keine. Und ist Herr Caspary wirklich wildfremd? Ich habe eher den Eindruck, ihr kennt euch irgendwie. Außerdem habe ich das gar nicht zu ihm gesagt.«

183

»Mh.«

»Und?«

»Was ist mit ›und‹?«

»Kennt ihr euch näher? Auch einer deiner attraktiven Kollegen?«

»Sag mal, frage ich dich eigentlich auch so ätzend aus, wenn hier die Nickys und Tobis und Svens und Piers und Jean-Claudes und Davids anrufen?«

»Zumindest hast du dir die Namen gemerkt.« Beni kicherte. »Und du hast eben gleich gewusst, wer angerufen hat. Auf, beichte! In welchem sündhaften Verhältnis stehst du zu ihm?«

»Ich bin ihm während meines Studiums begegnet.«

»Und, wie verlief die Begegnung? Leidenschaftlich?«

Ich schaltete den Fön an und ignorierte Benis Grimassen im Spiegel. Grässlich scharfsichtig!

»Ich geh rüber zu Sarah, Lindis. Es ist schweinisch kalt geworden. Wenn du raus gehst, kannst du meinen dicken Parka anziehen. Und meine gefütterten Stiefel lass ich dir auch da.«

»Ja, Mama!«

»Ich mein's nur gut.«

»Verdrück dich. Ich weiß noch nicht, ob ich Robert überhaupt aufmache.«

Aber ich würde es tun. Das gehörte zu meinen guten Vorsätzen – verträglicher zu werden.

Gegen drei klingelte es.

»Hallo, Lindis, ein gutes neues Jahr.«

Robert blieb auf der Fußmatte stehen und brachte einen Hauch eisige Luft in den Raum. Er selbst war jedoch nicht nur eisig, sondern auch noch immer leicht gebräunt, und die Fältchen in den Augenwinkeln wirkten wie helle Linien.

»Ebenfalls ein erfolgreiches neues Jahr, Robert. Möchtest du reinkommen?«

»Nein, ich möchte, dass du rauskommst. Es ist ein sagenhaft schöner Tag. Siehst du das nicht?«

»Ehrlich gesagt, nein. Ich sehe nur weiß und kalt.«

»Das ist gut für den Teint. Komm, wir gehen in den Wald. Das ist zwar keine überaus originelle Idee, denn darauf sind offensichtlich schon viele gekommen, aber raus musst du!«

»Na gut, Beni hat mir schon gesagt, dass du darauf bestehen würdest.«

Ich griff nach meinem Wollmantel.

»Doch nicht so einen dünnen Lappen. Es hat minus zwanzig Grad. Hier, zieh das Ding an, das hat wenigstens eine Kapuze.«

»Weißt du, wie toll ich das finde, bevormundet zu werden?«

»Ja, das weiß ich.«

»Ach, hör auf zu grinsen.«

Ich zog auch Benis Stiefel an. Gut, dass wir inzwischen die gleiche Schuhgröße hatten.

»Wir kommt es, dass du hier bist, Robert? Ich dachte, du betreibst wichtige Studien in der Bretagne?«

»Auch ich darf mal Ferien machen. Im Augenblick ist es dort etwas ungemütlich.«

»Nanu, ich denke, die gute Luft ist so bekömmlich? Ist die im Winter irgendwie anders?«

»Die ist noch immer gut, aber das Haus ist nur über offene Kamine zu heizen, und das ist etwas zeitaufwendig.«

Wie auch immer, ich sah vor meinem geistigen Auge Robert beim Holzhacken, allerdings in der Sonne und mit bloßem Oberkörper. Lass das, Lindis!, rief ich mich zurecht.

»Außerdem muss ich hin und wieder herkommen, um so lästigen Stellen wie Finanzämtern und Versicherungen meine Aufwartung zu machen.«

»Und wo wohnst du in der Zeit? Hast du dein Haus hier behalten?«

Er lachte. »Ich wohne bei mir zur Untermiete. Ich habe das

Haus für die Urlaubssemester an zwei Studenten vermietet. Sie verwalten es übrigens erstaunlich gut.«

Es war bitterlich kalt, und meine Hände wurden trotz der Handschuhe langsam zu Eisklumpen. Aber ich beschloss, mir nichts anmerken zu lassen. Wie erwartet war der Wald von Spaziergängern überlaufen, und alle starrten mit ehrfürchtigen Gesichtern auf die weißgepuderten Bäume.

»Du findest das nicht besonders reizvoll, nicht wahr?«

Ich zuckte mit den Schultern. »Meine Neigung zur ungebändigten Natur ist ziemlich gering.«

»Dein Ideal ist eine überdachte, klimatisierte Badelandschaft mit staubfreien Plastikpalmen und wohltemperiertem Chlorwasser?«

Ich druckste. Zu deutlich war mir der letzte Besuch im Paradiso-Park in Erinnerung.

Robert lachte leise. »Na, na, Zweifel an dem großen Projekt?«

»Woher weißt du von dem Projekt? Und dass ich damit zu tun habe?«

»Erstens, weil es *das* Gesprächsthema in Plouescat ist, und zweitens, welchen Grund hättest du ansonsten gehabt, dort aufzutauchen? Du machst für KoenigConsult die Terminplanung.«

»Sag mal …«

»Léon Callot ist ein gelegentlicher Tennispartner von mir.«

»Ah, ja.«

»Ich hätte dir lieber weismachen sollen, dass ich über geheimnisvolle Kräfte verfüge, um deine krummen Wege zu verfolgen, was, Lindis?«

»So viel Interesse würde mir nur schmeicheln.«

»Eben.«

Ausgetrickst.

»Aber ganz ernsthaft, du findest es auch nicht die berauschendste Ferienlösung, nicht? Deine Reaktion war vorhin recht eindeutig. Warst du überhaupt schon mal in einer solchen Anlage?«

»Ich war mit einer Freundin und ihrer kleinen Tochter in einem solchen Club. Du hast ja recht, ganz mein Stil war es nicht. Andererseits bieten sie gute Möglichkeiten gerade für Familien. Und die Anlagen sind wetterunabhängig.«

»Machst du auch die Werbeprospekte?«

»Du bist ein strikter Gegner unseres Projektes, vermute ich. Wir sollten das Thema besser fallenlassen.«

»Damit wir uns nicht streiten? Oh, wie langweilig, Lindis.«

Warum fühlte ich mich von ihm nur immer und beständig auf den Arm genommen? Aber ich erinnerte mich an meine guten Vorsätze.

»Gut, streiten wir. Deine Argumente?«

»Ich bin nicht ausschließlich gegen euer Projekt eingestellt. Ich finde nur, dass die Menschen sowieso den größten Teil ihres Lebens in künstlicher Umgebung verbringen. Da sollten sie wenigstens im Urlaub versuchen, der Natur so nahe wie möglich zu kommen. Schau, wir lassen uns im Fernsehen und im Kino die grandiosen Landschaften zeigen, den Grand Canyon, die Eiswüsten, das Abendglühen am Matterhorn. Aber einen schlichten schneebedeckten Ast, ganz real und greifbar, dessen Schönheit wissen wir nicht zu würdigen.«

»Ist der schön?«

»Ist er nicht?«

Robert zog einen Zweig zu mir herunter. Sonnenlicht traf die feinen Schneekristalle und brach sich in allen Farben. Es flimmerte, glitzernder Staub rieselte durch die Luft zum Boden. Unter dem Schnee war der Ast braun und borkig, doch an den Spitzen zeigten sich bereits Verdickungen, Knospen, das Versprechen eines neuen Frühlings. Für diesen Augenblick war es schön.

»Siehst du? Und siehst du das Feld dort? Du hast gesagt, es ist alles weiß und kalt. Aber erkennst du nicht die Farbenpracht in dem Weißen und Kalten?«

Das Feld hatte tiefe, gerade Furchen, die in der niedrigstehenden Sonne schattig wurden. Bläulich schimmerten die Vertiefungen, zogen sich als lange, eisblaue Linien über das ganze Feld. Am Rand standen einige Bäume, ihre Borke leuchtete golden und grün, schwarz wirkte das Geflecht der kahlen Zweige gegen den hellen Himmel, an dem die Federwölkchen bereits rosige Ränder bekamen. Ich fühlte mich verzaubert, je länger ich hinsah. Schließlich zog ich meine Hand aus der Tasche und legte sie an einen Baumstamm neben mir. Eine leise, ganz ferne Stimme flüsterte, eine lang vergessene Erinnerung sagte: »Ich bin!«

»Verstehst du jetzt, Lindis?«

»Vielleicht, ja.«

Robert sah, wie ich meine kalten Hände aneinanderrieb, und meinte: »Gehen wir zurück, sonst wirst du noch zum Eiszapfen.«

Einträchtig schweigend kehrten wir um. Doch in meinen Gedanken rumorte es.

Vor der Tür begegnete uns Beni, die sich eben von Sarah verabschiedete.

»Hallo!«, begrüßte sie uns und musterte Robert neugierig.

»Das ist meine Schwester Beni. Ihr habt heute Vormittag miteinander telefoniert.«

Die beiden sahen sich lange an, ohne ein Wort zu wechseln. Das alarmierte mich. Was würde Beni jetzt wieder aushecken? Und auch Robert war nicht zu trauen.

Aber dann kam etwas völlig Unerwartetes.

»Du solltest Lindis überreden, dich mitzunehmen, wenn sie dieses Jahr kommt. Ihr könnt bei mir wohnen, mein Haus ist groß genug.«

Benis Augen funkelten vor Vergnügen.

»Ich werd' sie daran erinnern!«

»Ich verlasse mich auf dich, jüngere Schwester.«

Dann sah Robert ihr tief in die Augen und fragte schließlich: »Kann man in ihnen die Mücke im Bernstein erkennen?«

»Das solltest du lieber bei Lindis nachschauen!«

»Oh, dort ist nur ein Dorn.«

»Wer weiß?«

»Mag ja sein, dass ihr beide das erwärmend findet, bei weit unter null Grad in der frischen Luft miteinander zu flirten. Ich friere allerdings und gehe jetzt rein. Möchte jemand mitkommen?«

»Eifersüchtig?«

»Nein.«

»Ich gehe, Lindis. Ich habe noch eine Verabredung. Melde dich mal bei mir. Meine Nummer hast du doch?«

»Ich weiß nicht.«

»Dann frag Beni. Tschüs ihr beiden!«

»Sag mal, Beni, wie lange hast du mit Robert telefoniert? Ihr scheint ja besonders gute Freunde geworden zu sein.«

»Telefoniert haben wir nicht lange miteinander. Aber ich glaube, ich habe einen ganz guten Draht zu ihm.«

»Was war das mit dem Besuch dieses Jahr?«

»Ich weiß nicht genau. Aber er hat bei seinem ersten Anruf gesagt, dass er in der Bretagne wohnt. Und du fährst doch bestimmt noch mal da hin, denke ich.«

11. Faden, 7. Knoten

Ich war richtig stolz auf mich, dass ich das Zusammentreffen mit Robert so ohne große Emotionen hinter mich gebracht hatte. Und über Benis komisches Verhalten befahl ich mir einfach nicht nachzudenken.

Morgen würde mich das Berufsleben wieder in seine Fänge ziehen, da gab es wichtigere Dinge zu erledigen, als über Mücken oder Dornen im Bernsteinauge zu grübeln.

Ich war milde gespannt darauf, ob es den Franzosen gelingen würde, schon im Februar mit den Bauarbeiten für die Ferienhäuser zu beginnen. Selbst wenn Robert mir die Nachteile eines Urlaubs in Plastikfolie deutlich gemacht hatte, mein Job war es noch immer, ein solches Plastik-Paradies zu managen. Damit verdiente ich nun mal meine Brötchen.

Nach dem Abendessen sah ich mir die Nachrichten an, aber da absolut kein sehenswertes Programm zu finden war, schaute ich noch einmal zu Beni ins Zimmer. Sie saß selbstvergessen und versunken an dem Keyboard, das sie zu Weihnachten von mir bekommen hatte, Kopfhörer auf den Ohren, und spielte sich ein Lied vor. Ich musste lächeln. Sogar die Zungenspitze zuckte leicht im Mundwinkel. Mich überkam ein Gefühl großer Liebe für sie, und ich legte ihr meinen Arm um die Schulter. Ohne zu erschrecken, sah sie auf und lehnte ihren Kopf an meinen Bauch. Wir blieben eine Weile so, und ich fühlte mich innig mit ihr verbunden.

Schließlich machte ich mich los von ihr, hauchte ihr ein Küsschen auf die glatte Wange und kehrte in mein Wohnzimmer zurück.

Die Jalousien hatte ich noch nicht heruntergelassen, darum sah ich noch einmal in die kalte Welt hinaus. Es hatte wieder angefangen zu schneien, und um die Laternen schwebten schimmernde Flöckchen. Im Glas des schwarzen Fensters sah ich mein Spiegelbild – eine Frau mit gelösten Gesichtszügen, jung, verletzlich, sehnsuchtsvoll. So anders als sonst.

Und dann geschah es wieder. Das Bild driftete auseinander, ich sah mich doppelt, ein klein wenig neben mir. Doch diesmal endete der Prozess nicht, sondern setzte sich fort. Ich war eins und wurde zwei. Neben mir stand ich – und doch nicht ich. Neben mir stand Danu. Lächelnd, einen glücklichen Ausdruck auf dem Gesicht. Um sie herum war es zunächst vollkommen finster, doch dann zeigten sich mit einem Mal kleine goldene Flecken. Sie wurden größer und heller, bewegten sich und tauchten die Welt in ein dämmeriges Grün. Tief unten im Wald, beinahe verdeckt vom Unterholz, stand sie neben Elcmar.

»Dort, da vorne habe ich seine Fährte gesehen!«, flüsterte er und wies auf einen schmalen Wildpfad, der zu einer Lichtung führte. Und noch während er seine Hand gehoben hatte, war ein leises Rascheln zu hören, und mit angehaltenem Atem verfolgten die beiden, wie ein gewaltiger Hirsch zwischen den hohen Stämmen der Eichen hervortrat. Gemächlich folgte er dem alten Pfad, die Muskeln seines starken Halses spielten unter dem Fell, denn er trug ein weitausladendes Geweih auf seinem Kopf. Danu und Elcmar wagten kaum zu atmen, als er vorbeilief, und bevor er sich ihren Blicken entzog, blieb er noch einmal stehen und drehte sein stolzes Haupt in ihre Richtung. Schwarze, große Augen schienen die Menschen mit einem wissenden Blick zu streifen, dann nickte der Hirsch noch einmal und verschwand im Dickicht.

Seufzend holte Danu Luft und sagte mit ehrfurchtsvoller Stimme: »Er ist weiß!«

»Ja, ein weißer Hirsch. Ein Bote aus der Anderwelt. Er wird euch helfen können«, antwortete Elcmar, der Danus Sprache inzwischen gelernt hatte.

»Ich werde mit Conall darüber reden müssen.«

Gemeinsam gingen sie zurück durch das raschelnde Unterholz, doch bevor sie auf den Pfad zum Dorf gelangten, legte Danu dem Mann die Hand auf den Arm. Elcmar zuckte zusammen, blieb aber sofort stehen.

»Komm, ich will dir etwas zeigen«, sagte Danu leise und wies in die andere Richtung. »Conall sagt, ihr habt in eurer Heimat den Göttern Häuser gebaut, so wie es die Römer tun.«

»Ja, einige Stämme haben an den heiligen Stätten Tempel errichtet.«

»Und, lassen sich die Götter dort nieder?«, fragte sie mit einem leisen Lächeln.

»Ich bin kein Druide, ich bin nur ein einfacher Krieger. Und unser Volk hat seine Götter immer in den Wäldern verehrt. Aber wir haben auch Feenhügel, also mag es durchaus sein, dass auch die Götter in von Menschen gebaute Behausungen einziehen.«

»Feenhügel?«

»Ja, uralte Steinwohnungen, die wie Höhlen aussehen. Man sagt, wenn man durch die Eingänge geht, findet man sich im Reich der Feen wieder, wo die Zeit ganz anders vergeht als in dieser Welt. Wehe, man verläuft sich darin. Dann kommt man vielleicht nie wieder zurück oder erst in einer ganz anderen Zeit. Niemand betritt diese Hügel.«

Danu nickte und bog ein paar Ranken zur Seite. »Ja, wir kennen auch die Geschichten des Feenlandes. Aber Feenhügel habe ich noch nie gesehen.«

»Wo führst du mich hin?«

»Zu einem stillen Ort.«

Elcmar nahm die Antwort als Zeichen dafür, nun zu schweigen, und folgte der schlanken Danu, die in ihrem braunen Gewand beinahe mit den Bäumen verschmolz. Es war kaum ein Weg zu sehen, und doch wusste sie genau, wo sie entlanggehen musste. Hier unten im Wald war es trotz der langen Hitzeperiode noch immer etwas kühl und feucht. Ich atmete den süßen, harzigen Duft des Waldes tief ein und lauschte dem leisen Glucksen des Wassers, das aus seinem Felsbecken rann. Es plätscherte nicht mehr wie üblich, wenn die Jahre feuchter waren, doch die Quelle war noch nicht ganz versiegt. Nur noch wenige Schritte, und sie zeigte sich hinter dem Dickicht aus Farn und niedrigen Sträuchern. Es mochte nicht richtig sein, dass ich Elcmar, den Fremden, zu diesem heiligen Platz mitnahm, aber er hatte mir den Boten der *Autre Monde* gezeigt, und vielleicht half es, wenn ich ihn der Herrin der Quelle brachte.

Die Sonne stand schon tief, und das grüne Zwielicht warf seltsame Schatten auf das Wasser in dem Felsbecken. Es war ganz still, kein Vogel sang, kein Wind raschelte in den Blättern. Wir setzten uns auf eine der Felsstufen, und ich spürte, wie schon so oft in den vergangenen Tagen, seinen Blick auf mir ruhen. Mein Herz schlug schneller, ich lächelte ihn an und erklärte leise: »Auch hier ist man der Anderen Welt nahe, und in den Stunden der Dämmerung zeigt sich hier manchmal die Herrin der Quelle. Sie ist weise und klug und lässt die heilenden Kräuter wachsen.«

»Du sprichst oft mir ihr?«

»Manchmal.«

»Darum also bist du so weise und so klug und kennst die heilenden Kräuter! Aber sag, bist du nicht einsam? Du lebst allein, ohne Familie. Ist das notwendig für eine Heilerin in eurem Volk?«

Es war das erste Mal, dass Elcmar mir eine persönliche Frage stellte, und irgendwie drängte es mich plötzlich, sie ihm zu beantworten.

»Nein, natürlich nicht. Aber meine Familie starb, als ich noch ein Kind war, und Conall nahm mich auf und lehrte mich viele Dinge. Ich bin nicht nur eine Heilerin.«

»Nein, auch eine Kämpferin, ich weiß. Muss eine Kriegerin alleine leben?«

»Natürlich nicht. Ich lebe alleine, weil ich es will.« Aber das war eigentlich nicht ganz richtig, und ich überlegte, ob ich mehr sagen sollte. Ganz nahe spürte ich plötzlich die Gegenwart der Herrin der Quelle. Ich sah sie nicht, wie an manchen anderen Tagen, doch ich hörte sie flüstern: »Sag ihm die Wahrheit, Danu, er muss es wissen, damit ihm seine Entscheidung leichter wird.« Wie so oft waren ihre Worte seltsam und nicht gleich verständlich, aber ich hatte mich daran gewöhnt, der Herrin zu folgen, was immer sie mir auch für einen wunderlichen Rat gab.

Ich begann meine Erklärung mit gesenktem Kopf: »Elcmar, ich habe nur ein gesundes Auge.«

Er hob meinen Kopf und sah mich an. »Ja, und?«

Mein Gesicht wurde heiß, und ich zwang mich fortzufahren.

»Mit dem anderen Auge sehe ich … andere Dinge. Und das macht den meisten Menschen Angst. Auch den jungen Männern.«

»Ja, das verstehe ich.«

Erstaunt sah ich ihn an.

»Als ich ein Knabe war, lebte bei uns noch ein weiser Mann, er war schon unsagbar alt, aber sein Rat wurde von jedem erbeten. Er war auf beiden Augen blind, und doch konnte er sehen. Er spürte, wer zu ihm kam und welche Sorgen ihn beschäftigten, ohne dass er fragen musste. Er wusste um das Walten und Wirken der Götter und ihren Einfluss auf die menschlichen Geschicke. Ich bin ihm nur ein paar Mal begegnet, doch jedes Mal hatte ich das Gefühl, als ob er in mein Herz schauen könnte.« Elcmar schwieg und sah mich wieder an. »Kannst du auch in mein Herz sehen, Danu?«

Ohne dass ich mich dagegen wehren konnte, schlossen sich meine Augen, und in der Schwärze hinter den Lidern sah ich in sein Herz. Was ich sah, bestürzte mich. Es machte mich sprachlos und verwirrte mich. Aber als er mich an sich zog, mochte ich mich nicht wehren. So lehnte ich lange Zeit an seiner Brust, lauschte seinem Herzschlag und dem wundersamen Versprechen von Ewigkeit. Erst als das Dämmerlicht der Dunkelheit zu weichen begann, löste ich mich wieder von ihm.

»Lass uns gehen, es wird bald Nacht sein«, sagte ich im Aufstehen.

Das Gesicht in der spiegelnden Scheibe war meines. Es war Nacht, Schnee lag über dem Land. Der Himmel war aufgerissen, und die schmale Sichel des Mondes lag wie eine silberne Schale über den Dächern der Häuser.

Anders als die Male zuvor war ich diesmal nicht verwirrt nach der Vision. Danus stilles Vertrauen war auch über mich gekommen, und ich fühlte mich ruhig und entspannt.

Aber ich hätte wissen müssen, dass es die Ruhe vor dem Sturm war!

3. Faden, 3. Knoten

Am zweiten Januar holte mich der Büroalltag wieder ein. Nicht nur, dass die Fahrt in dem tiefgekühlten Auto durch die Eiswüste der Vorstadt mich erzittern ließ, nein, auch als ich im Sekretariat meine Post holte, traf mich ein arktischer Hauch. Karola hatte auf Dauerfrost geschaltet. Ich war jedoch noch nicht so weit, dass ich daran etwas auftauen wollte. So mied ich ihr Büro und kochte mir meinen Tee selbst.

Viel hatte sich über die Feiertage nicht getan, eine ganze Reihe Mitarbeiter war noch in Urlaub, darum verlief der erste Tag gemächlich. Nach Mittag war ich mit meiner Ablage fertig und schaute noch einmal vorsichtig um die Ecke ins Sekretariat. Etwas erstaunt sah ich dort eine unbekannte junge Frau am Schreibtisch sitzen. Kurze, nach Igelmanier hochgebürstete

Haare mit roten Strähnchen drin waren das Erste, was mir an ihr auffiel. Der Rest war ähnlich farbenprächtig.

»Hallo?«, fragte ich vorsichtig, um nicht gepiekt zu werden.

»Oh, hallöchen! Kennen Sie sich mit dieser Rufmaschine aus? Ich krieg gleich die Krise.«

»Ich hab' Mühe mit meinem eigenen Apparat. Aber irgendwo muss so ein Buch mit Zaubersprüchen liegen.«

»Bedienungsanleitungen sind nicht mein Ding. Dann muss es eben hilflos vor sich hinblinken.«

Die war ja lustig. Ich kam näher und stellte mich vor.

»Oh, Sie sind die gefährliche Frau Farmunt. Ich hörte, Sie essen Mitarbeiter roh zum Frühstück.«

»Aber nur, wenn ich extrascharfe Salsa drübergießen kann. Manche sind nämlich pur etwas ungenießbar.«

»Bin ich hier in ein Krisengebiet geraten?«

»Ach nein, wir werfen nur mit ganz gewöhnlichem Dreck!«

»Na, dann ist ja gut, da kann ich mithalten. Ich bin übrigens Susi Meister. Aber das ist kein Titel. Nur ein Name.«

»Ich will ja nicht neugierig sein, aber machen Sie jetzt Vertretung für Frau Böhmer?«

»Nö. Ich hab einen Halbtagsjob bekommen. Wunder geschehen.«

»Wieso Wunder?«

»Haben Sie schon mal versucht, als alleinerziehende Mutter für nachmittags eine halbe Stelle zu ergattern?«

»Ist das schwierig?«

»Ach, wenn man weiß, wie's geht, ist es ganz easy. Ich habe einfach eine weiße Maus geopfert und bin um Mitternacht dreimal heulend um einen Grabstein gesprungen. Zwei Tage vor Weihnachten ist mein Wunsch dann in Erfüllung gegangen. Wenn ich es richtig verstanden habe, gab es bei meiner anderen Hälfte Erziehungsprobleme.«

»Kurz und gut, man sollte Sie gebührend im Kreise der Koenige willkommen heißen.«

»Ach, das wäre eine nette Geste. Außer von dem Typ in der Personalabteilung hat sich hier noch keiner um mich gekümmert. Frau Böhmer ist nur hektisch raus und hat eine düstere Warnung ausgestoßen, die Sie betraf. Na, ich werd' mich schon zurechtfinden.«

»Was ich weiß, gebe ich Ihnen gerne weiter. Heute ist es sowieso unheimlich ruhig.«

So verbrachte ich eine erheiternde Stunde mit Susi, der Meisterin in vielen Disziplinen. Ihre Bestleistung schien sie aber auf dem Gebiet »Flotte Sprüche« zu erbringen.

Später führte ich noch einige Telefonate und kam endlich mal dazu, ein paar der Fachzeitschriften durchzusehen, die so regelmäßig auf meinem Tisch landeten und welke Blätter bekamen. Aber ich war nicht recht bei der Sache. Denn mich beschäftigte beständig die Frage: Wer war Danu?

Ich suchte ein paar Hinweise aus dem Internet zusammen. Offensichtlich hatte sie in der Bretagne gelebt, denn der Menhir tauchte immer wieder auf, und es war auch eindeutig derselbe, den ich ebenfalls gesehen hatte. Nur, in welcher Zeit spielte sich das Ganze ab? Meine Geschichtskenntnisse waren seit langem verschüttet. Von Christen war die Rede, richtig, also nach dem Jahre 0. Wann die Sachsen in Britannien eingefallen waren? Man gab dazu den Zeitraum um 400 an.

Das grenzte die Periode ja schon mal auf eine überschaubare Zeit ein.

Mir fiel plötzlich noch etwas ein. Robert! Robert schrieb eine Arbeit über … über … ja, über die Kelten und ihre Beziehung zu der vergangenen Monolith-Kultur. Dann war Danu vermutlich eine gallische Keltin. Kelten! Da klickte noch etwas. Kelten hatten Druiden, heilige Haine, Misteln und goldene Sicheln. Letzteres war zwar bisher nicht aufgetaucht, aber ich konnte ziemlich sicher sein, dass Conall ein Druide war. Danu hat bei ihm gelernt. Ja, gab es denn auch weibliche Druiden? Warum eigentlich nicht?

Jetzt war mein Spürsinn geweckt. Ob ich wohl Literatur zu dem Thema fand? Die Websites neodruidischer Clübchen schienen mir nicht sonderlich hilfreich zu sein. Aber warum nicht gleich den Fachmann fragen? Eine Mail an Robert, und ich würde wahrscheinlich mit Informationen nur so überschüttet werden.

Mit Schwung machte ich mich an die Arbeit.

Mit Schwung hörte ich wieder auf. Ihm zu schreiben würde ja bedeuten, dass ich ihm einen Grund für meine Wissbegier nannte. Aber von meinen Träumen wollte ich lieber nichts erzählen.

Dann doch besser die Buchhandlung.

Das Resultat des Nachmittags war ein mit verwickelten und verknoteten Linien wunderhübsch umrahmtes Blatt Papier.

Knoten 1. und 7. Faden

Die ruhigen Tage waren bald vorbei. Meine erste heftige Kollision hatte ich mit Herbert Schweitzer. Alle meine guten Vorsätze hatte ich vor dem Gespräch aktiviert. Und ich hatte ihn diesmal auch nicht in seiner geheiligten Frühstückspause gestört, sondern um vierzehn Uhr in mein Büro gebeten. Hinter meinem Schreibtisch fühlte ich mich ein bisschen sicherer als in seinem Kabuff.

Er kam überpünktlich und setzte sich sehr gerade mir gegenüber in den Besucherstuhl. Irgendwie registrierte ich, dass er eigentlich ständig den gleichen grau-beigen Tweedanzug trug. Oder er hatte mehrere davon. Dieser hier jedenfalls hätte mal gelüftet gehört. Aber da tat ich ihm wahrscheinlich Unrecht, der Kantinenmief blieb in der dicken Stoffqualität eben besonders gut hängen. Er kam gerade vom Essen. Ein Fleischfäserchen hing noch zwischen seinen gelblichen Schneidezähnen.

Na dann!

»Herr Schweitzer, ich möchte mit Ihnen noch einmal über die Arbeit an dem Netzplan sprechen.«

»Was gefällt Ihnen denn jetzt schon wieder nicht daran?«

»Nun, ich habe den Eindruck, dass das Vorhaben komplexer wird, als wir zu Beginn angenommen haben.«

»Das ist doch Ihr Problem. Sie sind doch die verantwortliche Termin-Managerin.«

So, wie er die Managerin betonte, war das eine ausgemachte Beleidigung. Um meinen guten Vorsätzen treu zu bleiben, stellte ich mir etwas Schönes vor – eine zarte Rosenknospe.

»Nun, Herr Schweitzer, wir sind letztlich ein Team und müssen zusammenarbeiten. Das heißt auch, dass wir gemeinsam die Probleme lösen müssen, nicht wahr?«

»Bisher sah das immer nur so aus, dass ich Ihre Vorgabe-Fehler ausräumen musste, Frau Farmunt!«

Tautropfen auf einer eben aufgebrochenen Rosenknospe.

»Das ist Ihre Sicht der Dinge. Vielleicht versuchen Sie es doch auch mal etwas distanzierter zu sehen. Wir haben ein großes Projekt mit sehr dicht vernetzten Strukturen. Da sind viele Abhängigkeiten zu berücksichtigen. Es gilt doch dabei, ein möglichst realistisches Abbild der tatsächlichen Verläufe zu erstellen und zu pflegen. Dazu mache ich die Vorgaben, der Computer verarbeitet sie dann. Ich muss mich also darauf verlassen können, dass die Beteiligten das Programm wirklich gut beherrschen.«

Schweitzer sah mich mit starrem Blick an, und ich hatte den Verdacht, dass er die Luft anhielt, um seine Wut noch mehr zu schüren.

»Wollen Sie mir etwa damit unterstellen, dass ich das Programm nicht bedienen kann?«

Eine gerade aufgeblühte Rose, duftend in der Morgensonne.

»Ich unterstelle Ihnen nichts«, sagte ich so sanft wie möglich. »Mir ist allerdings bei Ihrer Arbeit aufgefallen, dass noch ein gewisser Nachholbedarf an technischem Know-how notwendig ist. Und darum habe ich Sie für die nächste Schulung angemeldet. Sie werden im Februar zu dem Software-Hersteller fahren und an einer einwöchigen Ausbildung teilnehmen.«

»Wozu soll das gut sein? Ich habe andere Termine in der Woche. Außerdem, wie verfügen Sie eigentlich über meine Arbeitszeit? Ich werde mit Dr. Koenig darüber sprechen!«

Eine voll aufgeblühte Rose mit samtroten Blättern.

Ich gab meiner Stimme den Klang von weicher Seide, als ich den Anmeldebogen vor ihn legte. Von Dr. Koenig unterschrieben.

»Dr. Koenig hat es persönlich empfohlen, Herr Schweitzer.«

Das hatte er nicht erwartet. Es blieb ihm nichts anderes übrig, als mürrisch das Kleingedruckte zu lesen und dann zu murmeln: »Wir werden ja sehen.«

»Natürlich. Ich freue mich, dass Sie so einsichtig sind, Herr Schweitzer. Ich möchte mich doch wirklich auf Sie verlassen können, nicht wahr?«

Die Tür knallte hinter ihm zu, und eine pralle, rote Hagebutte explodierte, dass die Fetzen flogen.

Warum war ich mit einem solchen Mitarbeiter gestraft? Hatten irgendwelche höheren Mächte ihn als den Prüfstein meiner Geduld ausersehen?

»Hallöchen, Frau Farmunt. Mhhpf, hier riecht's aber muffig. War der Schweitzer Käse bei Ihnen im Zimmer?«

Ich riss das Fenster auf.

»Hey, Sie sehen aus wie ein Topf Spucke. Lassen Sie sich

doch bloß von dem Ekelbolzen nicht unterkriegen.« Susi kicherte. »Mich hat der neulich auch angegammelt, wie ich denn rumlaufen würde, wie eine vom Strich! Ich hab ihm aber empfohlen, er solle sich vorne an der Nuttenkurve mal einen schönen Abend machen, wenn er noch kann, damit er den Unterschied merkt. Sehen Sie, jetzt lachen Sie wieder!«

»Meisterin der herben Sprüche! Ich nehme an, seine Antwort auf diesen liebevollen Rat ist nicht überliefert.«

»Es kam nicht mal mehr lauwarme Luft.«

»Schade, dass ich ihm nicht solche Sachen um die Ohren hauen kann.«

»Warum eigentlich nicht?«

»Darf man als Chef nicht.«

»Aber als Chef könnten Sie ihn rausschmeißen.«

»Eine überlegenswerte Alternative.«

»So, und jetzt kommen Sie mit, ich will meinen Einstand geben. Ich habe einen Fanta-Kuchen gebacken und einen mit Eierlikör. Den Limo-Kuchen mag Kevin tierisch gerne, aber von dem andern hat er neulich genascht und hatte anschließend mordsmäßig einen in der Krone.«

Das kulinarische Angebot hatte Kindergeburtstagsniveau, aber Susi mit ihrem goldenen Herzen sorgte für eine derart ausgelassene Stimmung, dass daran keiner Anstoß nahm.

Es war mir an diesem Tag noch nicht klar, ob Schweitzer bewusste Sabotage getrieben hatte, um mich auflaufen zu lassen, oder ob es bloße Dummheit war, die ihn den gravierenden Fehler machen ließ. Ich nahm zunächst mal zu seinen Gunsten an, dass es Dummheit war. Denn um diesen Fehler in den Plan einzubauen, hätte er sehr genau wissen müssen, wie die Zusammenhänge aussahen.

Aber ich unterschätzte ihn.

6. Faden, 7. Knoten

Jedenfalls hatten wir in der zweiten Februarwoche die Herren aus dem Lenkungskreis zu Gast. Betreiber, Gemeindevertreter, Präfekt und Investoren wollten über den Stand des Vorhabens informiert werden. Ihr gutes Recht, denn bisher war ja noch kein Spatenstich erfolgt.

Da das Gremium so hochkarätig war, gab ich mir besondere Mühe und sah den Plan immer wieder durch, bis ich auch die letzte Unstimmigkeit ausgebügelt hatte. Es war eine Knochenarbeit. Dann sprach ich ihn mit Wulf durch, damit von der Seite keine unliebsamen Überraschungen entstanden.

»Sieht doch gar nicht so schlecht aus, Lindis, oder? Bis auf die Sache mit dem Vermessungsfehler sind alle Verzögerungen bei den anderen.«

»Ich wünschte, du würdest dir die einzelnen Aktivitäten auch noch mal kritisch anschauen, nicht dass irgendwo ein Hammer drin ist. Ich sehe bald nichts mehr vor lauter Knoten und Linien. Ich habe alle Verbindungen noch mal geprüft, Schweitzer ist ja Spezialist darin, Vorgänger und Nachfolger zu vertauschen.«

Mit Wulf war das Verhältnis fast wieder herzlich zu nennen, ihm hatte offensichtlich sein Skiurlaub gut getan. Er hatte mich sogar zu seiner Geburtstagsparty eingeladen, die er bei sich am nächsten Tag geben wollte.

»Hoffentlich kriegt er es besser hin, wenn er von der Schulung zurück ist.«

»Ich habe ihn vorsichtshalber nur ein paar Routineeingaben machen lassen, alles andere war mir diesmal zu heiß.«

»Wie sehen denn so unsere Alternativen aus, wenn es morgen noch irgendwelche terminkritischen Neuigkeiten gibt?«

»Oh, wir haben die Hotel-Version, die uns einen Monat bringt, und ich habe noch eine Möglichkeit gefunden, die einen weiteren Monat einsparen könnte. Die Gemeinde müsste sich entscheiden, doch ihre eigene Kläranlage aufzurüsten. Das kann dann unabhängig von unserem Gewerk abgewickelt werden.«

»Wow, du bist Gold wert, Lindis! Wie sieht dann der späteste Termin aus?«

»Baubeginn Ende Mai. Doch dann wird es teuflisch eng!«

»Wir müssen ja nicht das Schlimmste annehmen. Aber es ist gut, eine Alternative mit viel Luft zu haben.«

»Ja, wobei mich das wundert. Vor Weihnachten hatten wir auf dem kritischen Pfad keinen Puffer mehr.«

»Es sind viele Sachen termingerecht fertig geworden, das darfst du nicht vergessen. Und die Vergaben an die französischen Subunternehmer sind gemacht. Ende des Monats wird die Baustelle eingerichtet!«

»Na gut. Gehen wir also in die Schlacht.«

»Ja, und hoffen wir, dass sie pünktlich um vier zu Ende ist, denn ich habe ja noch eine kleine Veranstaltung. Du kommst doch, Lindis?«

»Ja, wenn ich morgen noch kriechen kann. Ich hab den Eindruck, ich bekomme eine Erkältung.«

Wulf wirkte sehr zufrieden mit sich.

Aber ich hatte nach wie vor ein ungutes Gefühl.

Der Tag fing schon nicht besonders gut an. Ich wachte auf und hatte das Gefühl, dass meine Augen verschwollen und verklebt waren. Außerdem waren da die Reste eines Traumes, doch anders als sonst konnte ich mich nur an wirre Fetzen erinnern. Auch das frustrierte mich, aber je mehr ich versuchte, das Puzzle zusammenzusetzen, desto mehr entglitt es mir. Was blieb, war das Bild eines weißen Hirsches, der blutüberströmt zusammenbrach, der Menhir, von Blitzen beleuchtet, inmitten strömenden Regens, Donnergrollen und sturmgepeitschte Wellen, die bis fast an den aufrechten Stein heranreichten. Mühsam und unzufrieden stieg ich aus dem Bett, und als ich ins Bad kam, stand Beni dort und wickelte eine Bürste in ihre feuchten Haare, um sie in eine neue Richtung zu fönen.

»Bist du bald fertig, Beni?«

»Gleich. Ach, ist das ein Mist heute Morgen!«

Ich schlurfte also erst noch einmal in die Küche und stellte die Kaffeemaschine an. Dann machte ich die Betten. Beni hatte sich die Haare wieder nass gemacht und fönte noch immer.

»Kannst du dich nicht ein wenig beeilen? Ich habe heute Morgen einen wichtigen Termin!«

»Moment!«

»Du kannst nachher fertig fönen, ich hab's eilig!«

»Ich hab auch keine Zeit mehr!«

»Herrgott noch mal, mach, dass du aus dem Badezimmer kommst!«, fauchte ich sie an, als sie mit Schwung eine neue Portion Schaumfestiger in ihre Locken schmierte.

»Mann, bist du stinkig! Ich brauch noch drei Minuten!«

»Beni, ich habe es wirklich eilig!«

»Muss ja mal wieder wahnsinnig wichtig sein.«

Beni warf den Fön ins Waschbecken und knallte die Badezimmertür hinter sich zu.

Meine Augen waren verschwollen, und auch meine Frisur wollte nicht sitzen.

Beni hatte die Kaffeemaschine ausgestellt, und die Brühe, die ich vorfand, war nur noch lauwarm.

»Wie oft muss ich dir noch sagen, dass du die Kaffeemaschine anlassen sollst! Ich brauche morgens *heißen* Kaffee, wenn ich den Tag überstehen will.«

»Lass deine mistige Laune doch nicht immer an mir aus.«

Schweigend nahmen wir unser Frühstück zu uns. Als Beni ihre Tasse in das Waschbecken stellte, bemerkte sie beiläufig: »Übrigens, ich bin heute Abend bei Ines und Ralf eingeladen. Kann später werden.«

»Beni, du weißt ganz genau, dass ich es nicht gut finde, wenn du mit den beiden rumziehst.«

Vor noch nicht drei Tagen hatten Beni und ich unsere erste ernsthafte Auseinandersetzung. Ines und Ralf gehörten zu dem dubiosen Bereich ihres Freundeskreises. Wenn ich auch Beni für vernünftig genug hielt, nichts mit Drogen anzufangen. Ralf war Diskjockey in einem Laden mit zweifelhaftem Ruf und noch zweifelhafterem Publikum.

»Soll ich hier wieder alleine rumsitzen? Du bist doch auch nie da!«

»Was habe ich denn damit zu tun? Du hast doch genug andere Freunde, oder?«

»Die dürfen aber in die Disko gehen. Du bist ja schlimmer als Mutter.«

»Beni, ich habe keine Lust, mich beständig mit dir darüber zu streiten. Ich will nicht, dass du zu Ines und Ralf gehst. Punktum! Und jetzt hör auf rumzunölen. Ich habe an Wichtigeres zu denken!«

»Klar, du bist wichtig. Du bist so ungeheuer wichtig, und alles, was du machst, ist so überaus wichtig. Da spiele ich sowieso keine Rolle. Tu doch, was du willst, du Wichtigtuerin. Aber lass mich bloß in Frieden!«

Mit feuchten Haaren stob Beni aus dem Haus, und ich hatte ein grässlich schlechtes Gewissen.

Der Tag entwickelte sich weiter zu einem Drama für mich. Die Sitzung fing zwar in freundlicher Atmosphäre an, Dr. Koenig schaffte es spielend, die Herren höflich auf ihre Versäumnisse hinzuweisen und unsere eigenen Leistungen zu würdigen. Wulf brillierte in Technik und Terminen. Aber ich brütete mit dicker Nase und schmerzendem Hals über dem Plan.

Da sah ich es.

Dass mir das nicht aufgefallen war! Da gab es einen Knoten, einen Vorgang, der genau auf die Osterfeiertage fiel. Wieso das?

Es lag doch ein Kalender mit den deutschen und den französischen Feiertagen der Berechnung zugrunde?

Ich machte schnell ein paar weitere Stichproben anhand meines Terminkalenders. Der Verdacht wurde zur Gewissheit. Es gab Meilensteine, die auf Weihnachten, den 14. Juli, Frankreichs Nationalfeiertag, und auf den ersten Mai fielen.

So unauffällig wie möglich verließ ich die Versammlung und sprintete dann in mein Büro. Die Maus raste über die Schreibtischplatte, ich suchte die entsprechende Stelle im Plan. Ja, da war etwas geändert worden. Zum Glück protokollierte das Programm die Änderungen. Vor zwei Tagen, von keinem anderen als Schweitzer. Er hatte den Kalender, auf dem die gesamte Planung beruhte, umgestellt auf einen, der ganz ohne Feiertage auskam. Das durfte doch nicht wahr sein. Ich änderte mit einem Mausklick die Einstellung und startete sofort den Rechenlauf.

Das Ergebnis war niederschmetternd.

Ich wusste einen Moment lang nicht, was ich machen sollte. Mein Kopf fühlte sich an wie mit Watte ausgestopft. Wenn wir das jetzt dem Lenkungsgremium erklärten, dann würden sie uns zu Recht für verrückt erklären. Und wer vor allem sollte das tun? Wulf würde mir vermutlich eher den Hals umdrehen, und Dr. Koenig … Gott, was für eine Scheiße!

Ich sah wie blind auf den Bildschirm. Am besten ging ich nach Hause und wurde todkrank. Aber Flucht war kein Ausweg aus dem Dilemma. Ich musste die Verantwortung übernehmen.

Zu allem Überfluss saß auch noch Karola im Sekretariat. Ich bat sie höflich, Dr. Koenig kurz aus der Besprechung zu rufen.

»Dr. Koenig will nicht gestört werden«, sagte sie eisig, ohne mich anzusehen.

»Karola, es ist dringend!«

Sie drehte sich um und musterte mich kühl.

»Dr. Koenig ist mit sehr bedeutenden Leuten zusammen, ich glaube nicht, dass du da Wichtigeres hast.«

»Das ist wohl etwas, das ich besser entscheiden kann. Ruf ihn mir bitte heraus, Karola.«

»Du nimmst dich vielleicht wichtig! Wenn es so dringend ist, hol ihn doch selber raus.«

»Das kann ich leider nicht machen. Es geht um ein Detail der Besprechung, an der ich auch teilnehme, wie du sehr genau weißt.«

»Hast du wieder einen Fehler gemacht, was?« Giftig lächelnd sah sie mich an. »Na gut, auf deine Verantwortung!«

Zwei Minuten später stand Koenig an meinem Schreibtisch. Ich beichtete in kurzen Worten. Er sah mich schweigend an, während ich auf eine vernichtende Bemerkung wartete. Sie kam nicht.

»Haben wir Alternativvorschläge?«

»Herr Daniels hat sie. Ich habe die Versionen der Pläne durchgesehen, sie sind mit dem korrekten Kalender gerechnet.«

»Gut. Es ist keine schöne Situation, in die Sie mich da bringen. Aber das wissen Sie selbst. Kommen Sie wieder mit in die Runde, wir brauchen jetzt Ihre Hilfe.«

Es war die unangenehmste Besprechung, die ich je mitgemacht hatte. Vor allem, weil ich aus dem Hintergrund ein paar Mal die Bemerkung erhaschte: »Ja, Frauen …!«

Wir kamen schließlich zu der Einigung, dass alle gemeinsam doch noch einmal versuchen würden, so schnell wie möglich mit dem Bau der Ferienhäuser zu beginnen. Dazu musste Callot natürlich versuchen, seine Bauunternehmer dazu zu bewegen, noch früher als in den Verträgen vereinbart anzufangen. Er war nicht glücklich darüber. Sehr zähneknirschend mussten die Franzosen auch noch akzeptieren, dass sie die Erweiterung der Kläranlage zu übernehmen hatten. Wir hingegen konnten den

Aufwand der Planungsarbeiten dafür abschreiben, doch der Verlust hielt sich in Grenzen.

Die Stimmung zum Abschied war nicht besonders gut. Unsere Auftraggeber ließen uns deutlich spüren, dass wir uns eine empfindliche Schlappe geleistet hatten. Ich hatte noch Glück gehabt, dass sie es uns kollektiv spüren ließen, denn allen Beteiligten war klar, wer den Fehler gemacht hatte.

Schweitzer konnte an diesem Tag froh sein, dass er mir nicht über den Weg lief. Ich schwor mir, dass das ein empfindliches Nachspiel haben würde.

Erstaunlicherweise trug Wulf die Angelegenheit während der Besprechung mit verhältnismäßig großer Gelassenheit. Vielleicht, weil er sich so schön als Retter der Lage aufspielen konnte.

Ich dagegen war nach der Veranstaltung, die dann doch bis sechs Uhr abends gedauert hatte, völlig fertig. Mein Kopf dröhnte, meine Augen brannten, ich hatte das Gefühl, alle meine Gelenke seien lose. Darum fuhr ich zwar noch kurz mit zu ihm, um bei den Vorbereitungen zu helfen, aber spätestens wenn die ersten Gäste kamen, würde ich mich verdrücken.

»Da hast du dir eine ganz schöne Pleite geleistet, Lindis«, meinte Wulf, während ich Schälchen mit Oliven und Nüssen verteilte.

»Jetzt nimm bitte die Finger aus der Wunde!«

»Na, weißt du! Das brauchst du jetzt nur noch einmal zu wiederholen, dann kannst du deine Papiere abholen. Dr. Koenig war vielleicht sauer.«

»Ich hatte nicht den Eindruck. Ich fand sogar, er hat es einigermaßen gefasst aufgenommen.«

»Da kennst du ihn aber schlecht! Und ich muss auch sagen, viel Verlass ist nicht auf dich. Wenn ich nicht die Alternativpläne initiiert hätte, hätten wir heute den Auftrag zurückgeben können.«

Allmählich machte mich das selbstherrliche Geschwafel wütend. Ich drehte mich um und ging in die andere Ecke des Raumes, um dort Gläser aus dem Schrank zu holen. Die Ken-Do-Rüstung war ich ja schon gewöhnt, das Gestell mit den beiden japanischen Samurai-Schwertern auch. Da fiel mein Blick auf das Board. Ein Schwert, ein anderes, neues Schwert war dort aufgestellt, ein Kärtchen mit den Glückwünschen des Gebers lag daneben. Es war ein Langschwert, scharf und schimmernd die stählerne Klinge.

Ganz plötzlich packte mich ein eisiges Grauen. Es schnürte mir die Kehle zu, es nahm mir die Luft und würgte mich. Das Glas fiel aus meinen zitternden Händen und rollte auf dem weichen Teppich davon. Ich musste mich an der Wand abstützen, sonst wäre ich in die Knie gesunken. Vor meinen Augen stand nur noch ein flimmernder Wirbel. Rotes Blut auf einem weißen Untergrund. Und mit einem Rauschen ihrer Flügel erhob sich die schwarze Krähe.

Dann war es vorbei. Ich konnte wieder klar sehen und normal atmen. Aber ich hielt es keine Minute länger hier aus. Wulf wollte protestieren, doch ich hörte einfach nicht hin und verließ hustend das Haus. Es waren nur die Traumfetzen der vergangenen Nacht, die mich wieder eingeholt hatten, versuchte ich mich zu beruhigen. Aber das Gefühl der Panik blieb, auch als ich in die Wohnung kam.

Auf dem Anrufbeantworter blinkte das Lämpchen.

»Hi, ältere Schwester! Ich bleib heute trotzdem bei Ines und Ralf. Ich weiß, dass du das nicht willst, aber es ist nun mal so ausgemacht. Sei nicht wieder stinkig!«

Ich war aber wütend.

Ich rief bei Ines an und erwischte Beni eben noch, bevor sie weggehen wollte. Leider war ich sehr hässlich mit ihr, und sie beschimpfte mich, eine altmodische, dämliche Tucke zu sein. Meine Kopfschmerzen sprengten mir inzwischen beinahe den Schädel, darum empfahl ich ihr, so schnell wie möglich wieder zu unseren Eltern abzudriften. Bei mir sei kein Platz mehr für sie.

Knoten 1. und 11. Faden

Ich warf den Hörer hin und bemühte mich, das Zittern zu unterdrücken, das mich befallen hatte. Kalte Schauder jagten durch meinen Körper, und mir war schwindelig. Ich hatte weder Hunger noch Durst, ich wollte mich einfach nur verkriechen. Weil ich so fror, zog ich mir einen dicken Jogginganzug von Beni an, machte alle Lichter aus, legte mich ins Bett und zog die Decke über den Kopf. Mir wurde heiß, und doch klapperten meine Zähne vor Kälte. Mein Hals fühlte sich an, als sei er innen roh und zerkratzt, meine Augen brannten trocken, und ich bekam keine Luft durch die Nase.

Die Schmerzen hinter meiner Stirn explodierten in roten und schwarzen Funken, zwischen denen weiße Blitze zuckten. Das Weiß wurde greller und greller, ich konnte ihm nicht entfliehen, konnte die Augen nicht schließen. Das Weiß gehörte zu mir, es brannte auf meinem Körper, es hing an mir herunter, umhüllte mich, schmiegte sich an mich, ich wurde es nicht los. Ich sah hinunter an mir, erkannte das weiße Gewand und die roten Flecken darauf. Rotes Blut, frisch, noch feucht, befleckte mein Kleid, und in Panik lief ich davon. Ich lief, barfuß, ohne die spitzen Steine unter meinen Füßen zu spüren, ohne zu bemerken, wie das harte Gras, die scharfen Muschelschalen meine Haut zerschnitten. Ich lief unter der brennenden Sonne weiter und weiter, bis ich am Strand atemlos zusammensank.

Heiß war der Sand, verdorrt das raue Gras, Staub mischte sich in meinen Atem, und ich musste mit trockenem Hals husten und husten, bis ich erschöpft nach Luft rang. Hilflos, kraftlos und in dem namenlosen Schrecken gefangen lag ich auf der Erde. Und die schwarze Krähe kreiste mit einem höhnischen Krächzen über mir. Enger und enger wurden ihre Kreise, näher kam sie, ihr scharfer Schnabel bereit, mir das Fleisch von den Knochen zu hacken. Näher kam sie, so dass ich das Rauschen ihrer Flügel hören konnte. Schwarz wurde es um mich, schwärzer als die Federn der Krähe.

Doch als ich in der tiefsten Dunkelheit angelangt war, konnte ich mich plötzlich wieder bewegen. Ich konnte auch ganz allmählich wieder etwas sehen, zunächst wie in einem grauen Schleier, wie in der anbrechenden Dämmerung, dann klarer und klarer. Ich fühlte keinen Schmerz mehr, nicht mehr den Boden unter mir, nicht mehr das Gewand an mir. Ich hatte mich erhoben und sah die staubiggelbe Wiese, den grauen Stein unter mir stehen. Die Krähe aber flog neben mir und lockte mich höher und höher.

Unter mir erstreckte sich das Land, trocken, einsam und öde. Verbrannt waren die Weiden, dürr und gelb das Gras. Büsche und Bäume hatten ihr verdorrtes Laub abgeworfen. Dann bedeckte Asche, weißlich, dazwischen verkohltes Holz, den Boden über Meilen und Meilen hin. Eine Feuersbrunst hatte das Geäst der Sträucher geschwärzt. Kein Leben, kein Grün, keinen Tropfen Feuchtigkeit gab es in dieser verlassenen Einöde. Ich eilte dahin unter einem glastigen Himmel, einer weißglühenden Sonne, hungernd und dürstend, doch ohne Hoffnung.

Die Asche wandelte sich in endlose grauschwarze Straßen und zubetonierte Flächen. Die Wunden, die die erbarmungslose Hitze in die Erdkruste gerissen hatte, waren zugedeckt, gepflastert mit Asphalt, klebrigem, zähem, schwarzem Asphalt und grauem, bröckelndem Beton. Aus ihm wuchsen Mauern empor, warfen hohe Gebäude verzerrte Schatten auf die leeren Straßen. In den Schluchten zwischen den hohen Häusern lastete brütender Dunst, der Horizont wurde schwefelig und gelb, ein Brodem aus übelriechenden Gasen nahm der Sonne das Licht, und die Scheiben der Fenster starrten trübe und blicklos in den Himmel. Ausgestorben war die Stadt, leer und fremd.

Weiter und weiter zog es mich, stunden-, tage-, vielleicht jahrelang. Die Häuser begannen zusammenzufallen, rostige Stahlgerippe, Skelette einer unmenschlichen Zivilisation, verbogen, scharfkantig und abstoßend, ragten aus der toten Erde. Ich spürte, wie die Einsamkeit und die Trostlosigkeit meine Kräfte raubten, wie das Verlangen, einfach niederzusinken und aufzugeben, mich überwältigen wollte, wie die Last der Verzweiflung mich beschwerte und meinen Geist verdunkelte. Kein Leben würde je in diesem öden Land mehr gedeihen, keine Blume mehr blühen, kein Tier seine Höhle bauen. Ich sank tiefer und tiefer, bis ich den Boden erreichte. Doch anzuhalten war mir nicht erlaubt. Müde schleppte ich mich darum weiter, durch Sandwüsten, grenzenlos, wasserlos, durch geborstenes Gestein, Geröllhalden, staubige Senken, leere Flussbetten, eingestürzte Höhlen, ausgetrocknete Quellen.

Ich kam an einen Abgrund, die namenlose Tiefe gähnte zu meinen Füßen; schroff und senkrecht fiel der Fels vor mir ab. Doch ich musste diese Schlucht überqueren, es gab keine andere Lösung, aber die Unfähigkeit, es zu tun, würgte mir in der Kehle. Die andere Seite verschwand in einem Nebel, klebrig und grau. Erschöpft sah ich hinüber, müde und ausgelaugt von dem langen Weg, den ich zurückgelegt hatte.

Plötzlich hoben sich die Nebel, und über den Abgrund konnte ich das Land sehen. Blattlose Bäume, knorrig und verwachsen, bildeten einen dunklen Hain. Dahinter erhob sich ein nackter Fels, ragte mit seinen zerklüfteten Flanken abweisend in einen dunklen, sternenlosen Nachthimmel. Rauch stieg auf, wirbelte konturenlos um den Gipfel, formte sich allmählich, und dann standen da zwei Gestalten. Eine Frau, deren Gesicht ich nicht erkennen konnte, sah über die Bergspitze zu dem Mann hin, hob flehend die Hände. Er, über dessen Kopf sich die Sichel des jungen Mondes erhob, versuchte sie zu erreichen, doch ihre Hände trafen sich nicht.

Das Bild verschwamm, und eine unendliche Traurigkeit überkam mich. Trauer über den Verlust des Lebens und einer unnennbaren Liebe, Trauer um die Erde, die vertrocknet und verbrannt, zugeschüttet und verbaut, verwundet und ausgebeutet war. Und mit meiner Trauer begannen die Tränen zu fließen. Rannen die ersten salzigen Tropfen über meine Wangen, benetzten den Staub und versickerten, als wären sie nie gefallen. Doch ich konnte nicht aufhören zu weinen, ein Strom von Tränen fiel wie Regen über das Land.

Und das Wunder geschah. Ein junger Keim reckte sich aus dem feuchten Boden, entfaltete seine Blätter, wuchs heran und bildete Knospen. Mehr und mehr Triebe, Halme, Blätter, Blüten entfalteten sich, und durch die Wiese schlängelte sich ein glitzerndes Bächlein.

Etwas Kaltes, Feuchtes wischte über mein Gesicht, und ich schlug die Augen auf.

»Ältere Schwester, Lindis! Was machst du nur?«

Ich blinzelte. Es war Zwielicht um mich herum, aber ich fand mich nicht zurecht, merkte nur, dass mich jemand festhielt, tröstend, mir die Stirn kühlte und mir ein Glas mit einem warmen Getränk an die Lippen hielt. Dann schlief ich wieder ein.

Als ich das nächste Mal aufwachte, war gedämpftes Gemurmel an meinem Bett zu hören.

Ich wollte etwas sagen, aber meine Stimme hatte mich verlassen.

»Gehen wir nach nebenan, Herr Dr. Neumann.«

Die Tür fiel zu. Ich drehte mich auf die andere Seite und versuchte auf die Uhr zu schauen. Es war gegen Mittag, doch ich war mir nicht ganz sicher, welcher Tag es war. Auf jeden Fall war es höchste Zeit aufzustehen. Ich versuchte mich also aufzusetzen, aber mir wurde so schwindelig, dass ich wieder in die Kissen sank.

»Lindis, bleib liegen. Du bist ziemlich krank.«

»Beni?«, krächzte ich und erinnerte mich an die Krähe. Ein Schaudern erfasste mich.

»Sprich lieber nicht. Ich bring dir gleich etwas zu trinken, und dann mache ich dein Bett neu. Nur, damit du es weißt, sterben wirst du an dieser Grippe nicht, auch wenn ich zwischendurch das Gefühl hatte, dass du zeitweise mit dem Diesseits schon abgeschlossen hattest.«

»Hatte ich auch, Beni«, flüsterte ich.

Sie setzte sich auf den Bettrand und streichelte mich. »Wenn du ein bisschen besser bei Stimme bist, solltest du mir wirklich mal was aus deinen Träumen erzählen. Sie scheinen ein wenig – äh – beängstigend zu sein.«

»Nein, lieber nicht.«

»Auch gut. Der Onkel Doktor, den ich alarmiert habe, hat dir ein mehrseitiges Rezept verschrieben. Soll ich in die Apotheke gehen und all die schönen Mittelchen kaufen, oder machen wir es mit Tee und Toast?«

»Antibiotika dabei?«

»Dicke. Du willst bestimmt so schnell wie möglich wieder einsatzfähig sein, nicht?«

Einen Moment lang gab es gar keine andere Antwort als ein entschiedenes »Ja« dazu, aber dann dachte ich plötzlich daran, was alles geschehen war, und ich fühlte mich einfach noch nicht stark genug, wieder den Kampf aufzunehmen.

»Tee und Toast.«

»Super. Lindis, ich glaube, jetzt fängt es langsam an, dir besser zu gehen. Am besten schläfst du so viel wie möglich.«

»Besser, ich bleibe wach.« Ich wollte nicht noch einmal einen
solchen Traum haben wie den, an den ich mich erinnerte.

»Nein, Lindis. Du musst schlafen. Ich glaube nicht, dass du
jetzt noch so etwas Grässliches träumst wie gestern. Da hattest
du sehr hohes Fieber. Außerdem bin ich ja jetzt da und kann
dich aufwecken, wenn du wieder mit den Geistern ringst.«

Beni, fünfzehn Jahre alt, ein bisschen strubbelig und unausgeschlafen, sah mich mit einem solchen besorgten und mitlei-
digen Ausdruck an, dass ich wider Willen lächeln musste.

»Du sorgst gut für mich, jüngere Schwester. Danke.«

1. Faden, 5. Knoten

Manchmal wachte ich auf, und es war hell im Zimmer, manchmal war es dunkle Nacht, manchmal sah ich den grauen Schim-
mer der Dämmerung. Lange war ich nie wach, doch immer
schien Beni in meiner Nähe zu sein. Sie hatte stets Tee für mich,
saß an meinem Bett, und ein oder zwei Mal hatte ich auch das
Gefühl, dass sie neben mir lag und döste, eingekuschelt in
meine Arme.

Ich schlief, und meine Träume waren leicht und ohne Drohung. Sie hinterließen oft seltsame Gefühle der Geborgenheit
und Zuflucht. Wunderliche Metamorphosen machte ich durch,
doch nie ängstigten sie mich, sondern hinterließen ein wunder-
sames Staunen. Einmal war ich kleines Pelztierchen, hatte Pfoten und Schwanz behaglich über mein Gesicht gelegt und
schlummerte in einer weichen, dunklen Höhle unter der Erde
warm und friedlich einem neuen Frühling entgegen. Dann wieder war ich ein Baum, senkte meine Wurzeln tief ins feuchte,

nahrhafte Erdreich, fühlte das Wasser aufsteigen durch dünne Wurzelfasern in die dicken, zähen Stränge, die ihren Weg durch Lehm und Steine suchten, ein Geflecht von lebendem Holz. Ich war in einer Grotte aus schwarzem Gestein, eine glänzende Ader aus glühendem Gold, geboren aus der Hitze der Tiefe, erstarrt und geläutert in Millionen von Jahren. Ich wanderte durch einen alten Wald, dessen Bäume noch keines Menschen Hand berührt hatten. Eine alte, uralte Eiche war gestürzt, lag modernd zwischen mächtigen Stämmen auf dem Boden. Altes Laub war auf sie gefallen, Moos überzog ihr schwarzes, brüchiges Holz, Farnwedel beugten sich anmutig darüber. Ein grünes Halbdunkel herrschte unter dem Blätterwerk des Waldes. Doch plötzlich fand ein Lichtstrahl seinen Weg hinunter zum Boden. Und ich sah ein Glitzern in dem moosigen Kissen, das den alten Stamm bedeckte. Dort zwischen Astlöchern und abgebrochenem Gezweig wuchs ein durchscheinender Kristall von perfekter Form.

Ein Hauch von Blütenduft umgab mich.

Ein leises Klirren.

Beni stand mit einer Vase an meinem Bett, ein gewaltiger Strauß von Frühlingsblumen wuchs mir entgegen.

»Hab ich dich aufgeweckt?«

»Nein, ich bin von alleine wach geworden. Was ist das denn, hat jemand eine Gärtnerei aufgekauft?«

»Deine Kollegen, mit den besten Wünschen zur Genesung.«

»Oh.«

»Ja, nicht? Du scheinst dich nicht ganz und gar unbeliebt gemacht zu haben. Eine schrille Pumuckl-Ausgabe hat das eben abgegeben. Die war vielleicht witzig!«

»Das kann nur Susi Meister gewesen sein.«

»So sagte sie. Und hier ist noch etwas.«

Beni rückte den Strauß zur Seite, und mein Blick fiel auf eine schwarze Tonschale. Ein meisterhaft schlichtes Gesteck aus zartem, zitterndem Frauenhaarfarn, einem bizarr geformten Holzstück, Moos und einem einzelnen Bergkristall. Ich musste es wohl minutenlang sprachlos angestarrt haben. Träumte ich denn noch?

»Was ist, Lindis? Gefällt dir das nicht? Ich finde die Idee toll. Ich werd' mir sofort einen Ikebana-Kurs reinziehen, wenn so was irgendwo angeboten wird.«

»Von wem ist das?«

»Oh, von dem Blues-Brother.«

Trotz meiner Verwirrung musste ich grinsen.

»Wieso weiß er denn, dass ich krank bin? Und ob Robert der Titel gefällt?«

»Er hat gestern angerufen, wollte sich verabschieden, weil er wieder abreist. Du, ich finde den wirklich unheimlich nett. Das hier ist doch wirklich ein ausgefallener Beweis seiner Kreativität. Warum bist du nur so schlecht auf ihn zu sprechen?«

»Weil, meine liebe jüngere Schwester, er eben so unheimlich nett sein kann. Und kaum wiegt man sich darin in Sicherheit, schlägt er zu. Das tut dann ganz gemein weh.«

Sie sah mich nachdenklich an und nickte.

»Könnt ja auch sein, dass er sich nur wehrt, oder?«

»Ach, Beni. Lassen wir die Vergangenheit ruhen. Bitte.«

»Schon recht. Weil du gerade so schön bei Bewusstsein bist, könntest du das hier mal unterschreiben?«

»Was ist das?«

»Meine Migräne.«

Der Entschuldigungszettel trug ein Datum, das mich erschütterte.

»Sag mal, liege ich jetzt schon fünf Tage hier im Koma?«

»Vier, morgen gehe ich wieder zur Schule. Ich denke, ich kann dich einen halben Tag alleine lassen, es geht dir ja inzwischen wieder ein bisschen besser. Wie fühlst du dich?«

Ich machte Inventur. Mein Hals schien geheilt zu sein, er schmerzte nicht mehr, und meine Stimme klang einigermaßen menschlich. Meine Gelenke waren alle wieder in die zugehörigen Halterungen zurückgekehrt, mein Kopf hatte normale Ausmaße. Meine Nase war noch verstopft. Und wenn ich mich aufsetzte, spürte ich eine widerliche Schwäche.

Ich hatte Hunger!

»Meinst du, ich dürfte einen Happen essen?«

»Riesige Happen, klar. Ich bringe dir gleich einen Teller Suppe, muss sie nur warm machen.«

Nachdem ich gegessen hatte, fühlte ich mich noch etwas besser und überhaupt nicht mehr schläfrig. Beni setzte sich zu mir und erzählte, was sich so zugetragen hatte.

»Du warst so sauer auf mich am Freitag, dass ich schon aus lauter Wut die ganze Nacht wegbleiben wollte. Aber im Prinzip hast du ja recht, Ines und Ralf sind wirklich nicht das Gelbe vom Ei. Ich glaube, ich war ihnen auch einfach nur lästig. Na, jedenfalls habe ich mich um elf auf die Söckchen gemacht. Ich war heilfroh, dass du mir mal geraten hattest, immer genug Geld für ein Taxi dabeizuhaben.«

»Warst du denn in der vielbesungenen Disko?«

»Ja, kurz. Aber – du, da hat sich vielleicht ein schräges Volk versammelt. Kaum wer in meinem Alter. Also, ich spar mir das auf, bis ich in die Preisklasse komme. Ernsthaft, ich hab mich eigentlich tierisch gelangweilt, weil ich da nur blöde in der Ecke sitzen konnte. Viel abwechslungsreicher war es dann hier! Als ich reinkam, brannte überall das Licht, deine Klamotten lagen verstreut herum, und aus dem Schlafzimmer kam ein grauenvolles Stöhnen. Ich dachte erst, du seiest überfallen worden und lägest gemeuchelt in deinem Blute im Bett. Mir war ein wenig klamm ums Herzchen, echt!«

»Arme Beni! Tut mir leid, dass ich dich so erschreckt habe.

Aber ich war dermaßen fertig mit der Welt, dass ich nichts anderes mehr wollte als nur noch ins Bett.«

»Macht ja nichts. Ich bin dann ganz vorsichtig zu dir geschlichen, und als ich meinen Trainingsanzug an dir sah, dachte ich mir schon, dass es dir nur dreckig ging. Ich mach das nämlich auch immer, wenn ich völlig alle bin. Meinen alten Jogginganzug anziehen. Irgendwie hat das was Tröstliches, nicht?«

»Vor allem was Warmes.«

»Ja, obwohl die Hitze kurz vor dem Siedepunkt stand. Ich hab, ganz cool und professionell, an deine Stirn gefasst und mich beinahe verbrannt. Da dachte ich mir schon, dass dich eine herbe Grippe erwischt hatte. Und ein paar Horrorträume. Inzwischen war's dann auch schon Mitternacht, und ich hab überlegt, ob ich den Notarzt rufen sollte. Aber dann hast du angefangen zu weinen. Mein Gott, hast du geweint! Mich hat's schier zerrissen vor Mitleid. Ich wusste gar nicht mehr, was ich machen sollte. Deshalb hab ich Tee gekocht und mich dann zu dir ins Bett gelegt. Nach einer Weile ging es dann. Da habe ich dir mit einem nassen Tuch das Gesicht gewischt. Du bist kurz aufgewacht und hast was getrunken. Danach bist du aber sofort wieder abgekippt.«

»Ich erinnere mich sogar daran. Keine schöne Nacht für dich, was?«

»Sie hatte was, doch, muss man zugeben. Jedenfalls suchte ich dann morgens nach der Telefonnummer deines Hausarztes, aber da war nur so ein Zettelchen mit dem Namen von Dr. Neumann. Zumindest war der Mensch erreichbar.«

»Oh, das ist Jessika-Milenas Arzt!«

»Drum. Zumindest deckte sich seine Diagnose mit meiner. Wir stellten beide eine heftige Grippe fest. Aber er hätte dich am liebsten in die Intensivstation vermittelt, weil ich doch so ungeeignet für die Pflege meiner Schwester bin. So ein junges Fräulein wie ich!«

»Für ein so junges Fräulein hast du das ganz gut hingekriegt. Das ist ein Lob aus dem Munde einer Betroffenen.«

»Danke, gute Frau. Jetzt habe ich genug gequasselt. Ich denke, es wäre doch an der Zeit, dass du mir mal deinen Alptraum erzählst, nicht? Oder ist der nicht jugendfrei?«

Ich rutschte abwehrend tiefer in meine Kissen, aber Beni war unbarmherzig.

»Los, hab dich nicht so! Worum ging es? Ich hab doch so einen Anfall jetzt schon zum zweiten Mal mitbekommen.«

»Anfall ist gut. Ich weiß nicht, ob ich geistig noch so ganz gesund bin. Und ich habe Angst, wenn ich jemandem erzähle, was sich da abspielt, werde ich gleich eingewiesen.«

»Schlichte Schizophrenie ist zwar nicht heilbar, aber besser eine harmlose Irre als Schwester als ein solches Wrack wie das, was du in den vergangenen Monaten abgegeben hast.«

»Rau, aber herzlos. Bin ich mit dir überhaupt verwandt?«

»Klar. Du konntest bisher in deinen lichten Augenblicken auch ganz amüsant sein. Also, mein Ohr ist bereit für deine Wahnsinnsstory!«

Ich seufzte.

»Also gut. Seit ich im Frühjahr von meinem Urlaub aus der Bretagne zurückgekommen bin, habe ich in unregelmäßigen Abständen von einer jungen Keltin geträumt, die vor vermutlich etlichen Tausend Jahren dort gelebt hat. Sie heißt Danu und ist auf einem Auge blind.«

»Stark!«

»Findest du?«

»Mensch, ja doch. Eine echte Rückführung, oder?«

»Was ist Rückführung?«

»In eines deiner früheren Leben natürlich. Da bezahlen andere Leute richtig Geld für, und du kriegst das im Schlaf. Erzähl mehr!«

»Du hältst mich nicht für verrückt?«

»Natürlich nicht. Das ist total normal.«

Womit hatte ich eine solche Schwester verdient? Mit leuchtenden Augen saß sie an meinem Bett, vorgebeugt und mit einem Gesichtsausdruck, den sie als kleines Kind hatte, wenn man ihr eine besonders schöne Gute-Nacht-Geschichte erzählte.

»Also gut. Diese Danu lebte an dem Ort, den ich dort besucht hatte. Es steht da so ein alter Menhir herum, der taucht in den Szenen immer wieder auf. Es gab damals dort ein kleines Bauerndorf, nichts Spektakuläres. Das Leben scheint ziemlich ärmlich gewesen zu sein und verhältnismäßig eintönig. Danu wurde von einem – ich weiß nicht, ob das richtig ist – Druiden ausgebildet, weil sie mit ihrem blinden Auge in die Zukunft sehen konnte. Als sie so um die zwanzig war, wurde das Dorf überfallen, und sie hat mit dem Schwert in der Hand gekämpft. Später hat sie dann die Verwundeten gepflegt und sich dabei in den Anführer der Fremden verliebt. Es gab dann irgendwie eine große Trockenheit, und sie haben, glaube ich, einen weißen Hirsch geopfert. Die Geschichte endet mit einem gewaltigen Unwetter, was ja wohl heißen kann, dass das Opfer gewirkt hat. Aber in meinem Fiebertraum war es wieder ganz anders. Ich war wieder bei ihr, nur schien mir, sie war genau wie ich in eine Situation geraten, in der sie völlig verzweifelt war. Ich habe nicht von ihr geträumt, sondern nur von einem absolut, abgrundtief, unendlich trostlosen Land. Es war so entsetzlich hoffnungslos, ich war so voller Trauer.«

»Und dann hast du geweint, und die Erde wurde wieder fruchtbar.«

Ich sah sie erstaunt an.

»Ja. Woher weißt du das?«

»Ich habe den letzten Teil deines Traumes mitgeträumt, zumindest glaube ich das jetzt. Aber das ist ja eine affengeile Ge-

221

schichte! Hast du schon herausgefunden, ob Danu wirklich gelebt hat? Vielleicht gibt es ja ein Grab da oder so. Oder alte Aufzeichnungen?«

»Ach, Beni, was bist du erfrischend! Nein, ich habe keine Nachforschungen angestellt. Ich hatte doch viel zu viel Angst, dass ich spinne.«

»Du spinnst kein Stück. Weißt du was? Wir versuchen beide herauszufinden, was sich da abgespielt hat. Ich gehe gleich morgen in unsere Bücherei und hole alles, was es über die Geschichte der Bretagne gibt. Hast du noch irgendwelche Anhaltspunkte? Sind mal Ereignisse genannt worden?«

»Nein, ich sagte doch, es war verhältnismäßig eintönig, das Leben dort. Nicht so, wie Hollywood sich das gerne vorgestellt hätte. Aber du kannst mal schauen, wann die Sachsen in Britannien eingefallen sind.«

»Die kamen um 450 nach Null!«

»Oh, das kam prompt! Hast du gerade Hausaufgaben gemacht?«

»Nein, aber zufällig was über die Völkerwanderung gelesen. Au, das wird ein Spaß. Lindis! Wir finden das raus! Vielleicht hat die alte Danu ja eine Botschaft für dich hinterlassen!«

Beni war so quirlig, dass ich einen Schwächeanfall mimen musste, um sie endlich loszuwerden.

6. Faden, 8. Knoten

»Lindis, komm schnell!«

Ich legte die Pfanne, die ich gerade abtrocknen wollte, und das feuchte Handtuch auf den Küchenschrank und folgte dem Ruf meiner Schwester. Sie saß gebannt vor dem Fernsehapparat und verfolgte die Nachrichten.

»… das Tief Pia zu heftigem Unwetter über Nordfrankreich geführt, die Regenmassen …«

Die Regenmassen hatten samt Sturmböen in Orkanstärke vermutlich den Beginn der Bauarbeiten unmöglich gemacht. Und Pia hatte sich noch nicht ausgetobt.

»Das trifft doch bestimmt auch eure Ferienanlage, was?«

»Ich erwarte schon mit Spannung einen Anruf, wenn nicht noch heute Abend, dann gleich morgen früh.«

Ich war jetzt, nach anderthalb Wochen, auf dem Weg der Besserung, aber einen ganzen Tag im Büro würde ich noch nicht durchstehen. Krank geschrieben war ich dank Dr. Neumann, der großzügig mit Rezepten und gelben Zetteln war, noch eine weitere Woche. Ich war auch durchaus gewillt, diese Zeit auszunutzen. Das erste Mal in meinem Leben, dass ich nicht, sowie ich wieder kriechen konnte, an den Arbeitsplatz zurückeilte. Aber diesmal, und das gestand ich mir auch ein, war es weniger die körperliche Schwäche, sondern auch die Ruhe, die ich meinen Gedanken gönnen musste.

Beni sah das genauso und sorgte mit Überschwang für Ablenkung. Wir hatten gemeinsam alles zusammengetragen, was wir zum Thema gallische Kelten um 400 nach unserer Zeitrechnung finden konnten. Es war bedauerlich wenig. Die Römer, die Gallien besetzt hielten, hatten sich zurückgezogen, die alten Völker waren in Bewegung gekommen. Immerhin hatten wir herausgefunden, dass zu Danus Zeiten die Kelten bereits über tausend Jahre in der Bretagne ansässig waren und sich weitgehend der römischen Einflussnahme hatten entziehen konnten. Sie hatten sich auch weiter nach Norden ausgebreitet, über die Britischen Inseln bis Irland. Aber dort verdrängten die Angelsachsen sie im vierten Jahrhundert, und viele wanderten nach Armorika aus. In die Bretagne, die von ihnen auch Britannia Minor – Klein Britannien – genannt wurde. Sie fanden dort ein Volk vor, das eine ähnliche

Sprache und eine unverändert keltische Kultur beibehalten hatte.

»Es ist bestimmt so, dass deine Träume in der Zeit spielten, Lindis. Sieh mal, hier steht: ›Als die britischen Kelten in die Bretagne einwanderten, war es für sie, als ob die Uhr um fünfhundert Jahre zurückgedreht worden sei.‹«

»Gut, dann haben wir jetzt einen Zeitrahmen. Hast du denn auch irgendwas über die keltische Kultur gefunden? Ich weiß überhaupt nichts, was ihre Religion angeht, ihre Kunst, ihre Lebensart. Danus Heimat ist ein Bauerndörfchen. Der einzige Gebildete scheint Conall gewesen zu sein, der so was wie der Dorfdruide war. Aber über Druiden weiß ich auch nur, dass sie Misteln schneiden. Und noch nicht einmal das hat er bisher getan.«

Ich freute mich darüber, dass ich endlich davon sprechen konnte, und sah jetzt auch die heitere Seite der Angelegenheit.

»Ich habe unseren Geschichtslehrer gefragt, der konnte mir nur Caesar als Quelle nennen, der hat angeblich über den gallischen Krieg geschrieben.«

»Nur, das war gut fünfhundert Jahre vor Danus Zeit.«

»Ja, und Julius war bekannt dafür, dass seine Werke ein wenig tendenziös waren, sagte mir der Schröder. Er hat darin wohl die Rolle der guten Römer ein wenig überbetont und die Barbaren ziemlich fertiggemacht.«

»Sparen wir uns den Julius.«

»Hat denn eigentlich keiner von den Druiden-Heinis mal was aufgeschrieben? Die Griechen und Römer haben doch auch alles festgehalten, Berichte von der Front, jeden Fall eines abgemurksten Königs, die Sportnachrichten aus Olympia ...«

»Die Druiden waren der Meinung, was man aufschreibt, kann man nicht mehr ändern. Sie haben alles auswendig gelernt und mündlich weitergegeben.«

»Wie ätzend!«

Wir waren nicht sehr weit gekommen mit unseren Nachforschungen. Einen Band keltischer Märchen hatten wir gefunden, sie waren hübsch, aber die spielten meist in Irland. Auf die Arthur-Sage wurde verwiesen, doch die hatte mit der Bretagne nur am Rande zu tun. Kurz und schlecht, ich musste entweder warten, bis ich weitere Details träumte, oder Robert fragen.

Das Telefon klingelte um zehn am nächsten Tag.

»Guten Morgen, Frau Farmunt. Ich hoffe, es geht Ihnen inzwischen schon wieder etwas besser.«

»Danke, Herr Dr. Koenig. Ich bin auf dem Weg dazu.«

»Es tut mir leid, dass ich Sie stören muss, aber vielleicht haben Sie mitbekommen, dass es in unserem Baugebiet zu größeren Unwettern gekommen ist. Callot aus Plouescat hat uns signalisiert, dass mit dem Beginn der Arbeiten vor Ende März, Anfang April nicht zu rechnen ist. Die örtlichen Unternehmer werden in den nächsten Tagen vollauf damit beschäftigt sein, die schlimmsten Folgen der verheerenden Regenfälle und Stürme zu beseitigen. Sie fragen an, ob es noch irgendeine Möglichkeit gibt, den Termin zu verschieben. Ich habe ihm geantwortet, dass jetzt endgültig zugunsten der Hotellösung entschieden werden sollte, wenn aus dem ganzen Komplex überhaupt noch einmal etwas werden soll. Das ist doch insoweit korrekt?«

»Ja, eine andere Möglichkeit sehe ich auch nicht mehr. Unser Puffer war bereits aufgebraucht. Eine Verzögerung um sechs Wochen in der jetzigen Phase schlägt bis zum Ende durch und vergrößert dort gegebenenfalls sogar die Terminverschiebung noch mehr.«

»Ich werde Herrn Daniels beauftragen, den Plan dennoch zu aktualisieren. Mit dem Dokument will ich dann bei den Betreibern die Hotelvariante durchboxen. Wenn das nicht klappt, rutschen wir allerdings in die Poenale!«

»Fällt Unwetter nicht in die Klauseln für höhere Gewalt, Herr Dr. Koenig?«

Er ließ ein trockenes Lachen hören. »Sicher, aber das ist eine politisch unkluge Argumentation, wenn man die bisherige Entwicklung betrachtet. Eine vergessene Kläranlage, ein Vermessungsfehler und ein Terminplanungsfehler – und jetzt höhere Gewalt! Wir hätten das Problem mit dem Unwetter nicht, wenn wir pünktlich im letzten Jahr begonnen hätten. Nein, versuchen wir es lieber mit der Alternative. An Sie habe ich nur eine Bitte. Könnten Sie sich den Plan noch einmal kritisch anschauen, wenn er ausgedruckt ist? Sie brauchen nicht vorbeizukommen, meine Sekretärin wird ihn heute Abend gegen fünf bei Ihnen vorbeibringen. Passt Ihnen das?«

»Ich bin zu Hause, Herr Dr. Koenig. Ich kann natürlich auch ins Büro kommen, aber ich fürchte, einen ganzen Tag halte ich einfach noch nicht durch.«

»Werden Sie gesund, dann kommen Sie wieder. Ich wünsche Ihnen gute Besserung.«

Beni kam nachmittags aus der Schule und bemerkte, dass ich statt der bequemen Rekonvaleszenten-Kleidung in Form von ausgebeulten Jeans und dicken Sweatshirts wieder in Rock und Bluse war, und fragte neugierig: »Und, hat die Welt dich wieder?«

»In Maßen. Wie erwartet hat mich der Ruf ereilt, aber Dr. Koenig war so freundlich, mir nur eine leichte Hausarbeit aufzudrücken. Seine Sekretärin bringt einen aktualisierten Netzplan nachher vorbei.«

»Seine Sekretärin? Steht uns Karola wieder ins Haus? Dann zieh ich aber die Kugelsichere an!«

»Da es nach Feierabend ist, hoffe ich auf Susi!«

»Au ja, Susi ist prima!«

Susi war es dann auch, nach sieben allerdings erst. Beni öffnete ihr, und ich hörte, wie sie sich im Flur in bewährter Manier vorstellte: »Hi, ich bin Beni, die jüngere.«

»Hi, ich bin die Susi. Und das ist Kevin.«

Sie hatte einen Ordner voll Papier, eine Schachtel Toffies im und einen kleinen Jungen am Arm.

»Hallo zusammen«, grüßte ich die beiden, und Kevin, dunkle Igelfrisur wie seine Mutter, doch mit drei langen Locken im Nacken, reichte mir höflich die Hand.

»Wie geht es Ihnen, Frau Farmunt? Bisschen spitz sehen Sie aus.«

»Kein Wunder, vier Tage Nulldiät und vierzig Fieber zehren an der Substanz. Aber ich fürchte, meine Schwester wird mich bald wieder aufgefüttert haben. Sie entwickelt bedauerliche Talente in der Küche, deren Resultaten ich selten widerstehen kann.«

»Find ich toll. Ich kann ganz prima Dosen öffnen. Und seit ich so eine Mikrowelle hab, sind wir schon fast auf Restaurant-Niveau.«

»Kommt, setzt euch. Magst du etwas trinken, Kevin? Sie, Frau Meister?«

»Einen Saft, wenn ich darf. Ja, Susi?« Kevin setzte sich in eine Ecke des Sofas und sah seine Mutter fragend an.

»Wenn es keine Umstände macht. Und – uch, könnten wir nicht den Meister vor der Tür lassen. Ich bin viel lieber die Susi.«

»Einverstanden. Dann gibt es jetzt eine Runde Saft für alle. Bedienung, Beni!«

»Ich eile!«

»Was gibt es Neues in der Firma?«

»Dicke Luft, aber das ist nichts Neues. Heute hat es mächtig zwischen Herrn Daniels und dem Schweitzer Käse geknallt. Darum bin ich auch so spät und musste Kevin mitnehmen. Ich hole ihn ja sonst immer schon um halb fünf ab, aber als sich zeigte, dass die beiden Herren sich in die Barthaare gerieten, dachte ich, ich fahre lieber später noch mal in der Firma vorbei und hole das Resultat ab. Hier ist der Schröddel!«

Sie wies auf den Ordner und nahm dann das Glas entgegen, das Beni ihr reichte.

»Bis wann wünscht man meine Antwort?«

»So schnell wie möglich. Wenn Sie wollen, hole ich es morgen nach der Arbeit bei Ihnen wieder ab.«

»Sie können es auch abholen, bevor sie hingehen. Ich falle da heute Abend schon drüber her.«

»Auch recht. Hey, Kevin, hör auf, so zu schlürfen.«

Kevin hatte von Beni einen Strohhalm bekommen und saugte genüsslich den Boden des Glases leer. Er hörte aber sofort auf damit, als er gemahnt wurde. Ich verzeichnete das als interessanten Erziehungserfolg.

»Netter Junge, wie alt ist er?«

»Oh, bald sechs Jahre. Im Sommer fängt die Schule für ihn an.«

»Ach herrje, dann werden Sie wohl nicht weiterarbeiten, nachmittags?«

»Doch, doch. Erstmal kann bis dahin noch viel geschehen, und zum anderen haben wir einen gut funktionierenden Kindertausch geregelt. Vier Mütter sind wir, wir wechseln uns jeden Tag ab. Zwei arbeiten nicht, eine vormittags, ich nachmittags. Das klappt prima.«

»Und keiner füllt die Kurzen mit Bier ab?«, warf Beni ein.

»Mit Bier?« Verblüfft sah Susi sie an, und Beni plauderte aus der Schürzentasche.

»O ja, Frau Böhmer scheint da mehr Probleme zu haben als ich. Sie wirkt, als sei sie mit den Nerven ziemlich runter. Morgens hat sie ihre Jessy jetzt ja im Kindergarten, aber nachmittags kümmert sie sich selbst um das Mädchen. So wie sich das anhört, ist das eine Idee zu stressig. Na, zum Glück habe ich mit Kevin nicht solche Probleme. Nicht, Junior? Wir sind ein prima Team!«

»Ja, Susi. Du, aber können wir nicht gehen, du hast versprochen, dass wir heute noch das Haus fertigbauen.«

»Natürlich, Kevin, gleich.«

Kurz darauf verabschiedeten sich die beiden, und ich schlug den Ordner mit den aktuellen Listen auf.

»Das ist also das große Netzwerk, das alles überspannt?«, fragte Beni, als sie sich neben mich setzte. »Zeig mal.«

»Na gut. Hier, das sind die Listen der Vorgänge, sortiert nach Datum. Wie du siehst, laufen gerade die Detailplanungen für die Innenausstattung. Und die Vergabe der Erdarbeiten für den Hauptbereich.«

»Woran erkennst du das nur? Für mich ist das nur ein Datenfriedhof.«

»Na ja, ich habe das Ding ja auch aufgestellt. Ich weiß, wonach ich suchen muss. Hier, die Auswertung ist viel spannender, das ist der kritische Pfad. Also die Abfolge von Tätigkeiten, die keinen Verzug haben dürfen. Oh, das habe ich mir gedacht! Siehst du diese minus sechzig Tage? Das hat der Regen geschafft.«

»Und jetzt?«

»Jetzt kommt Plan B! Wenn statt der Ferienhäuser ein sechsstöckiges Hotel gebaut wird.«

»Dann habt ihr plus zwanzig Tage, stimmt's?«

»Hoffentlich.«

»Du, Lindis, sei mal ehrlich. Findest du das eigentlich wirklich so toll, so eine Anlage zu bauen? Ich meine, du hast doch so ein Ding jetzt mal gesehen.«

»Beni, ob ich das gut finde oder nicht, spielt doch keine Rolle. Ich verdiene mein Geld damit, dass ich diese Arbeit hier mache. Ich kann es nicht stoppen oder verändern. Selbst wenn ich es ablehnen würde, dabei mitzuarbeiten, würde es jemand anders machen.«

»Ich weiß nicht. Hast du wirklich keinen Einfluss? Du hast doch eine ziemlich hohe Position, oder?«

Ich musste lachen. Ein bisschen weltfremd war meine kleine Schwester doch noch.

»Bedauerlicherweise haben maßgebende Politiker und ein sehr einflussreiches Wirtschaftsunternehmen in Frankreich entschieden, der Region mit diesem Projekt Auftrieb zu verleihen. Dagegen kann eine Termin-Managerin eines deutschen Subunternehmers nicht angehen. Aber du hast natürlich recht, ich habe in den letzten Tagen auch schon des Öfteren darüber nachgedacht, vor allem, weil ich inzwischen schon fast so etwas wie eine persönliche Beziehung zu dem Land entwickelt habe. Mir wäre der andere Vorschlag, der zur Debatte stand, inzwischen auch erheblich sympathischer. Man hätte nämlich die Möglichkeit gehabt, dort ein Freilichtmuseum zu bauen. Ein altes gallisches Dorf, nehme ich mal an.«

»Danus Dorf. Und du als Beraterin mit Live-Erfahrung!«

»Traumhaft, nicht?«

»Geben Sie Frau Farmunt noch eine Schlaftablette, wir brauchen ein paar Details aus der Töpferei!«

8. Faden, 4. Knoten

Es war ein sonniger Tag, als die Maus das erste Mal seit dem Winter ihr schwarzes Näschen aus der Höhle streckte. Kalt war es noch, ja. Aber schon gab es kleine Insekten, die in dem dürren Gras krabbelten. Und von den Vorräten war auch noch ein Rest da.

Die hellen Sonnenstrahlen weckten aber auch Unternehmungslust. Die Maus war nämlich ein strammer Mäuserich und hatte von ferne den verlockenden Duft einer Mausedame gewittert. So kam es, dass er sich auf den Weg machte, sie zu suchen, um sich den Frühlingsgefühlen hinzugeben. Sein Weg führte ihn weit fort von seiner behaglichen Höhle auf gefährliches Terrain. Denn besagte Mausedame hauste in der Hecke vor dem Haus, das der Dämon bewohnte. Den hatten die ersten warmen Strahlen natürlich auch munter gemacht, und er belauerte drohend Gebüsch und Hecken.

Dennoch, der Mäuserich erreichte sein Ziel – in jeder Hinsicht. Und er beschloss, fürderhin ebenfalls in der Hecke sein Revier zu beziehen. Die Verpflegung war nämlich ausgezeichnet.

Diese Entscheidung rettete der jungen Mausefamilie dann auch das Leben. Denn als die gewaltigen Wassermassen aus dem Himmel stürzten und die Höhle an dem Menhir überfluteten, fanden sie Zuflucht in dem trockenen Schuppen, wo das Kaminholz gestapelt war.

1. Faden, 5. Knoten

Der Frühling war Mitte März nach heftigen Stürmen – die letzten Ausläufer der wilden Pia – ausgebrochen. Die restlichen Tage meines Genesungsaufenthaltes zu Hause hatte mich Beni überredet, viel spazieren zu gehen. Selbst sie sah ein, dass Squash-Spielen noch nicht angesagt war. Erstaunlicherweise fand ich die kleinen Wanderungen, die wir unternahmen, gar nicht so unangenehm. Es war ein hübsches Waldstück, das sich beinahe direkt von unserer Haustür aus bis zum nächsten Dorf erstreckte. Da Beni, die sich für die Haushaltsführung verantwortlich fühlte, ihre Einkäufe auf dem Öko-Bauernhof dort machte, schleppte sie mich als Erstes dort mit hin.

»Ich fahre ja eigentlich mit dem Rad dahin, in den Körben kann ich mehr transportieren. Aber heute bist du ja dabei. Hier ist der zweite Einkaufskorb.«

»Und wenn ich wortlos auf dem Waldweg zusammenbreche?«

»Wirst du schon nicht! Zehn Eier wirst du schon noch tragen können. Los, zeig, dass du eine starke große Schwester bist.«

»Wenn du es sagst.«

Erste grüne Blattspitzen zeigten sich an den Büschen, am Boden wagten sich unter dem welken Laub des Vorjahres erste Pflänzlein empor. Klee, den erkannte ich, Grashalme erkannte ich auch, der Rest war grün. Aber in einem Anfall von Romantik hoffte ich, dass es blaue Veilchen und weiße Buschwindröschen würden. Dazu gab es ein Konzert von frühlingsfrohen Vögeln, die in allen Tonlagen zwitscherten, trillerten, piepsten und manchmal auch rau krächzten.

»Eine schöne Art, sein Revier zu markieren.«

»Was?«

»Das Singen. Wenn Menschen das auch machen würden, wäre das Zusammenleben bestimmt friedlicher.«

»Bist du sicher, Beni? Also, ich kenne Leute, die ich lieber nicht singen hören möchte. Und mir würde vermutlich noch nicht einmal die Badewanne gehören.«

»Das allerdings ist auch wieder wahr. Aber es ist doch schön hier, nicht?«

»Ja, ja. Du bringst mich der Natur schon nahe. Ich verspreche dir, jeden Tag eine Stunde spazieren zu gehen.«

»Gut, das übt dann für die Bretagne. Wann fährst du hin?«

»Ende Mai.«

Ich hatte lange mit Dr. Koenig telefoniert. Er hatte es wirklich erreicht, aufgrund der engen Termine den Druck so zu er-

232

höhen, dass jetzt alle Beteiligten für den Hotelbau waren. Wulf hatte dann sofort gehandelt und einem Anbieter den Auftrag erteilt. Als ich allerdings hörte, was er da veranlasst hatte, konnte ich meine Warnung nicht zurückhalten.

»Herr Dr. Koenig, glauben Sie, dass das eine kluge Entscheidung ist? Callot hat den Bauunternehmern in der Region Aufträge versprochen. Gut, dass jetzt die kleinen Häuser wegfallen, müssen sie notgedrungen verkraften. Aber ob das dort besonders gut ankommt, wenn die Baufirma mit koreanischen Arbeitern anrückt? Ich glaube, eine inländische Firma würden sie eher akzeptieren.«

»Frau Farmunt, beschränken Sie sich auf die Planung. Herr Daniels hat für unseren Kunden die billigste Möglichkeit gewählt.«

»Natürlich. Es war ja auch nur eine Bemerkung am Rande.«

»Dann belassen Sie es dabei. Andere Frage – wie weit fühlen Sie sich erholt, demnächst einen längeren Besuch auf der Baustelle zu unternehmen?«

»Ich werde nächsten Montag wieder im Büro sein. Aber ein oder zwei Wochen sollten Sie mir schon lassen, damit ich die liegengebliebenen Angelegenheiten ordnen kann.«

»Oh, ich meinte nicht gleich, sondern wenn die Arbeiten dort beginnen. Wir werden vorher dort ein Büro einrichten. Herr Daniels kümmert sich bereits um die Räume und die Infrastruktur. Ich würde es begrüßen, wenn Sie in der Anfangsphase gleich mit dabei sind, um vor Ort die Entwicklung besser koordinieren zu können. Mitte, Ende Mai, schätzt Herr Daniels, wird man dort arbeitsbereit sein.«

»Gut, das wird sich sicher einrichten lassen.«

»Ende Mai, schön. Ich bekomme am elften Juni Ferien. In der letzten Woche läuft sowieso nicht mehr viel. Und eine Woche schwänze ich einfach.«

»Beni, ich kann dich so nicht einfach mitnehmen. Ich habe da zu arbeiten.«

»Tagsüber, ja. Aber was machst du denn an den Abenden und am Wochenende? Mit Wulfi-Schnuffi rumturteln?«

»Wulfi-Schnuffi scheint mich abgeschrieben zu haben, da ist nichts mehr zu turteln.«

»Hat er nicht, aber ich habe ihn ein paar Mal abgewimmelt, als du krank warst.«

»Sag mal, ich bin mir nicht ganz sicher, ob ich das gut finde, dass du dich so frei gestalterisch in mein Privatleben einmischst!«

»Ich finde es aber gut. Lindis, ältere Schwester, wir müssen mal ein ernsthaftes Wort über dein Privatleben reden, ehrlich.«

Ich wich einer Pfütze aus und war eigenartig beklommen. Einer ganzen Reihe von Problemen hatte ich mich ja nun schon in der letzten Zeit gestellt, das allerdings hatte ich bisher erfolgreich ausgeklammert. Aber gut, vielleicht musste es jetzt sein.

»Na, dann los. Lass die Fetzen fliegen!«

»Ach, so schlimm wird es gar nicht. Mir ist nur aufgefallen, dass du unheimliche Probleme mit verschiedenen Leuten hast. Und ich hab nachgedacht, woran das liegt.«

»Ich auch. Ich bin zu unverträglich und zu emotional«, meinte ich und kickte zornig einen Tannenzapfen zur Seite.

»So'n Blödsinn. Ich bin zu einem ganz anderen Schluss gekommen.«

»Na?«

»Du bist zu nett zu den falschen Leuten.«

»Was? Wie meinst du das denn?«

»Na, du meinst wahrscheinlich, wenn jemand freundlich zu dir ist, musst du das mit deiner Freundschaft beantworten. Und du fragst nicht, warum derjenige sich bei dir einschleimt. Mit dem Erfolg, dass du fröhlich ausgenutzt wirst.«

»Mh.«

Je länger ich darüber nachdachte, desto weniger konnte ich mich gegen diese Argumentation wehren. Da war etwas sicher dran. Allerdings …

»Du grübelst! Hab ich was Falsches gesagt, Lindis?«

»Eigentlich nicht. Mh.«

»Ich denke, dass du immer unwahrscheinlich viel runtergeschluckt hast, weil du gemeint hast, wenn du dich nicht so verhältst, wie die Leute es gerne hätten, kündigen sie dir die Freundschaft. Ich weiß noch, wie du gesagt hast, bei Karola willst du dich entschuldigen, obwohl sie sich doof benommen hat, weil du mit ihr täglich zusammenarbeiten musst.«

Meine kleine Schwester hatte ja recht, oft genug hatte ich mich insgeheim über die aufgesetzte Mütterlichkeit mokiert. Und auch Wulf hatte ich eigentlich immer wieder nachgegeben.

»Sag mal, wie kommst du eigentlich zu solchen tiefgreifenden Einsichten?«

»Och, eigene Erfahrung!«

»Sprach die alte Dame!«

»Läster du nur. Ich habe auch mal versucht, mit wem klarzukommen, weil ich dachte, ich müsste unbedingt auch einen Freund haben wie meine beste Freundin. Und dann hatte ich irgendwann das Gefühl, ich wär gar nicht mehr ich selbst.«

»Kurz, du meinst, ich hätte gegen meine finstere Natur gehandelt, wenn ich freundlicher tat, als ich eigentlich fühlte.«

Die erschreckenden Momente, in denen ich mich selbst immer ein Stück neben mir gesehen hatte, fielen mir wieder ein. Das war allerdings in den letzten drei Wochen nicht mehr vorgekommen. Ein interessanter Aspekt.

»So finster ist deine Natur gar nicht. Weißt du was? Du brauchst einfach andere Freunde.«

»Super Lösung. Wer schnitzt mir die?«

»Ich, deine jüngere Schwester!«

Wir hatten den Streichelzoo erreicht, wo vier oder fünf Kinder mit den Tieren spielten. Eine hässliche Ziege beäugte mich misstrauisch.

»Die da hätte ich aber nicht so gerne in meinem Bekanntenkreis.«

»Ah, ein echter Fortschritt. Ich dachte schon, weil die so begehrlich nach deinem Mantel schielt, würdest du als Samariterin ihr den gleich zum Fressen vorwerfen. Nicht, dass das ein Verlust in deiner Garderobe wäre. Hey, aber sieh mal, die sind ja süß.«

Beni hatte sich zu zwei schwarz-weißen Kätzchen gebeugt und streichelte sie. Dann hob sie eins auf und kommandierte: »Streck die Hände aus.«

»Ich mag keine Katzen!«

»Doch, natürlich.«

»Beni!«

»Los, sei kein Frosch.«

»Katzen fressen Frösche.«

Aber dann hielt ich plötzlich doch das kleine Pelzchen in der Hand, und es klammerte sich schutzsuchend an meine Schulter. Sein rosiges Näschen schnuffelte leise an meinem Kragen, die Barthaare kitzelten meine Wange, und ein zartes Schnurren durchbebte das ganze Tier.

Es gab keinen lauten Knall, es gab keine Fanfarenstöße, es gab keinen Trommelwirbel. Es geschah lautlos und völlig unspektakulär. Aber ich war plötzlich durchdrungen von einer grenzenlosen Liebe zu diesem kleinen Geschöpf. Ich kraulte es mit einem Finger zwischen den winzigen Ohren, und zum Dank wischte mir eine raue Zunge über das Kinn. Die Vorderpfötchen trampelten wie verrückt auf meiner Schulter.

»Siehst du, hat dich nicht gefressen.«

»Nein. Und am liebsten würde ich es mitnehmen.«

»Kannst du bestimmt.«

»Nein, Beni, das geht wirklich nicht. Noch nicht. Vielleicht später einmal. Außerdem scheint die Mutter ihr Kind zurückzufordern.«

Eine schlanke schwarze Katze strich um meine Beine und sah mit großen, grünen Augen zu mir auf. Ich pflückte ganz vorsichtig die lebende Pelzbrosche von meiner Schulter und setzte sie der Schwarzen vor die Pfoten. Sie begann sofort der Kleinen den schädlichen Menschengeruch aus dem Fell zu putzen, und das Tierchen rollte sich genüsslich auf den Rücken.

Aber es tat mit trotzdem leid, dass ich es nicht mitnehmen konnte.

12. Faden, 1. Knoten

Ob es dieses Gespräch mit Beni war oder ob die lange Abwesenheit von der Firma es bewirkt hatte, ich weiß es nicht. Jedenfalls betrachtete ich, als ich am Montag wieder im Büro war, die Kollegen mit etwas anderen Augen. Karola sah wirklich genervt aus. Sie hantierte fahrig auf ihrem Schreibtisch herum und hatte für mich nur ein säuerliches »Na, du hast dir aber Zeit gelassen mit deinem Schnupfen!« übrig.

Ich antwortete noch nicht einmal darauf.

Wulf schaute in meinem Zimmer vorbei und begrüßte mich höchst liebenswürdig.

»Und, wieder auf den Beinen? Deine Leibwache hat ja niemanden an dich herangelassen in den letzten Tagen.«

»Mir ging es auch nicht so blendend.«

»War wohl alles ein bisschen viel für dich, nicht? Aber trotzdem, du hast mir gefehlt, Lindis.«

»Da schau her?«

»Doch, wirklich. Ich meine, ich kann dich jetzt in einer

Sache wirklich verstehen. Ich hatte nämlich das Vergnügen, mit deinem Mitarbeiter zusammen den Plan zu überarbeiten. Mann Gottes, ist der eine Trantüte! Der hat mir derart den Nerv geraubt, dass ich es zu guter Letzt alles selbst gemacht habe. Als hätte ich nicht noch anderes zu tun gehabt.«

»Ich werde mich wieder darum kümmern. Wie sieht es in Frankreich aus? Du bist letzte Woche kurz dagewesen, nicht?«

»Wir haben ein Büro in Plouescat. Ganz praktisch, die Räume sind über einem kleinen Delikatessengeschäft. Und ein Hotel habe ich auch ausfindig gemacht, wo wir längerfristig unterkommen können. Sehr klein, sehr intim, sehr kuschelig!«

Er lächelte mich an und strich mir mit einem Finger am Ohr entlang.

»Wer kommt sonst noch mit?«

»Na, so kühl, liebe Lindis?«

»Ja, so kühl. Also?«

»In den ersten beiden Wochen sind wir beide alleine, dann kommen zwei von den Jungs aus der Bauplanung dazu.«

»Und wie ist die Stimmung an der Front? Du hast einen koreanischen Billiganbieter ins Spiel gebracht.«

»Du hast schon wieder geunkt bei Koenig. Ich hab's mitbekommen. Sogar wenn du krank bist, musst du mir noch Schwierigkeiten machen.«

»Wieso denn Schwierigkeiten? Darf ich meine Meinung jetzt schon nicht mehr äußern?«

»Nicht, wenn ich anschließend wieder die Falten ausbügeln muss!«

»Sei doch nicht kindisch, Wulf. Ich bin sicher, die Franzosen sind nicht glücklich darüber.«

»Und wenn schon, das kriege ich schon hin.«

»Na dann. Aber jetzt muss ich dich leider bitten, mich alleine zu lassen. Du siehst ja, Berge haben sich hier aufgetürmt.«

Es stimmte, ich fühlte mich etwas wohler so.

»Lindis, ich hab jemanden für heute Abend eingeladen, kannst du so um sechs kommen? Ich mach Chili!«

Beni rief mich am Nachmittag an. Ich sagte ihr zu, denn ich wollte nicht gleich am ersten Tag bis in die Nacht arbeiten.

»Wen hast du denn eingeladen?«

»Jemanden, den du unbedingt kennenlernen musst.«

Um kurz nach sechs schloss ich also meine Wohnungstür auf und hörte schon leises Stimmengemurmel. Ich war plötzlich gespannt darauf, wer die- oder derjenige war, von dem Beni meinte, dass er meinen Bekanntenkreis bereichern würde. Ich machte die Tür zum Wohnzimmer auf und sah mich einer höchst ungewöhnlichen Frau gegenüber. Ich glaube, ich hielt für einen kurzen Moment die Luft an.

Sie war schwarz gekleidet, ein schwarzes, strenges Kostüm betonte die schlanke Figur, ein strahlend weißes Spitzenjabot quoll als einzige Auflockerung des Ensembles aus dem Revers. Schwarze Strümpfe, extrem hohe schwarze Lackpumps vervollständigten das Ganze. Die rabenschwarzen Haare waren wie gelackt nach hinten gebürstet und zu einem tiefen Nackenknoten frisiert. Die Lippen waren voll und dunkelrot geschminkt, in den Ohrläppchen schimmerten goldene Kreolen, die dunklen Augen mit den hochgewölbten Brauen musterten mich unter langen Wimpern durch eine exzentrische Designerbrille.

»Lindis, darf ich dir vorstellen: Señora Teresa Maria de la Fuente y de las Cosas Bellas!«

Ich verschluckte ein Olé und stampfte nicht mit dem Fuß auf, sondern versuchte mit verzweifelter Würde angemessen zu antworten: »Señora, mi casa es su casa!«

»Gracias!«

Es fehlte ihr eigentlich nur noch dieser flache schwarze Hut, die Reitpeitsche und der weiße Hengst, der sich schnaubend neben ihr aufbäumte. Und das alles mitten in meinem Wohnzimmer.

»Entschuldigt mich, ich muss mich um den Chili kümmern.«
Beni entwischte mir in die Küche. Chili, meine Güte! Das hatte aber nur entfernt landestypische Ähnlichkeit mit ihrer Grandezza, die mich noch immer aus halbgeschlossenen Augen hochmütig abschätzte. Vermutlich würde ich es noch nicht einmal zum Stubenmädchen bei ihr bringen.

»Bitte, nehmen Sie doch Platz«, bat ich sie und machte eine Handbewegung zum Sofa hin. Die Dame sah mich an, als würde sie gleich einen schwarzen Spitzenfächer zücken und ihn mir rechts und links um die Ohren schlagen. Was hatte sich Beni nur dabei gedacht? Das war weiß Gott nicht die Bekanntschaft, die ich für mich als wünschenswert erachtete.

Ich raffte meinen Mut zusammen und musterte die Señora genauso hochmütig und schweigend wie sie mich.

Hochmütig? Da stimmte doch irgendetwas nicht? Da war doch … Konnte ich mich denn auf gar nichts mehr verlassen? Da glitzerte doch ein mühsam unterdrücktes Lachen in den Augen?

Es steckte an!

Es steckte entsetzlich an!

»Ich vermute, dicke Bohnen mit Tomatensauce ist eines Ihrer Lieblingsgerichte.«

Sie prustete los: »Sie haben gewonnen!«

Bei mir klickte es plötzlich. »Vanessas Tante und Benis Arbeitgeberin.«

»Genau. Lindis, ich freue mich, Sie endlich kennenzulernen.« Gänzlich ohne Grandezza, dafür mit einem leicht schwäbischen Tonfall begrüßte sie mich. Das Einzige, was von ihrer südländischen Rolle geblieben war, war Küsschen rechts, Küsschen links.

»Verzeihen Sie, dass ich kurzzeitig an Ihnen gezweifelt habe.

Bitte, wie soll ich Sie denn nun eigentlich nennen? Den kompletten Namen kann ich nämlich nicht behalten.«

»Oh, wie wäre es mit der schlichten Teresa?«

»Einverstanden. Und wer hat das Schauspiel ausgeheckt? Das war doch bestimmte meine ungeratene Schwester.«

»Sie ist klasse, nicht?«, sagte Beni. »Du musst sie mal erleben, wenn sie snobistische Kunden hat und die Herzogin von Lower Hamptonshire rauskehrt. Die glauben, sie sind bei Elizabeth zum Tee. Und so was kriegt sie hin mit nichts als einem blasierten Gesichtsausdruck.«

»Beni, du durchschaust die Menschen leider viel zu gut.«

»Sie ist grässlich scharfäugig. Ich traue mich gar nicht mehr, irgendwelche Geheimnisse vor ihr zu haben.«

»Lindis, kannst du den Tisch decken? Magst du Wein, Teresa?«

»Gerne!«

»Ich fürchte nur, einen zu Ihrer Rolle passenden Jahrgang haben wir heute nicht vorrätig.«

Wir alberten beim Essen weiter herum, und Teresa entwickelte sich als offene und freundliche Gesprächspartnerin.

»Es stimmt ja, hin und wieder spiele ich ganz gerne mal Rollen. Aber die glanzvollste ist in der Tat die der spanischen Adligen. Dabei bin ich eine schlichte, bürgerliche Einheimische! Mein Mann ist ein Übriggebliebener aus der ersten Gastarbeiter-Welle, ebenfalls fern von allen Titeln und Rängen. Aber der Name ist hübsch, nicht?«

»Und die Cosas Bellas stammen von mir. Wegen der Galerie ›Schöne Sachen‹.«

»Ich werde ihn beibehalten.«

Ich betrachtete Teresa jetzt nach dem Essen. Der rote Lippenstift war weitgehend verschwunden, und sie hatte gerade die Brille abgenommen. Sie wirkte ganz natürlich, und eigentlich war ihr Gesicht eher unauffällig zu nennen.

»Du siehst mich an? Nicht besonders beeindruckend ohne Maskerade, nicht wahr?«

»Dachte ich eben, ja.«

»Das ist das Geheimnis, Lindis. Ein unscheinbares Gesicht, damit kann man alles Mögliche anstellen. Das und noch ein paar kleine Tricks in der Haltung und der Einstellung natürlich.«

Ich musste lachen. »Einstellung, klar! Daher wieherte vorhin auch der feurige Araber neben dir, und der Stier scharrte mit den Hufen.«

»Sicher. Du kannst das auch, wenn du willst. Obwohl dein Gesicht etwas zu außergewöhnlich ist, diese hellbraunen Augen, das honigblonde Haar. Na, man könnte sich da auch etwas vorstellen zu.«

»Die Biene Maja.«

»Mir fällt schon noch was ein.«

Beni räumte das Geschirr zusammen und meinte: »Bevor du Lindis völlig eitel machst, sollten wir langsam mal zum Thema kommen! Lindis, ich habe Teresa von deinen Träumen erzählt, und sie hat etwas ganz Interessantes herausgefunden.«

»Beni, ich möchte eigentlich nicht, dass du mit jedermann darüber sprichst.«

»Lass nur, Lindis. Bei mir ist das gut aufgehoben.«

»Wirklich, ältere Schwester. Teresa hat nämlich auch ein bisschen Erfahrung in solchen Sachen.«

»Ich kann es ja jetzt sowieso nicht mehr ändern. Was gibt es den für neue Erkenntnisse?«

Wir hatten uns mit unseren Gläsern an den Wohnzimmertisch zurückgezogen, und Beni legte eine Mappe mit Blättern darauf.

»Lindis, deine Schwester hat mir vor ein paar Tagen die Bilder gezeigt, die du malst. Diese Ornamente. Jetzt schimpf nicht schon wieder mit ihr. Wir sollten wirklich mal darüber spre-

242

chen, denn ich glaube, du hast einen ganz seltsamen Zugang zu Kenntnissen oder einem alten Wissen gefunden, den du dir nicht verbauen solltest.«

Mir kroch plötzlich wieder Gänsehaut über den Rücken. Warum ich? Meine dummen, beängstigenden Träume sollten so etwas Gewaltiges sein?

»Fürchtest du dich?«

»Ja, ich glaube schon.«

»Das ist ganz normal. Du hast bisher in einer sehr realen Welt gelebt, nicht? Du denkst sehr logisch und analysierst alles kritisch, was du um dich herum wahrnimmst. Aber jetzt ist etwas eingetreten, das nicht in deiner bisherigen Wirklichkeit spielt. Das ist dir vermutlich schon lange nicht mehr passiert.«

»Das ist mir noch nie passiert.«

»Oh, ich weiß nicht. Als Kind ist man dafür normalerweise aufgeschlossener. Warst du nicht ein phantasievolles Kind, Lindis?«

War ich, ja. Phantasievoll bis hin zum Verträumten. Aber das war nicht das Idealbild, was man mir mit auf den Weg gegeben hatte. Das Ziel hieß Leistung, nicht Traum. Und weil ich zu den Ehrgeizigen unter der Sonne gehörte, hatte ich seither an diesem Ziel gearbeitet. Mit Erfolg.

»Gut, ich gebe zu, als Kind habe ich mir gerne Geschichten zurechtgesponnen. Aber nicht mehr als andere Kinder auch.«

»Dann hast du es lange unterdrückt. Und jetzt tritt es auf seine ganz eigene Weise wieder an die Oberfläche. Gut, lassen wir das. Du träumst seit einem halben Jahr etwa von einem Keltenmädchen, das in der Bretagne gelebt hat. Und du malst – seit dieser Zeit vermutlich – diese wundervollen Muster.« Sie breitete meine Kritzeleien auf dem Tisch aus. »Ist dir schon einmal etwas Ähnliches begegnet?«

»Nein, bewusst nicht. Da hast du natürlich recht, es kann sein, dass ich sie unbewusst schon mal aufgenommen habe. Ornamente gibt es viele. In der Sauna zum Beispiel, Beni, du erinnerst dich, haben die Fliesen so eine ähnliche Borte.«

»Ja, Flechtbänder verwendet man da oft. Aber deine Flechtbänder und Webmuster weisen einen ganz typischen Unterschied auf, Lindis. Sie sind nämlich nicht nur geflochten, sie sind auch verknotet. Und das hat, komischerweise, in der ganzen Welt nur ein Volk gemacht. Nämlich die Kelten. Hier, ich habe dir ein paar Abbildungen mitgebracht.«

Teresa holte aus einer Aktentasche einen gewichtigen Kunstband heraus und schlug eine markierte Seite auf. Sie zeigte ein Blatt, vollständig bedeckt mit Knoten, Spiralen und Geflecht, in wundervoller Harmonie verwebt.

»Was ist das?«

»Das Book of Durrows, ein Evangeliar, das in einem irischen Kloster hergestellt wurde.«

Ich war wie gebannt von dem Ornament. Immer wieder zog ich mit dem Finger die gewundenen Linien nach, konnte mich kaum satt sehen an den verschlungenen Mustern.

»Lindis, nicht in Trance fallen. Wir wollten doch noch gemeinsam nachdenken.«

»Ja, ja, schon gut. Habt ihr denn auch eine Erklärung dafür, was meine Danu mit diesen Mustern zu tun hat? Ich meine, sie war weder eine Irin, noch hat sie bisher irgendwas mit den Christen zu tun gehabt.«

»Das ist es ja eben. Dieser Stil ist keltischen Ursprungs. Wir kennen ihn bisher nur aus Irland. Dort haben die Kelten lange ihre eigene Kultur beibehalten, wahrscheinlich, weil sie etwas zu abseits für die großen Touristenströme damals gelegen haben. Als sie dann endlich christianisiert wurden, haben sie ihre eigene Sichtweise sehr schön in die neue Lehre integriert. Ein Ausdruck davon sind die Verzierungen in den Büchern, die die Mönche angefertigt haben.«

»Ja, aber mein Traum spielt in der Bretagne.«

»Und auch zeitlich früher, wenn ich Beni richtig verstanden habe. Das Book of Durrows entstand etwa um 680.«

»Da kann es doch keine Verbindung geben.«

Teresa zuckte mit den Schultern. »Soweit ich weiß, haben die Kelten keine eigenen Aufzeichnungen gemacht. Erst als sie christianisiert wurden, haben sie angefangen zu schreiben. Die Evangelien und auch ihre eigenen Geschichten. Also sind uns auch erst aus der Zeit diese Muster erhalten geblieben. Ich glaube nicht, dass sie die erst zu dem Zeitpunkt erfunden haben.«

»Trotzdem – zumindest bisher hat Danu keine solchen Ornamente gemalt. Obwohl …«

»Ja?«

»Ihre Mutter war Töpferin, sie war bekannt für die schönen Verzierungen ihrer Schalen und Krüge. Aber … Nein, ich kann mich nicht daran erinnern, solche komplizierten Muster gesehen zu haben. Das ist alles sehr rätselhaft. Vor allem – ich bin doch diejenige, die die Dinger zeichnet. Und ich kann das auch nur, wenn ich nicht darüber nachdenke. Sowie ich anfange, so etwas konstruieren zu wollen, kommt nur Gekrakel dabei heraus.«

»Ein Grund mehr, zu vermuten, dass an der ganzen Sache mehr dran ist, als du bisher ahnst.«

»Aber …«

Mir war beinahe schwindelig. Was war mit mir passiert? Dass ich Szenen träumte, die sich vielleicht irgendwann irgendwo einmal abgespielt hatten, das hatte ich ja noch akzeptieren können. Wie Beni sagte, vielleicht eine Art Rückerinnerung. Irgendwo in den Genen abgelegt und unter Stress freigesetzt. Aber Teresa hatte eine völlig neue Dimension aufgerissen. Die Verbindung der Zeichnungen zu den Träumen. Das war einerseits so erschreckend real. Das Book of Durrows gab es wirklich, meine Bilder gab es wirklich. Und ich war mir sicher, ganz hundertprozentig sicher, dass ich dieses Bild hier wirklich zum ersten Mal gesehen hatte.

»Warum hast du Angst davor, Lindis?«

»Weil … Ich weiß es nicht. Es ist so unheimlich. Ich bin doch nur eine einfache Frau, die versucht, mit ihrem Leben so gut wie möglich klarzukommen.«

»Und, kommst du klar?«

»Oh, hört doch auf, solche Fragen zu stellen!«

»In Ordnung. Hier, da ist eine weitere Abbildung keltischer Knoten. Das ist das vermutlich schönste und tiefgründigste Werk, was in der Hinsicht geschaffen wurde. Das Book of Kells.«

Zuerst konnte ich überhaupt keine Einzelheiten auf der mit einem farbenprächtigen Gewebe bedeckten Seite erkennen, aber dann wurden die Muster klarer. Ich riss mich mit Gewalt los. Wenn ich auch nur eine Minute länger das Gewirr von Knoten, eingewebten seltsamen Tierornamenten, Spiralen und Triskels betrachtete, würde ich wahrscheinlich nie wieder auftauchen. Es war, als mahne mich eine leise Stimme, noch nicht zu tief darin zu versinken. Noch sei die Zeit nicht gekommen.

»Darf ich das Buch ein paar Tage behalten?«

»Ja, gerne. Es sind auch noch ein paar andere Abbildungen darin und eine ganze Reihe Hinweise zur Herkunft der Bücher und ein paar Versuche, Erklärungen zu finden. Mich haben sie allerdings nicht sonderlich überzeugt. Eine Aussage finde ich zum Beispiel besonders albern. Man sagt, die Kelten glaubten, sich durch die Knoten vor Dämonen schützen zu können. Daher hätten sie die heiligen Schriften mit diesen Mustern überzogen.«

Ich musste grinsen. Die Erinnerung an einen roten Dämon wurde gerade in mir geweckt.

»Andere behaupten, die verschlungenen Linien hätte man nur als Schmuck verwendet, um die leeren Flächen zu füllen.

Aber das ist mir zu billig, dafür hätte man sich nicht eine solche Mühe machen müssen. Ich vermute eher, dass eine tiefere Bedeutung darin steckt, die die Kelten den christlichen Mönchen damit in ihren Büchern untergeschoben haben.«

»Du meinst, eine Geheimschrift oder so etwas?«

»Schrift nicht, aber eine Idee. Aber frag mich nicht, was für eine, Lindis. Ich habe mich damit auch erst beschäftigt, seit Beni mit deinen Zeichnungen angetanzt kam. Ich finde es ungeheuer faszinierend, und ich hoffe, dass du auf irgendeine Weise dahinterkommst. Aber jetzt werde ich euch mal alleine lassen, es ist schon spät geworden.«

Teresa stand auf und stolperte.

»Eins kann ich dir sagen, Beni, wenn ich das nächste Mal die Spanierin gebe, dann in flachen Schuhen!«

»Oh, Stiefel mit silbernen Sporen täten es auch«, schlug ich vor.

»Prächtig. Das fetzt dann auch gleich den Teppich vom Boden. Vielen Dank ihr beiden. Beni, dein Chili war prima. Lindis, ich hoffe, wir sehen uns bald wieder. Schau doch mal in der Galerie vorbei.«

Teresa war fort, Beni zu Bett gegangen, nur ich saß noch, in meinen Bademantel gemummelt, am Tisch und blätterte in dem Kunstband. Es kam, wie es kommen musste. Ich versank in einem der wundervollen Muster.

11. Faden, 8. Knoten

Die Zweige der Büsche bildeten ein dichtes Gewebe, es spiegelte sich in der glatten Oberfläche des steinernen Beckens. Hin und wieder schwirrte eine schillernde Libelle über das

Wasser, ein Lufthauch ließ zarte, junge Blättchen erzittern und kräuselte das klare Wasser. Ruhe lag über dem Wald.

Hinter dem Quellbecken führte ein schmaler Pfad durch das Unterholz zu einer kaum erkennbaren Höhle. Efeuranken und Blattwerk versteckten zwar den Eingang, dennoch war er bekannt. Auf einem flachen Stein stand ein irdener Krug mit Milch, ein Laib Brot lag daneben.

Dürres Laub raschelte leise, kaum hörbar näherte sich eine Gestalt, bog die Äste zur Seite und bückte sich dann, um Krug und Brot aufzunehmen.

Danu, in einem groben, verschlissenen und geflickten Gewand, setzte sich an den Rand des Beckens. Ein paar Tröpfchen Milch schüttete sie auf den Boden, bevor sie durstig trank. Seltsam verwahrlost wirkte sie, ihre Haare zu einem unordentlichen, verfilzten Zopf geflochten, die Hände von Erde und Borke braun verschmutzt, die bloßen Beine zerkratzt und verschmiert. Ihr Gesicht wirkte leer, als hätte sie jedes Gefühl daraus verbannt, doch ein namenloser Schmerz hatte seine Spuren darin hinterlassen. Obwohl sie noch eine junge Frau war, wirkte sie alt und müde.

Sie hatte einige biegsame Zweige und zähe Gräser gesammelt und begann, langsam einen Korb zu flechten. Versunken in ihre Arbeit hörte sie nicht das leise Knacken und Knistern der Zweige und Blätter, deshalb erschrak sie, als das kleine Mädchen plötzlich vor ihr stand.

Das Mädchen hingegen war genauso erschrocken. Sie blieb, die Hand vor den Mund geschlagen, stehen und starrte Danu an. Ihr Korb, der ein paar frische Kräuter enthielt, fiel ihr aus der Hand, und sein Inhalt verstreute sich im Gras. Sie gab plötzlich einen kleinen angstvollen Quiekser von sich, drehte sich um und stürzte davon.

Danu ließ das Geflecht sinken und sah dem Mädchen nach. Sie sah auf ihre rissigen, verfärbten Hände und ihre schmutzige

Tunika. Dann, ganz langsam, als traue sie sich nicht recht, stand sie auf und beugte sich über die spiegelnde Fläche der Quelle. Lange verharrte sie dort so, als müsse sie sich erst erinnern, wer das verhärmte Geschöpf dort war. Schließlich aber erhob sie sich, eilte einige Schritte weiter nach unten, wo sich das Wasser der Quelle zu einem Bächlein ergoss, und begann, ihr Gesicht, ihre Arme und Beine zu waschen. Sie löste auch die Haare, aber es hatten sich Ästchen und Gräser darin verwickelt, und sie brauchte lange, um die Flechten zu entwirren.

Die Dämmerung kam darüber durch die Bäume gekrochen.

Als der Morgen anbrach, stand Danu, nur mit einem kurzen Untergewand bekleidet, vor der Höhle, die Haare wallten offen und frisch gewaschen bis zu ihrer Taille. Das grobe Kleid hing zum Trocknen über einem Busch. Ein kleiner brauner Vogel flatterte herbei, ließ sich auf ihrer Schulter nieder und schmetterte aus voller Kehle sein Morgenlied. Danu blieb völlig bewegungslos, aber über ihr Gesicht zuckte plötzlich ein Lächeln. Sie sah zur Sonne auf und murmelte leise Worte, doch ihre Stimme klang rau, ungeübt fast, als hätte sie lange Zeit geschwiegen.

Aber als sich später zwei vorwitzige Jungen näherten, hatte sie ihre normale Stimme wiedergefunden.

»Sucht ihr Kräuter, wie gestern, Grania?«

»N… nein.«

»Sucht ihr denn die böse Fee, die Korrigane, die sie so erschreckt hat?«

Verlegen sahen die beiden Knaben zu Boden.

»Kennt ihr mich denn nicht mehr? Bin ich so lange schon im Wald, dass mich die Kinder im Dorf vergessen haben?«

»N… nein. Ihr seid Danu, die Heilerin.«

»Ich bin Danu, ja. Wollt ihr euch zu mir setzen und Brot und Milch mit mir teilen? Eure Eltern bringen mir oft etwas vorbei.«

»Nein, danke, Herrin. Wir wollen wieder gehen.«

»Schön, aber bitte richtet aus, man möge mir meine Harfe vorbeibringen.«

Sie fand ihre Harfe und ein neues, grünes Gewand zusammen mit einem Korb voll Lebensmitteln am Abend vor der Höhle. Freudig packte sie das Instrument aus und nahm es zur Hand. Noch ein bisschen schwerfällig strich sie über die Saiten, doch sie übte und spielte, bis der Tag sich neigte.

Danach war oft im Wald ein leises Harfenspiel zu hören, stille, friedliche Weisen, die wie der Gesang der jungen Blätter klangen, wie das Summen der Bienen in den Waldblumen, wie das Säuseln der Luft in den Zweigen. Wenn Danu bemerkte, dass die Kinder in der Nähe waren, sang sie dazu die alten Lieder, die langen Gesänge von der Erschaffung der Welt, dem Blühen und Vergehen, dem Mond und den Sternen, dem Lauf der Sonne und von den Wegen der Götter und der Menschen.

Sie kamen immer näher, die Kinder. Und Danu bemerkte, dass unter ihnen auch viele mit blondem Haar waren, die sie nicht kannte.

Einer von ihnen, ein großgewachsener Junge von vielleicht zehn, elf Jahren, hatte oft ein kleines, schüchternes Mädchen an der Hand, das sich ängstlich bemühte, ihn nicht zu verlieren. Er war es auch, der schließlich mutig genug war, zu Danu zu kommen. Die Kleine streckte ihr mit einer heftigen Bewegung ein Sträußchen Veilchen hin und verkroch sich dann schnell wieder hinter dem Rücken ihres Beschützers.

»Danke, Kinder. Wer seid ihr? Ich habe euch noch nie gesehen?«

»Ich ... das ist Arian, Rigans Tochter. Man sagt, ihre Mutter sei Eure Freundin gewesen.«

Danu nickte und streckte die Hand zu dem Kind aus.

»Arian, komm zu mir, Kind. Ich habe deine Mutter sehr geliebt.«

Sehr zögernd näherte Arian sich. Danu blieb ruhig an ihrem Platz und spielte ein paar leise Töne auf der Harfe. Arian wurde zutraulicher und kam noch näher.

»Ich mag Musik!«

»Ich auch, Arian. Wie alt bist du jetzt?«

»Weiß nicht.«

»Sie ist drei Jahre alt.«

»Und bei wem wohnst du?«

»Bei Maeve und Angus.«

Danu sah sie erstaunt an. Diese Namen hatte sie noch nie gehört.

»Das ist Angus.« Arian deutete mit ihrem Finger auf den Jungen neben sich.

»Maeve ist meine Mutter, sie hat Arian aufgenommen, als wir hierherkamen.«

Der Junge hatte eine eigenartige Aussprache, und Danu fragte ihn nach seiner Herkunft.

»Wir sind vor zwei Jahren von unserer Heimat in Dumnonia fortgezogen. Wir mussten fort.«

Er sagte es traurig, und Danu sah ihn prüfend an. Dann schloss sie plötzlich die Augen und schwieg.

Als sie wieder aufsah, waren die beiden Kinder verschwunden, Danu aber weinte. Sie weinte lautlos, und es schien, als ob ein Teil ihrer Trauer mit den Tränen in das reine Wasser der Quelle floss.

Am nächsten Tag brachten ihr Angus und Arian ein Bündel Kleider.

»Wir bitten Euch, wieder in das Dorf zurückzukommen. Conall, der Druide, ist zu einer langen Reise aufgebrochen, und wir brauchen Euch, Herrin. Er bittet Euch, dies anzunehmen. Und er … er hatte eine seltsame Botschaft. Aber er meinte, Ihr würdet schon verstehen. Er weiß, dass Ihr ihm nicht verzeihen könnt, aber er bittet Euch, die Gabe nicht versiegen zu lassen.«

Danu breitete das weiße, lange Gewand aus, und aus dem Stoff fiel ein goldener Torques. Ein zierliches Muster aus Schleifen und Kreisen umgab den Reif und endete in zwei Katzenköpfen mit aufgestellten Ohren und funkelnden grünen Augen.

»Ja, Kinder, ich habe lange genug in der Einsamkeit verbracht. Es ist an der Zeit, zurückzukehren und meine Aufgabe zu übernehmen. Lasst mein Haus richten.«

Ich wachte aus meinem Traum sachte auf, aber ließ die Augen noch eine Weile geschlossen, um die Bilder nachwirken zu lassen und mir alles genau einzuprägen. Es war ein guter Traum gewesen, nicht zu nahe, doch detailliert genug, um alles zu verstehen. Ich war froh, dass ich nicht wieder in die Person Danu geschlüpft war, denn ihren noch immer vorhandenen Schmerz hätte ich noch nicht ertragen können. Vermutlich würde ich ihn nie ertragen.

Morgen würde ich Beni die neue Entwicklung der Dinge erzählen! Ich freute mich geradezu darauf. Aber jetzt war es Zeit, endlich ins Bett zu kriechen. Ich schlug das Buch vorsichtig zu, doch dann fiel mein Blick doch noch auf eine Seite. Ich konnte es nicht ändern, ich musste sie mir wenigstens noch kurz ansehen. Sie war anders im Stil als das Book of Durrows und das Book of Kells. Ich suchte die Bildunterschrift.

»Teppichseite aus dem Book of Lindisfarne.«

Es traf mich wie ein Schlag.

Ich glaube, ab diesem Zeitpunkt war ich bereit, das Unmögliche zu akzeptieren.

Knoten 3. und 4. Faden

»Fesch sehen Sie aus!«

»Fesch? Na, ich trag doch kein Dirndl!«

Susi Meister hatte den Kopf schräg gelegt und schnippte beifällig mit den Fingern.

»Na, wissen Sie, ich hatte schon fast gedacht, weil Sie immer in diesen graubeigebraunen Sachen rumliefen, würde sich da so eine geistige Verwandtschaft mit dem Miefkäse Schweitzer entwickeln. Aber das da hat was, echt!«

Eine erschreckende Botschaft, die Susi da so beiläufig rüberbrachte. Das galt es wahrhaftig zu bedenken. Aber zumindest heute hatte ich wohl dann ihren Beifall errungen. Ich war auch ganz zufrieden. Seit Teresas imposantem Auftritt hatte ich vier Tage überlegt und mich schließlich dazu durchgerungen, endlich mal das Seidentuch zu verwenden, das Beni mir zu Weihnachten geschenkt hatte. Es war in Grün- und Blautönen gehalten und mit feinen Goldfäden durchzogen. Beni hatte gestrahlt, als ich es am Morgen zu einem schwarzen Rock und einem schlichten weißen Pullover umband.

»Doch nicht so tuttig, Oma. Lass mich mal.«

Sie hatte es gegen meine Vorstellungen zu einer voluminösen Schleife gebunden, die sie an meiner Schulter befestigte.

»Bisschen dramatisch, findest du nicht?«

»Du hast doch einen dramatischen Auftrag.«

»Wenn du meinst. Aber es sieht wirklich toll aus.«

»Ich überdenke ja auch schon meine Sommergarderobe. Ich vermute, wenn wir beide zusammen einkaufen gehen, wird sie einige ausgefallene Farbtupfer erhalten.«

»Ohh, da nehmen wir Teresa mit, die ist einen Tick dezenter als ich.«

»Ernsthaft?«

»Ja, doch. Ach, du nimmst mich auf den Arm. Ich weiß

schon, dass mein Geschmack für dich zu jugendlich ist. Und Teresa ist schließlich dreiundvierzig.«

Diese Bemerkung zerlegte ich besser nicht in ihre unterschiedlichen beleidigenden Bestandteile.

Jedenfalls hatte ich also bei Susi meinen ersten Erfolg. Meinen zweiten hatte ich bei Wulf. Allerdings eher indirekt. Seit meiner Grippe hatte ich jeglichen informellen Kontakt vermieden, obwohl er ein, zwei Versuche gestartet hatte, mich zu sich einzuladen. Jedenfalls wurde ich diesen Freitag Zeuge einer interessanten Entwicklung. Ich stand auf dem Gang am Kopierer, als Karola, die jetzt immer überaus pünktlich um halb eins die Firma verließ, aus ihrer Bürotür kam. Wulf trat gleichzeitig aus seinem Zimmer und rief ihr nach: »Dann bis morgen Nachmittag, Karola!«

»Ach ja, Wulf, bis morgen. Wir freuen uns ja schon sooo, dass du uns besuchen kommst. Jessika-Milena wird hingerissen sein. Ciao-Ciao!«

»Kindergeburtstag, Wulf?«

»Eine Geste, Lindis. Du hast ja am Wochenende keine Zeit mehr für mich.«

Sprach's und verschwand. Das war also seine Form, mich eifersüchtig machen zu wollen. Ich befürchtete allerdings für ihn, dass es sich um einen Schuss ins Knie handeln könnte. Noch hatte er Jessika-Milena nicht kennengelernt.

Ich nahm meine Kopien und wollte im Sekretariat den Verteiler anmarken. Susi kicherte haltlos.

»Was ist los, Meisterin?«

»Karola baggert auf Ihrem Terrain, was?«

»Wie bitte?«

»Sie gräbt den Göttlichen an.«

»Wen?«

»Nun stellen Sie sich doch nicht so dumm. So ein kleines

bisschen Gefühl für die unterirdischen Strömungen müssen Sie mir schon zutrauen. Vor mir hält man nichts geheim.«

Ich hatte rosige Öhrchen, ich weiß es.

Susi kicherte noch mehr.

»Ist ja auch ein lecker Häppchen, unser starker Wolf. Wenn da nicht Kevins Vater wäre, könnt ich selbst in Versuchung kommen.«

»Halten Sie sich an Kevins Papa.«

»Doch nicht so ein Zuckerstückchen, der hübsche Herr Daniels?«

»Hat raue Stellen im Fell!«

»Kevins Papa auch. Er kriegt sie gerade gekämmt.«

Es war zwar unhöflich, aber da wir gerade bei Vertraulich-keiten waren, fragte ich nach: »Wie das?«

»Auf Staatskosten in einem Hotel mit vielen kleinen Zim-mern. Sprechen wir nicht darüber, warum. Es dauert noch ein Jahr.«

»Tut mir leid.«

»Mh.«

»Also, dann hoffen wir mal, dass Wulf einen hübschen Nachmittag mit den beiden Damen verbringt.«

Susi kicherte zum Glück wieder.

»Ist ja nicht so, dass er mich nicht zuerst gefragt hat. Aber, wie gesagt, Samstag ist Besuchstag, das ist mir wichtiger. So muss er jetzt bei der Übermutter Kekse krümeln. Außer-dem – entschuldigen Sie, aber mir ist der Göttliche zu männ-lich.«

»Sie brauchen sich nicht zu entschuldigen. Ich finde ihn ebenfalls ein wenig anstrengend. So, und jetzt geben Sie mir mal den gelben Marker dort.«

»Frau Farmunt?«

Dr. Koenig hatte die Tür seines Büros geöffnet und war zu mir getreten.

»Ja?«

»Haben Sie heute Nachmittag schon Termine?«

»Nein, ich wollte die Unterlagen für das Seniorenheim fertigmachen, aber das kann ich auch am Montag noch.«

»Gut, dann würde ich Sie und Herrn Schweitzer gerne um halb drei sprechen. Informieren Sie ihn bitte!«

»Ja, sicher.«

Der Tag hatte so hübsch angefangen.

»Ach je, Sie Ärmste. Hat er wieder gestänkert?«

Susi sah mich mitleidig an.

»Ich weiß nicht. Ich bin ihm, seit ich wieder im Büro bin, ziemlich aus dem Weg gegangen. Aber er hat das Seminar nicht besucht, das ich ihm aufgetragen habe. Wahrscheinlich geht es darum«, sagte ich mehr zu mir selbst.

»Ich hab mich inzwischen ein bisschen rumgehört. Sie haben's wirklich nicht leicht mit ihm. In anderen Abteilungen weiß man auch sein Loblied zu singen. Aber da gibt es irgendeine Verbindung zu unserem großen Chef, darum rührt keiner an dem heiligen Käse.«

»Ich weiß, Susi. Ich weiß sogar noch ein bisschen mehr, aber das wollen wir lieber nicht breittreten. Auf jeden Fall werde ich mich wohl wieder warm anziehen müssen, wenn die beiden über mich herfallen.«

7. Faden, letzter Knoten

Ich ging in mein Büro zurück. Immerhin hatte ich versucht, etwas mehr Klarheit im Thema Schweitzer zu erlangen. Dazu hatte ich mir von der Personalabteilung seine Akte schicken lassen. Es gab erst einige Widerstände, aber dann hatte man die Unterlagen doch herausgerückt. Es gab kein gutes Argument, warum ich nicht Einblick in die Personalakte meines Mitarbeiters nehmen durfte.

Die Informationen, die der schmale Hefter enthielt, waren dürftig, doch ich konnte mir über gewisse Dinge ein Bild machen. Schweitzer war schon von Beginn an in der Firma, offensichtlich hatte Dr. Koenig zusammen mit ihm das Unternehmen aufgebaut. Das war der eine entscheidende Punkt. Dann sah ich mir die Zeugnisse durch. Es war etwas seltsam, Schweitzer hatte nach dem Schulabschluss Bauwesen studiert, jedoch nicht abgeschlossen. Er hatte zunächst etliche Jahre auf Baustellen gearbeitet, war dann in die Abwicklung gegangen und hatte Abrechnungen gemacht. Während dieser Zeit hatte er ein Abendstudium absolviert, aber auch nicht abgeschlossen. Danach hatte er in unterschiedlichen Abteilungen gastiert. Was ganz und gar fehlte, waren die üblichen Beurteilungen oder Zwischenzeugnisse. Das wunderte mich. Dr. Koenig hatte mir nämlich gesagt, dass regelmäßige Beurteilungen schon seit Jahren üblich waren. Dafür waren die Gehaltsnachweise interessant. Mit einem leichten Grollen stellte ich fest, dass der Mann ein ausgesprochen hohes Einkommen bezog. Viel höher jedenfalls als das meine. Von leistungsgerechter Bezahlung konnte man da wirklich nicht sprechen!

Mir drängte sich der Verdacht auf, dass Schweitzer vielleicht irgendetwas gegen Dr. Koenig in der Hand hatte und auf diese Weise zum Schweigen gebracht werden sollte. Aber dann fand ich eine noch viel einleuchtendere Erklärung. Mir fiel ein alter Lebenslauf in die Hände. Sehr erhellend waren die Daten nicht, doch es gab einen dürren Hinweis, der da hieß: verheiratet mit Amalie Schweitzer, geborene Koenig.

Es lag nahe, dass es sich bei Amalie um eine nahe Verwandte von Dr. Koenig handeln musste. Als ich eine Weile darüber brütete, fiel mir ein, dass Karola ganz zu Anfang mal erwähnt hatte, er sei geschieden. Eine bemerkenswerte Verstrickung!

Diese Unterlagen blätterte ich noch einmal durch, bevor ich zu Dr. Koenig ging. Auch meine Aufzeichnungen über die Schwierigkeiten, die mein Mitarbeiter mir bisher gemacht hatte. Über den Fehler, der uns in die Schieflage bei den Franzosen gebracht hatte, hatte ich noch nicht mit Schweitzer gesprochen. Die Konfrontation hatte ich bis jetzt einfach gescheut. Aber heute würde das sicher zur Sprache kommen.

Ich merkte, wie mich wieder der Ärger packte. Entweder versagte Dr. Koenig bei seinem Freund und Weggefährten die objektive Einschätzung seiner Leistungsfähigkeit, oder er kannte sie sehr wohl, aber nahm ihn weiterhin in Schutz. Ersteres konnte ich mir eigentlich nicht vorstellen. Dafür war mir Koenig zu realistisch in anderen Dingen. Wenn also die zweite Vermutung stimmte und er Schweitzer aufgrund von persönlichen Verpflichtungen oder einem wie auch immer gearteten Fürsorgegedanken durchschleppte, dann bitte nicht auf meinem Rücken. Grimmig beschloss ich, wenn es zu einem Eklat kam, meinem Chef vorzuschlagen, dass er Schweitzer zu seinem persönlichen Assistenten machen sollte. Meine Arbeit konnte ich ohne dessen sogenannte Unterstützung besser und schneller erledigen.

Eine halbe Stunde später saßen wir um den Besprechungstisch bei Dr. Koenig. Schweitzer hatte mich mit einem unfreundlichen Nicken begrüßt.

»Frau Farmunt, Herbert, vielen Dank, dass Sie die Zeit zu diesem Gespräch gefunden haben. Ich weiß, dass ich mich bereits früher darum hätte kümmern müssen, denn ich bin natürlich an einer gut funktionierenden Zusammenarbeit in meinem Unternehmen interessiert. Darum sollten wir über die Reibungsverluste reden, die in den letzten Monaten aufgetreten sind, und versuchen, eine gemeinsame Lösung zu finden. Herbert, du hattest mich bislang ein paar Mal auf Schwierigkeiten angesprochen, die aufgetreten sind. Würdest du bitte noch einmal in Gegenwart von Frau Farmunt wiederholen, was deine Klagen sind.«

Wie grässlich, dachte ich. Jetzt sollte also schmutzige Wäsche gewaschen werden. Schweitzer straffte die Schultern und sah mich hämisch von der Seite an.

»Konrad, du hast es für richtig befunden, diese – äh – junge Frau mit einer Aufgabe zu betreuen, der sie ganz offensichtlich nicht gewachsen ist. Ich kann und werde es nicht dulden, dass eine unerfahrene Person mit äußerst zweifelhaften Manieren sich anmaßt, meine Vorgesetzte zu spielen!«

»Herbert, bitte keine Polemik. Deine konkreten Beispiele.«

Schweitzer schlug sein Notizbuch auf.

»Gerne! Also, am 23. Februar letzten Jahres besuchten wir gemeinsam ein Seminar über Netzplan-Technik. Schon dort hat sie gezeigt, dass sie zwar in der Bedienung eines Computers das Niveau einer Sekretärin hat, aber von der komplexen Methode der Planung wenig versteht. In überaus anmaßender Weise hat sie, wann immer ich Verständnisfragen gestellt habe, das Gespräch abgewürgt und sich mit ihren Computerkenntnissen wichtiggemacht. Im März dann, als es um die konkrete Planung ging, hat sie mir fehlerhafte …«

So ging es Seite um Seite weiter. Ich fragte mich, wie viel Zeit Schweitzer darauf verwendet hatte, all diese Dinge akribisch aufzuschreiben. An jeden einzelnen Punkt erinnerte ich mich. Natürlich stimmten die Fakten und die Daten. Was nicht stimmte, war die Bewertung. Kein einziges Mal bemerkte er, dass er derjenige war, der durch Verschweigen, Verändern der Daten, Unterlassen von Benachrichtigungen den Fehler nur schlimmer gemacht hatte. War der Mann so dumm, oder verbarg sich da ein System hinter?

Ich bedauerte zutiefst, keinen Stift zu haben, mit dem ich meine Hände hätte beschäftigen können. Aber bei Dr. Koenig kritzelte man keine Muster. Obwohl es bestimmt originelle Strukturen geworden wären. Stattdessen hörte ich mit möglichst gleichmütiger Miene zu, bis Schweitzer schließlich zum Ende kam.

»Frau Farmunt, Sie haben die Vorwürfe gehört. Bitte Ihre Seite.«

Ich brauchte einige Zeit, um eine höfliche und distanzierte Aussage machen zu können. Dr. Koenig wartete geduldig.

»Es ist so, dass ich sicher nicht perfekt bin. Mir unterlaufen dann und wann Fehler. Selbstverständlich. Mir rutschen leider auch hin und wieder Formulierungen heraus, die nicht angemessen sind, vor allem, wenn ich unter Zeitdruck stehe. Vieles ist nicht so gemeint, dafür möchte ich mich noch einmal in aller Form entschuldigen.«

Ich holte tief Luft. Der Anfang war gemacht.

»Allerdings habe ich, anders als Herr Schweitzer es darstellt, durchaus ein, meiner Meinung nach, recht fundiertes Wissen im Bereich der Planungstechniken. Auch in der Arbeitsweise der dafür einzusetzenden Hilfsmittel. Und ich kann auch recht gut beurteilen, wenn ein anderer dieses Wissen nicht hat. Spätestens dann, wenn ich die Vorgänge rekonstruieren muss. Da ich deshalb zu der Erkenntnis gekommen bin, dass Sie, Herr Schweitzer, noch nicht sicher in der Handhabung der Netzplan-Technik sind, habe ich dies Herrn Dr. Koenig bereits vor Weihnachten mitgeteilt. Daraus resultierte mein Vorschlag, dass Sie noch eine weitere intensive Schulung mitmachen sollten. Sie haben den Termin jedoch nicht wahrgenommen.«

»Natürlich nicht, Frau Farmunt. Sie haben sich ja mit einer ausgiebigen Erkältung wochenlang zurückgezogen. Da blieb natürlich die ganze Verantwortung an mir hängen.«

Er glaubte das vermutlich wirklich. Wie weit kann ein Mensch den Bezug zur Realität verlieren?

Ich nickte. »Ja, Herr Schweitzer, ich war drei Wochen krank.«

»Konrad, du weißt, ich habe in den letzten fünfundzwanzig Jahren keinen einzigen Tag krankgefeiert. Aber wie ja allgemein bekannt ist, sind da Frauen viel anfälliger.«

»Zur Sache, bitte!«

Dr. Koenig trug eine völlig ausdruckslose Maske zur Schau. Er half mir ungefähr so gut wie ein Stein, ein Menhir auf der grünen Wiese. Der Gedanke heiterte mich plötzlich etwas auf. Gut, dann konnte ich mir nur selbst helfen.

»Noch einmal. Ich war drei Wochen krank, und während dieser Zeit hat Herr Daniels den Terminplan selbst bearbeitet. Nach seinen Aussagen haben Sie für eine selbständige Arbeit nicht genügend Sachkenntnis bewiesen. Ich denke, er wird diese Aussage auch in diesem Kreis wiederholen.«

»Natürlich deckt Herr Daniels Sie. Glauben Sie doch nicht, dass mir Ihr schamloses Verhältnis verborgen geblieben ist!«

»Bitte?« Mir blieb die Spucke weg.

»Herbert!«

»Nicht ›Herbert‹. Die Sache muss endlich mal zur Sprache kommen, Konrad. Hier in unserem Unternehmen gehen die geschmacklosesten Dinge vor sich. Diese saubere junge Frau und dein geschätzter Projektleiter tanzen dir hier auf der Nase herum. Ich möchte nicht wissen, was sie dir alles vorgaukeln. Wer weiß, was da gemauschelt wird. Gemeinsame Dienstreisen, nicht wahr, Frau Farmunt? Hübsche Hotels in der Bretagne, nicht wahr, Frau Farmunt?«

»Herr Schweitzer, es langt! Definitiv!«

»Es langt nicht! Ich lasse mir mit Ihrem Kommandoton nicht ständig über den Mund fahren!«

Jetzt brüllte Schweitzer mich an, Speicheltröpfchen trafen meine Wange. Ich rückte angeekelt ein Stück zurück.

Koenig sah noch immer steinern aus.

»Ich sage dir, Konrad, das lasse ich mir nicht länger bieten. Die Frau hat dich doch vor deinen Kunden auflaufen lassen. Ich kann das beweisen. Du musst dir nur mal den Terminplan ansehen, den sie dir letzten Monat für die Lenkungskreis-Sitzung vorgelegt hat. Der stimmte doch vorne und hinten nicht. Du hast mir diese unqualifizierte Ziege vor die Nase gesetzt. Das machst du rückgängig, oder ich werde das Unternehmen verlassen.«

Das Schweigen nach diesem Ausbruch vibrierte wie eine kaum erträgliche Spannung im Raum. Schweitzer saß aufrecht und mit geballten Fäusten in seinem Stuhl. Dr. Koenig hob langsam die Augen und sah ihn an. Ich merkte, dass ich kaum noch atmete. Mir war gerade etwas klargeworden.

Sehr trocken und sehr nüchtern klangen Dr. Koenigs Worte: »Frau Farmunt hat den Fehler bemerkt, gerade noch rechtzeitig. Sie hat ihn auf *sich* genommen. Aber du hast ihn wissentlich und willentlich eingebaut. Darum, Herbert, nehme ich deine Kündigung an.«

Als hätte man die Schnur losgelassen, die ihn aufrecht gehalten hatte, sank Schweitzer in seinen Stuhl zurück. Er legte die Hände vor das Gesicht, und ich befürchtete schon, dass mir ein Weinkrampf nicht erspart bleiben würde. Verstohlen suchte ich eine Fluchtmöglichkeit, aber ich war an meinen Platz gebunden.

Dann, langsam, nahm Schweitzer die Hände wieder herunter, sein Gesicht war grau und müde. Er wirkte aber seltsam gefasst.

»Ja, Konrad. Ich gehe. Ich gehe gleich heute. Ich nehme an, KoenigConsult wird mir einen Auflösungsvertrag zuschicken.« Er stand auf und sah zu Dr. Koenig herab. »Fünfundzwanzig Jahre, Konrad. Eine lange Zeit«, sagte er mit ruhiger, trauriger Stimme. Ohne eine Antwort abzuwarten, ging er dann hinaus.

Dr. Koenig blieb weiter wie erstarrt sitzen, aber in mir kochte plötzlich die Wut hoch. Mit mir hatte er ein hübsches Spielchen gespielt! Mich hatte er benutzt, um seinen unfähigen Freund rauszuekeln. Ein hinterhältiger Schachzug, der auf meinem Rücken ausgetragen worden war. Ich war ein Werkzeug, eine Marionette, manipuliert und eingesetzt.

Ich konnte das jetzt nicht herunterschlucken, das war wirklich zu viel.

»Das hätten Sie einfacher haben können, Herr Dr. Koenig!«, fauchte ich.

Er stand auf und ging zum Fenster, die Hände hinter dem Rücken verschränkt. Er sah über den grauen Parkplatz, über die Autos, deren Scheiben in der Sonne glänzten, dorthin, wo die anderen Bürogebäude aufragten, streng, gradlinig, unmenschlich.

»Hätte ich es einfacher haben können, Frau Farmunt?«, fragte er so leise, dass ich es beinahe nicht verstanden hätte.

Und als er mich ansah, verschwammen seine Züge einen Moment lang mit einem anderen, mit dem mir inzwischen so vertrauten Gesicht von Conall, dem Druiden. Es lag der gleiche Ausdruck darin, den auch er getragen hatte, und ich ahnte, es waren abgrundtiefe Trauer und Bedauern.

»Nie werde ich dir das verzeihen! Nie bis zum Ende dieser Welt. Und ich verfluche dich nur deshalb nicht, weil du mein Lehrer warst. Aber verzeihen! Nie!«, hatte Danu ihn angeschrien und war mit blutbeflecktem Gewand davongelaufen.

Ich war wieder in Dr. Koenigs Büro, die Vision hatte nur den Bruchteil eines Augenblickes gedauert. Aber ich erkannte, dass hier eben eine Entscheidung gefallen war, die er nicht anders hatte herbeiführen können. Schweitzer musste gehen, zum Wohle der Firma. Er konnte aufgrund der Verstrickungen, in denen sich ihrer beider Schicksale befanden und in die ich einen kurzen, ganz oberflächlichen Einblick erhalten hatte, nur gehen, wenn er selbst kündigte. Ich war der Auslöser, geplant oder nicht. Jetzt war ich zwar noch wütend, aber es tat mir nicht weh.

Spontan, ohne nachzudenken, einfach, weil ein gewaltiges Gefühl von Mitleid es mir so eingab, legte ich Dr. Koenig die Hand auf den Arm.

»Es tut mir leid«, sagte ich leise.

Dunkle Augen sahen mich an, traurig, aber auch ein wenig verwundert.

»Danke, Frau Farmunt.«

Er nahm meine Hand und drückte sie leicht. Dann ließ er sie los, und ich verließ so schnell wie möglich den Raum.

Susi Meister sah mich mit großen Augen an.

»Was ist denn hier los?«

»Später, Susi. Bitte stör den Chef heute nicht mehr. Alle Telefonate abwimmeln, ja?«

»Oha. Ja, wenn du meinst.«

12. Faden, 2. Knoten

Die Szene mit Schweitzer hatte mich mehr mitgenommen, als ich anfangs dachte, auch wenn da die Erleichterung war, den schwierigen Mann endlich los zu sein. Ich erzählte Beni abends kurz davon, aber sie war zu sehr mit ihren eigenen Angelegenheiten beschäftigt, denn es war mal wieder Versöhnung mit Piers angesagt. Außerdem, das musste ich mir natürlich eingestehen, war ein Mädchen ihres Alters mit solchen Problemen auch etwas überfordert.

»Sei froh, dass du ihn los bist, Lindis. Übrigens, morgen Nachmittag gehen wir ins Kino, willst du mitkommen? Es gibt einen irre guten Fantasy-Film in 3D.«

»Nein, Beni. Ich denke, ich werde morgen mal etwas für meine Sommergarderobe tun. Ganz ohne Aufsicht.«

»Oh, bist du sicher, dass dir das gelingt? Bei deinem Farbempfinden.«

»Liebe jüngere Schwester, ich bin zwar ein konservativer Mensch, aber ich brauche keinen Blindenhund. Darf ich bitte, bitte alleine einkaufen gehen, wenn ich dir hoch und heilig verspreche, weder graue noch schlammfarbene Sachen zu kaufen.«

»Großes Indianer-Ehrenwort?«

»Ganz großes!«

Ich hielt das Wort einer edlen Rothaut und erstand einen pfauenblauen Blazer. Ich rang kurz mit einem silbergrauen Kostüm und entschied mich stattdessen jedoch gewagter zu einem goldbraunen Ensemble, von dem die Boutique-Besitzerin behauptete, es ließe mich geradezu majestätisch wirken. Wer hört das nicht gerne? Also ließ ich mir noch ein blassgelbes Top aufschwatzen.

Mit meiner Beute beladen bummelte ich noch etwas durch die Straßen und fand mich plötzlich vor einem Schaufenster mit ausgefallen gerahmten Bildern, kleinen Skulpturen, exquisiten Gläsern und allerlei Schnickschnack für den gehobenen Designer-Haushalt wieder.

»Schöne Sachen«, sagte eine Dame neben mir, die gerade den Laden mit einem elegant verpackten Kistchen verließ.

In der Tat. Cosas Bellas! Ich stand vor Teresas Geschäft. Es war jetzt halb vier, und ich erwog, ob ich Teresa wohl stören durfte, als sie schon von innen an das Fenster klopfte und mich hereinwinkte.

»Ah, so machst du deine Geschäfte. Du winkst einfach die Kunden von der Straße in den Laden!«

»Du hast mich durchschaut, Lindis. Wie geht es dir?«

265

»Gut bis erheiternd.«

Teresa wirkte völlig anders als die pompöse Spanierin vom Montag. Sie hatte ein lose fallendes lavendelfarbenes Kleid an und ein weiß und violett gemustertes Tuch um die Schultern drapiert. Es sah lässig und doch geschäftstüchtig aus.

»Viel ist nicht mehr los. Hast du ein bisschen Zeit, dann können wir hinten einen Tee trinken?«

»Gerne. Schade, ich habe das Buch nicht dabei, ich bin rein zufällig hier vorbeigekommen. Ein hübscher Laden. Ich finde so auf Anhieb eine ganze Anzahl kostspieliger Kleinigkeiten, die ich durchaus gern mein Eigen nennen würde.«

»Nur zu, ich hindere niemanden am Geldausgeben!«

»Sorry, ich habe heute schon meinen Tribut entrichtet. Beni hat mich verdonnert, mir eine etwas farbenfrohere Bekleidung zuzulegen. Es war schon ein ziemlicher Akt, dass ich das ohne ihre fachkundige Aufsicht erledigen durfte.«

Wir waren in einen kleinen Büroraum mit Kochnische gegangen, und Teresa stellte Tassen auf den zierlichen Schreibtisch.

»Zeig her!«

Meine Einkäufe fanden Billigung, und ich atmete auf.

»Und, was macht die Welt der Träume? Haben dich die Bilder weiter inspiriert?«

»Ja, noch am selben Abend, aber einen Zusammenhang zu den Mustern habe ich immer noch nicht entdeckt.« Ich erzählte Teresa kurz von Danu, die sich nach langer Zeit in der Einsamkeit wieder auf die Rückkehr in ihr Dorf vorbereitete.

»Weißt du, ich frage mich die ganze Zeit, was da Furchtbares vorgefallen ist. Sie muss ja irgendetwas Entsetzliches erlebt haben, woran dieser Druide nicht ganz unschuldig war. Oder ob mir das nur so vorkommt, weil ich bei diesem Traum so hohes Fieber hatte?«

»Das Leben war sicher nicht einfach, vielleicht hat sie einen

Menschen verloren, der ihr nahestand. Mir scheint, dass deine Vision des verödeten Landes ein Ausdruck großer Verzweiflung war.«

Der Gedanke war mir auch schon gekommen.

»Sie hat ihre Eltern verloren, das hinterließ nicht solche Gefühle. Auch als ihre Freundin im Kampf fiel, war es nicht so. Aber da war dieser Mann, den sie gepflegt hat. Ich denke, sie hat sich in ihn verliebt. Mag sein, dass Conall ihr diese Liebe untersagt hat, weil sie so eine Art Priesterin werden sollte. Ich weiß so wenig über die Regeln und Lebensweisen der alten Kelten.«

»Ja, es könnte eine Art Opfer gewesen sein.« Teresa sah mich über ihre Teetasse ernst an. »Ist dir schon mal die Idee gekommen, dass diese Szenen einen Bezug zu deinem jetzigen Leben haben könnten?«

»Nein, eigentlich nicht. Wieso auch?«

»Wann haben die Visionen denn angefangen? Beni sagte, seit du für ein paar Tage in der Bretagne warst. Gab es da ein besonderes Ereignis, das das ausgelöst haben könnte?«

Ich sah plötzlich wieder die stille Wiese im Mondenschein und den einsamen, schweigenden Menhir. Ob dieser alte Stein irgendetwas damit zu tun hatte? Er spielte auch in Danus Leben eine Rolle. Was für eine absurde Idee! Aber seit dem Hinweis auf das Lindisfarne-Evangeliar hatte ich ja entschieden, mich auch dem Unmöglichen zu stellen. Ich trug Teresa meine Hypothese vor.

»Warum nicht? Es hat schon seltsamere Dinge gegeben. An Orten, die die Menschen seit Jahrtausenden mit den höheren Mächten in Verbindung gebracht haben, ist sicher ein starkes Gefühlsfeld vorhanden, das bei sensiblen Personen so etwas auslösen kann. Heiligen-Erscheinungen zum Beispiel. Visionen von zukünftigen und vergangenen Ereignissen. Bei dir hat es eine ganze Lawine ausgelöst. Darum meine ich, dass es auch etwas mit deinem derzeitigen Leben zu tun hat. Denk mal darüber nach, vielleicht findest du so einen Schlüssel zu den Ereignissen.«

Dr. Koenig, der seinen Freund Schweitzer geopfert hatte. Das kurze Aufblitzen der Ähnlichkeit kam mir in den Sinn. Ich nickte versonnen, dann berichtete ich Teresa davon.

»Interessant, höchst interessant, Lindis. Und dich hat es betroffen gemacht.« Sie lehnte sich vor und sah mir in die Augen. »Lindis, ich weiß eine ganze Menge von dir. Wahrscheinlich viel mehr, als dir recht ist. Bitte entschuldige mich, wenn ich jetzt etwas sehr direkt werde. Ich kenne Beni seit November, und sie ist mir sehr ans Herz gewachsen. Schau, du hast sie aufgenommen, aber du hast dich nicht sehr intensiv um sie kümmern können. Beni ist ein ausgesprochen verständiges Mädchen, doch du hast ihr eine Last aufgebürdet, die manchmal ein bisschen zu schwer für ein Kind wie sie war. Darum ist sie häufig zu mir gekommen und hat das abgeladen, was sie nicht alleine bewältigen konnte. Ich habe mit keinem anderen Menschen über das gesprochen, was sie mir anvertraut hat, das kannst du mir wirklich glauben.«

Ich stöhnte auf. Hatte ich denn gar kein Privatleben mehr? Musste Beni das alles vor dieser Fremden breittreten? Warum hatte sie mir nicht gesagt, dass ich zu anstrengend für sie war?

»Sei Beni nicht böse, Lindis. Bitte! Ich weiß, dass ihr beide mit euren Eltern nicht das beste Verhältnis habt. Das gibt es eben. Manche Eltern beschneiden ihren Kindern wissentlich oder unwissentlich die Flügel. Beni hat sich davon zum Glück sehr früh befreit, und sie hat auch – zum Glück – eine ältere Schwester, die das versteht. Ich glaube, bei ihr ist noch kein großer Schaden angerichtet worden. Sie ist sehr stark, sehr ehrlich und sehr liebevoll. Bei dir ist es vermutlich schlimmer gewesen. Du hast alleingestanden, du hast nur gewusst, dass die Richtung, in die deine Eltern dich schicken wollten, nicht die war, die dir vorschwebte. Aber es hat dir auch keiner eine andere gewiesen. Also hast du so eine Art Negativauswahl getroffen, nehme ich an. Statt der gut verheirateten Hausfrau und Mutter eben die erfolgreiche Karrierefrau.«

»Teresa, warum sagst du mir das?«

»Weil ich das Gefühl habe, dass du inzwischen einen neuen Weg suchst.«

»Dann weißt du mehr als ich.«

»Schon möglich. Lindis, du bist deiner Schwester sehr ähnlich. Aber du hast dich von deiner Natur entfernt, meinst du nicht auch?«

»Jetzt kommt es wieder: ›Du bist so hart!‹ Den Spruch kenne ich schon.«

»Du bist dir gegenüber genauso hart wie gegenüber deinen Mitmenschen. Das ist das Gute an dir.«

»Bei meiner Art zu leben muss ich das auch sein, Teresa.« Ich lachte kurz auf, als mir der dumme Spruch dazu einfiel. »Das ist wie beim Tanzen, du weißt schon. Frauen müssen alles genauso gut können wie die Männer – mit der kleinen Schwierigkeit, dass sie es rückwärts und auf Stöckelschuhen machen müssen. Und möglichst in der Leichtlohngruppe.«

»Klar. Direkte Konkurrenz verlangt das. Aber hast du nicht schon mal überlegt, ob du dein Ziel auch auf andere Weise erreichen kannst?«

»Dicker, aber nicht weicher. Hat mal jemand zu mir gesagt. Aber wenn ich meine Art, mein Leben zu regeln, aufgebe, gebe ich mich selbst auf. Und dazu bin ich einfach nicht bereit.«

»Schön. Entschuldige, dass ich mich so aufgedrängt habe. Reden wir über etwas anderes, oder wirst du jetzt zornschnaubend gehen?«

»Nein, Teresa. Ich weiß schon, dass du es gut meinst.«

»Dann nimm noch ein Tasse Tee, ich muss kurz den Laden zuschließen.«

Damit saß ich alleine in dem Zimmerchen und war meinen

Gedanken überlassen. Nicht besonders behaglichen Gedanken. Nicht nur, dass Beni sehr scharfsichtig war, sie hatte ihre Beobachtungen auch noch einer Frau mitgeteilt, die aufgrund dieser Informationen aus zweiter Hand bis tief unten in die Abgründe meines Inneren sehen konnte. Gab es in mir auch einen Kern, der stark, liebevoll und ehrlich war? Meiner Umwelt gegenüber erschien ich ja nur kalt, hart und fordernd. Wie unbequem diese Gedanken waren!

Teresa kehrte zurück.

»So, Feierabend! Beni hat mir gesagt, du fährst im Mai wieder in die Bretagne? Ich beneide dich!«

»Na, das ist kein Urlaub. Das ist harte Arbeit. Aber Beni besteht darauf, dass sie mitkommen darf.«

»Warum nicht?«

»Weil sie dann noch keine Ferien hat. Das macht mir sowieso etwas Gedanken.«

»Wenn du genug Vertrauen zu mir hast, würde ich ja anbieten, dass ich mich die drei Wochen um sie kümmere.«

»Das würdest du machen? Dann wäre mir erheblich wohler, wirklich. Nichts dagegen, wenn sie die Ferien unbedingt auf der Baustelle verbringen will, aber die Schule schwänzen … Nicht dass ich Bedenken habe, was ihre Noten anbelangt, Beni ist ein kleiner Überflieger. Aber das hat auch was mit Disziplin zu tun. Zu hart, ja, ja!«

»Aber überhaupt nicht. Ich bin zwar keine Mutter, nicht, dass José und ich nicht unser Bestes versucht haben, aber nach zwei Fehlgeburten haben wir das Thema Kinder beendet, trotzdem habe ich eine Vorstellung zu Erziehungsfragen. Ich bin schon der Meinung, dass man nicht alle Freiheiten gestatten darf. Die schaurigen Schilderungen von Jessy und ihrer Mutter bestätigen mich nur darin.«

»Das beruhigt mich. Ich fürchtete schon, auch auf dem Gebiet völlig neben der gängigen Auffassung zu liegen. Du empfiehlst mir also nicht, mir zügig einen beliebigen Mann zu suchen, um in den Genuss einer späten Mutterschaft zu kommen?«

»Um Himmels willen. Solche Übermütter wie deine Freundin Karola …«

»Streichen wir das mit der Freundin, ich habe da zwischenmenschlich nichts mehr zu melden.«

»Tut es dir leid?«

»Na ja …«

»Lindis hat versagt. Das tut dir leid.«

»Okay, es tut mir nicht leid, Karola ist eine weltfremde Trauerweide, die versucht, sich mit ihrer Rolle als Mutter zu bestätigen.«

»Viel besser. Ich bedauere das Kind. Überleg mal, was das für Probleme als Erwachsene bekommt. Aber gut, Beni bleibt bis zum Ferienbeginn bei mir, dann setze ich sie in den Zug, und du kannst sie übernehmen.«

»Das ist lieb von dir. Ich nehme an, Beni wird Jubelschreie ausstoßen.«

»Sie wird knurren, weil sie nicht gleich mitfahren darf.«

Ich sah auf die Uhr. Es war schon halb fünf.

»Teresa, ich werde mich mal langsam auf den Weg machen, ich habe dich lange genug von deinem freien Nachmittag abgehalten.«

»Hast du nicht. Ich habe mich gefreut, dass du mal vorbeigekommen bist. Wenn du Lust hast, schau doch nächste Woche mal abends auf ein Glas Wein vorbei. Damit du ein Urteil darüber fällen kannst, ob Benis Chili besser ist als meiner.«

»Und du mir noch ein paar Leviten lesen kannst?«, meinte ich lächelnd.

»Vielleicht.«

»Übrigens, Teresa …« Mir fiel gerade noch etwas ein. Verflixt, in den letzten Tagen schien sich die Welt entschlossen zu haben, mich zu manipulieren.

»Ja, Lindis?«

»Dass es ein Buch mit keltischen Knotenmustern gibt, das Lindisfarne heißt, wusstest du vermutlich?«

»Natürlich.«

»Warum hast du es mir nicht gesagt?«

»Du solltest es besser selbst herausfinden, hatte ich gedacht.«

»In der letzten Zeit spielt man mit mir ein bisschen zu viel.«

»Ach nein, meine Liebe. Es ist nur so: Wer sich von den Göttern nicht führen lässt, den zerren sie eben manchmal!«

»Welche Götter, Teresa?«

»Das musst du schon noch selbst rausfinden!«

9. Faden, 2. Knoten

Der Apfelbaum vor dem alten Feldsteinhaus beschneite das Gras mit rosigen Blütenblättern, die Hortensien bildeten dicke Knospen, die sich bald zu blauer und weißer Pracht entfalten sollten. Der Mann ließ wieder die Türen und Fenster offen, so dass der Dämon ungehindert ein und aus gehen konnte. Zwar war er mit seinen vier Jahren bereits ein durchaus gesetzter Kater, doch auch er konnte sich der gleißenden Frühlingssonne nicht entziehen. Hummeln tanzten über den grünen Halmen, Schmetterlinge flatterten in verlockender Tatzenhöhe spielerisch umeinander, und die Vögel neckten ihn mit ihrem spöttischen Gezwitscher. Mit hohen Bocksprüngen tobte der Dämon durch die Wiese, stürmte den knorrigen Stamm des Apfelbaumes empor und ließ einen Schauer Blättchen niederregnen. Der Mann beobachtete ihn und lachte über seine Kapriolen, dann vertiefte er sich wieder in seine Unterlagen.

Die Tür zu dem Holzschuppen war einen Spalt offen geblieben. Dahinter war es dunkel und verlockend, Spinnen mochten dort hausen und allerlei krabbelndes Getier. Dämönchen schlich sich geduckt in Richtung Schuppen, witternd, schnüffelnd. O ja, Mäuse auch! Mäuse! In seinem Revier! Mit dämonischem Glitzern in den Augen zwängte sich der Kater durch den Spalt und lauerte.

Die Mäusefamilie hatte ein Nest hinter dem Holzstapel gebaut.

Fünf junge Mäuse und ihre Mutter wurden das Opfer des Dämons.

Nur eine Maus überlebte das Massaker – der Mäuserich hatte einen Ausflug in die Hecke unternommen, um ein paar Körnchen zu knabbern.

4. Faden, 3. Knoten

»Ich hörte, unser Herr Schweitzer hat Knall auf Fall die Firma verlassen?«

Wulf schlenderte neben mir zur Kantine.

»Ja, hat er.«

»Saubere Arbeit, Lindis. Das hatte ich dir nicht zugetraut.«

Mir war dieses Lob nicht angenehm, aber was sollte ich Wulf dazu sagen? Darum zuckte ich nur mit den Schultern. Er ließ aber nicht locker.

»Ich habe es sowieso nicht verstanden, warum Koenig ihn so lange mit durchgeschleppt hat. An seiner Stelle hätte ich ihn schon lange fristlos entlassen. Wurde wirklich Zeit. Gut, dass endlich mal einer die Konsequenzen gezogen hat.«

»Herr Schweitzer hat selbst gekündigt.«

Wulf blieb stehen und sah mich erstaunt an. »Wirklich?«

»Ja.«

»Das kann ich nicht glauben, der hing doch zäh wie ein alter Kaugummi an seinem Platz.«

Ich mochte mich nicht weiter dazu auslassen, darum gab ich dem Gespräch eine andere Richtung, als wir unser Tablett an der Essensausgabe beluden.

»Und, hattest du ein nettes Wochenende?«

Ein schiefes Lächeln war die Antwort.

»Na, zumindest Karola hast du gebührend beeindruckt. Ich sah sie noch nie so animiert wie heute Vormittag.«

Karola war beim Friseur gewesen und hatte jetzt ein paar blonde Strähnchen im Haar. Ein paar Schminktipps hatte sie bei der Gelegenheit auch erhalten.

»Hier sind noch Tische frei, nehmen wir den am Fenster, Lindis.«

Ich setzte mich ihm gegenüber nieder und wickelte die Bestecke aus.

»Was ist eigentlich zwischen dir und Karola vorgefallen? Du tust so herablassend, wenn du von ihr sprichst. Ward ihr nicht mal befreundet?«

»Befreundet ist vielleicht zu viel gesagt.«

»Sie hat es aber so gesehen. Und sie leidet sehr darunter, dass du so kalt zu ihr bist.«

»Tut sie das? Arme Karola! Ich hoffe, du konntest ihr menschliche Wärme bieten.«

»Du bist wirklich ein Biest, Lindis. Du weißt doch, dass sie eine ganze Menge durchzumachen hatte. Sie hat kein leichtes Leben. Der Vater ihrer Tochter hat sie sitzenlassen, sie findet keine vertrauenswürdige Kinderbetreuung und hat kaum Zeit, sich mal mit Freunden zu treffen.«

»Mir kommen gleich die Tränen, Wulf.«

»Was ist los mit dir? Muss sie jetzt auch damit rechnen, dass sie in den nächsten Tagen ihren Job verliert?«

»Was für ein Quatsch! Karola und ich haben eine kleine Meinungsverschiedenheit über das Thema Kinder gehabt. Sie hat mir einmal zu oft gesagt, dass es auch meine hehre Aufgabe sei, meinen Muttertrieb auszuleben.«

Wulf grinste mich an.

»Frauen!«

»Eben. Ich meine …« Mir kam eine Idee, wie ich ihn leicht schockieren konnte, und schlug die Augen verführerisch auf. »Ich könnte natürlich wieder ihre allerbeste Freundin werden, wenn ich endlich schwanger würde, liebster Wulf!«

Die Belohnung war ein entsetztes Gesicht und eine Kartoffel, die von der Gabel aufspritzend in den Pudding stürzte.

»Das meinst du nicht ernst.«

»Aber sicher doch. Magst du keine eigenen Kinder? Hast du noch nie daran gedacht, was das für eine Erfüllung deines Lebens sein könnte. Endlich Vater sein? Dieses süße junge Leben zu behüten und wachsen zu sehen?«

»Lindis, du bist ein grässliches Lästermaul. Okay, ich verstehe schon, was dich genervt hat. Ich bin auch nicht besonders kinderlieb, und dieses Mädchen erobert nicht gerade alle Herzen im Sturm. Der Vater war wohl ein ziemliches Ekel. Vermutlich ist sie erblich belastet.«

Ich ließ ihn in dem Glauben.

Als wir zurück zu unseren Arbeitsplätzen gingen, fragte er mich dann nach langer Zeit mal wieder: »Und, was machst du am nächsten Wochenende, Lindis? Ich habe weiter nichts vor und würde mich freuen, wenn wir mal wieder gemeinsam etwas unternehmen könnten. Oder vielleicht auch einen ganz ruhigen Tag miteinander verbringen …«

»Tut mir leid! Am nächsten Wochenende steigt bei uns eine mittelschwere Orgie!«

»Wie das?«

»Beni wird sechzehn. Aber ich lade dich herzlich in ihrem Namen dazu ein.«

275

»Himmel hilf, nicht noch ein Kindergeburtstag!«

Ich musste kichern und lenkte dann ein: »Vielleicht über-
nächsten Sonntag. Mal sehen.«

Das Projekt Ferienpark lief derzeit in ruhigem Fahrwasser. Die
Planungsarbeiten waren von unserer Seite weitgehend abgeschlossen, die wichtigsten Subunternehmer ausgewählt und
angefragt. Die Vergabeverhandlungen liefen an. Das Büro in
Plouescat bekam gerade ein paar Anschlüsse gelegt, so dass wir
auch mit unserer Büroausrüstung vor Ort arbeiten konnten.
Angeblich wurde bereits die Baustellenzufahrt eingerichtet,
auf der die schweren Maschinen fahren sollten. Mit Dr. Koenig
hatte ich vereinbart, meine beiden anderen Projekte, das Seniorenheim und die Restaurierung eines Lustschlösschens im Os-
ten, einem jungen Mitarbeiter aus der Bauabteilung zu übergeben. Ihn arbeitete ich also in die Netzplan-Technik ein und
freute mich, einen Menschen von guter analytischer Begabung
gefunden zu haben. Peter hatte die Grundprinzipien schnell
begriffen, und ich hatte die Hoffnung, ihm bereits im Laufe der
nächsten vier Wochen die wesentlichen Arbeiten anvertrauen
zu können.

Knoten 5. und 12. Faden

Teresas Angebot, in dieser Woche noch einmal abends vorbeizuschauen, konnte ich leider nicht annehmen, denn die wenige
Zeit, die übrig blieb, hatte mich Beni mit den Vorbereitungen
zu ihrer Feier eingespannt. Am Donnerstag war der eigentliche
Feiertag, der Samstag war jedoch für die Party geplant. Das
hinderte natürlich keinen ihrer Freunde, bereits am Donnerstag mit seinen Glückwünschen bei uns aufzutauchen. Ich hatte

mir wohlweislich den halben Tag freigenommen, um Beni bei der Bewirtung zu unterstützen. Es war schon erstaunlich, wie groß ihr Bekanntenkreis im letzten Jahr geworden war.

Ich eröffnete meiner kleinen Schwester an ihrem Geburtstag, dass sie die letzten Wochen vor den Ferien bei Teresa verbringen sollte und anschließend mit mir zusammen Urlaub in der Bretagne machen durfte.

»Echt? Oh, Mann, toll! Ältere Schwester, du bist super. Hier, ich freu mich vielleicht!«

»Freu dich nicht zu früh. Teresa hat sehr strenge Ansichten, was Kindererziehung anbelangt.«

»Kindererziehung? Ich bin kein Kind mehr.«

»Nein, Beni, bist du nicht.«

»Teresa ist auch nicht streng. Ich glaube, du bist viel strenger als sie. Und ich halte es trotzdem bei dir aus.«

Ich nahm Beni in die Arme und drückte sie fest an mich.

»Tut mir leid, wenn ich nicht immer so für dich da war. Ich hab dir ganz schön was zugemutet in den letzten Monaten. Und du hast nie etwas gesagt, Liebes.«

»Macht doch nichts. Wir haben's ja überstanden, nicht? Wirst du Robert anrufen und sagen, dass wir bei ihm einziehen?«

»Robert? Wieso Robert?«

»Na, er hat doch angeboten, dass wir mit in seinem Haus wohnen dürfen.«

Das Angebot wollte ich aber lieber nicht in Anspruch nehmen.

»Nein, Beni. Ich fürchte, Plouescat wird in diesem Jahr nicht der Top-Ferienort sein. Und das Haus von ihm steht dann entweder mitten in der Baustelle, oder es ist bereits abgerissen. Ich fahre mit dem Auto dorthin, und wir können einfach so durch das Land bummeln.«

»Schade. Bist du sicher, dass sein Haus abgerissen wird?«

»Nun ja, man könnte es natürlich als Baudenkmal im Saunabereich stehen lassen. So wie der Menhir in der Cafeteria bleibt.«

»Das ist ein Scheiß-Projekt, was ihr da habt.«

»Beni!«

»Na, ist doch wahr. Da werden alte Häuser abgerissen und Menhire platt gewalzt, vermutlich auch ein Haufen Vögel ausgerottet und Fische vergiftet. Aber dafür kannst du ja nichts. Ist trotzdem lieb, dass du mich einlädst.«

Ihre Feier begann am Nachmittag mit einer gigantischen Kuchenschlacht und ging anschließend unverzüglich in ein kaltes Büfett über. Wie schon so oft fragte ich mich, wo diese jungen Leute die gewaltigen Mengen Nahrungsmittel hin verdrückten.

»Wir wachsen noch«, beruhigte mich ein schlaksiger Jüngling von knapp zwei Metern Länge. Das musste ich dann wohl glauben.

Einer der zahlreichen Gäste war auch Teresa. Sie kam gegen Abend, kämpfte sich den Weg zu Beni frei und gratulierte ihr. Das ausgefallene Tagebuch, rotes Leder mit Schloss und Goldschnitt, fand großen Beifall.

»So, Lindis, dich entführe ich jetzt einfach mal aus diesem Chaos. Hast du schon was gegessen?«

»Angesichts dieser Mengen von Lebensmitteln? Nein, wirklich nicht! Ich habe absolut keinen Hunger.«

»Na gut, dann ein Glas Wein zum Entspannen. Ich nehme an, die Party wird friedlich verlaufen. Wenn nicht, ist es sowieso besser, du bist nicht dabei.«

»Da ist was Wahres dran, Teresa!«

Knapp zwanzig Gäste in einer Dreizimmerwohnung ließen keinen Spielraum für Privatleben. Ich war froh, fliehen zu können.

Kurz darauf streckte ich meine Beine aus und räkelte mich auf Teresas bequemem Sofa.

»Ich habe Beni angekündigt, dass sie bei dir die letzten Schulwochen unterschlüpfen darf. Sie war begeistert.«

»Mich freut das auch. Kann ich meinen Mutterinstinkten mal wieder freien Lauf lassen.«

»Ja, ich habe schon von deinen autoritären Ansichten gesprochen, es scheint sie nicht besonders zu beeindrucken. Aber vermutlich wirst du in die Rolle der strengen Pensionatsmutter schlüpfen. Graues Kleid mit weißem Krägelchen, Haare streng aufgesteckt, Jett-Perlen, nein, besser noch ein großes silbernes Kreuz um den Hals.«

»Halbbrille und Stöckchen, Bibel immer griffbereit. Ja, ich sehe schon, das wird die Rolle meines Lebens.«

»Du spielst sie leidenschaftlich gerne, deine Rollen, oder?«

»Eine Marotte, nicht? Ich hätte Schauspielerin werden sollen. Aber ich bin leider eine Spätberufene. Da war es für eine Ausbildung zu spät.« Teresa hatte ein warmes Lächeln auf ihrem Gesicht, heute ganz ungeschminkt, unauffällig und doch ausdrucksstark. »Erst als ich gemerkt habe, dass ich lange Zeit eine Maske getragen habe, die mir gar nicht stand und die ich dann endlich ablegte, habe ich angefangen, zu meinem Spaß in unterschiedliche Rollen zu schlüpfen.«

»Ziemlich kryptisch, deine Äußerung, Teresa. Was hast du denn für eine unpassende Maske getragen?«

»Die der Gesellschaftsdame. Mögen die Gründe dafür ewig im Dunkeln bleiben, jedenfalls war ich immer sehr ambitioniert, in den richtigen Kreisen zu Hause zu sein. Damit habe ich meinem José das Leben so nach und nach von Herzen vermiest. Erst als er die Scheidung eingereicht hat, ist mir ein Lichtlein aufgegangen. Na, kurz und gut, wir konnten es kitten. Und ich spiele die Donna Teresa nur noch zum Spaß.«

Sie sah versonnen in die Kerzen und erzählte dann: »Als

ich José kennengelernt habe, waren meine Eltern entsetzt. Ich, eine Tochter aus gehobenem Hause, mit einem schlichten Arbeiter, und dazu noch einem Ausländer. Armer José, was er alles zu hören bekam! Nein, nein, nicht direkt, aber immer solche kleinen Spitzen. Du weißt schon, wie die Gutbürgerlichen mit Außenseitern umspringen, die sich in ihre Kreise wagen. Aber ich war – und bin es übrigens auch heute noch – der festen Überzeugung, dass José die Erfüllung aller meiner Träume darstellte. Ich verließ also mit fliegenden Fahnen das gesittete elterliche Heim und begann meine Lehre. Wir lebten ziemlich dürftig, denn auch José lernte noch weiter. Er ist ehrgeizig, er hat seinen Meister gemacht, hat sich im Abendstudium zum Techniker qualifiziert und ist inzwischen Betriebsleiter. Keiner würde ihn jetzt mehr einen Gastarbeiter nennen. Aber ich habe nach einiger Zeit angefangen, darunter zu leiden, weißt du? Die anderen haben mich immer schief angesehen und dumme Bemerkungen gemacht. Wir sind umgezogen, hierhin, ich habe mit einem Lädchen angefangen. Es lief von Anfang an gut, wahrscheinlich habe ich eine geschickte Hand für teuren Schnickschnack. Ich wurde in bestimmten Kreisen als Tipp gehandelt. Zu meiner Schande muss ich gestehen, ich wurde größenwahnsinnig und habe versucht, in diesen Kreisen Fuß zu fassen. Den Rest – siehe oben. Josés Scheidungswunsch hat mir sozusagen die blasierte Maske vom Gesicht gewischt. Trotz aller Probleme, das hat bei mir einen enormen Erkenntnisschub ausgelöst, und seitdem entdecke ich sehr viel leichter als früher den wahren Menschen hinter den Masken.«

»Ein interessanter Aspekt. Du beurteilst die Menschen wohl gerne danach, welche Masken sie tragen, nicht?«

»Ja. Und auch, aus welchem Grund sie sie aufsetzen.«

»Trage ich auch eine?«

»Natürlich. Du trägst eine, die dir nicht steht. Aber du trägst sie nicht wie ich aus Eitelkeit, sondern aus Angst vor Verletzungen. Eher eine Fechtmaske, nicht wahr?«

Mir fiel Wulfs Kendo-Rüstung ein, zu der auch ein Gesichtsschutz gehörte. Dünne, glänzende Stahlstäbe, ein kaltes, hartes Metallgitter, hinter denen das Gesicht unpersönlich wurde. Ein erschreckendes Bild. Ich senkte betroffen den Kopf.

»Lindis, ich wollte dich nicht beleidigen.«

»Hast du nicht. Du hast eine unangenehme Art, den Nagel auf den Kopf zu treffen. Es ist nur leider so, dass ich keine andere Maske finde, die mich schützen könnte. Ich bin nicht so flexibel wie du.«

»Sprechen wir nicht von dir, Lindis. Manchmal ist es leichter, wenn man bei anderen die Maske erkennt, bevor man sich an die eigene macht. Denk mal an deine Bekannten und Kollegen.«

Ich schnaubte leicht, weil mir als Erstes Karola einfiel.

»Die Muttermaske von Karola ist ziemlich verrutscht. Und jetzt hat sie sich auch noch die verführerische aufgesetzt, um sich meinen – nun ja – gelegentlichen Freund Wulf zu kapern. Passt auch nicht.«

»Vermutlich verbirgt sich ein ziemlich lebensfeindliches Geschöpf dahinter, das an nichts richtig Freude hat, aber sie allen missgönnt, die das Leben lockerer nehmen.«

»Mein erster Eindruck, als ich sie kennenlernte, war der einer Fanatikerin.«

»Lass dich nie von deinem ersten Eindruck abbringen. Er ist meist der beste, weil unbeeinflusst von Ereignissen.«

»Na, Teresa, wenn ich den ersten Eindruck von dir gespeichert halte, dann kommt hier doch gleich der schnaubende Stier angestampft.«

Sie hob das Glas mit dem roten Wein und salutierte mit Grandezza.

»Aber deine Sichtweise birgt Möglichkeiten. Susi, unsere Nachmittagssekretärin, trägt zum Beispiel eine Maske fröhlicher Kindlichkeit, um ihren Kummer zu verstecken. Wulf die glatte des Managers und eine des Kendo-Kämpfers, ich vermute, um seinen gnadenlosen Egoismus nicht so deutlich werden zu lassen.« Ich atmete tief durch und setzte mich etwas aufrechter hin. »Ein amüsantes Spiel, in der Tat.«

»Spiel es weiter. Vielleicht findest du das Gesicht hinter deiner Maske schließlich auch, dann kannst du sie ablegen. Du fährst doch in wenigen Wochen wieder nach Frankreich. Da triffst du dich mit deinem Menhir. Kann sein, dass der dir dabei hilft.«

»Wenn er noch steht. Du glaubst daran, nicht wahr?«

»Na ja, er hat dir ja schon Zugang zu interessanten Träumen verschafft, oder?«

Ich sah den alten Stein wieder vor mir, im Sonnenschein, einen langen Schatten werfend. Und mehr zu mir selbst murmelte ich: »Was trägt Robert für eine Maske?«

»Soweit ich weiß, gehört er zu den ganz wenigen Menschen, die gar keine tragen.«

Verblüfft sah ich sie an.

»Kennst du Robert?«

»Nun, kennen …?«

»Sag mal, was weißt du eigentlich nicht von mir, Teresa?«

Ich klang entsetzt, ich war es auch.

»Ach, Lindis! Ich muss dir grässlich vorkommen. Aber das ist wirklich reiner Zufall. Beni erwähnte seinen Besuch bei euch, daher weiß ich es. Robert Caspary, nun, wir sind sozusagen zusammen aufgewachsen. Unsere Eltern waren Nachbarn, früher. Ich bin drei Jahre älter als er und für ihn wahrscheinlich lange eine rechte Plage gewesen.«

Seltsam, obwohl die letzte Begegnung so friedlich verlaufen war, gab es mir doch wieder einen Stich, von ihm zu hören. Er löste einen Anfall drängender Neugier aus. Teresa schien das zu merken und musterte mich interessiert.

»Euch beide verbindet etwas, habe ich den Eindruck.«

»Es verband uns mal etwas.«

»Mh. Ich habe ihn aus den Augen verloren, als er sich damals entschlossen hatte, in die Fremdenlegion zu gehen. Das war etwas, das ich nie verstehen konnte. Wir sind uns erst wieder über den Weg gelaufen, als er schon an der Universität war. Vor etwa sieben oder acht Jahren.«

Das Licht im Wohnzimmer war gedämpft, auf dem Tisch flackerten zwei Kerzen und ließen den Wein in den Gläsern aufglühen. Ein Hauch von warmem, süßwürzigem Parfüm hing in der Luft. Leise Harfenmusik schwebte aus den versteckten Lautsprechern. Mich packte eine unsägliche Sehnsucht.

»Lindis?«

»Ja, Teresa?«

»Du liebst ihn.«

»Falscher Tempus. Ich habe ihn geliebt.«

»Als ich ihn wieder traf, war er mit einer Frau namens Birgit zusammen.«

»Meine beste Freundin, vormals.«

»Sie hat ihn verlassen. Sehr plötzlich und sehr unfein. Es gab einen Skandal, aber das ist nicht wichtig, es sei denn, es gibt dir die Genugtuung, dass du gerächt bist.«

»Nein, die brauche ich nicht. Nicht mehr. Er ist mir gleichgültig.«

Die Kerzenflammen spiegelten sich in Teresas Augen, als sie mich ansah.

Sie wusste, dass ich gelogen hatte.

Leise murmelte sie: »Robert hat einen schwierigen Weg gewählt. Aber er hat ihn bewältigt. Er gehörte auch zu den Suchern. Wie du, Lindis. Die Fäden eures Schicksals sind miteinander verbunden. Vor langer Zeit schon einmal und nun wieder. Wehr dich nicht dagegen, dann wirst du in diesem Leben das Glück finden, das du einst verloren hast.«

Sie schwankte leicht hin und her und schien in eine halbe Bewusstlosigkeit zu fallen. Ich stand auf und nahm sie bei den Schultern.

»Um Himmels willen, Teresa, was ist mit dir?«

Sie schüttelte sich.

»Was …?«

»Du hast düstere Prophezeiungen ausgestoßen. Sag mal, spielst du jetzt die Wahrsagerin, oder was?«

Mit einem glucksenden Lachen setzte sie sich auf, griff zu ihrem Glas und trank durstig.

»Hast wieder gewonnen! Ja, Lindis, ich habe dir was vorgespielt. Trotzdem, so schlecht scheint der Rat doch gar nicht zu sein. Aber jetzt grübele lieber nicht darüber nach. Was kommen wird, kommt.«

»Du bist echt gut, Teresa. Zumindest sind Unterhaltungen mit dir nicht langweilig.«

»Ja, nicht? Mich überraschen sie auch immer wieder.«

Diese plötzliche Wandlung zur nüchternen Selbstironie verdutzte mich kurz, aber dann musste ich doch lachen. Vielleicht etwas zu laut und zu lange.

Danach widmeten wir uns den weltbewegenden Fragen der Sommermode.

11. Faden, 9. Knoten

Drei Tage später träumte ich wieder. Allerdings nichts Beklemmendes, noch nicht einmal etwas besonders Bedeutendes. Eher eine heitere, nebensächliche Szene aus Danus Leben, dennoch führte sie zu einer folgenschweren Handlung meinerseits.

Ich lag im Bett und dämmerte allmählich weg, als vor meinen Augen wieder das Bild des grauen Menhirs entstand. Aber mein Blick blieb nicht an ihm hängen, sondern wanderte weiter zu dem kleinen Feldsteinhaus auf der Landzunge und von dort die Felsen hinunter zu dem schmalen Sandstreifen der Bucht. Dort saß Danu mit einem kleinen Mädchen, das ihr aufmerksam zuzuhören schien. Arian, Rigans Tochter, verfolgte die Linien, die Danu mit dem Finger in den Sand malte.

»Und Houarn zog aus, um Silber zu erwerben, damit er Bellah endlich zur Frau nehmen konnte. Ein Salzhändler riet ihm, die Fee Groac'h auf der Insel Lok aufzusuchen, die reicher war als alle Königreiche zusammen. Aber er warnte ihn auch, dass bisher noch niemand von der Insel lebend zurückgekommen sei. Dennoch verkaufte Houarn seine magere Kuh und erwarb dafür ein Boot ...«

»Dies ist das Boot?«

»Nein, diese Linie ist die Fee Groac'h. Sie warf ein silbernes Netz aus und fing den armen Houarn.«

Ein Schatten fiel über die beiden, und Angus räusperte sich leise.

»Ja, Angus, was gibt es?«

»Herrin, der Vorsteher schickt mich. Er lässt Euch bitten, zu Eurem Haus zu kommen, wenn Ihr Zeit habt. Er wünscht Euren Rat.«

»Nun, Arian, dann wollen wir für heute Schluss machen. Versuche die Geschichte bis hierhin zu behalten, morgen erzähle ich sie dir weiter.«

»Ja, Mutter.«

Danu stand auf und wischte sich den Sand von den bloßen Beinen. Sie sah jung und heiter aus, doch ihr Gesicht zeigte auch Spuren eines vergangenen Schmerzes. Leichtfüßig folgte sie dem blonden Jungen den steilen Weg zu dem Haus hinauf, wo vor der Tür ein breitschultriger, massiger Mann stand. Seine

Kleidung zeigte, dass er wohlhabend war, ein schwerer Silbertorques umspann seinen kräftigen Hals. Bei ihm warteten ein zartes Mädchen mit dunklen Haaren und ein blonder junger Mann.

»Bihanic, was führt dich zu mir?«

»Wichtige Entscheidungen, Danu.«

»Nun, dann wollen wir hineingehen. Komm.«

Danu bat ihn in das Dunkel des Häuschens. Zwei Zimmer hatte es, und wenige einfache Einrichtungsgegenstände standen darin. Von der Decke baumelten dicke Bündel trocknender Kräuter, über der Feuerstelle hing ein glänzender Kupferkessel. Bihanic setzte sich auf die Bank an den Holztisch, und Danu legte eine Schieferplatte und ein Kreidestückchen vor sich.

»Nun, sprich!«, forderte sie ihn auf.

»Ja, es ist so, dass meine Tochter Rozeann den jungen Cormac da draußen heiraten möchte. Aber ich bin mir nicht sicher, ob es gut ist, dass unsere Töchter sich mit den Männern der Fremden verbinden. Sie sind schließlich erst seit vier Sommern bei uns. Wer weiß, ob sie bleiben werden. Und wer weiß, was sie für ein Blut vererben. Ich möchte es ihr verbieten, aber ihre Mutter und sie haben so lange herumgejammert, bis ich eingewilligt habe, Euch zu befragen.«

Um Danus Lippen spielte ein kleines Lächeln. Sie wusste, dass der starke Führer ihrer Gemeinde unter der Fuchtel seiner Frau stand.

»Gut, Bihanic, ich will sehen.«

Danu schloss, wie durch lange Übung erlernt, ihr rechtes, sehendes Auge und versank in tiefe Konzentration. Mit der rechten Hand tastete sie dann schließlich nach der Kreide und begann, eine Linie auf dem dunklen Schiefer der Tafel zu ziehen.

»Sewana, Tochter der Sirona, zog einst mit ihrem Mann von hier über das Meer auf die ferne Insel. Dort hatten sie Kinder und Kindeskinder …«

Auf der Tafel entstand ein Netz von Linien und Knoten, die wohl einzelne Generationen darstellten. Danu erläuterte jeden, bis sie schließlich zu dem letzten kam.

»… und hier ist Fionn, der Vater von Cormac, ein Spross der Indefine, der dritten Generation, deren Urgroßmutter Sewana war. Sein Blut ist unser Blut. Sein Faden kreuzt den von Rozeann. Eine gute Verbindung, eine glückliche Ehe.«

Gebannt folgte Bihanic der Linie, die aus der Verbindung der beiden entstand, und zählte mit staunenden Augen drei weitere Knoten.

»Nun, Bihanic, bist du zufrieden mit dem, was ich dir sagen konnte?«

»Ja … nun … es sieht so aus, als ob ich mit dem jungen Cormac einverstanden sein muss.«

»Wenn du deine drei Enkelkinder sehen möchtest.«

»Die drei … oh, die Linie hier!«

Bihanic setzte sich mit einem Ruck auf und strahlte.

»Dein Rat scheint mal wieder ein guter Rat zu sein, Danu.«

Sie lachte. »Ich wünschte, mein Rat wäre immer so leicht zu geben und meine Worte würden immer solche Freude auslösen. Lass die beiden jungen Leute deine Entscheidung wissen, sie werden ungeduldig warten.«

»Kannst du …«

»Ja, Bihanic, ich kann auch.«

»Danke. Es wird eine gesegnete Verbindung sein.«

Danu stand auf und begleitete den Vorsteher nach draußen. Dort, auf einer Steinbank vor der Tür, inmitten von blühenden Hortensien saß das junge Paar. Sehr sittsam und sehr beklommen. Danu ging auf sie zu und lächelte sie fröhlich an.

»Steht auf, Rozeann und Cormac.«

Gehorsam erhoben sich die beiden. Danu trat zwischen sie und nahm beide an ihre Hände. Zu dritt gingen sie an den Rand

287

der Klippe und sahen über das Meer hinaus. Dann machte Danu einen Schritt nach hinten und legte die Hände der beiden zusammen. Sie selbst hob in einer anmutigen und würdevollen Geste beide Arme zum Himmel und sprach: »Höre! Ich bin …«

Ich wachte auf und merkte, dass ich ebenfalls lächelte.

Noch einmal versuchte ich jede Einzelheit zurückzurufen. Die Namen, die Gesichter, die Kleidung, ja selbst die Einrichtung des Hauses.

Des Hauses! Das war es. Danu lebte nicht mehr im Dorf, sie hatte ein Haus auf der Landzunge. Genau dort, wo auch heute noch das alte Haus stand. Konnte das denn sein? Konnte ein solches Haus beinahe tausendfünfhundert Jahre überstehen? War das die Verbindung zu Danu? Ich könnte heute noch in dieses Haus gehen, sehen, wo sie gewohnt hatte, ihre Kräuter trocknete, ihr Essen kochte und schlief. Nein, doch sicher nicht! Aber auf den Grundmauern ihres Hauses waren immer wieder neue Häuser errichtet worden.

Mich packte plötzlich ein entsetzlicher Gedanke. Das Haus würde abgerissen werden. Vielleicht war es bereits abgerissen. Die Steine verstreut, die Fundamente planiert, dem Erdboden gleichgemacht. Danus Haus!

Ich saß senkrecht im Bett. Wie konnte ich das verhindern? Wie nur?

In meiner Sorge um diese erste reale Verbindung zu meinen Träumen fiel mit als Erstes Robert ein. Robert wohnte dort in Sichtweite des Häuschens. Ob es wohl noch bewohnt war? Wem gehörte es?

Ich würde ihm schreiben, ja. Ich würde ihn bitten, wenigstens einen Aufschub zu erwirken, bis ich dort war und es wenigstens noch einmal betreten konnte.

Hellwach zog ich mir meinen Morgenmantel an, schlich mich ins Wohnzimmer und setzte mich an den Schreibtisch.

Doch als der leere Bildschirm vor mir aufleuchtete, fiel es mir wieder schwer, einen Anfang zu finden. Stattdessen malte meine Hand wieder Schnörkel und Linien auf ein Blatt.

»Was machst du denn hier?« Beni, verschlafen und in einem viel zu großen T-Shirt, stand in der Tür und gähnte. »Bist du aus dem Bett gefallen?«

»Nein. Hab ich dich geweckt?«

»Nee. Ich wollte auf den Topf!«

»Dann husch!«

»Jetzt bin ich wach. Schreibst du wem?«

»Ich habe es versucht.«

»Komische Zeit dafür. Wem willst du schreiben?«

»Beni, frag ich dich immer?«

»Ja. Hast du was geträumt?«

Was sollte ich bei der penetranten Fragerei machen? Meine kleine Schwester würde ja doch keine Ruhe geben.

»Ja, ich habe etwas geträumt.«

»Erzähl!«

Ich berichtete ihr von Danu.

»Staaark! Und die Kringel hier? Ist das das, was Danu gemalt hat, als sie ihre Weissagung gemacht hat?«

Verdutzt sah ich mein Knotenmuster an. Es war so ähnlich, aber nicht gleich. Aber mir dämmerte plötzlich eine weitere Erkenntnis. Beni offensichtlich auch.

»Danach hattest du doch gesucht, nicht? Die Verbindung von Danu und den Mustern.«

»Wie seltsam, nicht?«

»Nein, eigentlich völlig logisch. Sie durfte oder konnte nicht schreiben, aber sie hat die komplizierten Zusammenhänge eben so dargestellt. Wie du mit deinem komischen Netzplan.«

»Na, das ist vielleicht ein klein bisschen weit hergeholt. Obwohl ...«

Mein Kopf war plötzlich ganz leer. Als sträube sich mein

Hirn, die Beziehung zwischen dem einen und dem anderen herzustellen.

»Teresa hat vermutlich recht, du bist etwas Großem auf der Spur.« Benis Augen blitzten vor Begeisterung. »Findest du das nicht auch ab-so-lut spannend?«

»Im Moment finde ich gar nichts. Am liebsten würde ich wieder einschlafen und alles vergessen.«

»Ach, pfeif drauf, Lindis. Es ist halb sechs. Wenn du deinen Kopf freipusten musst, dann laufen wir beide jetzt eine Runde durch den Wald und machen uns anschließend ein tolles Frühstück.«

»Laufen? Im Wald? Sonst noch was?«

»Nö. Komm, zieh dich an. Sei kein Frosch!«

»Ein Frosch würde nie um halb sechs durch den Wald hüpfen.«

»Aber gerade dann, wirst sehen!«

Wenige Minuten später hechelte ich der aufgehenden Sonne entgegen. Es tat mir natürlich gut, und auf dem Rückweg kauften wir heiße Croissants.

»Du, wenn du Robert schreibst, dann vergiss nicht, dich für das Gesteck zu bedanken, das er dir geschickt hat, als du krank warst.«

Damit hatte mir Beni sogar den Aufhänger für meine Mail genannt. Es ging mir nach dem Frühstück glatt von der Hand, und ich schickte sie gleich ab.

Doch bevor ich die ersehnte Antwort erhielt, hatte ich noch eine hässliche Szene zu verkraften.

3. Knoten 1., 3. und 4. Faden

Ausgelöst wurde diese Szene durch Susi Meister. Ich musste feststellen, dass das kleine Lästermaul eine gehörige Portion Bosheit parat hielt.

Es war am folgenden Montag in der Mittagszeit, als Karola und Susi im Sekretariat Wachablösung hatten. Zwischen halb eins und eins trafen sich die beiden immer, um die laufenden Arbeiten zu übergeben. Zufällig war ich auch gerade im Raum, weil ich mein Postfach leeren wollte. Susi, wie üblich in heiterster Stimmung trotz des nieselregnerischen Apriltages, begrüßte mich munter.

»Und danke noch mal, dass Sie und Herr Daniels uns gestern so großzügig bewirtet haben. Es war ein Riesenspaß, wirklich.«

Karola sah aus, als müsse sie einen Skorpion vom Schwanz her aufessen.

Sonntagnachmittag hatten Wulf und ich eine Burg besucht, in deren Hof ein mittelalterlicher Markt aufgebaut war, und dort Susi nebst Junior angetroffen. Es ergab sich, dass wir gerade in das orientalische Teezelt gehen wollten, und so hatten wir die sonnige Susi mit eingeladen. Es war in Folge sehr lustig gewesen.

»Ja, das stimmt, solche Märkte sind mal was anderes.«

»Kevin war mächtig beeindruckt von Ihnen und Herrn Daniels. Er hat noch den ganzen Abend davon geredet, wie Ihr Freund den Schwertkampf gegen den Grünen Ritter geführt hat. Und dass er ihn dann auch noch zu seinem Knappen erhoben hat, war die Krönung!«

Diese Bemerkung zu dem Ereignis war unverkennbar fehl am Platze. Karola biss auf den Skorpion, dass der Panzer krachte. Aber was sollte ich machen. Leugnen? Kommentarlos übergehen? Lass fahren dahin alle Diplomatie, Lindis, sagte ich mir und antwortete ehrlich.

»Kevin hat ja auch alle Herzen erobert. Er ist ein charmantes Kerlchen. Das haben Sie gut hinbekommen, Susi!«

»Tja, ich versuche mein Bestes, ihm das Benehmen beizubringen, was seiner Mutter leider fehlt.«

Ich wollte lachen, aber das blieb mir im Halse stecken, als ich Karolas Gesicht sah. Der Skorpion war im Magen angekommen. Sie wirkte fahlgrün, trotz Make-up und zartem Rouge. Feige, wie ich war, ergriff ich die Flucht.

Es dauerte aber nicht lange, da hatte mich die Rache der Entnervten eingeholt. Karola stürmte in mein Büro und fauchte mich an: »Du! Lass dir das gesagt sein – Hände weg von Wulf!«

Ich schob die Tastatur zur Seite und fragte höflich: »Hast du ältere Rechte?«

»Das kannst du wohl glauben. Ich lasse nicht zu, dass du hinter meinem Rücken versuchst, ihn von mir wegzulocken. Ich hatte ihn für Sonntag eingeladen. Aber du hast mir natürlich dazwischengefunkt.«

»Entschuldige, aber das konnte ich nicht ahnen. Er hat mir nichts davon gesagt.«

»Ich weiß schon, ich weiß schon! Du hast ihn wieder mit deinen ach so wichtigen Problemen hier belästigt, sogar am Wochenende. Ich sag dir noch mal: Lass meinen Wulf in Ruhe!«

Mir ging das Gefauche langsam auf den Geist, und ich wurde ruppig.

»Sag mal, tickst du nicht mehr ganz richtig, Karola? Dein Wulf? Hast du ihm nach einem Kindergeburtstag schon die Stelle als Ersatzvater angeboten?«

»Du! Was bildest du dir eigentlich ein? Ich habe endlich einen Mann gefunden, der Verständnis für mich hat, der aufmerksam ist und mir zuhört!«

»Na, wenn das mal nicht täuscht.«

Karola ignorierte meinen Einwurf und fetzte weiter: »Aber

du, du bist ja nur hinter dem einen her. Du willst ihn doch nur in dein Bett kriegen, du kaltschnäuziges Karriereweib. Du weißt doch nicht, wie das ist, wenn man ein Kind großzuziehen hat. Wenn man sich nach einer Familie sehnt. Du machst mir mein Leben kaputt. Wegen dir kann ich jetzt nur noch halbtags arbeiten. Wegen dir sitze ich den ganzen Nachmittag mit Jessika-Milena im Haus rum …«

Die Unterhaltung fing an, ins mehr als Unsachliche abzugleiten. Aber anders als die letzten Male, als Karola mir eine solch hysterische Szene machte, blieb ich diesmal gelassen. Es traf mich nicht. Sie tat mir leid, ein Mitleid, in dem eine Menge Verachtung mitschwang. Wie Teresa schon vermutet hatte: Karola war ein Mensch, der niemandem etwas gönnte. Nur, was sollte ich tun? Jedes Wort, das ich jetzt sagte, war ein Wort zu viel. An der Tür blieben schon Kollegen stehen, die dem Gekreische verwundert zuhörten.

»Karola, nun beruhige dich doch«, bat ich, als sie einen Augenblick Luft schöpfen musste. »Meinetwegen kannst du Wulf haben. Das musst du mit ihm ausmachen, nicht mit mir.«

»Du brauchst nicht den gönnerhaften Tonfall anzuschlagen. Als ob du bestimmen kannst, wen ich haben kann oder nicht.«

Eben, jedes Wort zu viel. Ich griff zum Telefon und wählte Wulfs Nummer.

»Kannst du bitte sehr schnell herkommen?«

»Was ist denn los, Lindis?«

»Hör auf zu telefonieren! Du hörst mir jetzt zu! Ich habe dir noch etwas zu sagen«, schrie Karola dazwischen, und Wulf sagte nur: »Verstehe. Ich komme.«

Er kam zum Glück wirklich sehr schnell.

»Er fand meine Jessika-Milena auch charmant, du brauchst mir nicht den Bengel von dieser Halbkriminellen unter die Nase zu reiben«, blökte Karola gerade, als Wulf hereinkam.

»Was ist denn hier los, Lindis? Karola?«

Mit einem Aufheulen warf sich Karola an seine Schulter. Ich drehte mich taktvoll weg. Vor allem, um Wulfs vorwurfsvollem Blick zu entgehen. Er führte mit leisen, beruhigenden Worten die Jammernde aus meinem Büro. Puh!

»Frau Farmunt, tut mir leid. Das wollte ich damit nicht auslösen. Hier, trinken Sie das.«

Susi stand mit schuldbewusstem Blick in meinem Zimmer und hielt mir ein Glas Sekt entgegen. Ihre Art von Entschuldigung. Allerdings musste ich gestehen, dass mir das prickelnde, kalte, wenn auch zu süße Zeug guttat. Diese Gefühlsausbrüche hinterließen einen widerlichen Nachgeschmack.

Nach einer Weile kehrte Wulf zurück und ließ sich mit gespielter Erschöpfung in einen Stuhl fallen.

»War das nötig, Lindis? Mir diesen nassen Lappen an den Hals zu werfen?«

»Der Lappen warf sich selbst, wenn ich das richtig beobachtet habe. Und du bist nicht ganz schuldlos daran, meinst du nicht auch?«

»Nee, völlig schuldlos!«

»Na, Wulf, du hast doch offensichtlich Hoffnungen geweckt. Ich weiß ja nicht, was letzten Sonntag vorgefallen ist, aber es muss ja Wirkung gehabt haben.«

»Na also, Lindis! Du bist doch in der letzten Zeit nicht sehr zugänglich gewesen, oder?«

Ich musste lachen. Wulfi, wie er die Welt sah!

»Hast du etwa gedacht, ich würde zugänglicher, wenn du dich mit meiner ehemaligen Freundin verabredest?«

Es war an ihm, überrascht dreinzusehen.

»Du hast es gedacht, schon gut. Aber leider fehlt es mir in diesem Fall an den gebührenden Gefühlen der Eifersucht.«

»Lindis, Lindis, was bist du für ein gefühlsarmer Mensch!«

»Nur, weil ich nicht den gängigen Klischees entsprechend

reagiere? Wulf, stell dich doch nicht naiver, als du bist. Wir wissen doch beide, wie es um unsere Beziehung gestellt ist, oder?«

»Karola hat in gewisser Weise recht – du bist berechnend und kalt.«

»Du nicht? Dein Versuch, mich auf diese schäbige Art aus der Reserve zu locken, war doch ein Glanzstück berechnender Kühle, oder?«

Er schüttelte als Antwort nur den Kopf, stand auf und ging aus dem Zimmer. Na gut, dann eben so.

5. Faden, 4. Knoten

Am Mittwoch kam Roberts Antwort.

Liebe Lindis,

Dir geht es besser, wie ich aus Deiner Nachricht ersehe. Zwischen allen höflichen Floskeln entnehme ich Deiner Mail, dass Dir das Schicksal meines Heimes am Herzen liegt. Und – seltsamerweise – auch das der alten Morwenna.

Du sollst natürlich Deine Antwort haben.

Nein, noch sind wir nicht vom Abriss bedroht, auch wenn im Dorf bereits Vorbereitungen getroffen werden, das Container-Lager für die Bauarbeiter zu errichten. Was nicht ungeteilte Freude findet, wie Du Dir denken kannst.

Das Gelände, auf dem mein Haus steht, gehört der alten Morwenna, hier auch allgemein als Mère Keroudy bekannt, die noch immer in der Hütte vorne am Meer wohnt. Sie ist ein echtes Original, die Alte. Eine Bretonin reinsten Wassers, sechsundneunzig Jahre alt, aber noch immer lebendig und an allem interessiert, was um sie herum vorgeht. Meine Haushälterin Marie-Claire kümmert sich zwar täglich um sie, bringt ihr mit, was sie aus dem Dorf braucht, und hilft ihr auch schon mal bei der Wäsche, aber ansonsten ist die alte Dame noch sehr selbständig. Wenn ich es einrichten kann, gehe ich auch täglich einmal zu ihr.

Als Ferienhaus das Hüttchen zu mieten ist absurd. Es gibt weder fließendes Wasser noch einen Elektroanschluss. Morwenna hat einen Brunnen mit Pumpe und Petroleum-Lampen. Das hält sie gelenkig und fit, meint sie. Schreiben brauchst Du ihr auch nicht, denn sie hat zeitlebens nicht Lesen gelernt.

Mein Angebot steht allerdings noch. Im Anbau ist Platz für Euch, es gibt zwei Schlafzimmer unter dem Dach, zwei Wohnräume und ein Bad unten. Richte Beni doch bitte aus, insbesondere das hintere Zimmer ist einer Prinzessin würdig. Man hat es mit einem rosa Himmelbett und einer erschröcklichen Blümchentapete ausgestattet. Auch einen Erker, um nach Blaubarts Rückkehr Ausschau zu halten, können wir bieten.

Dir, liebe Lindis, stelle ich natürlich auch gerne den Schlüssel zu Blaubarts Zimmer zur Verfügung.

Ich werde selbstverständlich mein Möglichstes tun, den Zustand der Häuser bis zu Deinem Eintreffen, und tunlichst noch darüber hinaus, so zu belassen, wie er derzeit ist.

Bis bald also,
Robert

Ein frecher Brief. Vor allem die letzte Bemerkung über Schlüssel und Zimmer. Aber ich hatte alle Information, die ich brauchte, und war beruhigt.

Bis mir am nächsten Tag siedend heiß einfiel, was Robert da geschrieben hatte. Die Häuser gehörten einer Morwenna Keroudy.

»Wulf, ich muss noch einmal lästig fallen, aber bist du sicher, dass die Grundstücke wirklich alle aufgekauft sind? Auch die, die damals durch den Vermessungsfehler untergegangen sind?«

»Selbstverständlich. Für wie blöd hältst du uns eigentlich?

Callot hat das alles im Griff. Jetzt renn bloß nicht schon wieder zu Koenig und nörgele rum. Wie kommst du bloß immer auf so absurde Ideen?«

»Schon gut, war nur so eine Ahnung. Du bist der Chef!«

Ich hatte absolut keine Lust, mich wieder mit Wulf zu streiten. Vielleicht wusste auch Robert nicht alles. Mein Problem war es im Augenblick jedenfalls nicht, und ich vergaß die Angelegenheit.

Die letzten Apriltage verrauschten in heftigen Stürmen, der Mai brach mit Aufheiterungen an. Auch bei mir. Ich hatte mir angewöhnt, viel spazieren zu gehen, manchmal mit Beni, oft auch alleine. Es machte mir mehr und mehr Vergnügen, stundenlang durch den Wald zu streifen. Etwas, das ich früher nie von mir geglaubt hätte. Aber jetzt beobachtete ich mit Befriedigung, wie die Büsche und Bäume ihre kleinen Blätter entfalteten, wie aus dem Waldboden das erste Grün spross. Ich lernte zarte Buschwindröschen von den weißen Blüten des saftigen Sauerklees zu unterscheiden, staunte über die kleinen blauvioletten Veilchen zwischen ihren dunkelgrünen, herzförmigen Blättern, freute mich an der himmelblauen Fläche wilder Hyazinthen, die sich unter lichten Birken erstreckte, pflückte einen Strauß Maiglöckchen und Vergissmeinnicht. Die gelben Iris am Ufer eines Bächleins, das sich durch Moos und feuchten Humus schlängelte, bewunderte ich nur von weitem, nachdem ich einmal mit beiden Füßen im Matsch gelandet war. Der Bauernhof bot uns frisches Obst und Gemüse. Spargel, Salat, erste Erdbeeren.

Da ich meine beiden kleinen Projekte inzwischen beinahe vollständig abgegeben hatte und alle anderen Aktivitäten in ruhigen Bahnen liefen, hatte ich auch erstmals eine geregelte Arbeitszeit und konnte fast jeden Tag gegen fünf Uhr nach Hause fahren. Das war auch ganz gut so, denn der fünf- bis sechswöchige Frankreichaufenthalt musste auch geplant werden. Beni versank in ihren Büchern und lernte mit ihrer Clique für die letzten Prüfungen im Schuljahr, von ihr sah ich wenig. Mit Teresa war ich noch einmal essen gegangen, um Absprachen für Benis Unterbringung zu treffen. Es war unterhaltsam mit ihr, aber bei diesem Gespräch kratzte sie nicht so heftig an meinen verborgenen Empfindungen. Karola hingegen war nach ihrem letzten Auftritt zwei Wochen ausgefallen und anschließend sehr, sehr distanziert.

Ich träumte nichts weiter von Bedeutung. Danu schien sich aus meiner Welt verabschiedet zu haben. Ich bedauerte das schon fast, aber andererseits war ich häufig genug mit meinen eigenen Gedanken beschäftigt. Sie waren nicht sehr strukturiert, diese Gedanken, aber erstmals in meinem Leben machte ich mir nichts daraus, dass sie nicht ordentlich in vorgeschriebenen Bahnen liefen. Ich ließ sie wachsen wie der Frühling die Blätter.

Es war eine Zeit erstaunlicher Ruhe. Aber hätte ich auch nur einen kleinen Anteil von Danus Sehergabe gehabt, ich hätte gewusst, dass auf mich schon ein paar schicksalhafte Entwicklungen in der Zukunft lauerten. Im Guten wie im Bösen.

4. Faden, 5. Knoten

Beni hatte mir ein Dutzend Verhaltensvorschriften mitgegeben, dann durfte ich mich endlich auf den Weg machen. Selbstverständlich hatte sie mich so lange gequält, bis ich ihr Roberts Mail gezeigt hatte, und ebenso selbstverständlich war die Erwähnung des Prinzessinnen-Zimmers dazu angetan, mir beständig in den Ohren zu liegen, mich bei Robert einzunisten. Aber das hatte ich nun wirklich strengstens abgelehnt. Nicht nur, weil ich auf gar keinen Fall in enger häuslicher Nähe mit Robert leben wollte, sondern auch, weil ich wirklich zu arbeiten hatte und mir derartige Ablenkungen, wie harmlos auch immer, nicht in den Kram passten.

Ich hatte geplant, die Reise in zwei gemütlichen Etappen hinter mich zu bringen, denn meinen Wagen wollte ich unbedingt dabei haben. Außerdem hatte ich eine Menge Gepäck zu transportieren. Ich startete an einem leuchtenden Nachmittag, und, ehrlich gesagt, ich freute mich schon auf die Reise.

Wulf war bereits eine Woche vor mir geflogen und hatte mich sogar einmal zu Hause angerufen, um mir zu berichten, dass das Hotel wirklich ein kuscheliger Lichtblick sei. Andererseits waren die Arbeiten nicht so weit vorangeschritten, wie es wünschenswert gewesen wäre. Ungehalten hatte er zugegeben, dass es in Plouescat inzwischen eine ziemlich laute Opposition gegen das Projekt gab. Das Lautstarke daran war weniger störend, dahinter hatte sich ein gewisser passiver Widerstand entwickelt, der seine Quelle im Rathaus hatte. Anträge, die den Bau betrafen, wurden mit französischer Gründlichkeit bearbeitet, und Wulf hatte sich bereits bei Callot beschwert.

Nun ja, damit war natürlich zu rechnen gewesen. Ich zweifelte aber nicht daran, dass der Bürgermeister die Angelegenheit in den Griff bekam. Er war ja selbst einer der Initiatoren des Vorhabens gewesen. Hingegen erfüllte mich die Aussicht auf die traute Zweisamkeit mit Wulf in besagtem Kuschelhotel mit einem gewissen Unbehagen. Zwar hatten wir in der letzten Zeit wieder eine lockerere Art des Miteinanders gefunden, aber da war dieser Sonntag vor zwei Wochen, der einige widerstreitende Gefühle in mir geweckt hatte.

Ich war nach meinem morgendlichen Squash-Spiel mit Beni zu ihm gefahren. Er hatte mir in einer seltsamen Bekleidung geöffnet. In einer weiten, schwarzen Hose, die zu seiner Kendo-Ausrüstung gehörte, und mit bloßem Oberkörper, sehr muskulös und sehr braun, hatte er zum Anbeißen ausgesehen.

»Willst du die Nachfolge des letzten Samurai antreten?«

»So weit bin ich leider noch nicht. Aber ich will noch einmal meine Übungen durchgehen. Mein Training wird mir in den kommenden Wochen fehlen. Komm, schau mir zu, wenn du willst! Ich gehe meine Schwert-Kata durch.«

»Was machst du?«

»Einen Kampf gegen unsichtbare Gegner.«

Er hatte das Bambus-Schwert aus seiner Halterung genommen und sich in der Mitte des Raumes aufgestellt.

Anfangs hatte ich seinen geschmeidigen, langsamen Bewegungen mit einer gewissen Bewunderung zugesehen, nicht ohne ein Fünkchen Spott natürlich, denn Wulf produzierte sich doch recht gerne in solchen Posen. Aber als er nach dem Absolvieren der unterschiedlichsten Hiebe und Stöße dann zu dem richtigen Schwert griff, packte mich wieder dieses entsetzliche Grauen, das mich bereits schon einmal in den Fängen gehalten hatte. Ich musste die Augen schließen, doch selbst da setzte mich das Zischen des Stahls, der mit unheimlicher Geschwindigkeit durch die Luft peitschte, in namenlosen Schrecken.

»Hallo, Lindis! Was hast du denn? Ich wusste gar nicht, dass du so ein Mimöschen bist. Du bist ja ganz grau um die Nase!«

»Tut mir leid. Ich weiß auch nicht, was mit mir los ist. Irgendwie mag ich Schwerter nicht.«

»Stell dich nicht so an! Hier, nimm es mal in die Hand, dann zeige ich dir die Grundhaltung.«

Er wollte mir die Waffe reichen, aber ich bekam sie nicht zu fassen, daher fiel sie klirrend zu Boden.

»Lindis!«, rief er empört und hob sie auf.

Mein Verhalten war für ihn so verwerflich, dass er mir anschließend einen langen Vortrag über die Ehre des Schwertes hielt.

»Du musst deine krankhafte Abneigung dagegen mal bekämpfen, Mädchen. Ich möchte nicht wissen, was ein Psychiater dazu sagen würde.«

»Ich auch nicht. Könntest du jetzt bitte so nett sein und dein Training beenden?«

»Ich bin noch nicht fertig.«

Mit wütendem Einsatz setzte er seine Übungen fort, und ich schlich mich leise aus der Wohnung. Für mich war der Nachmittag gelaufen.

Am nächsten Tag hatte Wulf sich zwar entschuldigt, aber, wie gesagt, es war etwas endgültig zerbrochen, das ich auch nicht mehr flicken wollte. Daher mein Unbehagen bezüglich der großen Nähe, die uns beiden in den nächsten Wochen bevorstand. Aber vermutlich würde es genügend Möglichkeiten geben, sich aus dem Weg zu gehen.

Ich übernachtete in einem dieser schrecklich standardisierten französischen Motels an der Autobahn und machte mich am nächsten Morgen auf den Weg, die letzten sechshundert Kilometer hinter mich zu bringen. Das Wetter war leider umgeschlagen, es hing eine graue Wolkendecke über dem Land. Außerdem endete die bislang hervorragende und wenig befahrende Autobahn, und ich musste hinter den Lastwagen über die Route Nationale herzockeln. Die Ortschaften waren meist klein und hatten ungewöhnliche Namen, oft mit einem ›Ple‹ und einem ›Plou‹, einem ›Tre‹ oder ›Ker‹ vorweg.

Spritzwasser nahm mir die Sicht, der Regen kam in heftigen Schauern nieder, und als ich endlich von ferne das Meer sah, war es grau und trug weiße Wellenkämme. Kühl war es auch geworden, und ich drehte die Lüftung ganz auf, um wieder warme Füße zu bekommen. Schon bedauerte ich, dass ich nicht mehr warme Sachen eingepackt hatte, irgendwie war bei mir der Eindruck hängengeblieben, dass die Bretagne ein ausgesprochen mildes Klima haben sollte.

Nach einigem Umherfahren und vielen Fragen hatte ich dann auch das Hotel »La Korrigane« gefunden. Es lag ein wenig außerhalb von Plouescat und war tatsächlich ein hübscher Bau. Der übliche graue Stein war fast zur Gänze überwachsen mit Efeu, der in der Nässe glänzte. Kletterrosen in weiß und rot rankten sich um die schwere hölzerne Eingangstür, weißer Kies bedeckte den Vorplatz.

Der Regen hatte ein wenig nachgelassen, und so kam ich einigermaßen trocken ins Foyer.

»Lindis, schön, dass du da bist!«

Wulf hatte in einem der Sessel gesessen und Zeitung gelesen. Es berührte mich angenehm, dass er offensichtlich auf mich gewartet hatte.

»Puh, habt ihr hier ein Wetter!«

»Ja, wird Zeit, dass ein regendichtes Dach über dieses Land gezogen wird. Komm, wir erledigen die Formalitäten.«

Madame gab mir meinen Zimmerschlüssel, und Wulf half mir, meine Koffer die enge, quietschende Stiege hinaufzutragen.

»Das modernste aller Hotels ist es aber nicht gerade.«

»Nein, es hat den landestypischen Charme. Hier ist dein Zimmer.«

Der Raum war recht groß, ja. Aber ansonsten ließ sich nicht viel Positives dazu sagen. Ein breites französisches Bett mit einer bitterblauen Tagesdecke, gerüscht an den Rändern, nahm die Mitte des Zimmers ein. Als ich meine Tasche daraufstellte, sank es bedrohlich ein.

»Die Matratze scheint gut gefedert zu sein.«

»Ist doch vorteilhaft, man rollt immer in der Mitte zusammen.«

»Witzbold. Wo sind denn hier die Schränke?«

»Tapeziert. Hier steckt ein Schlüssel in der Wand.«

»Wie originell. Gibt es auch eine Tapetentür zum Badezimmer?«

»Nein, das findest du auf der Etage.«

»Das darf doch wohl nicht wahr sein! Sag mal, wer hat denn den Schuppen gebucht?«

»Mach doch nicht solche Wellen! Das ist nun mal auf dem Lande so. Und außerdem, wenn du sehr nett bist, darfst du bei mir im Zimmer duschen.«

»Ach, du hast ein Zimmer mit Bad? Nun, dann werden wir für mich auch so eins finden müssen.«

»Was bist du grantig! Ich lass dich lieber alleine. Ich dachte, du freust dich, dass wir hier etwas außerhalb wohnen können.«

Er ging zum Gang hinaus und öffnete die gegenüberliegende Tür. Ich hingegen lief zur Rezeption hinunter und versuchte mit meinem dürftigen Französisch Madame deutlich zu machen, dass ich ebenfalls ein Zimmer mit Bad haben wollte.

Ich bekam es, ein Stockwerk höher und am anderen Ende des Ganges. Es war nicht viel luxuriöser, aber weiter weg von Wulf.

8. Faden, 5. Knoten

Die Maus hatte ihr gemütliches Nest unter der dichten Hecke verlassen und schnupperte weit draußen auf der Wiese an einem Apfelgehäuse, das von einem der großen Lebewesen abgenagt und weggeworfen worden war. Die schwarze Nase bebte, die feinen Barthaare zitterten leicht bei dieser Prüfung. Mit ihren geschickten Vorderpfoten ergriff die Maus schließlich einen der Kerne und knabberte vorsichtig daran.

Hoch über dem Land zog die schwarze Krähe träge ihre Kreise im warmen Aufwind. Und doch war sie auf der Suche nach Nahrung, eine überfahrene Katze am Straßenrand, ein unvorsichtiges Hasenkind, die unbewachten Eier einer Möwe, vielleicht auch eine unachtsame Maus waren ihr Ziel.

Sie erspähte die Maus.

Natürlich sah sie auch den Menschen, der ganz in der Nähe auf der Steinbank vor dem Haus saß. Aber der würde nicht stören. Langsam schwebte die Krähe tiefer und tiefer, hatte nur Augen für das rotbraune Nagetier, das vergnügt bei seinem Apfel saß. Der schwarze Schatten ihrer ausgebreiteten Schwingen glitt über das Gras, der schwarze, scharfe Schnabel war bereit zuzustoßen.

Der Mensch stand plötzlich auf und machte ein paar energische Schritte in Richtung Maus. Die Maus erschreckte sich und verschwand unter einem Stein.

Mit einem ungehaltenen »Krah krah krah!« schwang die Krähe sich wieder in die Lüfte auf.

Der Mensch sah ihr nach, die Maus jedoch ahnte nichts von ihrer Rettung.

Knoten 3. und 4. Faden

Die Büroräume, die Wulf angemietet hatte, waren zwar ganz akzeptabel, aber leer bis auf zwei ausrangierte Schreibtische der Vormieter. Das ärgerte mich, denn Wulf hatte es damit mir überlassen, mich um eine arbeitsfähige Umgebung zu kümmern. Ich begann also den Kampf mit den Institutionen. Télécom, EdF, die örtliche Postagentur, ein Computerhändler und ein Büromöbellieferant mussten bewegt werden, was nicht immer einfach war. Manchmal hatte ich den Eindruck, dass ein gewisser Widerstand auftrat, sowie ich die Ferienanlage erwähnte. Besonders ärgerlich war es, dass noch kein Konto für die Kosten der Abwicklung eröffnet worden war, doch die Bezahlung der beiden PCs und der Möbel natürlich sofort verlangt wurde. Um überhaupt weiterzukommen, bezahlte ich mit meiner Kreditkarte. Aber ich war ärgerlich.

Das Büro hingegen lag bequem in der Ortsmitte, direkt über einem Traiteur, der uns mit den örtlichen Genüssen versorgte. Dort hatte ich auch mein erstes Erlebnis damit, was es bedeutete, nicht besonders beliebt zu sein. Ich besuchte mittags den kleinen Laden und wurde zunächst überaus höflich bedient. Ja, die Verkäuferin bemühte sich sogar, deutsch mit mir zu sprechen.

»Wir 'aben oft die Touriste hier. Sie möchten vielleicht unsere specialité?«

Natürlich mochte ich die Blätterteigpastete mit Artischocken. Und ich bekam auch die anderen Leckereien erklärt.

»Sie machen Urlaub 'ier?« fragte die Verkäuferin, als sie meine Erwerbungen einpackte.

»Nein, leider nicht. Ich arbeite hier. Wir sind sozusagen Nachbarn. Unser Büro liegt über Ihrem Geschäft.«

Das Lächeln war plötzlich wie weggewischt. Und auch die freundlichen Bemühungen um die fremde Sprache. Madame wurde mit einem Mal sehr französisch, und ich hatte Mühe, selbst das zu verstehen. Eine andere Dame, vermutlich die Besitzerin des Ladens, wurde auf mein Gestammel aufmerksam und fragte die Verkäuferin etwas. Die Antwort erfolgte in einem recht abfälligen Tonfall, und die Ältere entschuldigte sich schließlich bei mir. Aber die Stimmung war mir schon klargeworden.

Dennoch waren die Kleingerichte und Snacks ausgesprochen gut, und ich begann sofort um mein Gewicht zu fürchten. Dabei war ich so stolz auf meine Figur. Nicht nur, dass ich seit

Jahresbeginn fast zehn Kilo abgenommen hatte, es war auch selbst für Benis kritische Augen nichts Wabbeliges mehr an meiner Taille. Sie schrieb das ja meinen sonntäglichen Squash-Einsätzen zu, aber ich vermutete eher, dass es etwas mit meinen langen Spaziergängen und gelegentlichen Jogging-Runden zu tun hatte. Auf jeden Fall wollte ich den Schlendrian von langen Bürohockereien und zu vielen Schokoladenkeksen nicht mehr einreißen lassen.

Ein Grund mehr, weshalb ich auch in Plouescat meine abendlichen Wanderungen aufnahm. Die beiden ersten Tage erkundete ich dabei den Ort. Es war ein größeres Dorf, fast schon eine Kleinstadt mit einem hübschen historischen Zentrum, dessen Besonderheit ein überdachter Marktplatz aus dem 13. Jahrhundert war. Unter dem Holzdach fanden sich angeblich samstags die Obst- und Gemüsebauern ein, um ihre Ware zu verkaufen. Wenn das Angebot so gut war wie das in den kleinen Geschäften, dann bedauerte ich schon fast, dass ich nicht zur Selbstverpflegung schreiten konnte. Aber das war in einem Hotel leider nicht möglich.

In unserem Büro hatte ich mich recht und schlecht so eingerichtet, dass ich meine Arbeit aufnehmen konnte. Ein paar Gespräche mit einem Gemeindevertreter – Callot war ein paar Tage verreist – brachten einige neue Erkenntnisse zur Verfeinerung der Planung mit sich, ein Vertreter der Baufirma hatte seinen eigenen Plan gemacht, der an den unseren angepasst werden musste. Ich jonglierte in drei Sprachen herum und hoffte, dass ich soweit alles richtig verstanden hatte.

Mittwoch klingelte das gerade installierte Telefon auf meinem Schreibtisch, und ich hatte Karola am Apparat.

»Guten Tag, Lindis. Ist Herr Daniels zu sprechen?«

»Tut mir leid, Wulf ist bei einem Lieferanten. Er kommt heute wahrscheinlich nicht mehr ins Büro. Kann ich dir helfen?«

»Du kannst Herrn Daniels bitte ausrichten, Herr Dr. Koenig wünscht einen aktuellen Bericht über den Stand der Termine bis nächsten Montag.«

»Du kannst Dr. Koenig ausrichten, ich mache ihn noch heute fertig.«

»Nicht von dir, von Herrn Daniels!«

»Lass doch die Spielchen. Du weißt genauso gut wie Koenig, dass ich die Terminberichte mache.«

»Du bist nur Herrn Daniels Mitarbeiterin. Dr. Koenig möchte eine kompetente Aussage.«

Blöde Kuh!, knurrte ich vor mich hin.

»Verbinde mich bitte mit Dr. Koenig.«

»Den darf ich jetzt wegen solcher Belanglosigkeiten nicht stören. Also richte bitte Herrn Daniels aus, was Herr Dr. Koenig von ihm wünscht. Und«, sie kicherte leise, »du kannst Herrn Daniels auch noch ausrichten, dass wir uns noch mal ganz, ganz herzlich dafür bedanken, dass er sich in den letzten Tagen sooo lieb um uns gekümmert hat.«

»Aber gerne doch, Karola. Soll ich ihm auch ein Küsschen von dir geben?«

»Das kannst du dir sparen!«

Klick!

Liebes Lottchen, da hatte sie es mir aber gegeben. Halb wütend, halb belustigt sah ich den stummen Hörer an. So, so, da hatte Wulf den Beschützer der Witwen und Waisen gespielt. Na, wenn ihm die Rolle plötzlich lag.

Warum eigentlich nicht?, sagte ich mir. Zumindest würde Karola immer in atemloser Anbetung zu ihm aufschauen und ihm beständig versichern, wie fehlerlos er sei. Die Realität würde ihr vielleicht irgendwann ein durchgebrochenes Magengeschwür bescheren, aber das war ja auch nicht mein Problem.

Ich ertappte mich allerdings dabei, dass ich Wulf ernsthaft übelnahm, dass er mir gegenüber von seinen Betreuungsaktionen nichts gesagt hatte. In der letzten Zeit ärgerte ich mich zunehmend über ihn. Die großen Streitereien, die wir in der Vergangenheit hatten, waren einfacher zu verstehen gewesen als diese hinterhältige Art.

Einen endgültigen Schlussstrich unter meine Beziehung zu ihm zog ich allerdings erst zwei Tage später.

Knoten 4. und 5. Faden

Nachmittags – ich gebe zu, ich war ein wenig kleinmütig und wollte nicht mehr mit Karola sprechen – rief ich dann noch mal bei Dr. Koenig an. Susi war erfreut, von mir zu hören und hätte am liebsten stundenlang geplaudert, aber ich konnte sie überzeugen, dass wir nicht zum Ortstarif miteinander sprachen. Sie stellte mich zu Dr. Koenig durch.

»Und, wie läuft es, Frau Farmunt?«

»Schleppend. Ein beachtlicher Haufen kleiner Unannehmlichkeiten macht uns das Leben schwer.«

»Projektbedingt?«

»Nein, eher von uns selbst verursacht. Die Büros sind nicht eingerichtet gewesen, ich habe erst heute Telefon bekommen, der Internetanschluss wird nächste Woche geschaltet, und wann wir das Gerät und einen Kopierer bekommen, steht in den Sternen.«

»Ich dachte, das hätte Herr Daniels bereits alles organisiert?«

»Nein. Aber es ist nur teilweise seine Schuld. Ich habe das Gefühl, man legt so etwas wie passiven Widerstand an den Tag. Die Franzosen sind nicht besonders hilfsbereit, wenn das Projekt erwähnt wird. Ich sah mich schon gezwungen, zu der einen oder anderen Notlüge zu greifen.«

»Das hört sich nicht gut an. Gibt es terminliche Auswirkungen daraus?«

»Noch nicht. Nur finanzielle. Insbesondere bei mir. Ich musste eine ganze Menge Sachen über mein eigenes Konto abwickeln. Es wäre sehr wünschenswert, hier endlich ein Firmenkonto zu eröffnen. Können Sie mir die Vollmachten dazu geben?«

»Herr Daniels hat sie. Aber Sie bekommen sie selbstverständlich auch. Ich werde das in die Wege leiten. Ihre Ausgaben rechnen Sie bitte mit den Reisekosten zusammen ab. Ich werde dafür Sorge tragen, dass ein ausreichender Vorschuss auf Ihr Privatkonto läuft. Nennen Sie mir einen Betrag.«

Ich nannte ihn, und er war einen Moment ruhig. Dann meinte er: »Sie haben uns vermutlich aus der Patsche geholfen. Vielen Dank. Die Angelegenheit wird so schnell wie möglich geregelt. Richten Sie bitte Herrn Daniels aus, dass ich ihn umgehend sprechen möchte.«

»Ja, Herr Dr. Koenig.«

»Und halten Sie mich auf dem Laufenden.«

Ich legte Wulf eine Nachricht auf den Tisch und hoffte, Dr. Koenig würde ihn nicht zu sehr ins Gebet nehmen. Aber es schien so, dass mein Chef mich bei dem Gespräch nicht erwähnt hatte. Wulf war zwar muffelig nach seinem Anruf, aber er machte mich nicht für den erhaltenen Verweis verantwortlich.

Am Donnerstagnachmittag wagte ich meinen ersten Ausflug zur zukünftigen Baustelle und damit auch zu dem alten Haus auf der Landzunge.

Noch sah man nicht viel von den geplanten Arbeiten. Ein Schotterweg war angelegt worden, ein Teil des Geländes war eingezäunt worden und mit Verbotsschildern versehen. Die Wiesen und Felder waren jedoch noch unberührt. Ich parkte am Straßenrand und setzte meinen Weg zu Fuß auf einer holperigen Fahrspur fort. Es war noch immer kühl, aber zwischen den weißen Wolkenbergen leuchtete ein blauer Himmel. Der Wind war frisch und wirbelte in Böen den Staub auf. Schon hier hörte ich das Meer rauschen und roch den salzigen Atem der Flut. Der Menhir stand natürlich noch immer an seinem Platz, eigenartig vertraut, wie ich ihn in meinen Träumen so oft gesehen hatte. Unwillkürlich wanderte ich zu ihm hin.

Kühl fühlte sich der Stein an, graugrün schimmerten die Flechten auf seiner Wetterseite. Das Gras um ihn herum schien höher und grüner zu sein als auf dem Rest der Wiese. Kleine gelbe Blümchen wuchsen zu seinen Füßen, jemand hatte Rosenblätter um ihn gestreut.

»Na, Alter!«, grüßte ich ihn und legte meine Hand auf seine Flanke.

Es ließ ihn kalt.

Trotzdem hatte ich ein eigenartiges Gefühl, als ich so nahe bei ihm stand. Es war wieder einmal so, als ob ich ein klein wenig neben mir stände, als zöge etwas ein Stück von mir aus mir heraus. Wunderlich, aber nicht mehr so erschreckend wie früher, als das ebenfalls geschehen war. Ich riss mich von der Stelle los und ging weiter.

Ein paar Meter weiter stand Roberts Haus. Die dichte Hecke aus blühenden Hortensien davor nahm mir den direkten Blick, aber ganz offensichtlich war es bewohnt. Auf der Leine flatterten ein paar Kleidungsstücke, ein schmutziger Jeep parkte neben dem Schuppen, und auf seinem Dach kauerte der rote Kater. Als ich näher kam, fiel mir plötzlich der Name wieder ein. Dämon hatte er ihn genannt. Mit Recht, wie ich feststellen konnte. In seiner lauernden Haltung glich das Tier einem dämonischen Wasserspeier; den Hals lang vorgestreckt, konzentrierte er sich auf etwas, das am Boden vor ihm geschah. Aber als er meine Schritte hörte, verschwand der Dämon, und nur ein rotgoldener Strich blieb als Erinnerung auf meiner Netzhaut zurück.

Mutig geworden klopfte ich an der Holztür. Es war zumindest ein Akt der Höflichkeit, Robert zu begrüßen, wenn ich schon hier in der Gegend war. Aber es öffnete niemand.

Ich klopfte noch einmal lauter.

Nichts.

Ich drückte auf die Türklinke. Es war nicht abgeschlossen, und als ich in den Wohnraum sah, konnte ich den schwachen Geruch eines erloschenen Holzfeuers wahrnehmen. Auf dem langen Tisch waren, wie schon bei meinem letzten Besuch, Papiere ausgebreitet, ein Laptop thronte arbeitsbereit dazwischen.

Weit konnte der Bewohner also nicht sein.

Ich schloss die Tür wieder hinter mir und stellte fest, dass die sonnige Hauswand, dort wo die Steinbank stand, angenehm warm war. Ich hatte Zeit. Warum nicht ein paar Minuten auf ihn warten?

Aber nach einer Viertelstunde, es war inzwischen beinahe halb sechs geworden, überlegte ich mir dann doch, dass ich vielleicht erst einmal zu Morwennas Haus gehen sollte. Ich stand auf und ging ein paar Meter in diese Richtung, als mich das laute »Krah krah krah« einer Krähe aufschreckte, die beinahe direkt neben mir niederstürzte. Fast hätten mich ihre schwarzen Federn gestreift, und eine plötzliche Gänsehaut zog sich über meine Arme. Grässliche Vögel, diese Krähen. Alptraumartige Erinnerungen an das öde Land stiegen in mir auf.

Doch dann lenkten mich näher kommende Schritte ab.

Robert kehrte zurück. Er war augenscheinlich schnell und weit gelaufen, sein Gesicht war nass von Schweiß. Er hatte kurze Hosen und ein ärmelloses Shirt an, um seiner Stirn wand sich ein ausgebleichtes Tuch. Die blaue Schlange ringelte sich unverändert um seinen Oberarm. Er sah unverschämt gut aus, drahtig, energiegeladen und durchtrainiert und damit völlig das Gegenteil von dem, was man von einem Professor der Geschichtswissenschaften erwarten sollte.

Er keuchte noch nicht einmal, dieser unmögliche Mensch!

»Hallo, Lindis. Ich hatte dich schon erwartet. Schön, dass du hier bist. Entschuldige, ich gebe dir jetzt kein Küsschen, Küsschen, wie das eigentlich üblich wäre.«

»Das beruhigt mich. Wie viel Kilometer?«

»Ach, bloß zwölf heute. Ich hatte zu viel zu tun. Aber es ist eine wundervolle Gegend zum Laufen. Hier vorne an der Küste führt der alte Zöllnerpfad entlang. Der ist schier endlos.«

»Zöllner?«

»Man hat zuzeiten gerne ein wenig geschmuggelt. England ist nicht fern.«

»Ach ja. Man vergisst das immer, wenn man diese Wassermassen sieht.«

»Hast du lange gewartet?«

»Nein, fünfzehn, zwanzig Minuten.«

»Hast du denn noch etwas länger Zeit, oder musst du gleich wieder weg?«

»Muss ich nicht, aber mir wird allmählich kalt. Ich bin nicht so abgehärtet wie du.«

Er lachte und zog sich das verschwitzte Tuch von der Stirn. Die dunklen Locken standen wirr von seinem Kopf ab, und er fuhr sich mit der Hand dadurch.

»Na, dann fahr zurück und zieh dir was Warmes an. Ich dusche inzwischen und mache dann den Kamin an. Wenn du wiederkommst, gibt es Essen und ein warmes Feuer. Einverstanden?«

Warum nicht, dachte ich. Bevor ich wieder mit Wulf essen ging, war sogar das besser. Auf der Hut sein musste ich sowieso bei beiden.

»Gut, ich komme. In einer Stunde etwa.«

Er nickte.

»Wo steht dein Auto?«

»Vorn am Parkplatz.«

»Ich begleite dich ein Stück. Ich muss noch etwas abdampfen.«

Er ging neben mir her und wies seitlich auf die Küste.

»Morwennas Haus steht noch, wie du siehst. Wenn du Lust hast, können wir sie am Wochenende besuchen. Wir bringen ihr einen Kouign Aman mit, die gute Alte ist nämlich ein Naschmäulchen auf ihre späten Tage geworden.«

»Wie kommt's, dass du dich so um sie kümmerst? Hast du eine soziale Ader entdeckt?«

Er zuckte mit den Schultern. »Sie ist meine Vermieterin. Hallo, was haben wir denn da?«

Ich sah in die Richtung, in die er deutete. Wulf, wenn ich meinen Augen trauen konnte. Und ein Mann in blauer Arbeitskleidung neben ihm. Sie schienen ein Schild aufzustellen.

»Sieht aus wie mein Kollege, der Projektleiter. Den anderen kenne ich nicht.«

»Aber ich, das ist Petit-Jean, der Adlatus der Gemeinde. Sorgt normalerweise dafür, dass die Touristen die Mülleimer benutzen, und stutzt die präfektoralen Hecken. Bisschen doof, aber willig.«

»Ein bemerkenswertes Gespann, wie mir scheint. Ich wusste gar nicht, dass Wulf sich um die Mülleimer der Mairie kümmert.«

»Das ist kein Mülleimer, das ist eine Anweisung.«

»Wenn du es sagst.«

Wir waren zu den beiden gekommen, und Wulf musterte uns mit leichter Irritation.

»Nanu, Lindis, was machst du denn hier? Und in was für einer Gesellschaft? Fraternisierst du mit den Eingeborenen?«

»Könnte ich dich genauso fragen. Was ist das?«

Ich sah mir das Metallschild an, das an einen Holzpfosten genagelt war.

»Baustelle! Betreten verboten!« Dafür reichte sogar mein Französisch.

Petit-Jean hatte den Pfosten mit einem schweren Hammer in den Boden getrieben, Robert fasste ihn mit beiden Händen, ruckte kurz und zog ihn wieder heraus.

»Nehmen Sie das bitte wieder mit. Hier ist keine Baustelle.«

Wulfs Gesicht war ein Foto wert. Ich hatte alle Mühe, ein Lachen zu unterdrücken.

»Was fällt Ihnen ein? Wer sind Sie überhaupt? Lindis, kennst du diesen Mann etwa?«

Ich verspürte eine plötzliche Neigung zu leugnen.

»Na, Lindis, hat der Hahn schon dreimal gekräht?«

Unmöglicher Robert!

Mit einer Miene, die, wie ich hoffte, steinern war, antwortete ich: »Darf ich vorstellen, dies ist, auch wenn der Anschein vielleicht trügen mag, Herr Professor Dr. Caspary. Herr Daniels, Projekt-Manager bei KoenigConsult.«

»Der verrückte Museumsprofessor! Das hätte ich mir ja denken können. Was gibt Ihnen das Recht, hier Schilder zu demolieren?«

»Niemand. Aber es mag Ihrer Aufmerksamkeit vielleicht entgangen sein, dass Sie hier auf Privatbesitz stehen. Madame Keroudy sieht es nicht so gerne, wenn Unbefugte auf ihrem Land Baustellenschilder aufstellen.«

Die beiden Männer waren etwa gleich groß, aber Wulf sah in seinem dunkelgrünen Seidenblouson und den grauen Hosen erheblich gepflegter aus als der verschwitzte Robert in seinen Sportsachen. Trotzdem hatte ich irgendwie das nagende Gefühl, dass Robert eine lockere Überlegenheit ausstrahlte.

Petit-Jean nickte, als er den Namen der alten Dame hörte, das Einzige, was er wohl von dem Gespräch verstanden hatte.

Er redete auf Wulf ein: »Das habe ich Ihnen doch gesagt. Das ist das Land von der alten Morwenna. Sie ist Mère Keroudy!«

»Madame Keroudy kann mich mal!«, fauchte Wulf und machte auf dem Absatz kehrt.

»Was soll ich jetzt machen?«, fragte Petit-Jean.

»Nimm das Schild mit und richte Monsieur Callot meine Grüße aus.«

»Oui, Professeur!«

5. Faden, 5. Knoten

Ich begegnete Wulf im Hotel zum Glück nicht. Aber einer heftigen Auseinandersetzung stand jetzt wohl nichts mehr im Wege, das war mir klar. Spätestens am nächsten Tag, wenn er die Eigentumsfrage geklärt hatte, würde es einen gewaltigen Knall geben.

Komischerweise machte ich mir deshalb jetzt überhaupt keine Gedanken. Ich suchte mir einen dicken Pullover heraus und tauschte die eleganten Leinenhosen und den Blazer gegen Jeans und eine Windjacke. Für Robert lohnte es sich nicht, Staat zu machen, er achtete auf so etwas nicht. Dann fuhr ich wieder hinaus zur Landzunge.

Die Sonne stand schon tief über dem Meer und warf einen langen, glitzernden Streif über das Wasser. Die Wolken hatten sich ganz verzogen, und der Wind hatte sich gelegt. Es war ruhig und friedlich, als ich über das federnde Gras zu dem Haus wanderte.

Diesmal wurde mir auf mein Klopfen sofort geöffnet.

»Komm rein, Lindis. Ich bin gleich so weit.«

Im Kamin brannte ein kleines Feuer, der lange Tisch war aufgeräumt und zum Essen gedeckt. Ich warf meine Jacke

315

über einen Stuhl und sah mich um. Der Raum war verhältnismäßig dunkel, durch die kleinen Sprossenfenster drang nicht mehr viel Licht. Es machte ein wenig den Eindruck einer gemütlichen Höhle, verstärkt dadurch, dass die Wände aus unverputztem Mauerwerk bestanden. Das war eine Wohltat für mich, denn die süßliche Blumentapete in meinem Hotelzimmer hatte vom ersten Moment an meine Augen beleidigt.

»Lass das, Dämon! Nase weg!«, hörte ich Robert in der Küche schimpfen. Ich drehte mich zu der offenen Tür um und hatte den hübschen Anblick, wie Robert versuchte, Käse auf einen Teller zu legen, während der Kater auf der Arbeitsplatte ihn mit hungrigen Augen belauerte.

»Fressen Katzen tatsächlich Käse?«

»Dieser Kater frisst alles. Du bist eine lebende Mülltonne, Dämon! Weg, oder ich schneide dir den Schwanz ab und brate ihn in kleinen Stücken.«

»Das scheint ihn nicht besonders zu beeindrucken. Du solltest ihm einen Teller Maus servieren.«

»Nichts da, er ist verwöhnt genug.«

»Es riecht auch nicht schlecht, was machst du da?«

»Der Küchenchef empfiehlt heute Crêpe mit Butter und frischen Kräutern, Tomatensalat mit schwarzen Oliven und, wenn mein Gehilfe davon noch etwas übrig lässt, auch eine Käseauswahl.«

»Du isst noch immer kein Fleisch?«

»Selten. Es schmeckt mir nicht. Kannst du das Brot bitte mit rüber nehmen?«

Zwei Weißbrotstangen lagen auf der Anrichte. Ich konnte nicht widerstehen, ich brach mir ein Stück ab, und die Krümel flogen in alle Richtungen. Innen war das Baguette beinahe cremig. Ich stopfte mir einen großen Brocken in den Mund. Köstlich.

»Kann ich fast verstehen, bei der Qualität! Beni würde aus-flippen.«

»Warum?«

»Sie kocht so gerne. Manchmal verwundert mich das ein bisschen, aber sie hat einen starken Hang zu Hausarbeiten. Eigentlich können wir überhaupt nicht aus derselben Familie stammen.«

»Kochen ist etwas sehr Kreatives, Lindis. Ich mache es auch gerne. Der Markt bietet hervorragende Frischwaren, ich kann bei den Bauern hier alles bekommen, was ich brauche, meist direkt vom Feld. Hier ganz in der Nähe gibt es Artischocken-felder.«

Der Dämon war uns in den Wohnraum gefolgt und hatte sich erwartungsvoll auf die Bank gesetzt. Ich ließ mich in seiner Nähe nieder und betrachtete ihn mir aus der Nähe. Seit ich das kleine Kätzchen im Arm gehalten hatte, war mein Bedürfnis geweckt, so ein weiches Katzenfell zwischen den Fingern zu spüren.

»Darf man den Kater anfassen, oder filetiert er mich gleich?«

»Er ist von vornehmer Zurückhaltung. Versuch es erst einmal mit Augenkontakt. Aber zwinker dabei, das ist höflicher, als zu starren.«

Also sah ich dem Dämon in die Augen. Sie waren wunderschön, ein gelbliches Grün, wie von innen glühend mit großen, schwarzen Pupillen. Ohne zu blinzeln, erwiderte er meinen Blick. Aber er lief auch nicht weg, sondern drehte nur seine Ohren zu mir hin. Eines davon war ein bisschen zerfranst, Spuren einer vergangenen Auseinandersetzung, vermutete ich.

Ich zwinkerte. Er hingegen sah mich noch immer unverwandt an. Irgendeine Reaktion musste der Schöne doch mal zeigen, wünschte ich mir und schloss langsam das rechte Auge.

Bedachtsam schloss auch der Dämon ein Auge, dann sah er mich wieder regungslos an.

Das war ja lustig. Ich wiederholte den Versuch. Mein Zwinkern, sein Zwinkern, mein Zwinkern, sein Zwinkern …

Ganz vorsichtig streckte ich meine Hand zu ihm aus. Würdevoll erhob sich der Kater und kam näher, schnupperte an meinen Fingern, kitzelte mich mit seinen Barthaaren, gähnte dann und ließ sich an meiner Seite nieder. Ich strich ihm sacht über den Rücken.

Der Dämon schnurrte.

»Gut gemacht, Lindis. Hast du deine Tierliebe entdeckt?«

»Die ist ganz neu.« Ich erzählte Robert beim Essen von meinen Ausflügen zum Streichelzoo. Auch von Karola und ihrer Tochter, von Beni und Teresa.

»Teresa, ja. Wir kennen uns schon lange. Sie hat ganz schön was mitgemacht. Aber ich glaube, sie ist jetzt recht glücklich.«

»Sie hat ein paar dunkle Bemerkungen zu Masken und Rollen gemacht.«

Wir räumten den Tisch ab, und Robert legte Holz im Kamin nach.

»Hat dich das zum Nachdenken gebracht?«

Ich setzte mich mit meinem Rotweinglas in den breiten Sessel vor dem Feuer und überlegte meine Antwort. Bisher war unser Gespräch oberflächlich und ohne brisante Themen gewesen. Aber ich hatte eine gesunde Scheu davor, Robert auch nur einen winzigen Einblick in mein Gefühlsleben zu geben. Er konnte die kleinsten Risse nutzen, um sie zu bösartigen Wunden aufzureißen.

»Komm, Dämon, setz dich wieder zu mir«, lockte ich den Kater. Erstaunlich, aber er folgte mir sogar und sprang auf meinen Schoß, wo er sich nach mehrmaligem Herumgetrampel auf meinem vollen Bauch zusammenrollte und in einen wohligen Schlaf zu versinken schien. Das Feuer zauberte rotgoldene Lichter auf sein warmes Fell. Sein Körper vibrierte von leisem Schnurren.

»Hast du Angst, mir darauf zu antworten?«

Oh, Roberts Samtstimme. Wie verführerisch! Schnurrend wie ein Kater. Er saß in dem anderen Sessel vor dem Kamin, Jeans, dickes Baumwollhemd, barfüßig.

»Können wir ein anderes Thema wählen, Robert?«

»Natürlich. Du hast die Wahl.«

»Dann erzähl mir etwas von den Kelten!«

»Ein weites Feld! Was im Besonderen?«

»Die hiesigen.«

»Schön, die hiesigen. Man vermutet, dass sie indoeuropäischen Ursprungs waren. In der Spätbronzezeit breiteten sich die sogenannten Urnenfeld-Leute vom Balkan her über ganz Europa aus. Sie gelten als die Vorläufer der Kelten. Etwa 700 vor unserer Zeitrechnung war die Hallstattkultur bis zu den nördlichsten Gebieten Englands vertreten. Frühe Eisenzeit, sie endete im fünften Jahrhundert. Danach kann man die Bewohner dieser Länder mit gutem Gewissen als Kelten bezeichnen.« Robert dozierte gerne, daran erinnerte ich mich. Aber er konnte auch gut und bildhaft darstellen, und ich bekam durch seine Schilderungen einen guten Überblick über die vergangene Kultur. Schließlich meinte er: »So, das wär's im Schnelldurchgang.«

»Interessant! Sie waren so weit verbreitet? Dann sind sie ja unsere Vorfahren.«

»O nein, nicht nur. Danach kam wieder mächtig Bewegung in die Völker. Vielleicht hast du schon einmal was von Caesar gehört?«

»Spotte nicht. Benis Geschichtslehrer nannte seinen ›Gallischen Krieg‹ tendenziös.«

»Recht hat er. Leider haben wir aber nicht sehr viele ›untendenziöse‹ Berichterstatter, und es wurde auch dadurch nicht besser, dass die alten Knaben ständig voneinander abschrieben.«

319

»Und die Kelten selbst nichts Schriftliches dazu beitrugen.«

»Du weißt ja doch eine ganze Menge. Wie kommt dein plötzliches Interesse an den Kelten?«

Meine Finger streichelten den Dämon mechanisch. Das Feuer knisterte leise und warf bewegliche Schatten. Wie weit konnte ich Robert trauen? Wie konnte er mein Eingeständnis der Träume nutzen, mir wehzutun?

Und – konnte er mir noch wehtun?

Oder – konnte ich das vielleicht jetzt sogar ertragen? War ich noch so verletzlich wie vor zehn Jahren?

Aber wenn ich es nicht wagte, würde ich es nicht wissen. Ich holte tief Luft, und der Dämon, aufgeschreckt, sprang auf und hüpfte auf das Fensterbrett. Robert öffnete ihm, er war mit einem Satz draußen in der stillen Nacht verschwunden.

»Du darfst das nicht persönlich nehmen, er hat wichtige Aufgaben draußen.«

»Wer, oh, der Dämon? Sicher! Einer muss hier ja die Mäuse machen.«

»Eben. Und jetzt – woher dein Interesse?«

»Ich hatte einen Traum …«

»So fangen viele Geschichten an. Erzähl mir deinen Traum, Lindis!«

Diese Stimme, diese schmeichelnde, warme Stimme.

Ich erzählte meine Träume.

Robert unterbrach mich nicht. Er saß zurückgelehnt in seinem Sessel und drehte träge das Glas in seinen Händen.

»So, das war die letzte Szene, daraufhin habe ich dir geschrieben.«

»Ja. Ich dachte mir, dass da mehr hinter steckte als nur der freundliche Dank für einen Genesungswunsch. Du hast eine sehr authentische Schilderung der damaligen Zeit zusammenbekommen. Ich wünschte, ich könnte das als Material verwenden.«

»Du findest das nicht verrückt?«

»Nein, wieso?«

»Oh, schon gut.«

»Du hattest dir Gedanken gemacht, ich verstehe.«

Ich musste lachen, erleichtert. »Ja, aber Beni hat mir versichert, dass ich nur viel Geld für eine Rückführungstherapie gespart habe, und Teresa fand das ebenfalls völlig selbstverständlich. Sie hat mich übrigens auf die keltischen Knoten gebracht.«

»Hast du davon etwas mitgebracht? Die würden mich sehr interessieren.«

»Nein, aber ich kann sie jederzeit produzieren, wenn ich abgelenkt bin. Ich kritzele dir morgen welche.«

»Was ich überaus erfreulich finde, ist, dass du meine Vermutung bestätigst, dass sich hier eine keltische Siedlung befunden haben muss. Die Archäologen in unserem Team werden aufheulen vor Freude.«

»Euer Team?«

»Wir wollten das Freilichtmuseum hier haben. Natürlich auch in der Hoffnung, noch weitere Nachweise zu finden. Aber es gibt, außer Vermutungen, keine stichhaltigen Ansatzpunkte.«

»Na, stichhaltig sind meine Träume auch nicht.«

»Man greift nach jedem Strohhalm. Du könntest zum Beispiel sagen, wo wir gezielt suchen müssten, um etwas von Bedeutung zu finden. Ein Grab, Fundamente, irgendetwas.«

»Tempel oder so? Komisch, ich hatte geglaubt, Danu und auch Conall, der Druide, wären so etwas wie Priester. Aber sie haben keine Tempel gebaut, nicht wahr?«

»Sie hatten ihre Heiligen Haine, und du warst im Traum auch an der Quelle, oder? Die Kelten hatten eine sehr naturnahe Philosophie, Lindis. Sie waren der Meinung, die Götter könne man nur unter freiem Himmel verehren.«

»Aber Götter hatten sie?«

»Massenweise, aber sie schienen nicht sehr streng zu sein und – äh – ziemlich menschlich. Die Welten der Götter, der Feen, der Lebenden und der Verstorbenen lagen für sie dicht beieinander, und diese Welten waren auch an bestimmten Tagen durchlässig.«

»Du sprichst so, als ob die Wirklichkeitssicht damals eine andere war als heute. Ja, als ob sie mehrere Wirklichkeiten hatten, nicht?«

»Hatten sie, und haben wir heute auch noch.«

»Na, ich weiß nicht, Robert. Das ist mir zu abgedreht.«

Er lachte leise und goss mir noch ein Glas Rotwein nach.

»Gerade du musst das sagen. Du hast mir doch eben in dieser Stunde von deinen Wanderungen in der *Autre Monde* berichtet. Aber sicher, wenn du das nicht für normal hältst, musst du dich für verrückt halten. Ein schwieriges Problem für eine Realistin, wie du es bist.«

»Du hältst dich wohl für sehr weise und überlegen, was?«

»Nein.«

»Arrogant.«

»Lindis. Ich will dich nicht ärgern. Denk mal nach, wie viele Wirklichkeiten du kennst. Für deinen blondgelockten Kollegen bist du eine selbstbewusste Geschäftsfrau und, na, vielleicht auch noch etwas anderes. Zwei Wirklichkeiten. Oder zwei Rollen, zwei Masken, wie unsere Freundin Teresa sagen würde. Wusstest du, dass sie Maskenbildnerin gelernt hat?«

»Nein!«

»Sie weiß, wovon sie spricht. Aber das nur am Rande. Für Beni bist du die ältere Schwester, die durchaus ihre Schwächen hat, aber auch hemmungslos herumalbern kann. Sie kennt dich nicht so, wie dich deine Mitarbeiter kennen.«

»Puh, da sagst du was.« Mir fiel die Szene mit Schweitzer ein. »Mein Mitarbeiter glaubt, ich hätte ihn dazu getrieben, die Firma zu verlassen.«

»Und, hat er nicht recht?«

Betroffen sah ich Robert an. »Ja, aber …«

»Du wolltest vermutlich doch, dass er verschwindet, oder?«

»Ja, aber seine Argumente waren so absurd, so extrem subjektiv, völlig an der Realität vorbei.«

»An deiner Realität vorbei. Die Wirkung war aber die gewünschte. Und du hast es dir ja so gewünscht.«

Wenn ich ehrlich war, hatte er recht. Ich hatte Schweitzer vom ersten Zusammentreffen an nicht gemocht und nur die äußere Fassade der Höflichkeit aufrechterhalten. Eigentlich hätte ich von vornherein ablehnen müssen, mit ihm zusammenzuarbeiten.

»Karola hat mir vorgeworfen, ich hätte ihr Leben zerstört.«

»Sie scheint eine reichlich dusselige Kuh zu sein, aber hat sie nicht in gewisser Weise auch recht?«

»Weil sie glaubte, mich bekehren zu können. Und als das nicht geklappt hat, hat ihre Vorstellung von sich einen Knacks bekommen. Herr Professor, du leitest deine Hörer gründlich zum Nachdenken an.«

Ich hob mein Glas und trank ihm zu. Er erwiderte meinen Gruß, und das Lächeln um seine Augen vertiefte sich. Ich war froh, so weit entfernt von ihm zu sitzen. Ein fast spürbarer Sog ging von ihm aus. Aber ich war auf der Hut. Wir würden freundlich am Kamin plaudern. Mit gebührendem Abstand zwischen uns. Vor allem, weil die zweite Weinflasche bereits angebrochen war und ich in diesem wohlig entspannten Zustand die gefährliche Neigung zum Lehnen an breite Schultern bekam.

»Wir haben uns weit von den Kelten entfernt, Lindis. Aber ich glaube, das macht nichts. Wenn du willst, können wir morgen oder an einem andern Tag darüber weitersprechen. Auf jeden Fall werden wir Morwenna besuchen. Sie kennt eine Unmenge alten Brauchtums, und wenn man die dünne christliche

Tünche wegwischt, kommt vieles von den alten Geschichten hervor.«

Ich nickte geistesabwesend, und wahrscheinlich war es auf meinen leicht umnebelten Verstand zurückzuführen, dass ich mit der unvorsichtigen Frage herausplatzte: »Und was hat der Menhir mit all dem zu tun?«

»Nichts. Der Menhir ist ein alter Stein.«

Ich sah Robert an und wusste, dass er mir etwas verschwieg.

»Lindis, sieh mich nicht so zweifelnd an! Der Menhir ist wirklich nur ein alter Stein an seinem Platz.«

»Er hat nichts mit den Kelten zu tun?«

»Nein, er wurde von Menschen errichtet, die lange vor ihnen hier lebten. Und du gehst jetzt zu Bett.«

»Ja, ich werde nach Hause fahren.«

»Nach Hause ist weit. Und selbst ins Hotel wirst du nicht mehr fahren. Die Gendarme hier sind zwar nicht so sehr streng, aber du bist nicht mehr fahrtüchtig. Darum wirst du hier übernachten.«

»Bevormunde mich nicht schon wieder!«

Ich stand wütend auf und stolperte. Wie grässlich, dass er recht hatte.

»Stell dich nicht an. Ich habe dir schon geschrieben, dass es Zimmer genug gibt. Auf, da durch die Tür, und du bist in deinem eigenen Reich. Deine Tugend bleibt unangetastet. Außer, dich empört schon der Besuch eines dämonischen Katers.«

Robert machte ganz den Eindruck eines dämonischen Katers, aber das lag wohl an meiner verschobenen Sicht der Wirklichkeit. Ich ging durch die angewiesene Tür und befand mich in einem dunklen Raum. Robert machte Licht und erklärte: »Geradeaus ist das Bad, die Treppe hoch links das Zimmer mit Himmelbett, rechts das normale Schlafzimmer. Ich lege dir ein T-Shirt von mir über den Stuhl, das wird dir als Nachthemd reichen.«

»Wie früher, ja.«

»Wie früher, ja!«

Ich floh ins Badezimmer. Warum, dreimal verdammt, hatte ich das gesagt?

Knoten 1. und 2. Faden

Ich schlief fast sofort ein, der Rotwein war schwer gewesen.

Doch dann, geweckt durch ein leises Geräusch am Fenster, wachte ich mitten in der Nacht auf. Zuerst wusste ich nicht recht, wo ich war, dann aber erkannte ich durch das blasse Licht, das durch das kleine Fenster fiel, wieder die Umrisse der Möbel und die Holzbalken an der Decke. Ich war in einen Kokon von Decken und Laken gewickelt. Nie würde ich mich an die französische Gepflogenheit gewöhnen, nicht unter bezogenen Daunenkissen, sondern unter Wolldecken und Tüchern zu schlafen. Mühsam versuchte ich mich zu entwirren und meine Uhr vom Nachttisch zu angeln. Es war drei Uhr morgens, ich war hellwach.

Auf bloßen Füßen schlich ich über die knarrenden Holzdielen zum Fenster und sah hinaus. Dort war die Wiese, der alte Menhir, so unendlich vertraut, als würde er schon seit Jahren vor meinem Fenster stehen. Weiter vorne glänzte ein glattes Meer wie silbernes Metall. Am Horizont erhob sich ein halber Mond aus den Fluten, umgeben von einem Gefolge aus Tausenden von Sternen. Es war windstill und das Wasser glatt und bewegungslos. Wie schön das war!

Ich dachte an Robert. Nur wenige Meter von mir entfernt lag er schlafend in seinem Zimmer. Wie nahe, wie schrecklich nahe! So einfach wäre es, die Treppe hinunterzugehen und nebenan die Tür zu öffnen. Wie leicht, eine dumme Ausrede zu finden!

Und weggeschickt zu werden.

Nein.

Ich öffnete das Fenster und atmete die Nachtluft ein. Kühl und ein wenig salzig füllte sie meine Lungen. Ein leises Kratzen, ein Tappen von weichen Pfoten – der Dämon balancierte die Dachrinne entlang. Wie er hier hinaufgekommen war, konnte ich nicht raten, aber er war da, sah mich an und stolzierte dann, als ob es sein gutes Recht wäre, in mein Zimmer.

»Na, Dämon, eine gute Jagd gehabt?«

Natürlich ignorierte er mich. Aber die körperwarmen Decken schienen ihn anzuziehen. Er sprang auf meine Lagerstatt.

»So ganz toll finde ich das nicht, einen Kater im Bett zu haben.«

Seine Augen schienen zu fragen: »Wirklich nicht?«

Ich erwog, ihn mit Gewalt aus dem Bett zu jagen oder selbst Zuflucht im Sessel zu finden. Aber schließlich fragte ich mich, warum eigentlich, und schlüpfte wieder unter die Laken, denn mir war recht kalt geworden.

Dem Dämon gefiel das, er rollte sich an meiner Seite ein und schnurrte mich lauthals an.

»Na, besser als Schnarchen«, sagte ich zu ihm und strich über seinen Rücken.

Vermutlich wirkte lebendes Katzenfell ungemein schlaffördernd, denn kurz darauf fühlte ich mich warm und geborgen, schwebend zwischen Traum und Schlummer.

Dunkelheit umhüllte mich, ein Gewebe rot geäderte Dunkelheit. Ein fernes Pulsieren, wie Meeresrauschen, Wellen, die sacht um mich herum brandeten, wiegten mich ein in einen zeitlosen Schlaf. Einen Schlaf, wie ein Kind ihn schläft, von mütterlicher Weichheit umgeben, geschützt gegen alle äußeren Gefahren, behütet in einer Höhle, schwerelos und vertrauensvoll.

Doch das tiefe Rot wandelte sich, wurde zu schwarzem

Stein, die Adern zu schimmerndem Silber, zu glänzendem Gold. Kristalle erblühten in durchscheinenden Blüten, vielfarbig, vielgestaltig, glitzernd, leuchtend aus einem inneren Feuer. Warm war es in meiner funkelnden Höhle, sicher und ruhevoll. Hier im tiefsten Innern der Erde wollte ich ruhen, schlafen, geborgen sein.

»Lindis, aufwachen!«

Ein Plumps, ein Knarren! Der Kater war aus dem Bett auf die Fensterbank gesprungen. Helles Sonnenlicht schien von dort hinein, es war sieben Uhr.

»Lindis, Frühstück!«

»Komm ja schon!«, brüllte ich aus der Tür und sammelte meine Sachen zusammen.

4. Faden, 6. Knoten

»Und, hast du gut geschlafen, oder haben dich böse Schatten geweckt?«

»Du wirst es nicht für möglich halten, ich habe geschlafen wie in Mutters Schoß. Sprichwörtlich. Ich habe wundervolle Bilder geträumt. Aber ich nehme an, daran war nur dieser Kater schuld. Denn das trat ein, als er sich entschloss, mir ein Stückchen des Bettes zu überlassen.«

Große Tassen mit Milchkaffee und frisches Brot standen auf dem Tisch. Honig, Käse und gesalzene Butter.

»Du bist schrecklich französisch geworden, Robert.«

»Fünfzig Prozent. Madame Mère sorgte dafür.«

»Ach ja, stimmt, deine Mutter ist ja Französin.«

Robert sah energiegeladen aus, kein bisschen verschlafen. Aber er war schon immer ein Frühaufsteher gewesen. Überhaupt hielt er wenig von Schlaf, vier, fünf Stunden reichten ihm. Zumindest vor Jahren noch, als unser kurzes Intermezzo mir diese Kenntnisse über ihn bescherte.

»Hast du Lust, heute Abend wieder vorbeizukommen, Lindis?«

»Ich weiß nicht. Ich fürchte, ich erlebe heute ein Gewitter.«

»Wegen des Grundstücks? Aber das ist doch nicht deine Schuld.«

»Och, aber ich bin ein prima Sündenbock. Trotzdem, ich denke, ich kann das verkraften.«

»Hier wartet eine Zuflucht auf dich, wenn es dick kommt. Nimm den Schlüssel mit, er gehört zur Tür, die hinten in den Anbau führt.«

Ich wollte mich zuerst weigern, aber dann steckte ich ihn doch ein.

Um kurz nach acht war ich im Hotel, zog mich rasch um und lief dann Wulf das erste Mal über den Weg.

»Wo bist du denn gestern gewesen, Lindis? Ich wollte abends noch mit dir sprechen!«, knurrte er mich an.

»Nicht hier.«

Ich fand nicht, dass ihn mein Aufenthalt irgendetwas anging.

»Was heißt nicht hier? Gib mir eine ordentliche Antwort.«

»Wir treffen uns im Büro, Wulf. Bis dann.«

»Lindis, ich will wissen, wo du warst! Und zwar jetzt und nicht im Büro!«

»Und ich werde dir über meine Feierabendbeschäftigungen keine Auskunft geben.«

Ich ließ ihn stehen. Er tauchte im Büro bis zum frühen Nachmittag nicht auf, aber als er dann eintraf, kochte er vor Wut.

»Du hast das gewusst, Lindis!«, donnerte er mich sofort an.

»Was habe ich gewusst?«

»Dass dieses Gelände nicht gekauft worden ist. Du hast es

gewusst und mir nicht gesagt. Du willst wohl mit aller Gewalt, dass mein Projekt scheitert. Ich werde dafür sorgen, dass du sofort ersetzt wirst.«

»Sag mal, spinnst du? Woher soll ich das denn gewusst haben? Ich habe dich mehrfach gefragt, ob die Eigentumsverhältnisse geklärt sind, und du hast mir jedes Mal versichert, sie sind es.«

»Du hast das mit deinem schmierigen Freund ausgeheckt. Ihr beide versucht doch, mich hier auflaufen zu lassen. Aber warte nur, morgen fängt das Abbruchkommando an, der Typ wird gar nicht so schnell aus seinem Haus gekrochen kommen, wie es über ihm zusammenfällt.«

»Mäßige dich mal ein bisschen, Wulf. Erstens ist morgen Samstag, da wird kein Franzose mit dem Abbruch eines Hauses beginnen, und zweitens dürfte die Besitzerin etwas dagegen haben.«

»Die alte Schachtel! Zu der gehe ich heute noch hin und kaufe ihr dieses wertlose Stück Land ab. Ich hab mir Gott sei Dank die Vollmachten für solche Fälle geben lassen. Durch diese Spielchen wird mir der Termin nicht gefährdet.«

»Apropos Termin. Wie viel Zeit soll ich denn für den Abriss der beiden Häuser einplanen? Und für wann?«

Wulf wurde ein bisschen ruhiger und setzte sich auf einen Stuhl.

»Zwei Tage, diese Steinhaufen hält ja nur die Spucke zusammen. Spätestens nächste Woche, sagen wir Mittwoch. Montag werde ich sehen, dass wir den Kauf geregelt bekommen. Es muss möglich sein, das Nutzungsrecht so schnell es geht zu bekommen. Ich spreche am Wochenende mit Callot darüber. Er soll morgen wieder da sein. Du kommst am besten mit.«

»Wenn ich Zeit habe, vielleicht.«

»Du kommst mit! Du kannst ihm klarmachen, wie dringend das ist!«

»Du könntest bitte aufhören, mich so rumzukommandieren. Und jetzt lass mich den Bericht für Dr. Koenig fertigmachen. Aufgrund dieser neuen Entwicklung muss ich den Plan noch einmal komplett überarbeiten.«

»Leg mir das Ergebnis vor, sowie du fertig bist.«

»Jawoll!«

Durch die Tätigkeiten Grundstückskauf und Abriss der Häuser kamen wir auf einen neuen kritischen Pfad, der Puffer war auf fünf Tage geschrumpft. Und ich hatte das ungute Gefühl, dass das noch nicht das Ende war. Ich überarbeitete meinen Bericht und legte dann das aktuelle Werk Wulf auf den Schreibtisch, mit der Bitte, es an Dr. Koenig weiterzuleiten. Die Unterlagen mit dem vorherigen Stand ließ ich auf meinem Tisch liegen und stürmte gegen sechs aus dem Büro, um wenigstens noch ein, zwei Stunden das prachtvolle Wetter genießen zu können.

Ich wanderte vom Hotel aus durch die Felder. Artischocken, nicht die gemeinen Feld-, Wald- und Wiesendisteln, das hatte ich jetzt gelernt. Langsam verflogen der Ärger und die Anspannung des Tages. Ich bog in einen staubigen, steinigen Feldweg ein. Die Bienen summten in den strahlend gelben Ginsterbüschen, die trockene Heide hatte erste grüne Triebe bekommen.

Meine Gedanken wanderten bald auch. Ich ließ es zu, denn es erquickte mich. Das wenigstens hatte ich inzwischen gelernt.

Doch als die Sonne tief stand und ich umkehrte, wurden sie konkreter. So konkret, dass sie mich erschreckten. Ich wusste nämlich plötzlich, dass ich eine ungeheure Abneigung gegen die geplante Ferienanlage hatte. Eine unbeschreibliche Abneigung. Das war neu. Als ich vor über einem Jahr den Job übernommen hatte, war ich überzeugt davon, dass sie eine Errungenschaft der modernen Kultur sein würde, die den armen, kurzsichtigen Menschen hier in dieser abgelegenen Region nur Gutes bringen würde. Dann, Ende des Jahres, eigentlich, nachdem ich mit Karola diesen stickigen Paradiso-Park besucht hatte, war mir diese Form der Urlaubsindustrie als solche unsympathisch geworden, aber meine Arbeit an dem Projekt hatte mich noch immer fasziniert. Jetzt aber, seit ich die wilde, beinahe unberührte Küste gesehen hatte, die alten, verstreuten Häuser, das behäbige Dorf mit seinem Marktplatz und den vielen kleinen Geschäften, Crêperien, Tabacs und heimeligen Restaurants, kam mir der Ferienpark wie ein Geschwür in diesem Umfeld vor. Ein bösartiges Geschwür, das schon jetzt Unruhe in das soziale Umfeld gebracht hatte. Die Baucontainer, die bereits aufgebaut waren, hatten über Nacht unfreundliche Inschriften bekommen, die fremden Unternehmer fanden keine Hotelzimmer, der Bauzaun war schon einmal niedergerissen worden.

Aber was konnte ich tun? Wenn ich die große Konsequenz zog und fristlos kündigte, würde Wulf die Sache auch ohne mich durchziehen. Ich war ersetzbar.

Ziemlich trüb gelaunt kam ich gegen halb neun im Hotel an. Ich hatte keine große Lust mehr, ins Dorf zu fahren, und fragte Madame, ob noch ein Platz im Restaurant frei sei.

Naturellement, war noch ein Plätzchen frei. Madame meinte es gut mit mir und führte mich zu dem Tisch, an dem Wulf saß.

»Hallo, Lindis, wieder durch Feld und Flur unterwegs gewesen?«

Der Herr hatte seinen Groll offensichtlich verwunden und bemühte sich um Freundlichkeit. Gut, also höfliche Konversation.

»Ja, ich habe die letzten Sonnenstrahlen genutzt. Bin ich froh, dass ich in zwei Wochen Urlaub habe. Den ersten seit langer Zeit.«

»Und den willst du wirklich hier in der Wildnis verbringen?«

»So wild ist es gar nicht.«

Ich versenkte mich in die Speisekarte.

»Vielleicht kann ich zur gleichen Zeit auch ein paar Tage freimachen. Wenigstens ein verlängertes Wochenende. Wie fändest du das?«

»Tu das, wenn du möchtest. Ich werde allerdings mit Beni unterwegs sein. Sie hat Ferien.«

»Mit Beni? Kann das Kind nicht woanders Ferien machen? Schick sie doch zu euren Eltern. Ich versteh sowieso nicht, warum du dir das Mädchen aufgehalst hast. Ständig ist mit ihr etwas anderes, weshalb du nicht wegkommst. Du entwickelst dich zu einer richtigen Glucke.«

»Ich habe ihr die Fahrt zum Geburtstag geschenkt.«

Ich nickte dem Kellner zu, der den Aperitif vor mich stellte, und nippte daran, um nicht mehr sagen zu müssen. Wulf erzählte mir inzwischen, dass am Montag zwei Kollegen aus der Bauabteilung eintreffen würden, eine Woche früher als geplant. Ich war ganz froh darüber, denn dann war ich im Büro nicht ständig mit ihm alleine.

Nach dem Essen wollte er mich dann noch zu einem Drink überreden, aber ich war müde geworden und lehnte ab.

»Lindis, sei doch nicht so spröde.« Sein Arm lag um meine Schultern. Ich machte mich los.

»Lindis, wenn du müde bist, ich habe auch noch eine Flasche Wein in meinem Zimmer.«

Es war wohl nötig, ein offenes Wort zu sprechen.

»Wulf, es wäre wohl besser, wenn wir zukünftig nur noch eine geschäftliche Beziehung miteinander hätten. Ich weiß, dass das nicht ganz einfach ist, aber ich denke, wir haben hier so viel Konfliktstoff, dass ich nicht auch noch persönliche Verwicklungen haben möchte. Bitte versteh mich, ja?«

»Wie du willst. Das hat dir wohl dein spinnerter Freund gesteckt, was? Seit wann triffst du dich hinter meinem Rücken eigentlich schon mit dem?«

»Gute Nacht, Wulf.«

Er packte mein Handgelenk schmerzhaft und hielt mich zurück.

»Gib mir Antwort! Du warst gestern Nacht bei ihm, nicht?«

»Wulf, ich kenne Robert Caspary seit fast zehn Jahren. Er ist ein alter Bekannter aus meiner Studienzeit. Und ich kann mich genauso oft und viel mit ihm treffen wie du mit Karola. So, und jetzt lass mich los, du tust mir weh.«

»Da habe ich ja recht gehabt. Du steckst mit ihm unter einer Decke. Aber warte, euch werde ich zeigen, wer hier gewinnt.« Mit einem Ruck, der mir fast den Arm auskugelte, riss er mich herum. »Sag diesem Schwachkopf das!«

Ein beinahe übermächtiger Wunsch, Wulf eine zu scheuern, kochte in mir hoch. Ich gönnte ihm stattdessen einen eisigen Blick, und er ließ mich endlich los.

In meinem Zimmer lief ich ein paar Minuten wütend auf und ab. Mein Blick blieb am Spiegel der Frisierkommode mit ihren kitschigen rosa Volants hängen, und, wie schon so oft vorher, schien mein Bild leicht verschoben zu sein. Ein klein wenig stand ich neben mir.

Ich starrte mich an, bis mir die Tränen in die Augen kamen. Warum, Lindis?

»Weil du eine Rolle spielst, die dir nicht liegt«, antwortete etwas in mir.

Und das Bild wurde wieder klar. Nur eine Lindis sah mich an. Ich seufzte erleichtert auf. Ja, das mochte die Ursache sein. Ich konnte mich mit dem Projekt nicht mehr identifizieren, und ich konnte für Wulf nicht die bewundernde Freundin sein, die er sich wünschte. Ich wusste es, aber trotzdem hatte ich das immer wieder versucht.

Ich mochte auch das Hotelzimmer nicht, und die Vorstellung, hier weitere Wochen zu verbringen, widerte mich an.

Zu den beiden letzten Problemen gab es eine Lösung. Wulf

333

würde ich aus dem Weg gehen, und einen Haustürschlüssel zu einer erheblich bequemeren Unterkunft hatte ich bereits in der Tasche. Auch wenn das nicht ganz frei von Spannungen war, es war das kleinere Übel, mit Robert unter einem Dach zu wohnen als hier mit Wulf.

Außerdem würde Beni sich freuen, dachte ich und musste ein bisschen gezwungen grinsen.

Bevor ich zu Bett ging, packte ich meine Koffer sorgfältig, und sehr früh am nächsten Morgen bat ich Madame um die Rechnung. Sie war zu gut erzogen, um nach den Gründen zu fragen, aber ihr Gesicht spiegelte die Neugier deutlich wider.

13. Faden, 1. Knoten

Robert war nicht da, und ich war froh, den Haustürschlüssel zu haben. Vorsichtig fuhr ich meinen Wagen über den holperigen Zufahrtsweg vor das Haus und trug meine Koffer hinein. Robert hatte wohl geahnt, dass ich kommen würde. Handtücher lagen bereit, mehr Decken waren aufgestapelt – und ein Strauß Hortensien stand auf der alten Truhe unter dem Fenster.

Ich räumte meine Kleider in Schränke und Fächer, dann suchte ich meine Bermudas und ein einfaches Hemd heraus, zog Strandsandalen an und machte mich auf den Weg zum Meer.

Bislang war ich immer nur an den Felsen gewesen, hatte lediglich einmal auf den Strand hinuntergeschaut. Jetzt überraschte es mich, dass er sich weiter hinzog, als ich gedacht hatte. Wenn man die vorragende Landzunge, die auf einem Felsen etwa vier Meter hoch aufragte, umrundet hatte, folgte eine schier endlose Dünenlandschaft. Ob es Ebbe oder Flut war, konnte ich nicht erkennen, auf jeden Fall war das Meer ein ganzes Stück von der Hochwasserlinie aus Algen, Tang und Muscheln entfernt.

Der Himmel wirkte unendlich groß und weit, und in Anbetracht dessen erschienen mir meine Sorgen plötzlich klein und unwichtig. Ich seufzte tief und glücklich auf, nahm meine Schuhe in die Hand und ging durch den warmen Sand bis dorthin, wo er feucht und fest wurde. Kleine, eisige Wellen schnappten nach meinen Zehen, ich sprang zurück. Dann aber, als ich einige Meter gegangen war, machte mir das kalte Wasser nichts mehr aus. Ich war ganz alleine am Strand, es war Anfang Juni, noch nicht Saison für Sonnenhungrige, und überhaupt, sehr besiedelt schien die Gegend nicht zu sein.

Ich begann zu laufen, übermütig sprang ich über Algenbündel und Treibholz, lachte über die Möwen, die vor mir Kapriolen flogen, ließ den Wind meine Haare zerzausen und sang falsch und fröhlich gegen die Wellen an. Als ich außer Atem war, ging ich weiter nach oben, setzte mich in das graugrüne, harte Gras in den Dünen und sah zu, wie das Wasser höher und höher auf den Strand kroch. Mit jeder Welle ein bisschen mehr. Die Flut kam. Die Sonne stieg. Meine Arme wurden rot, die Haut in meinem Gesicht spannte sich, mein Magen knurrte. Es war Zeit umzukehren. Sehr zügig machte ich mich auf den Heimweg.

Der Jeep stand vor der Tür, der Dämon belauerte von seinem Dach wieder irgendetwas am Boden.

»Was gibt es heute zu Mittag, Chef?«

»Brot und Käse, Oliven, ein Kouign Aman, Kirschen, Melonen, Kaffee, Wein, was eben da ist. Aber für heute Abend habe ich … Meine Güte, bist du verbrannt! Du siehst aus wie ein gekochter Hummer.«

»Ja, ich fürchte, ich habe vergessen, mich einzucremen.«

Ich ging in die Küche, wo Robert einen riesigen Weidenkorb mit Obst und Gemüse auspackte. Die Kirschen lockten mich.

»Ich hatte kein Frühstück.«

»Arme Lindis.« Er lächelte mich an, ein bisschen spöttisch, ein bisschen mitleidig. »Bedien dich. Ich mache uns Kaffee.«

»Wir müssen über die Haushaltskosten sprechen, Robert.«

»Unsinn. Ich nage nicht am Hungertuch. So viel kannst du gar nicht essen.«

»Wart's ab, bis Beni kommt. Du könntest diese Aussage bereuen.«

»Wenn es ganz schlimm kommt, schicken wir sie Muscheln sammeln, die kosten nichts und sind sehr nahrhaft.«

»Tja, ich hoffe, dass bis in zwei Wochen dieses Haus noch steht. Wulf hat nämlich angekündigt, dass es spätestens am Mittwoch abgerissen werden soll.«

»Du scheinst nicht allzu fest daran zu glauben, sonst wärst du nicht hier!«

Ich zuckte mit den Schultern. »Ich habe jetzt schon so viele Terminverschiebungen erlebt …«

Ich griff nach dem Brot und hätte beinahe Roberts Arm gestreift. Er machte einen Schritt zurück und gab mir Platz.

»Diese gesalzene Butter …«

»Im Kühlschrank.«

Ich strich sie dick auf das Brot, das noch ein bisschen warm war.

»Göttlich!«

»Freut mich, dass es dir hier gefällt. Wir werden sehen, was wir tun können, um Mère Morwennas Land zu retten, nicht wahr?«

Am späten Nachmittag besuchten wir die alte Dame.

»Sie spricht Bretonisch, in Französisch ist sie nicht besonders wortgewandt. Ein bisschen taub ist sie auch schon. Ich werde übersetzen.«

»Du sprichst natürlich Bretonisch.«

»Natürlich. Es ist die alte Sprache hier, sie geht bis auf die Keltenzeit zurück. Eigentlich müsstest du es auch fließend können, deine Danu hat vermutlich eine ganz ähnliche Sprache benutzt.«

»Na, wenn ich's höre, fällt es mir vielleicht auf. Aber ich fürchte, die Verständigung in Träumen ist einfacher als im normalen Leben.«

Wir hatten das Häuschen erreicht, und eine wirklich uralte Frau erwartete uns schon. Sie war klein, geschrumpft durch das Alter, ihr Gesicht fast schon ein Totenkopf mit einem langen, weißen Zopf. Mager und leicht wie ein Vogel schien sie bald vom Wind aufgewirbelt zu werden, aber ihre altersblassen Augen blickten lebhaft, und sie begrüßte Robert mit einem Schwall krächzender Worte. Sie trug ein schwarzes, langes Kleid und eine weiße Schürze, steif vom Bügeln.

»Bonjour, Madame Lindis«, begrüßte sie mich und reichte mir die Hände.

»Bonjour, Madame Keroudy.« Ich ersetzte weitere Begrüßungsfloskeln durch ein herzliches Lächeln, das sie freundlich nickend erwiderte.

»Du sollst sie Mère Morwenna nennen, was sehr freundlich von ihr gemeint ist. Geh hinein, Lindis. Es ist nicht groß, aber ziemlich originell.«

Mère Morwenna freute sich sichtlich über den Kuchen und naschte nach und nach ein gewaltiges Stück davon weg. Ich hatte mich von Robert aufklären lassen, dass diese Kalorienbombe zu gleichen Mengen aus Butter, Zucker und Mehl bestand, und wunderte mich, wie die viertel Portion von Bretonin diese Mengen bewältigte, während sie mit Robert redete.

»Daniels ist bereits hier gewesen und hat versucht, ihr das Land abzuschwatzen«, fasste Robert einen längeren Gesprächsabschnitt zusammen.

»Und, ist sie drauf eingegangen?«

»Mère Morwennas Französisch ist, wie gesagt, nicht besonders gut. Sie kann es nach Belieben auch völlig vergessen.«

Ich musste lachen. Eine solche Verhandlungspartnerin hatte sich Wulf wohl nicht vorgestellt.

»Er wird Montag mit einem Anwalt wiederkommen, hat er ihr angekündigt. Ich werde mich darum kümmern. Ich denke mal, meine Beziehungen zu den hiesigen Anwälten sind etwas besser als die deines Kollegen. Oder möchtest du, dass ich mich da heraushalte?«

Es war eine entscheidende Frage, es war die Frage, wie ich mich gegenüber dem Vorhaben Ferienpark grundsätzlich weiter verhalten würde. Und es wunderte mich selbst, dass ich mit absoluter Sicherheit in der Stimme antwortete: »Ich möchte, dass du die Interessen von Mère Morwenna wahrnimmst.«

Ich wollte Robert die Hand auf den Arm legen, aber er zog ihn fort.

Robert erklärte Morwenna etwas, und sie nickte. Dann stand sie auf und kramte in einer altersschwarzen Kommode herum. Mit einer Kassette kam sie dann zum Tisch zurück und übergab Robert ein Papier. Sie wies ihn an, es zu lesen.

»Ihr Testament. Lindis, die arme Alte hat keine lebenden Verwandten mehr. Sie vermacht ihr Land und ihre paar Habseligkeiten den Naturschützern, weil die sich schon oft um sie gekümmert haben. Die sind aber meist ziemlich zerstritten. Du liebe Zeit, wenn Morwenna etwas passiert, ist das eine üble Lösung. Sie fragt mich, ob sie es ändern soll.«

»Sie scheint sehr realistisch mit ihrem Ableben umzugehen.«

»Ankou wartet schon lange auf sie. Sie hat keine Angst mehr vor ihm. Und sie hat recht, wir müssen das auf jeden Fall regeln.«

»Wer ist Ankou?«

»Der hiesige Sensenmann.«

»Oh, ach so. Kann sie es nicht der Kirche oder so vermachen?«

Robert lachte schallend auf und übersetzte Morwenna meinen Vorschlag. Die brach in ein geradezu hämisches Gekrächze aus und ließ Worte hören, die mich auch ohne Übersetzung an ein paar saftige Unflätigkeiten denken ließen.

»Madame hat's wohl nicht so mit dem Pfarrer?«

»Nein, wirklich nicht.«

»Gut, gestrichen. Gibt es denn keine Freundin oder jemandem, dem sie traut?«

Robert nickte, und beide parlierten eine Weile, Robert abwehrend und kopfschüttelnd.

»Sie will es mir vermachen. Aber das möchte ich nicht. Ich will mich in keiner Weise bereichern, falls doch noch jemand auftaucht, der ältere Rechte hat. Andererseits wäre es natürlich wundervoll, für das Museum ...«

»Robert, dann ist es doch ganz easy, wie Beni das auszudrücken pflegt. Kann eure Kommission nicht als Erbe eingesetzt werden? Der alten Dame müsste das doch gefallen, wenn ihr Land unter Denkmalschutz kommt. Das ist so ähnlich wie die Naturschützer!«

Robert sah mich an.

»Sehr gut. Eine ausgezeichnete Idee. Moment, das haben wir gleich!«

Als wir eine halbe Stunde später von Morwenna zurückgingen, war Robert sehr schweigsam, aber ich sah, dass er intensiv nachdachte.

»Ich werde gleich eine Menge Telefonate führen!«

»Was hat sie als Letztes gesagt, Robert?«

Er hatte mir Morwennas letzten Satz nicht übersetzt.

»Daoulagad vrav he deus!«

339

»Das habe ich gehört. Und was heißt es? Sie hat mich dabei angesehen.«

Er lächelte. »Sie meint, du hättest schöne Augen.«

»Oh. Na, ich gehe dann mal mit dem Dämon auf Mäusejagd!«

11. Faden, 10. Knoten

Später, gegen Abend, als ich in die Küche strolchte, traf ich Robert, der sich zum Weggehen umgezogen hatte.

»Du wirst dich selbst verpflegen müssen, Lindis, ich muss heute Abend noch nach Morlaix und mich dort mit ein paar Leuten treffen. Wahrscheinlich komme ich erst am Montag zurück.«

»Schon gut, Robert. Ich finde mich zurecht. Muss ich für den Kater etwas richten?«

»Du findest alles im Schrank, Dosenfutter und so. Aber du wirst seine allerbeste Freundin, wenn du ihm eine Schüssel Sahne hinstellst. Ansonsten ist er sehr selbständig.«

Er stand schon in der Tür, aber dann kam er noch einmal zu mir zurück.

»Du bist sehr mutig, Lindis«, sagte er und lächelte mich an. Ohne Spott, ohne Mitleid, einfach nur sehr liebevoll. Ich senkte beschämt den Kopf. War ich mutig gewesen?

Ich machte es mir in meinem Wohnzimmerchen gemütlich mit einer großen Platte Brot, Salat und Käse. Robert hatte für mich Fleischfresser auch Schinken mitgebracht. Der Dämon wusste diesen seltenen Genuss zu schätzen.

Fernsehen gab es bei Robert nicht, aber Bücher in Mengen. Ich hatte etwas herumgestöbert, um meine Kenntnisse des Keltischen weiter zu vertiefen, und hatte mich dann über einen aufwendig aufgemachten Bildband über Kunst und Kultur hergemacht. Mich begeisterten vor allem die wundervollen Schmuckstücke, die darin abgebildet waren. Die Halsreifen, die Torques also, waren von erlesener Schönheit, ungemein kunstvoll gearbeitete Goldringe, wie aus dünnen Schnüren gedreht oder mit filigranen Mustern verziert. Auch die Armreifen, Gürtelschnallen und Ketten, selbst die Schilde waren mit verschlungenen Ornamenten geschmückt. Doch Knotenmuster fand ich so gut wie keine.

Am Sonntag schlief ich lange und trödelte im Haus herum, später machte ich einen Ausflug zum Strand, der an diesem Tag sogar etwas belebter war. Es war tiefster Ebbstand, das Wasser hatte sich fast bis zum Horizont zurückgezogen. Ich wanderte weit über den sandigen Meeresboden, platschte wie die kleinen Kinder auch durch warme Pfützen und bückte mich dann und wann, eine besonders schöne Muschel aufzuheben.

Ich verspürte nach einiger Zeit Hunger und kehrte um. Auf dem Rückweg kam ich auch an Mère Morwennas Häuschen vorbei. Die alte Frau saß davor auf ihrer Bank und ließ sich von der Sonne wärmen. Sie winkte mir zu, und ich näherte mich, um sie zu begrüßen.

Mit ein paar einladend klingenden Worten wies sie auf die Bank. Ich setzte mich zu ihr. Warum auch nicht? Ich hatte ja Zeit. Außerdem waren meine Beine lahm vom langen Gehen im Sand. Müde streckte ich sie aus und wackelte mit den Zehen. Morwenna lachte und wies auf den Strand. Ich nickte, zog eine der skurrilen Muscheln hervor, die ich gefunden hatte, und gab sie ihr. Es schien, sie freute sich wie ein Kind darüber. Dann verschwand sie im Haus und kam kurz darauf mit einem Korb frischer Croissants zurück.

»Marie-Claire!«, murmelte sie und forderte mich auf zuzugreifen. Nichts hätte mir willkommener sein können. So saßen wir beide, eine uralte Bretonin und eine schmutzige, sandige

Deutsche, krümelnd und mit fettigen Fingern in der Sonne und verstanden uns ohne Worte.

Später verabschiedete ich mich und schlenderte noch ein Stück über die Wiese, um aus einer Laune heraus den alten Menhir zu begrüßen. Auch wenn Robert ihn nur als einen bloßen Stein betrachtete, für mich hatte er eine gewisse Bedeutung. Ich setzte mich ins Gras, lehnte meinen Rücken an ihn und beobachtete den Zug der Wolken am Himmel.

Sie zogen schnell, die Wolken, schneller und schneller, wirbelten auf und verdichteten sich zu einem weißen, sonnendurchleuchteten Nebel, der mich ganz umgab.

Dann ein Windstoß, und ich hatte wieder klare Sicht. Danu stand ganz in meiner Nähe. Bei ihr ein junges Mädchen und ein blonder Mann.

»Bitte, Mutter, lass uns darüber reden.«

»Nein, Arian. Ich will es nicht.«

Danu war älter geworden, erste graue Strähnen mischten sich unter ihr blondes Haar, aber sie war schlank und schön wie in jüngeren Jahren. Die drei gingen zu Danus Haus.

»Bitte, Herrin, sagt uns wenigstens den Grund.«

Danu schwieg, aber dann setzte sie sich vor dem Haus auf der Steinbank nieder, und die beiden jungen Leute nahmen auf dem sandigen Boden vor ihr Platz.

»Danu, Mutter! Du weißt, dass ich Angus liebe. Er ist jetzt zwei Jahre fort gewesen, aber das hat nichts daran geändert. Warum wehrst du dich dagegen?«

»Angus ist nicht von unserem Volk, Arian.«

»Ach, Mutter, auch Rozeann hat Cormac geheiratet, und andere Paare gibt es auch schon. Das kann doch nicht der Grund sein. Angus' Vater war ein Fürst, ein Held, Elcmar war ein edler Mann. Du kannst nicht sagen, dass es eine unpassende Verbindung ist.«

Danu seufzte und sah die beiden an. Angus, der ihr zu Füßen

342

saß, hatte große Ähnlichkeit mit Elcmar. Er nickte zu Arians Worten.

»Was ist an meinem Volk, an meiner Familie nicht recht, Herrin? Gibt es etwas, was Ihr gesehen habt, das ein Hinderungsgrund wäre?«

»Ich habe nicht die Sicht befragt.«

»Warum nicht, Mutter? Tu es doch, dann wissen wir, ob unsere Verbindung unter schlechten Zeichen steht! Bitte! Für andere tust du es auch. Und ich bin eine Tochter für dich gewesen, seit ich denken kann.«

»Ihr plagt mich. Gut, ich will es versuchen.«

Danu nahm einen Stab und setzte die Spitze in den Sand zu ihren Füßen. Dann schloss sie das sehende Auge und blickte mit dem blinden Auge in die Ferne. Eine Linie entstand auf dem Boden, wand sich – und brach ab. Ein tiefes, schmerzliches Stöhnen erschreckte das junge Paar.

»Herrin, was ist mit Euch? Habt Ihr so grauenvolle Vorzeichen gesehen?«

Danu schüttelte sich und schlug die Hände vor das Gesicht.

»Ich kann nicht. Ich kann deine Vergangenheit nicht sehen, Angus. Das ist auch der Grund, warum ich eure Zukunft nicht sehen kann.«

»Herrin!« Angus stand auf und sah zu der zusammengesunken an der Wand lehnenden Danu hinunter. »Ihr wollt nicht sehen! Ich weiß, Ihr wollt den Verdienst meines Vaters nicht anerkennen! Aber er war ein guter Führer, er hat sich für sein Volk hingegeben, alle bewundern ihn und verehren sein Angedenken. Die Barden singen von seiner Tat, sie ist Teil der alten Geschichten geworden. Nur Ihr, Ihr weigert Euch. In Euren Liedern hat er keinen Platz, Ihr singt weiter die alten Weisen und vergesst, dass sich die Welt und die Geschichten fortsetzen.«

»Still, Angus, still. Mutter singt auch eigene Lieder, schönere, als je zuvor gehört wurden.«

343

»Mag sein, Arian, ja, von Blumen und Bäumen, von Felsen und Weiden, aber nicht von Menschen, nicht von Heldentaten und Ehre! Dabei hat sie meinen Vater gekannt.«

Danu sah in die Ferne, Trauer stand in ihren Augen.

»Ja, ich habe ihn gekannt, Angus. Du bist ihm so ähnlich.«

»Mutter!« Arian kniete neben ihr nieder und umarmte sie.

»Alle haben meinen Vater geliebt!«

»Ruhig, Angus.«

Danu blickte ihn an und sagte leise: »Ja, Angus, alle.«

Größte Bestürzung und plötzliche Einsicht spiegelte sich in Angus' Zügen. Er kniete zu Danus Füßen nieder und fragte leise: »Ihr habt ihn geliebt, Herrin?«

»Er war die einzige Liebe meines Lebens. Und darum … Auch du, Angus, bist zum Führer geboren. Auch du wirst die Verantwortung für dein Volk und dein Land übernehmen. Ich möchte meiner Tochter den Schmerz ersparen, den ich erlitten habe.«

»Warum sollte sein Schicksal das meine sein? Ein solches Opfer wird nicht in jeder Generation verlangt. Herrin! Mutter, gebt mir Arian zur Frau. Ich verspreche Euch, sie so zu lieben, wie mein Vater Euch geliebt hat.«

Danus Gesicht war nass von Tränen, aber sie nahm die Hände der beiden und legte sie zusammen. Leise, mit kaum hörbarer Stimme sprach sie den Segen über die beiden.

Meine Wangen waren ebenfalls nass, doch nicht von Tränen, sondern von einem plötzlichen Regenguss. Laut rufend und kreischend rannten ein paar Strandbesucher an mir vorbei, um in ihren Autos Unterschlupf zu suchen. Ich rannte auch los und traf gleichzeitig mit dem Dämon an der Tür ein. Wir beide schüttelten unser nasses Fell und schlüpften ins Trockene.

Aber dann wurde ich nachdenklich, und ich bedauerte zutiefst, dass Robert nicht da war. Was war mit Elcmar geschehen, dass Danu noch nach so langen Jahren derartigen Schmerz verspürte? Ich ahnte allmählich, dass etwas Schreckliches geschehen war, so schrecklich, dass es über die Jahrtausende hinweg auch mich noch mit Angst und Entsetzen erfüllte. Arme Danu!

8. Faden, 6. Knoten

Unter den tropfenden Blättern der Hecke eilte die Maus geschäftig hin und her. Sie ahnte nicht, dass die gelbgrünen Augen des Dämons sie lüstern beobachteten. Der Kater saß geduckt auf dem feuchten Kies und verfolgte jede kleine Bewegung seines auserwählten Opfers. Aus reiner Lust an der Jagd, denn der Dämon war wohlgesättigt. Noch vor kurzem, als der heftige Schauer niederging, hatte er in der Küche einen frisch befüllten Napf vorgefunden und wählerisch ein paar Happen genommen.

Jetzt hatte er das Bedürfnis nach Bewegung. Und was war dazu besser geeignet als das Spiel mit einer hurtigen Maus? Wie flink der kleine Nager war!

Ein Ruckeln mit den Hinterpfoten, ein Blitzen in den Augen, ein Satz – der Dämon hatte die Maus in den Fängen. Doch der letale Biss blieb aus. Stolzen Schwanzes und laut maunzend trug der Kater seine Beute vor die offene Haustür. Dort ließ er sie fallen. Die Maus, glücklich, dem grausigen Schicksal entkommen zu sein, schoss davon. Der Dämon sprang hinter ihr her. Wieder hatte er sie gepackt, vorsichtig fast, um sie nicht zu verletzen. Das Spiel sollte ihn ja noch eine Weile unterhalten.

Aber was war das? Ein leises Klirren traf sein aufmerksames Ohr, der feine Hauch frischer Sahne.

Es galt sich zu entscheiden. Maus oder Sahne, das war hier die Frage.

Der Dämon bedachte das kurz und beschloss, dass beides sein konnte. Mit der zappelnden Beute im Maul schlenderte er betont langsam, um nicht gierig zu wirken, in die Küche. Dort stand wie erwartet eine Schale Milch auf dem Steinfußboden.

»Dämon, du hast eine Maus dabei! Raus mit dir!«

Die dämonischen Ohren standen auf Durchzug. Aber leider bedachte der Kater nicht, dass er zum Schlecken der Sahne den Kiefer öffnen musste, und so entwischte ihm sein Opfer wieder einmal. Die Maus rannte um ihr Leben und verschwand unter dem Küchenschrank.

Kaum einen Blick schenkte der Dämon ihr, mit Genuss senkte er seine Zunge in den Milchtopf.

»Dämon, du bist unmöglich. Jetzt haben wir eine lebendige Maus im Haus. Wie soll ich das deinem Herrn erklären? Sofort entfernst du dieses Tier!«

Ein missbilligender Blick traf sein Rückenfell.

»Sag mal, besondere Aufmerksamkeit schenkst du meinen Worten nicht, was?«

Kurz sah der Dämon auf und bewunderte die kluge Einsicht der Menschen.

9. Faden, 4. Knoten

Abends klingelte das Telefon in Roberts Zimmer. Ich zögerte einen Moment, meinen Sprachkenntnissen war am Telefon nicht zu trauen. Andererseits – Übung macht den Meister, dachte ich. Nach dem vierten Klingeln nahm ich ab und meldete mich.

»Oh! Hallöchen, ältere Schwester, hab ich's mir doch gedacht.«

Siedend heiß fiel mir ein, dass ich ja Beni und Teresa noch nicht von meinem Umzug berichtet hatte.

»Ja, ich bin's. Ein kleiner Ortswechsel.«

»Für länger? Die im Hotel haben nämlich gesagt, dass du ausgezogen bist.«

»Ja, ich bin umgezogen. Deine Wünsche gehen also in Erfüllung, sofern das Haus in zwei Wochen noch steht.«

»Och, das braucht noch nicht mal zwei Wochen zu halten, ich komme schon nächsten Samstag.«

»Beni? Wir hatten doch vereinbart, dass du bis zum Schuljahresende bleibst.«

»Jaha. Aber in der letzten Woche ist doch nix mehr los. Ich hab mit Teresa gesprochen, und die findet das auch in Ordnung.«

»Aber ich nicht, Süße!«

»Ach, komm! Wir machen Montag und Dienstag so eine dämliche Exkursion. Die ist echt für die Füße. Und Freitag gibt es eh nur Zeugnisse. Die beiden anderen Tage kann ich mir wirklich schenken.«

»Exkursionen dienen der Bildung!«

»Quark, eine Papierfabrik und ein Völkerkunde-Museum, ätzend, sag ich dir.«

In gewisser Weise musste ich ihr recht geben – ätzend.

»Ist Teresa da?«

»Ja, vielleicht kann sie dich überzeugen. Ciao!«

»Hallo, Lindis! Ich für meinen Teil befürworte Benis Antrag.«

»Ihr seid auch ätzend!«

»Ja, nicht? Und es kommt noch viel schlimmer! Ich würde nämlich auch gerne mitkommen. Ich habe Lust auf eine Woche Ferien und springe mit Beni zusammen am Freitagabend in den Nachtzug nach Brest. Samstag gegen neun kommen wir an, ich miete uns einen Wagen und lade deine Schwester bei dir ab.«

»Was soll ich gegen eine solche Übermacht tun? Macht doch, was ihr wollt.« Ich lachte und freute mich eigentlich darüber, dass die beiden kommen wollten. Jede Ablenkung war mir recht.

»Machen wir auch. Könntest du wohl so nett sein und irgendwo ein Hotelzimmer für mich mieten?«

»Oho, Teresa, das wird beliebig schwierig. Du musst wissen, dass wir hier sozusagen zu den Geächteten gehören, seit das Bauvorhaben Fortschritte macht. Aber ich gebe dir gerne ein paar Telefonnummern von guten Hotels durch. Bist du übermorgen Abend erreichbar?«

»Natürlich. Und wie geht es dem alten Freund?«

»Gut, nehme ich an. Robert ist nicht hier.«

»Den meinte ich auch nicht, ich dachte an den Menhir.«

»Oh, der. Ja, der steht noch. Ich denke, ich habe etwas zu erzählen, wenn ihr hier seid.«

»Schön, dann bis bald.«

Als sie aufgelegt hatte, nickte ich dem Dämon zu.

»Robert wird sich bedanken. Eine Maus im Haus und dann noch Beni!«

5. Faden, 6. Knoten

Als ich am Montag in das Büro kam, war Wulf schon wieder unterwegs. Vermutlich in Sachen Grundstückserwerbs. Ich sah Nachrichten und Post durch und fand die Vollmacht für die Bankangelegenheiten. Das traf sich gut, denn wenn die beiden Kollegen ankamen, mussten vermutlich noch einige Anschaffungen getätigt werden. Ich versuchte mein Glück also bei dem Kreditinstitut am Ort und, Wunder über Wunder, traf hier auf Sympathisanten des Projektes. Die Kontoeröffnung ging reibungslos.

Anschließend wollte ich etwas Ordnung machen und den hoffentlich inzwischen funktionstüchtigen Internetanschluss ausprobieren, um endlich wieder Zugriff zum Server von KoenigConsult zu haben. Meine abgespeckte PC-Version des Netzplans war mir etwas unheimlich.

Ein bisschen irritiert war ich darüber, dass ich die Unterlagen vom Freitag nicht fand. Ich war mir sicher, den ungültig gewordenen Bericht auf dem Schreibtisch liegen gelassen zu haben.

Aber bevor ich zu größeren Suchaktionen starten konnte, trafen Jens Rosenberg und Markus Schwarz ein.

Sie begrüßten mich wie eine Verschollene auf einer einsamen Insel, und ich fand plötzlich Gefallen daran, mit meinem einwöchigen Erfahrungsvorsprung zu prahlen. Ich führte sie im Ort herum, machte sie auf die von mir bisher besuchten Restaurants aufmerksam und begleitete sie zur Baustelle. Hier war gerade ein Tieflader mit Teilen eines Krans angekommen. Eine schwere Baumaschine hatte bereits eine hässliche Spur in die Wiese gegraben.

»Na, dann wollen wir mal, Jens. Frau Farmunt, danke, dass Sie uns herumgeführt haben. Wie sieht's aus, sehen wir uns im Hotel später?«

»Nein, im Hotel nicht. Ich bin ausgezogen, in eine Privatunterkunft.«

»Kluge Frau. Ich denke, wir werden uns in den nächsten Tagen auch nach einem Ferienhaus umsehen. Es ist ja noch nicht Saison, da müsste doch noch was zu finden sein.«

»Hoffentlich, aber tarnen Sie sich als harmlose Urlauber. Es gibt hier nicht überall ein warmes Willkommen für uns.«

»Wird schon. Trotzdem, treffen wir uns heute noch. Sie müssen uns doch unbedingt erklären, was man hier besonders gut essen kann.«

»In Ordnung, um acht dann im ›La Galette‹. Einverstanden?«

Als ich gegen sechs zu Roberts Haus fuhr, sah ich, wo die hässliche Spur der Baumaschine endete. Genau vor Morwennas Häuschen stand ein gelbes Monstrum auf Ketten und zeigte mit seiner stahlzahnstarrenden Schaufel auf ihren Eingang. Ich war mir sicher, dass es genau an der Grundstücksgrenze geparkt war.

Wulf hatte mit der Belagerung begonnen!

Robert war da gewesen, aber schon wieder ausgeflogen. Der Dämon schnurrte um meine Beine und klapperte mit der leeren Sahneschüssel. Sag einer, dass Katzen sich nicht verständlich machen können. Ich gab dem Kater, was des Katers war.

Der Abend mit den Kollegen verlief angenehm, ja, sogar lustig. Die beiden hatten eine Menge Geschichten von anderen Baustellen auf Lager, die sie mir nur zu gerne weitergaben. Ich war für sie ein Novum, Frauen auf Baustellen gehörten zu den selteneren Erscheinungen.

Jedenfalls kam ich erst gegen elf zurück. Roberts Jeep stand jetzt vor der Tür, es brannte Licht im Haus. Natürlich hätte ich mich einfach in meinen Anbau schleichen können, aber das fand ich unhöflich. Ich klopfte also an der Tür und machte auf. Robert saß mit aufgekrempelten Ärmeln an dem langen Tisch, der wieder bedeckt mit Unterlagen war. Er schrieb, sah jedoch erfreut auf, als ich ihn grüßte.

»Na, du Nachteule?«

»Selber, oder?«

»Wie immer. Magst du noch ein Glas Wein trinken?«

»Besser nicht. Ich war mit zwei frisch eingetroffenen Kollegen essen. Es passt nichts mehr in mich hinein.«

»Doch, ein Calvados!«

»Da sagst du was!«

Robert lachte und goss mir ein Gläschen ein.

»Ich habe schlimme Neuigkeiten für dich, Robert.«

»Dein Projektleiter hat aus eigener Tasche eine Baumaschine gekauft und sie vor Morwennas Häuschen geparkt.«

»Mh, das auch. Aber es gibt sogar noch Schlimmeres.«

»Dann lass hören. Du weißt ja, wie es Überbringern schlechter Nachrichten ergeht.«

»Ich habe zur Nacht gebetet. Also, erstens, du hast eine Maus im Haus. Der Dämon hat sie gestern mit angeschleppt und war anschließend nicht mehr bereit, sie wieder zu entsorgen.«

»Wie furchtbar, wo ich doch solche Angst vor Mäusen habe.«

»Und es kommt noch heftiger! Beni trifft am Samstagmorgen ein. Teresa begleitet sie.«

»Oh, schön. Teresa habe ich lange nicht mehr gesehen.«

»Kopf bleibt dran?«

»Gerade noch so.«

»Du könntest mir noch ein oder zwei Tipps geben, wo Teresa ein hübsches Zimmer bekommen kann. Ich will ihr morgen ein paar Adressen nennen.«

»Nenn ihr diese hier.«

»Hier? Beni und ich belegen doch schon die beiden Schlafzimmer. Und Teresa auf der Klappcouch nächtigen zu lassen ist nicht besonders gastlich, sollte man meinen.«

»Liebe Lindis, dies ist ein Ferienhaus für zwei Familien mit sechs Kindern. Ich habe hier auch noch ein Schlafzimmer übrig.«

Es gab mir einen leisen Stich der Eifersucht. Waren die beiden so gute Freunde?

»Guck nicht so pikiert.«

»Sorry.«

»Wann kommen sie an?«

»Um neun in Brest.«

»Gut, ich hole sie dann ab.«

351

»Das kann ich doch auch machen.«

»Wie gut kennst du dich in Brest aus?«

»Okay, überredet!«

»Manchmal kannst du richtig einsichtig sein, Lindis.«

Ich grinste. »Nein, nur bequem!«

»Auch gut. Kannst du dir übrigens für morgen Abend etwas Zeit nehmen?«

»Sicher. Wofür?«

»Ich habe eine Verabredung mit Léon, und ich hätte gerne, dass du dabei bist.«

»Wer ist Léon?«

»Der Bürgermeister, Léon Callot. Wir gehen essen.«

»Nicht mehr lange, und man kann mich rollen.«

»Mh.« Robert musterte mich mit schräg geneigtem Kopf. »Nein, glaube ich nicht.«

»Na, hoffentlich hast du recht.«

Ich sah ihn auch an, seine unordentlichen Locken, sein braunes Gesicht, den schmalen Bart um Lippen und Kinn. Kleine Fältchen, dunkle, braune Augen …

Es zog mich zu ihm, sehr. Ich stand auf und ging um den Tisch herum. Es war lange her, die bösen Erinnerungen begannen zu verblassen, und nur die Wärme und die Vertrautheit blieben übrig.

»Robert, ich …«

Er drehte sich um und rückte ein Stück fort von mir.

»Verzeih mir, Lindis, aber ich muss jetzt noch ein Kapitel fertigmachen. Wir reden morgen weiter, ja?«

Ich schluckte. »Ja, gute Nacht.«

»Gute Nacht, Lindis. Schlaf gut.«

So sanft, so zärtlich – und doch war eine Grenze da, die nicht überschritten werden durfte. Ich wusste nicht, ob ich enttäuscht, verärgert oder traurig sein sollte. Aber als ich schließlich in meinem Bett lag, musste ich mir eingestehen, dass Robert nur mehr vernünftig gehandelt hatte. Wenn wir beide hier für eine Weile zusammen wohnen wollten, dann war das nur in einer distanzierten Form möglich. Hätte ich ausgesprochen, was mich bewegt hatte, wäre er gezwungen gewesen, mich zurückzuweisen. Doch das Wort, das nicht gesagt wurde, brauchte auch nicht zurückgenommen werden. Er hatte mich sozusagen vor mir selbst bewahrt.

5. Faden, 7. Knoten

Am nächsten Abend stand Robert in ungewöhnlicher Aufmachung in meiner Tür.

»Was ist denn jetzt passiert? Du in Anzug und Krawatte? Und ich hab kein Cocktailkleid dabei!«

»Was glaubst du, wie wohl ich mich darin fühle. Aber manchmal können die Franzosen extrem konservativ sein, und in dem Restaurant, in dem wir uns treffen, ist nun mal Krawattenzwang. Du kannst so bleiben, wie du bist.«

»Aber nein, jetzt schon gar nicht. Habe ich eine halbe Stunde Zeit, mich aufzuputzen?«

»Hast du.«

Mein goldbraunes Kostüm mit dem gelben Seidentop fand ich angemessen.

»Nicht schlecht. Pass nur auf, dass du dich an dem Jeep nicht schmutzig machst.«

»Na, den hättest du zur Feier des Tages auch waschen lassen können.«

»Der ist nach drei Metern sowieso wieder dreckig. Aber ich verspreche dir, dass er sich um Mitternacht in eine goldene Kutsche verwandelt. Oder so was.«

»Mist, und ich hab die gläsernen Schuhe heuer nicht an.«

353

Es war zwar nicht genau das, was ich mir wünschte, aber die leichte Kameradschaftlichkeit, die zwischen uns herrschte, war erträglicher als alles andere, was ich zuvor mit Robert erlebt hatte. Nur keine großen Gefühle, Lindis, warnte ich mich.

Callot begrüßte Robert herzlich und mich, wie ich mir einbildete, mit einem Hauch Zurückhaltung, wenn auch sein Benehmen überaus höflich und charmant war.

Der Küchenchef selbst erschien an unserem Tisch, es war eine echte VIP-Behandlung. Ich lehnte mich zurück und genoss diesen Part.

Léon und Robert schienen sich wirklich gut zu kennen, sie tauschten ein paar Neuigkeiten über gemeinsame Bekannte aus, soweit ich der Unterhaltung folgen konnte. Aber auch mich bezogen sie mit ein. Ich gab meine Antworten zum Wetter, den Schönheiten der Landschaft und vielem anderen mehr. Und ich wartete darauf, dass endlich das Thema des Abends zur Sprache kam. Als Diplomat bin ich nämlich eine Niete.

Es war beim Sorbet so weit.

»Madame Keroudy hatte heute Besuch von Monsieur le Curé, Léon.«

»Oh, pauvre Simon.«

Callot schien Morwennas Vorliebe für die Geistlichkeit zu kennen. Neu war mir allerdings, dass der arme Simon offensichtlich von Wulf ausgeschickt worden war, allerdings nicht, um Mère Morwenna für ihre letzten Tage auf den Weg des wahren Glaubens zu bringen, sondern um sie dem Grundstücksverkauf gegenüber aufgeschlossen zu machen.

»Er hat von dem nahen Ende zu ihr gesprochen, und wie nichtig alles irdische Sein und das Festhalten an materiellen Gütern sein.«

»Oh, oh!«, murmelte ich. »Es kam vermutlich nicht so gut an?«

Callot und Robert lächelten wissend.

»Madame hat eine interessante Verfügung erlassen, was den Fall ihres Ablebens betrifft, Léon. Lindis hatte da einen denkbar glücklichen Einfall zu dem Thema.«

Ein erstauntes Brauenheben seitens des Bürgermeisters traf mich.

»Es setzt sozusagen Zeichen.«

»In der Tat? Nicht mehr die Vogelschützer?«

»Nein, die Museumskommission, mit mir als Treuhänder.«

Monsieur, der gerade einen Schluck des exquisiten Bordeaux in den Mund genommen hatte, rang verzweifelt hinter seiner Damastserviette um Fassung.

Ich fragte mich, warum.

Als Callot wieder Herr seiner Stimme war, kommentierte er das mit einem schlichten »Très interessant«, und ich hatte irgendwie das Gefühl, dass er sich nicht traute, auszusprechen, was er wirklich davon hielt. Wir bekamen einen neuen Gang serviert – ich wusste nicht mehr, der wie vielte –, und nach einer recht langen Pause fragte Callot mich: »Ich hoffe, Sie haben keine weiteren Probleme mit Ihrer Projektplanung?«

Ich war stolz auf meine Antwort.

»Seit die Anschlüsse der Télécom funktionieren, ist die Planung einfacher geworden. Mit dem PC waren die Berechnungen sehr langsam.«

Callot nickte und ließ sich über die langsame und umständliche Arbeitsweise des französischen Kommunikationsunternehmens aus.

Das Gespräch bewegte sich am Rand des Surrealistischen, war mein Eindruck. Worauf wollten die beiden hinaus? Jetzt fing Robert auch noch an, über die Kelten zu sprechen. Ich schaltete einen Moment ab, denn Unterhaltungen in einer Fremdsprache, die man nicht besonders gut beherrscht, sind schon anstrengend genug, aber wenn man noch nicht einmal versteht, worauf die Beteiligten hinaus wollten, war es beinahe unerträglich. Ich merkte, wie ein leichter Kopfschmerz meinen Nacken hochkroch.

Plötzlich sah mich Robert an, der mir gegenüber saß.

»Ich sagte Léon gerade, dass dein Hobby ebenfalls die keltische Geschichte ist und dass du Zugang zu bisher unbekannten Quellen hast.«

»Habe ich das?«

»Ein ausgefallenes Hobby, Madame. Ich hoffe, es lässt sich mit ihrer sonstigen Arbeit vereinbaren?«

Robert hilf mir!, flehte ich stumm. In welchem Lager stand Callot?

»Nun, es ist eine Beschäftigung in meiner Freizeit.«

»Die vielleicht zu einer interessanten Entdeckung führt«, fügte Robert hinzu.

Léon legte plötzlich das Besteck auf den Teller, sah Robert direkt an und meinte: »Es würde unsere Sache natürlich sehr unterstützen, Robert. Aber es muss konkret sein, und es muss schnell gehen. Dann kann ich alles in Bewegung setzen.«

War ich froh, nichts von dem exquisiten Bordeaux im Mund zu haben. Meine Kopfschmerzen waren schlagartig verschwunden.

»Wir arbeiten daran, Léon. Lindis weiß, was kritische Termine sind.«

»Madame?«

»*Oui, je sais.*«

»Dann werde auch ich tun, was ich kann. Ich hoffe, Madame – *chère* Lindis –, Sie haben keine Probleme durch dieses Gespräch.«

»Und wenn, werden es meine Probleme sein. *À votre santé*, Léon.«

»Eine goldene Kutsche wäre mehr als angemessen, Lindis. Das hast du hervorragend gemacht.«

»Was, den Verrat an meinem Arbeitgeber?«

»Ist es Verrat? Ihr kriegt die Kiste hier doch sowieso nicht mehr gerichtet. So viel verstehe ich von der Abwicklung auch. Dein Kollege Daniels geht hier wie ein wilder Stier um und stößt auch noch die paar Leute vor den Kopf, die bisher der Idee des Ferienparks die Stange gehalten hatten. Wenn ihr in den nächsten Tagen aussteigt, ist noch kein großer Schaden angerichtet. Aber wenn erst die großen Maschinen den Boden aufwühlen, ist es zu spät.«

»Du weißt gar nicht, wie recht du hast. Das ist die einzige vertragliche Lösung, die wir haben. Was soll ich machen, Robert? Ich habe Dr. Koenig einen Bericht geschickt, in dem rot angemarkert ist, was passiert, wenn hier nicht ganz schnell die Dinge geklärt sind. Er müsste es selbst merken. Mich wundert nur, dass er mich nicht schon mit Schaum vor dem Mund angerufen hat.«

»Wart ab, was morgen passiert. Vielleicht hat er die Unterlagen noch nicht auf dem Tisch.«

»Und im Übrigen – was ist mit konkreten Entdeckungen, die ich machen soll?«

»Reden wir auch in den nächsten Tagen drüber. Ich habe eine Idee.«

»Tu nicht so geheimnisvoll!«

»Lass mir noch etwas Zeit, Lindis. Ich muss noch nachdenken.«

»Na gut, du denkst, ich schlafe. Dieses viele Essen zu später Stunde macht mich fertig!«

6. Faden, 9. Knoten

Dr. Koenig konnte die Unterlagen nicht auf dem Tisch haben, denn er hatte sie nicht bekommen. Bekommen hatte er stattdessen die nicht aktualisierte Planung, die ich so verzweifelt auf meinem Tisch gesucht hatte. Susi bestätigte mir das am nächsten Tag. Leider war Dr. Koenig bis Freitag außer Haus. Ich bat Susi zwar, sie solle ihm ausrichten, dass er mich dringend zurückrufen möchte, falls sie ihn doch noch erwischte. Aber er meldete sich nicht.

Und als er dann endlich anrief, nahm Wulf das Gespräch an und schmierte ihm Honig um den Hörer. Ich hatte Dr. Koenig zwar den neuen Stand zugefaxt, aber Wulf tat so, als ob der neue Plan überhaupt nicht existierte. Ich fragte ihn anschließend danach.

»Das hat Koenig nichts anzugehen. Ich habe Karola angewiesen, ihm nur Berichte vorzulegen, die von mir unterschrieben sind!«

»Das kannst du doch nicht bringen, Wulf!«, fuhr ich ihn empört an. »Es ist auf dem Knirschpunkt hier, und du hältst die Information zurück. Ich werde sofort die neue Version schicken!«

Wulfs Gesicht war vor Zorn wie verzerrt, als er mich anblaffte: »Das wirst du ganz bestimmt nicht machen. Nicht, solange ich hier auch nur ein Wort zu sagen habe. Ist das klar? Mir langt es mit deiner selbstherrlichen Einmischung. Morgen fährst du ab! Ich will dich am Montag nicht mehr im Büro hier sehen. Du bist entlassen«, tobte er vor meinem Schreibtisch.

»Mich zu entlassen steht dir nicht zu, das weißt du. Aber ich werde nicht mehr ins Büro kommen, denn ich habe Urlaub – ab jetzt!«

Ich räumte meinen Schreibtisch auf, füllte einen Urlaubsantrag aus und steckte ihn ins Fax, alles, ohne Wulf weiter zu beachten. Es geschah beinahe mechanisch, ich versagte mir jedes Gefühl, kam mir beinahe vor wie in Trance. Dann warf ich mir meine Jacke über die Schultern, klemmte meine Tasche unter den Arm und ging langsam die Treppen hinunter.

Der Dorfplatz war geschäftig wie immer, der graue Kirchturm mit seinem seltsamen Spitzenmuster aus Stein warf seinen Schatten über die alten Markthallen, drei Alterchen saßen auf einer Bank in der Sonne und kauten auf ihren Pfeifen. Mein Auto war aufgeheizt durch die Sonne, ich ließ die Tür einen Moment offen, bevor ich mich hineinsetzte. Dann fuhr ich mit offenen Fenstern Richtung Küste, noch immer ohne jede Gefühlsregung.

»Hallo, so früh zurück, Lindis?«

Robert putzte doch tatsächlich den Jeep, im Haus rumorte es.

»Ich habe Urlaub. Wulf hat mich rausgeschmissen.«

»Hat er? Darf er das?«

»Nein, aber es ist etwas unerträglich geworden, und ich habe mich sozusagen durch Flucht entzogen.«

»Das muss nicht verkehrt sein. Tapferkeit am falschen Ort verschleißt nur die Nerven.«

»Ich muss trotzdem telefonieren. Darf ich von hier?«

»Natürlich. Drinnen ist Marie-Claire und putzt.«

So lernte ich endlich den Hausgeist kennen, der sich so ganz offensichtlich auch um meine Zimmer kümmerte. Denn wenn ich auch morgens versuchte, meine Schlafdecken einigermaßen ordentlich zusammenzufalten, abends sahen sie immer viel akkurater aus.

Marie-Claire war eine rundliche Frau mittleren Alters, sie hatte eine der typischen buntgeblümten Kittelschürzen an und strahlte Reinlichkeit aus, doch ohne übertriebenen Fanatismus.

Ich mochte sie auf den ersten Blick. Sie hatte was von frisch gebackenem Brot, aber das konnte auch an dem Geruch aus der Küche stammen, wo irgendetwas im Ofen buk.

Sie ließ mich taktvoll allein, als ich zum Telefon griff. Zum Glück war es schon Mittag, und ich konnte hoffen, Susi zu erwischen.

»Dr. Koenig ist außer Haus. Er ist auch übers Wochenende nicht erreichbar, hat er gesagt.«

»Oh, Mist. Haben Sie seine Privatnummer? Ich versuche es noch mal.«

Susi gab sie mir und sagte dann: »Wenn's wegen Ihrem Urlaub ist, das ist geregelt.«

»Nein, deswegen nicht. Ich habe gestern ein Fax geschickt. Aber ich muss ihn unbedingt sprechen. Susi, ich kann Ihrer Kollegin Karola nicht trauen. Können Sie am Montag irgendwie versuchen, kurz bei Dr. Koenig hereinzuschauen?«

»Ich werde ganz einfach am Montag den ganzen Tag da sein. Es ist ein wichtiger Bericht zu schreiben.«

»Susi, Sie sind ein Schatz.«

»Nein, aber ich finde diese Intrigen hier nicht so charming.«

»Mehr als der übliche Dreck, ich weiß. Schönes Wochenende trotzdem.«

Knoten 1. und 2. Faden

Leider erreichte ich Koenig auch nicht mehr zu Hause, aber ich hinterließ ihm eine dringende Nachricht auf Band und Roberts Nummer.

Dann zog ich mich um und setzte mich auf die Steinbank vor dem Haus. Robert ließ mich in Ruhe, ich musste wohl nicht sehr glücklich ausgesehen haben.

Seit über einem Jahr hatte ich mit Kraft und Energie, mit meinem ganzen Einsatz an dem Projekt mitgearbeitet. Es war, abgesehen von meiner Meinung, ob ich die Anlage für gut befand, eine Aufgabe gewesen, der ich mich mit Engagement gewidmet und die mein Denken ausgefüllt hatte. Ich fühlte mich leer. Ziellos. Für mich war die Geschichte zu Ende. Vermutlich auch meine Zeit bei KoenigConsult. Wulf würde schon dafür sorgen.

Anders als bei meiner vorherigen Stelle empfand ich einen riesigen Verlust bei dem Gedanken, diesen Job aufzugeben.

»Lindis, geh zu dem Menhir«, sagte Robert neben mir.

»Warum? Er ist doch nur ein alter Stein.«

»Ja, aber er steht an einer wichtigen Stelle. Geh hin, Lindis, und lausche.«

Warum nicht? Ich stand auf und ging die wenigen Schritte zu dem hohen Felsblock, der grau und irgendwie verlässlich in der Sonne stand.

Wie lange ich zu seinen Füßen saß, wusste ich nicht. Der Wind streifte mein Gesicht, Käfer krabbelten über meine bloßen Beine, Licht flimmerte. Meine Gedanken beruhigten sich nach und nach. Ich hörte die Geräusche der Baustelle, Stimmen, Motorenlärm, Hämmern. Möwengekreisch und das Krächzen der Krähen. Ich lauschte und hörte das Meer rauschen, das leise Rascheln der Gräser. Fragmente des Netzplans tauchten vor meinen geschlossenen Augen auf, Tätigkeiten, ordentlich verknüpft miteinander, in strenger mathematischer Logik. Wie wenig sie der Wirklichkeit entsprachen! Wie viel fehlte in dem Netz, das ich gesponnen hatte! Morwenna war nicht darin enthalten, der Widerstand der Bevölkerung, Karolas Verehrung für Wulf, mein Rückzug aus dem Geschäft … Hätte ich das früher gewusst, würde ich dann Koenig eher geraten haben, die Finger von dem Auftrag zu lassen? Aber wie hätte ich Gefühle, Widerstände, Weigerungen planen können? Wie sinnlos meine Arbeit gewesen war!

Muster entstanden vor meinen Augen, weniger streng als die Kästchen und gerade Striche des Netzplans. Verschlungene Muster, Knoten, Spiralen, ein Gewebe von breiten und dünnen Fäden, sich kreuzend, windend. Ein Muster, wie ich es schon unzählige Male gezeichnet hatte, wie Danu es auf Schiefer malte und in Sand schrieb. Doch irgendwie lebte dieses Geflecht, es schien sich zu ändern, zu schwingen. Aber dann erstarrte das Bild, wurde ruhiger, blieb bestehen, blieb als zarte Linien auf goldenem Grund vor meinen Augen.

Ich lauschte, lauschte, dass es in meinen Ohren rauschte. Und dann hörte ich plötzlich die leise Stimme, die flüsterte:

»Ich bin ...
Ich bin der Schoß, der Tod, das Leben.
Ich bin das Netz, an dem wir weben.
Ich bin Grund, dass alles werde.
Ich bin die Erde.
Ich bin.
Höre!«

Meine Hände lagen flach auf dem Boden, der Kopf lehnte an dem Menhir.

Ich fühlte mich seltsam getröstet. Das Fädchen, das Lindis hieß, war noch immer da. Es suchte weiter seinen Weg durch das Gewebe der Welt.

Ich sah die hässliche Baumaschine vorne auf der Landzunge. Sie störte mich.

Meine Füße waren eingeschlafen und kribbelten, als ich aufstand. Aber das wurde nach ein paar Schritten besser. Dort, wo der Bauzaun begann, traf ich Jens und winkte ihn zu mir.

»Hallo, Lindis, schon Feierabend?«

»Ein paar Tage Urlaub, Jens.«

»Recht hast du. Bleibst du hier?«

»Ja. Darum hab ich eine Bitte. Ist das zwingend nötig,

dass jetzt schon dieses Monster da vorne steht? Am Wochenende kommen doch viele Leute her, um sich am Strand zu vergnügen.«

»Ach nein. Ich weiß nicht, warum Daniels Anweisung gegeben hat, die Kiste da hinzustellen. Ich lasse sie zurückfahren.«

»Danke.«

Es blieb eine Spur zurück, wo die Ketten die Grasnarbe aufgerissen hatten. Aber das war immer noch besser als das Metallungeheuer, das wie ein hungriger Drachen den Blick zum Meer versperrte.

An diesem Abend malte ich wieder Muster. Seiten um Seiten füllte ich, während ich über mich nachdachte.

Knoten 5., 9. und 12. Faden

»Kannst du morgen früh auf dem Markt einkaufen, während ich die Damen abhole?«

»Sicher. Ich hoffe nur, man wird mir nicht faule Tomaten andrehen, so beliebt, wie ich hier bin.«

»Es wird sich herumgesprochen haben, wo du stehst.«

»So schnell?«

»Das ist die hiesige Form des Internet. Zwischenmenschliche Kommunikation oder schlicht – Klatsch und Tratsch.«

Ich musste lachen, aber da war sicher etwas dran. Ich hatte nicht viel Gelegenheit gehabt, mit Robert zu sprechen, seit wir das Treffen mit Callot gehabt hatten. Er war viel unterwegs gewesen und hatte sich sehr zurückgezogen. Doch das war mir in meiner jetzigen Situation auch ganz recht, ich wollte erst noch mit mir selbst ins Reine kommen. Ich hatte das gute Gefühl, dass es mir in nicht allzu weit entfernter Zeit auch gelingen würde.

»Vergiss nicht, für Morwenna Kuchen mitzubringen!«

»Für alle, nicht nur für die alte Dame. Wie geht es ihr? Hat ihr der Pfarrer noch mal zugesetzt?«

Robert, der seine Papiere zusammenräumte, lachte plötzlich auf und kramte etwas hervor.

»Daniels entwickelt äußerst kreative Ansätze in der Sache. Hier, das hat gestern ein Vertreter des ›Maison de retraite‹ in Morlaix bei ihr hinterlassen.«

»Was ist ein ›Maison de retraite‹?«

»Ein Altersheim, in diesem Fall ein umgebautes Kloster, sehr teuer, sehr komfortabel, sehr modern ausgestattet.«

»Nein, das darf doch nicht wahr sein! Arme Mère Morwenna.«

»Sie fasst das als einen äußerst erheiternden Beitrag zu ihrer Belustigung auf.«

»Na, hoffentlich wird das nicht noch zu einer Belästigung. In ein Kloster, du liebe Zeit!«

Am nächsten Tag fuhr ich nach Plouescat und räumte den Markt leer. So kam es mir zumindest vor, als ich mit den beiden ersten Körben zum Auto wankte. Das war nur Obst und Gemüse, anschließend wollte ich das Angebot des Käsestandes und des Fischhändlers prüfen. Ich kannte ja meine Schwester, sie würde ausgehungert sein nach der Zugfahrt.

Die Patisserie war meine letzte Anlaufstelle, und ich schwelgte in Erdbeerkuchen, Tartes, Schokoladen-Madelaines, Croissants und anderen Köstlichkeiten.

Gleichzeitig mit den Besuchern traf ich dann am Haus ein.

»Ältere Schwester!«, jubelte Beni und umarmte mich herzlich. »Du siehst richtig menschlich aus. Und braun bist du geworden. Das ist ja so irre hier, die Felsen da, sieh mal, die sehen aus wie knackige Männermuskeln! Und es riecht nach Fisch! Gibt's hier Muscheln? Und wo ist dein Menhir? Kann man da zum Meer runter? Ist das Roberts Katze? Hast du was zu Essen gekauft?«

Ich hielt ihr mit einer Hand den Mund zu.

»Mmmhmmmh! Mmm?«

»Liebe Beni, ich grüße dich. Die wichtigste Antwort zuerst: Ja, es gibt etwas zu Essen. Ich muss nur das Auto aufmachen. Hilf mir!«

Ekstatische Schreie folgten.

»Hallo, Lindis.« Küsschen, Küsschen von Teresa, die mit Genugtuung die Umgebung betrachtete. »Beni war bislang ganz zahm, aber jetzt scheint sie doch etwas aus dem Gleichgewicht zu sein. Beni, du hattest ein Riesenfrühstück im Zug.«

»Das ist Jahre her. Erdbeerkuchen!«

»Der ist für Mère Morwenna, Finger weg!«

»Ooooch!«

»Herrschaften! Ist euch eigentlich schon mal aufgefallen, dass ihr einen Gastgeber habt, der Anspruch auf gesittetes Benehmen hat?«

»Hast du das, Robert?«

»Tu dir keinen Zwang an, ich liebe grässliche Gören.«

»Oh, Mann, du kennst Jessy nicht. Aber ich werde mich anstrengen, es ihr gleichzutun.«

»Beni will wieder zum Kind werden. Dabei hat sie letzthin ausdrücklich ihren Erwachsenenstatus angefordert.«

Das half ein bisschen. Beni trug folgsam Körbe und Taschen, dann ihre Koffer ins Haus, und der Ausbruch des Entzückens beim Anblick ihres Prinzessinnen-Zimmers hielt sich in erträglichen Grenzen.

»Entschuldigung, Lindis, aber es muss an der Luft liegen.«

»Schon gut, Süße!«

Als ich aus dem Tumult wieder auftauchte, waren Robert und Teresa dabei, vor dem Haus einen Gartentisch aufzustellen.

»Geh doch zu Morwenna hinüber und bitte sie, an unserem Essen teilzunehmen, Lindis.«

Helfen konnte ich sowieso nicht mehr, also ging ich zu dem kleinen Häuschen hinüber und bat Mère Morwenna, die ein paar Pflänzchen goss, zu uns zu kommen. Sie hörte meinem stockenden Französisch aufmerksam zu, deutete dann, dass sie sich die Erde von den Händen waschen wolle, und wanderte kurz darauf mit einer frischen, knisternden Schürze und einer weißen Haube geschmückt an meinem Arm langsam über die Wiese.

»Diese beiden Herren fragten nach dir, Lindis«, meinte Robert, als ich etwas erstaunt meine Kollegen Jens und Markus an der Hecke stehen sah. »Ich habe sie gebeten, mit uns zu essen. Ich komme mir unter so vielen Frauen etwas einsam vor.«

»Ach, du armer Hahn im Korb!«

Morwenna wurde in den Schatten des Apfelbaumes gesetzt, wir anderen bildeten eine laute, fröhliche Runde, die den Mengen, die ich beschafft hatte, in unglaublicher Geschwindigkeit Herr wurde. Es war eine Art Betäubung für mich, aber es war angenehm, in diesem Kreis aufzugehen.

Nur einmal wurden wir still, als Robert mich auf eine Gestalt hinwies, die in Richtung Morwennas Häuschen marschierte.

»Daniels scheint wieder einen Vorstoß zu wagen.«

»Er gibt nicht so schnell auf. Für ihn hängt viel an der Sache, er hat sich weit aus dem Fenster gelehnt, mit seiner Zusage, dass hier nächste Woche begonnen wird.«

Er musste jedoch unverrichteter Dinge wieder gehen, und als er uns an unserer Tafel sitzen sah, bekamen wir alle einen bösen Blick zugeschickt.

»Hast du Ärger mit Daniels?«, wollte Markus wissen.

»Einen kleinen. Aber vergessen wir das, ich habe Urlaub, ja?«

Es war sommerlich, und die Verdauungsruhe setzte ein. Träge ließen wir das Gespräch versickern, sahen in das sonnenflimmernde Laub des Apfelbaumes, in die blauen und weißen Hortensien und dösten vor uns hin. Der Dämon leckte langsam und genießerisch Schlagsahne von Benis Finger.

»So wird Robert seine Hausmaus nie los!«

»Eine Maus im Haus? Irrgh!«

»Ich bin eben gut zu allen Geschöpfen, Teresa.«

Teresa schüttelte sich und fragte mich dann: »Wie alt ist diese Bretonin eigentlich?«

»Oh, knapp an die hundert.«

»Sechsundneunzig. Sie hat die ganzen Jahre hier gelebt«, fügte Robert hinzu.

»Erstaunlich. Scheint eine gesunde Luft hier zu sein.«

Morwenna, die das Interesse an ihr bemerkt hatte, ließ sich von Robert übersetzen.

»Lange Jahre, ja, ja. Aber jetzt nicht mehr lange«, glückste sie.

»Das scheint sie aber nicht sonderlich zu berühren.«

»Nein, Teresa, das berührt sie nicht sehr. Und ich denke auch, dass es nicht mehr lange dauert, bis sie diese Welt verlässt. Sie hat schon einige Male davon gesprochen, dass sie in der letzten Zeit länger und länger in der *Autre Monde* wandert. Irgendwann wird sie einfach nicht mehr zurückkommen.«

»Was für ein glücklicher Glaube.«

Robert übersetzte wieder, und Morwenna sah Teresa und mich eindringlich an.

»Ja, ich gehe in die *Autre Monde*. Es ist gut so. Aber jetzt will ich euch von einem erzählen, der auch dort gewandert ist.«

Ihr Französisch war sehr einfach, sie gab sich Mühe, damit wir sie verstehen konnten.

Es war eine seltsame Geschichte, erzählt von einer brüchigen Stimme, die wie das Rascheln trockener Blätter klang.

367

Knoten 5. und 2. Faden

Morwenna erzählte: »Es war vor langer Zeit, vor vielen, vielen Jahren und einem Tag. Einer, der suchte, kam an den schweigenden Stein, an einem Tag, da die Schleier zwischen den Welten sich lichteten. Er fand Eintritt, doch er verirrte sich in der Dunkelheit. Klebriger, dichter Nebel nahm ihm die Sicht. Der Weg war steil und schlammig, die Last, die er trug, drückte ihn nieder. Gebeugt schleppte er sich voran, ohne Ziel, ohne Richtung.

Er war ein starker Mann, ein kräftiger, ausdauernder Wanderer, und er wusste, er durfte nicht umkehren, ja, noch nicht einmal stehen bleiben. Trotzdem wurde er müde, und seine Kräfte erschöpften sich auf dem langen Weg. Schließlich strauchelte er, und als er sich mühsam wieder erhob, beschloss er, einen Teil seiner Last loszuwerden. Er wühlte und suchte, er wog und wägte, und endlich warf er Zorn und Ungeduld fort.

Danach wurde der Weg etwas weniger steil, aber der feuchte, klamme Nebel machte weiter seine Kleider schwer, und durch die Dunkelheit leuchtete kein Licht.

Als er wieder rasten musste und vor Schwäche keuchte, beschloss er, noch etwas von seiner Last zurückzulassen. Nach langem Ringen trennte er sich von seinem Ehrgeiz.

Der Weg wurde eben und trocken, der Nebel hob sich hier und da, aber spitze Steine drangen durch die Sohlen seines Schuhwerkes, und die Last drückte auf seine Schultern.

So warf er seinen Stolz weg und konnte aufrechter gehen. Aber die Dunkelheit hielt ihn weiter umfangen. Erst als er weitere Teile seiner Last aufgab, Ehre, Ruhm und Härte, riss der Nebelschleier auf, und das Licht der Sterne beleuchtete seinen Weg.

Er führte ihn an einen Waldrand, und dort warteten die Schönen aus dem Alten Volk auf ihn. Unter dem ewigen Vollmond verbrachte er lange Zeit, und er lernte von ihnen viele Dinge. Bis er schließlich den Wunsch hatte, zurückzukehren in die Welt, die er kannte.

Die Schönen lachten und zeigten ihm den Weg. Doch bevor er ging, brachten sie die Last zu ihm zurück und legten sie ihm zu Füßen.

›Vieles hast du abgelegt, eines hast du bei uns erworben!‹, erinnerten sie ihn. ›Möchtest du es tauschen, bevor du zurückgehst?‹

Der Wanderer betrachtete, was er gewonnen hatte. Es war ebenmäßig und schön, schwer lag es in seiner Hand, stählern schimmerte die Oberfläche.

Es war die – Macht.

Die Schönen hielten ihm eine andere Gabe entgegen. Sie schien über ihren Händen zu schweben, gläsern, durchscheinend und glatt. Aus ihrem Inneren leuchtete ein opales Licht.

Und sie nannten es – Liebe.

Noch zögerte der Wanderer, und es fiel ihm schwer, die Macht aufzugeben, die er unter so vielen Mühen erworben hatte. Doch schließlich reichte er mit zitternden Händen den Schönen den stählernen Glanz.

›Heil dir, Weiser! Nimm nun deine alte Last wieder auf, denn du brauchst Zorn und Ungeduld, Stolz und Ehrgeiz, Ehre, Ruhm und Härte in deiner Welt. Doch legst du die Liebe über sie, wird die Last leicht, und du kannst sie mit dir tragen.‹«

Als Morwenna fertig war, saßen wir alle schweigend da, alle vielleicht ein wenig verwirrt.

Beni sprach als Erste wieder: »War das ein altes Märchen?«

»Es war ein Märchen, aber kein sehr altes«, antwortete Robert ihr, und ein eigenartiges Lächeln lag auf seinem Gesicht.

»Komisch, ob sie auch solche Sachen träumt wie du, Lindis?«

»Ich weiß es nicht, aber ganz bestimmt hatte Morwenna Zugang zu vielen inneren Bildern. Sie lebt hier ganz allein, kein Film, keine Fernsehen, kein Radio beeinflusst sie. Nur hin und wieder ein Schwatz mit Besuchern, die vorbeikommen. Lesen kann sie auch nicht.«

»Ja, da kann man schon verschroben und abergläubisch werden.«

»Jens, ich bin mir nicht sicher, ob man das so sehen sollte«, sagte ich zu ihm.

»Oh, ich habe das nicht böse gemeint. Sie ist wirklich eine uralte Frau und hat jedes Recht, so zu denken. Außerdem. glaube ich, ist sie ganz schön lebenstüchtig. Das muss man wohl sein, wenn man so lange lebt.«

Den beiden war der Stimmungsumschwung sichtlich unangenehm geworden, und sie brachen dann auch bald auf. Ich brachte Mère Morwenna zu ihrem Häuschen zurück. Sie war müde, aber schien sehr zufrieden zu sein. Ich half ihr in ihrem Zimmer in einen Sessel und fragte sie, ob sie noch etwas brauche, doch sie schüttelte den Kopf.

Dann, als ich gehen wollte, sah sie mich plötzlich eindringlich an und legte ihre Hand auf meinen Arm.

»Robert ist ein sehr gütiger Mann!«

Sie ließ mich los, und ich starrte sie an, als ob ich nicht recht verstanden hätte. Sie wiederholte noch einmal mit Nachdruck: »Ein gütiger Mann.«

Nun gab es eine ganze Reihe Attribute, die ich Robert zuschreiben konnte. In der letzten Zeit waren sie zwar positiver geworden als früher, ohne Zweifel konnte er freundlich und großzügig sein, humorvoll und verlässlich, aber ich kannte genauso gut Wesenszüge wie beißenden Spott, bitteren Sarkasmus, Brutalität und Arroganz, Stolz und einen knallharten Willen, die Welt und die Menschen darin nach seinen Vorstellungen zu formen. Und Leidenschaft, ja, die auch.

Güte war mir bislang nicht aufgefallen.

Knoten 5., 8., 11. und 12. Faden

Der Abend verlief dann viel ruhiger, sogar Beni war noch halbwegs satt und begnügte sich mit etwas Brot.

Wir saßen um den langen Tisch herum, der ungewöhnlich leer aussah ohne Roberts Unterlagen. Ein paar Kerzen brannten, aber um den Kamin anzumachen, war es zu warm geworden.

»Was gibt es Neues aus der *Autre Monde*, Lindis? Hast du hier noch etwas Interessantes von Danu erfahren?«, fragte Teresa leise, als Robert in der Küche den Wein holte.

»Du kannst ruhig laut darüber sprechen, ich habe auch Robert von den Träumen erzählt. Und ich werde euch allen zusammen das nächste Kapitel berichten. Robert, ich hoffe, du kannst etwas Licht in die Angelegenheit bringen.«

»Erzähl uns.«

Ich berichtete also von Danu, die ihrer Ziehtochter Arian und dem jungen Angus zunächst nicht erlauben wollte zu heiraten, aber dann doch zugestimmt hatte. Ich versuchte auch, mich an so viele Einzelheiten zu erinnern wie möglich.

»Angus ist also Elcmars Sohn. Was ist denn mit Elcmar geschehen? Den hast du nie wieder gesehen, oder? Dabei hatte sie sich doch in ihn verliebt, als sie ihn gepflegt hat.«

»Nein, Beni, ich habe ihn nicht mehr gesehen, und es scheint so zu sein, dass er irgendwann zwischen dieser Dürreperiode und der Rückkehr von Danu in das Dorf gestorben ist. Aber wie und warum – keine Ahnung. Zumindest heldenhaft, denn man scheint sein Andenken in großen Ehren zu halten.«

Robert, der auf der anderen Seite des Tisches saß, hatte die Ellenbogen auf das Holz gestützt und schaute mich sehr eindringlich an. Eindringlich und fragend.

»Robert, ich weiß es wirklich nicht, du brauchst mich gar nicht so anzusehen.«

»Du ahnst es auch nicht? Nein? Dann will ich es euch sagen. Elcmar hat sich für sein Land und sein Volk geopfert.«

»Ja, das hat Angus auch gesagt. Aber wie? Ist er im Kampf gegen Feinde gestorben?«

»Nein, Lindis. Er hat sich geopfert. Die Kelten kannten Menschenopfer. Nicht oft, nicht leichtsinnig, aber dennoch. Es waren, soweit wir wissen, freiwillige Opfer. Ein König, ein Führer gab in Zeiten großer Not sein Blut und sein Leben für sein Land. In der Hoffnung, dass die Götter dieses Opfer annahmen und das Unheil abwendeten. Elcmar hat dieses Opfer vollzogen, um dem neuen Land, das sein Volk aufnahm, zu helfen.«

Samtweiche Stimme, die leise von dem grausamen Geschehen sprach.

Das kalte Grauen zog über meinen Rücken. Arme Danu, arme Danu! Sie hatte ihn geliebt, und er war diesen Weg gegangen.

»Wie schrecklich!«, flüsterte Beni. Und Teresa nahm meine Hand. »Du bist weiß wie die Wand, Lindis.«

Ich war so mit meinem Entsetzen beschäftigt, dass ich überhaupt nicht mitbekam, dass auch Robert mit seiner Fassung rang. Beni, scharfäugige Beni, aber merkte es und ging zu ihm. Sie legte ihm von hinten die Arme um die Schultern, und er lehnte seinen Kopf an ihre Brust.

»Es war für die, die zurückblieben, schlimmer als für das Opfer«, sagte er schließlich leise.

»Es ist schrecklich, dass wir sozusagen in Kontakt mit einer Betroffenen stehen, aber so ungewöhnlich ist für diese Zeit ein Menschenopfer nicht. Sogar das fortschrittliche und so humane Christentum hat seine Märtyrer.«

Ich schüttelte meine leichte Benommenheit ab und fügte hinzu, wobei ich mich wunderte, wie bitter meine Stimme klang: »Wie recht du hast, Teresa. Und es begründet sich sogar auf einem solchen. Einem ganz besonders scheußlichem!«

Beni sah uns beide mit riesengroßen Augen an.

»So hab ich das noch nie gesehen.«

Robert nahm ihre Handgelenke und zog sie seitlich zu sich auf die Bank. Kurz blitzte die Erkenntnis bei mir auf, dass er so ganz und gar berührungsscheu nicht war.

»Sogar heute noch gibt es freiwillige Menschenopfer. Kamikaze-Flieger, sich selbst verbrennende Mönche, Hungerstreikende – übrigens auch ein alter keltischer Brauch. Wenn einem jemand Unrecht getan hatte, setzte man sich so lange auf seine Schwelle und hungerte, bis er sein Unrecht zugab. Höchst wirksam, denke ich mir.«

»Ein Verfahren, das für Beni untauglich ist.«

Zum Glück waren wir wieder auf neutralem Gebiet. Ein bisschen verwundert hatte mich allerdings Roberts Reaktion schon. Aber offensichtlich wollte er nicht mehr dazu sagen.

»Übrigens, Robert, du wolltest doch sehen, was für Schnörkel ich zeichne, wenn ich nachdenke«, erinnerte ich mich und zog die bemalten Seiten aus dem Buch, in dem ich gestern noch geblättert hatte. »Das da sind die Kunstwerke. Zu welchem Schluss kommt der Historiker?«

Ich schob sie ihm über den Tisch zu, und er betrachtete sie eingehend.

»Teresa hat recht mit ihrer Deutung, aber die späteren Motive aus der irischen Buchmalerei sind etwas abstrakter. Sie haben mehr Wiederholungscharakter, sind sozusagen konstruierter. Das hier wirkt origineller. Wenn wir davon ausgehen, dass das hier etwas ist, was von Danu zu dir kommt, dann möchte ich meinen, dass die späteren, christianisierten Kelten vergessen hatten oder vergessen wollten, was die grundlegende Bedeutung war, dann aber nur noch das Prinzip verwendet hatten, um ihre Bücher zu verzieren.«

»Oder dass sie eine noch tiefere Einsicht hatten und erkannten, dass es Wiederholungen gibt? Danu konnte oder durfte nicht schreiben, aber sie stellte ihre Weissagungen immer in dieser Form dar. Es sind die Handlungsfäden und Knoten einer Geschichte. Wir wissen nur nicht welcher.«

»Das wäre sehr tiefsinnig gedacht. Manchmal ist die Lösung viel einfacher. Aber darüber möchte ich später noch nachdenken. Jetzt koche ich für alle einen Cappuccino und erzähle euch noch kurz, was ich mir für morgen ausgedacht habe.«

»Kaffee vor dem Schlafen?« Teresa zog eine Grimasse. »Dir mag das ja nichts ausmachen, aber wenn ihr es heute Nacht auf dem Dach poltern hört, dann bin ich es.«

»Wundervoll, Teresa im weißen Gewand über den Dachfirst stolpernd! Dann weiß ich ja, wem ich da begegne.«

Teresa hatte einen somnambulen Gesichtsausdruck und hielt die Hände tastend vor sich.

»Teresa! Wir haben was vergessen!«, quiekte Beni plötzlich, und Teresa zeigte alle Anzeichen plötzlichen Erwachens. »Wo bin ich?«

»Du Dummbeutel, Teresa, hast du vergessen?«

»Oh? Ach ja, sicher. Lindis, wir haben dir etwas mitgebracht!«

»Das sagt ihr jetzt erst? Ein Geschenk?«

»Mhmhm!«

»Und? Wo ist es?«

»Lauf, Beni. In meinem Zimmer, auf dem Tisch am Fenster.«

Meine Schwester verschwand in Gefilden, die ich bislang noch nicht betreten hatte, aber sie schien sich in Roberts hinteren Gemächern gut auszukennen. Mit einem in Blütenpapier eingewickelten Päckchen kehrte sie zurück.

»Hier, liebste, ältere Schwester. Für dein nächstes Rendezvous mit Danu. Wir haben versucht, es stilgerecht nachzuempfinden.«

Neugierig zog ich die goldene Schleife auf und wickelte das Geschenk aus. Etwas Weißes, Textiles. Schweres weißes Leinen. Ich schüttelte es aus. Ein langes Kleid, schlicht geschnitten, an den Schultern von zwei goldfarbenen Broschen zusammengehalten, die mit keltischen Knoten verziert waren.

»Die sind nicht echt, aber wir haben sie in so einem Ethnoladen gefunden, der irischen Schmuck führt.«

Ich war gerührt und hielt mir das Kleid gerade an, als Robert mit den dampfenden Tassen zurückkam.

»Eher römisch, würde ich sagen, aber vermutlich ist Danu mit der Mode gegangen. Wir müssen dir morgen einen Kranz aus Eichenlaub flechten.«

»Und eine goldene Sichel für mich finden, darauf bestehe ich.«

»Aber einen langen weißen Bart lässt du dir nicht wachsen, bitte.«

»Nein? Schade.«

»Gefällt es dir?«

»Ja, Beni. Danke, ihr beiden. Ich werde es morgen anziehen und euch vorführen.«

Es war nicht genau das, was Danu getragen hatte, aber es war sehr schön.

»So, jetzt zu den ernsthaften Unternehmungen für morgen«, versuchte Robert das Thema zu wechseln.

»Was kann ernsthafter sein, als ein neues Kleid anzuprobieren?«

»Oder Kränze zu flechten!«

»Weiber!«

»Armer Robert, diese älteren Frauen sind nervig mit ihrem Getue um Kleider und Frisuren. Vertrau du mir deine Pläne an.«

Beni flirtete und schmuste mit Robert herum, dass er seine Freude hatte. Ihm schien das zu gefallen, und ich musste mit einem Nagetier in mir kämpfen, das auf den Namen Eifersucht hörte.

375

»Also gut, wir sind ganz Ohr. Was hast du mit uns vor, Robert?«

»Es würde uns, und damit meine ich alle die, die daran interessiert sind, hier ein Museum für Keltische Geschichte aufzubauen, sehr helfen, wenn wir den Nachweis erbringen könnten, dass dieser Standort von besonderer Bedeutung ist. Bislang hatten wir dieses Gebiet einfach deshalb gewählt, weil vonseiten der Gemeinde ein grundlegendes Bedürfnis zur Belebung des Fremdenverkehrs bestand. Wie ihr wisst, verloren wir gegen den Betreiber großer Ferienclubs. Trotzdem, noch wurde nicht mit den Baumaßnahmen begonnen. Aber der Beginn steht kurz bevor. Wenn wir aber etwas finden, das konkrete Hinweise auf ein altes Dorf, ein Heiligtum, Gräber und so weiter gibt, können wir die Sache noch stoppen.«

Robert hatte das sehr nüchtern dargestellt und stand jetzt auf, um hin und her zu gehen. Ich erkannte den Dozenten in ihm wieder.

»Wie wir wissen, hat Lindis eine ganze Reihe Szenen in ihren Träumen gesehen, die alle sehr eindeutig hier spielten, denn Ausgangsort war häufig der Menhir, der vor diesem Haus steht. Richtig, Lindis?«

»Ja, einige Träume spielten hier, andere in einem Ort, etwa einen Tagesmarsch von hier. Andere in einem Waldstück, das früher ebenfalls in dieser Gegend gewesen sein musste, denn Kinder aus dem Dorf waren bis dorthin gekommen.«

»Wir haben hier noch ein Stückchen verwilderten Wald, der an das Naturschutzgebiet grenzt. Wir werden das mit in Betracht ziehen. Aber viel ergiebiger scheint mir die Suche nach den Begrenzungen des ehemaligen Dorfes zu sein. Nichts in irgendwelchen Unterlagen weist bislang darauf hin, aber das ist auch nicht verwunderlich, denn soweit wir wissen, handelte es sich um ein unbedeutendes Fischerdörfchen. Trotzdem wäre es für uns hochinteressant, mehr darüber zu erfahren. Darum habe ich mir folgendes Vorgehen überlegt, und ich hoffe, dass ihr bereit seid mitzumachen.«

»Wir bersten schier vor Abenteuerlust, Robert. Aber – werde ich mir auch keinen Fingernagel dabei abbrechen?«

»Teresa, hat dir schon jemals jemand gesagt, dass du eine Nervensäge bist?«

»Doch, ja. José behauptet das ständig. Was sollen wir machen? Ich bin mit Wünschelruten ganz geschickt.«

»Ernsthaft?« Beni war schon wieder von den Söckchen. Ich allerdings auch.

»Ernsthaft. Jeder kann das. Also?«

»Ich werde vielleicht sogar darauf zurückkommen. Aber es liegt doch viel näher, Lindis zu bitten, sich einfach daran zu erinnern, wo das Dorf lag.«

»Uh! Robert, das kann ich nicht. Hier sieht alles ganz anders aus. In den letzten tausendfünfhundert Jahren hat sich das eine oder andere verändert.«

»Hast du es schon mal versucht?«

»Ehrlich gesagt, nein.«

»Würdest du es denn versuchen, für uns?«

»Sicher, aber …«

»Lindis?«

»Ja?«

Diese Stimme! Wenn er wollte, konnte sie so lockend sein, so verführerisch, so werbend.

»Lindis, hast du Vertrauen zu mir?«

Diese Stimme hüllte mich ein wie ein Samtmantel. Was anderes konnte ich antworten als: »Ja, Robert.«

»Schön. Ich möchte, dass du morgen ein Experiment machst. Ich glaube, du kannst es, auch wenn du bislang immer nur geträumt hast. Du solltest dich einmal bewusst auf die Szenerie konzentrieren und uns dann dort hinführen, wo du irgendetwas von der alten Siedlung siehst.«

»Scherzkeks. Ich soll hier im Trancedance über die Wiese wandeln, zur Belustigung aller Strandbesucher? Das meinst du doch nicht ernst?«

»Doch. Ich glaube, viele Leute werden hier morgen nicht sein, die Baumaschinen und der Zaun schrecken ziemlich ab. Lindis! Nur ein Versuch, ja?«

»Ältere Schwester, ich wünschte, ich könnte mich bei Danu einklinken, ich würde es jederzeit machen.«

»Ja, Lindis, ich auch. Wenn ich du wäre, würde ich zum Menhir gehen und einfach mit geschlossenen Augen warten, was passiert. Du wirst dich bestimmt erinnern.«

Ich gab mich geschlagen. Es war ein Versuch wert.

»Wenn's nicht klappt, seid mir bitte nicht böse. Bislang konnte ich nichts davon steuern.«

»Natürlich nicht. Und jetzt zu Bett, Mädels. Teresa, ich lasse dir den Vortritt im Bad.«

»Beni, ich dir nicht!«

Knoten 1., 2. und 11. Faden

Es war schon am Morgen sehr warm. Ungewöhnlich, wie uns Robert versicherte. Vor allem, weil kaum ein Lüftchen wehte. Ich zog wie Beni kurze Hosen und eine ärmellose Bluse an. Teresa hatte ein Top und einen langen Flatterrock an.

»Zieh doch auch Bermudas an, ist doch bequemer.«

Teresa lachte. »Nein, nein, Lindis.« Sie lüpfte den Rock. »Liegt in der Familie!«

Es waren unschöne Spuren von Krampfadern und Besenreisern. Aber sie schien sich damit abgefunden zu haben.

Robert hatte die üblichen verwaschenen Jeans und ein aufgekrempeltes Hemd an, leider bis über die Brust offen. Ich bemühte mich, ihn so wenig wie möglich anzusehen, denn die sommerliche Wärme hatte meine verschlafenen Hormone wieder aufgeweckt.

Er hatte einen Rucksack dabei und drückte Beni eine Kameratasche in die Hand. Sie sah ihn ebenfalls interessiert an und fuhr dann mit dem Finger über die blaue Tätowierung an seinem Arm.

»Was ist das?«

»Ein Andenken.«

»Woran? Entschuldigung!«

Beni hatte wohl gerade gemerkt, dass da ein Schild »Betreten verboten!« stand. Selbst ich wusste übrigens nicht, woran ihn diese Schlange erinnern sollte. Ich hatte ihn nie gefragt.

»Auf geht's! Teresas Vorschlag war nicht schlecht. Gehen wir zum Menhir.«

Dort stellte ich mich mit dem Rücken an den Stein und versuchte, mich auf das zu konzentrieren, was ich tun sollte.

Es ging erstaunlich leicht. Kurze Zeit nachdem ich die Augen geschlossen hatte, tauchte die Landschaft vor meinen Augen auf. Menschenleer, aber eindeutig nicht in der Gegenwart. Es war ein komisches Gefühl, halb war ich in der einen, halb in der anderen Welt. Die Geräusche waren ganz eindeutig die der Gegenwart, denn ich konnte ein Flugzeug brummen hören, Beni und Teresa flüstern und ein Motorrad knattern.

»Leute, ich hab's. Aber, ich denke, es wäre gut, wenn ich mir irgendwas über die Augen binden würde, ich möchte sie nicht aus Versehen öffnen.«

Teresas Parfüm war in dem Tuch, das sie mir umwickelte. Dann nahmen mich Beni und sie in die Mitte, und ich ging los, in Richtung der Palisaden.

Das Dorf hatte ein ganzes Stück vom Meer entfernt gelegen, aber ich wusste nicht, wo wir uns real befanden. Nach einer ganzen Weile blieb ich stehen, denn die Holzwand stieg vor mir auf, als wenn sie wirklich wäre.

»Ist hier etwas?«

»Ja, hier … hier müsste die Einfriedung gewesen sein. Aber ich weiß nicht …«

»Du bist kurz vor der Straße. Es wird etwas problematisch, dich hier weiter zu führen. Können wir nach rechts oder links gehen?

»Kann ich. Wenn ich mich recht erinnere, sollte etwa hundert Meter links der Haupteingang sein.«

Ich wollte losgehen, doch Teresa und Beni hielten mich sehr fest.

»Das geht nicht, Robert. Wir können nicht quer durch das Artischockenfeld.«

»Danke«, sagte ich lachend. »Aber vielleicht hilft es euch zu wissen, dass dort das Tor ist.« Ich zeigte in die Richtung und gab die ungefähre Entfernung an. »Hinter dem Tor standen, glaube ich, die Häuser des Vorstehers und des Schmieds. Dann drei große Häuser und danach Mebs Töpferei. Dahinter zog sich eine Reihe Häuser und Hütten an der Palisade entlang, in der Mitte war ein freier Platz. Die Häuser waren aus Stein, wie heute noch, aber mit Stroh gedeckt.«

»Wunderbar, Lindis. Ganz wunderbar. Damit können wir etwas anfangen. Vermutlich werden wir Fundamente hier im Boden finden. Das ist eine sehr gezielte Angabe. Kannst du dich an noch mehr erinnern?«

»Ja, es geht erstaunlich gut. Kann ich da rechts weitergehen? Ich möchte so gerne in diesen Wald hinter dem Dorf.«

»Das ist aber ein ganzes Stück zu laufen!«

»Lange Spaziergänge bin ich gewöhnt. Aber lasst mich nicht in einen Kuhfladen oder so was treten.«

Das Gehen wurde schwieriger, als ich gehofft hatte, manchmal mussten wir Umwege in Kauf nehmen, denn es standen Häuser im Weg, Gartenzäune, Autos. Meine Begleiter beschränkten ihre Bemerkungen auf das Notwendigste, um mich nicht zu irritieren. Aber die Bilder blieben konstant vor meinen Augen, vielleicht einfach deswegen, weil ich die Gegend schon so oft gesehen hatte und jetzt durch die geschlossenen Augen die Veränderungen der Neuzeit nicht wahrnahm. Ein paar Mal strauchelte ich, wurde aber von Beni und Teresa immer gestützt und festgehalten. Ich war dem Tuch dankbar, denn jedes Mal, wenn ich stolperte, musste ich unwillkürlich blinzeln.

Vermutlich war schon über eine Stunde vergangen, wahrscheinlich sogar mehr. Wir waren ganz sicher außerhalb der kleinen Ortschaft, eine vorgelagerte Siedlung von Plouescat, die beinahe ausschließlich aus zu Ferienhäusern umgebauten alten Häusern bestand. Feldwege, dann Heide, die an meinen Beinen kratzte. In meiner Welt hinter den geschlossenen Augen war ich bereits am Waldrand, ich suchte einen ganz bestimmten schmalen Pfad, der durch das Unterholz führte.

»Lindis, halt! Wo führst du uns hin?«

»Geht es hier nicht weiter?«

»Doch. Wir kommen jetzt in den Wald. Wir müssten weit von dem Dorf entfernt sein, oder hat es sich bis hierhin erstreckt?«

»Nein, aber ich möchte die Quelle sehen.«

»Du meinst, das hier ist der Heilige Hain gewesen?«

»Na, ich stehe schon mitten drin.«

»Dann weiter!«

Es wurde anstrengend. Da, wo einst der Pfad entlangführte, war jetzt dichter Wald und Unterholz. Aber seltsam, je näher ich der Quelle kam, desto deutlicher wurde das Bild, desto mehr zog es mich voran.

»Wir können hier nicht weiter, hier ist Farn und Gestrüpp.« Beni hielt mich zurück.

»Ich will aber.«

381

»Lindis! Hier braucht man eine Machete, um durchzukommen.«

»Gibt es keinen anderen Weg, den ihr mich führen könnt? Es ist nicht mehr weit.«

»Bleib stehen, Lindis, zeig in die Richtung, in die du möchtest. Ich mache das dann schon.«

»Au ja, Robert. Ich wollte schon immer mal Statistin bei Indiana Jones spielen!«

»Was ist?«

»Der Tipp mit der Machete hat das Schlimmste bei Robert geweckt. Sag mal, hast du nicht so ein Ding von deinem Einsatz im Dschungelkampf in Indochina gerettet?«

»Sehe ich schon so greisenhaft aus?«

Ich musste auflachen bei der Vorstellung, und der Bezug zu der anderen Zeit brach ab. Ich zog das Tuch von den Augen.

»Teresa, das hat mich um meine Trance gebracht.« Ich kicherte. »Den Anblick möchte ich mir doch nicht entgehen lassen. Robert im bretonischen Urwald den Weg durch die Lianen hackend und Teresa im geschürzten Wämschen hinterher.«

»Oh, Lindis, aus der Traum?« Robert sah mich fragend an.

»Ja, aber das ist nicht schlimm, ich denke, wir finden es jetzt auch so. Gibt es hier irgendwo ein Bächlein, ein Rinnsal nur, nicht groß?«

Wir standen mitten im Wald, vor mir ein halb vermoderter Stamm, überwachsen mit dichtem Farn und verfilztem Buschwerk. Hier ging es wirklich nicht weiter. Aber Beni war schon auf der Suche, sie krabbelte unter den Zweigen hindurch und rief uns zu: »Kommt, hier geht es besser.«

»Doch Fingernägel abbrechen«, grollte Teresa und hob ihren Rock. Ich folgte ihr und stand dann auf etwas freierem Boden. Robert kam von links und meinte nur: »Es wäre auch bequemer gegangen.«

Ich suchte in meiner Erinnerung. Es hatte mich vorangetrieben, so stark, dass auch jetzt noch etwas davon zu spüren sein musste. Ohne die anderen zu beachten, ging ich weiter, versuchte, meine Sinne so offen wie möglich zu halten. Das Gelände stieg sacht an, der Boden wurde felsig. Es musste hier sein.

Es war auch so. Ein Bachlauf, braun zwischen Steinen und Humus, suchte sich seinen Weg durch die Bäume und verschwand in einer Betonröhre.

»Wunder der Kanalisation. Aber wir müssen dem Wasser nur noch folgen.«

Fünfzehn Minuten später und erheblich zerkratzter stand ich dann wirklich an dem Felsbecken. Es war ein seltsamer Moment. Ich glaube, hier wurde mir zum ersten Mal klar, dass es keine Laune von stressgeplagten Nerven gewesen war, die mich mit den Stationen von Danus Leben verband. Vorsichtig strich ich mit der Hand über den Felsen, in dem sich das klare Wasser sammelte, um schließlich zwischen bemoosten Steinen überzulaufen und in einer kleinen Kaskade zum Bächlein zu werden.

»Das ist ja hinreißend«, sagte Teresa leise und sah sich um. »Wie schön, dass hier noch nicht das Forstamt gewütet hat.«

»Schlimmer noch wäre das *Bureau du Tourisme* mit einem Hinweis für Ausflügler. Man könnte meinen, der Heilige Hain wüsste sich selbst zu schützen.«

Auch Robert sah ergriffen aus.

»Hier ganz in der Nähe muss auch Danus Höhle sein, in die sie sich zurückgezogen hatte. Wartet mal, ich sehe nach.«

»Sei vorsichtig, Lindis.«

»Ja, Robert.«

Ich war erstaunt. Robert mahnte mich, vorsichtig zu sein? Ich kletterte ein Stück höher und sah mich suchend um. Ich nehme an, wenn ich es nicht schon einmal gesehen hätte, wäre ich nie darauf gekommen. So aber schob ich mit fast schlafwandlerischer Sicherheit ein paar Efeuranken zur Seite und fand den Eingang der kleinen Höhle im Felsen.

»Ich habe die Höhle gefunden. Robert, hast du eine Taschenlampe dabei?«

»Natürlich. Aber komm herunter und lass mich das machen.«

Es war meine Höhle. Ich wollte sie als Erste betreten.

»Nein, Robert.«

»Lindis, das kann gefährlich sein. Komm da runter!«

»Nein.«

Er sah zu mir hoch und drückte dann Beni eine Stablampe in die Hand.

»Wie du wünschst, Herrin«, sagte er, und so, wie er mich dabei ansah, schlugen plötzlich Eisbrocken und Flammenglut über mir zusammen. Doch ich hielt seinem Blick stand, und Beni musste mir förmlich die Lampe in die Hände drücken. Dann besann ich mich und kletterte in die Höhle.

Sie war beinahe rund und reichte gerade, um sich darin aufzurichten. Sie mochte fünf, sechs Quadratmeter groß sein und war bis auf wenige Dinge leer. Aber was ich erkannte, als sich meine Augen an die spärliche Beleuchtung gewöhnt hatten, ließ mich vor Freude aufseufzen. Dann packte mich der Übermut.

»Hast du was gefunden?«, tönte es ungeduldig von draußen.

»Ja. Moment.«

»Können wir etwas helfen?«

»Ja, Teresa. Hier, nimm mir das mal ab.«

»Was ist das denn?«

»Eine original historische Keksdose mit geheimnisvollen Zeichen geschmückt, die zu deuten nur mir bestimmt ist. Holländische Butterkookies!«

»Ja, der Handel mit den germanischen Stämmen war damals schon schwunghaft.«

»Und hier, eine Amphore mit einem Zaubertrank namens Coca Cola.«

»Wie ungemein typisch für das frühe Keltentum.«

»Und jetzt der Knaller. Ein zerfledderter Papyrus mit einem authentischen Bericht über die damaligen Geschehnisse. In bunter Bildersprache. Man zeigt Hinkelsteine und mutige Gallier.«

»Das muss der Nistplatz eines halbwüchsigen Menschen gewesen sein. Neuere Plastikzeit.«

»Und jetzt, nachdem ich den Müll ausgeräumt habe, hätte ich gerne den Fotoapparat. Mit Blitz.«

»Lindis, heißt das, da ist noch etwas?«

»Ja, Robert.«

»Du verstehst es, dein Publikum in Atem zu halten.«

Beni reichte mir den Apparat, und ich machte, mit einem leisen Gebet an die Göttin der Quelle, dass sie mir auch gelängen, eine Reihe Aufnahmen. Ich steckte das Gerät ein, schob sacht und vorsichtig die braunen Blütenblätter zur Seite. Sie zerfielen zu Staub. Ich nahm das vom Alter schwarze Kettchen mit dem Silberkreuz ab und bettete die kleine Bronzestatuette liebevoll in meinen Arm. Dann schob ich den Efeu beiseite und trat in das grün gefilterte Sonnenlicht.

Drei Augenpaare sahen mir erwartungsvoll entgegen.

»Robert, du wolltest etwas Konkretes. Ich kenne mich mit Datierungen und Altersbestimmungen nicht aus, aber für das, was ich hier in der Hand halte, brauche zumindest ich keine wissenschaftliche Bestätigung.«

Ganz vorsichtig stellte ich die Frauenfigur auf den Rand des Felsbeckens. Sie war sorgfältig gearbeitet, trug ein langes Gewand, das in reichen Falten fiel, und zu Zöpfen geflochtene Haare. Ihr Gesicht war zierlich gearbeitet und mir sehr bekannt.

Ein Auge hatte sie geschlossen.

»Liebe Freunde – Danu!«

»Das … das ist ja phantastisch!«

»Sie war in der Höhle. Man hatte ihr ein Kreuz umgehängt. Uralte Kerzenstümpfchen und zu Staub zerfallene Blumen waren um sie herum. Vermutlich hat man sie als Mutter Gottes verehrt. Ich hab das Kreuz mal da drin liegen lassen.«

Schweigsam, aber zufrieden machten wir uns mit dem Fund auf den Rückweg. Es war schwül, und die Sonne brannte hoch vom Himmel, denn es war inzwischen Mittag geworden. Zum Glück ging es mit offenen Augen einfacher, aber ich war froh, als ich in den kühlen Wänden des Hauses meine Füße ausstrecken und ein großes Glas Wasser trinken konnte. Der Dämon lag schlaff auf dem kühlen Boden und zwinkerte mir nur einmal müde zu.

Robert hingegen hing schon wieder am Telefon und schien sogar am Sonntag das Interesse seiner Kollegen geweckt zu haben.

»Es sieht sehr vielversprechend aus, aber – nun, wir wissen, die Zeit drängt. Es ist zwar kein guter Stil, aber ich muss meine Gäste schon wieder alleine lassen. Die Dame hier bedarf der Begutachtung.«

In ein weiches Tuch gehüllt und in einer festen Kiste trat das kleine Abbild meiner älteren Schwester den Weg in die Öffentlichkeit an.

»Du hast endlich eingesehen, dass hier ein Ferienpark nicht hinpasst, Lindis, nicht wahr?«

Ich seufzte, ganz hatte ich meinen Verrat an meinem Arbeitgeber noch nicht verwunden.

»Nicht wahr?«

»Ja, Beni, habe ich.«

Wir saßen in meinem Zimmer, es war schon beinahe Mitternacht, und eigentlich wollte ich schlafen, aber meine Schwester hatte das Bedürfnis, mit mir zu reden. Sie saß in ihrem quietschfarbenem Nachthemd mit gekreuzten Beinen auf meinem Bett und spielte mit einer Muschel, die auf meinem Nachttisch gelegen hatte.

»Und du hast auch eingesehen, dass Robert ein prima Typ ist, nicht wahr?«

»Derzeit ja.«

»Und Wulfi-Schnuffi hast du abgelegt, auch richtig?«

»Ja, Beni, auch richtig. Was soll das Verhör?«

»Mh, ich möchte nur wissen, woran ich bin.«

»Warum?«

»Na, ich muss doch Pläne machen, was nach den Ferien ist. Wirst du noch mal zurückkommen, oder bleibst du hier?«

»Du liebe Zeit, warum sollte ich hierbleiben?«

»Bei Robert. Mir kannst du doch nichts vormachen.«

»Meine überaus kluge Beni, zwischen Robert und mir läuft nichts.«

»Bestimmt nicht? Ich hätte ihn gerne zum älteren Bruder.«

»Könnte dein Vater sein!«

»Nee, zu sexy! Kein Stück väterlich.«

»Du bist ein kleines bisschen unmöglich. Außerdem schmust du zu viel mit ihm herum.«

»Macht ja sonst keiner!«, antwortete sie schnippisch und grinste mich herausfordernd an.

»Beni, du scharfäugiges Ungeheuer, es wird deinen neugierigen Blicken nicht entgangen sein, dass Robert jeden Kontakt mit mir meidet. Er gibt mir noch nicht einmal die Hand und zuckt sofort zurück, wenn ich ihm nahekomme. Man könnte, wenn man wollte, daraus schließen, dass er sich vor mir ekelt.«

»Man könnte aber auch, etwas romantischer, daraus schließen, dass er Angst hat, dich zu berühren, weil er sich dann vergisst, dich auf den nächsten Tisch wirft und schändet.«

»Ist das deine Vorstellung von Romantik?«

»Ah, na ja, du weißt schon, was ich meine.« Rosige Wangen hatte das Kind. »Aber meinst du nicht, das könnte ein Grund sein? So, wie er dich manchmal ansieht?«

»Sieht er? Beni, ich glaube nicht. Ich muss zugeben, er ist sehr nett zu mir, seit ich ihn wiedergetroffen habe. Aber als wir vor vielen Jahren auseinandergingen, ist ein so tiefgreifender Bruch geschehen, dass ich mir nicht vorstellen kann, dass der so ohne weiteres zu heilen ist.«

»Liegt das an dir?«

Lag das an mir? Ich legte mich auf das Bett, meinen Kopf in Benis Schoß. Ich hatte Sehnsucht nach Robert, heftige, schmerzliche Sehnsucht nach seiner Berührung, nach seinem Körper, seinen Händen, seinen Lippen. Nach der samtweichen Stimme, die mir ins Ohr flüsterte. Aber war das ein Heilmittel für die Kluft zwischen unseren unterschiedlichen Lebensauffassungen? War das genug, meine Selbständigkeit aufzugeben und in seinem Kielwasser zu schwimmen? Eine Zeitlang sicher, aber dann? Wenn ich dann alles aufgegeben hätte und er mich wieder fallen ließ?

»Du magst ihn doch, ältere Schwester. Und er ist so ein … ein … also, ich finde ihn sehr verständnisvoll.«

»Seltsame Eigenschaften bekommt er in der letzten Zeit angedichtet. Mère Morwenna hat ihn gütig genannt.«

»Ja, das ist er wohl auch.«

»Ich weiß nicht mehr, was ich denken soll. Ich kenne ihn als hart und stark, so stark, dass man sich neben ihm immer klein und nichtswürdig vorkommt.«

»Du doch nicht, Lindis. Ein paar Studenten, die bei Klausuren mogeln, ja. Aber du nicht. Du bist doch auch stark. Finde ich jedenfalls.«

»Danke für die Blumen.«

»Ich glaube, mit euch beiden, das wird noch was. So, und

jetzt geh ich zu Bett. Es ist ja tierisch warm. Können wir die Tür offen lassen, damit es Durchzug gibt?«

Es wunderte mich, dass ich in dieser Nacht nicht von Danu träumte.

Knoten 1., 4. und 6. Faden

Es gelang mir, gleich am Montagmorgen Dr. Koenig zu erreichen. Susi hatte wie versprochen die Stellung gehalten und mich sofort durchgestellt.

»Sie haben eine sehr dringende Nachricht hinterlassen, Frau Farmunt. Tut mir leid, dass ich mich nicht gemeldet habe, aber wir waren das ganze Wochenende unterwegs. Wo brennt es?«

»Hier. Ganz einfach, Herr Dr. Koenig. Ich werde jetzt kein Blatt vor den Mund nehmen. Herr Daniels hat Ihnen absichtlich einen falschen Bericht zukommen lassen, der nicht den wahren Sachverhalt widerspiegelt. Es gibt hier ein Grundstück, das wesentlich ist, um mit den Arbeiten zu beginnen. Dieses Gelände hat man, so vermute ich, wegen des damals aufgetretenen Vermessungsfehlers vergessen zu kaufen. Auf dem Grundstück stehen zwei bewohnte Häuser, beide gehören einer alten Dame, die in dem einen davon wohnt. Sie ist nicht gewillt zu verkaufen, um das gleich vorwegzuschicken.«

»Mir hat Herr Daniels das anders geschildert. Er hat einige sehr gute Vorschläge gemacht. Mit meinem Einverständnis wird er der Frau überaus großzügige Angebote unterbreiten.«

»Herr Dr. Koenig, würden Sie, wenn Sie fast hundert Jahre lang in einem sehr ländlichen Häuschen gelebt hätten, sich in ein hypermodernes Altersheim abschieben lassen?«

»Gut, vielleicht war das nicht die beste Alternative.«

»Und glauben Sie, dass diese Frau, die von ein wenig Brot und Suppe und hin und wieder mal einem Kuchen lebt, auch nur das geringste Interesse an größeren Geldsummen hat?«

»Aber die Erben?«

»Sie hat keine leiblichen Erben, die darauf warten, ihre spärliche Habe zu fleddern.« Ich wurde langsam ein wenig ungehalten. Was hatte Wulf da nur verzapft?

»Und wenn Mère Morwenna auch vielleicht nicht mehr lange zu leben hat, ich glaube nicht, dass man mit dem Baubeginn so lange warten kann.«

Ein trockenes Lachen traf mein Ohr.

»Also, was schlagen Sie vor?«

»Brechen Sie die Sache jetzt sofort ab. Noch ist kein Spatenstich getan. Und wir haben nur noch einen Puffer von drei Tagen!«

»Liebe Frau Farmunt, Ihr Engagement in allen Ehren, aber ich habe zwei Seiten gehört. Und Herr Daniels hat einige Argumente vorgebracht, die Sie nicht eben in einem vorteilhaften Licht erscheinen lassen.«

»Ich …«

»Nein, nein, ich werde sie nicht wiederholen. Ich werde mir morgen selbst vor Ort ein Bild von der Lage machen. Bleiben Sie bitte einen Moment dran. Frau Böhmer, wann geht der erste Flug nach Brest morgen?«

Im Hintergrund hörte ich Karola murmeln.

»Nicht? Gut, dann abends. Frau Farmunt, ich werde Mittwoch früh dort sein. Sie sind vermutlich nicht im Büro?«

»Ich kann mich selbstverständlich dort einfinden. Sie müssten Herrn Daniels nur anweisen, dass er mich hineinlässt. Er hat mir nämlich Hausverbot erteilt.«

»Hat er das? Ich kümmere mich darum.«

»Vielen Dank.«

Es war Susi, die mich mittags anrief und mir eine Warnung durchgab.

»Frau Farmunt, ich weiß nicht, ob es wichtig für Sie ist, aber Karola wird mitkommen.«

»Was will die denn hier?«

»Sie hat Dr. Koenig so lange damit in den Ohren gelegen, dass er eingewilligt hat. Angeblich ist sie die Einzige, die mit dem Programm umgehen kann, wenn Sie das nicht mehr machen.«

»Nachtigall, ich hör dir trapsen.«

»Aber in Schuhgröße sechsundfünfzig!«

»Gut, ich bin gewappnet. Das ist ja ein heiterer Urlaub hier.«

»Ja, denke ich auch. Na, viel Spaß dann!«

Den erwartete ich auch. Aber es wurde viel spaßiger, als ich mir selbst in den ausgefallendsten Szenarien hätte ausmalen können.

Zunächst einmal hatte Robert seine offensichtlich hervorragenden Beziehungen spielen lassen, denn schon in der Montagsausgabe der Lokalausgabe des »*Ouest France*« wurde von einem sensationellen Fund berichtet, den angesehene Wissenschaftler als Hinweis auf eine historisch überaus wichtige Fundstätte keltischer Quellen deuteten. Ein Bild der Statuette war schon dabei. Sagenhaft! Wulf, sofern er es gelesen hatte, würde schäumen.

Darum zuckte ich zusammen, als kurz nach Susis Anruf ein Auto vor der Tür hielt. Ich war ganz alleine, Teresa und Beni waren am Strand, Robert noch unterwegs und Marie-Claire schon gegangen.

Aber es war nicht Wulf, es war Léon Callot. Er begrüßte mich überaus freundlich.

»Robert ist leider noch nicht zurück, Léon.«

»Ihn wollte ich auch nicht sprechen. Sie, Lindis, sind ja wohl die Verursacherin dieses erschütternden Ereignisses, oder täusche ich mich?«

»Nun ja, mein Hobby.«

»Eben. Ich habe das Waldstück bereits abriegeln lassen, damit kein Unbefugter auf eigene Faust archäologische Forschungen dort betreibt. Gibt es sonst noch Bereiche, die zu schützen wären?«

»Da ist dieses Artischockenfeld an der Straße.«

»Sehr interessant. Ich lasse ein Auge darauf halten. Aber ich muss fort. Kann ich irgendetwas für Sie tun?«

»Dr. Koenig kommt am Mittwoch früh.«

»Er ist willkommen. Soll ich etwas vorbereiten?«

»Nein, nur bedächtig sein.« Ich lächelte.

»Ja, man soll nichts überstürzen, da haben Sie recht. *Au revoir, chère* Lindis!«

8. Faden, 7. Knoten

Die Maus hatte ihr zerrauftes Fell geglättet und sich anschließend mit ihrer neuen Umgebung abgefunden. Sie war so schlecht nicht, wenn auch tagsüber in der Küche viel zu oft die großen Füße der Riesen herumtrampelten und auch der Dämon häufig witternd an dem Schrank entlangschlich, unter dem sie sich verborgen hielt.

Andererseits war nachts das Revier frei von Feinden, aber voller Gaumenfreuden. Brotkrümel, Käsestückchen, Katzenfutter – ja, ja, auch das.

Die oberflächlichen Wunden, die die spitzen Krallen und Zähne des Dämons ihr bei seinem Spiel beigefügt hatten, verheilten bei dieser bekömmlichen Diät rasch, und das Fell glänzte wieder rotbraun und flauschig weiß an Hals und Bauch.

Unter dem Schrank, fand die Maus, war es nicht besonders ideal. Diese gelbgrünen Augen blinzelten allzu häufig darunter, und die Pfote war schon zweimal beängstigend nahe gekommen. Aber bei den nächtlichen Streifzügen fand sich dann eine zufriedenstellende Höhle unter dem morschen Holz der Sockelleiste an der Wand.

Hier nahm das Schicksal jedoch einen beinahe verheerenden Lauf. Eine Kiste wurde vor den Eingang der Höhle geschoben, und die Maus saß darin zwei Tage gefangen. Zwar konnte sie zunächst von ihrem angesammelten Fett zehren, aber der Hungertod rückte beständig näher.

Doch dann gab es ein Scharren und Schurren, die Kiste wurde beiseitegeschoben, die Maus flitzte heraus und überhörte den entsetzten Schrei einer Frau: »Ihh, Lindis, da ist die Maus!«

Die Maus war aber schon in Sicherheit und knabberte glücklich an einer Brotrinde, die unter den Schrank gerutscht war.

Knoten 1. und 5. Faden

»Auf, Beni, heute musst du für dein Abendessen arbeiten. Hier, nimm den Eimer und die Schaufel!«

»Muss ich den Atlantikwall neu errichten?«

Beni hatte mit großem Erstaunen vormittags herausgefunden, dass am Strand noch ein alter, halb vom Sand verschütteter Bunker existierte, und Teresa mit ihrer Unkenntnis über die neuere Geschichte verblüfft. Teresa hatte ihr auf die Sprünge geholfen, und jetzt prahlte sie mit ihrem neuen Wissen. Robert lachte jedoch und versicherte ihr, dass sie nur mit ihm Muscheln sammeln gehen sollte.

»Muscheln?«

»Miesmuscheln sind eine Delikatesse. Wir kochen sie nachher in Wein.«

»Na, wenn du meinst.«

»Ich meine! Los, wir brauchen mindestens zwei Eimer voll.« Robert war am frühen Nachmittag gutgelaunt zurückgekommen und war voller Unternehmungslust. Mir hingegen machten das schwüle Wetter und mein Gewissen zu schaffen. Ich war lethargisch bis zum Umfallen. Halbherzig hatte ich versucht, mit Teresa etwas Ordnung in der Küche zu machen, aber nachdem sie von der Maus erschreckt worden war, hatten wir beide wegen der dräuenden Gefahren diese Arbeit aufgegeben und uns mit einer Flasche eiskalten Cidre unter den Apfelbaum in den Schatten gesetzt.

»Ich hoffe, es gibt bald ein Gewitter. Das ist ja grässlich, diese klebrige Hitze.«

»Mhh.«

Sehr erschöpfend war die Unterhaltung mit Teresa auch nicht. Ich beließ es dabei.

Erst gegen Abend wurde ich etwas munterer und beteiligte mich an dem fröhlichen Geplänkel, das Beni und Robert in der Küche veranstalteten. Da hatten sich zwei Kochkünstler getroffen, und ich hatte die leise Ahnung, dass Robert in Benis Augen in die höheren Himmelsregionen aufgerückt war.

Das Essen, das sie gemeinsam produziert hatten, war allerdings lecker, und meine Schwester konnte nicht aufhören zu betonen, wie lehrreich das Muschelnsammeln gewesen war.

»Beni, wir kennen jetzt bald die Lebensgeschichte einer jeden einzelnen Muschel. Könnten wir mal über etwas anderes sprechen?«

»Jawohl, ältere Schwester. Robert, deine Lebensgeschichte zum Beispiel!«

»Ich hab keine.«

»Doch, bestimmt. Mein Instinkt sagt mir, dass sie voller

dunkler Flecken ist. Und das finde ich ja soooo interessant. Was war das gestern zum Beispiel mit dem Dschungelkampf?«

»Nichts, Süße.«

»Monsieur hat ein paar Jahre in der *Légion étrangère* gedient. Auch wenn du mit neuerer Geschichte nicht so ganz auf dem Laufenden bist, wirst du von dieser heldenhaften Truppe schon mal was gehört haben.«

»Hey, echt? So richtig Söldner-Rambo? Mit Messer zwischen den Zähnen?« Beni sah ihn bewundernd an. Nahe dem Thron Gottes! »Kann ich mir richtig vorstellen. Wie irre!«

»Was für einen eigenartigen Reiz das auf Frauen hat, nicht, Lindis?«

»Quatschkopf!«

Ich hatte mal ein Bild von ihm in Uniform gesehen. Die vornehme Uniform, sandfarben mit diesem *Képi blanc*. Bartlos und mit ganz kurzen Haaren. Ich hatte ihn auch danach nie gefragt. Teresa war mutiger.

»Warum hast du das gemacht, Robert? Ich habe das nie so ganz verstanden.«

»Ich soll unbedingt mein Leben aufrollen, was? Na gut. Ich war sehr jung und sehr eifrig und voller wirrer Gefühle. Aber ich hatte irgendwie den Wunsch, sie zu einem sinnvollen Einsatz zu bringen. Die Liebe zu meinem Land war es, die ich mit der Waffe in der Hand ausüben wollte.«

»Leichter Jugendirrsinn.«

»Ja, so sah ich das auch bald. Aber es hatte auch etwas Gutes, Teresa. Nicht nur, dass ich eine ganz andere Art des Lebens dabei erfahren habe. Gegenüber meinem Elternhaus war das ein ziemlich krasser Unterschied. Ich habe dabei auf die eine oder andere Weise die Grenzen meiner Belastbarkeit kennengelernt. Und meine ganz große Liebe.«

Er lächelte versonnen und sah vor sich hin. Ich war verwirrt. Was kam denn jetzt noch?

»War sie eine geheimnisvolle Schöne mit Glutaugen?«

»Beni auf Romantik-Trip. Vorsicht!«

»Nein, war sie nicht. Aber sie ist noch immer schön, und meine Liebe gehört ihr auch noch immer.«

Beni sah mich vielsagend an, ich hielt mich sehr zurück.

»Kleine Schwester, hast du es noch nicht gemerkt? Ich liebe diese Erde. Ich liebe sie mit jeder Faser meines Lebens. Ich habe sie lieben gelernt, als ich völlig am Ende im Dreck lag und es nichts anderes mehr gab, auf das ich mich verlassen konnte. Kein Mensch, kein Geist, keine Maschine, keine Waffe. Aber das ist eine andere Geschichte, keine, die ich hier erzählen möchte.«

»Eine wundersame Wandlung, sich anschließend mit einem so staubigen Stoff wie der Geschichte zu befassen.«

»Vielleicht, Beni. Aber ich denke, es wäre jetzt besser, das Thema wieder zu wechseln. Hat Lindis uns was zu bieten?«

»Nein.«

»Doch, doch, ältere Schwester, bestimmt.«

»Lasst mich bitte in Ruhe.«

»Oh, erzähl uns von der Laus auf deiner Leber, bitte.«

»Da ist keine.«

»O doch, eine große. Hat dich Wulfi-Schnuffi besucht?«

»Nein, aber Dr. Koenig kommt am Mittwoch, um sich selbst ein Bild von der Lage zu machen.«

»Und jetzt hast du Angst, dass er dich rausschmeißt?«

»Beni, du bist penetrant. Ich habe keine Lust, darüber zu sprechen.«

»Warum nicht? Bist du plötzlich wankelmütig geworden, Lindis?«, fragte Robert und sah mich spöttisch an.

»Ich darf mir doch wohl Gedanken über meine Zukunft machen, oder?«

»Sicher, aber warum?«

»Weil ich sehen muss, wo ich bleibe. Robert, ich muss meinen Lebensunterhalt verdienen.«

»Du könntest Böden schrubben oder Zeitungen verkaufen.«

»Blödsinn. Ich brauche eine Tätigkeit, die mich weiterbringt. Ich habe dir schon einmal vor langer Zeit gesagt, dass ich meinen Weg gehen will, und der heißt, ob du das nun gut findest oder nicht, Karriere. Wenn von diesem Debakel etwas hängenbleibt, kann ich mir das abschminken. Was meinst du wohl, wie gut sich das in einem Zeugnis ausmacht, wenn, wie höflich auch immer verklausuliert, darin steht: ›Hat sich nicht loyal gegenüber dem Arbeitgeber verhalten.‹ Mit so einer Aussage komme ich nie in die oberen Etagen.«

»Wie schön, dass du immer an dich zuerst denkst. Moralisches Empfinden ist dir fremd, was?«

»Was hat das mit Moral zu tun, wenn ich einen Job haben will, in dem ich endlich mal die Freiheit habe, selbst zu bestimmen, was läuft? Macht nennt man das im gewöhnlichen Sprachgebrauch.«

»Ach, Macht nennt man das. Aber dir ist völlig egal, wie du sie erhältst, was? Böden schrubben willst du nicht, das ist dir zu dreckig. Aber um in die oberen Etagen zu kommen, würdest du auch den Bau von Kampfflugzeugen und Giftgasfabriken managen.«

Ich war aufgestanden und kochte vor Wut. Genau an der Stelle hatten wir schon einmal gestanden.

»Warum machst du ausgerechnet mir den Vorwurf? Es waren doch deine Geschlechtsgenossen, die damit angefangen haben, ausgeklügelte Waffensysteme und unsinnige Chemieanlagen zu bauen. Ich versuche mich nur in dieser Welt zu behaupten.«

»Das ist ja das Idiotische an dir. Ausgerechnet als Frau willst du da mitmachen.«

»Du traust mir das nicht zu, ich weiß. Und meinen jetzigen Job werde ich deinetwegen verlieren, weil ich mich auf diese dämlichen Spielchen eingelassen habe.«

»Vielleicht ist dir das mal eine Lehre! Du spazierst mit einem derart selbstgefälligen Getue auf der falschen Straße herum, dass einem das Zusehen schon Zahnschmerzen bereitet. Sag mal, stehst du nicht hin und wieder fassungslos neben dir?«

»Als ob das eine Rolle spielt! Robert, ich will nach oben. Ich habe die Fähigkeit dazu, tausendmal mehr, als die männlichen Deppen um mich herum.«

»Und was versprichst du dir von ›da oben‹?«

»Die Anerkennung, die ich verdient habe.«

»Du bist deiner Mutter sehr ähnlich, nicht?«

Das war der gemeinste Schlag. Mit meiner Mutter wurde ich nun wirklich nicht gerne verglichen.

»So ein ausgemachter Schwachsinn! Meine Mutter ist eine geltungssüchtige Frau, die sich mit Statussymbolen schmückt und lüstern nach der High Society schielt.«

»Ein anderes Wort für das gleiche Ziel, meine süße Lindis.«

Samtweiche Stimme, die einem das Fleisch von den Knochen riss.

Ich begann ebenso leise und samtig: »Robert, ich staune! Gestern noch hat Morwenna dich einen gütigen Mann genannt. Beni hat für dich die Bezeichnung verständnisvoll gefunden. Und ...«, ich merkte, dass meine Stimme schneidender wurde, »... und Teresa hat mir einmal gesagt, du seist jemand, der keine Maske trägt! Dass ich nicht lache, Robert. Du und keine Maske! Du spielst der Welt den sanften, einfühlsamen Mann vor, aber du bist ein arroganter Schweinehund, der kein Verständnis und kein Herz hat!«

»Du wiederholst dich, Lindis. Das Lied hatten wir schon mal.«

Ich sagte nichts mehr, mir drückten plötzlich die Tränen die Kehle zu. Und dann hörte ich zu meiner Überraschung Teresa ganz ruhig sagen: »Robert, du bist ein Trottel.«

»Ein Idiot, ja«, schloss Beni sich an.

Robert verließ wortlos den Raum.

»Ich möchte weg von hier! Mir ist schlecht.«

Teresa drückte mich in einen Sessel und strich mir über die Haare.

»Lindis, bleib hier. Bitte. Du kannst jetzt nicht einfach weggehen. Robert hat offensichtlich mit großem Talent einen Streit wieder aufleben lassen, der völlig unsinnig ist. Ich weiß, dass du nicht die skrupellose Karrierefrau bist, als die er dich darstellt. Dazu bist du viel zu lieb.«

Ich hätte gerne geweint, aber noch nicht einmal das ging.

»Lindis, wir haben ein furchtbares Wetter, mein Kopf dröhnt, und meine Nerven sind auch nicht die solidesten heute. Du hast ganz schöne emotionale Belastungen in den letzten Tagen zu bewältigen gehabt. Lass das Gewitter kommen, dann siehst du es mit anderen Augen.«

»Ja, mag sein. Aber … Teresa, ich hatte angefangen zu hoffen …«

»Ja, Liebste. Ich weiß. Warum hoffst du nicht weiter?«

»Nach der Urteilsverkündung?«

»Na ja, du warst auch nicht schlecht. Ihr seid euch ziemlich ebenbürtig. Komm, trink noch einen Schluck Wein und geh dann zu Bett.«

Ich schüttelte den Kopf. »Keinen Wein, sonst kann ich morgen nicht aus den Augen sehen. Ich gehe gleich zu Bett.«

Nur Kummer war geblieben, als ich in meinem Zimmer ankam. Es war unter dem Dach noch drückender, und ich machte das Fenster auf, um wenigstens einen Hauch kühlerer Nachtluft hineinzulassen. Unten auf der Wiese sah ich Robert im Dunkel der Hecke sitzen, sein helles Hemd hob sich von dem Schwarz des Geästes ab. Teresa, in wehendem Rock, ging zu ihm und setzte sich neben ihn. Teresa, Trösterin der armen Seelen. Sie redete leise auf ihn ein, und er hörte regungslos zu. Dann, als sie still war, legte er sein Gesicht in die

Hände und erzählte ihr offensichtlich etwas, das ihm sehr schwerfiel.

»Mein Gott!«, hörte ich Teresa sagen, als er geendet hatte. »Und warum sagst du ihr das nicht?«

»Weil ich ihr nicht noch mehr wehtun möchte, Teresa.«

»Das wird sie vertragen. Du unterschätzt sie.«

Er sah sie an, ich konnte sein Gesicht nicht sehen. Dann stand er auf und ging ins Haus. Teresa blieb noch lange stehen und blickte in die Dunkelheit.

Ich war vollends verwirrt. Was gab es noch? Was stand zwischen Robert und mir, das er mir nicht sagen konnte? Warum dieser Ausbruch vorhin, und jetzt die Angst, mir wehzutun? Noch mehr Schmerz konnte er mir doch gar nicht mehr antun. Er musste doch gemerkt haben, was er mir noch immer bedeutete.

Man konnte kaum atmen in dem Zimmer, draußen war es so still, nicht einmal die Zikaden zirpten ihr nächtliches Konzert. Auf dem Stuhl lag das weiße Kleid, das Teresa und Beni für mich gefertigt hatten. Ich zog mich aus und warf mir das kühle Leinen über. Ein breites goldbesticktes Band sollte den Gürtel bilden. Im Spiegel sah mir eine fremde Lindis entgegen. Unvertraut, aber nicht unangenehm fern.

Mich drängte es plötzlich, hinunter zum Meer zu gehen und den Wellen zu lauschen. Eine dünne rote Decke lag auf meinem Bett, ich faltete sie zusammen. Dann schlich ich mich aus dem Haus, ein einsamer weißer Geist mit Trauer im Herzen.

Knoten 1., 2. und 5. Faden

Es war Flut, der Streifen Sand war schmal geworden. Kleine, müde Wellen liefen den Strand hoch, das Meer schien bleiern unter dem Sternenhimmel. Das harte Strandgras raschelte, als ich meine Decke ausbreitete, dann war es wieder ruhig. Ich beobachtete die Mondsichel, die sich am Horizont langsam dem Wasser zuneigte. Ein junger Mond, eine silberne Schale, die kaum einen Streifen auf dem glatten Meer erzeugte. Die Erde schwieg, das Universum schwieg. Ich war alleine, ich suchte in der Leere in mir nach einem Halt und fand nichts.

Leise Schritte näherten sich. Ich spürte ihn, bevor ich ihn sah, und verkrampfte mich, fluchtbereit. Robert, nur ein weißes Tuch um die Hüften, hatte wie ich die Enge des Hauses nicht mehr ertragen. Auch er musste mich bemerkt haben, denn er blieb kurz stehen und ging nicht weiter zum Wasser hinunter, sondern kam auf mich zu. Ich stand auf.

»Lindis! Bleib! Bitte!«

Ich hätte sowieso nicht fortlaufen können.

»Was ist noch zu sagen, Robert?«

Er stand direkt vor mir, ich musste zu ihm aufsehen. Sein Körper war schlank und zäh, dunkel von der Sonne gebrannt, und strahlte Wärme aus.

»Nichts«, antwortete er mir und hob seine Hand, um die Fibel an meiner Schulter zu lösen. Ich rührte mich nicht, doch mein Blick wurde plötzlich seltsam verändert. War das noch Robert? Blond, bärtig? Eine goldene Schlange schimmerte matt um seinen Oberarm.

Elcmar?

»Danu!«, flüsterte die Luft um mich.

»Lindis!«, flüsterte Robert, und das Gewand glitt bis zum Gürtel hinunter. Warm und zärtlich strichen seine Hände über meine bloße Haut. Seine Wunden waren verheilt, nur eine dünne Narbe war geblieben, wo mein Schwert ihn im Kampf getroffen hatte. Ich fuhr mit dem Finger über die weiße Linie. Er zog mich an sich, und ich fühlte die harten Muskeln seiner Brust, seinen flachen Bauch, strich über die Arme, dem blauen Muster der Schlange nach. Elcmar?

»Warum bist du mir gefolgt?«

»Ich wollte dich sehen, Danu.«

»Ich will alleine sein. Morgen muss ich das Opfer vollziehen. Es ist unsere letzte Hoffnung, Elcmar.«

»Ja, ich weiß.«

Ich zitterte, als er mich festhielt. »Elcmar, ich habe Angst. Der weiße Hirsch hat nur ein verheerendes Unwetter gebracht, als ob die Götter uns zürnten, weil wir ihn getötet haben. Die Dürre ist seither nur schlimmer geworden. Was ist, wenn das weiße Rind genauso wenig angenommen wird.«

»Sei ruhig, Geliebte, diesmal wird das Opfer das richtige sein.«

Sanft legte er seinen Mund über meine Lippen und schloss sie. Der Kuss war zärtlich, dann drängend, fordernd. Ich erwiderte ihn mit gleicher Intensität. Feuer und Eis trafen sich in meinem Körper, lang vergessene Erinnerungen an eine Leidenschaft, die alles auslöschen konnte, eine Sehnsucht, die mich beinahe zerreißen wollte, ein Verlangen, aufzugehen in diesen Moment. Meine Finger durchlief eine fast schmerzende Energie, meine Beine konnten mich kaum mehr tragen. Wie lange hatte ich gewartet? Zehn Jahre? Tausend Jahre? Ewigkeiten?

Der Gürtel meines Kleides war gelöst, es fiel zu meinen Füßen in den Sand. Ich sank auf die Decke, und er kam zu mir. Nicht Robert, nicht Elcmar, sondern er, auf den ich gewartet hatte. Ich erkannte ihn, denn die Mondsichel stand über seinem Haupt, als er sich zu mir niederbeugte. Und vom Meer kam die Woge, schlug über uns zusammen, barst in einem Glitzern von Schaum, in Myriaden von leuchtenden Tropfen.

Er hielt mich, hielt mich fest an sich gedrückt, mein Kopf an seiner Schulter. Sanft, so liebevoll streichelte er mich. Und ich schwebte auf den Wellen des Schlafes.

Dann war da das helle Morgenlicht, und ich zog mein weißes Gewand über. Conall, ebenfalls in Weiß, trat in den sonnendurchfluteten Raum, er hielt einen goldenen Torques in der Hand und reichte ihn mir.

»Du wirst das Ritual durchführen, Danu«, sagte er und drückte mir den Kranz aus Eichenblättern auf die Stirn. »Und nun trinke dies, mein Kind. Es wird dir helfen, zu tun, was zu tun ist«, sprach er mit Trauer in der Stimme.

In einer flachen vergoldeten Schale war ein trübes Gebräu, bitter, doch mit Honig gesüßt, um es überhaupt genießbar zu machen. Ich wusste, welche Kräuter und Pilze Conall verwendet hatte, die Wirkung kannte ich jedoch noch nicht. Sie trat sehr bald ein. Ein wunderliches Gefühl, alles wahrzunehmen und trotzdem nicht ganz bei sich zu sein. Ich fühlte mich ein wenig außerhalb meiner selbst und konnte alles nur wie durch einen Nebel sehen.

Draußen warteten die Menschen in der Sonnenglut, im trockenen Staub, der bei jedem Schritt aufgewirbelt wurde. Wie schwebend wurden meine Schritte, gefühllos meine bloßen Füße, so führte ich mit Conall die Prozession bis zum Stein auf der Wiese vor dem Dorf. Wir alle schweigend, betend, hoffend, dass die Götter unser Opfer akzeptierten und die Dürre von dem sterbenden Land nahmen. Ich sah kaum noch etwas, nur noch das Weiß unserer Gewänder, das Grau des Steines. Als wir dort angelangt waren, sprach Conall lange, aber ich verstand wenig davon. Dann hieß er mich, die Hände auszustrecken, und mir wurde ein langes Schwert gereicht. Das Opfertier war bereit, und auf Conalls Wort hin stieß ich zu.

In diesem Moment wurde mein Blick wieder klar, und ich sah in Elcmars brechende Augen, die auf mir ruhten, als sie das Lederband um seinen Hals straff zogen.

Das blutige Schwert fiel aus meiner Hand, und ich wollte schreien, schreien, nichts als schreien. Aber es kam kein Laut über meine Lippen. Ich sah hinunter an mir, erkannte das weiße Gewand und die roten Flecken darauf. Rotes Blut, frisch, noch feucht, befleckte mein Kleid, und in Panik lief ich davon. Ich lief, barfuß, ohne die spitzen Steine unter meinen Füßen zu spüren, ohne zu bemerken, wie das harte Gras, die scharfen Muschelschalen meine Haut zerschnitten. Ich lief unter der brennenden Sonne weiter und weiter, bis ich am Strand atemlos zusammensank. Heiß war der Sand, verdorrt das raue Gras, Staub mischte sich in meinen Atem, und ich musste mit trockenem Hals husten und husten, bis ich erschöpft nach Luft rang. Hilflos, kraftlos und in dem namenlosen Schrecken gefangen lag ich auf der Erde. Und die schwarze Krähe kreiste mit einem höhnischen Krächzen über mir. Enger und enger wurden ihre Kreise, näher kam sie, ihr scharfer Schnabel bereit, mir das Fleisch von den Knochen zu hacken. Näher kam sie, so dass ich das Rauschen ihrer Flügel hören konnte. Schwarz wurde es um mich, schwärzer als die Federn der Krähe.

»Lindis, Geliebte, ruhig. Es ist alles gut. Ich bin bei dir. Ich halte dich, Lindis, höre mich!«

»Robert … Robert? Sie hat …, o nein!«

»Ich weiß, Liebste. Aber bedenke, er hat es freiwillig getan. Für sie, für sein Volk, für das Land.«

Ich zitterte noch immer vor Grauen, hatte Angst, wieder in dem blutbefleckten Kleid vor dem zusammenbrechenden Elcmar zu stehen, meiner Liebe, meinem Leben. Robert hielt mich fest, so fest, dass es fast wehtat.

»Woher weißt du?«, fragte ich ihn schließlich.

»Ich kenne den Traum schon lange. Viele Jahre schon. Er

kehrte immer wieder, bis ich mich auf die Suche machte, nach der Frau, die mir damals das Leben nahm.«

»Du?«

»Ich, ja.«

Sein linker Arm lag über mir, die blaue Schlange wand sich um den angespannten Bizeps.

»Das Andenken. Elcmar trug dort einen goldenen Armreif.«

»Ja, das Andenken.«

»Du hattest die Schlange schon, als wir uns kennenlernten. Aber du hast nie davon gesprochen.«

»Ich habe es einmal versucht. Erinnerst du dich an unseren Spaziergang im Nebel?«

Natürlich erinnerte ich mich und auch an den Traum, der dieses Motiv vor beinahe einem Jahr wiederholt hatte – eine Botschaft aus der anderen Welt, wie ich jetzt wusste.

»Es war damals ein Thema, über das man mit einem Menschen wie dir nicht sprechen konnte, Lindis.«

Es lag keine Bosheit in dieser Feststellung, und ich wusste, sie war berechtigt.

»Nein, das hättest du nicht. Aber, wusstest du …?«

»Ja, ich wusste schon damals, dass du es warst. Und weil du so wenig zugänglich dafür warst, habe ich Idiot versucht, dich mit Gewalt zu ändern. Geliebte, verzeih mir, dass ich dir damals so wehgetan habe. Verzeih mir, dass ich dir heute wehgetan habe. Ich wollte es gutmachen, und ich habe nur Schaden angerichtet. Dann bist du gegangen und hast mir das Schwert in die Brust gestoßen.«

Ich schauderte.

»Lindis, ich war verletzt, als du mich verlassen hast. Darum habe ich mit Birgit eine Beziehung angefangen. Ich habe auf alle Fehler weitere draufgesetzt. Bis ich auch da am Ende war. Dann habe ich endlich etwas eingesehen, was ich schon viel früher hätte erkennen können. Ich habe deine Schwächen aus-

405

genutzt, um dir meinen Willen aufzuzwingen. Aber mit Macht alleine kann man keinen Menschen ändern.«

»Ich habe mich geändert, Robert. Langsam zwar, mit vielen Rückfällen. Heute, das war so einer.«

»Lindis?«

Samtweich und so verführerisch.

»Ja?«

»Lindis, ich liebe dich.«

Sehr sanft, sehr zärtlich und so verführerisch.

Als ich die Augen wieder öffnete, waren Mond und Sterne verschwunden, und dicke, schwarze Wolken zogen auf. Am Horizont leuchteten schon die ersten Blitz über dem Wasser, eine plötzliche Böe fegte Sand über unsere nackte Haut.

»Wird Zeit, das Frischluftvergnügen abzubrechen. Komm, zieh dich an. Was für ein praktisches Kleid, so einfach an- und auszuziehen.«

»Dein archaisches Gewand ist auch nicht komplizierter. Was hatte man es damals nur leicht.«

Wir rannten, von heftigen Windstößen getrieben, in das Haus zurück.

»Das Fenster in meinem Zimmer ist noch offen.«

»Beni wird es zumachen. Komm mit zu mir, oder möchtest du lieber in dein Bett?«

»Ich möchte in dein Bett und in deine Arme. Du hast mir so gefehlt. Und du hast mich die ganze Zeit nie berührt.«

Sein Zimmer war ähnlich eingerichtet wie meines, ein breites französisches Bett wartete auf uns. Ich kuschelte mich dicht an ihn und lauschte glücklich seiner Stimme.

»Nein, ich habe mich nicht getraut. Ich habe gewusst, dass du dann diese Vision mit mir teilen würdest. Wenn das passierte, wollte ich lieber sehr nahe bei dir sein. Ich hatte Angst, Lindis. Angst, dass du es nicht ertragen kannst.«

»Komisch, jetzt, wo es vorbei ist, kann ich es ertragen. Es hat etwas Schicksalhaftes an sich. Aber ich hoffe, dass uns diese Erfahrung in unserem jetzigen Leben erspart bleibt.«

»Ich denke schon. Selbst, wenn nicht – ich würde es für dich wieder tun, Geliebte.«

Wir schwiegen, einträchtig. Und ich fühlte mich endlich, endlich ganz. Völlig undramatisch war Lindis eine Einheit geworden, war jede Rolle, jede Maske gefallen.

»Es hat vor Elcmar und Danu noch ein anderes Paar gegeben.«

»Ja. Das erste, das immerwährende. In deinen Augen stand der junge Mond, damals wie heute.«

Ich schlief ein, geschützt und geborgen, während ein gewaltiges Unwetter um uns tobte.

Der Donner grollte lange nach über See, aber das Gewitter war abgezogen. Langsam schritt die lange Reihe Menschen aus dem Dorf heraus, an dem Stein vorbei zu Danus Haus. Voran ging die weißgekleidete Arian, schmucklos, mit grauen Strähnen im Haar. Auch Angus neben ihr war älter geworden, kräftig zwar, aber auch grau und mit faltiger Stirn. Nach ihnen folgten Träger mit einer Bahre.

Sie hatten einen tiefen Schacht ausgehoben, so tief, dass er in einer Höhle im Felsen mündete. Hier senkten sie nun Danu, Seherin und Weise, Sängerin und Priesterin ihrer Gemeinde, hinab. Sie gaben ihr Schmuck und Blumen mit, Schalen mit Speisen und Krüge mit Getränken. Sie gaben ihr ihre Harfe mit und eine wundervoll geformte und verzierte Scheibe aus Goldblech und sangen leise eine alte Klage.

»Was hast du da, Arian?«

»Conalls Halsreif. Er hat ihn ihr gegeben, als er starb.«

»Das wusste ich nicht. Sie hat ihn nie getragen.«

»Nein. Sie hat ihm zwar verziehen, aber nie vergessen.«

»Ja, ich verstehe das. Ich möchte ihr das hier mitgeben auf ihre Reise in die *Autre Monde*«, sagte Angus. »Ich hoffe, sie findet Elcmar dort wieder. Jung und voller Leben, damit sie ihre Liebe teilen können.«

Angus streifte den schlangenförmigen Armreif ab und gab ihn mit in das Grab.

Eine Krähe erhob sich und zog krächzend ihre Kreise.

Die Grube wurde zugeschüttet, Danu hatte diese Welt verlassen.

Ein Laken war über mich gezogen worden, als ich wach wurde. Es war heller Tag. Robert lag neben mir auf dem Rücken. Er schlief, und ich richtete mich vorsichtig auf, um mir sein Gesicht anzusehen. Wie wenig er sich verändert hatte! Und doch, er schien ruhiger zu sein, gelassener als damals. Bevor ich mehr Betrachtungen anstellen konnte, öffnete er die Augen. Dunkle Augen, braun, fast schwarz. Mit Lachfältchen drum herum.

»Auf, auf, einen neuen Tag erobern!«

»Du bist ja immer noch so grässlich wach, sowie du die Augen aufschlägst.«

»Blöde Angewohnheit, ja. Ein altes Laster. Aber du Murmeltier siehst auch schon ziemlich fit aus.«

»Ich habe auch schon gut zehn Minuten Vorsprung. Oha, gleich elf. Was werden deine Gäste denken?«

»Das absolut Richtige, vermute ich.«

»Ja, das glaube ich auch«, sagte ich und musste kichern. Da stand mir ja einiges bevor.

»Wir waren einkaufen, während sich die Herrschaften noch im Lotterbette aalten«, begrüßte Teresa uns. Sah mich dann an und gab mir einen Schmatz auf die Wange. »Jetzt ist sie ab, die Maske. Endlich!«

»Er hat ja so seine Ausraster, der Knabe, aber mit ein paar gezielten Tritten in die Seite scheint's wohl doch zu gehen«, kommentierte Beni die Lage trocken.

Mit einem Griff, der lange Routine verriet, hatte Robert die strampelnde und quietschende Beni sich über den Rücken geworfen, wo sie mit Armen und Beinen rudernd hing.

»Lass mich runter! Ich war gerade bei der Dämonenbeschwörung.«

»Dämonenbeschwörung?«

»Ja, ich versuche dem Kater zu suggerieren, dass er endlich diese blöde Maus fängt, bevor Teresa vor Angst einen Herzkasper kriegt.«

»Ist das Thema Maus noch immer nicht erledigt? Ja, muss ich denn alles selber machen in diesem Haushalt?«

Es war ein schreckliches Gealbere ausgebrochen, in dem es mir mit Mühe gelang, eine Tasse Kaffee für mich zu ergattern.

»Hört mit dem Gegacker auf, das ist ja wie im Hühnerhof!«

»Du fühlst dich doch ganz wohl als Hahn im Korb.«

»Mh. Hör auf, Lindis, ich muss ernsthaft werden. Wie sieht denn der Schlachtplan für heute aus, ihr Hübschen?«

»Nachdem das so schön gerumpelt hat heute Nacht, scheint es mir für ein Strandvergnügen zu kühl zu sein. Ich würde gerne ein Stück die Küste entlangfahren.«

»Du kannst mein Auto haben, Teresa.«

»Beni, das ist die Aufforderung an uns beide, uns dezent zurückzuziehen.«

Ich hatte, so betrachtet, nichts einzuwenden. Robert offensichtlich auch nicht.

»Ich lade euch heute Abend zum Essen ein. Ein Lokal mit besonderem Ambiente, um Benis Kenntnisse der neueren Geschichte aufzufrischen.«

»Gut, wir sind um sieben wieder hier.«

Robert und ich vertrödelten den Nachmittag, aber irgendwie waren wir nie sehr lange voneinander entfernt. Dann allerdings kam Marie-Claire. Und die Trödelei hatte ein Ende.

»Monsieur Robert. Oh, gut, dass ich Sie treffe. Ich war gerade bei Mère Morwenna.«

Ein Schwall sich überstürzendes Französisch brach über uns herein. Ich sah, dass Robert mehr und mehr erbost wurde. Ich fasste mich in Geduld, vermutlich würde er mir gleich eine Zusammenfassung liefern.

»Daniels hat Morwenna wieder aufgesucht. Mitsamt einem Anwalt, einem besonders widerlichen Vertreter seiner Gattung. Ich bin schon einmal mit ihm zusammengeraten. Sie haben Morwenna einen Kaufvertrag vor die Nase gehalten, und sie aufgefordert, ihn zu unterschreiben. Das war kein geschickter Zug, denn zum Glück war Marie-Claire da und hat den Jungs klarmachen können, dass die gute Alte nicht lesen kann. Und schon gerade nicht das kleingedruckte juristische Französisch. Das hat ihr einen Aufschub bis morgen verschafft, weil Marie-Claire ihnen gesagt hat, Morwenna müsse sich erst mit ihrem Berater unterhalten. Die beiden mussten abziehen, aber Daniels hat Morwenna gedroht, dass morgen die Arbeiten vor ihrer Haustür beginnen. Mir gefällt das überhaupt nicht.«

»Mir auch nicht, aber Wulf steht jetzt unter enormen Erfolgszwang. Wir haben ab heute nur noch einen Puffer von zwei Tagen. Und morgen früh steht Koenig auf der Matte, da muss er etwas vorweisen.«

»Wir sollten ein Auge auf das Häuschen halten. Nicht, dass er noch einen Unfug anstellt.«

»Also besser hier bleiben heute Abend?«

»Ich denke ja. Und ich gehe jetzt gleich mal rüber zu ihr. Willst du mitkommen?«

»Gerne. Warte, hier in dem Korb ist doch noch eine Tarte. Die nehmen wir ihr mit.«

8. Faden, 8. Knoten

Die Maus hatte geschnuppert und gewittert. Es war da in dem
Korb. Ganz in der Nähe ihres Unterschlupfes. Es roch so gut,
so köstlich! Vorsichtig streckte sie ihr Näschen vor. Keine Katze
in Sicht, keine Riesen mit großen Füßen. Nur ein flacher Korb,
aus dem es wunderbar duftete. Es war etwas mühsam hinein-
zukommen. Die Maus musste mehrere Versuche machen, um
mit Klettern und Klimmzügen das Weidengeflecht zu überwinden. Aber schließlich hatte sie es geschafft und wollte eben
anfangen, an der Tarte zu nagen, als mit einem Ruck der Korb
hochgehoben wurde und sie heftig hin und her geschaukelt
wurde.

Sonnenlicht traf sie, frischer Wind wehte um ihre Barthaare.
Dann hörte das Geschaukel auf, der Korb landete auf einem
Tisch, und die Maus vergrub sich tief unter dem knisternden
Papier, als die Tarte herausgehoben wurde.

Dann war endlich wieder Ruhe. Nur Menschen sprachen in
einem anderen Raum. Nachdem sie noch ein paar Kuchen-
bröckchen aufgeknabbert hatte, machte sich die Maus ein zwei-
tes Mal daran, das Geflecht zu erklimmen, und fand schließlich
einen Unterschlupf unter Mère Morwennas Küchenregal.

Knoten 1., 2. und 13. Faden

Vor dem Haus auf der Bank war niemand, nur eine Gießkanne
mit Regenwasser stand darauf. Ein aus dem Leim gegangener
Reisigbesen zeugte von Marie-Claires Einsatz und lag umge-
fallen vor der Tür. Als Robert ihn aufhob, zerfiel er gänzlich,
und er lehnte den Stiel mit den Worten an die Wand: »Müssen
einen neuen mitbringen. Lindis, erinnere mich nachher daran.«

Mère Morwenna wirkte müde, als wir eintraten. Mit halbge-schlossenen Augen saß sie in ihrem Lehnstuhl und sah nicht mal auf, als ich ihr ein Stück Kuchen reichte.

»Non, non«, wehrte sie ab.

Robert sprach sacht auf Bretonisch auf sie ein, und sie nickte ein paar Mal. Er holte von dem Tisch eine Klarsichthülle mit ei-nigen Seiten eng beschriebenem Papier. Das war vermutlich der Kaufvertrag. Konzentriert und schweigend überflog er ihn, während ich Morwenna zulächelte. Sie lächelte zurück, und ich streichelte ihre dünne Hand.

»Das ist soweit in Ordnung, wenn sie das Ding unter-schreibt, kann Daniels vermutlich schon etwas damit anfangen. Zumindest Ärger machen.«

»Ich denke, sie kann nicht schreiben?«

»Ihre Unterschrift schon, aber viel mehr auch nicht. Was mir mehr Angst macht, ist die Tatsache, dass man ihr gedroht hat. Nicht nur mit Bautätigkeit vor ihrer Haustür, sondern auch mit Sprengungen. Ich kann nur hoffen, dass dein ehemaliger Kollege nicht so wahnwitzig ist, so etwas zu tun. Der Schreck könnte sie umbringen.«

»Ich kann ja mal Jens und Markus ein bisschen aushorchen. Vielleicht hat er die mit ins Boot bekommen, und sie wissen mehr darüber.«

»Kannst du tun, aber ich glaube nicht, dass er sie mit rein-zieht. Eher unsere asiatischen Herren. Lindis, ich gehe zurück, um noch ein paar Telefonate zu erledigen. Bleib noch ein biss-chen bei Morwenna. Ich glaube, sie mag dich.«

Er sprach noch ein paar Worte mit ihr, und sie antwortete ungewöhnlich lange. Dabei hielt sie seine Hand fest. Robert beugte sich schließlich zu ihr und küsste sie auf die Wange.

»Sie hat mir gesagt, ich soll mir keine Sorgen machen. Aber ich tue es trotzdem. Na, ich bin ja auch noch ein bisschen jünger.«

»Ein winziges bisschen. Bis nachher, Robert.«

Er strich mir über die Wange und ging nach draußen.

»Möchten Sie in der Sonne sitzen, Mère Morwenna?«

»Nein. Zu kalt heute.«

Ich fand es zwar angenehm, aber das Bündelchen Haut und Knochen, das sie noch war, fror bestimmt leichter als ich. So blieb ich einfach bei ihr sitzen und hielt ihre Hand. Es war still, und ein seltsamer Frieden ging von ihr aus. Ein Frieden, der mich füllte, mir Ruhe schenkte und Hoffnung gab.

»*Écoute*, Lindis! *Écoute*!«

Horchen sollte ich? Auf was?

»*Écoute. Elle chante. Elle chante!*«

Ich strengte mich an, um den Gesang zu hören, den auch sie hörte. Doch ihre Ohren mochten schon den Klängen der anderen Welt lauschen, wundervollen Klängen, denn ein verklärtes Lächeln lag auf ihren Lippen.

Auch ich küsste sie auf die Wange und ging leise. Marie-Claire würde am Abend noch einmal nach ihr schauen.

Auf dem Tisch lagen die Papiere, unbeachtet. Ich glaubte nicht, dass sie überhaupt ein Interesse daran hatte.

»Robert, lange lebt Morwenna nicht mehr, habe ich den Eindruck.«

»Ich glaube auch nicht. Aber trotzdem wollen wir hoffen, dass sie niemand weiter belästigt, erschreckt oder quält. Nötigenfalls muss ich mir Daniels mal ein wenig zur Seite nehmen.«

»Au ja, willst du ihn verhauen?«

»Ungern. Erst möchte ich es mit der scharfen Waffe meiner Argumente versuchen.«

»Ist auch besser. Er ist nämlich ein Adept auf dem Weg des Kriegers.«

»Ach was? Na, da hat er sich aber einen dornigen Weg ausgesucht, so ungeduldig, wie er ist.«

Ich saß neben Robert auf der Bank in der Sonne, er hatte seinen Arm um mich gelegt. Der Dämon kam mit irgendetwas Zappelndem angetrabt, machte aber eine Kehrtwendung, als er uns sah.

»Davon sollten wir wohl nichts abgekommen!«

»Hättest du gerne noch eine Maus im Haus?«

»Ach ja, die sind so possierlich. Du, Robert, ich habe heute Nacht im Bett etwas Wichtiges geträumt, fällt mir gerade ein.«

»Nein, Lindis, du hast es nicht geträumt, und ich finde es sehr uncharmant, dass es dir ›gerade einfällt‹.«

»Bähbäh. Das kann ich gerade noch unterscheiden, auch wenn das andere ebenso wichtig wie traumhaft war. Nein, ich habe einen kurzen Traum von Danu gehabt. Eigentlich nicht so sehr von ihr als von ihrem Begräbnis. Wenn das stimmt, was ich gesehen habe, dann gibt es hier irgendwo ganz in der Nähe eine Höhle, in der sie begraben ist. Mit Schmuck und Klimbim und allem!«

»Lindis!« Robert hatte mich bei den Schultern gepackt. »Wenn das stimmt!«

»Kann man das herausfinden, ohne Morwenna zu stören?«

»Ich denke schon. Unsere Archäologen haben höchst sensible Messgeräte. Man geht heute nicht mehr mit der Spitzhacke und dem Spaten an die Ausgrabungen. Je genauer du beschreiben kannst, wo sich das Grab befindet, desto leichter werden sie es orten.«

»Aber, Robert, ich möchte eigentlich gar nicht so gerne, dass das Grab gefunden wird. Warum Danu stören?«

»Gut, dann behalten wir es für uns, Liebste. Danu ist deine ältere Schwester – und meine Geliebte, einst.«

Er küsste mich, und ich war froh darüber, dass er nicht vom Dienste der Wissenschaft gesprochen hatte. Verständnisvoll. Gütig …

»Die Geschichte, dieses komische Märchen, das Morwenna

neulich erzählt hat, als wir alle hier saßen – Robert, hat sie damit dich gemeint, mit dem Wanderer, der seine Last ablegt?«

»Ja, das hat sie wohl. Zumindest ist es das, was mit mir geschehen ist.«

»Du bist auch in der *Autre Monde* gewandert?«

»Ja, meine Geliebte, ich bin auch dort gewandert.«

»Und hast dich verändert.«

»Niemand wandert in der *Autre Monde* und kommt unverändert zurück.«

»Waren es bei dir auch Träume?«

»Nein, bis auf den einen, den du gestern miterlebt hast. Nein, es waren Alltäglichkeiten, Zufälle, Einsichten.«

»Wie eigenartig! Ich habe mir zuvor noch nie Gedanken darüber gemacht. Was hat das mit der *Autre Monde* auf sich?«

Doch bevor er antworten konnte, kehrten Teresa und Beni zurück.

»Na, ihr Turteltauben?«

»Na, Dreckspatz?«

»Bin ich schmutzig?«

»Ein bisschen sandig. Leute, es gibt Neuigkeiten!«

Wir erzählten den beiden von dem Kaufvertrag und den Drohungen.

»Dann bleiben wir am besten heute Abend hier und schieben Wache! Wie gut, Teresa, dass wir diesen Fisch gekauft haben.«

»Danke. Die Einladung ist nur aufgeschoben, wir holen das Essen nach, wenn wieder Ruhe eingekehrt ist. Was hast du denn da für einen Fisch?«, fragte Robert, und Beni antwortete: »Oh, einen besonders guten. Zu dem gibt es auch eine Geschichte, eine irre Story von einer Wasserfrau oder Nixe oder so was, die Fischer fängt, in ihren wunderschönen Palast bringt und dort verführt. Anschließend verwandelt sie sie in Fische und lässt sie sich zum Frühstück braten. Ist das nicht köstlich?«

»Die Geschichte der Groac'h von der Insel Lok.«

»Bitte?«

»Die Geschichte kannte Danu schon. Wen hauen wir denn heute in die Pfanne? Zeig mal her!«

»Mh, Lindis, ich finde, der hat Ähnlichkeit mit Wulfi-Schnuffi!«

Knoten 5. und 11. Faden

Vorbereitungen und Essen verliefen in gewohnter Heiterkeit. Als ich jedoch in mein Zimmer ging, um mir einen wärmeren Pullover anzuziehen, musste ich feststellen, dass ich ausquartiert worden war.

»Hey, wo sind meine Klamotten?«, rief ich nach unten, empört über diese Eigenmächtigkeit.

»Pscht! In meinem Zimmer, Lindis. Ich dachte, es ist dir vielleicht lieber so, dann musst du zum Zähneputzen nicht immer in den Anbau. Ich werde mich mit Beni schon einigen.«

»Oh, danke, Teresa.«

Robert folgte mir, als ich in mein neues Gemach ging.

»War hier eine kleine Verschwörung im Gange?«

»Sieht so aus. Stört es dich?«

Er zog mich an sich und biss in mein Ohr.

»Tierisch.«

»Robert, du vergisst deine Prinzipien – kein Fleisch!«

Als wir wieder nach unten kamen, saßen Beni und Teresa lesend am Tisch. Das rote Licht des Sonnenuntergangs füllte die kleinen Fenster. Beni zeigte einen Ausdruck unterdrückter Neugier, Teresa Gleichmut.

»Ich werde den Kamin anmachen, es ist kühl geworden«,

meinte Robert und ging nach draußen, um Holz zu holen. Beni setzte sich neben mich und fragte leise: »Ist das wirklich so toll, wie man immer liest?«

Es muss ein ziemliches Glitzern in meinen Augen gestanden haben.

»Ich weiß zwar nicht, was du dazu liest, außer deine Girlie-Zeitschriften. Aber es hat was, doch, kann man sagen.«

»Was hat was?«

»Euer Liebesspiel!«

Robert ließ ein paar Holzscheite fallen und starrte Beni an, die völlig ernst geblieben war.

Ich kicherte. »Äh – sie hat mit der Wortwahl manchmal Probleme auf diesem Gebiet. Du musst sie mal nach ihrer Vorstellung von Romantik fragen.«

Hochrosa Wangen.

»Oh, erzähl, Beni!« Teresa sah über ihre Lesebrille von der Zeitung auf.

»Gngngn.«

»Ja doch, Beni!« Robert sah sie höchst erwartungsvoll an.

»Ach, ihr verarscht mich!«

»Aus! Schluss jetzt. Beni wird es auch noch lernen. Wir müssen nur einen glutäugigen Franzosen für sie finden.«

»Einen Latin Lover! Jau!« Meine Schwester hatte sich schnell von ihrer Verlegenheit erholt und blödelte fröhlich mit.

»Was ist eigentlich mit Benis Zeugnis?«, ging mir gerade durch den Sinn, und ich sah Teresa fragend an.

»Ich fahre am Donnerstag zurück und werde, deine Vollmacht in Händen, die gestrenge Erziehungsberechtigte spielen, die den Wisch abholen darf. Ich schicke ihn gleich her.«

»Oh, spiel nicht die Erziehungsberechtigte, spiel wieder Eure knoblauchtigste Exzellenz, die Gräfin Rosmarin von Salbei und Estragon.«

»Ich werde die geprügelte Migrantenmutter geben. So!« Mit

einem Griff hatte Teresa ein Tuch um den Kopf gebunden, die Schultern fallen gelassen, einen runden Rücken gemacht und einen unsäglich leidvollen Gesichtsausdruck aufgesetzt. Es war umwerfend.

Dann brannte das Feuer, und Robert setzte sich zu meinen Füßen auf ein Kissen. Sein Kopf lehnte an meinen Knien, meine Finger spielten mit seinen Locken.

Beni und Teresa saßen auf der anderen Seite des Kamins und folgten ebenfalls dem Tanz der gelben Flammen und der roten Glut. Der Dämon kam und sprang auf Roberts Schoß, schnurrte und schlief dann ein. Ich beobachtete ihn über Roberts Schulter hinweg. Seine Barthaare begannen plötzlich zu zittern, die Hinterpfoten zuckten wie in schnellem Lauf, die Vorderpfoten schienen zuzupacken, er schnaufte, die Nase bebte und – er schmatzte!

»Dämönchen jagt in der *Autre Monde* wilde Gazellen«, flüsterte ich.

»Riesenmäuse, saftige, fette Megamäuse.«

»Glückliches Tier! Robert, wir waren vorhin unterbrochen worden. Bitte, magst du uns nicht etwas von der Anderen Welt erzählen?«, fragte ich ihn und fuhr mit dem Finger seinen Hals entlang unter den Kragen. Mit Genugtuung sah ich, dass sich die Härchen auf seinem Arm aufstellten. Aber er bewahrte Haltung.

»Ich kann euch berichten, wie die alten Kelten sie sahen, wie Danu und der Druide Conall sie kannten.«

»Ja, das wäre schön. Erzähl, Robert.«

Teresa stopfte sich ein Kissen in den Rücken, und Beni rutschte ebenfalls auf ein Polster zu ihren Füßen.

»Es ist ein, wir würden sagen, paradiesischer Ort, eine stille Insel in dem stürmischen, nie zur Ruhe kommenden Meer unseres Lebens. Es ist ein Platz, zu dem unsere Sehnsüchte uns treiben. Die Barden beschrieben die *Autre Monde* als Land, in dem goldene Äpfel reifen, der Kessel mit köstlichem Essen nie leer wurde und Wein und Met in Strömen flossen.«

»Eine Art Schlaraffenland?«, fragte Beni.

»Beni, für Menschen, bei denen die Bedrohung durch Hunger durchaus realistisch und täglich greifbar war, muss eine solche Vorstellung, wo man Nahrung im Überfluss und ohne Anstrengungen zur Verfügung hatte, äußerst verlockend gewesen sein. Du hast nie echten Hunger gekannt.«

»Doch, ständig.«

»Nein, Beni. Ich bin mir sicher, nie.«

»Entschuldige. Nein, nie.«

Robert nickte und fuhr fort.

»Aber nicht nur die Bedürfnisse nach Nahrung und Getränken werden in der *Autre Monde* befriedigt, auch Harmonie, Frieden und Schönheit herrschen dort, Angst ist unbekannt, man kennt keine Krankheit und keine Schmerzen. Alle Menschen haben Anteil an der Weisheit der Druiden.«

Ich hörte der sanften Stimme wie verzaubert zu und freute mich, die Wärme seines Körpers nahe bei mir zu fühlen.

»Wie und wann kommt man in diese Andere Welt? Nach dem Tode?«

»So sagt man, Beni. Doch es gab schon immer Einzelne, die auch zu ihren Lebzeiten den Weg in diese Welt machten. Früher wurden Führer ausgebildet, die den Suchenden den Weg weisen konnten. Heute … Nun, auch heute gibt es Menschen, die sich alleine auf die Suche machen. Sie sind mutig, denn der Weg ist nicht ohne Gefahren. Sie müssen sich namenlosen Ängsten aussetzen, Bedrohungen und Hindernisse überwinden. Sich selbst überwinden und sogar den Tod ihres alten und die Geburt eines neuen Selbst in Kauf nehmen. Denn das Land zwischen den Welten ist öde und grausam, leer und manchmal ohne Hoffnung.«

»Und das alles nur, um auf eine friedliche Insel zu kommen, wo es Nahrung im Überfluss gibt? Ist das nicht ein bisschen naiv?« Beni hatte sich aufgerichtet und sah Robert an.

Er machte plötzlich eine unerwartete Geste. Er griff in eine Schale neben dem Kamin und warf ein paar trockene Blätter ins Feuer. Süßer Duft, wie von warmen Äpfeln, erfüllte den Raum, und das Feuer im Kamin wurde heller und heller.

So hell, dass alle Farben, alle Konturen sich auflösten und wir wie in einem weißen, glühenden Rauch gehüllt standen. Wie Nebel, der uns in seine Schwaden hüllte, aufwirbelte und sich langsam lichtete.

Und dann war da diese Schlucht vor uns. Scharf brach der Fels nach unten ab, in eine Tiefe, deren Grund nicht mehr zu erkennen war. Ich spürte Beni und Teresa, die neben mir standen und angstvoll hinunterstarrten. Doch ich wusste, was zu tun war. Ich hob meine Augen, und ein vollendeter Regenbogen spann sich von meinen Füßen aus hinüber, wo die andere Seite im Schatten auf uns wartete. Der rote Kater setzte vertrauensvoll seine Pfoten auf die vielfarbig leuchtende Brücke und eilte voraus. Ich folgte ihm, und hinter mir war, ich spürte es in allen Fasern, Robert. Sehr ängstlich schloss sich Beni an, und Teresa machte den Abschluss.

Die Nebel wichen weiter zurück, hoben sich, und eine frische grüne Wiese breitete sich unter unseren Füßen aus. Tautropfen funkelten wie Diamanten in den Gräsern, Blütenblätter wehten über uns hin. Die Wolkenschleier wurden zu blühenden Bäumen, die auf dunklen Stämmen in einen blassblauen Himmel ragten. Süß hüllte ihr Duft uns ein. Die Luft war erfüllt von leisen Klängen, die all die Wunden heilten, mit denen die Seelen geschlagen waren. Wir wandelten schweigend unter den belaubten Kronen, bis wir an einen See kamen. Er lag schimmernd im sinkenden Licht der Sonne, die hinter einem hohen, nackten Felsen unterging und den wild strömenden

Fluss, der schäumend von den Steinen stürzte, golden aufleuchten ließ.

Der Himmel färbte sich blau, dunkles, königliches Blau, und flirrend erschienen die ersten Sterne. Mit ihnen kamen sie. Wie aufsteigender Rauch erhoben sie sich rechts und links von dem Felsen, verdichteten sich dann und gaben sich zu erkennen. Links erhob sich die schlanke Frau, ihr zartes Gewand flatternd wie Dunst im Wind, die langen Haare fließend wie silbernes Wasser, und um ihren Kopf schienen die Sterne heller zu leuchten. Ihr Gesicht war so schön, war ruhig, gütig, und heiter blickten ihre Augen auf uns nieder.

Rechts stand der Mann, groß und mit breiten Schultern, seine gelockten Haare lang niederfallend, sein Gesicht bärtig. Um seine Hüften lag ein Fell, von einem breiten Ledergürtel gehalten. Stark war er, doch nicht grausam, machtvoll, doch nicht unbarmherzig. Er lächelte, und über seinem Haupt erhob sich der junge Mond.

Ich hatte den unwiderstehlichen Wunsch, Roberts Hand zu ergreifen, und langte nach ihm.

Der Mann reichte seine Hand der silbernen Frau, und ein blauweißer Blitz zuckte zwischen ihnen über den Bergen auf. So hell und blendend, dass ich die Augen schließen musste.

Als ich sie wieder öffnete, brannte das Feuer im Kamin friedlich, und rote Glut fiel knisternd durch den Rost. Robert hatte meine Hand genommen und sie an seine Lippen geführt. Der Dämon sprang von seinem Schoß, reckte sich, gähnte und schlenderte in die Küche.

Beni saß versunken da und starrte in das Feuer, Teresa strich sich eine Haarsträhne aus der Stirn und sah Robert mit einem wissenden Lächeln an.

»Ich denke, ich werde José mal anrufen«, meinte sie und stand auf.

»Tu das, Teresa. Grüße ihn von mir.«

»Robert, was war das eben? Spinn ich? Habt ihr das auch gesehen?«

»Wir haben es auch gesehen, Beni.«

»Lindis, war das Danu?«

»Nein und doch, auch. Du wirst es schon selbst herausfinden müssen.«

Sie schwieg lange, bis Teresa zurückkam. Dann fragte Beni noch einmal verwundert und mit sehr kleiner Stimme: »Robert, bist du ein Zauberer?«

»Nein, nur ein geheimnisvolles Holz«, meinte Teresa an seiner statt, und Robert lachte.

»Zu Bett alle miteinander. Und träumt schön.«

Er stand auf und zog mich mit sich hoch.

»Nicht ganz fair, ich weiß«, sagte er leise zu mir. »Komm, Honigauge. Zurück in diese Welt und nahe zu mir.«

8. Faden, 9. Knoten

Die Maus hatte sich in ihrer neuen Umgebung umgesehen und sich nach einer kleinen Weile zurechtgefunden. Es war die ungefährlichste Bleibe, die sie je hatte. Keine Katze, keine Riesen mit großen Füßen, altes, morsches Holz hier und da, Eckchen und Winkel zum Verstecken, Krümel und Brösel zum Naschen und nur eine ganz flach atmende Frau in ihrem Bett.

Neugierig schlüpfte sie unter Truhen und Bänke, kletterte ein Regal hoch, beschnupperte das Kasserol auf dem Herd und befand, dass es sich lohnen würde, ein Nest unter dem Schrank in seiner Nähe zu bauen. Geeignetes Material zum Auspolstern hatte sie auch schon gefunden. Vergnügt zernagte sie das Papier, das auf dem Tisch lag.

Knoten 4., 5. und 13. Faden

Ich schlief tief und traumlos in Roberts Armen, glücklich wie noch nie in meinem Leben. Ich hatte gefunden, was ich gesucht hatte. Meine Ergänzung, meine fehlende Hälfte, meinen Freund.

Ein scharfer Knall, ein langes Grollen weckten mich auf einen Schlag. Das Glas auf dem Nachttisch klirrte leise.

»Ein Erdbeben?«

Robert war genauso wach wie ich auch.

»Nein. Das war eine Sprengung. Raus, Lindis, es gibt Ärger!«

In ungeheurer Geschwindigkeit war Robert in seine Jeans und ein Shirt geschlüpft und band sich schon seine Joggingschuhe zu, während ich noch mit meiner Bluse kämpfte. Er rannte nach unten und klopfte an die Tür des Anbaus.

»Zieht euch an, schnell. Kommt zu Morwenna.«

Ich rannte ebenfalls nach unten und hinter ihm her über die Wiese. Vom Strand vor der Felszunge wehte uns noch Staub entgegen. Ich sah auf die Uhr. Es war halb acht.

Robert öffnete vorsichtig die Tür von Morwennas Häuschen und rief leise nach ihr. Ich trat mit ein und folgte ihm in das Zimmer, in dem Morwenna ordentlich zugedeckt in ihrem Bett lag. Ihre weißen Haare ruhten als dünner Zopf auf dem Kissen, die Hände hatte sie über der Decke auf der Brust gekreuzt. Sie sah ruhig und glücklich aus.

Robert kniete neben ihr und fühlte vorsichtig nach ihrem Puls. Aber ich konnte mir schon denken, dass er keinen Herzschlag mehr finden würde.

»Sie sieht aus, als höre sie diesen Gesang, von dem sie gestern sprach«, flüsterte ich, und die Tränen liefen, ohne dass ich es verhindern konnte, über meine Wangen. Sie war eine alte Frau, die ich kaum gekannt hatte. Sie war hinübergegangen in eine Welt, die ihr schon lange vertraut war. Und dennoch, es war eine solche Würde um sie gewesen, dass mich tiefe Trauer ergriff. Robert murmelte einige bretonische Worte, ein Abschied vielleicht oder ein Segen.

»Sie ist sanft eingeschlafen, ich hoffe, bevor dieser verdammte Affe seine pyrotechnische Aufführung hier zum Besten gegeben hat.«

Beni und Teresa standen heftig atmend am Eingang.

»Was ist passiert?«

»Morwenna ist gestorben. Wulf hat eine Sprengung am Strand vorgenommen. Beni, lauf zurück und ruf den Arzt an. Die Nummer steht in dem blauen Büchlein am Telefon. Reicht dein Französisch?«

»N… nein, d… doch.«

»Ich gehe mit, Beni. Müssen wir sonst noch jemanden verständigen?«

»Léon Callot, was, Robert?«

»Nein, Lindis, das möchte ich lieber selbst tun.«

Die beiden waren gerade weg, als sich draußen Schritte näherten. Ich war alarmiert.

Es klopfte.

»Madame Keroudy! Ouvrez!«

»Idiot!«, fauchte Robert und machte auf.

Wenn Wulf verblüfft war, ihn in der Tür zu sehen, fasste er sich schnell. Er knurrte: »Was haben Sie denn hier zu suchen? Machen Sie, dass Sie rauskommen, ich habe geschäftlich mit Madame zu reden.«

»Das wird Ihnen schwerfallen, Daniels.«

Ein Mann stand hinter Wulf und hielt sich erschrocken an seiner Aktentasche fest. Ich vermutete in ihm den Notar. Er sah nicht glücklich aus.

»Machen Sie, dass Sie wegkommen. Sie stehen im Weg!«

Ich stellte mich neben Robert und antwortete: »Verkehrt, Wulfi. Du stehst hier im Weg.«

»Lindis! Das hätte ich mir ja denken können. Gut, dass Dr. Koenig heute kommt. Das war dein letzter Tag in der Firma, das kann ich dir versprechen! Und jetzt lasst mich zu der Alten, ich will die Sache endlich über die Bühne bringen.«

»Sie kommen hier nicht rein, Daniels. Noch stehe ich in der Tür.«

»Das kann sich sehr schnell ändern, Sie kleiner Angeber.«

Wulf fing an, sich in Rage zu reden. Robert sah ihn mit einem seltsam nachsichtigen Lächeln an. Ich dachte mir meinen Teil und hielt mich aus der Sache raus. Nur die Tür zu Morwennas Zimmerchen schloss ich leise.

»Ein letztes Mal, Freundchen! Lassen Sie mich in das Haus!«

»Nein.«

»Nein? Dann muss ich wohl zu deutlicheren Mitteln greifen.«

Wulf wollte sich an Robert vorbeidrängen, doch der hielt sich einfach am Türrahmen fest. Der Notar hatte sich vorsichtig rückwärts bewegt. Er sah nicht so aus, als ob er auf eine körperliche Auseinandersetzung erpicht wäre.

Wulf wollte Robert zur Seite schieben, aber mein Liebster forderte ihn nur mit seiner so trügerisch samtigen Stimme auf: »Bitte lassen Sie Ihre Hände von mir.«

»Sie wollen es ja nicht anders!«

Wulf hatte unglücklicherweise Morwennas Besenstiel in die Hände bekommen und hielt ihn in bewährter Haltung vor sich.

»Robert, pass auf, er spielt mit Schwertern.«

Der Holzstab zischte durch die Luft, und hätte er Robert getroffen, wäre das Geplänkel vermutlich damit vorbei gewesen.

Der Stab traf ihn aber nicht, sondern zersplitterte an der Wand. Wulf sah den geborstenen Rest verblüffte an, und Robert lachte leise.

»Du sagst es, Lindis. Er spielt.«

Wulf war schnell, entsetzlich schnell. Er holte zu einem widerlichen Faustschlag aus, der auf Roberts Unterarm klatschte, trat in Richtung Schienbein und knallte dabei mit dem Fuß herb an die Hauswand. Ich dachte kurz, dass ihm das wohl wehtun müsse, aber es machte ihm anscheinend nichts aus. Er versuchte jetzt, Robert an den Hals zu gehen.

Keine kluge Entscheidung, wie sich zeigte.

Ganz konnte ich nicht nachvollziehen, was passiert war, aber plötzlich befand sich Wulf, in gebeugter Haltung, mit dem Kopf bedrohlich nahe an der Steinmauer, den Arm in einem ungemütlichen Winkel nach hinten verdreht.

»Fehlt ein bisschen der Praxisbezug, dem jungen Mann. Wir haben hier jetzt die hübsche Gelegenheit, ihm etwas Verstand ins Hirn zu bläuen. Soll ich, Lindis?«

Mir war ganz und gar klar, dass Robert mit geringem Aufwand Wulf den Schädel brechen konnte. Mir war auch völlig klar, dass er das nicht machen würde.

»Ach, Robert, meinst du, das nutzt noch was?«

»Ein Versuch wäre es wert. Wo ist denn dieser schmierige Notar eigentlich hingelaufen?«

»Der hat Hasenfüße bekommen und ist weggehoppelt. Du, der zappelt aber heftig, der hübsche Wulfi.«

»Das beenden wir, wenn es dir nicht gefällt.«

Robert zog den Winkel des Armes etwas fester, und Wulf stöhnte.

»Lindis, was machen wir mit dem Jungen? Hast du einen anderen Vorschlag, als ihn gegen die Wand zu schlagen?« Robert zwinkerte mir verschwörerisch zu, und ich überlegte mir ernsthaft, wie man den Herrn Projektleiter nutzbringend einsetzen konnte.

»Doch, wir haben eine wunderhübsche andere Möglichkeit. Diese modernen Manager haben doch immer ein schussbereites Handy in der Tasche. Wir könnten darüber die Gendarmerie alarmieren.«

»Eine prächtige Idee. Wo ist es, Daniels?«

Er gab keine Antwort.

»Müsste ich nachhelfen?«

Robert griff in Wulfs Stirnlocke und zerrte seinen Kopf in den Nacken. Keine angenehme Haltung für das Insekt.

»Na? Meine Herrin hat gesagt, sie hätte gerne das Handy.«

»In der Aktentasche.«

»Fein!«

Ich machte die Tasche auf, holte das Gerät heraus und schaltete es ein. So weit, so gut.

»Und jetzt, Robert? Ohne seine PIN-Nummer kann ich dieses Ding leider nicht benutzen. Ich glaube, wir brauchen noch einmal die Unterstützung jenes Herren dort.«

»Ach, nichts leichter als das. Sie haben gehört, was Lindis möchte?«

Es war sehr demütigend für Wulf. Robert spielte mit ihm, nicht böswillig, die Haltung eher unangenehm als schmerzhaft. Er hatte wohl die leise Hoffnung gehabt, sich durch einen plötzlichen Ruck befreien zu können, wenn er sich einige Zeit ruhig verhielt.

Das allerdings war dann doch schmerzhaft, ich konnte förmlich die überdrehten Sehnen und Gelenke knirschen hören.

»Ruhig, ganz ruhig! Wie war doch noch gleich die PIN-Nummer?«

»Das werden Sie nie von mir erfahren.«

»Nein? Wohl doch noch nicht so weit gekommen auf dem Weg des Kriegers, was? Wir lernen jetzt etwas über den Zauber der Nervendruckpunkte. Eine wirksame Sache, wenn man sie zu Heilzwecken einsetzt. Aber die Akupressur hat auch ihre andere Seite, wie alles im Leben. Wie war die Nummer?«

Keine Antwort. Ich sah auch nicht, was Robert Gemeines machte, aber ich sagte: »Da steht was von ›Emergency call only‹ auf dem Display. Genau den brauchen doch wir jetzt.«

»Wie du wünschst, Herrin.« Ich hielt Robert das Handy ans Ohr, und er gab den ›Emergency call‹ mit Standort und Vergehen durch.

Anschließend meinte ich: »Schön. Jetzt möchte ich Dr. Koenig hier haben. Er ist gestern Abend eingetroffen und wird jetzt im Hotel beim Frühstück sein. Oder auf dem Weg zum Büro. Dazu müsstest du Herrn Daniels bitten, uns nun doch seine PIN-Nummer zu verraten.«

»Gleiche Weise, Daniels, oder können wir uns diesmal auf schmerzloses Extrahieren einigen?«

»Steht in meinem Terminplaner, erste Seite«, knirschte Wulf. Ich fand sie dort und tippte die Zahlenkombination ein, dann Dr. Koenigs Nummer.

»Guten Morgen, Herr Dr. Koenig. Ich hoffe, ich störe Sie nicht beim Frühstück, aber ich muss Sie bitten, so schnell wie möglich zu uns auf die Baustelle zu kommen. Herr Daniels hat einen Unfall gehabt.«

»Einen Unfall? Herr Daniels?« Im Hintergrund schrie Karola auf. »Wo sind Sie?«

»Auf dem Grundstück von Madame Keroudy. Sie müssen nur den Einsatzfahrzeugen folgen.«

Sirengeheul näherte sich. Dr. Koenig fragte nicht mehr viel.

»Jetzt Léon, nicht wahr? Welche Nummer, Robert?«

Ich tippte Léons Privatnummer ein, und Robert sprach ein paar schnelle Worte mit ihm.

»Er kommt gleich. Arme Morwenna, so ein Tumult.«

Der Arzt kam als Erster, Beni und Teresa hatten sich auch wieder zu uns gesellt und musterten Wulf, als wäre er ein exotisches Tier im Zoo. Beni war sehr, sehr hässlich zu ihm. Ich führte den Arzt zu Morwenna, während draußen die Polizisten Wulf übernahmen.

»Sie ist tot«, stellte der Arzt fest und strich ihr sanft über die

428

Haare. »Madame Keroudy, Mère Morwenna, war sehr alt. Sie ist heute Nacht, wahrscheinlich in den frühen Morgenstunden, sanft eingeschlafen.«

Ich war froh, dass es nicht durch die Explosion geschehen war.

Der Arzt packte seine Sachen zusammen, und ich hatte plötzlich eine Idee.

»Monsieur?«

»Madame?«

»Könnten Sie …« Mein Französisch verließ mich leider. Er sah mich mit professionellem Mitleid an. »Sind Sie eine Freundin von Mère Morwenna?«

»Ich bin eine Freundin von Monsieur Caspary. Mein Name ist Lindis Farmunt.«

»Madame Farmunt, es tut mir leid. Was kann ich für Sie tun?«, fragte er in beinahe akzentfreiem Deutsch. Ich muss ihn ziemlich erstaunt angesehen haben. Er lächelte und erklärte mir: »Ich habe ein paar Jahre in Deutschland studiert.«

»Oh, wunderbar. Dr. Pourcel, könnten Sie, wenn wir nach draußen gehen, ein paar Minuten lang nichts über den exakten Todeszeitpunkt verlauten lassen? Nur für eine ganz kleine Weile?«

Er sah mich prüfend an.

»Es hat hier heute Morgen eine Sprengung gegeben. Eine ungerechtfertigte Einschüchterung.«

»Ich verstehe. Sie wollen schlechtes Gewissen erzeugen.«

»Ja, und ein Eingeständnis.«

»Ich werde mich im Hintergrund halten.«

»Danke, das reicht sicher.«

Wir gingen wieder nach draußen, wo sich die Szene ein wenig gewandelt hatte.

Knoten 3. und 4. Faden

Zwei grimmig-dienstliche Gendarmen hatten Wulf übernommen. Er stand mit wütendem Gesicht zwischen den beiden, während Robert ihnen die Situation erklärte. Teresa lehnte an der Hauswand, Beni war nicht zu sehen. Aber über die Wiese kam ein weiteres Fahrzeug, aus dem, wie erwartet, Dr. Koenig und Karola ausstiegen.

Dr. Koenig überblickte das Geschehen und wandte sich dann an mich.

»Was ist passiert?«

»Wir sind heute Morgen von einer Sprengung geweckt worden und haben uns Sorgen um die alte Dame gemacht, die hier im Haus lebt. Als wir bei ihr waren, erschien Herr Daniels und versuchte sich mit Gewalt Einlass zu verschaffen.«

»Wulf!«, rief Karola und wollte auf ihn zulaufen.

»Bleiben Sie stehen, Frau Böhmer«, sagte Dr. Koenig und hielt sie zurück.

»Was wollten Sie hier, Herr Daniels?«

»Ich wollte den Kaufvertrag von der Alten abholen. Aber dieser Verrückte da hat mich brutal zusammengeschlagen!«

»Wulf!«, schrie Karola noch mal auf und stürzte zu ihm. Die Gendarmen hielten sie davon ab, sich ihm an den Hals zu werfen.

»Wer ist das, Frau Farmunt?«, fragte mich Dr. Koenig scharf und zeigte auf Robert, der lässig im Türrahmen lehnte, die Daumen in den Gürtel gehakt. Er war nicht rasiert, sein Kinn war dunkel, sein Haar zerzaust, das T-Shirt eingerissen. Er gab das wenig vertrauenerweckende Bild eines verwahrlosten Strandräubers ab. Ich musste mir ein Grinsen verkneifen.

»Auch wenn der gallische Hahn schon dreimal vernehmlich gekräht hat, Robert, ich stelle dich trotzdem vor. Herr Dr. Koenig, das ist Professor Dr. Robert Caspary, ein langjähriger

430

Freund von mir. Ich bin bei ihm zu Besuch, wir wohnen da hinten in dem Haus.«

»Du miese Schlampe! Genau das habe ich mir gedacht. Dr. Koenig, das ist der Museumsmensch, der uns hier ständig Knüppel in den Weg wirft. Die beiden sind ein feines Pärchen!«

»Professor Caspary? Ich habe von Ihnen gehört, als es damals um das andere Projekt ging. Ich wusste nicht, dass Sie hier noch wohnen.«

»Ich habe mein Haus von Madame Keroudy gemietet. Es sprach nichts dagegen.«

»Da hören Sie es, Dr. Koenig. Frau Farmunt hat die ganze Zeit gewusst, was hier gespielt wird. Sie wollte mein Projekt sabotieren!«

»Stimmt das, Frau Farmunt?«

»Nein.«

»Doch, du wolltest es! Hinter meinem Rücken hast du mich mit diesem Schwein betrogen.«

»Mach halblang, Wulf.«

Dr. Koenig war von diesem emotionalen Ausbruch sichtlich peinlich berührt.

»Aber ich kann die Sache noch retten, Dr. Koenig. Wenn man mich nur ins Haus lässt. Da liegt ein unterschriebener Vertrag. Das Grundstück gehört dem Projekt!«

»Ist das so?«

»Ich war gestern mit dem Notar bei der Alten. Sie wollte sicher unterschreiben! Lassen Sie mich zu ihr!«

»Nein«, sagte Robert kühl und nickte den Gendarmen zu, die Wulf an den Armen packten.

»Karola, geh du rein! Hol den Vertrag. Er liegt auf dem Tisch im hinteren Zimmer.«

Robert sah mich an, und ich fühlte wieder, wie Eis und Feuer in mir zusammenprallten. Aber das war jetzt leider nicht der Moment für solche Gefühle. Ich senkte leicht die Lider, und

431

Robert ließ Karola durch die Tür. Dann sagte er zu Wulf: »In der Zwischenzeit könnten Sie Ihrem Chef erklären, was es mit der Sprengung heute Morgen auf sich hatte, Daniels.«

»Wir haben termingerecht mit den Arbeiten begonnen!«

»Mit Sprengungen um halb acht am Strand, so, so.«

Ich hörte einen erstickten Schrei im Haus, dann kam Karola heraus. Bleich, mit vor Entsetzen aufgerissenen Augen, eine Hand vor dem Mund.

»Die Sprengung war notwendig, um das Areal vorzubereiten«, argumentierte Wulf gerade kühl, als Karola ins Sonnenlicht trat. »Und, hast du den Vertrag?«

»Die ... die alte Frau da drinnen ...«, Karola würgte.

»Was ist mit der Alten?«, fuhr Wulf sie an.

»Madame Keroudy ist heute Morgen verschieden«, sagte der Arzt neben mir. »Sie war alt und gebrechlich. Ich nehme an, die Explosion war sehr nah bei diesem Haus?«

Karola wirkte plötzlich gefasst und richtete sich starr auf. Mit dem ausgestreckten Zeigefinger deutete sie auf Wulf.

»Du hast sie umgebracht, Wulf!«, sagte sie gepresst. »Du hast sie mit deinen idiotischen Sprengungen umgebracht. Du bist ein skrupelloser, menschenverachtender Irrer! Du scheust ja vor nichts zurück, um deinen Willen durchzusetzen. Du Scheusal hast mich benutzt! Du hast mich sogar dazu gebracht, Unterlagen verschwinden zu lassen, Wulf! Du hast mir nicht die Wahrheit gesagt. Du bist ein Lügner, ein dreckiger, verlogener, arroganter Egoist. Nichts von dem, was du erzählt hast, war, weil du mich magst. Nur für dein verdammtes Projekt hast du mich ausgenutzt. Jetzt hast du alles kaputtgemacht. Ich hasse dich!«

Karola drehte sich um und lief zum Strand. Ich merkte, dass Teresa sich aus dem Schatten löste und ihr in einiger Entfernung folgte. Teresa, die Trösterin der armen Seelen.

»Hören Sie nicht auf sie! Gehen Sie rein, das unterschriebene

Dokument liegt noch dort«, erklärte Wulf an Dr. Koenig gewandt.

»Daniels, Sie sind ein Leichenfledderer«, sagte Robert und sah ihn angewidert an.

Aber ich war kritisch geworden. Auf den Vertrag hatte ich vorhin nicht geachtet. Hatte Morwenna ihn vielleicht wirklich noch unterschrieben?

»Dr. Koenig, wir beide werden jetzt dort hineingehen und nachsehen, ob ein solches Dokument vorhanden ist. Robert, bitte.«

Knoten 6. und 8. Faden

»Ja, meine Liebste!«, sagte er leise und ließ mich eintreten. Dr. Koenig folgte mir. Er wirkte etwas bedrückt. Ich machte leise die Tür zu Morwennas Zimmerchen auf und sah mich um. Dr. Koenig blieb betroffen auf der Schwelle stehen.

Es lagen Papiere auf dem Tisch und auf den Dielen. Die Erschütterung hatte sie vermutlich verstreut. Ich sammelte die Bögen ein und legte sie zusammen. Ein paar Papierfetzchen fielen hinaus, schwebten sich drehend und tanzend zu Boden.

»Nanu? Oh, Herr Dr. Koenig, sehen Sie, hier.«

Er kam näher und besah sich die letzte Seite. Dort, wo eine mögliche Unterschrift hätte stehen können, war das Papier angenagt und zerfetzt.

»Hier hat ein Tier dran gearbeitet, scheint es«, sagte ich.

»Ja, so sieht es aus. Eine Maus wahrscheinlich.«

»Eine Maus, ja. Es gibt viele hier.«

»Nun, das war die letzte Chance, nicht wahr?«

»Ja, Herr Dr. Koenig.«

Er sah mich lange schweigend an, dann fragte er, wobei er mir eindringlich in die Augen sah: »Haben Sie es gewusst?«

Ich hielt seinem Blick stand.

»Bis vor sechs Wochen nicht. Vorher nur geahnt. Ich habe Herrn Daniels mehrmals darauf aufmerksam gemacht, aber er hat es bis zuletzt nicht wahrhaben wollen und mir jedes Mal versichert, die Angelegenheit im Griff zu haben. Erst hier ist ihm die Konsequenz klargeworden.«

»Warum haben Sie mir nichts gesagt?«

»Hätte es etwas genützt?«

Er senkte den Kopf.

»Sie haben recht, ich habe Ihre Warnungen vorher schon überhört. Haben wir jetzt noch eine Chance?«

»Nein. Wir sind jetzt so in Verzug, dass wir nie mehr rechtzeitig fertig werden können. Alle Wunder mit eingerechnet. Aber wir haben noch keinen Spatenstich getan, Herr Dr. Koenig.«

»Gut, vielleicht kommen wir noch mit einem blauen Auge davon. Gehen wir nach draußen. Es gibt viel zu regeln. Und … Daniels Verhalten ist unentschuldbar. Totschlag und Landfriedensbruch gehören nicht zu den Geschäftspraktiken meiner Firma.«

»Mère Morwenna ist bereits vor der Explosion gestorben«, sagte ich leise, und ich merkte, dass Dr. Koenig aufatmete.

Mit den Papieren in der Hand ging er vor mir hinaus. Als ich an Robert vorbeiging, streifte ich seinen bloßen Arm. Wulf hatte ein siegesgewisses Lächeln auf den Lippen.

»Eine Maus hat den letzten Puffer gefressen«, sagte ich zu ihm. »Wir werden vermutlich nie erfahren, ob Mère Morwenna unterschrieben hat oder nicht.«

Léon Callot war inzwischen auch eingetroffen und nickte Dr. Koenig zu.

»Ich habe jetzt eine Reihe Dinge zu erledigen. Herr Daniels,

Sie werden diese Herren anstandslos begleiten. Ich kümmere mich später um Sie.« Und dann zu mir gewandt: »Frau Farmunt, ich würde Sie am späteren Nachmittag gerne sprechen. Könnten Sie bitte in das Büro im Ort kommen?«

»Frau Farmunt hat Urlaub, Herr Koenig. Aber wenn Sie wollen, dürfen Sie uns gerne am Nachmittag besuchen. Man kann sich unter dem Apfelbaum vor meinem Haus sehr gut unterhalten.«

Robert hatte den Arm um mich gelegt und hielt mich fest. Ich lehnte mich leicht an ihn, denn seine Worte und seine Nähe ließen schon wieder dieses ungeheure Glücksgefühl in mir aufsteigen.

»Nun … Wenn es Ihnen nichts ausmacht, komme ich gerne. Frau Böhmer! Frau Böhmer? Wo ist sie denn hingegangen?«

»Sie ist unten am Strand. Meine Freundin ist bei ihr. Wir bringen sie nachher ins Hotel.«

»Vielen Dank, Frau Farmunt.«

Léon war zu uns getreten und nickte Robert und mir kurz zu.

»Bonjour, Dr. Koenig.«

»Bonjour, Monsieur Callot. Können wir uns unterhalten?«

»Gegen Abend, in meinem Büro.«

Polizei, Wulf, Dr. Koenig waren fort, Callot und der Arzt unterhielten sich, Teresa kam vom Strand zurück, geradewegs auf mich zu.

»Lindis, ich kann mit der jungen Frau nicht viel anfangen. Ich weiß nicht, was da alles vorgefallen ist. Die Suppe, in die sie weint, ist dicker, als ich durchschauen kann. Kannst du mal zu ihr gehen?«

»Willst du, Lindis?«

»Wollen? Ja, wahrscheinlich will ich sogar.«

»Dann geh, ich bleibe in deiner Nähe.«

435

3. Faden, letzter Knoten

Ich ging zum Strand hinunter und fand Karola an einen Felsen gelehnt sitzen. Sie hatte ein zerknülltes Taschentuch in der Hand und wischte sich wieder und wieder über ihr fleckiges Gesicht. Bevor ich mich zu ihr setzte, drehte ich mich noch einmal um und sah, dass Robert sich oberhalb von mir mit gekreuzten Beinen im Gras niederließ. Ich spürte eine Welle von Liebe von ihm ausgehen und legte meinen Arm um Karola.

»Warum kriegst du alles und ich nie etwas?«, schniefte sie.

»Ach, Karola, was heißt ›alles‹ bekommen?«

»Wulf.«

»Wulf bedeutet mit nichts, Karola. Es war eine dumme Affäre aus Langeweile und Eitelkeit. Ich schäme mich jetzt dafür, dass ich sie überhaupt angefangen habe. Er hat mich nur als Zeitvertreib betrachtet. Nie als mehr.«

»Er ist eifersüchtig auf den Professor.«

»Er sieht nur, dass ihm etwas weggenommen wird, von dem er sich eingebildet hat, er könne darüber verfügen. Wulf ist kein netter Mensch, Karola.«

»Ich hatte gehofft …«

»Ja – Hoffnung.«

»Jetzt ist da gar nichts mehr.« Sie schluchzte aufs Neue trocken auf und sah erbarmungswürdig aus. »Ich habe nichts mehr. Kein Mensch mag mich. Alle hassen mich. Alle sehen auf mich herab, weil ich ein uneheliches Kind habe. Ich will nicht mehr. Ich würde am liebsten da hinausgehen und nicht wiederkommen.«

Sie zeigte mit einer müden Bewegung auf das Meer.

»Und deine Tochter?«

»Dieses grässliche Kind, dieses Ungeheuer! Sie macht mich so fertig. Ich kann nicht mehr.«

»Karola, Jessika ist nicht sehr liebenswürdig. Richtig. Aber,

Karola! Karola, du hast sie in die Welt gesetzt. Du wolltest ein Kind haben, aus welchem Grund auch immer. Niemand sieht heutzutage auf eine alleinerziehende Mutter herab.« Mir wurde mit einem Schlag etwas sehr klar. »Karola, du hast Jessy bekommen, weil du es chic fandest, deine Mutterrolle zu spielen. Aber Jessy war bisher nur Mittel zum Zweck für dich. Richtig lieb hast du deine Tochter nicht. Ich glaube, ein Kind merkt das noch viel stärker als Erwachsene. Du hast ihr nie gezeigt, dass sie dir etwas bedeutet. Du hast sie entweder abgeschoben an ihre Tagesmütter oder ihr einfach alles erlaubt, was sie gefordert hat. Und jetzt benimmt sie sich natürlich so unmöglich, dass jeder sie störend findet. Karola, nächstes Jahr kommt sie in die Schule. Wie viel du bis dahin noch gutmachen kannst, weiß ich nicht. Aber hole dir professionellen Rat und versuch, sie ein bisschen liebzuhaben. Mit ganz wenig Liebe, die man gibt, kann man so viel zurückbekommen.«

»Glaubst du?«

»Ich weiß es.«

Sie sah auf das Meer hinaus, das im Sonnenschein funkelte. Am Horizont zogen ein paar Wölkchen dahin, eine Schar schwarz-weißer Strandläufer pickte synchron im festen Sand nach kleinem Getier. Als eine Welle heranspülte, eilten die Vögel mit lustig wippenden Schwänzen davon.

»Komm, du musst völlig fertig sein. Ich bringe dich ins Haus, und du kannst ein bisschen schlafen. Später fahre ich dich ins Hotel zurück.«

Sie ließ sich von mir aufhelfen und über die Wiese führen. Robert war nicht mehr da, nur Callots Wagen stand noch vor Morwennas Tür. Ich brachte Karola in mein Zimmer, und sie legte sich erschöpft nieder. Leise schloss ich die Tür hinter ihr.

Robert war nebenan in seinem Raum und zog sich die Schuhe aus.

»Du siehst sehr unsolide aus, so unrasiert und halb nackt,

Herr Professor Doktor. Ein Landstreicher ist gepflegt dagegen.«

»Findest du? Ich wollte das eigentlich zu meinem neuen Stil erklären.«

»Unmöglich, Robert. Das geht nicht. Das ist leider viel zu sexy!«

Er sah mich von oben bis unten an, der Schalk saß in seinen Augen. Das gab mir den Rest. Ich packte das am Hals von dem Gerangel zerfetzte T-Shirt und riss es mit einem Ruck völlig auseinander.

»Holla!«, sagte er. Und dann lange nichts mehr.

Als ich wieder bei Sinnen war, flüsterte ich: »Das kam schon fast an Benis Vorstellungen von Romantik heran, du Macho!«

»Du reißt mir die Kleider vom Leib und erwartest dann, dass ich zärtlich säusele?«

»Nein, Rambo. Dann erwarte ich zügellose Leidenschaft!«

»Schlimm?«

Ich lachte und fuhr mit meinen Fingernägeln über seinen Rücken.

»Ich kann auch anders.«

»Worte, nichts als Worte!«

»Du glaubst es nicht?«

»Beweise, Robert, Beweise!«

Er erbrachte Beweise. Leider stand Karola zwischendrin in der Tür und sah uns entgeistert zu. Ich tat so, als bemerke ich sie nicht.

Knoten 2. und 9. Faden

»Komm, wach auf, süße Lindis. Der Tag strebt noch weiteren Höhepunkten zu.« Mit tropfenden Haaren stand Robert am Bett, und ich versuchte meine Augen aufzuhalten. »Tut mir leid, aber du kannst jetzt nicht länger schlafen. Los, eine kalte Dusche hilft.«

»Wie spät ist es denn?«

»Halb zwölf.«

Ich sprang auf und machte das mit der kalten Dusche wahr.

»Léon ist bei Morwenna geblieben, er wird alles richten, was notwendig ist«, rief mir Robert zu, während das Wasser eisig über mich prasselte und meine Zähne klapperten.

»Gut!« Ich wickelte ein Handtuch um meine Haare und eines um meinen Körper.

»Teresa hat Karola ins Hotel gefahren.«

»Noch besser.«

»Und jetzt werden wir frühstücken.«

»Eine grandiose Idee.«

Ich zog mir frische Jeans und eine weiße Bluse an. Die Haare konnten an der Luft trocknen. Ich hatte einen Bärenhunger, und mein Verständnis für Beni stieg.

Unten duftete es nach Kaffee und warmen Croissants. Ein Korb voll damit stand auf dem Tisch, dazu Butter, Marmelade und Honig. Beni war da, völlig versandet und verschmiert von Staub. Den Mund voll mit Gebäck versuchte sie sich zu artikulieren. Teresa kam mit der Kaffeekanne aus der Küche und wurde sehr streng mit uns.

»Setz dich, Beni. Was immer du hast, es kann noch zehn Minuten warten. Lindis, iss um Himmels willen etwas, diese Karola ist ein Energie-Vampir. Robert, du auch.«

»Lindis ist auch ein Energie-Vampir. Ihre Spezialität sind unrasierte Männer.«

»Ruhe jetzt. Esst!«

Es tat ungeheuer gut, heißen Kaffee mit viel Milch zu trinken und dick Marmelade auf die knusprigen Hörnchen zu streichen. Beni muckte zwar immer noch, aber Teresa ließ sie nicht zu Wort kommen. Erst als wir beängstigend nahe an den Boden des Brotkorbs gekommen waren, hob Teresa das Schweigegebot auf.

Beni sah sie grimmig an, griff dann mit einer schnellen Handbewegung unter den Ärmel ihres T-Shirts und warf etwas Glänzendes auf den Tisch, wo es klirrend liegen blieb.

Ich wollte meinen Augen nicht trauen. Eine goldene Schlange ringelte sich auf dem dunklen Holz. Eine überaus bekannte Schlange. Mir stockte der Atem.

Vorsichtig nahm Robert das Schmuckstück an sich, fast als hätte er Angst, es zu berühren.

»Wo hast du das her, Beni?«, fragte er sie heiser.

»Vom Strand.«

»Vom Strand?«

»Robert, weißt du, was das ist?«

»Ja, ich weiß es. Ein Armreif, sehr alt.«

»Verrätst du uns jetzt, was es mit der Schlange auf deinem Arm auf sich hat, Robert?«, fragte Beni, die noch immer etwas missgelaunt war.

»Ja, jüngere Schwester, ich verrate es dir. Aber nicht jetzt. Dafür ist die Geschichte zu lang. Komm, hör auf zu grollen. Wir mussten wirklich eine Pause machen.«

»Schon gut.« Beni war durch Roberts liebevollen Ton besänftigt. »Ich bin vorhin, als sich da tausend Mann bei Morwenna versammelt haben, runter zu der Stelle gegangen, wo die Explosion stattgefunden hat.«

»Das war aber ein bisschen gefährlich.«

»Vielleicht, Lindis. Aber ich hatte irgendwie das Gefühl, ich sei ziemlich überflüssig zwischen euch. Jedenfalls hat dieser

Sprengsatz ein ganzes Stück Felsen weggeputzt. Es liegt eine Menge Geröll herum. Dazwischen sah ich es plötzlich glitzern.«

»Robert, denkst du das gleiche wie ich?«

»Ja, natürlich.«

»Sie ist in ihrer Ruhe gestört worden. Wir können es jetzt nicht mehr verhindern, nicht?«

»Nein.«

Die Erregung, die von Robert ausstrahlte, übertrug sich auf mich. Aber Beni hatte das Recht, mehr zu erfahren.

»Jüngere Schwester, ich habe noch einen Traum gehabt. Gestern Nacht. Darin wurde Danu begraben. In einer Höhle irgendwo hier in den Felsen. Eigentlich wollten wir es für uns behalten, denn – na ja, ich fand, dass meine ältere Schwester nicht gestört werden sollte. Aber es sieht so aus, als ob diese Höhle durch die Sprengung freigelegt worden ist. Darum sollten wir so schnell wie möglich zum Strand, damit nicht irgendein dummer Urlauber etwas kaputtmacht.«

Robert stand auf und suchte seine Sachen zusammen, die wir bei dem Ausflug in den Heiligen Hain mitgenommen hatten.

»Wie gut, dass das Gelände weitgehend eingezäunt ist. Kommt!«

»Darf ich auch mitkommen?«

»Natürlich, Teresa. Wir alle haben ein Interesse daran, zu sehen, was sich dort befindet. Aber lasst mich nur schnell telefonieren, damit man im Zweifelsfall weiß, wo man uns zu suchen hat.« Er lachte kurz auf. »Meine Kollegen werden mich wegen meines unprofessionellen Einsatzes vermutlich tadeln. Aber ich habe leider ein ganz persönliches Interesse an dieser Höhle.«

Faden 1., 2., 5., 9. und 11. Knoten

Das Geröll bestand weitgehend aus ein paar größeren Brocken, sehr stark war die Explosion nicht gewesen. Wir kletterten mühsam zwischen ihnen herum und suchten mit den Augen die Felswand ab.

»Da, da oben, könnte es das sein?« Beni war auf einen wackeligen Stein gestiegen und versuchte, eine Felsritze zu erreichen.

»Komm da runter, du bist doch kein Freeclimber«, rief ich ihr zu, aber sie hörte nicht auf mich.

»Beni! Lass es, bitte. Das ist zu gefährlich!« Robert stand schon unter ihr, um sie zu stützen.

»Aber hier muss es sein, hier hat der Ring gelegen.«

Sie klammerte sich am Fels fest, der löste sich und brach heraus. Sie verlor den Halt und fiel mit dem Brocken nach unten.

»Auaua, Scheiße!«

Robert hatte sie gerade noch abfangen können, aber sie hatte sich die Ellenbogen und den Oberschenkel aufgeschürft.

»So ein Mist!«, fluchte sie leise vor sich hin.

»Kannst du alle Gelenke bewegen, kleine Schwester? Komm, wackel mal mit den Armen und Beinen.« Vorsichtig legte Robert sie in den Sand, und Beni gehorchte.

»Ja, scheint noch alles zu funktionieren. Es brennt nur hässlich, wo die Haut zerkratzt ist.«

»Das führt nicht direkt zum Tode. Aber ab jetzt bist du etwas weniger leichtsinnig.«

»Ja, Chef. Und seht mal, ich hatte recht.« Sie rappelte sich auf und deutete nach oben.

In etwa zweieinhalb Metern Höhe war ein Loch im Felsen, das sich vielleicht zu einer Höhle erweiterte.

»Sieht ganz solide aus. Man müsste hineinklettern können, ohne dass mehr herunterbricht«, meinte Robert, nachdem er es eine Weile gemustert hatte.

»Wir kommen wir denn da hoch?«, fragte ich zweifelnd.

»Klimmzüge, Süße!«

»Du überschätzt mich. Ich bin doch kein Affe.«

»Wir klettern über Roberts Rücken.«

»Traust du dir das zu, Beni?«

»Robert! Nicht Beni. Sie ist gerade da runtergefallen und hat sich verletzt.«

»Macht doch nichts. Mann, Lindis, das ist doch so aufregend. Los, Robert, ich klettere hoch.«

Ich sah Robert bittend an, aber der betrachtete nur Beni.

»Du bist zäh. Das ist gut. Aber du darfst nicht leichtsinnig sein. Hoch mit dir, du bist die Kleinste von uns. Aber pass auf loses Gestein auf!«

Er half ihr, über seine verschränkten Hände auf seine Schultern zu steigen, und sie setzte sich auf den Rand. Dann drehte sie sich langsam um und kroch ein Stück nach innen. Es verging keine Minute, da kam ihr Gesicht wieder zum Vorschein.

»Kommt hoch, es ist eine große Höhle, aber ich kann kaum etwas erkennen. Wir brauchen Licht.«

»Lindis, du als Nächste?«

Mich hatte die Aufregung auch gepackt und schwemmte plötzlich alle Bedenken weg, auch wenn ein kleiner Teil meines Bewusstseins leise Warnungen flüsterte. Aber Danus Höhle? Der greifbare Beweis ihrer Existenz und das Wunder meiner Träume?

»Ja, Robert.«

Er half mir, ich schrammte mir die Knöchel an dem scharfen Felsen auf und war dann im Höhleneingang. Ein Stück musste ich gebückt gehen. Aber dann konnte ich auch stehen.

»Wenn ich nicht so tierisch neugierig wäre, würde ich so einen Blödsinn nie machen«, hörte ich Teresa kommentieren.

»Du bist aber tierisch neugierig. Auf, ich halte das auch noch aus.«

Teresa kam angekrabbelt. Wir drei Frauen standen aneinander gedrängt im Dunkeln und sahen zu dem hellen Eingang hin, wo Robert sich wirklich mit einem Klimmzug hochzog.

Dann schaltete er die Stablampe ein und beleuchtete das Innere.

Sie lag da.

Sie lag da, auf einer hölzernen Bahre – nur Gebein noch. Doch ein goldener Torques neben ihr, zierlich gemustert und mit zwei Katzenköpfen, die sich anfunkelten, sagte mir, dass sie es war. Schalen und Krüge standen um sie herum, Überreste einer Harfe, Fibeln, Ketten. Die Erschütterung hatte auch hier etwas Durcheinander verursacht, dadurch war vermutlich der Armreif aus der Höhle gerollt.

»Danu!«, flüsterte Robert und sah auf das Lager.

»Ja, Danu. Traumschwester.«

Ich weiß nicht wie lange, aber wir waren sehr schweigsam. Durch die Berührung mit der Vergangenheit, von der wir alle mehr oder weniger stark betroffen waren, machte sich eine stille Ehrfurcht breit.

Draußen rauschte das Meer, die Flut war gekommen. Sonnenstrahlen krochen langsam an den Rand des Eingangs, der bislang im Schatten gelegen hatte. Ihr Licht ergoss sich in die Höhle, und ein Strahl fing sich auf dem schimmernden Rund einer dünnen Goldscheibe.

Sie mochte tellergroß sein, und sie war über und über mit einem Muster bedeckt. Vorsichtig kniete ich mich nieder, um sie zu betrachten.

Schmale Linien, breite Linien. Verschlungene Muster, Knoten, Spiralen, ein Gewebe von dünnen und dicken Fäden, sich kreuzend, sich windend. Vor meinen Augen verschwanden sie in der Tiefe des Raumes, kehrten zurück, aufsteigend, absteigend, verknüpften mit anderen Linien. Nicht starr, sondern

beweglich, schwingend, sich ändernd, sich lösend, sich neu be-
gegnend, nie gleich, doch immer ähnlich. Ein gewaltiges, viel-
dimensionales Netzwerk, in dem ich nur ein Fädchen war, das
seinen Weg von einem Anfang aus dem Irgendwo nahm, das
sich verschlungen durch das Geflecht bewegte, suchend, um
nach irgendwo zu kommen.

Ich stand auf und hielt noch immer die Scheibe in der Hand.

»Das Muster – es ist wie das Gewebe der Welt. Wie dumm
wir sind! Immer versuchen wir, nach den Ursachen und Gründen zu suchen. Nach den kleinsten, unteilbaren, letzten Ein-
heiten. Und vergessen darüber, dass alles zusammenhängt.
Nichts ist unwichtig, nichts ist ohne Einfluss. Der Schmetter-
ling nicht, der über der Blume schwebt, der Baum nicht, dessen
Wurzeln das Erdreich durchdringen, die lebenden Wesen nicht,
auch nicht die bereits Gestorbenen, noch die Ungeborenen.
Gleich ob Mensch oder Tier. Irgendwann und irgendwo treffen
sich alle Fäden dieses Netzes, kreuzen sich, finden sich, lösen
sich wieder.

Dies ist das Netz des Lebens.«

Teresa berührte mich sacht am Arm: »Lindis, das ist die Bedeutung, nicht wahr?«

»Ja, das ist die Bedeutung.«

Auch die anderen sahen auf die Scheibe in meiner Hand.

Und das Meer rauschte. Staub tanzte in dem dünnen Sonnenstrahl, der vom Eingang kam.

Danu stand dort. Nicht die alte, weißhaarige, sondern eine
junge, schöne Danu in einem weißen Gewand, mit langen
blonden Haaren, die in Wellen über ihren Rücken flossen. Sie
hob die Hände in einer anmutigen Bewegung hoch über ihren
Kopf und sang:

»Höre!
Ich bin.
Ich bin die Erde, das Land, der feste Grund.
Ich bin der Berg, das Tal, der Höhle Schlund.

Ich bin die Lava, die Glut, die flüssigen Steine,
die Asche aus flammendem Berge.
Ich bin der Quarz, Diamant, das schimmernde Gold,
das ich im Innern verberge.

Ich bin die Erde, der Boden, der Halt,
Ich bin der Acker, die Wiese, der Wald.

Ich bin die Wüste, die Steppe, verödetes Land,
trocken und staubig und leer.
Ich bin das Geröll, der Kiesel, der feine Sand,
Gestein, zermahlen im Meer.

Ich bin die Erde, der Staub, das Gestein.
Ich bin der Lehm, der Fels, das Gebein.

Ich bin der Humus, der Moder, der schwarze Schleim,
zerbreche der Samen Hülle.
Ich bin das Keimen, das Blühen und der Zerfall,
ich berge des Wachstums Fülle.

Ich flechte der Wurzeln Gewebe, ich spinne der Erzadern
Netz.
Der Bäume Geäst ich webe und im Kristall das Gitternetz.

Ich bin der Schoß, der Tod, das Leben.
Ich bin das Netz, an dem wir weben.
Ich bin Grund, dass alles werde.

Ich bin die Erde.

Ich bin.

Höre!«

Der Sonnenstrahl war weitergewandert, und nichts blieb als das stille Grab.

Wir verließen die Höhle, den Torques und die goldene Scheibe nahmen wir mit.

8. Faden, letzter Knoten

Der Dämon war verärgert. Den ganzen Morgen hatte sich eine grässliche Unruhe in seinem Revier ausgebreitet. Angefangen von dem Krach in den frühen Stunden, der genau den Vogel aufscheuchte, den er so geduldig belauert hatte, bis hin zu den vielen Autos, den Sirenen, den fremden Menschen, die überall herumliefen. Zu allem Überfluss hatten seine Leute auch noch vergessen, die Futterschale aufzufüllen, geschweige denn ein Schälchen Sahne bereitzustellen. Mit knurrendem Magen musste er auf die Jagd gehen. Zwei schäbige Mäusekinder und eine Hummel waren alles, was er in dem Trubel erbeuten konnte. Erst in den späteren Nachmittagsstunden wurde es besser. Er fand Einschlupf in das leere Häuschen der alten Frau. Ein bisschen wunderte er sich, dass sie nicht dort war. Er war oft und gerne bei ihr zu Gast gewesen, wenn auch das Futter nicht zufriedenstellend war. Aber es ließ sich schön schlafen auf dem Schoß der Alten. Sie hatte so eine Ausstrahlung …

Nun, sie war nicht da, aber dafür eine Maus.

Eine wohlgenährte Maus.

Eine prächtige, unvorsichtige Maus mit braunem Fell und weißem Bauch.

Diesmal gab es keine Spielchen. Der erste Biss war tödlich. Aber fressen, fressen wollte der Dämon die Maus in seinem Heim. Seinen Menschen deutlich machen, wie er vernachlässigt worden war.

Mit hochmütigster Miene trug der rote Dämon die Maus maunzend zu den drei Menschen unter dem Apfelbaum!

Faden 1., 5. und 6. Knoten

Der Strand war abgesperrt worden, wir gingen zum Haus. Keiner von uns hatte große Lust, mit irgendjemandem zu sprechen. Wir saßen unter dem Apfelbaum, und ich glaube, in jedem von uns hallte Danus Gesang wider.

Die Sonne wanderte über den Himmel, die Schatten wurden länger.

»Koenig wird jeden Augenblick kommen, Robert.«

»Ja, du hast recht.«

Er streckte sich, Beni stand auf und bot an: »Kann ich euch irgendwas helfen? Kaffee servieren oder so?«

»Das machen wir beide, Beni. Und dann gehen wir noch ein Stück auf dem alten Zöllnerpfad spazieren.«

»Gut, Teresa.«

So fügsam, so still und so ernst hatte ich Beni noch nie erlebt. Sie musste sehr aufgewühlt sein. Ihre Abschürfungen waren oberflächlich gewesen und verschorften schon. Teresa war ich dankbar, dass sie sich ihrer annahm. Ich stand auf und zog meine Schwester dicht an mich.

»Liebe jüngere Schwester, ich schulde dir einen Haufen Erklärungen. Du bekommst sie auch. Aber ich denke, in kleinen Dosen sind sie erträglicher.«

»Du musst mir nicht alles sagen, Lindis. Ich glaube, einen

Teil kann ich mir denken. Aber vielleicht könntest du später mal ein paar Fragen beantworten.«

»Ja, selbstverständlich.«

»Jetzt bürste dir mal den Staub aus den Haaren, sonst wirft dich dein Chef gleich raus. Und schmus nicht ständig mit Robert rum, wenn er hier ist.«

Das war schon mehr Beni. Ich zog mich ein wenig offizieller an. Einen weiten weißen Rock, laubgrünes Seidentop, einen passenden Schal ins Haar und sogar einen Hauch Rot auf die Lippen. Robert sah auch nicht mehr wie ein Strandräuber aus, er hatte ein kurzärmeliges weißes Hemd und helle Hosen angezogen.

»Fast akademische Würden, Robert.«

»Na ja, wenn die Doktores unter sich sind. Ich glaube, ich mag deinen Dr. Koenig. Er hat sich sehr gut verhalten in dieser brenzligen Situation. So etwas erlebt er wahrscheinlich auch nicht jeden Tag.«

»Nein. Bin mal gespannt, was er zu sagen hat.«

Koenig kam kurz darauf. Er sah müde und so grau wie sein Anzug aus.

»Legen Sie die Jacke ab, Herr Koenig«, schlug Robert vor, als er ihm einen Gartenstuhl zurückzog.

»Sie gestatten, Frau Farmunt?«

»Selbstverständlich. Kaffee oder lieber einen kalten Cidre?«

»Ich glaube, etwas Kaltes wäre nicht schlecht.«

»Haben Sie gegessen?«

»Nein, aber bitte keine Umstände.«

»In diesem Haushalt gibt es keine Umstände«, sagte Robert lächelnd und ging in die Küche zu Teresa.

»Es ist wundervoll hier, Frau Farmunt. Ich habe das nicht gewusst.«

»Ich auch nicht, Herr Dr. Koenig. Jetzt weiß ich es.«

»Sie kennen Herrn Caspary wohl schon lange?«

Robert kam mit einem Tablett zurück und antwortete für mich: »Ewigkeiten.«

Dann deckte er den Tisch und grinste mich an: »Lindis, hier ist dein Lieblingscamembert. Sechzig Prozent Fett, drunter tut sie es nicht.«

»Blödsinn, drunter schmeckt er nicht.«

Bei dem zwanglosen Essen entspannte sich Koenig zusehends. Wir vermieden es, in irgendeiner Form die Vorfälle des Morgens zu erwähnen, und erst als er seine Serviette auf den Teller legte, brachte er das Gespräch auf die Ereignisse.

»Daniels hat zugegeben, dass er die Sprengungen hat durchführen lassen, um die alte Dame zu erschrecken. Er glaubte, sie würde dann eher unterschreiben. Gleichgültig, ob sie nun vor der Explosion oder durch die Explosion gestorben ist, es ist eine Vorgehensweise, die ich auf das höchste missbillige. Herr Daniels wird die Firma umgehend verlassen. Ich habe ihm die Kündigung bereits ausgesprochen und die entsprechenden Formalitäten in die Wege geleitet. Er wird sich auch wegen dieser Aktion vor den hiesigen Behörden zu verantworten haben.«

Dazu konnte ich nicht viel sagen, Dr. Koenig zeigte nur, dass er bereit war, schnell und konsequent zu handeln. Er nahm mein Nicken zur Kenntnis und fuhr fort: »Ich habe alle Aktivitäten für das Projekt gestoppt und versucht, einen Termin mit den Auftraggebern zu vereinbaren. Die früheste Möglichkeit besteht nächste Woche Montag in Paris. Es ist mir furchtbar unangenehm, Sie in Ihrem Urlaub stören zu müssen, Frau Farmunt, aber ich hätte Sie sehr gerne dabei. Ich brauche Details.«

»Ich komme mit.«

»Vielen Dank.«

»Sie werden heute Abend mit Léon Callot sprechen, nicht wahr?«, fragte Robert.

»Ja. Warum? Wird er große Schwierigkeiten machen?«

»Er wird Ihnen ein paar Überraschungen bereiten, denke ich. Aber wenn Sie wirklich bereit sind, das Ferienparadies zu kippen, dann werden Sie in ihm einen unerwarteten Mitstreiter finden.«

Dr. Koenig war gut. Er ließ sich seine Überraschung nicht anmerken, und Robert erzählte ihm von dem Fund der Statuette – unter Auslassung einiger Details natürlich.

»Sie glauben also, dass auch andere Gründe gegen das Projekt sprechen?«

»Ja, es wäre über kurz oder lang da ein weiteres Problem aufgetaucht.«

Dr. Koenig nickte und versank dann kurz in ein nachdenkliches Schweigen. Als er den Kopf wieder hob, überraschte er mich mit der sinnreichen Frage: »Sie wissen nicht, wer das Grundstück der alten Dame erbt?«

»Doch. Dr. Caspary ist der Treuhänder für die Museumskommission.«

»Ich frage mich … Sagen Sie, kann man so etwas planen?«

»Nein, Dr. Koenig. Aber ich glaube, die Umstände sprachen schon immer gegen das Vorhaben.«

»Sind Sie eine Fatalistin?«

Ich lachte auf: »Aber kein bisschen. Allerdings glaube ich auch nicht mehr an Zufälle.«

Er erwiderte mein Lachen, schüttelte den Kopf und meinte: »Ich bin zu jung für Ihre Einstellung.«

Ich dachte an die Muster auf der Scheibe und musste ihm recht geben. Aber ich sagte es ihm nicht.

In diesem Moment sah ich den Dämon auf uns zu schlendern.

»Oh, Entschuldigung, Herr Dr. Koenig. Unser Kater kommt mit einer Maus an. Dämon, nicht schon wieder!«

»Lassen Sie nur, so sind Katzen nun mal.«

451

»Sie lebt nicht mehr, Lindis. Er wünscht sie zu unseren Füßen zu verspeisen. Ich fürchte, wir haben ihn heute etwas vernachlässigt in dem ganzen Trubel. Er wirkte vorhin schon leicht verdrossen.«

Ich beobachtete, wie der rote Kater mit wenigen hungrigen Bissen seine Beute verschlang, und – nun ja – ich wusste es einfach. Es war die Maus, die das Dokument zerknabbert hatte.

Knoten 1. und 5. Faden

»Da haben zwei Jungs ein Zelt aufgebaut, Robert. Etwa einen halben Kilometer von hier. Sollten wir die nicht besser verscheuchen?«

Beni, in weißen Jeans und einem bauchnabelfreien grünen Pulli, kletterte geschickt auf die Rückbank des Jeeps. Ich überließ Teresa den Beifahrersitz und ließ mich neben meine Schwester fallen.

»Ich glaube nicht. Es gibt Leute, die aufpassen, dass kein Fremder in die Höhle eindringt. Wenn wir sie ansprechen, werden sie nur neugierig.«

»Auch wieder richtig. Wo fährst du uns hin?«

»Chez Pierre.«

»Und was ist der Peter für ein Vogel?«

»Ein Kochvogel mit einem speziellen historischen Charme.«

»Prima.«

Gedämpfte Musik, Big Band Swing, klang uns entgegen, als wir eintraten. Und sofort umgab uns die unnachahmliche Atmosphäre der späten vierziger Jahre.

»Gleich kommt Humphrey und bittet Sam, es noch einmal zu spielen«, gluckste Teresa und nahm an einem rosa gedeckten Tisch Platz. »Hier ist die Zeit wirklich nach dem Einmarsch der Amerikaner stehengeblieben. Sieh nur, die Calvados-Flaschen! Sie haben wahrhaftig alle Jahrgänge von 1945 an.«

Auch die Einrichtung, sehr viel gut gepflegtes Holz, geblümte Polster, schimmerndes Kristall, schien original aus jener Zeit zu stammen. Auf einem der Tische stand der Wimpel des Veteranenvereins.

»Es ist ein alter Familienbetrieb. Ich glaube, Pierre fällt es gar nicht auf, was er für eine Kuriosität hier führt. Ah, da ist *Maître Pierre*!«

Robert wurde mit gebremstem Überschwang begrüßt, so wie ein amtierender Regent ein befreundetes Staatsoberhaupt empfangen würde. Wir wurden vorgestellt, und ich hatte den Verdacht, dass ich kurz und intensiv geprüft und völlig korrekt eingeordnet wurde. Es war ein Hauch, nur ein beinahe unmerklicher Hauch mehr Zuvorkommenheit in der Art und Weise, wie ich von Pierre in der Folge behandelt wurde – die Gattin des befreundeten Staatsoberhauptes.

Das Essen war, wie nicht anders zu erwarten, exquisit. Die *Amuse bouche* alleine eine Versuchung, der Salat des Hauses ein Zungenschmeichler, mein Lachs ein Gedicht. Ich kam mir sehr schlecht erzogen vor, als ich ein Stückchen davon in der Alufolie verschwinden ließ, die ich in meine Handtasche gesteckt hatte.

»Aber, Lindis, was machst du denn da? Willst du das pressen und in dein Tagebuch einkleben?«

»Nein, Beni. Das ist für Dämönchen. Wir haben ihn heute schrecklich vernachlässigt!«

»Oh. Ja, das stimmt. Hier, von meinem Steak ist auch noch etwas übrig.«

»Und ich spende die Entenbrust!«

»Mh, ich habe meinen Teller leer gegessen, wie es sich gehört.«

»Braver Robert, dann kriegen wir ja morgen schönes Wetter.«

Ich ließ unauffällig das Päckchen in meiner Tasche verschwinden, aber ganz sicher war ich mir nicht, dass es dem Personal verborgen geblieben war.

»Schade, dass ich morgen schon wieder abreisen muss«, seufzte Teresa und legte ihre Bestecke zusammen.

»Du weißt, dass du gerne bleiben darfst.«

»Ja, Robert, aber meine beiden Angestellten wollen ebenfalls Urlaub machen. Und dann ist da noch José. Doch ich bin mir sicher, wir werden uns nicht aus den Augen verlieren. Spätestens bei der Hochzeit bin ich Trauzeugin.«

»Hochzeit? Wessen Hochzeit?«, fragte ich.

»Eure, welche sonst?«

Robert und ich sahen uns an. Und lachten schallend auf.

»An so etwas hab ich überhaupt nicht gedacht. Wozu auch?«

»Nun, gewöhnlich teilt man es der Welt im Allgemeinen und dem Finanzamt im Besonderen durch diese Unterschrift beim Standesbeamten mit. Aber ihr könnt das natürlich halten, wie ihr wollt.«

»Mh.« Robert hatte schon wieder diese Fältchen um die Augen. Sie vertieften sich mehr und mehr, dann zwinkerte er mir zu: »Der richtige Rahmen ist es ja, Lindis. Aber wir müssen dann auch *Grande opèra* daraus machen. Hörst du?«

Ich hörte, es war die Moonlight Serenade. Glenn Millers, Best of!

Robert stand auf, nahm mich an die Hand und zog mich auf den freien Platz vor der Bartheke. Erstaunte Blicke folgten uns, als er mich mit einer schwungvollen Drehung auf einen Barhocker komplimentierte und vor mir auf die Knie sank.

»Madame …?«

Er spielte für die Ränge, ich hatte sehr viel Mühe, ein würdiges Gesicht zu behalten. Er fragte mich in gesetztem Französisch, ob ich denn seine Gemahlin werden wolle, und fügte anschließend ganz leise nur für mich hinzu: »Mein Herz und mein Leben zu deinen Füßen, Lindis.«

Ich sah unter halbgeschlossenen Lidern und mit hocherhobenem Kinn hoheitsvoll auf ihn herab, hob dann zögernd
meine Hand und reichte sie ihm mit schlaffem Handgelenk
zum Kuss.

»*Oui, Monsieur.* Ja, Robert, mein Herz und mein Leben.«
Die Musik schwieg.

Und dann sang Edith etwas von *la vie en rose.*

Stehender Applaus und das gedämpfte Plopp von Champa-
gnerkorken belohnten unsere Darbietung. Pierre ließ sich zu
herzlichsten Glückwünschen herab, die Gäste tranken uns zu.
Obwohl ich eigentlich die Albernheit der Situation erkannte,
war ich so gerührt, dass mir die Tränen in den Augen brannten.

Knoten 5. und 12. Faden

Ich brachte Teresa am nächsten Nachmittag nach Brest, von wo
sie den Nachtzug nehmen wollte. Während der Fahrt redeten
wir nicht viel, dann aber, kurz vor unserem Ziel, meinte sie:
»Beni könnte bei uns bleiben, Lindis. José und ich mögen sie
wirklich. Wir haben auch genug Platz, damit sie ihr eigenes
Zimmer hat.«

»Warum sollte sie bei euch bleiben?«

»Weil ich irgendwie das Gefühl habe, dass du nicht zurück-
kommst. Zumindest nicht regelmäßig in den nächsten zwei
Jahren. Dann hat sie ihr Abitur und wird sich sowieso neu orientieren.«

»Ich habe mir noch gar keine Gedanken über die Zukunft
gemacht, Teresa. Aber du hast natürlich recht. Für Beni muss
ich mir etwas einfallen lassen.«

»Komm, wir haben noch eine knappe Stunde Zeit. Wir trinken in diesem Bistro dort einen Café.«

455

Ich parkte gewagt in einer engen Lücke, und wir gingen auf die andere Straßenseite. Eine rote Markise, darunter dicht an dicht kleine runde Tische. Es war beinahe voll besetzt, aber ein junges Paar erhob sich eben, und wir drängten uns zu dem Platz durch. Neben uns saß eine englische Touristenfamilie, abgekämpft vom Sightseeing. Eine auffällig geschminkte Dame mittleren Alters mit Strassbrille, Hündchen und Zigarette schlürfte ihren Aperitif. Ein Bild, wie es klassischer nicht sein konnte. Ein Vertreter in grauem Anzug, müde vom Reden, blätterte beim *Café noir* in einer Zeitung, zwei junge Mädchen, etwas älter als Beni, tauschten bei einer Cola den neuesten Klatsch aus.

Der Kellner brachte uns unsere Bestellung auf hocherhobenem Tablett.

»Also, wenn du über die Zukunft nachdenkst, dann berücksichtige bitte mein Angebot, Lindis.«

»Gerne. Aber was macht dich so sicher, dass ich nicht wieder zurückkomme? Schließlich habe ich eine Anstellung bei KoenigConsult, die ja nun doch nicht mit einem Donnerschlag geplatzt ist.«

»Sag, es ist ein Gefühl. Robert wird dich hier brauchen. Du solltest bei ihm bleiben.«

»Hast du wieder eine Prophezeiung zu machen? So wie an jenem Abend, als du so seltsam über die Verknüpfung von Roberts und meinem Leben gesprochen hast?«

»Es ist keine Prophezeiung. Es ist gesunder Menschenverstand. Wie damals auch.«

»Wie damals auch?«

»Ja, Lindis.«

»Du machst mich neugierig!«

Sie trank bedächtig ihren Campari und meinte dann: »Ja, wie damals auch. Lindis, du weißt, dass ich Robert schon sehr lange kenne. Ich kenne auch sein Geheimnis.«

Ich sah sie mit einem merkwürdig beklommenen Gefühl an. Sie schüttelte den Kopf und fuhr fort: »Robert war damals achtzehn, ich dreiundzwanzig, als er eines Tages mit dieser Tätowierung auf seinem Arm ankam. Ich … wir … Lindis, es ist lange her und jetzt ohne Bedeutung, das musst du wissen. Ich war damals sehr verliebt in ihn. Für ihn war ich die erste ernsthafte Freundin. Die erste Frau, meine ich.« Sie lächelte versonnen, und ich verspürte einen leichten Stich. »Er ist ein wundervoller Mann. Und sein Ungestüm hat sich jetzt wohl etwas gelegt.«

»Partiell«, murmelte ich und dachte an zerrissene T-Shirts.

»Gut so. Jedenfalls, in einer dunklen Nacht, in der man manchmal mehr von sich preisgibt, als man vielleicht möchte, hat er mir von dem Traum erzählt, der ihn seit einiger Zeit verfolgte. Der Traum von einem Mann, der unter dem Schwert einer Priesterin stirbt. Er sagte, er wolle sich auf die Suche nach dieser Frau machen, denn sie habe ihm einst viel, sehr viel bedeutet. Ich war rasend eifersüchtig damals, denn er hatte sehr deutlich gemacht, dass nicht ich diese Frau war. Bald danach ist er fortgegangen. Du weißt, in die Legion. Unsere kurze Affäre war damit zu Ende. Als er zurückkam, war er verändert, ich hatte José gefunden. Aber wir sind gute Freunde geblieben. Lindis, als mir Beni von deinen Träumen erzählt hat, war es für mich eigentlich mehr als klar, dass du es warst, die er gesucht hat. Darum – zu der Vorhersage an jenem Abend war keine Zauberei nötig.«

»Wie die Fäden verknüpft sind, Teresa …«

»Ja, nicht?«

Es gab nicht mehr viel zu sagen. Teresa musste zu ihrem Zug, ich begleitete sie noch bis auf den Bahnsteig und verabschiedete mich mit einer herzlichen Umarmung von ihr.

Knoten 1., 2. und 5. Faden

Es war früher Abend, als ich zurückkehrte. Robert saß über seinen Papieren, der Dämon schmatzte in der Küche die Reste des Lachses auf, die ich für ihn mitgenommen hatte. Von Beni keine Spur.

»Wo ist meine jüngere Schwester?«

»Hat Freundschaft mit den beiden Jungs geschlossen, die am Strand campen. Sie haben sie zum Grillen eingeladen.«

»Ist das okay?«

»Die beiden sind in Ordnung. Ich habe kurz mit ihnen gesprochen. Rainer und David, nach dem Abi auf Tour. Ich habe übrigens für Beni auch ein Fahrrad besorgt, damit sie etwas beweglicher ist. Ich hoffe doch, dass ihr beide während der Ferien hierbleibt und nicht nächste Woche wieder verschwindet?«

»Hängt ein bisschen von dem Ausgang in Paris ab, oder was meinst du?«

Robert zuckte mit den Schultern und schloss ein Buch.

»Komm, wir gehen nach draußen. Ich möchte mit dir reden.«

Mich überkam ein leichtes Herzklopfen. Er wirkte so ernst. Aber ich folgte ihm. Er ging über die Wiese zu dem Menhir. Dort ließ er sich im Gras nieder, den Rücken an den Stein gelehnt, die Beine aufgestellt.

»Setz dich zu mir! Hier, zwischen meine Beine.«

Ich lehnte mich an ihn, und seine Arme schlossen sich um meinen Oberkörper. Etwas Hartes drückte an meine Schulter, und ich tastete danach. Die goldene Schlange wand sich unter dem Ärmel seines Hemdes um den Bizeps. Ich schob den Stoff zurück, um sie mir anzusehen. Sie bedeckte genau die blaue Tätowierung. Ein leichter Schauder ergriff mich.

»Möchtest du lieber woanders hin?«

»Nein, es ist schon in Ordnung. Sieh, wie der Himmel glüht!«

Die Sonne war hinter dem Horizont verschwunden, kleine

Wölkchen zogen in Herden über das tiefer werdende Blau. Der Widerschein des Abendrots ließ sie aufleuchten, flammend gelb, orange und rot.

»Du hast einmal gesagt, dieser Menhir sei nur ein alter Stein. Aber für uns beide hat er eine Bedeutung, nicht?«

»Ja, Liebste. Und doch ist es nicht der Stein, der die Bedeutung hat, sondern die Stelle, auf der er steht. Du hast aus Danus Lied gehört, was sie über diese Stelle wusste. Du hast in den Mustern, die sie in das dünne Goldblech geritzt hat, gelesen, was sie sah. Das Netzwerk, das alles umspannt, in dem wir sind und werden. Lindis, auch die Erde ist von einem Netz durchzogen. Von Bruchstellen und Verwerfungen, von Erzadern, Wasserläufen, magnetischen Strömen, Kristallschichten. Und wahrscheinlich auch noch anderen Kraftströmen. Immer dort, wo sich diese Ströme treffen, gibt es besondere Orte. Ich glaube, die Menschen in früheren Zeiten, die noch viel intensiver wahrnahmen, wie die Natur um sie herum wirkte, haben erkannt, dass dieses hier ein besonderer Platz ist. Hier wirken Kräfte, die auch den Menschen beeinflussen. Die Druiden wussten, dass hier der Schleier zwischen dieser und der *Autre Monde* dünner ist.«

»So scheint es, Robert.«

Ich lehnte meinen Kopf zurück und schloss die Augen.

»Du bist über die Brücke gegangen. Du hast dich verändert. Ich habe es immer gehofft.«

»Teresa hat mir gesagt, dass du nach mir gesucht hast. Sie hat auch einmal gesagt, dass manche Menschen geführt, andere gezerrt werden. Hast du mich geführt?«

»Gezerrt, einst! Geführt? Ja, wahrscheinlich ein wenig. Aber du hast deinen Weg selbst gefunden. Jetzt stehen wir beide an der gleichen Stelle.«

»Glaubst du wirklich? Ich hatte immer den Eindruck, dass du mir ein Stück voraus bist und ich dich nie einholen würde.«

»Wir haben einen gemeinsamen Knoten erreicht. Wir haben beide Häute abgestreift. Wir werden gemeinsam weitergehen. Lindis, es wird nichts einfacher dadurch, dass man vorangekommen ist, das Leben wird weiter Probleme gebären, Kapriolen schlagen, Hindernisse aufbauen. Auch das muss man wissen.«

»Aber vielleicht werden sie leichter zu bewältigen sein.«

»Bleibst du bei mir, Lindis?«

»Ja, wenn ich kann.«

»Wir werden sehr viel zu tun haben in den nächsten Wochen. Ich denke, das Museumsprojekt hat jetzt hervorragende Chancen, sich hier zu etablieren. Wir sind eine Horde weltfremder Wissenschaftler. Wir brauchen Unterstützung einer pragmatischen Person, die unsere Tätigkeiten koordiniert und plant.«

»Robert?« Eine wahnwitzige Hoffnung keimte in mir auf.

»Lindis, wenn du nicht wieder eine unüberwindliche Abneigung dagegen hast, einen Job anzunehmen, der dich in gewisser Weise von mir abhängig macht, dann könnte ich mir vorstellen, dass du das übernimmst.«

»Klüngelwirtschaft!«

»Liebe Lindis, nach dem, was wir hier erreicht haben, die Statue, das Dorf, Danus Grab, wird mir keiner einen noch so ausgefallenen Wunsch abschlagen. Aber ich finde die Idee eigentlich blendend.«

Ich fand sie ebenfalls wundervoll.

»Aber Beni?«

»Lass Beni. Sie wird schon ihren Weg machen. Teresa sagte mir, sie kümmert sich um sie.«

»Beni – ja, ich habe sie im letzten Jahr eigentlich erst richtig kennengelernt. Sie ist stark, willensstark. Sie wird nicht solche Irrwege gehen müssen wie ich.«

»Da sei nicht so sicher, Lindis. Gerade starke Personen neigen dazu, sich besonders dornige Pfade auszusuchen. Und ein starker Wille hat auch seine Schattenseiten. Sie wird das wahrscheinlich lernen müssen.«

»Willst du sie auch führen?«

»Nein, du bist ihre Schwester. Aber lass ihr die Freiheit, mit der Nase in den Dreck zu fallen, und sei für sie da, wenn sie dich um Hilfe bittet. Nur achte darauf, dass du ihr Vertrauen nicht verlierst.«

»So, wie du einst meines verloren hast.«

»Ja, und glaube mir, es hat mir wehgetan, mit anzusehen, wie du dich blutig geschrammt hast, ohne dir helfen zu können.«

»Eine ziemlich harte Einstellung. Nicht für jeden geeignet, würde ich mal sagen.«

Er lachte und fasste mich fester.

»Teresa war mal deine Freundin«, fiel mir plötzlich ein, und ich legte Empörung in meine Worte. »Sie hat es mir selbst gestanden. Und sich auch sehr lobend über gewisse Qualitäten ausgelassen.«

»Oh, oh! Erfahrungsaustausch betrieben? Da hätte ich Mäuschen sein mögen.«

»Du hast ihr deinen Traum anvertraut.«

»Ja, auch das. Sie ist aber eine vertrauenswürdige Person.«

»Ich weiß, ich bin auch nicht böse oder eifersüchtig. Oder, nur ein ganz kleines bisschen. Sag mal, hat dieser Traum von Elcmar bei dir dieses Interesse an der keltischen Kultur ausgelöst?«

»In gewisser Weise. Zuerst konnte ich überhaupt nichts damit anfangen, außer natürlich mit den Gefühlen, die er geweckt hat. Später dann stöberte ich in den Geschichtsbüchern herum und fand nichts, was passte. Aber mein Ehrgeiz war geweckt. Darum habe ich nach meiner Sturm- und Drangzeit Nägel mit Köpfen gemacht und Geschichtswissenschaften studiert. Da führte dann eins zum anderen. Frühgeschichte und frühes Mittelalter grenzten das Geschehen ein, dann Fragmente über die Weltanschauung der Druiden und, soweit wir sie nachvollziehen können, ihre Naturverbundenheit. Es scheint, als hätten alle Zufälle mich genau an diesen Ort geführt, Lindis. An diesen Platz, wo einst Elcmar sein Blut für sein Land gegeben hat.«

»Glaubst du, dass sein Opfer die Wende bewirkt hat?«

»Ich glaube nicht, dass es einen kausalen Zusammenhang gab. Aber Elcmar gab sein Leben, und die Erde wurde wieder fruchtbar.«

Die ersten Sterne flimmerten am Himmel, die Wolken hatten sich aufgelöst. Ein halber Mond legte seine Spur über das Meer.

»Vier Tage sind erst vergangen«, murmelte ich und drehte mich so, dass ich ihn sehen konnte. Robert berührte meine Stirn mit seinen Lippen, und seine Hände wanderten unter meinen dünnen Pulli. Die Schlange an seinem Arm schimmerte.

6. Faden, letzter Knoten

Das Wochenende über arbeitete ich lange und intensiv im Büro in Plouescat, um gut begründete Unterlagen für das Gespräch in Paris zusammenzustellen. Léon kam am Sonntagmorgen vorbei und brachte noch weitere Argumente und Ideen, Dr. Koenig traf gegen Mittag ein und ging mit uns die Vorbereitungen noch mal durch.

»So, damit muss es jetzt gehen«, sagte er schließlich. »Wenn wir gut verhandeln, sollten die Aufwendungen für die Planung zumindest aufgefangen werden.«

»Wer kommt alles zusammen morgen?«

Koenig zählte ein paar Namen auf, die mir nicht viel sagten, aber Robert kam gerade zur Tür herein und fragte: »Sagten Sie Muller? Charles Muller, der Bankmensch?«

»Guten Abend, Herr Caspary. Ja, Charles Muller. Warum?«

»Ach, ich habe ihn mal getroffen. Passen Sie auf ihn auf, er spricht ausgezeichnet Deutsch, auch wenn er es nie zugeben wird. Er stammt aus dem Elsass.« Dann fragte er mich: »Und, seid ihr fertig geworden?«

»Ja, mehr kann man jetzt nicht mehr tun. Wir haben noch zwei Stunden Zeit, nicht wahr? Treffen wir uns um sieben an Ihrem Hotel, Herr Dr. Koenig?«

»Ja, bis nachher dann.«

Robert nahm mich am Arm und führte mich zu seinem Jeep.

»Arme Lindis, was für ein Stress!«

»Halb so schlimm. Morgen Abend kannst du mir helfen, meine Wunden zu lecken.«

Er ging nicht darauf ein, sondern hatte einen ganz eigenartigen Gesichtsausdruck. Irgendetwas zwischen versonnener Erinnerung und zukünftigem Vergnügen.

»Lindis, ich kann dir nicht viel helfen bei deiner Mission. Die Prügel, die ausgeteilt werden, wirst du einstecken müssen. Aber ich kann dir eine kleine Notbremse mitgeben, für den Fall, dass es sehr unerträglich wird.«

Wir stiegen aus und gingen ins Haus. Der Dämon flitzte um die Ecke und begehrte Einlass, als Robert die Tür öffnete.

»Wie sieht diese Notbremse aus?«, fragte ich neugierig.

Robert stand vor mir und sah konzentriert auf seinen Zeigefinger. Dann hob er den Kopf, sah mir fest in die Augen und hob den Finger zu seiner Lippe. Unwillkürlich legte auch ich den Finger an meine Oberlippe.

»Das meine ich, Lindis. Hallo? Ist dein Finger festgeklebt?«

Verdutzt nahm ich die Hand herunter.

»Was war das?«

»Ein mieser Trick. Komm, ich erzähle dir etwas zu Monsieur Charles Muller.«

Der Montag war, wie erwartet, absolut kein Vergnügen. Dr. Koenig hielt sich gut, Callot unterstützte, wo es ging, ich untermauerte die Argumente mit den Fakten, aber meine aktiven Sprachkenntnisse waren noch immer zu schlecht, um an der Diskussion vernünftig teilnehmen zu können. Das und natürlich auch meine minderwertige Person im Kreise der hohen Herren führten dazu, dass es beständig hieß: »Messieurs«. Madame war nicht vertreten. Einmal war ich »Madame äh«, womit wir wieder beim alten Thema waren.

Einen besonderen Hammer hatte sich Charles Muller für mich aufgehoben. Er war der Typ knallharter Manager, mit militärisch straffer Haltung und grauem Bürstenhaarschnitt. Für Frauen in der Industrie hatte er ganz offensichtlich überhaupt nichts übrig. Und meine schlichten französischen Sätze ließen ihn einmal, als wir an einem besonders brenzligen Punkt angekommen waren, die Anrede »Fräulein Farmunt« gebrauchen. Dr. Koenig wollte einschreiten, und auch Léon sah grimmig hoch.

»Fräulein Farmunt, Sie haben uns sehr klargemacht, dass Sie neben der Unfähigkeit, ein Projekt dieser Größenordnung in einem vernünftigen Maße zu planen, auch nicht hinter der Idee des Ferienparks stehen. Man könnte Vorsatz dahinter vermuten, Fräulein Farmunt. Sie scheinen den Erholungsuchenden einen klimatisierten, witterungsunabhängigen Erlebnisurlaub nicht zu gönnen. Könnte das, Fräulein Farmunt, Ursache Ihrer vielfältigen Fehler gewesen sein?«

Wir hatten gerade die Standortproblematik dargestellt, die durch die jüngsten archäologisch bedeutsamen Funde aufgetreten war. Die Anschuldigung des Vorsatzes und des verkehrten ideologischen Standpunkts hätten mich früher vermutlich zum Ausrasten gebracht. Diesmal allerdings war ich dankbar für Roberts Notbremse. Ich dachte an ihn, und eine Welle von Heiterkeit durchfloss mich. Langsam hob ich meinen Kopf, sehr geradeheraus sah ich Muller in die kalten, grauen Augen, sehr, sehr langsam hob ich den Finger zu meiner Lippe.

Er tat mir nach, ohne es zu wissen. Dann lächelte ich ihn an und bestätigte seine Worte: »*Oui, mon Capitaine*. Und wie, bitte, verbringen Sie dieses Jahr Ihren Urlaub?«

Sprachlos starrte er mich an. Ich legte meine Hand wieder auf den Tisch, und er strich sich über die Oberlippe, wo sich eine kleine, wulstige Narbe befand. Dann nahm er sehr plötzlich den Finger weg, und ein zögerndes, anerkennendes Lächeln kam auf seine schmalen Lippen.

»*Touché!* Madame, Messieurs, machen wir eine Pause.«

Das Mittagessen brachte eine Idee von Entspannung in die Atmosphäre, danach war die Verhandlung zäh, aber das Klima war frei von Anschuldigungen. Gegen fünf Uhr waren wir so weit, dass wir eine für alle Parteien tragbare Lösung gefunden hatten, die den Gesichtsverlust – und den materiellen Verlust – in Grenzen hielt. Wir verabschiedeten uns vor dem Tagungshotel, und Monsieur Muller lotste mich mit charmanter Gewalt aus dem Kreis der übrigen Herren.

»Sie sind offensichtlich jemandem begegnet, der mich gut kennt, Madame?«, fragte er, und deutete auf seine Oberlippe.

»Wir heiraten in ein paar Wochen.«

Er hatte ein Lächeln, das nicht ohne Reiz war.

»Ist Ihnen gelungen, was mir nicht gelungen ist? Haben Sie ihn gezähmt?«

»Warum gezähmt? *Ich* komme auch so mit ihm zurecht.«

Jetzt lachte er sogar schallend, reichte mir die Hand und meinte: »Meinen Glückwunsch, Madame. Übermitteln Sie Ihrem zukünftigen Gatten ebenfalls meine aufrichtig gemeinten Gratulationen. Er hat mit Ihnen bekommen, was er verdient hat.«

»Was, im Namen aller Heiligen, haben Sie mit Muller gemacht, Frau Farmunt?«, fragte mich Dr. Koenig, als wir im Taxi saßen. »War das eine Art magischer Beschwörung?«

»So könnte man es nennen. Aber eigentlich lag es nur an einem kleinen Informationsvorsprung, den ich Ihnen gegenüber hatte.«

Léon, der vorne saß, drehte sich um.

»*Chère* Lindis, verraten Sie uns, was es war?«

»Oh, wie Sie gesehen haben, hat Muller eine kleine Narbe an der Oberlippe. Nun, ich kenne ihre Herkunft. Sehen Sie, Monsieur Muller war lange Zeit Offizier in der Légion. Er scheint ein ziemlicher Leuteschinder gewesen zu sein, und Robert hat, nachdem er die Légion verlassen hatte, noch einmal eine kleine Auseinandersetzung mit ihm gehabt. In deren Verlauf spielte Muller keine rühmliche Rolle, aber er trug eben diese Narbe davon. Robert meinte, es könne ganz nützlich sein, ihn an diese demütigende Erfahrung zu erinnern, wenn er allzu pampig würde.« Ich grinste versonnen. »Wenn ich daran denke, wie er mit Daniels umgesprungen ist, habe ich ein lebhaftes Bild von dem, was er als demütigend bezeichnet.«

»Ja, aber, wie haben Sie ihn daran erinnert? Ich hörte Sie nichts sagen.«

Ich machte es noch einmal. Es klappte auch bei beiden. Als sie beide den Finger an der Lippe hatten, lachte ich sie an.

»Oh!«, war alles, was Dr. Koenig herausbrachte.

Léon lachte ebenfalls und fragte dann: »Ja, und das mit dem Urlaub?«

»Muller hat sich nie so recht von dem harten Leben der Soldaten trennen können. Er verbringt seine freie Zeit mit solchen Abenteuer-Touren, Survival-Training nennt man das. Wie meine kleine Schwester es ausdrücken würde, er eiert, nur mit ausgeleierten Boxershorts bekleidet und mit einem rostigen Schweizer Messer zwischen den Zähnen drei Wochen durch Grönlands Wüsten. Nix mit klimatisierten Ferienparks!«

Noch nie hatte ich Dr. Koenig kichern gesehen. Aber ganz deutlich, er tat es.

»Sie sind frech, Frau Farmunt.«

Später, kurz bevor wir in Brest landeten, fragte er mich: »Sie werden uns wohl verlassen, nicht wahr?«

»Ich denke, ja, Herr Dr. Koenig. Es gibt da Möglichkeiten …«

»Ich muss Ihnen nicht sagen, dass ich das aufrichtig bedauere. Sie haben sich über alle Maßen für uns engagiert.«

»Wer weiß, was die Zukunft bringt. Vielleicht kommen wir trotzdem noch einmal ins Geschäft miteinander. Zumindest mache ich die Restabwicklung hier noch.«

Er verabschiedete sich sehr herzlich von mir, als wir uns am Flughafen trennten, wo er auf seinen Weiterflug wartete. Léon und ich fuhren nach Plouescat, und er setzte mich vor Roberts Haus ab.

»Robert, deine Lindis war wundervoll.«

»Sie ist wundervoll.«

»Grüße von Kamerad Muller. Er meint, du hättest mit mir bekommen, was du verdienst.«

»Nie und nimmer.« Robert zog mich an sich und küsste mich.

»Ich auch einen, ich auch einen«, rief Beni, die aus der Küche kam.

»Du kannst deine Camper knutschen«, empfahl ich ihr.

»Oh, darf ich das?«

»Als ob du dazu meine Erlaubnis bräuchtest.«

Fester Knoten 1. und 5. Faden

Wir blieben die ganzen Ferien in Roberts Haus, mit einer kurzen Unterbrechung, in der wir beide für drei Tage nach Deutschland flogen, um Formalitäten abzuwickeln. Als das Schuljahr für Beni wieder begann und wir zurückkehrten, sahen wir alle drei entsetzlich gesund und furchtbar verwahrlost aus. In aller Stille leisteten wir die fällige Unterschrift, nur Teresa und Dr. Koenig waren als Trauzeugen dabei.

Anschließend saßen wir in meiner Wohnung zusammen und machten Pläne.

Beni lümmelte sich auf dem Fußboden herum und fragte: »Fahren wir bei den Eltern vorbei?«

»Anstandshalber müssen wir das wohl tun. Dein Zeugnis muss vorgezeigt werden.«

»Unsinn, dein Robert muss vorgezeigt werden.«

»Warum? Mutter wird nur wieder einen fürchterlichen Zirkus veranstalten.«

»Sie wird auf kirchlicher Trauung bestehen und die Honoratioren einladen«, unkte Beni mit Grabesstimme.

»Trotzdem, Lindis, ich möchte sie schon kennenlernen. Wahrscheinlich sind sie viel netter, als ihr beiden Schurkinnen sie schildert.«

»Ich verstehe schon, was du meinst.«

Beni kicherte plötzlich.

»Wenn du Robert so mitbringst, wie er jetzt aussieht, enterbt dich Mutter.«

Das wiederum brachte mich auf eine Idee.

»Oh, wir könnten sie ein wenig schockieren, was, jüngere Schwester? Teresa, Künstlerin im Rollenspiel, was schlägst du vor? Robert im ungegerbten Hirschfell um die Lenden und ich mit blauem Waid bemalt.«

Teresa schmunzelte bei der Vorstellung. Ich auch.

»Nein, nein, Lindis. Du in dem langen weißen Gewand mit rotem Umhang und Eichenblättern und Robert in karierten Keltenhosen«, quiekte Beni.

»Wir können ja auch das letzte Expeditions-Corps spielen. Meine Uniform passt mir sicher noch.« Sogar Robert ließ sich anstecken. Aber ich hatte eine viel bessere Idee.

»Nein, Leute, wenn wir schon richtig shocking sein müssen, dann stelle ich dich als verkrachte Existenz aus meiner Studienzeit vor. Ist doch gar nicht so weit hergeholt, oder?«

Der Vorschlag wurde nach kurzer Detaillierung angenommen, ich griff zum Telefon, um unser Kommen anzukündigen.

»Amalindis, wie schön, endlich mal wieder von dir zu hören!«

»Ja, Mutter. Und wir wollen dich auch gleich überraschen. Hast du was dagegen, wenn wir übers Wochenende bei euch vorbeikommen? Ich möchte dir jemanden vorstellen.«

»Du weißt, dass ihr Kinder immer ein Zimmer bei uns habt. Wen bringst du denn noch mit?«

»Oh, ich habe einen Mann in der Bretagne getroffen. Ich möchte, dass ihr ihn kennenlernt.«

»Das wird aber ein bisschen schwierig, wir haben das Gästezimmer nämlich umgeräumt.«

»Ach, das macht nichts, Robert kann bei mir schlafen.«

Beni prustete los.

»Amalindis, das geht wirklich nicht. Du kannst doch nicht wildfremde Männer bei uns unterbringen. Hast du denn gar keinen Anstand?«

»Doch, Mutter. Also, abgemacht, wir kommen am Samstagnachmittag. Wenn es dir nicht passt, gehen wir auch in ein Hotel.«

Teresa lächelte, als ich den Hörer hinlegte.

»Wisst ihr was? Eure Mutter hat einen gewaltigen Einfluss auf euch beide.«

469

»Wieso das?«

»Sie reizt euch dazu, immer genau das Gegenteil dessen zu machen, wovon ihr glaubt, dass sie es erwartet. Beni strengt sich aufs Äußerste an, die erfolglose Schülerin zu spielen, und du gibst dir die größte Mühe, deine und Roberts Qualitäten unter den Teppich zu kehren. Dabei hätten alle Beteiligten es leichter, wenn ihr euch auch eurer Mutter gegenüber so geben würdet, wie ihr wirklich seid.«

Beni und ich sahen uns betroffen an.

»Na, dann wird es langsam Zeit, dass wir das ablegen, was, Beni?«

»Ja, wahrscheinlich.« Sie nickte, aber dann strahlte das spitzbübische Grinsen wieder auf, und sie sagte: »Aber einmal noch, Lindis!«

»Einmal noch!«

Wir sahen herrlich schlampig aus. Robert hatte sich zu meinem größten Vergnügen zwei Tage lang nicht rasiert, und auf besonders gutem Fuß mit dem Kamm stand er auch nicht. Mutter beäugte ihn höchst kritisch, als er sich schlaksig in die Wohnung drängte. Mein Vater zuckte auch zuerst zurück, aber er umarmte Beni und mich dann mit überraschender Herzlichkeit und begrüßte Robert freundlich. Dann sagte er nicht mehr sehr viel, wie es seine Art war. Aber ich merkte, dass er Robert immer wieder ansah, als ob er irgendetwas nicht ganz glauben wollte, während Mutter zunächst mich und Beni über unser Befinden eingehend ausfragte.

»Ja, ja, ich habe ein Zeugnis gekriegt. Aber so richtig zum Vorzeigen ist es nicht.«

»Bernadine, bitte. Wir als Eltern haben ein Recht darauf, es zu sehen.«

Mit großem Theater rückte Beni dann endlich das Dokument heraus und reichte es Vater. Der warf mit steinerner

Miene einen Blick darauf und sagte dann: »Gut, das ist wirklich nichts, was man vorzeigen sollte«, und hielt es fest, obwohl unsere Mutter begierig danach sah. Ich wunderte mich ein klein wenig über seine Reaktion, denn ich fand Benis Beurteilung ausgezeichnet.

Da Mutter im Augenblick nichts erreichte, widmete sie sich Robert.

»So, in der Bretagne haben Sie sich kennengelernt. Haben Sie da Urlaub gemacht, Herr Caspary?«

»Ein wenig. Hey, Lindis, willst du es ihnen nicht lieber gleich sagen?«

»Was gleich sagen, Amalindis?«

»Ach, na gut. Also, wir haben letzte Woche geheiratet.«

Ich vermied es angestrengt, Beni anzusehen, die kurz vor einem Ausbruch stand. Mutter war so sprachlos, wie ich sie noch nie erlebt hatte. Sie presste in bewährter Leidenshaltung die Hand auf den Magen. Mein Vater hob nur kurz eine Augenbraue, um mich anzusehen.

Endlich fand Mutter ihre Sprache wieder und rügte als Erstes Beni.

»Bernadine, ich muss doch bitten. Das ist keine lächerliche Angelegenheit!«

Völlig unerwartet stand mein Vater auf und bat mich: »Lindis, komm doch mal mit in mein Arbeitszimmer.«

»Gerne, Vater.«

»Ja, Bertrand, rede ein ernstes Wort mit ihr«, gab meine Mutter ihm drohend mit, wie sie es schon zu meiner Kindheit gemacht hatte, wenn sie glaubte, väterliche Autorität herbeizitieren zu müssen.

Mein Vater setzte sich hinter seinen Schreibtisch, und ich hockte mich auf die Tischkante.

»Robert Caspary, sagst du, heißt dieser junge Mann?«

»Ja, Vater.«

»So, so.« Er drehte sich in seinem Ledersessel um und griff in das Regal an der Wand. Er zog ein Buch hervor, schlug den Klappentext auf und betrachtete nachdenklich das Foto.

»Dr. Caspary?«

»Ja, Vater.«

»Eine Kapazität auf seinem Gebiet. Ich wusste doch, dass er mir irgendwie bekannt vorkam. Er hat sehr jung eine Professur bekommen.«

»Ja, Vater.«

»Möchtest du, dass ich mein Wissen mit deiner Mutter teile?«

Er sah plötzlich Beni in ihren schlimmsten Stimmungen ähnlich. Ich grinste ihn an.

»Ja, Papa.«

»Bist du glücklich mit ihm?«

»Schrecklich, Papa. Ich kenne ihn schon lange, aber wir haben uns erst diesen Sommer wirklich gefunden.«

Mein Vater stand auf und drückte mich an sich.

»Dann meine herzlichsten Glückwünsche, mein Mädchen. Ich freue mich für dich.«

Als er mich losgelassen hatte, trug er wieder seine übliche, etwas weltferne Miene.

Wir gingen zurück, Vater bewundernswert in seiner Haltung. Er trat auf Robert zu, der sich pflichtschuldig erhob.

»So, Robert Caspary also.«

»Ja, Herr Professor Farmunt.«

Robert fuhr sich mit dem Unterarm über die Nase und ergriff dann die Hand, die mein Vater ihm hinhielt.

»Lass diese Spielchen unter Kollegen, mein Junge!«, fuhr mein Vater ihn an, und ich sah Beni in ein Sofakissen beißen.

Mutter sah ihn erstaunt an, aber dann verstand sie plötzlich und stieß mit Empörung aus: »Ihr habt mich auf den Arm genommen! Alle!«

Dann lachte sie.

1. Faden, letzter Knoten

Nie wieder träumte ich von Danu. Aber der Zugang zu anderen Welten blieb mir seither geöffnet. Meine Besuche dort schenkten mir Verständnis für die Sichtweisen anderer Menschen. Es wurde nicht unbedingt leichter dadurch, da hatte Robert schon recht. Aber ich kann seither vieles leichter nehmen.

Der alte Stein steht noch an seinem Platz, er wird das Zentrum des neuen Museums.

Ich weiß zwar, dass es ihm völlig gleichgültig ist, aber manchmal, wenn ich eine besonders schöne Muschel, ein buntes Federchen oder einen glattgeschliffenen Kiesel finde, dann lege ich sie in das Gras zu seinen Füßen.

Und ich freue mich an den Rosenblättern, die Gleichgesinnte zu seinen Füßen verstreuen.

Nachwort

Ich muss mich aufrichtig bei der Gemeinde von Plouescat entschuldigen, dass ich ihnen beinahe ein gigantisches Wellness-Center zugemutet hätte.

Zum Glück hat die Maus den Puffer aufgefressen, und nun steht der Menhir von Cam Louis noch immer unbehelligt an seinem Platz.

Er ist übrigens ein persönlicher Freund von mir – nicht, dass es ihn irgendwie interessiert. Aber ich habe schon oft mit dem Rücken an dem, warmen Stein gelehnt, über das Meer geschaut und geträumt. Wie Schriftsteller das eben so tun.

Und offensichtlich andere auch. Denn immer, wenn ich zu ihm komme, liegen kleine Gaben im Gras vor ihm – Muscheln, Steine, Blumen und Rosenblätter. Der Wind verweht sie rasch, kleines Getier schleppt sie fort, unachtsame Besucher treten sie in die Erde.

Dem Menhir ist es gleichgültig.

Zu meiner großen Freude aber ist in den vergangenen Jahren wirklich ein Museumsdorf in der Nähe entstanden. Meneham mit seinen strohgedeckten Feldsteinhäusern liegt an dieser wilden Küste und gibt einen Einblick in das bretonische Leben der Vergangenheit.

Auch der Ort Plouescat blüht (buchstäblich) und gedeiht, die weißen Sandstrände sind so lang und groß, dass die Feriengäste sich nicht auf die Füße treten, die Einwohner sind überaus gastfreundlich.

Leider hat das Restaurant mit dem pCharme der vierziger

Jahre inzwischen zugemacht, der Calvados von 1945 scheint ausgetrunken zu sein.

Aber wenn man die Küstenwege entlanggeht, an Artischockenfeldern und alten Häusern mit blühenden Hortensien vorbei, dann landet man irgendwann an dem Menhir. Er ragt weit sichtbar auf, eine Landmarke, kaum zu verfehlen.

Auch ich habe Blumen und Rosenblätter zu seinen Füßen ausgestreut.

Dem Menhir war das gleichgültig.

Mir nicht.

Andrea Schacht